Pioneer Girl: The Annotated Autobiography

大草原のローラ物語

パイオニア・ガール［解説・注釈つき］

ローラ・インガルス・ワイルダー 著

パメラ・スミス・ヒル 解説・注釈

谷口由美子 訳

Pioneer Girl プロジェクト

ナンシー・ティスタッド・コウパル 編集主幹

ロジャー・ハートリー 副編集長

ジーン・キルン・オウド 副編集長

大修館書店

PIONEER GIRL THE ANNOTATED AUTOBIOGRAPHY

Pioneer Girl: The Annotated Autobiography is a publication of the Pioneer Girl Project,
which is a research and publishing program of the South Dakota State Historical Society.
Pioneer girl : the annotated autobiography / Laura Ingalls Wilder ;
Pamela Smith Hill, editor.

Cover artwork : *Silver Lake Reflections* ©2014 Judy Thompson

Japanese translation rights arranged with
OXFORD LITERARY AND RIGHTS AGENCY, LTD.
through Japan UNI Agency, Inc., Tokyo

TAISHUKAN PUBLISHING COMPANY, 2018

ローラ・インガルス・ワイルダーの生涯とその作品に感銘を受けた、
幾世代もの読者のみなさんへ

もくじ

大草原のローラ物語
パイオニア・ガール

謝辞

執筆後八十年もたった「パイオニア・ガール」を注釈つきで出版するにあたっては、大勢の方々にお世話になりました。ワイルダーの作品やワイルダーの文化遺産にかかわる夢追い人たち、学者、勤勉な専門家の方々のチームワークのおかげです。その方たちなしには、このプロジェクトは決して実を結ばなかったでしょう。

ノエル・シルバーマンとリトルハウス・ヘリティジ・トラストには、心から御礼を申し上げます。このプロジェクトを現実のものとするために、サウス・ダコタ歴史協会出版（SDHSP）に、このワイルダー自伝の出版をお任せくださり、ありがとうございました。

また、SDHSPの編集主幹のナンシー・ティスタッド・コウパルは、プロジェクトの最初から支援してくださり、この美しい本を出してくださいました。SDHSPの製作マネージャー&副編集長のロジャー・ハートリーは、ワイルダー自筆の原稿を粘り強くタイプ起こしし、解説や注釈の執筆に欠かせない元資料を作ってくださいました。それは、サウス・ダコタ・ヒストリー誌のマネージング編集者&副編集長の、ジーン・オウドも同様です。前マーケティング・ディレクターのマーティン・ビーニーと、現職のジェニファー・マッキンタイアは、パイオニア・ガール・プロジェクトのウェブサイトを統括、監督し、ローラ・ファンに調査の過程とワイルダーの世界を明らかにしてくださいました。

ミズーリ州マンスフィールドのローラ・インガルス・ワイルダー・ホーム&博物館は、SDHSPに、ワイルダーの家やオリジナルの貴重な資料へのアクセスを許可してくれました。理事長のジーン・コデイとツアー・ガイドのキャスリーン・フォート及びヴィッキー・ジョンソンには、ロッキーリッジ農場におけるワイルダーの生活について、さまざまな示唆や印象や感想を提供していただき、写真撮影の際も手助けしていただきました。

サウス・ダコタ州デ・スメットのローラ・インガルス・ワイルダー記念協会の理事長シェリル・パームルンドは、わたしのたくさんの質問に的確にお答えくださり、協会の貴重文書、資料、写真コレクションへのアクセスを許可してくださいました。シェリルと、協会の理事のみなさまのご協力とご支援に感謝いたします。

ハーバート・フーバー大統領図書館のクレイグ・ライトには、ローズ・ワイルダー・レインの自筆日記や手紙をスキャンして提供していただき、「パイオニア・ガール」執筆の裏にある、ばらばらだった事柄が、ひとつに縫い合わされました。

ワイルダー研究家ウィリアム・T・アンダーソンは、ワイルダー関連の資料をお送りくださり、それは「パイオニア・ガール」のわたしの解釈に、重要かつ新たな視点を与えてくれました。本書の原稿の段階から、チェックもしてくださいました。彼の知識と導きに感謝いたします。国立音楽博物館の弦楽器キュレイターのアーリアン・シーツは、チャールズ・インガルスのヴァイオリンの出所について、見事なお返事をくださいました。ウェスト・スロープ・コミュニティ図書館とマルトノマ郡図書館の研究図書館員たちは、わたしがリクエストした稀少な本や雑誌を探し出してくださいました。

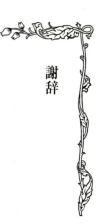

アメリカ魚類&野生生物情報局の前職員、生物学者のフィル・ローマイヤーは、大草原地帯に住む生物に関する質問に辛抱強く答えてくださり、家禽飼育のシェリル・タトルはレグホン種のニワトリについて、そのユニークな特徴を伝えてくださいました。

また、わたしの著作権エージェントであるジンジャー・クラーク、作家同盟のマイケル・グロス、デイヴィッド・ライト・トレメイン事務所のデュエイン・ボズワースと、親友のジーン・マネキには、法律上のサポートをいただきました。妹のアンジェラ・スミスとADスミス社の彼女のスタッフは、このプロジェクトの進行中、常にアドヴァイスと支援をしてくださいました。ADスミス社のケリー・テズラフ撮影の写真と動画は、ロッキーリッジ農場におけるワイルダーの世界を生き生きと伝えてくれました。

最後に、クリス・ジェイコブソンと娘エミリーに感謝いたします。「パイオニア・ガール」がわたしの仕事も家庭も占領してしまったことに、いささかの不満もいわず、つらい日も長い日も、ふたりはわたしの執筆を応援してくれました。

パメラ・スミス・ヒル

❖

パイオニア・ガール・プロジェクトとSDHSPの編集者たちは、リトルハウス・ヘリティジ・トラストに対し、このたびローラ・インガルス・ワイルダーの「パイオニア・ガール」を出版する機会と特権を与え、仕事をお任せくださったことに、深く感謝いたします。ノエル・シルバーマンには、このプロジェクトを信頼し、的を射た助言と友情を寄せてくださって、ありがとうございました。

ウィリアム・アンダーソンはプロジェクトの内容をチェックし、ワイルダーの原稿解読にあたっての問題解決や、ふんだんなる知識の提供をしてくださり、国内の博物館などに所蔵されている写真や文書の特定にも助力を惜しみませんでした。

以下の三箇所の貴重な資料コレクションへのアクセスがなければ、このプロジェクトは実現しなかったでしょう。サウス・ダコタ州デ・スメットのローラ・インガルス・ワイルダー記念協会のシェリル・パームルンドは、協会の資料コレクションへのアクセスを許可くださり、キングズベリー郡庁舎のほこりっぽい地下倉庫で調査までしてくださいました。彼女と理事会の方々は、このプロジェクトの最初からのサポーターです。ハーバート・フーバー大統領図書館のクレイグ・ライト、リン・スミス、スペンサー・ハワードには、大変お世話になりました。ローズ・ワイルダー・レイン文書にある、手紙や文書について、何度となく提供を依頼しましたが、快く応じてくださり、印刷に適した資料への変換も忍耐強く行ってくださいました。また、「パイオニア・ガール」の手書きのオリジナル原稿を所蔵しているローラ・インガルス・ワイルダー・ホーム&博物館のジーン・コデイとスタッフのみなさんに感謝いたします。所蔵されている写真、文書を拝見するにつけ、ワイルダーの「パイオニア・ガール」に書かれている文章が目に見える形をとって意味深く感じられました。

ミズーリ州歴史協会のジル・ハートケは、ワイルダー文書のマイクロフィルムでの貸し出しの際、タイムリーに熱心な手助けをしてくださいました。デ・スメットのインガルスの農地のマリアン・クレイマーは、デ・スメットの初期の住人たちへの口頭のインタビューを書写してくださり、快く提供してくださいました。

ミネソタ歴史協会のレファランス・サービス部の、デボラ・L・ミラーは、ミネソタ組合協議会文書をさがしあててくださり、ジュディ・キャルコートは、重要な新聞記事を提供してくださいました。生物学者・環境学者であるデイヴィッド・J・オウドに感謝いたします。この地域の植物、動物について専門知識をご提供くださいました。

最後に、サウス・ダコタ州歴史協会のアーカイブ部門のスタッフのみなさま、ローラ・インガルス・ワイルダーの生涯とその時代に関する地図、新聞、写真、文書を探し出す際に、おおいに助けていただきました。ありがとうございました。

パイオニア・ガール・プロジェクト長
ナンシー・ティスタッド・コウパル

イントロダクション

「ものになるかどうかもわからない」
パイオニア・ガールの物語

パメラ・スミス・ヒル

一九二五年、キャンザス・シティ・スター紙の記者が、ミズーリ州オウザーク地方のロッキーリッジ農場を訪れた。ある有名作家にインタビューするためだ。作家は両親とともに「素朴で、のどかな感じ」の農家に住んでおり、そこはユニークな「作家の巣」がみっつあることで知られていた。記者が会いたい作家ローズ・ワイルダー・レインの「巣」と、しばしばここを訪れる、ドロシー・トンプソン、キャサリン・ブロウディ、ジェナヴィーヴ・パークハーストなど現役作家の「巣」と、作家レインの母ローラ・インガルス・ワイルダーの「巣」だ。記者は、ワイルダーを「この人も一応作家」[*1]と書いている。

それから五年後、レインは、相変わらず、作家の巣がみっつある、のどかな農家で暮らし、作家活動をしていた。しかし、母ワイルダーは書く活動をもうやめていた。ワイルダーは夫アルマンゾ・ワイルダーと共に、新しい家に引っ越していた。それは、前の家から丘をひとつ越えて歩いて行かれる距離にある。美しい自然石を外壁に使った、イギリス風コテージで、娘レインが両親のために設計して贈った、晩年を豊かに安楽に暮らせる家だ。そのモダンな設備は当時のミズーリの田舎にしては非常にユニークなものばかり。温と冷の軟水が出る設備、鋼鉄の窓枠つきの窓、真鍮製のパイプ、電気オーブンと冷蔵庫、タイル貼りの風呂場、離れに作られた駐車場。車はイザベルという名のワイルダー家の持ち物で、一九二三年型セダンのビュイック車だった。[*2] この家には、ワイルダー専用の書斎はなかった。ミズーリ・ルーラリスト紙のコラムニストとしての活動（一九一一年〜二四年まで）は、もはや過去のものだったからだ。安楽な隠退生活がワイルダーを待っていたのである。

ロックハウス（石造りの家）と呼ばれるようになったその家の建築家は、レインに書く。[*3]「ご両親がこの新しい家でおおいに楽しく、安楽に暮らしてくださることを心から祈っております」

一九三〇年二月一六日の日記に、レインは満足気に書いた「父と母は新しい家にすっかり落ち着いた」[*4]。母ワイルダーは六十三歳になったばかりだった。

ところが、この落ち着いた隠退生活は、ワイルダーが必ずしも望んでいたものではなかった。一九二九年か一九三〇年のどこかで、ワイルダーは「フィフティ・フィフティ」と「ビッグ・チーフ」のはぎ取り式ノートと鉛筆をたくさん買い込み、ロックハウスの新しい食堂のテーブルで、再びものを書き始めたのである。だが、今度は本を書いていたのだ。

これまでのような新聞や雑誌用の記事ではなく、アメリカの西部開拓時代を生きたワイルダー自身とその家族の物語であった。フィフティ・フィフティのノートの表に「パイオニア・ガール」（以下PG）と書いて、物語を書き始めたのだ。書き出しは、お話の最初によくある「むかしむかしのこと」である。

原稿は合計六冊にわたり、二歳から十八歳までの十六年間の暮らしを綴ったものとなった。ＰＧはノンフィクション、つまりワイルダーにしか書けない、彼女が記憶のままに書いた、真実の物語だ。一人称で書かれ、ワイルダー自身と将来これを読んでくれる人たちの間に親密なつながりをもたらすものであった。

「わたしは横になっていましたが、目をあけていて、馬車の幌のすき間からたき火と、座っているパーとマーを見ていました（訳注：ワイルダーは父母をパー（Pa）、マー（Ma）と呼んでいた）」と、ワイルダーは第一ページに記す。「あたりはしんとしてものさびしく、だれも住んでいない、広い平らな大草原の上に空があり、星が光っています」。物語はワイルダー個人の経験であり、彼女とその家族の大変ユニークな開拓の経験を思い出として語ったものである。

ＰＧは、ワイルダーがインディアン（アメリカ先住民）の土地と呼ぶ場所から始まり、幼い頃の思い出が語られる。そこは現在のキャンザス州南東部。当時のワイルダーは二歳。一八六九年の晩夏または初秋に、一家はそこへ移住したのだ。ワイルダーは、オオカミが「家をまるく囲むようにしてしゃがんでいた」こと、インディアンのふたりの「きらきら光る黒い目の赤ちゃん」を見て、幼いワイルダーが自分のものにしたいと思ったことなどを、はっきりした記憶として書いている。記憶が鮮やかにくっきりしてくるとともに、ワイルダーの書きぶりも明解になり、過去の出来事で出会った人や場所について、ますますくわしく語れるようになってくる。ワイルダーの記憶はすばらしかった。

ワイルダーはまた、家族の日々の暮らしを事細かに記した――本、歌、おもちゃ、クリスマス・プレゼント、ブーツ、帽子、宝石、ドレス――どれもがワイルダーの子ども時代の大切な思い出として、この覚え書きに織り込まれた。青春時代の物語へと書き進めるに従って、ワイルダーの描写はますます豊かになり、年頃になった彼女の物語は実に生き生きと読者の心に訴えかけてくる。結びは、十歳年上のアルマンゾ（マンリー）・ワイルダーとの結婚だ。最後のページにワイルダーは書く。

「ここがわたしの新しいすみかだと思うと、とてもおごそかな気持ちになりました。同時に、わが家にいるという幸福感を味わっていました。それは何より、もう二度と知らない人たちのところへ行って暮らすことはないのだという幸せな思いでした。わたしにはこの家があり、それがわが家となったのです」。ＰＧは、家族がわが家を求めて旅に出るところから始まり、ワイルダーがついに自分の生きる場所、わが家を見つけるところで結ばれる。

ローラ＆アルマンゾ・ワイルダー夫妻
（ローラ・インガルス・ワイルダー・ホーム＆博物館：LIWHHM）

物語は最初から通しで書かれ、オリジナル原稿には、区切りのセクションも章も一切ない。原稿を書きながら、時系列を間違って話を先へ進めてしまい、あとで原稿に戻って、間にエピソードや場面の説明を入れたりしているところもある。ワイルダーが書き足した場面は、だいたい原稿ページの裏に書かれており、そこには物語の流れをよくするためのメモも書かれている。そんなメモからわかるのは、ワイルダーが最初からPGを、母から娘へ伝えたい家族の物語として、また、いずれは手を入れて出版するためのラフな原稿として書いていたということである。たとえば、原稿の四ページ目(本訳書10ページ)に「これは使わない」と書き記しているが、それは、パー(物語ではとうさん)がキャンザスの大草原で小馬を走らせていたとき、オオカミの群れにとりかこまれた場面だ。ワイルダーは、これはあり得ないような内容と感じたのだが、娘に話題を提供するために一応書いておいたのだ。[*5]ワイルダーがPGのオリジナル原稿を書き終えたのは、一九三〇年の春である。五月七日、娘レインは日記に書く。「午後、母が原稿を持ってやってきた。そして、母と父は夕食までここにいた」[*6]

ワイルダーは、PGの執筆のプロセスについての考えや気持ちや意図をまったく書き残していない。生涯において、日記をほんの数回つけただけ、それもすべて旅日記だった。[*7]また、やりとりした手紙についての手がかりも残していない。一九一五年に、レインの住むサンフランシスコに滞在したとき、マンリーに出した手紙は、一九七四年に『大草原の旅はるか』として出版されているが、そのあとワイルダーが書いた個人的な手紙はほとんど残っていない(訳注:二〇一六年にローラの手紙集が出版された。*The Selected Letters of Laura Ingalls Wilder*, edited by William Anderson. HarperCollins)。現在残っている手紙で、最もワイルダーの本心を表しているのはレインにあてた「小さな家シリーズ」の執筆、編集、出版に関する手紙で、PGを書いたあとのものだ。一方、レインは手紙魔であった。日記もたくさんつけていた。これらレインの日記を読むと、ワイルダーがどんな風にしてPGを書いていったのか、そのプロセスがわかってくるが、だからといっ

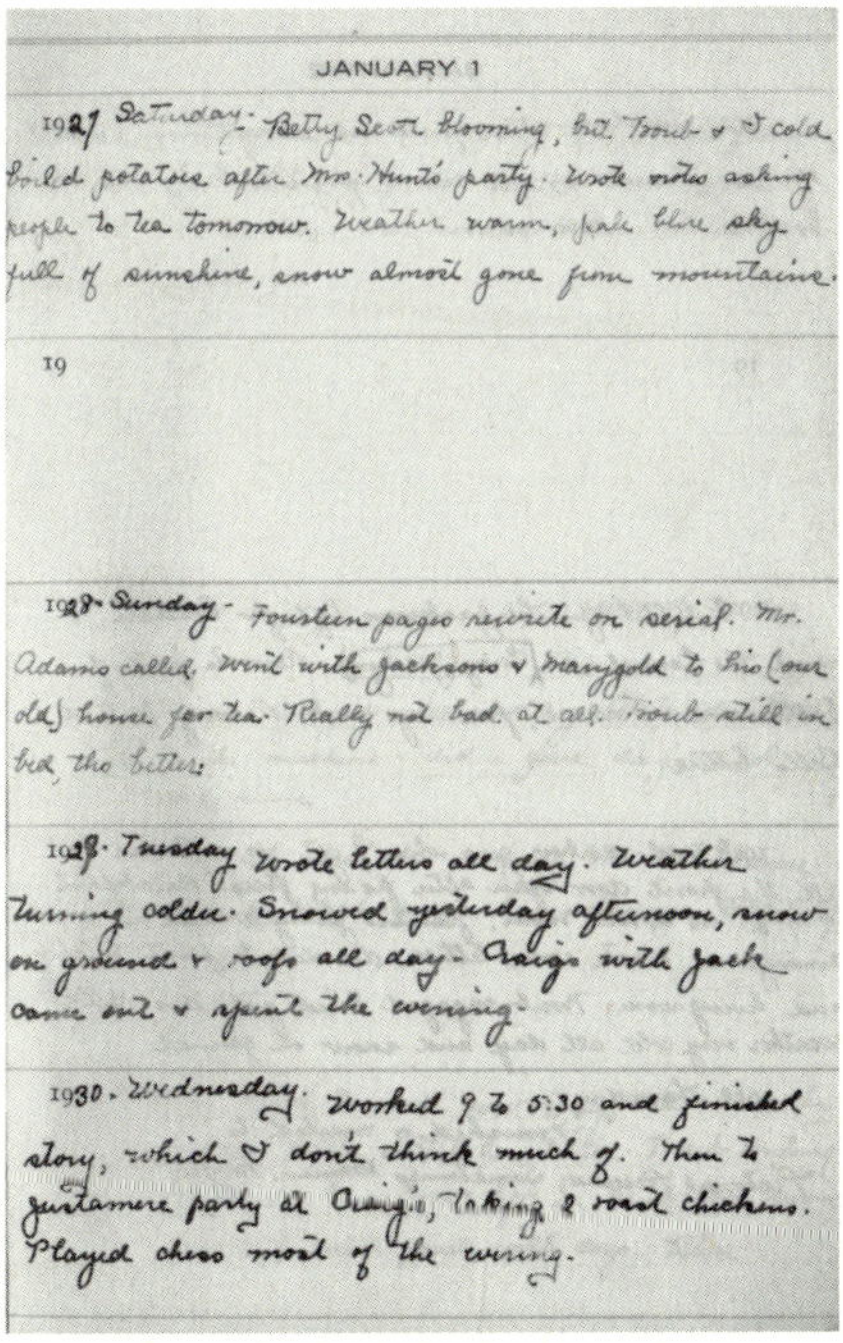
JANUARY 1

1927 Saturday - Betty Scott blooming, but Troub & I cold boiled potatoes after Mrs. Hunt's party. Wrote notes asking people to tea tomorrow. Weather warm, pale blue sky full of sunshine, snow almost gone from mountains.

19

1928 - Sunday - Fourteen pages rewrite on serial. Mr. Adams called. Went with Jacksons & Marygold to his (our old) house for tea. Really not bad at all. Troub still in bed, tho better.

1929 - Tuesday Wrote letters all day. Weather turning colder. Snowed yesterday afternoon, snow on ground & roofs all day. Craigs with Jack came out & spent the evening.

1930 - Wednesday. Worked 9 to 5:30 and finished story, which I don't think much of. Then to Justamere party at Craig's, taking 2 roast chickens. Played chess most of the evening.

レインの5年日記。この日記やレインが書いたものから、母の「パイオニア・ガール」への関与が見えてくる(ハーバート・フーバー大統領図書館、HHPL)

て、ワイルダーの気持ちや執筆方法がはっきり見えてくるわけではない。レインの目を通して見たものなのだから、いろいろな点で齟齬があったり、間接的で、不確実で、ときには偏見も含まれているからである。

内々のことや、思いつきですぐに書いた言葉は、日記の強みでもあり、欠点でもある。筆者ではなく、日記に書かれている人のことがかなり出てしまうからだ。レインは日記を単に日々の事柄を記すためでなく、自分を鼓舞し、確認し、夢を与え、褒め、批判し、いいたいことをはき出させ、記憶させる手段として使っていた。レインの日記には、自分の抱いた印象や意見も書かれているわけだ。だが、ＰＧの執筆についてのヒントがあるのは、一九三〇年の日記と何通かの手紙だけで、あまりはっきりしたヒントは見つからない。

たとえば、日記からは、レインが一九三〇年五月七日の午後に、ワイルダーが原稿を持ってくるのを待っていたのか、それとも、いきなり持ってきたのでびっくりしたのか、わからない。翌日レインは書く。母の原稿を「一日コピー（タイプ）していた」。さらに、五月九日もまだコピーをしている。だが、ある程度の長さになったところで、ニューヨークにいる、自分のエージェントのブラント＆ブラント・エージェンシー[*8]に「サンプル」として、原稿の最初の方のページを送ったようだ。

一九三〇年までに、ブラントはレインのエージェントとして十年間働いてきた。ワイルダーとレインが文壇にデビューしたのは、一九一〇年代の同じ頃だったが、レインはたちまち国際的にも広く名を知られる作家となった。フィクションやノンフィクションを、サンセット誌、ハーパーズ誌、カントリー・ジェントルマン誌などに寄稿していた。旅をよくし、数年間外国で暮らした。キャンザス・シティ・スター紙は、一九二五年、レインが七冊の本を上梓したことをたたえ、「その他の活動や、短編、記事の執筆もこなす、驚くべきエネルギーの持ち主だ」と書いた。その七冊とは、『ヘンリー・フォード物語』（一九一七年）、『わかれ道』（一九一九年）、『南海の白い影』（フレデリック・オブライエンとの共著、一九一九年）、『ハーバート・フーバー物語』（一九二〇年）、『シェイラの峰々』（一九二三年）、翻訳『シャマーカの踊り子』（一九二二年）、そして『男の中の男』（一九二五年）だ。[*9] レインは、シリーズもののフィクションや、それと同等のものに対して、一万ドル（今のレートでいえば、十二万五千ドルほど）を要求できる作家になっていた。[*10]

母の原稿を受け取って二日後にレインがブラントにそのサンプルを送ることにしたのは、レインが原稿を読んで、これはものになりそうだという確信があったからではないだろうか。もちろん、母のためにそれをブラントに送ったとも考えられるし、ロッキーリッジ農場にあるふたつの家を保持するために収入を増やさなくてはいけないと必死になっていたからでもあろう。自分の稼いだお金だけでなく、母が書いたものによってでも。時は大恐慌時代、アメリカの出版界は大打撃を受けていた。二十世紀前半を通じて、雑誌は、劇的に売り上げが落ちていた。広告主は予算を大幅に減らし、読者は購読をやめた。名門、サタデイ・イブニング・ポスト誌、レイディズ・ホーム・ジャーナル誌、カントリー・ジェントルマン誌は、経済ブームの時代から一九二九年の株大暴落まで、フィクションやノンフィクションの原稿をまとめ買いしてストックしていたので、一九三〇年代初めの経済危機に直面したとき、それらのストック原稿を出版に回し、新しい原稿の受け入れには消極的になってしまったのである。たとえ、レインのような著名な作家からでも。[*11] レインの同業者はレインに、「雑誌市場の厄年」と書いている。[*12]

一九二八年、レインは両親のために、ロックハウスをプレゼントするため、四千ドルを用意したのだが、それだけではすまず、設計、資材、建築、家具などを含め、合計一万一千ドル～一万二千ドルもかかってしまった。同時に、レインは古い農家にも大々的に手を入れて、電化し、排水設備、暖房設備を整えた。そのために長年の友人であり、同居人でもあるヘレン・ボイルストン（愛称トラブ）から、また両親からも借金をした。また、投資にも手を出していた。主な取引先はパーマー&カンパニーという、ニューヨークの金融会社で、ボイルストンやワイルダーの投資も扱っていた。一九三〇年半ばまでに、会社の価値はほぼ半分に下落してしまった。[*13] 株の大暴落や自身の経済状況を顧みたレインは、当時は差し迫る危機を全く予測していなかったと、一九三二年に書いている。[*14] 当時、レインはボイルストンにいった。「私たちの口座の額はゼロになった。もうおしまい」。[*15] そして日記に記した。「茫然自失、顔面蒼白の瞬間だった」

ロックハウス。ワイルダーはオウザーク丘陵の美しい景色に囲まれたこの家で「パイオニア・ガール」を書いた（撮影：ちばかおり）

一九二七年から一九三〇年までの五年日記の裏に、レインは自分の将来の目標、業績、年間財政、新年の決意を書いている。一九三〇年のそれは、「私は借金を返し、お金を貯める」[*16]だ。やがて、最初の経済危機への不安は「しだいに薄れた」と記し、「なんとなく暮らしていっている」[*17]と書いた。ロッキーリッジ農場での暮らしは一九三〇年が明けてから数週間はそのまま続き、レインの毎日の暮らしにも両親のそれにも、とくに大きな変化はなかった。雇い人と住み込みのコックがいるので、農場の日常の生活にはまったく支障がなかった。レインとボイルストンは狐狩りや、乗馬を楽しみ、地元の友だちや客人たちとチェスのゲームに明け暮れたり、ワイルダーが設立に協力した、ジャスタミア・クラブという女性たちの勉強会に出たりもした。ワイルダーとレインは、それぞれの家でお茶や食事を共にしたり、午後、丘の道を歩いては、お互いの家へ行ったりもしたのである。[*18]

しかし、レインは「心の底では不安が募ってきた」[*19]と書く。四カ月間、レインは悪戦苦闘していくつかの短編をひねりだしたが、出来が悪かった。[*20] ブラントからの手紙がそれを裏付ける。「新しく送っていただいた話ですが、実におもしろい。

しかし、ローズ、あなたがいったい何を伝えたいのか、さっぱりわかりません」。[*21] レインはこれは売れないのではないかと不安になった。そこへブラントから、新しく送った話のひとつに、さらに訂正を要求する手紙が届いたので、レインは意気消沈した。冬が過ぎゆくにつれ、レインの憂鬱は深まるばかりで、二月二八日の日記には、「この四年間は空っぽだ。何もする気が起きず、加齢が進むだけ」とある。春の訪れも、レインの気持ちをいささかも明るくしなかった。三月の末、レインは書く。「あまりに憂鬱で、もう死んで楽になりたいくらいだ」。次の日、レインは自分の絶望感の根っこを日記にほのめかす。「カール（ブラントのこと）は私の原稿をまったく売ってくれない」[*22]

レインのキャリアは止まったままだった。そんなときレインは「パイオニア・ガール」の原稿を受け取ったのである。それが五月七日。レインは、自分の作品がまた売れ始めるまでの間のつなぎとして、この原稿に目を向けてみようとしたのではないだろうか。

五月一〇日と一一日、[*23] レインは、母の「パイオニア原稿」を「コピー」しはじめた。この場合の「コピー」がどういう意味なのか、はっきりしないのだが、原稿を「タイプ」して、どこかに見せる形にしようとしたはずだ。一九三〇年代にはもう、雑誌や本の原稿は、ダブルスペースでタイプして提出するのが一般的なやり方だった。ワイルダーは、ミズーリ・ルーラリスト紙に定期的に寄稿しはじめた頃、レインの強いすすめでタイプを学んで打てるようになってはいたが、レインの方がずっと早くて上手だった。[*24]

五月一二日、ブラントから電報が届いた。レインが書き直した短編「証言」がカントリー・ジェントルマン誌に千二百ドルで売れたのだ。だがもちろん、将来の財政不安が払拭されたわけではない。その証拠に、二日後、レインは再びPGの原稿に戻ったからだ。五月一七日にはもう、「PG原稿のコピー」は終わっていたので、それをブラントに送り「意見を求めた」。同日、ブラントから、一週間前に彼に送っておいたPGのサンプルについて、「なかなかよい」という返事がきた。[*25]

レインが五月一七日に送った原稿は、のちにブラント&ブラント版と呼ばれるようになるものだろう。百六十ページにわたるこの原稿は、ダブル・スペースでタイプされ、ワイルダーの手書きのオリジナル原稿の構成や言葉遣いや語り口をかなり近い形で生かしているが、ただひとつ重要な変更を加えている。それは最初の書き出しの文だ。レインは、「むかしむかしのこと」を削除してしまったのだ。いかにもありふれた言い回しで、子どものために書かれたことを示唆していると思ったからだ。確かにオリジナルは「むかしむかし」と書き出されてはいるが、ワイルダーはこの原稿を大人の読者を頭において書いたのだ。ブラント&ブラント版は、ワイルダーのオリジナルPGと同じく、章は設定されておらず、大きなセクション（区切り）もない。語りがどこまでも続いていく書き方である。[*26]

原稿を郵送してからというもの、レインはじりじりと待たされた。これを読んでカール・ブラントは、売れると思うだろうか？　エージェントとして働いてくれるだろうか？　エージェントは、原稿がいかに優れたものか、売れる可能性があるか、理想を言えばその両方に確信が持てなくてはならない。たとえPGがレインの作品（ワイルダーでなく）だとしても、ブラントにはすぐにそれを引き受けて、ふさわしいと思われる出版社に声をかける義務はないのだ。

五月一八日、レインがPGをブラントに送った翌日、両親が食事に訪れた。「そのあとで」と、レインは日記に書く。「母とトラブとコリン（地元の友人）でブリッジをした」[*27]

•••

レインの日記には、PGをブラントに送ったことについてワイルダーがどう思ったかは書かれていない。しかし、一九三〇年の晩夏、レインはワイルダーが出版に際しては、「お金よりも名声」を望んでいると書いた。[*28]それから七年後、ワイルダーが名実ともに作家として活躍するようになったとき、ワイルダーは、自分の開拓時代の暮らしを書くことにしたのは父親のお話を残したいと思ったのも理由のひとつだと述べた。「消えてしまうのはもったいないほどすばらしい物語」[*29]だと語ったのである。しかしながら、この説明は、一九二九年から一九三〇年、ワイルダーが六十代前半だったときに、なぜ自分の自伝を書こうと思い立ったのかを明らかにしてはくれない。いったいなぜ、ワイルダーは家族の歴史、家族に伝わる物語や伝統を、その特定の時期に書こうと思ったのだろう？

それより二十年ほど前から、ワイルダーは、セント・ルイス・スター・ファーマー紙に畜産についての記事を寄稿したのをきっかけに、作家活動に入り、その後、ミズーリ州の主要な週刊新聞であるミズーリ・ルーラリスト紙にも寄稿するようになった。農家経営のこつや変革、農村女性だけでなく一般の女性の役割、季節の移り変わり、戦争、平和など、さまざまなトピックについて書いた。ときどき過去の個人的な思い出にも触れた。たとえば、一九一七年の記事では、一八八〇年～一八八一年の「厳しい冬」について書いたし、寄稿最後の年の一九二四年には、自分が十六歳だったときのクリスマスをとりあげた。その記事の最後にワイルダーは書く。「わたしたちは子どもの頃の思い出や、友だちをなつかしく思う気持ちによって心が温かくなり、クリスマスがくると、また気持ちだけは子どもの頃に戻って、それからの一年間を心おだやかに過ごせるようになるのです」[*30]

ワイルダーがものを書く人になりたいという野望を抱いたルーツは、十六歳のときだったかもしれない。ダコタ・テリトリーに住んでいた頃のこと、彼女はよく詩を書いていた。大事にとっておいた、若い頃に書いたもののひとつが、「野望」と題する作文だ。大好きなヴェン・オーウェン先生が出した宿題の作文である。また一八九四年、デ・スメット・ニュース・アンド・リーダー紙に載った、初めて出版された自分の記事もとっておいた。それは、若いワイルダー一家がサウス・ダ

ワイルダーのポートレート。1918年2月20日にミズーリ・ルーラリスト紙に載った「ワイルダー夫人はどんな人？」という記事に載ったもの。ワイルダーはこの新聞に農家の生活についてのコラムを7年間書いていた（HHPL）

ワイルダーが覚え書きを「パイオニア・ガール」として記した、罫線入りのはぎ取り式ノート（LIWHHM）

コタ州からミズーリ州のオウザーク地方へ移住するときに、途中の景色や印象を、ふるさとの家族に伝えるために書いた手紙だ。ワイルダーは、その記事の余白に、「初めて出版されたわたしの記事」と書き込んでいる。[*31]

それから九年のちの一九〇三年、ワイルダーはダコタ・テリトリーのシルバー・レイクの岸辺に住んでいた頃の家族の思い出を、短いスケッチ風の文章にまとめ、「本のアイディア集」[*32]と名付けたファイルにしまっておいた。その前年に父チャールズ・インガルスが亡くなっていた。この短い未発表の文章は、父の死への思いのあらわれであり、また、家族の物語をもっと多くの人に知ってもらいたいという、ワイルダー初めての試みではないだろうか。数年後、このアイディアが再び浮上した。ワイルダーがミズーリ・ルーラリスト紙に寄稿し始めてからすぐのことだったろう。一九一一年～一九一四年の間にワイルダーに宛てたある手紙で、レインは母の「自伝」に触れ、こうアドヴァイスした。「どこのだれにも決して見られることがない日記を書いていると考えてみて。そこに、なんでもいいから、とにかく思ったことを書いてみてください」[*33]

一九二五年、母キャロライン・インガルスが亡くなった翌年、ワイルダーは再び先のアイディアに立ち戻った。母の姉マーサ・カーペンターに手紙を書き、伯母の子ども時代の話をたずねたのである。しかし、このときにはもうワイルダーは作家としてものを書き始めていたので、この依頼には、ほんとうの出来事を知りたいという、作家としての強い期待と熱意があらわれている。伯母への依頼の手紙に、ワイルダーはレインからのアドヴァイスを反映させて書いた。「わたしにお話をしているみたいに、当時のことをおばさんの言葉で伝えてください……毎日のほんのちょっとした出来事や、おばさんやわたしの母、イライザおばさん、トムおじさん、ヘンリーおじさんが子どもだったり、少し大きくなったりした頃、パーティに行ったり、そり遊びをしたりしたときのことを教えてください」

ワイルダーはカーペンター伯母の思い出を書き留めるための速記者代を支払いたいと申し出たくらいだったが、その必要はなかった。伯母は手紙で事細かに昔の話を書いてくれた。[*34] ワイルダーは伯母の手紙をしまっておき、それらを自分の物語に使えるまで大切に保存しておいた。

しかし、一九二八年一〇月一七日、ワイルダーの姉メアリが六十三歳で亡くなると、ワイルダーは、今こそ家族の物語を書く時期がきたと思ったに違いない。姉を喪ったことで、自分の寿命をいっそう強く意識したのだろう。とにかくここにきて、PGはついに誕生の時を迎えたのである。

エージェントや編集者からの返事を待つ間は、もの書きには苦悩の時だ。PGについての待ち時間は、ワイルダーにとってほんとうにつらいものだった。レインは原稿をブラントに送ってから一週間もたたないうちに、歯痛に苦しむワイルダーをセントルイスへ連れていき、歯科医の診察を受けさせることにした。五月末のことで、結局、ワイルダーはかなりの数の歯を抜歯した[35]。

六月初め、レインはどうにも落ち着かなくなっていた。三日、レインはブラントに、その年の初め頃に送った短編がいくつか、まだ売れずに残っていたので、その原稿を返してほしいと頼み、次の日には、PGのことが気になりだした。「母の原稿についてカールは何もいってこない。ちゃんと扱われていないのではないだろうか」と、レインは日記にこぼす。六月中旬、レインとワイルダーは再びセントルイスへ行き、やっと「義歯」を手に入れた。レインは日記に記す。「郵便には良い知らせなし。何も売れず。カールが母の原稿を返してきた」[36]

ブラントにPGを引き受けないといわれたことでワイルダーががっかりしたかどうかを、レインは日記に記していない。レイン自身もがっかりしたとは書いていない。七月の終わり、レインはついにある決心をした。PGを世に出して成功させるためには、相当の手直しをしなくてはならない、と。そこで、一九三〇年七月三一日、レインはPGの「書き直し」に着手した。その時に、ワイルダーは、自分の書いたものが「お金よりも名声」をもたらすのを望んでいるとはっきりいったのだ[37]。

ワイルダーのPGに手を入れることにしたとき、レインはすでに十五年間、さまざまな作家の原稿の「書き直し」や編集をしていたのだった。オリジナルのPG原稿のあちこちに書かれているワイルダーのメモを見ると、娘に原稿をチェックし、手直しをし、出版にふさわしい形に編集してほしいという、ワイルダーの意図が見える。こういうチェックの態勢はふたりにとってあたり前のことだった。以前の一九一五年に、ワイルダーはサンフランシスコに住むレインの家に滞在したことがあるが、当時、レインはサンフランシスコ・ブリティン紙で働いていた。ワイルダーの訪問の目的は、長い間会っていなかった母娘の再会はともかく、仕事のためだったのである。ワイルダーはレインに、もっと市場の大きい、有名な出版社から作品を出せるようにするための指南をしてもらいたかった。ミズーリ・ルーラリスト紙はミズーリ州内では最も大きな農民向け新聞だったが、読者や興味の範囲は狭かった。一九一五年には、レインは文筆界で全国規模の名声を得られるようになり、のちに自分がいう「大きな市場」[38]を見込める作品が求められているのをよく承知していた。そこで、レインは最初からプロのテクニックをワイルダーに授けるつもりでいたのである。その秋にワイルダーが農場に残っている夫に書いた手紙にはこうある。「ローズとわたしは今、オウザークを舞台にしたわたしの話の構想を練っています。家へ帰ったら、それを仕上げるつもりです。うまくそれが売れたら、大きな助けになるでしょうし、その上、勉強もしていますので、これから雑誌に何か書けるかもしれません」[*39]

　結局、ワイルダーはミズーリ・ルーラリスト紙の依頼で、サンフランシスコ万国博覧会の特集記事を書き始めた。その記事は、一九一五年一二月号の一面に大きく載った。

　レインの指導を受けながら、ワイルダーは全国誌ふたつにいくつかの記事を書いた。編集者に原稿を見せる前に、ワイルダーは必ず草稿をレインに見せてアドヴァイスを求めた。一九一九年にマッコールズ誌に出た「結婚相手を決めるには？」を書いたときには、レインの手直しがあまりに多かったので、ワイルダーは落胆してしまった。すると、レインは手紙にこう書いてきた。「私がお母さんの原稿をいじったからといっても、そんなにひどいことをしているわけじゃありません。M・H・ヴォースや、I・H・アーウィンのを手直しした程度にすぎないんですから」[*40]

　その数年後、レインはミズーリ・ルーラリスト紙にワイルダーが書いたものは「非常にすばらしい」が、一九二〇年代にワイルダーが書いた記事を載せてくれたマッコールズ誌やカントリー・ジェントルマン誌のような全国誌は、ルーラリスト紙とは違うタイプのものを望んでいるといった。[*41] 違った読者層、違ったジャンル、違った出版物に対応できるようにしなければならないことを知ったワイルダーは、娘の編集アドヴァイスをすすんで受け入れるようになり、それについてあれこれ質問したりしなかった。質問や疑問を投げかけるようになったのは、そのずっとあと、子どもや若者のために書くようになって、ついに自分の文体を見つけたときのことだった。

　一九三〇年には、ワイルダーはレインのアドヴァイスの才能にぜったいの信頼をおいていたのだ。ミズーリ・ルーラリスト紙の記事に、ワイルダーは、娘を「作家であり、世界を旅する女性であり、本や短編をたくさん書き」それは「アメリカやイギリスで」出版されていて、「外国語にも」翻訳されたと書いている。[*42] 娘のキャリアは、ささやかなもの書きのワイルダーのそれを上回っていたからだ。娘の編集上のアドヴァスに対してあれこれいえる筋合いなどないではないか？

　レイン自身も、己の編集や書き直しのスキルに大変自信を持っていた。一九二〇年代、すでに名の知れた作家の代わりに書いたり、これからプロになろうとしている人たちのために書く仕事を引き受けたりしていた。その相手は、フレデリック・オブライエン、ルイス・ステルマン、ヘレン（トラブ）・ボイルストン、一九三〇年にはローウェル・トーマス。[*43] レインはかなり大胆な書き直しをした。初めの頃、ワイルダーはそんなレインのやり方に腹を立てたものだ。一九一九年、マッコールズ誌の記事をレインに手伝ってもらって書いていたとき、ワイルダーはそれをレインに問いただしたことがある。すると、レインは他の人の原稿と比較して母の原稿のすばらしさに触れ、「とにかく記事の主要な部分はすべてお母さんの書いたものですよ」[*44]と書いてきた。

　一九三〇年七月三一日、レインがＰＧに手を入れはじめたとき、レインは「主要な部分」を確保しておいたが、いかにも子どもっぽい箇所は削ってしまった。たとえば、暗くなる前に雌牛を家へ連れ帰ることができなかったパーの少年時代の話、ワイルダーのいとこで、わんぱくなチャーリーが、オオカミ少年をやったときの話など。レインは六月二一日にニューヨークのブラント&ブラント社から返されてきた原稿の編集作業をした。鉛筆でページ全体に削除を示す斜線を入れたり、タイプ原稿の行の上や下に、手書きで、新しい単語や言い回しを書いたりしている。しかし、途中で、新しくタイプし直した方が楽であると思い、このやり方をやめたらしい。というのは、ブラント&ブラント版の五十九ページ以降には、レインの鉛筆書きの直しはまったく入っておらず、そのページに「他の版へ」と書かれているからである。

「他の版」とは、PGのブラント改訂版のこと。[*45] これはタブルスペースでタイプされた原稿で、ほんの百二十七ページしかない。レインが手を入れたもので、内容も分量も浅く薄い。この版は、ワイルダーの書いた物語の流れをくっきりわかりやすくし、家族の歴史における大切な場面や、欠かせない時期を、セクションで区切って明確にしている。さらに、新しいエピソードも付け加えた。目立つのは、身も凍るような恐ろしい事件で、キャンザス州南東部に住んでいた悪名高きベンダー一家に、インガルス一家が危うく遭遇するところだったというエピソードだ。

一八七〇年代、キャンザスの辺境地帯では、ベンダー一家は集団殺人で告発されていたのだが、結局はうやむやになってしまった。しかし、当時の新聞記事にはおどろおどろしい内容が書かれている。一家の話は、国じゅうの注目を集め、一九三〇年代までよくうわさに出ていた。レインは日記でも、このエピソードをPGに追加したことを書いていないのだが、ベンダー一家のエピソードを入れることが、販売につながる要素であると考えたのだろう。原稿の早い段階の六ページ目にこのエピソードを入れたのは、すぐさま編集者の目をとらえたいというもくろみがあったのだ。このエピソードはそもそも事実ではないようだが、一九三七年、ワイルダーはデトロイトのブック・フェアで話をしたときに、このエピソードを語った。ワイルダーはこれが事実だと思っていたのだろう。

もしかしたら、これはインガルス一家に伝わる話のひとつで、ワイルダーの父、つまりチャールズ・インガルスが子どもたちをおもしろがらせるために作った話かもしれないが、それにも信憑性はない。オリジナルのPGに描かれている父親の性格にふさわしくないからだ。注目すべきは、ベンダー一家が行った最も恐ろしい殺戮は、インガルス一家がキャンザス州を去ってから起こったことで、一家はすでにウィスコンシン州に戻っていたという事実だ。つまり、ブラント改訂版やそれに続く版（バイ版）に書かれている事柄の流れは、時系列には合わないのだ。インガルス一家はすでにそこ（キャンザス州）にはいなかったのだから（付属資料B参照）。

ここではっきりさせておきたいのは、レインがフィクションをノンフィクションとして出版して、プロのキャリアを積み上げてきたということだ。さかのぼって一九一五年、レインはサンフランシスコ・ブリティン紙に「追跡者エド・モンロー」「ヘッドライトの陰で」を、「ほんとうにあった話」として連載したのだが、インタビューや事実を元にしてはいるものの、それをかなり脚色し、再創造して、読者の興味をそそるように書き換えているのだ。[*46] レインの伝記作者、ウィリアム・

ホルツは、これらの連載は、レインが事実をフィクションに変えてしまうことに「良心の呵責を覚えない」タイプであることを表すと書く。「レインがかなりの手を加えた」とされる「ヘッドライトの陰で」の連載では、「実際の筋書きや起こった事柄がどうであったかには関係なく、話をうまく作っておもしろくしている」と。[*47]

　このような作られた「ほんとうの話」が、著名人の人生をノンフィクションとして書くという名誉ある仕事へ、レインを導いた。たとえば、チャーリー・チャップリン、ヘンリー・フォード、ジャック・ロンドンなどである。ボブズ・メリル社が、チャーリー・チャップリンについてレインがサンフランシスコ・ブリティン紙に書いた連載を、単行本として出した。また、「大きな市場」を持つサンセット誌は、レインにジャック・ロンドンの伝記の連載を依頼し、それをセンチュリー社が単行本として出版すると申し出た。レインは会話を創作し、新たな筋書きをこしらえ、伝記物語にもかかわらず、歴史上の人物まで別人にしたてたりした。ヘンリー・フォードはレインの書いた伝記を記述が正確でないといって非難し、

レインのポートレート。母を作家としてデビューさせるために、ライターとしてのスキルを存分に使った (HHPL)

チャーリー・チャップリンは自分の人生を勝手に書き換えた伝記を出されて立腹し、出版社のボブズ・メリル社を相手取って訴訟をおこすとまでいった。すでに印刷が済んでいたが、出版社は出版をキャンセルした。[*48] ジャック・ロンドンの連載がサンセット誌に出る前から、ロンドンの未亡人シャーミアンと妹はレインと連絡をとって、遺憾の意を示していたのだった。

「ジャック・ロンドンが自分で書いたものにもフィクションはまじっているけれど」と、妹はレインにいった。「彼の伝記を書いているのはあなたなんですからね[*49]」

　サンセット誌は、「伝記と言っても完全なものではなく……ロンドンの人生全体がわかる、スケッチ風の読み物」[*50]を依頼したのだと、レインは未亡人にいっていた。のちにレインは、「確かに全体はフィクション仕立てですーけれど、それは物語の色合いや表現方法の点だけのつもりでした」。さらにレインは自分は「単なる事実でなく、真実」をつかまえたいのだ、といった。[*51] このなんとも区別しがたい違いの説明を、ロンドンの家族は受け入れなかった。サンセット誌の連載が始まってからというもの、未亡人は、レインほどの有能な作家が、まず「事実をつきとめる手間を惜しんで」これほどたくさんの「勘違い」や「誤った印象」を発表することは許しがたいといっていた。[*52]

　それでもなお、レインは事実とフィクションをとりまぜる手法こそが、成功する仕事のこつだと考えていた。ロンドンのような有名人を一般大衆にアピールする効果があり、出版社の受けもよいからだ。レインはシャーミアンに、家族が認めてくれるように本を書き直す案を打診した手紙でこう書い

た。「十五パーセントという印税は私の通常のレートより高いとはいえません。けれど、出版社とは絆を保っていたいのです。お金よりむしろ絆を私は大事にします。あなたとも金額の点で折り合えるところがあればよいと思うのですが」[*53]

しかしシャーミアン・ロンドンは拒絶した。レインの書いたものは、「ジャック・ロンドンの真の姿を大きくねじまげた内容で、手の入れようもない」とはねつけた。[*54] 結局、センチュリー社は単行本としてロンドンの伝記を出版しなかった。

翌一九一九年、センチュリー社はレインの初めての小説『わかれ道』を出版した。これは、レインの自伝的小説である。カリフォルニアでの体験とジレット・レインとの結婚と、一九一八年の正式離婚のことなどを語った自伝風のものだった。レインにしてみれば、事実をフィクションとして書くことがまた成功したわけだ。[*55] 一九二〇年代、レインのキャリアは花盛りだったが、ベストセラーになったフレデリック・オブライエンの覚え書き『南海の白い影』の件で、またまた事実対フィクションの問題が起こった。一九一八年、オブライエンはレインに、自分の覚え書きの書き直しを依頼した。レインは大幅な書き直しにとりかかり、元原稿を「まるごと改訂」してしまったのである。[*56] レインが印税の配分の件でオブライエンを裁判所に訴え出たことで、この問題は表沙汰になった。一九二六年、レインは訴訟に勝ったが、その後、一九二九年になってから、レインはそれについて自ら釈明せざるを得なくなった。「大事なのは、『南海の白い影』はうそを事実と書いて、読者を騙すための本ではないということです。私にいわせれば、この本には間違った解釈によるオブライエンは描かれていないのです」[*57]

一九一〇年代後半と一九二〇年代からのローズ・ワイルダー・レインの仕事は、二十世紀に入った頃にあらわれた「文学的ジャーナリズム」または、創造的ノンフィクションと形容できるだろう。これは一九六〇年代、一九七〇年代初めに、次第に勢いを増してきたジャンルである。創造的ノンフィクションの作家は、「普通とは違う、ストレスの多い、刺激に満ちた市井の人々の生き様を、ドラマとして強調する」ことに力を注ぐ。[*58] 研究者、エイミー・マットソン・ロイターズは文学的ジャーナリズムの作品は、「事実のような真実性のあるものでなくてはならない」と述べている。[*59] 一九三〇年以前にノンフィクションとして出されたレインの作品には、その基準を満たすものはない。

とはいえ、出版界におけるレインの急速な台頭は、彼女の創作態度を正当化するようだった。このやり方で、母ワイルダーの作品もやってみようか？　当時のレインの日記には、PGを書き直して新しい版にしていると書かれている。これをぜひとも売れるものにしたいと思っていたのだ。一九三〇年八月四日の日記には、一日じゅう、PGの書き直しをやって、「苦しい夜」を迎え、「お金、失敗、加齢、死、もろもろでもう息切れ状態、どうしようもないほどの絶望感」と記している。[*60] このような絶望感がなおのこと、母の覚え書きに、フィクションのエピソードを追加しようと決めさせたのではないだろうか。

ワイルダー自身はレインの「ほんとうの物語」を書く態度について、少しではあるが気づいていた。レインが一九一五年に書いた「ヘッドライトの陰で」は、あるエンジニアの話をフィクションとして書いたものであるが、その人については、ワイルダーが詳細な情報や背景をレインに話していたのだった。ワイルダーはこうしたやり方を夫に語ったとき、「書かれている事柄はすべて本当にあったことばかり」なので、これでよいのだ、というふうに説明したのだった。[61] ワイルダーがベンダー一家のエピソードをPGに追加するかどうかを判断する際には、それと同じような基準を考えたのかもしれない。

• • ❖ • •

一九三〇年八月五日、レインは突如としてPGを脇へのけ、次の日から新しい短編「メソジストの女性」に着手した。ブラントから、「おばあちゃんの銀貨」という短編が、グッド・ハウスキーピング誌に千二百ドルで売れたのをきき、それを別のタイトル「やってきた男」で、イギリスの読者向けに書き直した。その夏、ワイルダーとレインはお互いの家を定期的に行き来していた。話題は、レインが両親に結婚記念日のお祝いとして、サウス・ダコタ州への旅をプレゼントすることだったが、八月一四日、レインは両親が旅を望んでいないことがわかった。お金を使うならば、「このあたりの池や牧草地に手を入れたり、冬に南の地方へ行くのもいい」というのだった。レインは日記をこう結ぶ。「いいでしょう！ 私だってお金が要るわ。一晩じゅう、そればかり気にしていた」[62]

ところが、そのあとで突然何かが起こって、状況が変わった。レインは次の日もその次の日も「母の原稿を手直ししていた」と書いている。そして、八月一七日、レインは「必死で仕事をして、とうとう母の『子ども向け物語』を完成させた」と書く。[63] それまで一度だってレインはPGを子ども向けとはいっていない。日記にさえもそう書いていない。レインのいう子ども向けの物語とは、ワイルダーのオリジナル原稿のほんの一部で、一家がウィスコンシン州にいたときのエピソードを元にして書かれた短い話だ。レインはそれに会話や細かい描写を加えて、脚色したのである。また、ワイルダーが一人称で書いていたものを、もっとフィクションらしい感じにするため三人称に変えた。書き出しはこうだ。「おばあちゃんが小さな女の子だった頃、おばあちゃんは丸太づくりの小さな灰色の家に住んでいました。その家はミシガンの大きな森にありました」。この「ミシガン」という単語は線で消してあり、手書きで「ウィスコンシン」と直してある（付属資料A）。

レインの日記を読んでも、PGをこのように子ども向けにした理由やきっかけがまったくわからない。多くのワイルダー研究者は、レインの古くからの友人であるエルマー&バータ・ヘイダーが子どもの本のイラストレーターだったことが影響しているという。[64] しかし、この時期にレインとヘイダー夫妻の間に交わされた会話や手紙といった資料はまったく残っていない。一九三〇年二月、レインはバータ・ヘイダーに、気軽な手紙を書いているが、子どもの本のこと、特にPGには触れていない。その後、一九三一年に、レインとヘイダー夫妻がPGの子ども向け版を考えたのは間違いないが、一九三〇年に三人が語り合っていたのは、ワイルダーの覚え書きを若い読者向けに書き直すことではなく、子ども向けの物語を出してくれる出版社を探すことだった。[65]

子ども向けの物語への書き換えというアイディアはワイルダーの頭に種としてあった可能性がある。それはレインがまだサンフランシスコに住んでいた一九一九年に遡る。マッコールズ誌に二回目の、だが結局は成功しなかったトライをしたとき、ワイルダーはレインにアドヴァイスを求めただけでなく、子どものための物語もいくつか送ったのだ。それらはもはや存在しないが、レインはワイルダーに「よく書けている」と返事を出している。しかしながら、レインは同時にワイルダーに子どものために書くのはやめたほうがよいといい、「子ども向けの物語で名を成すのは無理」[*66]と書いている。ところが、一九三〇年、レインは考えを変えたのだ。

なぜレインがPGの一部を子ども向けに書き直すことにしたのか、はっきりとはわからないが、レインの手直しのあとを見てわかるのは、レインがPGのかなりの部分を大人向けとは思わなかったことと、ブラント改訂版の一部を、子ども向けの物語に取り入れたことだ。たとえば、夜にパーが雌牛をうまく連れて帰れなかった話とか、日曜日の午後に少年時代のじいちゃんときょうだいがいたずらをして問題を起こす話が、子ども向けの物語にまた出てくるからである。インガルスのとうさんのお話を書き残しておきたいというワイルダーの願いは、とりもなおさずレインが子ども向けの物語として書き直す上での指針になっていただろう。なぜなら、その語り口はチャールズ・インガルスが子どもたちに語った話をそのまま並べるような形をとっているからだ。[*67]また、レインは読者対象を変えただけでなく、作品のジャンルまで変えた――ノンフィクションからフィクションへと。ワイルダーの「わたし」という一人称のやわらかい語りが、三人称になると、この子ども向け物語はたちどころにフィクションの衣をまとう。「おばあちゃんが小さな女の子だった頃」という書き出しで知られている子ども向けPGは、タイプ打ちされて、レインの手書きの編集メモがあちこちに入った草稿として残っている。二十一ページにわたる、ダブルスペースでタイプされたものである(付属資料A参照)。

一九三〇年八月一八日、レインは日記に書く。「子ども向け物語を再コピーしなくてはならなかった。そして、発送した」。だれに原稿を送ったのかはわからないが、翌一九日、今度はPG(大人向け版)の書き直しに入った。「母の原稿の手直しをしている―ばかみたい」と日記に書く。「ものになるかどうかもわからないのに」[*68]

・・❖・・

八月いっぱい、レインは母の大人向け版の原稿にかかりきっていた。九月に入り、九月二日、レインは日記に記す。「PGのコピーを終えた」。このコピーをブラントに送ることにしたのかどうかは書いてないが、おそらく送ったのだろう。[*69]この最後の原稿は、現在ジョージ・T・バイ版として知られているものだ。[*70]タブルスペースでタイプされ、総ページ数二百三ページ、手書きのメモや直しが入っていないところを見ると、最終原稿とわかる。バイ版は、一九三一年から彼の亡くなる一九五七年までレインとワイルダーのエージェントを務めたバイ氏の名からきたもので、これまでの版のうちでは最も多く手直しが入った、文学的にも磨かれたPGである。これまでの版と同じく、バイ版にも章立てはないが、セクションごとの区切りはあるので、物語の流れや構成がわかるようになっている。

子ども向けの物語に取り組み、そのすぐあとでこのバイ版の最後の編集作業をしたので、レインは疲れはててしまった。九月初め、レインは書く。「ものすごく落ち込んでいる」ので、自分の新しい作品にとりかかることができないとぼやく。九日には、「新しい話を書き始めた」と書いているのだが、「あまり出来がよくない」[71]。その月、ワイルダーとレインの間の軋轢が深まってきた。八月には、ワイルダー夫妻の四十五回目の結婚記念日のお祝いとして、サウス・ダコタ州への旅とか、ロッキーリッジ農場の修復の話が出たにもかかわらず、その結婚記念日は、ワイルダーにとってみじめな日になった。マンリーは一日じゅう、雇い人と仕事をしていたので、ワイルダーは「ひとりぼっちだった」[72]。その月、母と娘はしょっちゅうけんかをしていた。九月一〇日、レインは「母のところへ行って、午後を過ごした。家まで歩いて送ってきた。私は母がこんなふうに、いつもいつも何事にしろつきまとってきて、私を引っ張り込んだり、やかましくあれこれいうのがいやでたまらない。どうしてひとりにしてくれないの？」とぼやく。ワイルダーは、新しい遺言書を作ろうとしていて、「財産」について心配していた。その月、ワイルダーとレインはふたつの家の間にある丘の上あたりを歩きながら、お茶もよく一緒にしたものだ。しかし、口げんかは続いていた。二〇日、レインは母にいった。「私がお金なんか稼げなければよかった、そしたら、お母さんもお父さんも私を養ってくれるのに」[73]

ワイルダーとレインの間の感情的もつれの大本は、大恐慌がますます激しくなって、ふたりがお金や今後の暮らしのことで高まる不安をかかえていたことにあった。ふたりの資産は危険にさらされていた。パーマー&カンパニーへの投資もあぶなかった。レインは両親が建てた家に住み、両親はレインが贈り物として建てて、支払いをしてくれている家に住んでいた。双方の生活基盤は、一九二九年、ワイルダーが最後の支払いを済ませるまで抵当に入っていた、ロッキーリッジ農場だった。レインは経済的に両親を支えていたが、同時に両親からお金を借りてもいた。さらにややこしいことに、節約に関する観点が、ふたりではまったく違っていた。ワイルダーは、贅沢品、たとえば電気のような便利な近代的なものでさえ、使わないで節約し、困難な状況を乗り切る方がよいと考えていた[74]。三年後の日記にレインはこぼす。「母ときたら、家計を必死で守ろうとして、けちけち、ちまちまと節約して、不安におののき、不満をこぼしている」[75]。しかしながら、レインも、自分はずっと「気楽な芸術家気取り」でいて、「家計を預かる責任者」[76]になるのは大変な苦労だった、と率直に認めているときもあったのだ。一九三〇年九月、レインとワイルダーはお金のことで口げんかが絶えなかったが、レインとボイルストンはちょくちょくスプリングフィールドへ買い物に出かけ、高級なレヴィ・ウルフ百貨店などにも寄り、つけで買い物をしていた[77]。ブラントに原稿を送付したあと、レインはそれがPGであるとはどこにも書いていない。ブラントからは何週間もまったく音沙汰がなかった。九月二七日、ブラントがよこした手紙には、PGについては一言もなかったが、レインは、「ほんとうに無関心なんだから」と日記に書く。だがブラントはレインにニューヨークへ来るように誘った。一〇月八日になっても、「カールからは何もいってこない」[78]

ついにレインはニューヨークへ行くことにした。一〇月一三日、ワイルダーとボイルストンはレインを送りだした。一七日、レインは日記に書く。「カールに、母の物語を売ろうとするのはやめたほうがいいといわれた」。レインの日記の端々からわかるのは、ブラントはPGにまったく関心を持っていなかったということだ。レインは彼の感想をワイルダーに伝えたかもしれないが、その手紙は残っていない。しかし、レインはとにかくPGを売ろうと決心し、自分が原稿をあちこちに持ち込むエージェントになることにしたようだ。四日後、レインはブラントのオフィスで、カーティス・パブリッシング社のグリーミー・ロリマーに会い、翌週のランチ・ミーティングの約束をとりつけた。[79] カーティス社はレイディズ・ホーム・ジャーナル誌、サタデイ・イブニング・ポスト誌といった有名雑誌を出していた。レイディズ・ホーム・ジャーナル誌は、過去二年間にレインの短編をいくつも掲載しているが、ポスト誌には何も載せてもらっていなかった。レインにとって、ロリマーは実に大事なコンタクト相手だったのだ。

一〇月二八日、レインはロリマーと「ランチ」をした。自分の書いたものについての話などせず、レインは「PGを売り込んだ」。あまりに熱心に語ったので、ロリマーはレインの滞在していたアパートにまでやってきて、その原稿を持っていった。[80] ここで再びわからないのは、レインがPGをここまで熱意を持って売り込んだのは、母のもともとの覚え書きが力作だと確信していたからか、それとも、ただ単に、名声がほしいという母の願いを叶えてやりたいと思ったからか、どちらなのかということだ。しかし、ロリマーのような大物に個人的に原稿を手渡したのだから、レインが軽い気持ちでそうしたはずがない。原稿をくだらないものだと思っていたら、プロの作家レインには、それを見せることになんの利益もない。むしろ、そんなことをしたら、彼女の信用にもかかわるし、今後の仕事にだってさしさわりが出るだろう。

ほぼ二週間ほどしてから、ロリマーはレインに電話で、意見を伝えた。PGが「非常に優れた作品である」ことはわかったが、レイディズ・ホーム・ジャーナル誌に載せることはできない、と。レインはワイルダーに伝えた。「あの社は、同じような傾向の作品をストックしているから、ただそれだけの理由で、だめだったのです。本来ならば受け取ってもらえたはずです……ベスお母さん、今となっては、ほかにあたるしかありません……あれはきっと本になるでしょう。私には確信があります。でも、本としての出版の前に、あらゆる連載の可能性をさぐってみたいのです」[81]

つまり、レインはPGをまず雑誌に連載し、そのあとで権利を本の出版社に売ることを考えていたのである。母のために、名声だけでなくお金も手に入れようとしていたのだ。

手紙はさらに続く。「お母さんの原稿をグッド・ハウス・キーピング誌の（ウィリアム・F・）ビギロウさんのところへも持っていきました。読むと約束してくれました……できるだけうまく売り込んできましたからね」。しかし、レインは万が一断られたときのための準備も怠らない。「私自身、グッド・ハウスキーピング誌にお母さんの話がすごく合っているとは思っていないのですけれど、とにかくあらゆる可能性を試してみないとね」。レインは明らかに、PGを売り込むために努力を惜しまないことにし、エージェントとして動く決意をしていたのだった。手紙の最後にレインは一九三〇年のニューヨークの文学市場について簡単に概観した。プロのライターからもうひとりのライターへ、実際的で、効果のある、勇気が出るような内容のあらましを伝えている。レインは、レイディズ・ホーム・ジャーナル誌やウーマンズ・ホーム・コンパニオン誌は、何百万ドルもの借金を払えたにもかかわらず、「作家や画家の数を制限し」、報酬を下げ、買う原稿やイラストを減らしているところだ。編集者は、「ストックしてある原稿」をまず使うように指示されている。しかしながら、最後の行にはレインの楽観主義が見える。「幸運なことに、この状態が長く続くはずがありません。いずれストックは底をつくんですから」[*82]

その年はもうPGの書き直しは進展しなかった。レインは一二月六日の日記に「ひどく具合が悪い」[*83]とだけ書き、日記をつけるのをぱたりとやめてしまった。

一九三一年一月一日、レインは五年日記を新しくつけ始めた。「新年の始まり。大変明るい期待のある、良い年になるだろう」。ところが、翌日の日記はこうだ。「グッド・ハウスキーピングのビギロウがPGを断ってきた」。その後も、また二月に入ってからも、レインの日記にはPGのことは一切出てこない。一九三一年二月一五日、レインは汽車で、ニューヨーク州ナイアックに住むバータ・ヘイダーの家へ行ったと記す。そこで出会ったのが、アルフレッド・A・クノプフ社の児童図書部門で働いていたマリオン・ファイアリーだった。レインは書く。「彼女はPGの子ども向け版を引き受けたいという」[*84]

ファイアリーを感動させた原稿は、PGの子ども向け版だった。バータ・ヘイダーは、ワイルダーに代わって、おそらく一九三〇年の終わり頃にその原稿をファイアリーに渡していたのだ。ヘイダーが、その原稿を最初にレインから預かったのがいつなのか、くわしいことは記録がないのでわからない。だが、二月初めにファイアリーが原稿に興味を示してくれたということは、その前に、レインとヘイダーが原稿についての打ち合わせをしていたに違いない。[*85]

だが、レインは、一九三一年二月一五日にファイアリーが原稿を引き受けたいといったのは、まだ確定ではないと考えていた。事実、三日前にファイアリーはワイルダーに原稿について手紙を寄こしている。「大変興味深く読みました」。だからといって、すぐに出版の契約の申し出をしたわけではなく、こう書いている。「原稿にもう少し手を入れていただけませんか？　このままですと、こちらが考えている類いの本としては、少し短いのです」。ファイアリーは「当時の開拓民の暮らし」について「くわしい細々とした内容」を望んでいたのだ。彼女が考えていたのは、もっと長い、内容の豊かな、八歳から十歳までの子ども向けに書かれた物語であった。だが、ファイアリーが興味を示してくれたことこそ、ワイルダーの自伝的覚え書きが世に出る期待と可能性が見えた兆しだった。[*86] 三週間後、ファイアリーはワイルダーに、アルフレッド・A・クノプフ社のワイルダーに対する態度を明らかにした。「弊社はぜひともあなたの本を出したく思っています。ですから、原稿全体が、提出してくださった一部のようにすばらしいものであれば、お引き受けしない理由などまったくありません。とはいえ、完全な原稿が仕上がった段階で、正式な契約締結になりますので、それはご理解いただきたいと思います」[*87]

早速、レインはファイアリーの期待に応えるべく、ワイルダーの指導をスタートさせることにした。「お母さんが原稿を二倍に増やせば、クノプフ社は必ずこの子ども向け版（以下、JPG）を引き受けるでしょう」

ファイアリーに出会った翌日の二月一六日、レインはワイルダーに書いた。「そんなに面倒なことではないと思います」

しかし、クノプフ社がどのような書き換えを要求しているかをワイルダーに説明する前に、レインはまず、先方に渡した原稿について知らせておく必要があると思った。「この原稿は、お母さんの父親の物語で、あの長いPGからエピソードを抜き出して、つなげたものです。読めばわかるでしょう」。これで明らかなのは、ワイルダー自身が、自分の覚え書き（PG）の子ども向け版（JPG）の存在を知らなかったということである。

「お母さん、私はタイプライターをたたいてそれを書いて、そのことを今までいわなかったのです。ただ、私がやったことは、たいした書き直しではないし、編集を施したというほどのものでもないのです」。レインは母にきっぱり伝えた。「この原稿は確かにお母さんのものです。一言一句、お母さんの書いたものです」。さらにレインは、ファイアリーが原稿を読んでとても興奮したことを伝え、こう記した。「ファイアリーはお母さんの書いたものがすごく気に入ったのです。だれだって読めばそう思いますとも[88]」

それから、レインはファイアリーが望む書き直しについて細かく説明しはじめた。ワイルダーに、手書き原稿のPGに戻って、そこからエピソートや場面や細かい事柄を取り出して、レインが用意した子ども向け版に新しい命を吹き込むようにと伝えた。「お母さんの原稿にすてきなエピソードがあります。大きないとこ（おばさんのこと）がきて、お母さんとメアリがどちらの髪がきれいかでけんかした話です。それを原稿に戻してください」

レインは母に、原稿がどこに置いてあるかまで知らせた。それは、レインが暮らすロッキーリッジの家にあったのだ。「二階の寝室ポーチのどこかにあるはずです[89]」

JPGを書いたとき、レインが練った書き換え作戦のうち、ひとつだけワイルダーにはっきり伝えておかなくてはならないことがあった。それは一人称の語りを三人称に変えたことだ。この変更が、ノンフィクションをフィクションに移行させるものであることを、レインは母にいわなかった。そのかわり、こう書いた。「子ども向けの本の場合、一人称は使いません。『わたし本』は売れ行きが悪いからです」

そして、このJPGに新しい話題を追加する際には、「子どもの視点から」書く必要があると強調し、人称を変えて書くのをワイルダーが面倒くさいと思うならば、そのまま一人称で書いてくれれば、あとで「私が三人称に変えておきます」とまでいい、こう続けた。「原稿をとってきて、マリオン（・ファイアリー）が望むように、追加の一万五千語を書いてください[90]」

そこで、ワイルダーはいわれた通りにした。寝室ポーチにおいてあった原稿を見つけると、新しくはぎ取り式ノートを何冊も買い込み、ファイアリーの依頼に応じた書き直しにとりかかった。レインは、母が人称を変えるのを面倒がると考えていたのだが、そんなことはなく、ワイルダーは果敢に三人称に取り組んで、書き始めたのだった。

「むかしむかし、ずっと前のこと、ウィスコンシン州の大きな森の、丸太づくりの小さな灰色の家に、小さな女の子が住んでいました[91]」

ワイルダーはノート二冊を埋めると、その上に「パイオニア・ガール　No.1」と「No.2」と書き、最初の三冊のナンバーを書き換えた[92]。一九三二年五月八日、PGの元原稿をワイルダーがレインに渡してから一年と一日後に、ワイルダーは娘に新しい原稿を渡したのだった。それはウィスコンシン州の大きな森に住む、インガルス一家という開拓民の一年間の暮らしを描いたものだった。[93]

❖

一九三一年二月の終わりから三月にかけて、レインはニューヨークにいた。自分の創作活動のほか、文学上の友人や知り合いとの食事、買い物、パーティ参加、映画鑑賞、読書などをしていた。その間、エージェントに対する彼女の不満は高まる一方だった。三月一二日、レインは日記に書く。「十一時にカールに会った―失敗だった」。このとき、レインはブラントを解雇したのではないだろうか。四日後の三月一六日、レインは別の著作権エージェントに会った。五番街にジョージ・T・バイ著作権事務所を持つジョージ・バイである。[94]この会合はうまくいき、三月一九日、バイの部下が手紙を寄こした。「当事務所は、あなたの、現在の作品及び今後の作品につきまして、著作権業務をお引き受けしたいと存じます」[95]。同日のあと、レインはランチのときにファイアリーに会ってはいたが、バイとは母の子ども向けの物語については相談しなかった。[96]

三月一九日、レインはニューヨークを去り、翌二〇日の朝、マンスフィールドに戻った。レインは再びこのオウザーク地方での暮らしが始まるかと思うと、「うんざり」「ぐったり」の思いを禁じ得なかった。ロッキーリッジに戻ってきてからの最初の数日間は、その落胆する思いとずっと闘っていた。[97]だがまもなく、レインはまた自分の計画を進めることにし、ジョージ・バイと頻繁にやりとりし始めた。三月の末から四月初めのどこかで、レインはバイに、一九三〇年九月に仕上げた大人向け版のPGの最終原稿を送った。四月六日、バイは返事を寄こした。「第一印象は、あまりぱっとしない感じでした。はらはらするようなハイライトもなく、だんだんもりあがるところもなく、物足りませんでした。感じのいい老婦人が、揺り椅子に座って時を追って昔話をしているようで、広がりというか、劇場型の興奮がないのです……けれど、トライはしてみましょう」[98]。

おそらく、バイとレインの関係がまだ新しかったからだろう、バイはエージェントのプロとしてPGの可能性に確信を持てなかったのだが、とにかくトライはしてみようと思い、原稿に新しいカバーをつけ、売り込みにとりかかった。[99]四月二二日、バイはレインに、サタデイ・イブニング・ポスト誌がPGを「よく書けたおもしろい自伝だ」といってきたが、掲載は断ってきたと伝えてきた。理由は、「この一年かそこらの間に、歴史的な作品をかなりたくさん出してきたことを考えると、このような長いものを掲載するのは難しい」[100]ということだった。カントリー・ホーム誌も同じく断ってきた。編集者がいうには、「パイオニア時代のとてもおもしろい思い出が書かれてはいるものの」、同誌には「ノンフィクションの連載の枠はない」のだそうだ。[101]

ふたりとも当然がっかりした。しかし、ワイルダーはとにかくクノプフ社に依頼された書き直しに専念することにした。五月八日、ワイルダーはロッキーリッジの家でレインとお茶をし、書き直した原稿をおいてきた。二週間後、ワイルダーは朝食の時間にレインを訪問し、レインと「子ども向け原稿に追加する一万五千語の内容についておおまかに決めた」。レインの日記を読んでわかるのは、どうやらふたりはその日一日かけて、書き直しに取り組んでいたようだ。五月二三日、ワイルダーは再びその原稿をレインと共に読んで見直しをした。次の日、レインは最終的な編集作業を終え、ファイアリーに提出するために「コピー」、つまりタイプ打ちを始めた。五月二六日の午後四時半、タイプ打ちは終わり、ワイルダーがやってきて最後の見直しをした。五月二七日、レインは日記に記す。「子ども向けの原稿の発送準備ができた。マリオン・ファイアリーに手紙を書いた[102]」

　レインはファイアリーに宛てて、母の書き直し原稿に手紙を添え、この本の特徴を強調した。ワイルダーの「大きな森における子ども時代の物語」を土台にしたものだと書き、タイトル候補として、「むかしむかし大きな森で」「大きな森の少女」「ずっとむかしのお話」などをあげた。「小さなパイオニア・ガール」も候補のひとつだった。レインは、編集の進め方やビジネスに関することを書き、ファイアリーに、今後のやりとりは、ワイルダーとではなく、自分としてほしいと書いた。「書いたものについて母はほとんどすべてを私に相談してくるからです」。さらにレインは、両親が来週、「長いドライブ旅行に出かける」ので、もしファイアリーが編集上で急ぎの用があっても、ワイルダーに連絡をとるのは不可能になるからだと伝えた。レインはまた、エージェントのジョージ・バイはビジネスの詳細には関わるが、編集にはかかわらないでもらう、と書いた。そしてレインは、バイが母の「別の原稿」も取り扱っていると書いている。それはおそらく、ＰＧの大人向け版のことだろう[103]。

　とはいうものの、ワイルダーのそのオリジナル原稿は、すでに売れるものとしての可能性を失っていた。一九三一年、その後のレインの日記には、そのことがまったく触れられていない。ところが、売り文句を書いた二通の手紙がある。レインはバイに書く。「私が思うに、クノプフ社のマリオン・ファイアリーは、ＰＧが三人称で書かれていれば、興味を示すかもしれません[104]」。そして数日後、レインはファイアリーにオリジナル原稿の話をした。「ジョージ・バイは今、母のＰＧの別の原稿を検討しています。少し大人向けの自伝で……ダコタの開拓民の生活が非常に生き生きと語られています……一人称で書かれていますが、これが三人称でしたら、子どもより少し大きい読者向けにぴったりなので、気に入ってくださるのではないでしょうか[105]」。ところが、まもなくレインとワイルダーは、ファイアリーがだれからも、原稿を買えなくなる状況に追い込まれたことを知るのである。

　一九三一年の夏、ＰＧの子ども向け版の出版決定、または契約締結を待っているとき、ワイルダーは大人向け原稿の売り込みで悩むのはもうやめようと思っていたようだ。六月六日、マンリーとふたりで、犬のネロを連れ、一九二三年型ビュイック車で、サウス・ダコタ州目指して旅に出た。ふたりは一八九四年の旅（訳注：『わが家への道――ローラの旅日記』参照）の道をもう一度たどりたいと考えていた。それは、レインがまだ七歳だったとき、ワイルダー一家がサウス・ダコタ州からミズーリ州へ移住したときの旅路だ。ワイルダーは再び旅日記をつけ、それを娘に送った。それが最初に娘に届いたのは六月一五日だった[106]。ワイルダーは父が亡くなった一九〇二年以来、サウス・ダコタ州へは帰っていなかったので、この旅はいろいろな意味でほろ苦いものとなった。ふたりはサウス・ダコタ州マンチェスターに住む、ワイルダーの妹グレイスと夫を訪問した。「グレイスはなんだか知らない人になってしまったような気がする」とワイルダーは書く。「ときどき、なつかしい表情が浮かぶ。わたしも同様なのだろう」[107]

　ワイルダー夫妻は父の農地にも出かけてみた。「町を抜け、スルー（湿地）を通り抜けていく。この道は、わたしとキャリーが一緒に学校へ通った道でもあり、わたしが十七歳のとき、マンリーがバーナムとスキップを馬車に付けて、ものすごいスピードでやってきた道でもある。そして日曜の午後、長いドライブに連れていってくれたものだ」。あたりの景色は変わってしまっていた。しかし、ＰＧに描かれるワイルダーの思い出は変わらず躍動感にあふれ、生き生きしている。デ・スメットを出たふたりは次に西のブラック・ヒルズへ向かった。ここのキーストーンという町には、ワイルダーの妹キャリー・スウォンジーが夫デイヴィッドと住んでいた。ブラック・ヒルズで数日を過ごしたあと、ふたりはビュイック車の進路を東に向け、家路に着いた。ワイルダーは書く。「わたしは言った。『また熱い風にダコタを追い出されたわね』。マンリーが答えた。『もうこれが最後の最後だよ』[108]」。六月二九日、ふたりはロッキーリッジの家に戻ってきた。レインは日記でこぼす。「両親が帰ってきた……『東も西もどこに行っても、わが家がいちばん』といっている。内向きもいいところ、それに『時代遅れ』[109]」

　残りの夏はバイからもファイアリーからもなしのつぶてのまま日が過ぎた。九月一一日、「やる気もなく、落ち込んだ気分」とレインは書く。数日後、レインはファイアリーに手紙を書き、その返事が九月一九日にきた。クノプフ社がワイルダーの原稿を買うことにしたというのだ。この返事にワイルダーがどんな反応を示したかの記録はないが、レインは書く。「母の子ども向け物語が売れた……ああ、いい気分[110]」。ファイアリーはワイルダーに、三冊シリーズの契約書を提案してきた。一冊目は一九三二年に出すという。レインはバイに、クノプフ社との契約のとりまとめを頼んだ。ここで初めて、レインは母の本のタイトルを「森の小さな家」[111]と書いている。一カ月後、一〇月二七日にバイはレインにファイアリーに会ったと伝えた。「ファイアリー女史によると、子どもの本は何よりも言葉にうるさいものだそうです。従って、会話以外では、パーとマーは使わず、お父さん、お母さんとしてほしいそうです[112]」

　ところが十日後にクノプフ社のファイアリーから、先の要請とはまったく関係のない手紙が届いた。「実は、年明けに、クノプフ氏は子どもの本の部門を閉じることに決めました。ですから、わたしはそのあとはもういないことになります。こんな状況下では、三冊の本の契約書にサインはしないこと、それが賢明です。これからの三年間がどうなるか、だれにもわからないのですからね[113]」

　一一月六日、ジョージ・バイも、ニューヨークから電報で同じ内容を知らせてきた。レインは日記に書く。「母がそのことで話しにきた[114]」。しかし、ニュースを聞いたワイルダーの反応の記録はない。とにかく、とんでもなくひどい知らせではあった。もしワイルダーが三冊の契約をクノプフ社と交わすことに決めても、「森の小さな家」は、出版と宣伝をしてくれる編集者と子どもの本の部門もなく、見捨てられるだろう。かといって、契約をしなければ、新たに引き受けてくれる出版社を探すしかないだろう。

　ファイアリーへの手紙でレインは打ち明けた。「母はいったいどうしたらいいのかわからないのです。私もアドヴァイスのしようがありません。子どもの本の分野にはとんと疎いものですから……母はあなたに契約を保留してほしいと電報を打つつもりです……私が時間を見つけて、他に引き受けてくれそうなところをあたるまで……本そのものの価値というより、子どもの本の出版社の長の関心をひけるかどうかだと思うのです……もう少しだけ契約を保留にしてください。母が契約を断ったり、他をあたったりを躊躇するかもしれませんので、保留の件をクノプフ社にお伝え願えませんでしょうか?」[*115]

だが、ワイルダーは他をあたることに躊躇などしなかった。一一月七日、ワイルダーとレインは、「航空便で」原稿をレインの旧友のアーニスティン・エヴァンズに送った。リピンコット社の子どもの本の統括者だ。一方、ファイアリーはハーパー社の子どもの本の編集者に内々でワイルダーの原稿を渡していたのだった。[*116]この非常事態でも、ワイルダーとレインは、大人向けのPGを売り込もうとはしなかった。売り込みの焦点は、子ども向け版だったのである。

一一月初め頃、レインは母のために手紙をせっせと書いていた。その月もじりじりと過ぎていき、九日、レインは歯が「痛くてつらい」と書き、一三日には自分の作品に苦戦しながら取りかかり、一九日にはさらなる打撃を知ったのだった。日記にレインは書く。「パーマーの振り込みが止まった」。両親もパーマー&カンパニーに出資していたのだが、レインはその秋の母の悩みを少しでも減らしたかったのだろう、すぐには会社の破産を伝えなかった。[*117]しかし実は、パーマーの破産で、「森の小さな家」の新しい引き受け手探しが、重要な局面を迎えることになったのである。

一一月二六日の感謝祭の日、マリオン・ファイアリーが電報で大きなニュースを知らせてきた。ハーパー&ブラザーズ社がワイルダーの原稿を引き受けるという知らせである。[*118]ワイルダーは早速「クノプフ社に電報を打ち」、「森の小さな家」を引き上げると伝えた。レインはバイに手紙を書き、ハーパー社の契約書が「満足のいくものであれば、私たちはOKです」と伝え、ハーパーとのやりとりを依頼した。そのうえレインは、バイに、ワイルダーの代わりに、契約書にサインをしてほしいとまで頼んだ。[*119]レインも母もとにかく早くこの本を出版したいと願っていたのだ。

ハーパー&ブラザーズ社の編集主幹のヴァージニア・カーカスは、一二月八日にワイルダーに手紙を書き、本の出版を確約した。「本日、バイ氏に、あなたの原稿『森の小さな家』をお引き受けすると伝えました」[*120]。翌日、バイはワイルダーへ、サインのために契約書三通を送ってきた。クノプフ社とは異なり、ハーパー社の契約は一冊だけだったが、ワイルダーがサインをするやいなや、出版に向かって作業はすばやく進んだ。一二月一五日までに、カーカスはワイルダーに、イラストレーターの参考のための写真を求め、そのすぐあとに、タイトルの最終変更を申し出た。こうしてタイトルは『大きな森の小さな家』(以下『森』)と変わったのだ。一九三二年四月六日、本はめでたく出版され、「ジュニア文学協会・選定図書」[*121]としてデビューを飾った。

一九三一年または一九三二年の初め頃、ワイルダーは、子どものための新しい本を書き始めていた。クノプフ社からの三冊シリーズの依頼に発奮してのことだろう。三月、ワイル

『大きな森の小さな家』の初版表紙。1932年春、ハーパー＆ブラザーズ社から出版された。「パイオニア・ガール」を元にして書かれたシリーズの第１巻。ヘレン・スーウェル画。

ダーはそれをレインに見せ、レインは一九三二年三月六日にその手直しにとりかかった。とりあえずのタイトルは「農場の少年」だった。[*122]すでにワイルダーは、子どものための歴史的・伝記的なフィクションの文体を習得し始めていて、もはやPGの大人版を売り込むことには興味がないようだった。レインはバイに説明する。「母はこのまま子ども向けの物語を書いていくつもりですし、私はそれをうまく売り込もうと思っています。あなたにとっては少額の報酬の仕事でしょうが、ご了解ください」[*123]

その春、四月半ばに、グリーミー・ロリマーがサタデイ・イブニング・ポスト誌の件で、バイに依頼をしてきた。「中西部での開拓民の暮らし」についての「個人的な経験談の形をとった物語」で、「人々に当時の（開拓）精神を思い出させるような」ものをレインに書いてもらえないかという。ロリマーは、一年半前にレインがPGの売り込みをしてきたのを覚えていて、今こそそれを出す時期だと考えたのである。[*124]バイはロリマーの手紙をレインに転送し、メモをつけた。「グリーミー・ロリマーは、あなたのお母さんの原稿をあなたが書いたものと勘違いしているのでしょう」[*125]

しかし、PGは、売れるものとはならず、姿を消してしまった。バイ事務所が最後にそれに言及したのは一九三三年、アトランティック・マンスリー誌&リトル・ブラウン社の文学賞に応募したときだった。[*126]結局、賞はとれず、原稿は出版されることなく終わった。そのかわり、ワイルダーはこのPGをネタ元にして、次から次へと物語を書いていくのである。一九三五年に『大草原の小さな家』（以下『家』）が出て、その後もワイルダーは書き続け、一九四三年に最後の物語『この楽しき日々』（以下『楽』）が出た。[*127]ワイルダーの覚え書き（PGのこと）は彼女のフィクションに多大な影響を与え、細部を形作り、イメージを与え、彼女のキャリアを築き、彼女とその作品を文学の伝統遺産にまで高めたのである。

PGは、娘レインのキャリアにも大きな影響を与えた。一九三一年、クノプフ社のマリオン・ファイアリーが『森』の出版を受諾したとき、レインは日記に書く。「午後、母の家まで歩いていき、今後二〇年間に私がしたいことをいろいろ相談した」次の日、レインは「勇気」というタイトルの新しい作品を書いていることを初めて日記に記す。[*128]だが、日記には、「勇気」がPGをベースにしていることは書かれていない。これは大人向けの中編小説で、登場人物、舞台背景、エピソードなどは母の原稿からとったものだ。一九三一年を通して、レインは自分のキャリアは終わったのではないかと悩み、落胆していた。その年、短編はたいして売れず、PGの大人向け版の売り込みもさっぱりだったが、扱っている内容には前向きの反応がいくつもあったので、この内容のフィクションを書けば売れる可能性があるのではと思い、母の原稿に材料を求めたとしても無理はない。

また、一九三〇年、レインが早いうちからPGの子ども向け版を考え、母にそれを書くようにすすめたことは興味深い。一九三一年の年始めに、レインは書いた。「私はアメリカに住んで、アメリカのことを書くべきだ。ときどきそれを自分のミッションのように感じる」[*129]。もしかしたら、レインは母には子ども向けの物語を書くようにすすめ、自分はPGという、登場人物やエピソードがふんだんに盛り込まれた宝庫から材料を借りて、大人向けのものを作りだそうと考えていたのかもしれない。レインは子ども向けに書くのは文学的価値の低い仕事だと考えていた。そこで、母の「書いたもの」を「ごくささいなもの」として片付けて、バイに「少ない報酬しかない」と謝ったのだ[*130]。レインは、自分が考えるような、もっと芸術的に優れた挑戦を母がするわけがないと思い込んでいたのだろう。その挑戦とはつまり、PGに書かれている、実にアメリカ的なユニークな物語を、目の肥えた大人の読者向けに、新たな本として出すことである。それはレインが自分でやってみたいと思っていたことであった。

レインは「勇気」と題した作品のために、PGの中間部に出てくるエピソードを主に使った。ダコタ・テリトリーの鉄道敷設や、プラム・クリークのバッタの襲来や、「厳しい冬」にワイルダーの家族が耐えた恐ろしい猛吹雪などを、混合融合凝縮して書いた。主人公の名前はチャールズとキャロライン。一九三二年の初め、レインはこの小説執筆に没頭し、タイトルを『嵐よ吠えろ（邦題『大草原物語』）』と変え、サタデイ・イブニング・ポスト誌に売った。それは一九三二年の一〇月と一一月に連載され、のちにロングマンズ、グリーン・アンド・カンパニー社からハードカバーで出版された。レインはこの作品については、出版されるまで、ほとんどまったく母に話していなかった。ワイルダーは、自分の作品の材料が、知らないうちにフィクションとして使われたことに、不快感をあらわにした。娘を全面的に信頼し、編集者として頼みにしていたことに対する裏切りだと思ったからである。ワイルダーはまた、レインのこの小説が、春に出ていた『森』に悪影響を与えるのではないか、一応まだ売り込み中のPGのインパクトを薄めるのではないかと心配した。レインの『大草原物語』が出たと同時に、ワイルダーの二作目『農場の少年』（以下『農場』）の原稿について、ハーパー&ブラザーズ社が不満の意を表したので、ワイルダーは自分のキャリアが早くも終わりになってしまうのではないかと恐れた。たとえ娘が、ワイルダーの書いたPGのおかげで再び息を吹き返しても、である[*131]。

しかし結局はっきりわかってきたのは、母も娘も双方が、PGから同時にインスピレーションを得て、その結果、成功したということだ。『大草原物語』をめぐっては不快な思いが交錯したものの、ワイルダーとレインは協力して、『農場』の書き直しにとりかかった。それは一九三三年に無事出版され、続いて一九三五年に『家』が出版された。その頃には、PGはジョージ・バイの著作権エージェントの企画枠から外されていたが、ロッキーリッジ農場の経済危機は回避されていたのだった。

一九三五年七月、レインはある調査と執筆のために、ミズーリ州コロンビアへ移り住むことにし、タイガー・ホテル住ま

『大草原物語』の原書。レインは、母の「パイオニア・ガール」に書かれた話を元にして、この物語を書き上げた。

いを始めた。翌年、ワイルダー夫妻はロッキーリッジの家に戻り、ロックハウスを人に貸した。[*132] 一九三六年の夏、四冊目の本『プラム・クリークの土手で』（以下『土手』）の原稿をワイルダーは書き終え、それをレインに見てもらうために送った。この原稿について、さらに次作の『シルバー・レイクの岸辺で』（以下『岸辺』）についてふたりが交わした手紙を見れば、ふたりの協力態勢がわかり、それがどのように発展していくかが見えてくる。作家としてのワイルダーと編集者としてのレイン、このふたり態勢の仕事ぶりを見ると、登場人物や、その人物についての話、さらにシリーズ全体に流れる重要なテーマについて、ワイルダーの洞察がぐんぐん深まっていくのがわかる。ふたりのやりとりはまた、ＰＧが相変わらずワイルダーの創作の源になっていることを表している。レインはＰＧのファイルをコロンビアに持ってきていたが、ワイルダーはときどきその一部を送り返してほしいと頼んでいる。一九三七年、『岸辺』の執筆中、ワイルダーは書く。「ＰＧのページをありがとう……とても助かります。あの頃のことはどうしてかもうあまりよく覚えていないのです。ＰＧを書いていたときのように、記憶がはっきりしていません」[*133]。ワイルダーはもう七十歳だった。

　もちろん、これまでの本にも、ワイルダーはＰＧから題材をとってきて、場面を広げたり、表現を豊かにしたりして、フィクションにしたてていた。この覚え書きは、ワイルダーに自身の歴史的事実と物語の流れを確認させるものだったが、ワイルダーが子どものために書きすすめている物語シリーズは「歴史そのものではなく、歴史的事実に基づいた物語」だったからである。[*134] ＰＧはまた、筋書きを明らかにさせ、動きを与え、いっそう生き生きしたものにした。とどのつまり、この覚え書きは、子どもが大人へと成長する物語であり、難なくフィクション・シリーズとして再創造されうるものだった。またＰＧは、すばらしいテーマをも与えてくれた。強い絆で結ばれた開拓一家が、西部をめざして進み、逆境にあっても、常に勇気と愛と希望を持ってそれに立ち向かう姿である。ワイルダーは、家族の物語には、読者の心をつかむ力があるとずっと信じていた。だからこそ、最初に、昔語りのような覚え書きを書いてみようと考えたのだ。一九三七年、ワイルダーはデトロイトのブックフェアで次のように語った。

「わたしは、それらのすべてをこの目で見て、生きてきたのでした—開拓地帯に次々と起こることを見てきました。まずは開拓者が未開の地へ入り、そこを開拓民が農地にし、町ができていくまでを。そしてわたしは、自分の一生がアメリカの歴史の一こまを表しているのだと気づいたのです」[*135]。ＰＧには、物語としてのきらめきが最初から存在していたのであり、それがワイルダーの作品に命を吹きこんだのだ。

それでもなお、ワイルダーは家族の物語に意図して新たな創造の変化を加えた。ノンフィクションからフィクションへ移行したからである。ノンフィクションは、どれほどインパクトが強いものであれ、必ずしもおもしろく読める物語となるわけではないことを、PGは教えてくれる。たとえば、あの「厳しい冬」に、インガルス一家は町の店用に建てた家に住んでいたが、新婚の夫婦と生まれたばかりの赤ん坊も同居していたのだ。ワイルダーは、『長い冬』（以下『冬』）ではこの事実を書かないことにし、それについてレインとかなり議論した。ワイルダーは、もしも、この歴史に残る冬の間に、「物語の家族」が他の家族と同居していたということになると、彼らが直面した困難の度合いが薄まることになるので、「物語を損なう」と主張した[136]。事実、ワイルダーはフィクションを書くと決めたために、インガルス一家の歴史からある時期をすっぽり抜いてしまった。最も大きな削除は、幼い弟フレディの誕生と死、そして一家がアイオワ州バー・オークで暮らしていたことである。ワイルダーはレインにこう説明した。「これ（バー・オークにいた時期）は、それだけで独立している一時期のことで、わたしが書いている家族の物語にはふさわしくないのです」。また、ワイルダーは物語の登場人物にも創造の変化を与えた。事実とは違う、別の場所で別の行動をとらせたのだ。『岸辺』で、とうさんはローラを鉄道敷設現場へ連れていく。しかしワイルダーはレインにいった。「ローラがとうさんに連れられて現場の作業を見にいくという場面を作りました。ほんとうのわたしは行っていません。そんなところへパーは連れていってくれなかったでしょうから」[137]。だが、ワイルダーはそのシーンを書きたかった。「なぜなら、まずローラにその現場を見せることで、ローラが示す反応を書きたかったからです」[138]。すでに、作家ワイルダーは、単に思い出を語るだけの人から小説家へと脱皮していて、PGの原素材を使って、もっと力強い、印象的なフィクションにしたてるこつをつかんでいたのだ。

また、ワイルダーはPGにある大人向けの場面で、子ども向け版にはふさわしくないと思ったエピソードはきっぱり削除した。駆け落ちした恋人たちの話、マティ・マスターズにいい寄ったホイト医師の話など。だからといって、ワイルダーは大人の話でも、物語の展開やテーマの理解に欠かせないと感じたり、若い読者たちが喜ぶと本能的に察知した話は入れることをためらわなかった。物語のローラが成長し、少女から娘になっていくにつれて、ワイルダーは、主要人物が活躍する場面や、抱く感情や思想にも、大人の要素を加えていきたいと考えた。『岸辺』を書いているとき、ワイルダーはレイ

69歳のワイルダー。シリーズ5巻目の『シルバー・レイクの岸辺で』にとりかかろうとしていた (HHPL)

ンに書く。「いわゆる大人の要素を入れてはいけないはずがないと思います。それが物語に必要なのですから。ローラは大人の要素をちゃんと知っていて、理解していました」*139

・・❖・・

子どものためのフィクションを書きながら、ワイルダーは作家としての自分の文体を見つけることができた。その過程において最も重要な役割を果たしたのがPGだったのだ。PGの元のコンセプトは、失敗だったといえるかもしれない。PGは、子どもが大人へと成長するさまや経験を、大人の視点から語った、大人のための年代記だった。しかし、ワイルダーはそのオリジナルの覚え書きを子どものためのフィクションとして再創造したのである。その過程で、ワイルダーは作家として、究極的には創造者として、登場人物をダイナミックに描きだし、物語の各場面の緊張感を盛りあげ、全体のテーマにすばらしい展開を与え、見事な作品を書いたのだった。最初にPGの書き直しをしてから、合計八冊の本が出るまで、レインは母に大きな贈り物をした。ワイルダーを子どものための物語作家として育てあげたこと、PGの中に子どもたちが好み、おもしろがる話や人物が盛り込まれているのを見抜いたことだ。それがレインの功績であり、贈り物だった。

ワイルダーもまた、レインに大きな贈り物をしている。一九三〇年代に出されたレインの小説や短編で、今も読まれている作品の素材は、PGの中にそのままあったからだ。レインはミズーリ州コロンビアに移住したとき、母の手書きのオリジナル原稿を持っていった。そのときレインは、母の自伝に基づいた二冊目の物語にとりかかろうとしていて、レインとワイルダーは、その新しい作品について手紙をやりとりしていた。のちに『自由の土地』として出版される小説である。また、ワイルダー夫妻は、レインのためにさらなる資料を提供した。レインに出したある手紙でワイルダーは、ハイおじさんがダコタ・テリトリーで鉄道敷設の仕事をしていたとき、鉄道会社をうまくだました話を書いた。「こんな（エピソード）は、子ども向けには使

（上）ロッキーリッジのワイルダーの書き物机（サウス・ダコタ歴史協会出版：SDHSP）
（下）書き物机のあるロッキーリッジ（撮影：ちばかおり）

えないけれど、あなたの作品には使えるかと思って」と、ワイルダーは書く。[*140] レインは、そのエピソードを使い、会話の一部をそのままとりいれたりもした。この小説で、レインはふたりの人物を創造した。デイヴィッド・ビートンとネティ・ピーターズだ。このふたりには、レインの両親のイメージがうっすら漂う。この頃には、レインもワイルダーも、プロとしての自覚と自信を持って、お互いにアドヴァイスだけでなく素材も交換するようになっていた。レインの『自由の土地』も、『大草原物語』と同じく、サタデイ・イブニング・ポスト誌に連載され、一九三八年に、ロングマンズ、グリーン・アンド・カンパニー社から単行本として出版された。『大草原物語』と同じく、これもベストセラーとなった。一九三〇年代、レインはPGから人物、舞台背景、エピソードなど、さまざまな素材を借りて作品を書いた。短編では「ロングスカート」や「目的は結婚」など。[*141] このように、ワイルダーの覚え書きは、ワイルダーとレインの双方に、人物や物語を次々に提供したのだった。今こうしてオリジナルが出版されたのであるが、これが及ぼした影響や文学的な重要性は計り知れない。PGの存在なくして、ワイルダーとレインはその作品を読まれることも、記憶に残ることもなかったであろう。

レインの２冊目の小説『自由の土地 *Free Land*』の表紙。「パイオニア・ガール」の内容を元にして書かれ、ワイルダーのアドヴァイスや助力があった

　そこで、問いたい。書かれてから長年たった今、PGが出版される意義はどこにあるのだろうか？　ワイルダーの原稿（手書きのもの）をなぜ今、出版するというのか？　そもそも自分の草稿を発表することに前向きな作家はほとんどいないだろう。最初の草稿は試しであり、物語のエッセンスをとりあえず紙の上に書いただけのものだ。ごく荒削りの素材で、それを整えたり、磨いたり、広げたり、またはお蔵入りさせることもある。その過程で、作家は物語を紡ぐ努力をし、形を与え、文体を考え、作品に意味を与えていくのだ。

　とはいうものの、ワイルダーのPGの手書き原稿は、さまざまな理由で実にユニークなものなのだ。「小さな家シリーズ」を書いていた間、ワイルダーはこの手書き原稿を手元に置き、頻繁に参考にし、頼りにしていた。批評家の中には、ワイルダーには作家としての才能はなく、「小さな家シリーズ」の陰に隠れた作家はレインであるとする学者すら出てきた。しかし、手書きのPGには、ワイルダーの生来の才能と、優れた描写力があらわれている。たとえば、家族がダコタ・テリトリーへ旅をするときの描写を読んでほしい。「太陽はますます低くなっていき、とうとう、光がとくとく流れているような丸い玉になり、深紅と銀色の雲を鮮やかに染めながら、ずんずん沈んでいきました。東のほうに、ひんやりした感じの紫色の影がたちのぼるように広がって、地平線の縁にゆっくりとまとわりつき始めました。そして、その影は空の上のほうでかたまって次第に色が深く、黒い闇になり、その低い

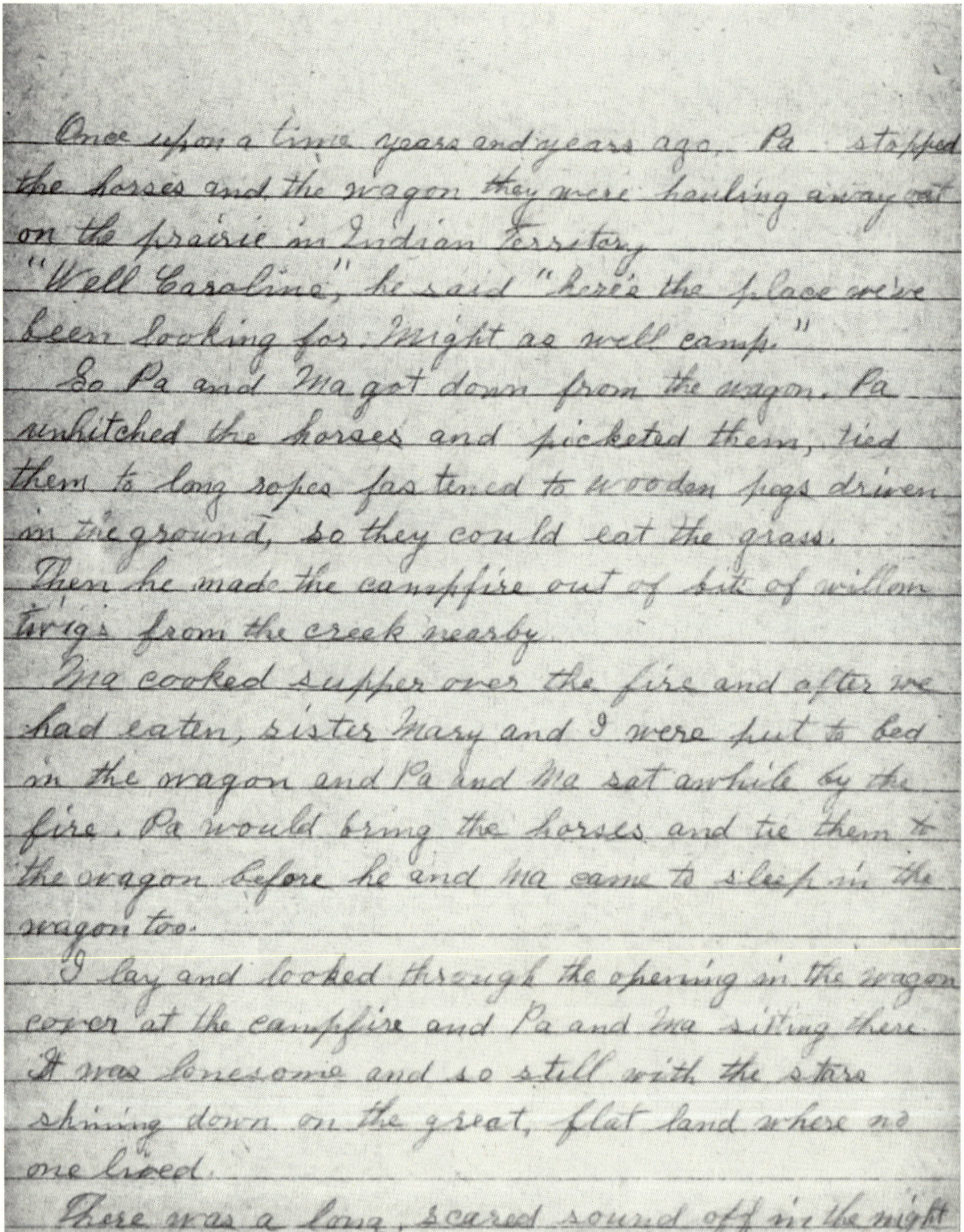

Once upon a time years and years ago. Pa stopped the horses and the wagon they were hauling away out on the prairie in Indian Territory.
"Well Caroline," he said "here's the place we've been looking for. Might as well camp."
So Pa and Ma got down from the wagon. Pa unhitched the horses and picketed them, tied them to long ropes fastened to wooden pegs driven in the ground, so they could eat the grass.
Then he made the campfire out of bit of willow twigs from the creek nearby.
Ma cooked supper over the fire and after we had eaten, sister Mary and I were put to bed in the wagon and Pa and Ma sat awhile by the fire. Pa would bring the horses and tie them to the wagon before he and Ma came to sleep in the wagon too.
I lay and looked through the opening in the wagon cover at the campfire and Pa and Ma sitting there. It was lonesome and so still with the stars shining down on the great, flat land where no one lived.
There was a long, scared sound off in the night

「パイオニア・ガール」の第１ページ。ワイルダーは整ったきれいな文字で、のちに『大草原の小さな家』となる、この覚え書きで、登場人物を紹介している（LIWHHM）

ところから、星たちがぴかっ、ぴかっと姿をあらわし始めたのです」[142]

このオリジナル原稿はまた、ワイルダーがミズーリ・ルーラリスト紙のコラムを担当していた何年間かの経験が彼女にとって大きな訓練になったことや、作家として大きな成長を果たしたこと―コラムニストから、覚え書き作者となり、小説家へ―を如実に示している。PGのオリジナル原稿の冒頭部分のシーンは、エピソード的なものであり、作者の幼い頃の思い出の有り様をあらわしている。生き生きしているが、幼少期の思い出にありがちな、断片的なイメージが多い。

やがて、ワイルダーが長い、ノンフィクションの書き方に慣れて、自信を持つようになり、過去の出来事がますますクリアに時系列を追って思い出されるようになると、PGのエピソードはいっそう内容が充実した豊かなものになってくる。ある場面が次の場面につながり、緊張感を生み、サスペンスをもたらす。このような展開がとくに顕著なのは、ミネソタ州ウォルナット・グローブに住んでいたときのバッタの襲来を描いたところだ。インガルス一家は一八七四年から一八七六年までそこで暮らしていた。会話、場面描写、サスペンスをふんだんに込め、ワイルダーは四ページにわたって、読者をひきつける。また、別の例もあげよう。オリジナル原稿の「厳しい冬、一八八〇年〜一八八一年」(本書第七章)だ。これは珍しく特定の日付から始まる―一八八〇年九月二五日―そして、だいたい二十九ページ(手書きで)にわたって物語が語られ、一八八一年四月、インガルス一家にクリスマスの樽が届いたところで終わるのだ。

「パイオニア・ガール」が終わる頃には、覚え書き作者としてのワイルダーの語り口や文体や文章力は格段に進歩していた。「厳しい冬」の二十九ページの原稿から、結局のところ、長い物語『冬』(一九四〇年出版)を書きあげてしまうからである。実際、「小さな家シリーズ」の最後の四冊は、PGのオリジナル原稿にかなり沿ったものになっている。これら『岸辺』『冬』『大草原の小さな町(以下『町』)』『楽』の四冊はどれも、ニューベリー賞の次点作品となった。これらの本の原型となったオリジナル原稿を本としてこのたび出版するのは、ワイルダーの創造力がいかに進化していったかが、刮目に価するものだからである。

さらに重要なのは、PGのこのオリジナル原稿は、現代の読者にワイルダーのユニークな人となりを伝え、彼女を身近に感じさせることだろう。ワイルダーはこの覚え書きをレインのために、そして多くの読者のために書いた。彼女の語り口は親し気で、話しかけるような感じで、てらいも気負いもまったくない。このたび、ワイルダーの手書きの原稿を読む読者のみなさんは、あたかもワイルダーが自身の言葉で語っているのをその耳で聞くような気分を味わうのではないだろうか。かつてワイルダーは、一九二五年に伯母マーサ・カーペンターに手紙で頼んだ。「おばさんがわたしに直接話しているみたいに、あの頃のことをおばさんの言葉で話してください」[143]。PGは、それと同じように、ワイルダーがわたしたちに直接語って聞かせてくれたものなのである。

注

*1 "The Heart and Home of Rose Wilder Lane," *Kansas City Star*, reprinted in *Springfield* (Mo.) *Leader*, July 5, 1925

＊2　Rose Wilder Lane(RWL) to Fremont Older, Oct.31, 1928, Box 10, file 137, Laura Ingalls Wilder(LIW)Series, Rose Wilder Lane Papers, Herbert Hoover Presidential Library, West Branch, Iowa.

＊3　Eugene F. Johnson to RWL, Dec. 21, 1928, Box 10, file 146, Lane Papers.

＊4　RWL, Diary #25(1926-1930), Feb.16, 1930, Box 21, item #25, Lane Papers.

＊5　本訳書10ページ参照のこと。ＰＧの改訂版には、このエピソードが入っている。『家』にもある。

＊6　RWL, Diary #25, May 7, 1930.

＊7　ワイルダーの最初の旅日記は、一八九四年にサウス・ダコタ州からミズーリ州マンスフィールドへ移住したときにつけたもの。ワイルダーの死後五年たった一九六二年に『わが家への道――ローラの旅日記』として出版された。もうひとつの旅日記は、ワイルダーとアルマンゾが、一九三一年にミズーリ州からサウス・ダコタ州へ里帰りしたときのもので、二〇〇六年刊の *A Little House Traveler: Writings from Laura Ingalls Wilder's Journeys across America* (New York: HaperCollins, 2006) に「里帰りの旅日記」として収録された。『わが家の道――ローラの旅日記』と、ワイルダーが一九一五年にサンフランシスコを訪れたとき、アルマンゾに書いた手紙集 (*West from Home*, 1974) も含まれている。(邦訳では、『大草原の旅はるか』として、*West from Home*「サンフランシスコからの手紙」と、「里帰りの旅日記」が収録された。『わが家への道―ローラの旅日記』はすでに邦訳出版されているからである)。ワイルダーは、一九一五年、一九二五年、一九三八年に短い旅日記を書いていた。William Anderson to Nancy Tystad Coupal, Mar.3, 2013.

＊8　RWL, Diary #25, May 7-9,1930.

＊9　"The Heart and Home of Rose Wilder Lane."

＊10　William Holtz, *The Ghost in the Little House: A Life of Rose Wilder Lane*, Missouri Biography Series (Columbia: University Missouri Press, 1993), p.177; "Historical Value of U.S.Dollar (Estimated)," mykindred.com/cloud/TX/Documents/dollar.

＊11　Pamela Smith Hill, *Laura Ingalls Wilder: A Writer's Life*, South Dakota Biography Series, no. 1(Pierre: South Dakota State Historical Society Press, 2007), pp. 129,133.

＊12　Quoted in RWL, Diary #25, Mar.13,1930.

＊13　Hill, *Laura Ingalls Wilder*, p.129; RWL, Diary #25, Aug.25, 1930 and Memoranda 1928-1929; Holtz, *Ghost in the Little House*, p.217.

＊14　RWL, Diary #21(1924,1926,1932)May 14,1932, Box 21, item #21, Lane Papers.

＊15　Ibid.

＊16　RWL, Diary #25, Memoranda 1930.

＊17　Ibid., #21, May 14, 1932.

＊18　Ibid., #25, Jan. 27-Mar.1,1930.

＊19　Ibid., #21, May 14,1932.

＊20　Ibid., #25, Jan.3, 15, 20, 1930.

＊21　Carl Brandt to RWL, Jan.31, 1930, Box 1, file 9, Lane Papers.

＊22　RWL, Diary #25, Feb.14, 28, Mar. 30-31, 1930.

＊23　Ibid., May 10-11, 1930.

＊24　Hill, *Laura Ingalls Wilder*, p.100.

＊25　RWL, Diary #25, May 10-17, 1930.

＊26　ＰＧのブラント版とブラント改訂版は、アイオワ州ウェスト・ブランチの、ハーバート・フーバー大統領図書館のレイン文書の中に所蔵されている。

＊27　RWL, Diary #25, May 18, 1930.

＊28　Ibid., July 31,1930.

＊29　LIW, Detroit Book Fair (Book Week)Speech, 1937, p.2, Box 13, file 197, Lane Papers.

＊30　LIW, reprinted as "Christmas When I Was Sixteen, " in *Little*

House in the Ozarks: The Rediscovered Writings, ed. Stephen W. Hines (Nashville: Thomas Nelson, 1991), p.170. Wilder's original *Missouri Ruralist* columns were untitled.

＊31　「野望」の手書きオリジナルと、一八九四年のデ・スメット・ニュース・アンド・リーダー紙の記事の切り抜きは、ミズーリ州マンスフィールドのローラ・インガルス・ワイルダー・ホーム&博物館に保管されている。

＊32　LIW, "Ideas for Work," 1903, Box 14, file 202, Lane Papers.

＊33　RWL to LIW, n.d. [1908-ca.1914], Box 13, file 182. ibid. William Anderson suggested that bits and pieces of this life story may survive, including "First Memories of Father," published in *A Little House Reader: A Collection of Writings by Laura Ingalls Wilder*, ed. Anderson (New York: HarperCollins, 1998), pp.159-63. Anderson to Koupal, Mar.3, 2013.

＊34　LIW to Carpenter, June 22, 1925, and Carpenter to LIW, Sept.2, 1925, Box 14, file 204, ibid.

＊35　RWL, Diary #25, May 23-29, 1930.

＊36　Ibid., June 3-4, 16-21,1930.

＊37　Ibid., June 22-July 31, 1930.

＊38　Lane used the term in RWL to LIW, Apr. 11, 1919, file 185, and [Nov. 1924?], file 186, Box 13, Lane Papers.

＊39　LIW to Almanzo Wilder, Sept. 21, 1915, in *Little House Traveler*, p.212.

＊40　RWL to LIW, Apr. 11, 1919.

＊41　Ibid., [Nov.1924?]

＊42　LIW, "Our Little Place in the Ozarks," in *Little House in the Ozarks*, p.27.

＊43　Holtz, *Ghost in the Little House*, p.200.　レインは、一九二〇年に赤十字で働いていたときに、ボイルストンと会った。レインの勧めにより、ボイルストンはものを書きはじめ、やがて子ども向けに、スー・バートン・シリーズとなる、看護師の物語を書き、有名になった。*See* Michael Cart, From *Romance to Realism: 50 Years of Growth and Change in Young Adult Literature* (New York: HaperCollins, 1966), pp. 14-15.

＊44　RWL to LIW, Apr. 11,1919.

＊45　The "Brandt Revised" version is also housed among the Lane Papers at the Herbert Hoover Presidential Library.

＊46　LIW to Almanzo Wilder, Sept. in *A Little House Traveler*, pp.188-89.

＊47　Holtz, *Ghost in the Little House*, P.66.「ヘッドライトの陰で」を書くために、レインは何人もの退職した鉄道技師に話を聞いたが、ひとりの鉄道技師の自伝としてそれを書いた。レインは、母がダコタ・テリトリーで経験した「厳しい冬」の思い出を巧みに利用して、ひとつの話としてまとめたのだ。『大草原の旅はるか』参照。

＊48　Ibid., pp.67, 394n14.

＊49　Eliza Shepard to RWL, Oct. 13, 1917. Papers of Jack London, 1866-1977, Huntington Library, San Moreno. Calif.

＊50　RWL to Charmian London, May 22, 1917, Box 13, folder 14, Jack and Charmian London Correspondence and Papers, Utah State University Special Collections and Archives, Logan.

＊51　Ibid., Sept. 22, 1917.

＊52　Charmian London to RWL, Apr. 28, 1918, Box 10, folder 5, ibid.

＊53　RWL to Charmian London, May 2, 1918, Box 13, folder 14, ibid.

＊54　Charmina London to RWL, May 6, 1918, Box 10, folder 5, ibid.

＊55　Holtz, *Ghost in the Little House*, pp.76-77. シャーミアン　ロンドンはレインに書く。「センチュリー社が、あなたに印税十五パーセントの価値のあるものを望んでいるなら、ご勝手になんでもお書きになればいいでしょう。でも、うちの夫を題材にするのはやめてください」(London to RWL, May 6, 1918)

＊56　Ibid., p.88.

*57 RWL to Mr. Colcord, July 8, 1929, Box 10, file 147, Lane Papers.

*58 Lee Gutkind, Introduction to *The Art of Creative Nonfiction: Writing and Selling the Literature of Reality* (New York: John Wiley & Sons, 1997), p.2.

*59 Lauters, Introduction to *The Rediscovered Writings of Rose Wilder Lane, Literary Journalist* (Columbia: University of Missouri Press, 2007), p.3. For discussions of creative nonfiction, *see* Brenda Miller and Suzanne Paola, *Tell It Slant: Creating, Refining and Publishing Creative Nonfiction*, 2d ed. (New York: McGraw Hill, 2012).

*60 RWL, Diary #25, Aug. 1-4, 1930.

*61 LIW to Almanzo Wilder, Oct. 22, 1915, in *Little House Traveler*, p.270.

*62 RWL, Diary #25, Aug. 5-14, 1930.

*63 Ibid., Aug.15-17.

*64 *See*, for example, Janet Spaeth, *Laura Ingalls Wilder*, Twayne's United States Authors Series (Boston:Twayne Publishers, 1987) p.8.

*65 RWL to Berta Hader, Feb.18, 1930, Box 5, file 64, and Marion Fiery to LIW, Feb. 12, 1931, Box 13, file 189, Lane Papers.

*66 RWL to LIW, Apr. 11, 1919.

*67 一九三七年、ワイルダーはデトロイトのブック・フェアで話をした。「何十年も前のこと〝大きな森の小さな家〟で、わたしと姉のメアリは、父がしてくれる物語に耳を傾けていました」と、ワイルダーは話し始めた。そのことを、一九五五年にフレッド・キーウィット記者にも伝えた。「父がニューヨーク州の農場で過ごした少年時代の話をしてくれましたが、それが消えてしまうのはもったいないような気がしました……消したくなかったのです」(“Stories That Had to Be Told,"*Kansas City Star*, May 22, 1955)。レインがPGを構成しなおしているとき、ワイルダーはレインにほとんど同じ内容の話をしたと思われる。

*68 RWL, Diary # 25, Aug. 18-19.

*69 Ibid., Sept. 2, 1930.

*70 The George T. Bye version of *Pioneer Girl* is also housed as part of the Lane Papers.

*71 RWL, Diary #25, Sept. 8-9, 1930.

*72 Ibid., Aug. 25, 1930.

*73 Ibid., Sept. 10-20, 1930.

*74 RWL, Diary #21, May 14, 1932; RWL Diary #47, (1933-34, 1940, 1949-50, 1960), Apr. 10, 1933, Box 23, item #47, Lane Papers.

*75 RWL, Diary #45(1932-1933), Jan.5, 1933, Box 22, item #45, ibid.

*76 RWL, Diary #21, May 14, 1932.

*77 Ibid., #25, Sept. 23, 30, 1930.

*78 Ibid., Sept. 27, Oct. 8, 1930.

*79 Ibid., Oct.13-21, 1930.

*80 Ibid., Oct. 28, 1930.

*81 RWL to LIW, [Nov. 12, 1930], Box 13, file 188, Lane Papers.

*82 Ibid.

*83 RWL, Diary #25, Dec. 6, 1930.

*84 RWL, Diary #37 (1931-1935), Jan. 1-2, Feb. 15, 1931, Box 22, item #37, Lane Papers.

*85 Fiery to LIW, Feb. 12, 1931, Box 13, file 189, Lane Papers; RWL, Diary #25, Oct. 25, 29, Dec. 4, 1930.

*86 Fiery to LIW, Feb. 12, 1931. *See also* RWL to LIW, Feb. 16, 1931, Box 13, file 189, Lane Papers.

*87 Fiery to LIW, Mar. 3, 1931. ibid.

*88 RWL to LIW, Feb. 16, 1931.

*89 Ibid.

*90 Ibid.

*91 LIW, "Pioneer Girl, Number 1"[*Little House in the Big Woods*], p.1 Folder 7, Laura Ingalls Wilder Papers, Laura Ingalls Wilder Home

Association, Mansfield, Mo., Microfilm ed., LIW Papers, 1894-1943, Western Historical Manuscript Collection, Ellis Library, University of Missouri, Columbia, Mo.

*92 ワイルダーは、レインによる「PGの子ども向け版(JPG)」に手を入れたときでも、PGというタイトルをそのまま使っていた。PGオリジナルの最初の三冊を、No.3, 4, 5と書き換え、No.1, 2はとってしまった。しかし、もともとのNo.4, 5, 6はそのままにしておいたので、PGの八冊のノートのうち、ワイルダー手書きの番号で、No.4, 5がダブってしまった。この八冊のノートは、ミズーリ州マンスフィールドにある、ローラ・インガルス・ワイルダー・ホーム&博物館に所蔵されている。ミズーリ州立大学がワイルダーの原稿をマイクロフィルム化したとき、そこの担当者が、新しい原稿二冊に、『森』というタイトルを書いたメモをつけた。その結果、マイクロフィルムでは、PGのオリジナル原稿の六冊は、Folder 1 - 6となり、あとから追加された二冊は、Folder 7, 8となった。Folder 9は、Folder 7の原稿の別の版で、もっと早いうちに書かれたものだろう。

*93 RWL, Diary #37, May 8, 1931.

*94 Ibid., Mar. 12, 16, 1931.

*95 Robert S. Bassler to RWL, Mar. 19, 1931, Box 1, file 11, Lane Papers.

*96 Laura wainted until September to do so. *See*, RWL to Bye, Sept. 25, 1931, Box 13, file 189, ibid.

*97 RWL, Diary # 37, Mar. 19-21, 1931.

*98 Bye to RWL, Apr. 6, 1931, Box 13, file 189, Lane Papers.

*99 Ibid., May 28, 1931, Box 1, file 11.

*100 Ibid., Apr. 22, 1931, Box 13, file 189.

*101 Andrew S. Wing to Bye, May 1, 1931, ibid.

*102 RWL, Diary #37, May 8, 21-27, 1931.

*103 RWL to Fiery, May 27, 1931, and LIW, "Sugeted titles," Box 13, file 189, Lane Papers.

*104 RWL to Bye, Sept. 25, 1931.

*105 RWL to Fiery, Oct. 3, 1931, Box 13, file 189, Lane Papers.

*106 RWL, Diary #37, June 15, 1931.

*107 LIW, "The Road Back," p.307.(『大草原の旅はるか』所収)

*108 Ibid., pp.311, 337.(右と同じ)

*109 RWL, Diary #37, June 29, 1931.

*110 Ibid., Sept. 11-19, 1931.

*111 RWL to Bye, Sept. 25, 1931.

*112 Bye to RWL, Oct. 23, 27, 1931, Box 1, file 11, Lane Papers.

*113 Fiery to RWL, Nov. 3, 1931, Box 13, file 189, ibid.

*114 RWL, Diary #37, Nov. 6, 1931.

*115 RWL to Fiery, n.d.[1931], Box 13, file 189, Lane Papers.

*116 RWL, Diary #37, Nov. 7, 1931; William Anderson, "The Literary Apprenticeship of Laura Ingalls Wilder," *South Dakota History* 13 (Winter 1983): 328; Virginia Kirkus, "The Discovery of Laura Ingalls Wilder," *The Horn Book Magazine* 29 (Dec.1953):428-29.

*117 RWL, Diary #37, Nov.7-9, Dec. 10, 1931.

*118 Ibid., Nov. 26, 1931.

*119 RWL to Bye, Nov. 27, 1931, Box 13, file 189, Lane Papers.

*120 Kirkus to LIW, Dec. 8, 1931, Ibid.

*121 Bye to LIW, Dec. 9, 1931, and Kirkus to LIW, Dec. 15, 1931, all ibid.; Anderson, "Literary Apprenticeship," pp.329-30. The Junior Literary Guild(ジュニア文学協会)は、一九二九年に子どものためのブッククラブとして創設され、新刊の子どもの本にその協会の刻印を押し、図書館や子どもたちや家庭に広く知らしめる活動をした。エリナー・ローズベルトはその選定委員を一九二九年から亡くなる一九六二年まで務めた。一九八八年、協会は名称をジュニア図書館協会と変え、現在は図書館だけがその刻印を押す資格を持つ。ジュニア文学協会の刻印のある『森』の版は、協会のコレクションにもないが、選定委員のスーザン・マーストンは、ハーパー&ブラザーズ社の

版とはほんのわずかの違いしかなかっただろうという。『森』のオリジナルのカタログ票は、協会のファイルに所蔵されており、本のイラストがヘレン・スーウェルによるものとわかる。「物語の温かい手作り感やユーモアが伝わる」イラストだという (Marston email to Hill, Aug. 2013, with entry card attachments).

*122 RWL, Diary #37, Mar. 6.1932.

*123 RWL to Bye, Nov. 27, 1931.

*124 Lorimer to Bye, Apr. 15, 1932, Box 1, file 12, Lane Papers.

*125 Bye to RWL, Apr. 28, 1932. ibid.

*126 Jacper Spock to RWL, Feb. 24, 1933, Box 13, file 192, Lane Papers.

*127 ワイルダーの最後の物語『はじめの四年間』は、ワイルダーの死後の一九七一年に出版されたが、その冒頭は、PGの続きのように読める。これは、ワイルダーが大人向けに二度目に書いた覚え書きといえるだろう。これに関するくわしい解説は、Hill 著、*Laura Ingalls Wilder*, pp. 66-79を参照のこと。

*128 RWL, Diary #37, Oct. 7-8, 1931.

*129 Ibid., Memoranda [following Jan.] 1931.

*130 RWL to Bye, Oct. 5, Nov.27, 1931, file 189, and May 15, 1933, file 192, Box 13, Lane Papers.

*131 Hill, *Laura Ingalls Wilder*, pp. 149-53.

*132 Ibid., p.164; John Miller, *Becoming Laura Ingalls Wilder: The Woman behind the Legend*. Missouri Biography Series (Columbia: University of Missouri Press 1998), pp.208-13. 一九三二年秋、レインはロッキーリッジを離れ、ニューヨーク州マローンにあるワイルダー一家の農場を訪れた。それから、レインとワイルダーはお互いの違いを理解しあうようになった。レインは農場や周辺の様子をくわしく書いてワイルダーに送り、それがワイルダーの『農場』の舞台描写にたいそう役立った。一九三三年、レインがロッキーリッジに戻ると、ふたりの関係は再び、元に戻ってしまったが、ワイルダーは「インディアン・カントリー」の物語に着手し、それが『家』として出版された。その夏、ふたりはキャンザス州とオクラホマ州を訪れ、インガルス一家の丸太小屋のあった場所をさがした。

*133 LIW to RWL, [3/22/37?], Box 13, file 197, Lane Papers.

*134 LIW to Aubrey Sherwood, Nov. 18, 1939, Archives, Laura Ingalls Wilder Memorial Society, De Smet, S. Dak.

*135 LIW, Detroit Book Fair Speech, p.2(『大草原のおくりもの』所収)

*136 LIW to RWL, Mar. 7, 1938, Box 12, file 194, Lane Papers.

*137 Ibid., n.d. [1937], file 193.

*138 Ibid., Jan. 25, 1938, file 194.

*139 Ibid., Jan. 26, 1938.

*140 Ibid., Feb. 5, 1937, Box 13, file 193.

*141 Hill, *Laura Ingalls Wilder*, pp. 153, 172-173; RWL, *Free Land* (Longmans, Green & Co., 1938), pp.4, 81, 107, 130, 193. "Long Skirts" appeared in *Ladies' Home Journal* in April 1933, and "Object Matrimony" in *Saturday Evening Post* in September 1934.

*142 この文と、レインがのちに『自由の土地』に書いた文を比べてみよ。「のっぺりした大地のへりに虹色の光を広げた日没が訪れ、紫色の影がたちのぼった。その下のあたりから、星たちがぴかっ、ぴかっとまたたきながら姿をあらわした」

*143 LIW to Carpenter, June 22, 1925.

「パイオニア・ガール」の原稿について

パメラ・スミス・ヒル

❖手書きの原稿（ＰＧ）

ローラ・インガルス・ワイルダーは一九三〇年の春、現在「パイオニア・ガール」（ＰＧ）として知られる覚え書きの手書き原稿を書きあげ、五月七日に娘ローズ・ワイルダー・レインに見せた。これは、フィフティ・フィフティ印の罫線入りのはぎ取り式ノート四冊と、ビッグ・チーフ印の同じくはぎ取り式ノート二冊にびっしり書かれたもので、ワイルダーの二歳から十八歳までの十六年間の出来事を扱っている。原稿には、ページ番号、セクションの区切り、また章もない。話が途切れるのは、ワイルダーが一冊のノートの最後の行まで書いて、次のノートに移るときくらい。ときには、文の途中でノートが変わることもある。最初の二冊の表紙にＰＧと書き、あとは六冊目まで番号がついているだけだ。鉛筆で紙の表と裏の両面に書いたり、余白に書いたりしている。物語の流れを説明するためのメモもある。ワイルダーが出版のためではなく、レインのためだけに書いた場面やエピソードのそばに、レインへのメモが書かれていることもよくある。とはいえ、この手書き原稿からはっきりわかるのは、ワイルダーがこれを多くの読者を想定して書いたということだ。一九三〇年には作家として成功を収めていたレインに、この原稿を見せ、チェックやタイプをしてもらい、著作権エージェントに見せようと考えていたのだ。その相手は、ニューヨークのブラント＆ブラント・エージェンシーのカール・ブラントだった。

この手書き原稿は、ミズーリ州マンスフィールドのローラ・インガルス・ワイルダー・ホーム＆博物館の歴史的文書コレクションの中に収蔵されている。また、ミズーリ州コロンビアのミズーリ州立大学のエリス図書館の西部史文書コレクションでは、マイクロフィルムでも見られる。ＳＤＨＳＰの副編集長ロジャー・ハートリーは、本書執筆のために、手書き原稿のデジタルコピーをタイプ起こししてくれた。

❖ブラント＆ブラント版（ブラント版）

ワイルダーの手書き原稿から、レインはタイプ原稿を作成し、それを、一九三〇年五月一七日、ニューヨークの著作権エージェントのカール・ブラントに送った。タイプしながら、いくらかの手直しをしたが、語り口は元原稿にかなり近いものである。ワイルダーの元原稿のように、こちらにもセクションの区切りや章はない。全部で百六十二ページ、ダブルスペースで打ってある。エージェントはこの版に表紙をつけ、「連載部門へ、パイオニア・ガール、ローラ・インガルス・ワイルダー作、ニューヨーク、パーク街一〇一番地、ブラント＆ブラントより」と書いた。雑誌の連載用に売り込んだことを示している。

五週間後の一九三〇年六月二一日、ブラントは原稿をレインとワイルダーに返送してきた。売れそうもないと判断したからだ。そこでレインはＰＧにさらにいっそう改訂を加えることにし、一九三〇年七月の終わりまで、もうひとつの版の作成作業をした。[*1] ブラントが返してきたタイプ原稿を元にして、新しい改訂版を作成すべく、手を入れたのである。アイオワ州ウェスト・ブランチにあるハーバート・フーバー大統領図書館のローズ・ワイルダー・レイン文書の中に残っているブラント版には、レインが手書きで手を入れた箇所、削除のあと、メモなどがある。五六ページから五九ページまではたくさんの変更箇所があり、二ページ目はなくなっている。八六ページと一五二ページが、それぞれ二ページずつある。このブラント版の五九ページ以降には、まったく手書きの文字が見当たらない。その五九ページに、レインの字で「他の版へ」と記してある。

❖ブラント&ブラント改訂版（ブラント改訂版）

この改訂版がおそらく、ブラント版の五九ページでレインが触れている「他の版」のことだろう。これもハーバート・フーバー大統領図書館所蔵で、ブラント版と、最終的な、もっと編集されたジョージ・T・バイ版との間をつなぐものだ。ブラント改訂版は百二十九ページの原稿で、あちこちに手が入っており、編集作業中の原稿の感がある。レインの手書きのメモが余白や行間にみっしりだ。ブラント改訂版は、ワイルダーの個人的な話にはっきりと焦点をあて、要となるエピソードとエピソードの間にはセクションの区切りを入れている。新しい素材も投入されている。最も顕著なものは、キャンザス州南東部にいたベンダーという殺人一家のエピソードだ（本訳書361ページの付属資料B）。

一九三〇年八月、レインはこのブラント改訂版を脇において、彼女の言葉によればPGの「子ども向け版」に着手した。これは短いものだったので、それが終わると再びPGの大人向け版に戻った。しかし、その過程で、ブラント改訂版には明らかに見切りをつけ、母の覚え書きにさらに磨きと時間をかけることにしたのだった。

❖「子ども向け版」（JPG）

「おばあちゃんが小さな女の子だった頃」というタイトルで知られているもので、これが冒頭である。この版は、PGを子ども向けに書き直したものだ。ひとつの独立した企画であり、ワイルダーのオリジナルPGとは別物であるというのが、これまでの解釈だったが、レインが、長い大人向け版のPGに手を入れ、それを「子ども向け版」とよび、日記にもそう書いている。これは、幼い頃のワイルダーがウィスコンシン州の大きな森やその近隣にいたときの暮らしの思い出や、感じたことに的を絞ったもので、レインがブラント改訂版から選んだ箇所も取り入れられている。

レインはこの子ども向け版をフィクションとしてとらえ、三人称で書き直し、おばあちゃんを語り手に据えた。その原稿を一九三〇年八月一七日にタイプし終えると、翌日、郵送したのだが、相手はわかっていない。現在残っている、JPGの最も古い原稿は二十一ページ（第一三ページは存在しない）のもので、ダブルスペースできれいにタイプされ、レインの手書きのメモがついている。第一〇ページの裏に間違って同じ導入文が書いてある。これまた、ハーバート・フーバー大統領図書館のレイン文書に所蔵されており、本書では付属資料Aとしてファクシミリ画像を載せている（本訳書359ページ）。

一九三一年の初め、ワイルダーはこの原稿を元にして、自分で書き直し、物語を豊かに広げ、初めての作品『大きな森の小さな家』の原稿を作りあげたのである。それは一九三二年に出版された。ワイルダーがこれを、内容が広範囲にわたるPGの一部であると思っていたのは間違いない。この原稿は、フィフティ・フィフティのはぎ取り式ノート二冊に手書きで書かれ、「パイオニア・ガールNo.1」「No.2」となっている。そして、オリジナルPGは、No.3～No.8と変わった。[*2]

❖ジョージ・T・バイ版（バイ版）

一九三〇年八月半ばに、レインはPGの大人向け版の改訂にとりかかり、九月二日に最新版を完成させた。この最後の改訂版は、今日、ジョージ・T・バイ版（著作権エージェントのジョージ・T・バイの名前をとった）として知られているもので、ワイルダーとレインの存命中になされた最後の改訂版である。*3 ブラント改訂版に書かれていた手書きのメモのほとんどが、このバイ版に生かされた。ブラントを解雇したあと、一九三一年にレインはバイを新たに雇い、すぐにPGの原稿を彼に送ったが、バイはそれを売り込むことができず、一、二年のうちに、それはもはや出版の見込みのないものと見なされてしまった。のちの一九三八年、バイはそれをレインに返却した。そこにはワイルダーからレインへの手紙も入っていた。*4

原稿の第一ページの頭には、「ローラ・インガルス・ワイルダー」の名前が見える。ゴム印の文字「ジョージ・T・バイ事務所、ニューヨーク、五番街、五三五番地」も読める。このバイ版は百九十五ページあり、ダブル・スペースでタイプされ、セクションの区切りはあるが、章はない。手書きの直しのないこの原稿は、ハーバート・フーバー大統領図書館のレイン文書に所蔵されている。マンスフィールドのローラ・インガルス・ワイルダー・ホーム＆博物館にもこのコピーがある。フーバー図書館のと同じだが、第一ページにある、バイ事務所のゴム印の文字はなく、一五一ページと一九三ページと一九四ページが欠落している。

注

＊1 Rose Wilder Lane(RWL) Diary, #25(1926-1930), July 31, 1930. Box 21, item #25. Rose Wilder Lane Papers, Herbert Hoover Presidential Library, West Branch Iowa.

＊2 Laura Ingalls Wilder(LIW), "Pioneer Girl, No.1" and "No.2" [*Little House in the Big Woods*], Folder 7, Laura Ingalls Wilder Papers, Laura Ingalls Wilder Home Association, Mansfield, Mo., Microfilm ed., LIW Papers, 1894-1943, Western Historical Manuscript Collection, Ellis Library, University of Missoui, Columbia, Mo.

＊3 1985年、レインの遺産管理者のロジャー・リー・マクブライドは、ウィリアム・T・アンダーソンと共に、子ども向けにPGの新しい版を制作すべく、協力して、PGの各版はもとより、ワイルダーの「小さな家シリーズ」の草稿、手紙、人とのやりとり、インタビューなどを元に原稿を作った。マクブライドは、「この本には新しい材料や情報だけを入れたい」と考えていた。それは「過去の出来事を思い起こさせるもの」であり、さらにさまざまな情報、資料を取り込み、手直しを加え、「過去の出来事が目の前に『立ち上がってくる』ようなもの」である（MacBride to Anderson, July 24, 1985, Private Collection）。この版のタイトルは、『パイオニア・ガール：ローラ・インガルス・ワイルダーの〝小さな家〟のさらなる物語』だった。導入つきの九つの章があり、PGの版としては最長の、三百二十三ページ（タイプ原稿）だ。サウス・ダコタ州デ・スメットのローラ・インガルス・ワイルダー記念協会が出しているニュースレター（ローラ・インガルス・ワイルダー・ロア）では、一九八三年春にこの版が出版される見込みと書いたが、結局、出版には至らず、コピーは、デ・スメットの当記念協会の保管文書となった。これは、ワイルダーとレインの没後に制作されたものであり、覚え書きよりも、「小さな家シリーズ」の関連事項を元にしているため、本書の解説・注釈ではこれを取りあげないことにした。

＊4 LIW to RWL, Sept. 26, 1938, Box 13, file 194, Laura Ingalls Wilder(LIW) Series, Rose Wilder Lane Papers, Herbert Hoover Presidential Library, West Branch, Iowa. ワイルダーはレインに、ジョージ・バイが「参考のために」PGをレインに送ったと書いている。

編集作業の進め方について

ナンシー・ティスタッド・コウパル＆ロジャー・ハートリー

❖テキスト

安価なはぎ取り式ノートに鉛筆で書かれた、ワイルダーのPGオリジナル原稿は、現代の筆記用具が登場する何十年も前の作品であり、編集を進める上で、さまざまな難題が持ち上がり、挑戦の連続だった。この原稿出版の最大の目的は、読者に、ワイルダーのオリジナル・テキストをできるだけ正確に近い形で提供することである。文字のスペリングや句読点の打ち間違いまでオリジナルと同じにし、単語の間違いは、［ ］で訂正し、ママ（訳注：原文のまま、という校正用語）とはしていない。オリジナルにミスがあるのはあたりまえだからだ。ときどき、ワイルダーは会話の最後に引用符をつけ忘れたりしたので、編集部としては、「 」で引用符を入れておいた。書き忘れたと思われる単語を「 」に入れたこともある。しかし、ほんのわずかの例外を除いて、全体的には、このテキストは、ワイルダーが書いたオリジナル原稿のままである（訳注：本訳書では、膨大なページ数を抑えるため、ほんの数行で段落が変わっている場合でも、内容が続いていれば改行をやめたり、明らかな単語や句読点の打ち間違いなどは直したりして、読みやすくした。一言一句原書のままに訳していないところもあることをご了解いただきたい）。

PG原稿の主要部分は、はぎ取り式ノートの表側に書かれている。見たところ、ページはきれいで、削除のあとや、間違った書き出しなどもほとんどない。おそらく、これはいちばん最初の原稿ではないのだろう。ローズ・ワイルダー・レインに読んでもらい、タイプしてもらうために用意した「清書原稿」だったと思われる。それでもなお、ワイルダーはうっかり忘れた事項や、追加のエピソードを原稿に書き込んでいる。追加には、みっつのやり方がある。まず、テキストの単純な追加。行間や、余白や、ページ全体にびっしり書かれている場合もある。それから、切り貼り作戦。追加の文を書き込んだ紙切れを貼り付けたり、またはページの一部を切り取ったり、もある。さらに、ワイルダーがページの裏側に書いた、追加についての説明やメモ。こうして、ワイルダーはテキスト全体を写し直すことなく、改訂作業を行ったのだ。ワイルダーの意図がはっきりわかるところについては、編集部では、その意図に沿って、テキストを途切れなく書き換え、追加・削除などがあった場合は、必ず注釈でそれがわかるようにした。

また、ワイルダーは編集方針について、娘に対して「これは使わない」というメモを書いている。そのような箇所は、書体を変え、ワイルダーのメモも残し、ブラント版でレインがそれを追加したのと同じ場面に入れた。ワイルダーはどこに追加のテキストを入れてほしいかを書き忘れていることもある。レインがそれを入れなかったときもあるし、それに関する文を、オリジナルの文やパラグラフに挿入して、つながりを保たせたときもある。そのような場合、編集部では可能性が思われる箇所にそれを挿入し、書体を変えた（訳注：本訳書では、アミカケにした）。

PGには、とてもユニークな特徴がある。物語の流れには区切りがないのに、たまたまはぎ取り式ノートが終わったときに文章が途切れる、ということだ。それも、エピソードや場面の真っ最中に。それを読みやすくするために、編集部では、時系列や一家の地理的な移動を考慮したうえで、テキストをセクションで区切ったり、章立てをしたりした。

❖地図

本書に入れた地図は、古い地図に載っているインガルス一家ゆかりの場所の調査や、関連する二次資料を参考にして作成した。だが、場所やルートの正確な情報は保証できない。キャンザス州やミズーリ州の場所については、ワイルダー自身がはっきり知らなかった場合もあるからだ。古い資料の情報は整合性がない場合が多く、初期の地図の記述もまちまちだ。そこで、本書の地図は、具体的な位置を示すものではなく、ゆかりの場所について読者がだいたいの地理を把握できるようにするためのものにした。

❖注釈及び出典

ワイルダーのテキストに注釈を加えるにあたり、その語り口を楽しんでもらうために、注釈の書き方はなるたけ簡潔にした。引用のすぐあとに、その出典を省略記号で（　）に記した（訳注：原書では、引用の全文を読みたい人のために、巻末に引用文献を載せている）。注釈執筆の際に使用した主要な資料は、アイオワ州ウェスト・ブランチのハーバート・フーバー大統領図書館所蔵のローズ・ワイルダー・レイン文書（レイン文書）、ミズーリ州マンスフィールドのローラ・インガルス・ワイルダー・ホーム＆博物館のローラ・インガルス・ワイルダー文書（ワイルダー文書）である。これらは、コロンビアのミズーリ州立大学にマイクロフィルムで保存されている。その他の主な資料は各地のワイルダーの家や博物館などに所蔵されている。以下にその場所をあげる。

・ローラ・インガルス・ワイルダー・ホーム＆博物館（ミズーリ州マンスフィールド）
・ローラ・インガルス・ワイルダー記念協会（サウス・ダコタ州デ・スメット）
・ローラ・インガルス・ワイルダー博物館（ミネソタ州ウォルナット・グローブ）
・ローラ・インガルス・ワイルダー・パーク＆博物館（アイオワ州バー・オーク）

また、ワイルダーの手紙も引用した。特定の人物の手紙、日記、原稿などの引用に際しては、以下の略号を用いた。

・ローラ・インガルス・ワイルダー　ＬＩＷ
・ローズ・ワイルダー・レイン　ＲＷＬ
・アルマンゾ・ジェイムズ・ワイルダー　ＡＪＷ

ワイルダーとその家族についての伝記資料の主なものは以下の通り。

・ウィリアム・アンダーソン著『大草原のローラ―九十年間の輝く日々』（ハーパー・コリンズ刊、一九九二年）（谷口由美子訳、講談社刊）
・パメラ・スミス・ヒル著『ローラ・インガルス・ワイルダー：ある作家の人生』（サウス・ダコタ歴史協会出版刊、二〇〇七年）
・ウィリアム・ホルツ著『小さな家のゴースト：ローズ・ワイルダー・レインの生涯』（ミズーリ州立大学出版刊、一九九八年）
・ドナルド・ゾカート著『ローラ・愛の物語』（コンテンポフリー・ブックス刊、一九七六年）（小杉佐恵子訳、Ｓ・Ｓ・コミュニケーションズ刊）

ＰＧの中でワイルダーが取りあげた多くの人々については、国や州の人口調査の記録を参照した。オンラインで検索できるサイト、ancestrylibrary.com は、ある人物の特定の時期や場所における存在を確認するのに最も役立った。また、各州やテリトリーで、十年毎のゼロで終わる年に行われる、連邦の人口調査や、五で終わる年に通常行われる州の人口調査も参考にした。たとえば、一八八〇年の記録は、連邦人口調査のそれによればよいが、一八八五年のそれは、その州の人口調査を見ればよいということだ。

人口調査は年毎に形式が変わるため、使い勝手も年毎に変わってくる。たとえば、一八八〇年では、それ以前の人口調査とは違い、家族構成がよくわかり、個々人と家長との関係まで記してある。一九〇〇年の人口調査では、個々人の生まれ月と生まれ年をたずね、それ以前の調査では単に何歳かをたずねていたのとは違い、よりくわしい調査が行われていた。州の人口調査は、連邦の人口調査に比べると、情報が少ない。たとえ記録がはっきりしているように見えても、編集部としては、個々の情報を丹念にチェックした。人口調査の記録は往々にして、うっかりした間違いや、不正確な記述や、時間を経て変わった記述があるからだ。個人の年齢がしょっちゅう、いきなり変わったり、名前までがその時々の調査によって違ったりしている。すべてが自己申告なので、そのときの状況や記憶の状態（または第三者による申告もあり）、また調査員の能力によって、調査記録の精度に影響が出る。さらに、開拓地の人々は移動が激しいので、行方不明になったり、重複してカウントされたりしやすい。調査記録がまったくない場合もある。実際、一八九〇年の連邦人口調査記録は火事で消失してしまった。一八八五年のダコタ・テリトリーの人口調査記録、一八九五年のサウス・ダコタ州の人口調査記録など、一部しか記録が残っていない。

だが、人口調査記録は、個人の歴史上の存在事実を明らかにする上で、何よりも有用な第一級の資料だ。また、有用な情報源であっても、注釈にはそれとはっきり記述していないものに、全国のユーザーから寄せられた墓碑銘情報のデータベース、Find a Grave（お墓探し）がある。findagrave.com をオンラインで検索できる。このウェブサイトは、故人の名前で検索することができ、墓碑銘の写真もたくさん載っている。だが、墓碑銘には事実と違う情報が書かれていることがある。このサイトの情報には、ユーザーから寄せられた故人の伝記情報が載っているが、勝手に追加された情報もあるので、これらの情報を使う際には細心の注意を払った。しかしながら、州が保存しているはずの死亡記録がなかったり、入手できない場合は、墓碑銘に記された情報を正当と認めるしかなかった。

個人情報を知るうえでたいそう役に立ったものに、アメリカ合衆国土地管理局の入植者記録がある。二通りのアクセス方法があり、たとえばインガルス一家の農地取得に関する記録のような、重要な入植者記録は、ワシントンD・Cにある、連邦文書・記録管理局、記録グループ49、から入手できる。入植の場所、入植の仕方、最終的な登録番号などの入植記録を知るために、編集部はアメリカ合衆国内務省、土地監督局のウェブサイトにアクセスした。これは BLM-GLO Records と略される。

最後に、人々の名前や住んだ場所などの単なる事実ではなく、生活に密着した内容を知るために、ワイルダーが暮らし、成長していった村や町の地元の新聞にあたることで、大変有益な情報が得られた。当時の小さな新しい町には、そこで発行された新聞などはなかったが、ワイルダーが暮らした地域の通信員が書いたニュースを載せた、近隣の新聞にはあたった。デ・スメットでは一八七九年にはまだ新聞がなかったし、一八八〇年から一八八二年までの新聞はもはや存在しない。そのような場合は、近隣の町の新聞などを参照して、必要な情報を集めた。唯一最も有用だったのは、デ・スメット・リーダー紙で、その創刊号は一八八三年一月二七日に出た。その他、よく参考にした新聞は、以下のように略号で記した。

・ブルッキングズ・カウンティ・プレス　BCP
・デ・スメット・リーダー　DSL
・レッドウッド・ガゼット　RG

PG各版は、次のように略される。

・ブラント&ブラント版（ブラント版）
・ブラント&ブラント改訂版（ブラント改訂版）
・子ども向け版パイオニア・ガール（JPG）
・ジョージ・T・バイ版（バイ版）

ワイルダーの「小さな家シリーズ」（ハーパー&ブラザーズとハーパー&ロウ刊）からの引用に際しては、初版本と明記されていない場合は、その引用ページは一九五三年の新版のページである（本訳書では章の番号）。新版は、ガース・ウィリアムズのイラストに変わったものだ。初版のイラストは、ヘレン・スーウェルとミルドレッド・ボイルによる。「小さな家シリーズ」は、以下のように略号で記した。

・大きな森の小さな家（一九三二年）BW（本訳書では『森』）
・農場の少年（一九三三年）FB（『農場』）
・大草原の小さな家（一九三五年）LHOP（『家』）
・プラム・クリークの土手で（一九三七年）PC（『土手』）
・シルバー・レイクの岸辺で（一九三九年）SL（『岸辺』）
・長い冬（一九四〇年）LW（『冬』）
・大草原の小さな町（一九四一年）LTOP（『町』）
・この楽しき日々（一九四三年）HGY（『楽』）

ワイルダーの死後、ハーパー&ロウまたはハーパーコリンズが、ワイルダーが残した原稿や日記や手紙を元にして、以下の本を出版した。その略号を記す。

・はじめの四年間（一九七一年）FFY（『四』）
・大草原の旅はるか（二〇〇六年）LHT（訳注：『大草原の旅はるか』として訳されているものには、その原書に入っている『わが家への道――ローラの旅日記』一九六二年刊は、含まれていない。すでにそのタイトルで独立して訳書が出されたためである）

❖日本語版の凡例

◆度量衡の単位について

度量衡は原書の単位を用いた。

・長さ：一インチ＝約二・五四センチメートル、一フィート＝一二インチ＝約三〇・四八センチメートル、一ヤード＝約九一・四四センチメートル、一マイル＝約一・六〇九キロメートル
・面積：一エイカー＝約四〇四七平方メートル
・重さ：一ポンド＝約四五三グラム＝一六オンス
・容積：一ガロン＝約三・七八五リットル＝四クォート
　一ブッシェル＝約三五リットル
　一バレル＝約一二〇リットル
・温度：～度、とのみ表記したが、華氏による。華氏零度は摂氏マイナス一七・八度、摂氏零度は華氏三二度に相当する。

◆引用について

原書で「小さな家シリーズ」から引用している箇所については、読者の便を考え、それぞれの日本語版である福音館書店版（恩地三保子訳）と岩波書店版（谷口由美子訳）から許可を得て該当箇所を引用した。また、原書では引用箇所のページが記載されているが、日本語版では掲載箇所にずれが生じるため、引用箇所の含まれる章名を示すことによってこれに換えた。

（本訳書での略称。以下同様）

福音館書店版
・大きな森の小さな家（『森』）
・農場の少年（『農場』）
・大草原の小さな家（『家』）
・プラム・クリークの土手で（『土手』）
・シルバー・レイクの岸辺で（『岸辺』）

岩波書店版
・長い冬（『冬』）
・大草原の小さな町（『町』）
・この楽しき日々（『楽』）
・はじめの四年間（『四』）
・わが家への道―ローラの旅日記（『道』）

◆訳文について

引用以外の「パイオニア・ガール」（ＰＧ）本文では、引用と同じ単語の場合でも異なる訳にした場合がある。

また、ＰＧの原文は父をPa、母をMaとしている。そこで、物語の引用や説明のときは、「とうさん」「かあさん」とし、ＰＧの訳ではパー、マーとした。

なお、ＰＧには書かれた当時の社会状況を反映して、今日の人権意識に照らして不当・不適切と思われる語句・表現が見られる箇所があるが、原書の表現を尊重し、原則として修正・削除は行わなかった。

◆図版・写真の所蔵先について

以下の所蔵先は、キャプションでは略称で示した。

・Herbert Hoover Presidential Library (HHPL)
・South Dakota State Historical Society (SDSHS)
・South Dakota Historical Society Press (SDHSP)
・Laura Ingalls Wilder Historic Home and Museum (LIWHHM)
・Laura Ingalls Wilder Memorial Society (LIWMS)
・Laura Ingalls Wilder Museum (LIWM)
・Laura Ingalls Wilder Park and Museum (LIWPM)

THE PIONEER GIRL PROJECT

The Pioneer Girl Project is a research and publishing program of the South Dakota State Historical Society, working since 2010 to create a comprehensive edition of Laura Ingalls Wilder's *Pioneer Girl*.

パイオニア・ガール・プロジェクトについて

パイオニア・ガール・プロジェクトは、
ローラ・インガルス・ワイルダーの
「パイオニア・ガール」を包括的に
紹介するため、2010年にスタートした
サウス・ダコタ州歴史協会の研究・出版
企画である。

大草原のローラ物語
パイオニア・ガール

17歳のローラ・インガルス（LIWHHM）

第1章

キャンザス州とミズーリ州にて

一八六九年～一八七一年（『大草原の小さな家』対応）

むかしむかしのこと、[*1]大草原に馬車を進めていたパー[*2]が、インディアンの住んでいるインディアン・テリトリーで、馬を止めました。[*3]

「ようし、キャロライン」パーがいいました。「ここが、わたしらがずっと探していた土地だ。[*4]まずはここでキャンプしよう」

パーとマー[*5]は馬車からおりました。パーは馬から馬具をはずし、馬を杭につなぎました。地面深くにうちこんだ木の杭に長い綱を結びつけ、馬たちが草を食べられるようにしてやったのです。そして、そばのクリークから切ってきたヤナギの枝を積み重ねてキャンプのたき火をおこしました。

マーは火の上で料理をし、みんなが食べ終わると、姉メアリとわたし（訳注：ローラ）は馬車の中にこしらえたベッドに寝かされ、パーとマーはしばらくたき火のそばに座っていました。そのうちにパーは馬たちを連れてきて、馬車につなぐでしょう。そしたら、パーとマーも馬車の中で眠るのです。

（訳注：「パイオニア・ガール」〈以下、PG〉の原文は、父がPa、母がMaである。そこで本書では、物語の引用や説明のときは、とうさん、かあさんとし、PGの訳では、原文通りの読み方で、パー、マーとする。第二章訳注4も参照。本書で使われているインディアンとはアメリカ先住民のこと）。

＊1　PGの他の大人版はすべて、この冒頭の文章を削り、「パーが馬を止めました」で始まる。「小さな家シリーズ」の第一巻『森』は、大人向けに書かれたオリジナルのPGを元にしてはいるが、子ども向けに書かれたので、「むかし、むかし」で始まっている。

＊2　ワイルダーの父親（パー）のチャールズ・フィリップ・インガルスは、一八三六年一月一〇日、ニューヨーク州キューバ生まれ。九歳のとき、両親のランスフォード&ローラ・インガルスに連れられてイリノイ州へ移住し、一八五三年にはウィスコンシン州のジェファソン郡へ移動。そこで、チャールズはキャロライン・レイク・クワイナーと出会い、一八六〇年二月一日に結婚。二年後、インガルス一族はウィスコンシン州のペピン郡（大きな森）へ移る。そこでローラ・インガルスが一八六七年二月七日に誕生。翌年、チャールズはウィスコンシン州の農場を売り、ミズーリ州北中部の農場を買う。家族を連れて移住したと思われるが、だとしたら、ミズーリ州から

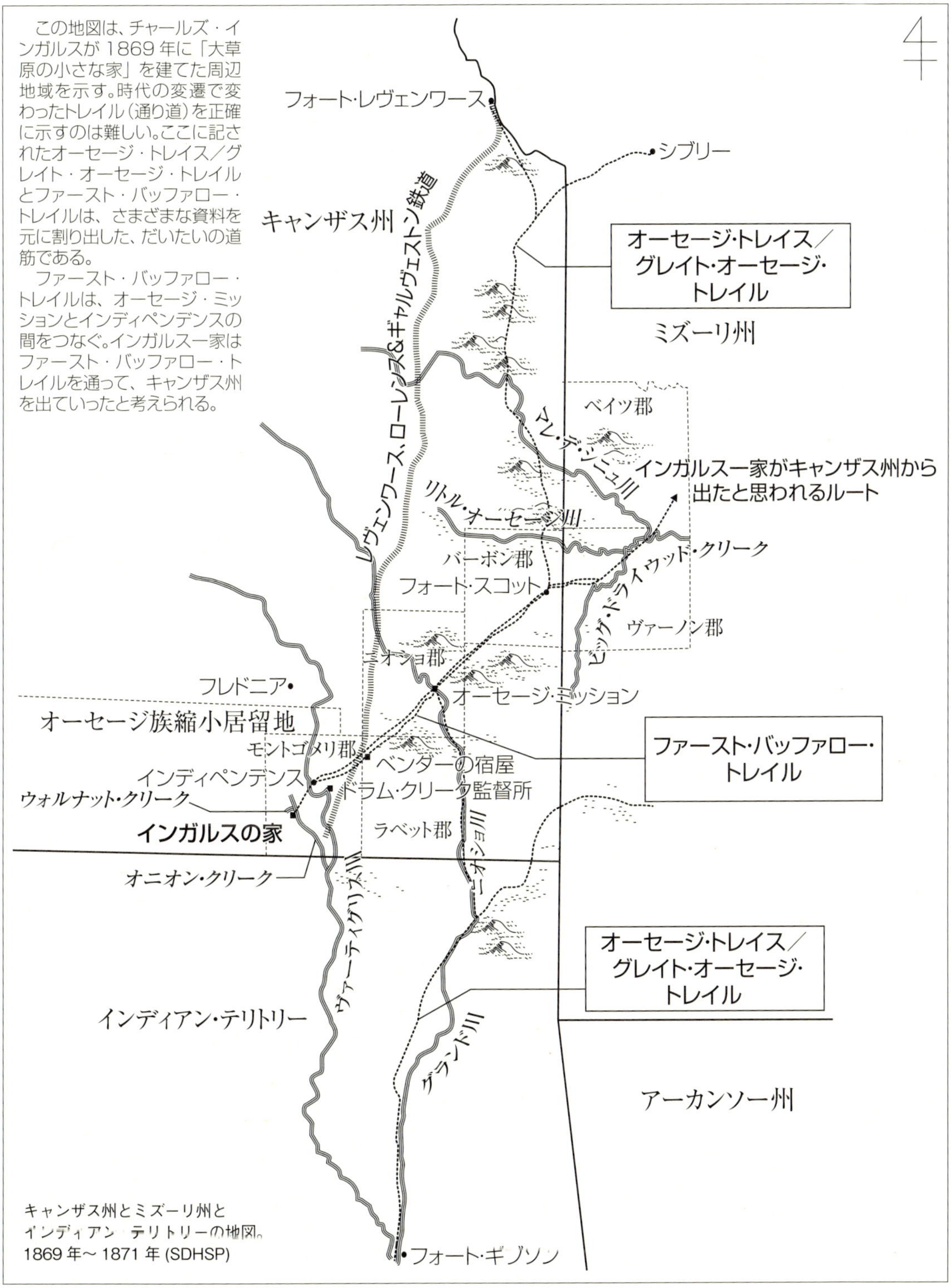

この地図は、チャールズ・インガルスが1869年に「大草原の小さな家」を建てた周辺地域を示す。時代の変遷で変わったトレイル（通り道）を正確に示すのは難しい。ここに記されたオーセージ・トレイス／グレイト・オーセージ・トレイルとファースト・バッファロー・トレイルは、さまざまな資料を元に割り出した、だいたいの道筋である。

ファースト・バッファロー・トレイルは、オーセージ・ミッションとインディペンデンスの間をつなぐ。インガルス一家はファースト・バッファロー・トレイルを通って、キャンザス州を出ていったと考えられる。

キャンザス州とミズーリ州とインディアン・テリトリーの地図。1869年～1871年 (SDHSP)

わたしは横になっていましたが、目をあけていて、[*6]馬車の幌のすき間から、たき火と、座っているパーとマーを見ていました。あたりはしんとしてものさびしく、だれも住んでいない、[*7]広い平らな地面の上に空があり、星が光っています。

夜中に、恐ろしい、遠吠えのような音が聞こえました。パーが、あれはオオカミの吠え声だと教えてくれました。わたしはちょっとこわくなりました。でも、馬車には、雨も風も入れない、しっかりした、すてきな幌がかけてあるので、[*8]わたしたちは安全なのです。この馬車は家のようなものです。わたしたちはこれに乗ってずっと暮らしてきたのですから。パーのライフルはすぐそばにぶらさがっていて、いつでもすぐにオオカミを撃つことができます。パーは、オオカミだろうがなんだろうが、わたしたちを襲ったりさせるものかとがんばってくれています。ぶちのブルドッグのジャックは、馬車の下にいて、わたしたちを守っています。わたしたちは安心して眠りにつきました。

パーは、そばを流れるクリークの低地へ行き、木を切ってくると、それで丸太小屋を作りました。[*9]その家へ引っ越したとき、壁には窓代わりの穴がひとつあいているだけで、戸口にはキルトが吊してあり、雨が入らないようになっています。

夜になると、ジャックはいつも家の中の戸口に寝そべっていました。わたしがオオカミの吠え声で目を覚ますと、ジャックがウウウッとうなっているのが聞こえました。パーがいいます。「いいから、またお眠り！　ジャックがいるから大丈夫さ」

ある晩のこと、パーが寝ていたわたしをベッドから抱きあげて、[*10]窓辺へ連れていき、オオカミを見せてくれました。家を丸く囲むようにしてたくさんのオオカミがしゃがんでいます。鼻を大きな明るい月に向かってぴんとつきあげ、オオーン、オオーンと大き

（▼8ページへ）

キャンザス州へ行ったところからPGがスタートしているとも考えられる。どこから旅が始まろうとも、家族があちこちに移り住むことこそ、チャールズのひとところに落ち着けない性格を表している。一八六六年または一八六九年、チャールズは家族を旅に連れ出す。これがワイルダーの物語の主なテーマ、西部への旅なのだ。一家はよりよい暮らしができるところを探して中西部を転々とした。チャールズの楽天的な性格は、「小さな家シリーズ」だけでなく、PGにもあらわれている。一八七九年、ダコタ・テリトリーに落ち着いてからも、彼はさらに西部へ行きたいと思っていた。ワイルダーはレインに語る。「パーは商売人ではなかったのです。狩人、わな猟師、音楽家、詩人でした」（2A：巻末の参考書目第一章2Aを参照。以下同）。彼は大工であり、農夫であり、宿屋の主人でもあった。一九〇二年六月八日、チャールズは、六十六歳でサウス・ダコタ州デ・スメットで没（2B）。

＊3　「小さな家シリーズ」とは違い、PGはウィスコンシン州からではなく、キャンザス州から始まる。一八六九年、一家はキャンザス州南東部のいわゆる「インディアン・テリトリー」、つまりアメリカ先住民のオーセージ族の縮小居留地近くに移住したが、これは違法だった。一八〇八年から一八二五年までの取り決めにより、オーセージ族は、アメリカ政府に現在のミズーリ州、アーカンソー州、オクラホ

（へ）

マ州、キャンザス州のかなりの土地を譲った。一八二五年の取り決めは、約五十マイル×百二十五マイルの土地を居留地とし、その土地はオーセージ族が「留まりたいだけの期間」所有できるとなっていた(3A)。

だが、一八六五年、南北戦争終結後、すみかを追われた人々がミズーリの州境を越えて押し寄せた。土地を奪われないように、一八六五年、オーセージ族はアメリカ政府に居留地の東側を売り、オーセージ族縮小居留地へと移住した。しかし、彼らの土地への侵入者は減らなかった。一八七〇年、キャンザス州アチソンのインディアン局長は「軍隊が出ない限り、オーセージ族の居留地へ押し寄せる入植者を抑えることはできないだろう」と書く(3B)。

一八六八年、経済的に困窮していたオーセージ族は、のちにスタージズ条約と呼ばれる取り決めを結び、南キャンザスの土地をレヴェンワース、ローレンス&ギャルヴェストン鉄道会社に売却してチェロキー居留地を購入し、移住することにした。ところがアメリカ議会が条約に反対し、一八七〇年二月に正式に棄却。だが、土地が得られるといううわさにつられて、ミズーリ州境を越えて、オーセージ族の土地に侵入した人々が大勢いた。その中にインガルス一家もいたのだ。

一八六九年、一家はオーセージ族の土地にしばらく不法滞在していたが、一八七一年の春、そこを去る。一八七〇年八月の人口調査では、「イングルス」一家の娘は、メアリ、ローラ、キャロライン(キャリー)で、キャンザス州モントゴメリ郡のインディペンデンスから、十三マイルの場所に居住とある。PGには、一家がウィスコンシン州やミズーリ州から、インディアン居留地へ移住したかどうかは書かれていないが、一家はミズーリ州チャリトン郡からそこへ行ったと思われる。チャールズ・インガルスと義兄ヘンリー・クワイナーは、一八六八年、ミズーリ州に土地を購入したが、インガルス一家がそこで暮らしたという証拠はない(3C)。

＊4　パーの同じようなせりふが『家』の第五章にある。「『ほら、ここだよ、キャロライン！　ここにわれわれの家を建てるんだ』」。最初の四章で、ワイルダーは一家がウィスコンシン州からキャンザス州へ移住する旅を描く。それはフィクションで、元にしたのは、PGのこのセクションのあとの方に出てくる、一八七一年にキャンザス州からウィスコンシンへ州へ戻ったときの思い出である。

＊5　マー、つまりキャロライン・クワイナー・インガルスは、「学校の先生で、当時のあの場所の女性としては大変教育のある人で、パーより社会的には上でした」と、ワイルダーは娘レインに語る(5A)。キャロラインの両親ヘンリー&シャーロット・クワイナーは、ニューイングランド出身、ウィスコンシン州に住み、そこでキャロラインが一八三九年三月三日に誕生。五年もたたないうちに、父ヘンリーはミシガン湖の事故で溺死し、母は家族を支えるために、キャロラインが九歳のときに再婚。生活は厳しかったが、母も教師だったので、娘キャロラインに教育の重要性を常に伝え、キャロラインも十六歳のとき、コンコード・タウンシップで教員免許をとる。その免許状はデ・スメットに残っているが、ひと月十ドルと宿泊食事代を得ることができたとある。チャールズと結婚後、キャロラインは開拓地でも娘たちにきちんとした教育を受けさせたいと思い、物語のキャロライン(かあさん)は、ダコタ・テリトリーに永住することを家族に認めさせる。『楽』で、とうさんは「家族みんなのために、人が住みつき始めたこの土地で定住しなくてはならない」(第十六章)ことになった。キャロラインは、夫の死後二十二年たった一九二四年四月二〇日、サウス・ダコタ州デ・スメットで八十四歳で没(5B)。

＊6　この節は、PGがワイルダーの個人的視点から一人称で書かれた、幼少時代と少女時代の覚え書きであることを示唆する。ところが「小さな家シリーズ」では、視点が変わり、三人称になっている。なぜ変えたのか？　なぜそれが重要なのか？　覚え書きの作者とは違い、フィクションの作者は視点をいろいろに変え

(↘)

る。一人称で書かれたフィクションは、「わたし」が経験したり、見たり聞いたり理解したりしたことを描くが、全知的三人称のフィクションでは、作者はひとりの人物だけでなく、別の人物にもなる。チャールズ・ディケンズやジョージ・エリオットなどヴィクトリア朝時代の作家はこのテクニックを駆使し、物語にいっそうの幅をもたせ、深い洞察、鋭い観察を加えた。

物語の第一巻『森』は、PGから抜き出した内容を採用して書かれたもの。おそらくワイルダーが知らないところで、レインがPGからエピソードを選び出し、一人称を三人称に変え、年配の語り手がお話を語るように書いたのだが、それは、PGのあとで書かれた二十一ページのJPG「子ども向け版『パイオニア・ガール』」(付属資料A)のことで、冒頭は「おばあちゃんが小さな女の子だった頃」である。それが、当時、出版社などに渡った作品のタイトルだった。アルフレッド・A・クノプフ社の編集者マリオン・ファイアリーは、この作品に感動し、個人的にレインに会い、改訂を話しあった。その後の手紙で、レインは母に視点の件を相談した。レインの三人称のおばあちゃん語り手案が、ファイアリーの心に響かなかったのは明らかだが、PGのような一人称語り手案も受け入れられなかった。レインは母に書く。「一人称はやめたほうがいいでしょう。『わたし本』は売れないからです」(6A)。

視点を変えるかどうかは、一九三三年の児童書市場で何が売れているかにかかっていた。やがて、ワイルダーとレインは限定的三人称(ローラ)に決めた。物語のローラの視点からすべての事柄が説明され、この物語シリーズにユニークな、素朴な味わいを与え、ローラが物語の主人公として生き生きと活躍する。子どもの読者は、作者を自分のように思ってその世界に浸ることができる。

多くの文学批評家は、ワイルダーが使ったこの語り手の視点と文体を評価する。このシリーズが人気を保っている理由のひとつがその点だろう。現在の児童文学市場では若い読者向けの一人称フィクションが多くなっているが、ハリー・ポッターのシリーズは三人称だ。

＊7　この句は、PGの他の版にもあるが、ワイルダーの「小さな家シリーズ」の中で、変更を余儀なくされた珍しい例をほのめかす。『家』の初版第一ページには「そこでは野生の動物たちは、果てまで見えるほど広い牧場にでもいるように、自由に歩きまわり、食べたいだけ食べられるのです。そのうえ、まだ人はいません。インディアンだけが、住んでいる所なのです」とある。一九五二年、初版が出てから十七年後、ひとりの読者がこの文章を問題視して、ハーパー&ブラザース社気付けで、ワイルダー宛てに手紙を書いてきた。編集者アーシュラ・ノードストロムはすぐに返事をした。「おっしゃる通りです。わたしどもは、この文章がそのような問題を提起するとは気づいていませんでした。けれど、今読み返してみると……愕然といたします。出版後、二十年近くたっているというのに」。ノードストロムは早速ワイルダーに訂正を依頼し、ワイルダーは返事を寄越した。「『家』の誤りの件、ご指摘の通りです。どうぞ訂正してください。わたしのおろかな間違いでした」(7A)。一九五三年、イラストを変えた新版が出版され、『家』の上記の文は訂正された。「そこでは野生の動物たちは、果てまで見えないほど広い牧場にでもいるように、自由に歩きまわり、食べたいだけ食べられるのです。そのうえ、まだそこに住みついている開拓者はいないのです。インディアンだけが、住んでいる所なのです」(第一章)。『家』の元原稿(7B)には、PGのような問題のある文はない。レインがワイルダーと話し合いながら『家』の最終原稿の編集作業のときに、書き換えたのだろう。

＊8　PGの他の版では、幌馬車には「雨を入れない、しっかりしたよい幌」とあり、「すてきな」が「よい」に変わり、たとえばバイ版では「しっかりしたよい幌がかかっていて、雨も風も入れないように」となる。以下、このような小さな変更箇所には触れないことにする。

1860年のキャロライン・クワイナー＆チャールズ・インガルス夫妻（LIWHHM）

＊9　『家』で、ワイルダーはまるまる二章を使い、とうさんが丸太小屋を建てて、家族が引っ越す様を描く。第五章と第六章には、小屋の建築の詳細な説明やさまざまな事柄の描写があり、物語のエドワーズさんも登場する。かあさんがとうさんを手伝って丸太を運んでけがをしたことも描かれる。PGでも『家』でも、家は窓がひとつと、ドア代わりのキルトで、「できあがった」となっているが、ワイルダーはさらに第八章〜第十章の三章を追加して、物語の家を完全なものにした。

＊10　この短い緊迫感のある場面は、エピソードを入れて話を構成するPGのやり方の一例。ワイルダーがミズーリ・ルーラリスト紙に寄稿していたときの書き方を思わせる。一度きりの経験を、よく選ばれた少ない言葉で、印象深く描き、感情の高ぶりやドラマチックな出来事を生き生きとさせている。新聞のコラムニストにとって、言葉は贅沢な楽しみだ。ワイルダーは言葉を無駄なく、効果的に使うこつを学んだのだ。

　この場面は、ワイルダー個人の思い出によるものなのか？　ワイルダーはこれをPGの始めの方に登場させたが、のちの物語『家』ではもっとくわしく語る。その頃には、新聞のコラムに書いていたときのような制限から解き放たれていたので、この場面を五ページに拡張し、一章を費やした（第七章）。また、彼女はフィクションを書くうえで最も大事な姿勢をも獲得していた。情景を見せるのだ。オオカミたちが「オオーン、オオーンと大きな声で遠吠えをしていました」と語るだけでなく、読者をその場面へひっぱりこむ。「ローラのすぐ耳もとで、オオカミがひと声吠えました」と。そして、ローラの目を通して、読者はオオカミをほんとうに見る。オオカミたちは「前脚を立ててすわり、窓のローラを見つめ、ローラはオオカミを見つめます」（第七章）。ノンフィクションとは違い、フィクションには別の意味の自由がある。ワイルダーは子ども時代の思い出の中からある部分を取り出して、それを物語の別の場所に移し替えた。このエピソードが物語に登場するのは、PGの時代よりずっとあとだ。また、思い出にはなかったシーンを作り上げたりして、物語中の自分の分身の経験をいっそう深みのあるものにした。ワイルダーがフィクションの創造性をすばやく獲得していったことがわかる。

な声で遠吠えをしています。[*11]ジャックは戸口の前を行ったり来たりして、うなっていました。

パーは四十マイル[*12]も先にある町へ行き、料理用ストーブと、窓用にあけておいた穴にはめこむ窓と、ドアを作るための材木を買ってきました。

クリークのそばに、前から住みついていた人たちがいたので、お隣さんができました。土地を耕して、来年収穫できる作物を植えた人もいました。[*13]

夏がきました。家族全員が、ぶるぶる寒気を覚える熱病にかかってしまいました。[*14]そのため、見るからにおいしそうな大きなスイカ[*15]が実ったのに、それを食べさせてはもらえませんでした。食べたら、もっと寒気が襲ってくるからです。

マーとメアリとわたしは同時に寝込んでしまったけれど、パーだけは寝込みませんでした。でも、パーだって同じくらい弱っていたはずです。とはいえ、みんなのために体をおして尽くしてくれました。わたしが目を覚まして、水をほしがると、パーはすぐにそれを持ってきてくれました。でも、その手はぶるぶる震えていて、わたしが飲ませてもらっているときも少しこぼしてしまうほどでした。

ある日、ふっと目が覚めると、大きな黒い男の人[*16]が見下ろしているのに気づきました。その人はわたしの顔を手であげて、ひどく苦い薬をスプーンでわたしに飲ませました。

（▼10ページへ）

「ローラは、そのオオカミをまじまじと見つめました」
ヘレン・スーウェル画。1935年

＊11　この、直に語りかけるようなPGの書き方は、レインの最初のチェックを通り抜けて生き残った。だが、ブラント改訂版とバイ版では文が変わった。「端から端まで並んだオオカミたちは、長々と大きな声で遠吠えをしていました」。これでは、PGにある、緊迫感や素直な感動があらわれず、雰囲気が少し違う。こんな小さな変更によって、手を入れた者が作者の声を微妙に変えてしまうことがある。

＊12　キャンザス州インディペンデンスは、一八六九年八月にできた町。そのほんの数週間後にインガルス一家がキャンザス州に入った。町はヴァーディグリス川のほとりにあり、アメリカ政府のインディアン局がオーセージ族との連絡事務所として作ったドラム・クリーク監督所から四マイルのところ。オーセージ族は、インディペンデンスを、「干し草の家の町」と呼んだ。屋根が干し草で葺かれていたからだ。実際には、町はインガルス家がいた場所から四十マイルではなく、十三マイルのところにあった。一九三〇年代にPGは書かれ、そのあとで『家』が書かれたのだが、ワイルダーは丸太小屋の位置をはっきり覚えていなかった。しかし、ワイルダーは一八七一年に一家がキャンザス州を去ったときまだ四歳だったので、記憶があやふやでも当然だ。「インディアン・テリトリー」という言葉も、幼いワイルダーにはよくわからなかっただろう。二

（↘）

十世紀前半、多くの人が、それはオクラホマ州にあるインディアンの土地のことだと思っていたからだ。一九三三年、『家』を書いていたとき、ワイルダーは一家が暮らしていた場所を特定したいと考え、レインと共にキャンザス州とオクラホマ州へ向かったが、丸太小屋の跡地は見つからなかった。だが、一九七〇年代、キャンザス州の歴史家が小屋の場所を探しだした。インディペンデンスから十三マイルのところにある、モントゴメリ郡、ラットランド・タウンシップ、セクション36にある場所だ(12A)。

*13　これは線で消されているが、ありうる内容だ。ブラント改訂版には替わりにこんな文が入る。「あちこちで、草原の土が掘りおこされ、やがてくる冬のために準備されていました。パーがマーにいったところによれば、インディアンたちはわたしたちがここに住むのを望まなかったのでしょう」。そして、「わたしたちがここに住む」という言葉が線で消され、レインの筆跡で、「インディアンたちは、白人たちがこうも大勢やってきて自分たちの土地に住むのがいやだったのでしょう」とある。バイ版にもそれが生きている。

*14　ワイルダーは『家』で、第十五章をまるまる使ってこのエピソードを語る。十九世紀には、「おこり熱」は、マラリアのこと。現代では、「おこり」は病気やその症状、悪寒、発熱、汗、冷や汗を意味する。インガルス一家がマラリアに感染したかどうかは明らかでないが、『家』で描写されているのは、まさしくその症状だ。「何かがゆっくり小さく小さくなっていって、それがだんだんひどくなって、これ以上ないというほどちっぽけなものになってしまう。と思うと、だんだんにそれがまた大きくなっていって、とてつもなく大きなものになってしまう……ローラは寒くてたまらないので叫びだすのです。つぎにはからだが燃えるように熱くなり……」。南北戦争のとき、連邦軍だけでもマラリア感染者が百万人出たという。ある兵士は家に送った手紙で、連邦軍がその病気を反乱軍に広げれば、相手が降伏するのは間違いないと書いた(14A)。当時、マラリアにはキニーネが処方された。液体に溶かして飲む苦い薬で、『家』でも、ローラはこれを飲めば直るといわれ、液体の入ったコップをもらい、「そのにがい水をぜんぶ飲みました」(第十五章)とある。一八八〇年、フランスの陸軍の軍医が、マラリアは寄生虫による病気であると発見し、その十七年後、イギリスの軍医がその寄生虫を、蚊が媒介すると証明した。ワイルダーはそれを知っていたので、第十五章の最後に書く。「この時代には、おこり熱というのはマラリヤで、ある種の蚊にさされたときにかかるのだということを、だれも知らなかったのです」(14B)

*15　スイカと一家の熱病との関係の描写には困惑するが、ワイルダーはこのエピソードをかなりふくらませて『家』に書いた。スコットの奥さんが、スイカを食べると熱病になるといったことだ。物語のとうさんはそんなことは信じず、一家が回復すると、大きなスイカをとってきて、それを証明しようとした。一世紀以上たってから、現代医療がとうさんの正しさを証明した。「スイカはある種のガンや心臓血管疾患や加齢に伴う病気の発病予防に効果があるかもしれない」(15A)

*16　ジョージ・A・タンは、『家』の原書ではTanだが、正しくはTann。アフリカ系アメリカ人のホメオパシー療法(同種療法)の医師で、一八六九年にオーセージ族の縮小居留地に住む。一八七〇年の人口調査では、ラットランド・タウンシップに住む医師と記される。インガルスの家からほぼ一マイルのところに両親と共に住み、人口調査では「イングルス、C・P」の一段上に記されている。タン医師は一八三五年二月二七日、ペンシルヴェニア州生まれで、パーとほぼ同い年。南北戦争時に連邦軍に参加したのち、オーセージ族の医者になる。一九〇九年三月三〇日没。インディペンデンスに葬られた。十九世紀初頭に始まった「同種療法」は、健康な人に同じ疾患の症状を与える薬物を使って、病人を治療すること(16A)。

*17　ワイルダーがPGで個人的な感情

お医者さまでした。でも、わたしはこわくてたまりません。[*17] 黒い人など今まで見たことがなかったのですから。[*18] しばらくして、みんな、やっと回復しました。

わが家は家畜の通る道沿いにあったので、北へ向かって進む家畜の群れがよく通りました。[*19] あるとき、とても大きな群れが通り、パーは長くて白い角を持つ黒い雌牛を手に入れました。小さな黒い子牛も一緒に。雌牛がうちにやってきたので、わたしたちは大騒ぎ。雌牛はなかなか乳を搾らせてくれません。搾ろうとしたパーを蹴っとばしたりするのです。とうとうパーはうちの柵の前に狭い囲いを作りました。雌牛が向きを変えられないような狭い空間です。そこへ雌牛を追い込み、うしろで柵を閉めるともう、雌牛は蹴ることができません。パーは柵ごしに乳を搾ることにしました。でも、雌牛はパーを蹴っとばせないのでした。

（これは使わない）[*20]

××これを読んだ人は「自然のうそ」[*21]だと思うでしょうが、ほんとうの話です。

ある日、パーは小馬のパティに乗って大草原を走り、小さな湿地におりていったところ、オオカミの群れに囲まれてしまいました。でも、オオカミたちはおなかがいっぱいだったらしく、パーを見ても知らん顔。パティはこわがって逃げだそうとしましたが、パーはそれをさせませんでした。オオカミと競争しても負けることがわかっていたから。もしパティが走り出したら、オオカミは追いかけてきて、きっと食い殺されるでしょう。先込め銃一丁では群れのオオカミを全部しとめられるはずがないとパーはわかっていたのです。

パティは恐怖で震えていました。それでも、パーは平然とパティを歩かせました。オ

を書いた例のひとつで、物語のローラとは対比的なもの。『家』でワイルダーは書く。「ローラは黒人を見るのははじめてだったので……それはそれは黒いのです。ほんとなら、こわくてたまらなかったのでしょうが、ローラはそのお医者さまが大すきになってしまったので、ちっともこわくはありません」（第十五章）

＊18　ブラント改訂版やバイ版では、こうある。「わたしはニグロに会ったことはありませんでした」。ＰＧの「黒い人」が「ニグロ」になったのは、一九三〇年代、アフリカ系アメリカ人を示す言葉として「ニグロ」が使われていたことを示す（18Ａ）。

＊19　テキサス州からミズーリ州へ、南北に通じる家畜道は、オーセージ族の縮小居留地のあるキャンザス州東部を通っている。南北戦争時にはこの道は使われなかったが、その後まもなく、長い角を持つ牛の通り道として復活。『家』ではインガルスの家がそういう道の近くに設定された（第五章）。

＊20　ＰＧ元原稿では、本文がはぎ取り式ノートの最後のページに未完成のまま書いてある。「インディアンはちょくちょく家にやってきて、食べ物などを」の続きが次のページの第一行に書かれて文が終わる。だが、前のページの裏に追加の文章があり、その最初に「これは使わない」と記されている。これはワイルダー

オカミたちは知らん顔で走り過ぎていきました。やっと群れが通り過ぎていったとき、パティはがたがた体を震わせ、恐怖で汗びっしょりでした。パーだって同じようなものでした。とてつもない恐怖の中にいたのですから！　パーは大急ぎで家に戻り、わたしたちにその話をしてくれました。

　インディアンはちょくちょく家にやってきて、食べ物などをほしがったものです。*22 パーもマーもいつだって、インディアンたちにほしがるものを渡して、機嫌よく帰ってもらうようにしていました。ジャックはインディアンが嫌いだったので、飛びついてかみついたりしないように、鎖につながれていました。*23 近くに住んでいる人たちも、ジャックをこわがっていました。だから、うちへ来るときには家から少し離れたところにある薪の山にのぼって、大声で叫びました。「おーい、犬はつないであるか？」

　インディアンたちがうちの

「ローラはジャックをなぐさめようとしました」
ヘレン・スーウェル画。1935年

がレインだけに伝えた初めてのメッセージで、レインの手直しを考慮に入れていることがわかる。ワイルダーは娘のために個人的な覚え書きを書くと同時に、一般向けの出版も考えていたのだ。

＊21　この手書きの文章は、あり得ないような内容だが、この不思議な言葉「自然のうそ」は、シアドア・ローズヴェルトの言葉「自然のうそつき」から取ったものだろう。一九〇七年、アウトドア派で作家のローズヴェルト大統領が最初にこの言葉を使った。「みんなの雑誌」誌で、大統領は、当時の作家のジャック・ロンドンが「だまされやすい素人に、野生動物の信じられないような物語を吹き込んだ」罪は重いと書いた。その大統領の言葉が話題となり、上記の言葉は「とっさのひとこととして、アメリカ口語の語彙になった」(21A)

　ワイルダーがPGにこのエピソードを書いていいか迷ったのは明らかだが、この場面はブラント改訂版とバイ版に登場する。これらの版では、パーとパティとオオカミの群れの話は、パーがインディペンデンスに行ってすぐに語られる。『家』で、ワイルダーはこれをふくらませて、第七章を書いた。とうさんは銃を家に置いていってしまったので、ますます危機が高まる。ワイルダーは、とうさんの会話もいっそう豊かに細かく書く。「『大群だったよ』とうさんはいいます。『五十匹くらいはいたし……先頭に立っ

納屋のまわりをうろつき始め、黒馬のペットとパティをものほしげに眺めるようになったので、[*24]パーはジャックを納屋の戸口につなぎ、インディアンたちに馬を盗まれないようにしました。

納屋でメアリ[*25]とわたしが遊んでいたとき、ふたりのインディアンが家の中へ入っていくのが見えました。[*26]すごく恐ろしい姿です。顔は色とりどりに塗られていて、頭はそり上げてあったけれど、てっぺんの髪だけは束ねてあってぴんと立っています。体はほとんどはだかで、おなかのまわりに皮を巻いているだけでした。わたしたちはぞっとして、ジャックの太い首に手をまわし、そばにすり寄りました。ジャックがいれば安心だと思ったからです。一緒にいるからねとジャックにいったけれど、はっと気づいたのは、マーがたったひとりで、インディアンたちと一緒にいることでした。

（▼14ページへ）

ソルダ・デュ・シェーヌ
(McKinney, *History of the Indian Tribes of North America, vol.2.*)

てたのなど、肩まで三フィートはたっぷりあろうという灰色のすごいやつだ』」

＊22　PGの最初の方や、『家』に登場するインディアンは、オーセージ族。デギハ・スー一族の一部であり、ミシシッピ州の東から来ていたが、十八世紀後半、十九世紀前半には、現在のミズーリ州、キャンザス州、アーカンソー州、そしてオクラホマ州に居住していた。「オーセージ族は西部でわたしが見た中でも最も顔立ちのいいインディアンだった」と、一八三五年刊の『大草原の旅』でワシントン・アーヴィングは書く。その頃には、オーセージ族は土地をアメリカ政府に譲渡し始めていて、一八六九年にインガルス一家がキャンザス州に入ったときには、すべてのオーセージ族の村が、縮小居留地にあるヴァーディグリス川付近に集まっていた。インディアン監督官のギブソンは、インガルス一家がキャンザス州を出てから二年後の一八七三年のオーセージ族の人口はだいたい三千五百から三千九百人くらいだったと推測した。

　インガルスの家は、オニオン・クリーク沿いのオーセージの村から西へ二、三マイル行ったところだったので、オーセージ族がちょくちょくやってきた。これは珍しいことではない。現代の歴史家ウィリアム・G・カトラーは、入植者たちはインガルス一家のように、「そこに居住する権利」を守るために「インディアンたちの承諾が必要だった」と書く。オーセー（ ）

ジ族の者たちはしばしばやってきては、いろいろな形で承諾料を得ていた（22A）。オーセージ族にとって、それは単に土地の権利の問題ではなかった。彼らは困窮し、飢えていた。南北戦争後すぐに、連邦政府は年金支払いをやめ、それに戦争による疲弊が重なり、オーセージ族の国は「瀕死の状態」だった（22B）。オーセージ族の「作物は白人入植者たちが連れてきたさまざまな家畜の群れに食い尽くされた。無法者の白人たちはインディアンの馬やトウモロコシを略奪した」（22C）。その結果、インディアンたちも、土地にやってくる白人たちを侵入者とみなし、ほしいものを奪うようになった。「双方の間に、緊張の糸が張り詰めていた」（22D）。

＊23　PGや『家』では一貫してジャックが知らない人を嫌っている。『家』の第十七章では、物語のエドワーズさんを、ジャックが薪の山の上に追いやったことが描かれるが、家族が病気になったときは例外だった。「とうさんかかあさんが声をかけなければ、知らない人はけっして家へ入れないジャックが、ドクター・タンをでむかえて、家へはいってくれとたのんだのだそうです」（第十五章）。ブラント改訂版やバイ版では、ジャックのインディアン嫌いが前面に出る。「わたしたちはみんな、いつかジャックがインディアンにけがをさせるのではないかと心配していました」（ブラント改訂版）。そして、「パーもいつかジャックがインディアンを傷つけて、困ったことにならないかを心配していたのです」（バイ版）

＊24　『家』では、ワイルダーはこのシーンをさらに生き生きとくわしく描く。「インディアンは、よく家へもやってきました。おとなしくてちゃんとしているのもいれば、ぶあいそうでおこっているようなのもいました。どのインディアンも、食べものときざみタバコをほしがり、かあさんはなんでもいうままにやりました。でないと、何をするかわからないと思って、かあさんはこわがっているのです」（第二十二章）。またワイルダーは、物語の一家とインディアンとの交流を、いくつかの章で描く。第十一章、第十八章、さらに、クライマックスへ導く第二十一章、第二十三章、第二十四章。ここでもまたワイルダーはフィクションを書くことで自由を得、自らの思い出を脚色し、動きのあるドラマチックな筋書きを創造できた。

＊25　ワイルダーの姉メアリ・アミリア・インガルスは、一八六五年一月一〇日、ウィスコンシン州ペピン近くの農場で誕生。『森』でワイルダーは書く。「メアリイは、いつもいわれたとおりにするいい子なのです」（第十章）。PGでも、メアリ・インガルスは、おとなしく、従順で、お行儀のいい、上品な少女で、性格は妹のワイルダーとはかなり違う。だから、姉妹のけんかはちょくちょくあったが、長じてからはお互いの違いを乗り越えて支え合う関係になる。物語のローラは、姉の夢を叶える立場にさえなる。『楽』ではこう描かれる。「『いつか本を書きたいと思っているの』と、メアリはうちあけた。そして、笑った。『でも、あたし、学校の先生になりたかったのに、あんたがあたしのかわりにそれをやっているんだものね。だから、本もあんたが書くことになるかもしれないわ』」（第十六章）。PGに同じ場面はないが、メアリの存在はなくてはならないもの。メアリは一九二八年一〇月一七日没。そのすぐあとでワイルダーはPGの執筆にとりかかる。一九二四年の母の死も、ワイルダーが子ども時代をいっそう生き生きと思い出すきっかけになったのだが、姉メアリの死が、彼女に残された時間を強く意識させたに違いない（25A）。

＊26　この文のあとにくる描写は、PGにおいて、ワイルダーが場面を初めて具体的に展開させた例。インディアンたちをくわしく描写し、インガルス一家のそれぞれの対応や気持ちが描かれて、興味深い。だが、まだ新聞のコラム的だ。バイ版では、これに少し色づけし、インディアンたちが顔に「赤と黄色と白の縞々模様を」塗って、マーにパーのパイプに火をつけさせる。ワイルダーはさらにこの場面を発展させて、『家』の第十一章では、とうさんが狩りで留守をするとき、ジャックを家畜小屋の鎖につなぎ、ロー

けれど、ジャックを放すのはこわくてできません。それだけはぜったいにしてはいけないといわれていたからです。もしもわたしたちがマーを助けにいったら、ジャックをここへ残していくしかありません。そしたら、ジャックはわたしたちを助けることもできないのです。どうしよう、わたしたちはおろおろしました。ごくんとつばを飲み込み、それから、ジャックを残したまま、必死に家まで走りました。必要とあらばマーを助けてあげるために。

とはいえ、家まで行ったはいいけれど、わたしたちはただのちびっ子にすぎません。[*27] わたしはたったの二歳、ストーブの陰に隠れるしかありませんでした。メアリはマーのスカートにしがみつきました。マーはインディアンたちのために何か食べ物を作っています。でも、マーがこわがっているのはわかりました。インディアンたちはそこらじゅうをながめまわし、パーのタバコを全部取ってしまいました。部屋の中は、インディアンたちが身につけているスカンクの皮のにおいでひどくくさかったです。それは生皮でした。それからしばらくインディアンたちは家にいて、マーが作った食べ物をすべて食べ、パーのパイプも取り、しまっておいた肉もすべて取っていきました。

うちからそう遠くないところに、大勢のインディアンが集まってきて、クリークのそばでキャンプをしていました。夜になると、恐ろしげな叫び声や金切り声が聞こえるようになりました。[*28] オオカミよりもっとずっと恐ろしい感じでした。パーは、インディアンたちは戦いの踊りをしているのだといいました。そして、やつらはジャックをこわがっているので、うちへは来ないから、もう寝なさいといいました。けれど、わたしがふっと目をあけたときにはいつも、パーは服を着たままで、歩き回っていました。銃を持っているのを一度見たこともありました。

（▼17ページへ）

ラとメアリにジャックを放すなといいつける。とうさんが行ってしまったあとでふたりのインディアンがやってくる。ローラとメアリはジャックを放そうかどうか相談するが、ローラはひとりで小屋に戻る。このときから、ローラがこの章の中心人物になり、読者はローラの目を通してこのシーンを見る。終わりのほうになってやっと、メアリがかあさんの袖につかまって、そばに立っているのがわかる。赤ちゃんのキャリーもまたかあさんと一緒に小屋の中にいるので、ローラはますますみんなを守らなくてはという気持ちになる。かあさんのスカートにしがみついているのは、メアリではなくキャリーだ。しかし、PGのどの版でも、赤ちゃんのキャリーはこの時点でまだ生まれていない。『家』では、ローラがジャックを放そうと考えたととうさんに打ち明けて、大切な教訓を得る。とうさんの反応は非常に厳しかった。「『これからはいつでもいわれたとおりにするんだよ』とうさんは、きいたこともないほどこわい声でいいました。『とうさんのいいつけにそむくようなことを、夢にも考えるんじゃない』」。大人の読者向けのPGには、わざわざそんなせりふは書かれていない。

＊27　ブラント版では、「なんてことでしょう！　でも、その場へ行ったらこわくてたまりませんでした」。バイ版ではそれを変えて、「その場へ行ったわたした

（へ）

ちは、こわくて気分が悪くなりました」とある。どの版もワイルダーの恐怖心を描いていても、読者をその場面へ引き込んで、同じ恐怖と畏れを感じさせるまでには至っていない。だが、『家』ではワイルダーはその場面を見事に創造しなおす力を獲得し、真に迫る描き方をする。「もういちど、板のうしろからのぞいてみたときには、インディアンはふたりともまっすぐローラのほうを見ていました。ローラは心臓がのどもとまでとびあがって、そこでドキンドキン音をたてて息をとめてしまうような気がしました。黒い目が、ローラの目をギロッとにらみました。インディアンは顔の筋ひとつ動かさず……ローラも動きません。息さえできませんでした」(第十一章)。

＊28　ブラント版とバイ版は、この恐ろしい夜のエピソードを、ふたりのインディアンがインガルス家に来る前に配し、ワイルダーが彼らに家の中で会ったのを強調する。『家』では、この題材をドラマ仕立てにして、じわじわと物語のクライマックスへ導いていく。「夜は小さな家へはうように近づき、その暗さはぞっとするようにこわいのです。夜の闇はインディアンの叫びにあわせて叫びたて、ある晩は、インディアンの太鼓にあわせて脈打ちはじめました」(第二十三章)。この場面はさらにエスカレートし、突然インディアンのキャンプが解散して、あたりがしんとなる。とうさんは、オーセージ族の族長ソルダ・デュ・シェーヌが危機を回避する解決をもたらしてくれたという。

最近、この出来事の描き方について、ワイルダーが非難されている。批評家フランシス・W・ケイは、ワイルダーはオーセージ族のキャンプの実情をあまり理解していなかったのだろうという。ワイルダーと家族が聞いた騒ぎは、「バッファロー狩りの成功を祈る(オーセージ族の)伝統的な儀式」の一部か、キャンザス州を去ると決めた族長の決定を、オーセージ族の女たちが悲しがっている声だという(28A)。その文化を理解できず、パニックになったインガルス一家や隣人たちが過激に反応してしまったか、チャールズがキャンザス州を出たのちに、子どもたちをおもしろがらせようとして話に尾ひれをつけたのではないかというのが、ケイの見方だ。『家』では、このエピソードは晩冬または早春に来る。インディアンたちが出ていき、インガルス一家も、夏、とうさんがトウモロコシの収穫をする前にこの土地を出る。家族がキャンザス州にいた時期の史実を考えると、これらの出来事は、家族が出ていく直前の一八七一年の早春に起こったことになり、ケイの解釈もわかる。そのときにはオーセージ族はすでにキャンザス州の土地を売却する決意をしていただけでなく、ほとんどの者たちが土地を離れてしまったので、入植者たちの不安は収まっていたはずだ。

しかしワイルダーは、もっとインパクトのある物語(フィクション)にしたいと考え、家族が『家』で経験した事柄の順番を変えたのだ。だが、PGでは順番が違い、オーセージ族と白人との関係がますます険悪になっていった歴史的な事実と呼応している。PGでワイルダーが書いた「戦いのダンス」は、一八七〇年の晩冬か早春、双方の緊張が高まったときだった。一八七〇年、インディアン監督官のギブソンは、インディアン局の長に書く。オーセージ族は、「数時間のうちにこの谷間に住む入植者たちを殺戮できる力を持っています。この春にそんなことが起きても、わたしは驚きません」。局長はそれを理解した。もしもオーセージ族と白人がこのまま隣り合って住んでいたら、「戦争は避けられないでしょう」と、局長(28B)。インガルス一家はそこからかなり近いところに住んでいたのだろう。だから、夜、オーセージ族が騒いでいるのを聞いたのだ。ウォルナット・クリークは、インガルスの家がある半マイル四方の土地を流れていた。ギブソン監督官は一八七〇年の一月中旬にウォルナット・クリークの河口付近で、オーセージ族が恐ろしげな構えを見せていたという報告を受けたと書く(28C)。PGでインディアンの戦いのダンスの話を数ページ書いたのち、ワイルダーはインディアンの騒ぎは収まって、妹のキャリーが誕生した(一八七〇年八月三日)と書く。その後のインディアンの行動に関する叙述は、一八七〇年の終わりから一八七一年の春の間に起こった出来事と呼応している。そして、インガルス一家はオーセージ族と同じように、この地を離れるのだ（28D）。

PGには、ソルダ・デュ・シェーヌは登場しないが、ワイルダーは物語を書き始めたときに、彼の名前を知りたくて調べた。オクラホマ州のR・B・セルヴィッジに、ワイルダーは書いた。「そのインディアンの族長の名前をご存じではないかと思って、書いています。わたしは忘れてしまったのです」（28E）。彼は、族長はソルダ・デュ・シェーヌといい、「白人に近しい気持ちを持っていました」と返信してきた（28F）。ワイルダーはまた、キャンザス州歴史協会（KSHS）にも情報提供を求めた。しかし、その返事は「あなたの物語に登場する、白人の入植者に近しい気持ちを持っていたという、インディアンの族長については情報がありませんでした」だった（28G）。しかし、ワイルダーはこのオーセージ族の長こそが、危機を回避させるうえで大きな役割を果たしたと確信したに違いない。結局、ワイルダーはセルヴィッジの返答を受け入れ、己の確信を元に物語を書いた。

現代の批評家たちには、ワイルダーが『家』でソルダ・デュ・シェーヌを取りあげたことに対し、それを揶揄、批判する者もいる。ケイは、族長の名前がフランス名であることや、とうさんが、族長がフランス語をしゃべっていたといったことに反論する。「フランス語は一八〇三年からは、ミズーリ川流域で公用的に使われなくなっていたし、一八〇八年からは、アメリカ人との条約締結には英語の名前を使っていた」と。チャールズが族長の名前をフランス名だと思ったのは、チャールズがアメリカ史を勘違いしていたからであり、ワイルダーがその名前を使ったのは「そのほうが高貴な感じ……〝恐れを知らぬロング・ヘア〟とか、〝黒い犬〟とか、〝家に帰る矢〟とか、そんな名前より響きがよい」と思ったからだろう、という（28H）。だが、これは、ワイルダーがキャンザス州やオクラホマ州の歴史家たちと連絡を取っていたのを考慮に入れていない。ワイルダーはまず、自分が覚えていた男の名前をたずねたのだ。事実、ソルダ・デュ・シェーヌは、一八〇〇年代の初め、フィラデルフィアで肖像画家の前に立った族長の名前で、たとえワイルダーの記憶にあったオーセージの族長が彼でなかったとしても、この男は実在していた。ワイルダーが質問したオクラホマ州のセルヴィッジは、ワイルダーが、一八七〇年と一八七一年に大きな影響力があった人物を探していたとは思わなかったのだろう。また、KSHSに残っている手紙の一部によれば、ワイルダーはソルダ・デュ・シェーヌという名前の確認だけでなく、彼の「インディアン名」をも問い合わせていたという（28I）。オーセージ族が使っていたフランス語についてのケイの意見とは違い、歴史家ルイス・バーンズは、遅くとも一八六五年までは、オーセージ族と連邦政府との話し合いで、言語の問題は大きなバリアであり、純血のインディアンで「流ちょうな英語」をしゃべる者はほとんどおらず、「混血の者のほとんどはフランス語を使っていた」という（28J）。

作家の立場からすれば、ワイルダーが『家』でソルダ・デュ・シェーヌを取りあげたのは、創作者に与えられた特権といえる。ワイルダーは史実を二カ所で問い合わせ、自分の記憶と照らし合わせて文章を書いた。自分の文章は、その時代の精神や、幼い頃に家族が経験したことの記憶に忠実であるといいたかったのだ。ワイルダーの物語が「多様性、多文化、人権を重んじる現代の批評家の神経を刺激している」と書くケイの言葉にはうなずける。ケイはこうも書く。ワイルダーは「自分にとっての真実に合わせるように物語を紡いでいる」（28K）。これは、子ども向けであろうと、大人向けであろうと、どのフィクションの書き手もしていることだ。芸術の観点からいえば、ワイルダーの選択は正しい。だが、アメリカの開拓に関する社会のとらえ方が常に進化しているために、ワイルダーの選択の文化的、政治的、社会的な正当性に疑問が投げかけられているのだろう。

＊29　一八七〇年のラットランド・タウンシップの人口調査には、ロバートソンの名前はない。インディアン・テリトリーに住んでいたインガルスの隣人たちで特定できるのは、タン先生だけ。おそらく最も近くの家族は、ジョンソン家、ルン

とうとうある晩、恐ろしい声が聞こえなくなりました。パーは、インディアンたちはいなくなったよ、といいました。外は真っ暗でした。窓から外を見ても、星ひとつ見えません。その晩、パーの声でわたしは目が覚めました。パーがいっています。

「だがな、キャロライン、やっぱり行かなくちゃならないよ。だれかが助けを呼んでいた。確かだよ。女の人らしい。ロバートソン[*29]の家の方のクリークから聞こえたんだ。行って、どうしたのか確かめてこなくちゃいけない」。パーは外へ出ていき、ドアを閉める音がしました。

いつパーが戻ってきたのか、わかりません。でも、朝になったらパーはいて、メアリとわたしに、クリークの低地にはピューマがいるから、家から出ちゃいけないといいました。[*30]

「きのうの晩、パーはロバートソンの奥さんが呼んでいる声が聞こえたと思ったんだ。だから、何かあったのかと様子を見にいったんだが、家は真っ暗だった。みんな眠っていて、しーんとしていた。おかしいな、あれはなんの声だったのだろうと思いながら歩いていたら、クリークのそばで木立のあるところへ来たとき、その下あたりからピューマの声が聞こえたのさ。髪の毛が逆立ったね。ほんとに帽子が持ち上がった。どうにかつかまらずに家へ戻れた。死に物狂いで駆けたよ！　あんなに必死で駆けたことはない！　ピューマだって追いつかなかったくらいさ。だが、おまえたちはそんなに走れっこない。だから、家にいて、パーがいいというまで、出ちゃいけないよ」。そのあと、わたしたちは二度とピューマの話を聞くことはありませんでした。[*31]

インディアンたちはよくクリークのそばへやってきては、しばらくとどまっていまし

カー家（ロンコーの間違いか）、そしてギルモア家だ。ワイルダーはこのエピソードを『家』の中で一章を使って描く（第二十章）。隣人の名前はスコットだが、それは一八七〇年の人口調査にはない。

＊30　十九世紀を通して、入植者は野生の山猫をパンサー、山ライオン、ピューマ、クーガーなどと呼んだ。どれもひとつの種 *Puma concolor* を意味する。北米のほぼ全域に生息し、シカ、ワピチ、ヘラジカ、そして家畜を食した。重さは百ポンドから百四十五ポンドくらい、体長さは六、七フィート、体の色は黄褐色。今日クーガーとして知られる山猫は、シューッ、ゴロゴロ、ギャーなどと声をあげ、短距離なら、俊足で走る。チャールズが子どもたちに、ピューマなんかに負けないと豪語するためには、かなり早いヘッドスタートが必要だったに違いない（30Ａ）。

＊31　ＰＧの改訂版では、パーはピューマを撃ち殺す。ブラント改訂版とバイ版では、家族が寒気と熱に冒されている場面に、この結末が挿入される。「毎晩、わたしたちはパーにあのピューマを殺したかとたずねました。でも、パーがそれをしてくれる前に、みんなが熱病にかかってしまったのです」（バイ版）。チャールズはほんとうにピューマを撃ったのか？　それとも、ワイルダーとレインはすでに家族の出来事を物語に書き変えていた

た。そこにテントを張って、魚を釣ったり、狩猟をしたりしていました。ある朝早く、パーはわたしをジャックの背中に乗せ、メアリにそばを歩かせて、インディアンたちがキャンプをしていた場所へ連れていってくれました。どんなところか見せてくれたのです。わたしたちはそこに午前中いっぱいいて、そこらじゅうを歩き回り、インディアンの女の人が作ったビーズ細工からこぼれた、きれいなビーズをたくさん拾いました。[*32]白いビーズ、青いビーズ、黄色いビーズ、そしてたくさんの赤いビーズが落ちていました。

「メアリイとローラは、ベッドにならんで腰かけ、
かあさんがくれた糸に玉を通しました」
ヘレン・スーウェル画。1935 年

やっと家に帰ると、いつかの肌の黒いお医者さんがいて、ロバートソンのおばさんが来ていました。赤ちゃんが生まれていたのです。それがキャリーです。[*33]マーはまだ起きられなくて、キャリーがそばに寝かされていました。ほんとにちっちゃなちっちゃな赤ちゃん。でもマーは、赤ちゃんはじきに大きくなって、みんなと遊べるようになるわよ、といいました。それからわたしたちはとても忙しくなりました。キャリーのために、拾ってきたきれいなビーズを全部糸に通して、ネックレスを作ってやりたかったからです。かわいいちっちゃな妹、守ってあげて、笑いかけてあげたくなる赤ちゃんです。[*34]

（▼20ページへ）

のか？　ワイルダーは『家』では、別の結末を用意した。とうさんは引き続きピューマを探し、やがて森でインディアンに出会い、彼からピューマを殺したと聞く。ローラは、そのインディアンがきっと自分の「小さな赤ちゃん」を守るためにそのピューマを殺したのだと思う（第二十章）。とうさんとインディアンは、父親の愛情と家族を守る心で結ばれた。

＊32　チャールズはきっと、家から東二、三マイルのクレアモー・クリークへ子どもたちを連れていったのだ。一八七〇年、オーセージ族は夏の狩猟に出かけて、九月まで帰らなかった。『家』の第十四章で、とうさんはローラとメアリが落ちているビーズを集めているときに、インディアンたちの暮らしぶりや、モカシンの靴あとから、何が読み取れるかを教えた。このクリークへのピクニックは、PGではふたりを家から遠ざけておくためだったが、『家』には、ふたりの少女の根本的な違いを描く目的があった。メアリは赤ちゃんにビーズを全部あげるといったが、ローラは自分の分も取っておきたかった。「胸がカーッとしてきて、ローラは、メアリイがいつでもこんなにいい子でなければどんなにいいだろうと、くやしくなってくるのでした」（第十四章）

＊33　母の名前にちなんで名付けられた赤ちゃんのフルネームは、キャロライン・セレスティア・インガルス。ミドルネー（↓）

ムは叔母のルビー・セレスティア・インガルスと同じ。一八七〇年八月三日生まれ。キャリーをとりあげたのはタン先生。だが、ワイルダーのフィクションでは、キャリーはウィスコンシン州時代に赤ちゃんとして登場し、そこから家族とともに西部へ移住する。この違いが、ワイルダーがPG(覚え書き)をフィクション(物語)に書き換えたときの大きな変更点のひとつ。赤ちゃんのキャリーをシリーズ第一巻『森』に登場させたのは、レインが、PGのこのあとのセクションをつぎあわせて書いた子ども向け版PG(JPG)を、ファイアリーに渡していたからではないか。JPGの第二段落の最後は「おばあちゃんはおとうさん、おかあさん、おねえさんのメアリ、赤ちゃんのキャリーと住んでいました」である(付属資料A)。ファイアリーがこの物語に興味を示していたので、キャリーを外すのはおかしいと考えたのだろう。

短いJPGに手を入れて長くし、まもなく『森』となるこの物語を書いていた一九三一年頃にはまだ、ワイルダーは物語のシリーズ化を意識していなかったので、妹のキャリーをこのまま入れておいてもよいと判断したのだ。

キャリーはびくびくした、弱々しい妹として描かれているが、それはフィクション、PGとも同じ。しかし、実際のキャリーは長じて、キャリアを積み、独立心のある女性となった。ふるさとの町でデ・スメット・リーダー紙の植字工を務め、サウス・ダコタ州フィリップではひとりで農地を守って暮らし、ブラック・ヒルズではいくつかの新聞社で働いた。一九一二年八月一日、四十代前半でデイヴィッド・N・スウォンジーと結婚。彼は十六歳年上で、子どもがふたりいた。夫の死後、キャリーはサウス・ダコタ州キーストーン駅を切り盛りして働き、一九四六年六月二日、七十五歳で没(33A)。

*34 PGの手書き原稿には、ここに"×"印がついており、メモがある。「(ページ裏)」とレインへの指示があり、裏を返すと、大草原の火事についての一ページにわたる文章がある。そのあとにメモがあり、「(×印に戻ってスタート)」とある。元のページには、続いてクリスマスの思い出が書かれているが、ワイルダーは話を大草原の火事で進めていきたいと考えたに違いない。

*35 『家』で、ワイルダーは火事のエピソードをさらにくわしく豊かに描く。子どもたちがかあさんと家にいたとき、「だしぬけに、その日がすっかりかげってしまったのです」(第二十二章)。パーの行動は基本的にPGでも物語でも同じだが、物語のローラは、少女のワイルダーとは違い、すぐに状況を理解できる。物語では、「ローラは、何かしなくてはと思いながらも、頭のなかが、火とおなじようにゴーゴーいいながらくるくるまわっているのです」

長いこと、雨が降りませんでした。クリークは水位がさがり、丈の高い大草原の草はかさかさに乾いて、茶色くなってしまいました。広い空の円い縁が煙ったように見える日が何日も続きました。パーがこれはインディアン・サマーだと教えてくれました。

ある日のこと、空の一方で、煙のような色がぐんと濃くなって見えたので、[*35] マーはしょっ中、そちらを見ていました。パーが急いで戸口へやってきて、マーに何かいいました。それから、あわててペットとパティがつながれているところへ駆けていきました。パーは二頭を耕作犂につなぎ、家から少し離れたところで、煙色の雲の側にある、堅い草土を掘って溝を作り始めたのです。パーは二頭をせかして行ったり来たりさせ、大急ぎで黒い土を掘りかえさせました。そこに溝ができると、今度は家と納屋のまわりをぐるりと囲んだ溝を掘らせました。それから、二頭をその溝の内側に入れて、家の角にしっかり結びつけたのです。パティの子馬は、ずっと母馬にくっついていましたが、こわくなったらしく、そこらじゅうを走り回り、悲しげな声をあげています。パーは子馬にいつもつけてある端綱をつかまえて、家の丸太の端っこに結びつけました。雌牛はすでに溝の内側にいて、つなぎ綱につながれていました。

メアリとわたしは興奮しきっていました。でも実のところ、これがどういうことなのか、まったくわかっていなかったのです。けれど子馬がつながれたちょうどそのとき、煙の雲がわーっと吹き寄せてきました。大草原の火事が近づいてくるのが見えたのです。風がびゅうびゅう吹きわたり、枯れた草はあっという間に燃えつきてしまいました。炎が高く飛び跳ねるように大草原を駆けてくる感じで、その上に煙の雲がうずまいています。そのあとはもうあっという間でした。火事はゴウゴウと燃えさかりながら遠ざかっていきました。わたしたちは溝の内側にいたので、わたしたちと、家と納屋は助かりました。だけど、あとは見渡す限り、大草原は焼け焦げて真っ黒でした。

ノンフィクションからフィクションへ移行すると、ワイルダーは主人公にいっそう勇気のある自由な行動をとらせる。大草原の火事は、史実とは少し違い、クリスマスの「あと」に起こるが、それが物語にいっそうの緊張感を与え、ドラマチックな結末へと導く。エドワーズさんとスコットさんはとうさんにいう。「もしかすると、白人の移住者を追いだそうとして、インディアンがあの火事をしかけたのではないか」。だが、とうさんはふたりの隣人にそれは違うという。ブラント改訂版とバイ版では、大草原の火事の場面はこう終わる。「ロバートソンさんはパーにいいました。きっとインディアンたちがわたしらを追い出すために火事を起こしたんだ」。だが、PGとブラント版は、火事がインディアンによって起こされたとは書いてない。

火事が起こったと思われる一八七〇年の秋、オーセージ族は強制移住法に合意して、キャンザス州の土地を売却し、現在のオクラホマ州のインディアン・テリトリーに移住した。キャンザス州に住む白人たちを追い出すために火事を起こす動機はない。歴史家ルイス・バーンズは、一八七〇年から一八七一年に、三万人ものオーセージ族が秋の狩猟のためにキャンザス州を出たという。また、三百人がインディアン監督官のギブソンと共に、秋頃にチェロキーの土地に行ったので、モントゴメリ郡の当該地には、一八七〇年秋に火事を起こすオーセージ族の者はいなかったろう

火事のあと、インディアンはもう来なくなりました。わたしたちはほっとして、おだやかに暮らしていましたが、それもクリスマスまでのことでした。雨が降り出したのです。あまりにも強い雨なので、パーは町へ行って、サンタクロースにわたしたちがプレゼントにほしいものを伝えられなくなってしまいました。パーは、クリークの水かさが増しているので、サンタクロースはとても渡ってこられないから、プレゼントを持ってこられないだろう、といいました。

ところが、クリスマスの朝、目を覚ますと、ベッドの脇の椅子の背に、それぞれの長靴下が吊してあって、その上から真新しいぴかぴかのブリキのカップが顔を出しています。靴下の底には、長い平べったい、赤と白のしましまのペパミント・キャンディが入っていました。しまとしまの間にきれいな溝がついています。

クリークの向こう岸に住んでいるブラウンさんが、[*36] わたしたちのそばに立っていて、見つめていました。イブの晩にサンタクロースが川を渡ってこられなかったので、ブラウンさんにプレゼントを託していったのだそうです。だから、ブラウンさんはそれを持って、川を泳ぎ渡り、朝、うちへやってきたのでした。[*37]

その冬、家族全員が百日咳にかかってしまいました。[*38] 赤ちゃんのキャリーもです。でも、春になってやっとみんなは回復し、またジャックと遊べるようになりました。[*39]

するとまた、インディアンたちがやってきました。ある日のこと、うちの戸口の目の前を通る道を、インディアンたちが行列を組んで歩いていきました。わたしは戸口に座って眺めていました。[*40] 来る方向を遠くまで見渡すと、インディアンたちが小馬に乗って続々

（▼23ページへ）

（35A）。

＊36　PGのブラウンさんは、物語ではエドワーズさん。エドワーズさんは『家』で「テネシー州からきたヤマネコ」と形容され、最初に登場するのはインディアン・テリトリーでとうさんが丸太小屋を建てたときだ。その後、彼は洪水で溢れたクリークを渡って、ローラたちにインディペンデンスからクリスマスプレゼントを持ってきてくれる（第十九章）。彼は『岸辺』にも再登場し、ダコタ・テリトリーの土地管理事務所でとうさんが土地の申請をするときに手伝ってくれる。一八七〇年のラットランド・タウンシップの人口調査には、ブラウンやエドワーズの名前はない。テネシー州から来た独身の農夫の存在もわからない。だが、インガルスの小屋の近くに、エドワード・メイソンというイギリス人の二十五歳の独身の農夫が住んでいたことはわかっている。

＊37　ブラント版には、クリスマスのシーンの最後に、「というわけで、わたしたちはほんとうにすばらしいクリスマスを過ごしたのでした」とあり、その文が丸で囲ってあり、レインの字で「あとでわかったのは……」とメモがある。このメモがワイルダーに向けて書かれたものなら、ワイルダーがこの原稿を読み、レインのタイプ原稿をチェックしたことになる。ブラント改訂版でもバイ版でも、この場面は、ワイルダーが大人になって

（↖）

からその時のことを思い出して書いたように結ばれる。「当時はだれも、ブラウンさんが、雨の中を四十マイルも歩いてキャンザス州インディペンデンスへ行き、また四十マイル歩いて戻ってきて、クリスマスの朝、わたしたちがっかりしないようにプレゼントを持ってきてくれたなんて、教えてくれませんでした」（バイ版）。

＊38　バクテリアによる感染で起こる百日咳は、喉がゼイゼイいい、甲高いヒイヒイした音が出て、すごく息苦しくなる。ワクチンができた一九三〇年までは、死亡者が多かった。『家』で家族がこれにかかったとは書かれていないが、おそらくすでに熱病にかかった場面を書いていたので、それ以上は要らないと判断したのだろう。PGのあとのみっつの版も同じく、この場面を省いている（38A）。

＊39　ここで、ブラント改訂版もバイ版も、セクションを新しくして、こう始める。「春になって、クリークの水が減ると、パーはまたインディペンデンスへ行きました」。そのあとに、かなりの分量の続きがある。パーが悪名高き殺人家族とされていたキャンザス州のベンダー一家に出会った話だ（付属資料B）。

＊40　一八七一年三月、オーセージ族がバッファロー狩りの旅から帰ってきた。ほとんどの者たちは、オクラホマ州の新しい居留地へ行ってしまったのだが、「キャンザス州に残していった持ち物をかきあつめるために、戻ってきた者たちもいた」（40A）。インガルス一家はインディアンたちがよく利用する道沿いに住んでいたので、そのときにワイルダーが見たものが思い出に残っていたと考えられる。それに対し、一八七〇年八月またはその年の秋、インディアン監督官のギブソンが、キャンザス州から出ていくオーセージ族を引き連れて、その道を通ったときに「インガルスの農地近くを通った可能性もある」のだ（40B）。PGに描かれたワイルダーの思い出が時系列に沿っているとしたら、一家がキャンザス州を出ていくすぐ前の、一八七一年三月に、そのインディアンたちが出ていったことになる。とにかく、インディアンが出ていく場面は、『家』のクライマックスであり、ワイルダーはそれに一章を費やした（第二十四章）。

＊41　PGでも、『家』でも、かわいらしい赤ちゃんに対するワイルダーの気持ちは同じで、きらきらした真っ黒い目のインディアンの赤ちゃんは、幼かったワイルダーに、いいようのないあこがれの気持ちを起こさせた。「『目があんなにまっくろなんだもの』」。ローラはしゃくりあげる。「自分の気持が、うまくいいあらわせないのです」（第二十四章）。ワイルダーはこの場面への盛り上がりを作るために、物語の第四章からそれをスタートさせる。ローラが「パプーズが見たいのよ」というと、かあさんは「そんなこと考えるんじゃありませんよ」と叱る。しかし、そのあと、ローラは何度も赤ちゃんの話を持ち出す。第二十章でとうさんがピューマを殺したインディアンに会った場面では「ヒョウは、インディアンの赤んぼのパプーズもとっていって、殺して食べるのかとききました」とさえ書く。一方、一八七一年三月、ワイルダーは四歳になったばかりだったが、オーセージ族の赤ちゃんを見たときのイメージに強い思い入れがあり、それをふくらませて書いたのではないだろうか。

　フランシス・ケイなどは、ローラのあこがれには「誘拐」（41A）の傾向があるという。しかし、子どもの豊かな想像力というものは、いわゆる政治的公正とは別物だ。子どものために書くということは道徳的な責任を伴うものだが、同時に感情的には正直に書かねばならないので、大人をはっとさせることがある。作家マデレイン・レングルは「子どもたちは、両親が読んだらぎょっとするような物語も喜んで読んで受け入れるものだ。子どもたちはまだ、ドラゴンとか妖精などとコンタクトが取れる存在だからである」という（41B）。子どもの本を書く作家たちは、大人たちが危険な、無責任な、攻撃的だと思う領域にまで踏み込んで書くことがよくある。

　そうはいっても、ワイルダーはこのインディアンの場面を大人の考え方を元にして書いた。PGでは、パーがローラに、

とやってきます。先頭は、大きなインディアンたち。黒い小馬に乗った人、灰色の小馬に乗った人、斑点のある小馬に乗った人、黄色い小馬に乗った人、赤い小馬に乗った人、どんどん来ては通り過ぎていきました。女の人たちと子どもたちが続きます。見渡す限り、右からも左からも、インディアンたちが次から次へと小馬に乗ってやってくるのでした。

小馬の腹に籠をつけてそこに赤ちゃんを入れている女の人もいました。背中に赤ちゃんをくくりつけている女の人もいます。小馬の両側に赤ちゃんを入れた籠をつけた女の人が通りすぎたとき、赤ちゃんたちがわたしをきらきら光る黒い目でじっと見つめました。わたしはもうがまんできなくなりました。「あの赤ちゃんがほしい！」[*41]と叫んでしまいました。パーが「だめだ！」といったので、わたしはわっと泣き出し、だだをこねました。パーはわたしを抱き上げて家の中へ連れていきました。「うちには赤ちゃんがいるじゃないか。どうしてパプース（インディアンの赤ちゃん）なんかほしがるんだ？」といいました。わたしはあの子がほしかった、あんなきらきら光る目の子がほしかったのです。

それからまもなく、パーは再び馬車に幌をつけ、ペットとパティをつなぎました。そして、マーと一緒に、家の中のものをすべて持ち出して、馬車に乗せました。それから、みんなで馬車に乗り込みました。ジャックは馬車の下を走り、わたしたちは大草原の小さな家を広い野原にぽつんと残して、この地を離れたのです。軍の兵士たちが、このインディアンの土地から白人たちを追い出すことにしたからでした。[*42]

インディアンの土地を離れて走っている旅の途中、[*43]キャンザス州インディペンデンスへ着く前に、わたしたちは道の脇に止まった幌馬車のそばを通りかかりました。

（▼25ページへ）

うちの赤ちゃんだけで充分じゃないかときっぱりいう。『家』では、かあさんが、同じことをローラにいって、いさめる。だが、インディアンの真っ黒い、きらきらした瞳はローラの心に強い印象を与え、それは理屈を越えたあこがれだった。

＊42 一八七一年の春、一家がオーセージ族の縮小居留地を出ると決めたことに対するワイルダーの説明は不完全だ。PGのあとの版でもそこは同じく曖昧だが、レインはそれにわずかながら、重要な変更を加えた。「兵隊がインディアンの土地から白人たちを全員〝追い出した〟」。ワイルダーは『家』で、これを発展させた。政府は兵隊を送って、白人たちがインディアンの土地を出ていくときに警護させるときいたとうさんは、「ワシントンにいるろくでなしの政治家野郎がよけいな口だしさえしなけりゃ、ここに住みつくのになんの不都合もなかったんだ。インディアン・テリトリイの境界線を、三マイル、こえてるだって。ばかな」（第二十五章）

実際のところ、インガルス一家はインディアン居留地の東端から西へ十四マイル、南端から北へ六マイルのところにいたが、ワイルダーは『家』でとうさんにこうしゃべらせることによって、インディアンの土地に勝手に住んでいた事実を打ち消し、政府が間違った情報をとうさんに与えたというふうに書く。ワシントンの役人たちは正式にオーセージ族の土地に白人の居住をすすめてはいなかったが

（へ）

キャンザス州の役人たちはそうだった。州知事のサミュエル・J・クロフォードはいった。「キャンザス州もうかうかしてはいられない。他の州が、州の威信にかけて、州内に入植者を居住させようとしているのだから」(42A)

一八七一年の春、ほんとうに追い立ての事実はあったのか？　フランシス・ケイは、そういううわさがあっただけだという。「一八七〇年にキャンザス州南部にやってきた兵隊は秋まで滞在していたが、居住者の追い立てを命令されてはいなかった」と。「だが、そうなる可能性をほのめかしたかもしれない」(42B)。一八七〇年の秋、政府軍はほんとうに、インディアン・テリトリー(オクラホマの)の、まもなくオーセージ族の土地になるチェロキーの土地に居住していた白人たちに退去命令を出した。キャンザス州の一新聞が、この命令を勘違いして、兵隊が白人たちをキャンザス州のオーセージ族の土地から追い立てにくると書いたのだ。インディアン監督官のギブソンは、政府が「インディアン・テリトリーからすべての居住者、侵入者を排除すべき」という決定を下したといった。命令は、現在のオクラホマ州にいた侵入者たちのみを対象としていたが、当時、「インディアン・テリトリー」という言葉は、オーセージ族の縮小居留地も指していた。その後に出た命令もまた、政府軍が侵入者を「オーセージ族縮小居留地または南東キャンザス州の居留地と定められた地域から」退去させよという内容だった(42C)。このような上からのお達しによって、居住者の間に誤解や混乱が生まれたのだ。

それでもなお、一八七〇年の晩秋、チャールズはモントゴメリ郡の土地はまもなく法律的に正当な居住地になると思っていたようだが、そのためにかかる費用の額を知らなかった。オーセージ族は政府に居留地の売却を持ちかけていた。もし白人が一エイカーあたり一ドル二十五セントを支払うことになるのであれば、それだけの額を自分たちももらうべきだという。一八六八年、オーセージ族は居留地をレヴェンワース、ローレンス&ギャルヴェストン鉄道会社に売却する契約をしていたが、会社は引き続き土地の権利を要求した。会社がこのまま存続すれば、入植者たちは土地の申請のためにもっとお金を払うだろう。チャールズが自分の選んだ土地の価値があがって、支払いができなくなると思ったのも無理はない。

では、なぜインガルス一家は去ることにしたのか？　ワイルダーはのちにPGでウィスコンシン州の土地の状況を語ったときに、いろいろなことが重なって、結局、一家は一八七一年に北東へ旅をすることになったと書く。はっきりいえるのは、PGも『家』も、一八六〇年代後半や一八七〇年代初頭に、オーセージ族縮小居留地で起こっていた、社会的、政治的、文化的な混乱状態を描いてはいないということだ。PGは、ワイルダーの個人的な経験や思い出を元に書かれた覚え書きであり、『家』は、中学年の子どもたちに向けて書かれたフィクションであるから、大きなテーマとして、自明の運命説(マニフェスト・デスティニー)と家族がそれを実現しようとする姿に的を絞ったのだ。それでも、ワイルダーは、今では周知のことだが、もともと自分たちのものではなかった土地に入り込んで住みつこうとする人々の利己的な欲深さをちゃんとほのめかしている。『家』でとうさんはローラにいう。「政府は、ここにいるインディアンも、もうじき西のほうへ移すつもりなんだよ。だから、われわれはこの土地にいるのさ、ローラ。白人がここらの土地ぜんぶを開拓して、住みつくことになるんだ。われわれはいちばん先にここにきて、自由にえらべたから、いちばんいい土地が手にはいったのさ」(第十八章)
(42D)

＊43　このセクションは、これだけで独立している。インガルス一家がキャンザス州を出ていく場面から始まる元原稿のページ裏に書かれているのだが、これをどこに挿入すべきかの指示がない。他の版では、レインが、家族で旅をしている隣人と、雨のために水びたしになった道との間の段落にこの小文をうまく挿入して、さらに話をふくらませている。これらの版には、さらに細かい記述も追加される。たとえばパーのせりふだ。「馬泥棒には絞首刑でも足りんよ」。バイ版では、次の日にインガルス一家はインディペン

男の人と女の人と子どもたちが、馬車の長柄にしゃがんでいました。馬は見えません。パーは馬車を止めて、いったいどうしたのか、何か助けはいるかとききました。その人たちは、夜中に馬を盗まれてしまったのだと答えました。
パーは、インディペンデンスまで乗せていってやろうといいましたが、その家族は馬車と持ち物をおいていくわけにはいかないといって、断りました。パーにできることは何もありません。その家族は馬車の長柄にしゃがんだまま、がらんとした大草原をぼんやり見ているだけでした。わたしたちはそのまま馬車を走らせました。インディペンデンスへ着いてから、パーはその家族のことを人に話しましたが、だれかが助けにいったかどうか、それは知りません。

大草原の小さな家のそばに住んでいた人たちは、わたしたちとしばらく一緒でしたが[*44]、やがてばらばらになり、わたしたちはミズーリ州へ入りました。雨が降って、道はどろどろになり、クリークや河は水かさが増していたので、道中は大変でした。[*45]
馬車をクリークへ乗り入れて渡るとき[*46]、マーは馬車の底においたベッドに赤ちゃんのキャリーを寝かせ、わたしとメアリの頭の上から毛布をすっぽりかぶせました。
「じっとしてなさい」とマーはいいました。
馬車が水をバシャバシャはねかえしながらクリークへ入っていく音が聞こえました。でも、馬車の動き方がなんだか変な気がしました。パーの声が聞こえました。「手綱をとれ、キャロライン！」

デンスに着いたとある。

＊44　これは、ラットランド・タウンシップの白人たちが、追い立てられると信じておびえていたという、ワイルダーの説明をさらに証拠づける。実際、何家族かが一緒に退出したが、そのまま残った人々もいた。彼らはオーセージ族の居留地を、半マイル四方あたり二百ドル、または一エイカーあたり一ドル二十五セントで買い取った。『家』では、物語の一家は自分の意志で出ていく。とうさんはエドワーズさんに一緒に行こうとさそったが、彼は南部へ行きたいと答える。『家』はシリーズの三冊目で（訳注：シリーズは『森』『農場』『家』の順に書かれた）、ワイルダーは自分の個人史が、アメリカという大きなテーマを背負っているのだということを意識しはじめていた。自分たちだけで進むと決めたフィクションのインガルス一家は、アメリカの大西部で開拓時代を経験する、伝説的な家族の原型となるのである。

＊45　インガルス一家がどこからミズーリ州へ入ったのかははっきりしないし、渡った洪水の川もどこになるのかわからない。
もし一家が北東へ向かってキャンザス州ニオショ郡へ行ったとしたら、バーボン郡を北東に横切る道を見つけただろう。そこから、ミズーリ州ヴァーノン郡に入れる。もしもこのルートをたどった

いったいどうなっているんでしょう。何かおかしいと思いました。パーの声もいつもと違って変でした。わたしは毛布から顔を出してのぞいてみました。水の中でバシャバシャやっている馬たちが見え、パーがほとんど頭まで水につかっています。ペットの頭の脇にパーがいて、ペットを引っ張っています。マーは手綱を握っていましたが、わたしを見て、きつい声でいいました。「毛布をかぶって、じっとしていなさい！」

「どうして馬たちはよろよろしているの？」わたしが毛布をかぶりながらつぶやくと、マーは、泳いでいるのよ、と答えました。毛布をかぶったままでいるのは我慢がいりました。だって、馬たちがバシャバシャ音をたてるし、ときどきパーが馬たちに話しかける声が聞こえてきたからです。

やがて、馬車の動き方が変わったので、思い切ってまた顔を出してみました。マーの顔は真っ青でゆがんでいます。全身水びたしのパーが水をぽたぽたたらしながら馬たちをひいて、きつい坂になった川岸をあがっていきます。クリークがうしろ側に見えました。

「よかった！」パーはそういって、馬たちを止めて休ませました。「手助けしてやらなかったら、とうてい渡れなかったな！」[*47]

わたしたちは川岸にしばらくいて、天気が落ち着いて水が引くのを待ちました。その間、大きな暖炉のある丸太小屋で暮らしました。[*48]パーはその持ち主に雇われて働きにいってしまったので、わたしたちはマーと一緒にずっとそこにいるしかありません。

あるとき、暖炉のそばにいると、煙突がバチバチバチともものすごい音をたてました。マーは赤ちゃんのキャリーをメアリに預け、あわてて外へ飛び出しました。煙突のてっ

（▼28ページへ）

のだとしたら、一家が渡った川は、ビッグ・ドライ・ウッド・クリークだったろう。さらに進んで、ベイツ郡のマレ・デ・シニュ川を渡ったかもしれない。おそらく、これらの川のどれかが、ミズーリ州のはん濫した川の浅瀬を渡ったという、小さかったワイルダーの鮮明な思い出として残っていたのだろう（付属資料B参照）。

＊46　ワイルダーはこのエピソードを『家』の最初のほうの第二章に使っている。物語のインガルス一家がインディアン・テリトリーへ〝向かって〟いくときの場面だ。物語のドラマをいやがうえにも盛り上げる効果があって、すばらしい。PGの、このはらはらする場面は、会話や情景描写や性格の描き分けに卓越したワイルダーの能力がのちに発揮されることを示唆している。

＊47　PGの他の版では、このせりふやシーンの最後が少し違っているが、『家』の同じシーンでは、とうさんのせりふはPGのそれに近い。「ペットとパティーは、泳ぐのがなかなかじょうずだが、手をかしてやらなかったらわたりきれなかったかもしれんぞ」（第二章）。

＊48　この丸太小屋の記述は、ワイルダーがPGのあとのセクションを掘り起こして、『家』の冒頭を潤色したもうひとつの例。第一章で、物語の一家は一時的に「小さな丸太小屋」に滞在する。ブラ

『大草原の小さな家』より、ガース・ウィリアムズ画
(ILLUSTRATIONS COPYRIGHT 1953, 1981 By GARTH WILLIAMS, Used by permission of HarperCollins Publishers)

ント版にはこの場面が省略した形で載っている。ブラント改訂版でカットされたのは、ベンダー一家の話（付属資料B）を入れるためだったのかもしれない。

＊49　ワイルダーはミズーリ州の丸太小屋で煙突の火事があった思い出を、キャンザス州での一家の体験の物語に変えた。『家』では、かあさんが、「長い棒をひっつかむと、ゴーゴーと燃えあがる火をむちゅうでたたきつづけ」た。燃えさしがメアリのそばに落ち、こわがらせる。物語のローラは「重いゆり椅子の背をひっつかむと、力のかぎりひっぱりました」かあさんはローラの勇気をほめる（第十六章）。だが、『家』では、くわしい状況の説明や会話が描かれ、この火事の場面をはらはらした、印象に残るものにした。ワイルダーの描写力、洞察力の高まりが表れている。そしてローラの年齢には触れていない。この場面は、ＰＧの他の版にはない。

＊50　ジャックはワイルダーの物語の中で、ずっと大事にされてきた家族の一員だが、一家がダコタ・テリトリーへ移住する前の物語『岸辺』で、老齢のため亡くなった。物語のローラはジャックをワイルダーと同じくかわいがり、よく覚えていた。「インディアン・テリトリイの美しい未開の大草原を駆けまわっていた」ジャックを（第二章）。ジャックが死んだことで、ローラにとって大きな変化の時

ぺんが燃えています。木の枝と泥でかためて作った煙突なので、上のほうの枝が火花で燃えていたのです。マーは長い棒を取ってきて、煙突の上で燃えている枝をふり払いました。火のついた枝の一部が煙突から小屋の中へ落ちてきて、メアリのそばに転がりました。メアリはこわがって身動きができません。わたしはとっさにメアリが座っていた椅子の背をつかみ、椅子ごと、メアリと赤ちゃんを部屋の奥へ押しやりました。マーがいいました。「四歳にしては上出来よ」[*49]

まもなくクリークの水が引き、天気がよくなって暖かくなりました。パーはペットとパティを、もう少し大きな馬たちと交換しました。ジャックはペットとパティと離れたがらなかったので、パーは二頭の持ち主となる人にジャックを託すことにしました。[*50]

そして、わたしたちは幌馬車でまた旅に出ました。何日も何日も馬車で進み、夜は馬車の中で寝ました。そして、くたくたに疲れきった頃になってやっと、西部のキャンザス州へ行く前に住んでいた土地へ戻ってきました。パーから土地を買った人が支払いをすることができなかったので、土地は再びパーのものになったのでした。[*51]

が訪れた。ローラは子どもから大人へと脱皮しはじめ、もはやジャックにも、まとうさんにも頼りきりではいけないことを学ぶようになる。

＊51　グスタフ・グスタフソンは一八六八年にインガルス一家のウィスコンシン州の農場を買ったが、一八七一年までに支払いを済ませられなかった。これが、チャールズがオーセージ族縮小居留地を離れることにしたほんとうの理由だったろう。ミズーリ州とキャンザス州では思い切ったことができなかったので、経済的な理由からも、ウィスコンシン州ペピンにあるもとの農場に戻るのが得策だったのだ。一家は一八七一年五月、ウィスコンシン州に戻った。

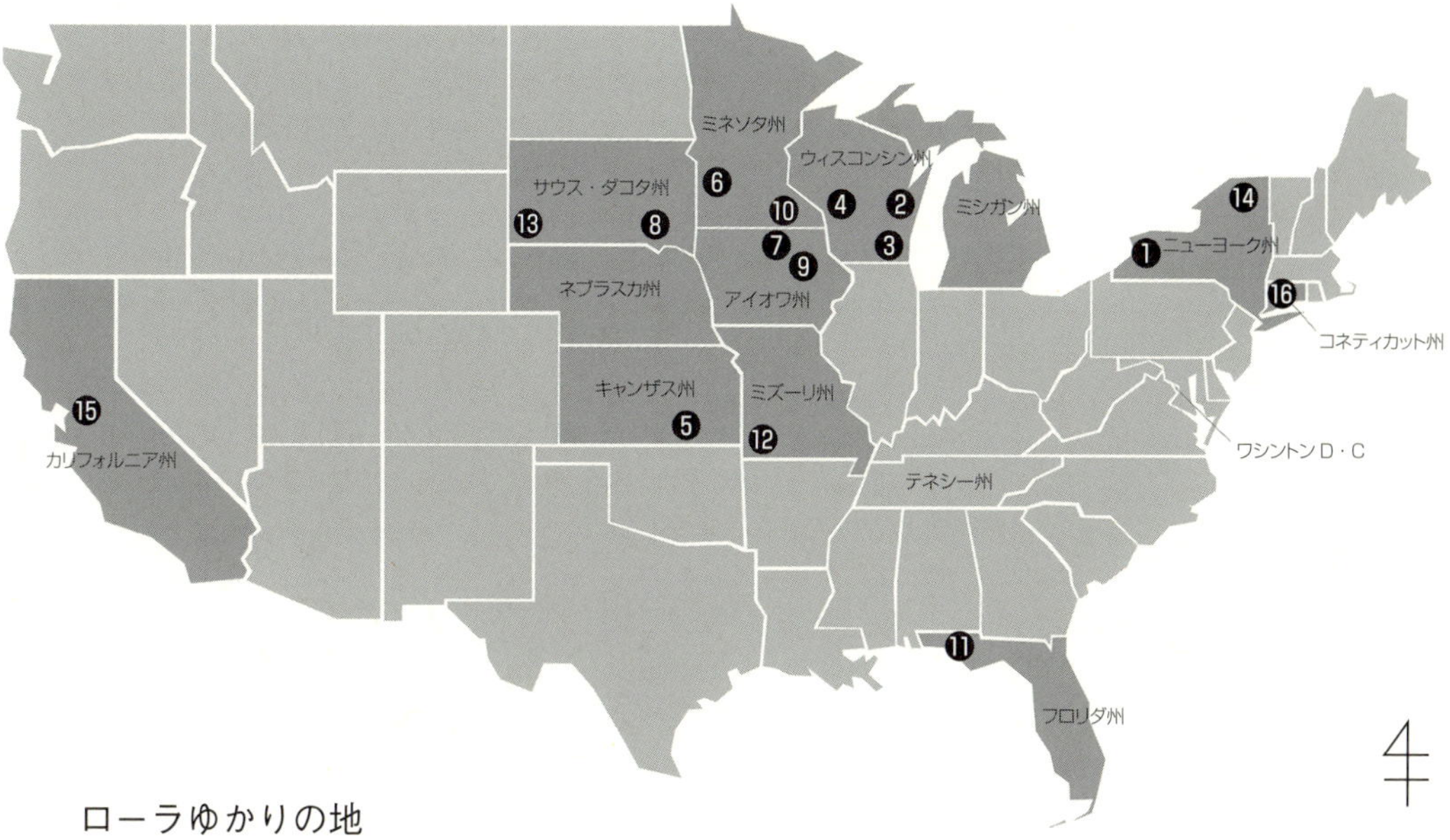

ローラゆかりの地

❶キューバ
パー（とうさん）チャールズ・インガルスが生まれた地。

❷ブルックフィールド
マー（かあさん）キャロライン・クワイナーが生まれた地。

❸コンコード
チャールズとキャロラインが結婚した地。

❹ペピン
『大きな森の小さな家』の舞台。メアリとローラ・インガルスが生まれた地。

❺モントゴメリ郡
『大草原の小さな家』の舞台。キャリー・インガルスが生まれた地。

❻ウォルナット・グローブ
『プラム・クリークの土手で』の舞台。

❼バー・オーク
グレイス・インガルスが生まれた地。

❽デ・スメット
『シルバー・レイクの岸辺で』『長い冬』『大草原の小さな町』『この楽しき日々』『はじめの四年間』の舞台。

❾ヴィントン
メアリが通った盲人大学がある。

❿スプリング・ヴァレー
アルマンゾの両親の農場があった。

⓫ウェストヴィル
ローラ一家が1891年～1892年に暮らした地。

⓬マンスフィールド
ローラ一家の『わが家への道』の最終地。ロッキー・リッジ農場を開いた。

⓭キーストーン
キャリーが結婚して住んだ地。

⓮マローン
『農場の少年』の舞台。アルマンゾが生まれた地。

⓯サンフランシスコ
ローズが1908年～1918年まで暮らした地。

⓰ダンベリー
ローズが晩年を過ごした地。

図版提供：©shutterstock

第2章

ウィスコンシン州にて

一八七一年～一八七四年（『大きな森の小さな家』対応）

すぐ近くにヘンリーおじさんとポリーおばさんの家がありました。わたしたちは大喜びでおじさんの家の庭に馬車を乗り入れ、馬車の暮らしは終わりました。わたしたちの前のうちに住んでいた人たちが出ていくまで、おじさんの家に住むことになったのです。*1

ヘンリーおじさんは、マーの兄さん、ポリーおばさんはパーの妹です。だから、そこの子どもたちとわたしたちは二重いとこになるのだと聞きました。まるできょうだいみたいなものです。ルイザ、チャーリー、アルバート、そして、うちのキャリーよりちょっとだけ大きい赤ちゃんのロティ*2がいました。一緒に暮らして遊んでほんとうに楽しかったけれど、やっぱり自分の家へ戻れたときはうれしかったです。

家は、わたしたちが大草原に残してきた家より広く、大きな丸太小屋で、部屋がみっつあり、屋根裏部屋もあります。窓がいくつもあって、とても居心地のいい家です。ウィスコンシンの森の、起伏のある丘の間にすっぽり気持ちよくおさまっている感じでした。*3 家のまわりにも、庭の向こうにも、木がたくさん生えていて、特に前庭には太く美

＊1　ヘンリー・クワイナーはキャロラインの兄。ポリーおばさんはチャールズの妹。一八五九年、ヘンリーとポリーは結婚。その後何年かの間に結婚するクワイナーとインガルスの三組の最初のカップルになった。チャールズとキャロラインが翌年結婚し、一八六二年にはピーター・インガルスがイライザ・クワイナーと結婚。PGの大人版では、チャールズ・インガルス一家はすぐにウィスコンシン州の自分の丸太小屋へ引っ越したことになっており、クワイナー一家のところにいたことはカットされた（1A）。

＊2　ルイザ・クワイナーは一八六〇年生まれ。チャールズ（チャーリー）は一八六二年、アルバートは一八六五年生まれ。シャーロット（赤ちゃんのロティ）は一八六七年生まれで、ワイルダーと同年齢なので、ワイルダーがなぜロティをキャリーとほぼ同じくらいと書いたのか、理由ははっきりしない。

＊3　PGの大人版では、インガルス家の農場は「ウィスコンシンの森」にあったとなっているが、物語の一家は、「ウィスコンシン州の『大きな森』の、丸太づくりの小さな灰色の家」（『森』の第一章）に住んでいる。この違いは、その前に書かれたJPGの冒頭の文「おばあちゃんが小さな女の子だった頃、おばあちゃんは丸太づくりの小さな灰色の家に住んでいました。その家はミシガンの大きな森にあ

しいオークの木が二本ありました。

ある朝、目を覚ましたわたしは、ぱっと起き出して急いで窓の外を見てみました。その二本のオークの木の枝に、シカが一頭ずつぶらさがっていました。父が[*4]シカを撃ったのです。前の晩、わたしが寝てしまってから帰ってきて、夜中にシカをとられないよう

ウィスコンシン州の地図　1871 年〜 1874 年 (SDHSP)

りました」（付属資料A）にヒントがある。「ミシガン」という言葉は線で消され、「ウィスコンシン」と書き直してある。「大きな森」は、「ウィスコンシンの森」というよりもアメリカの原風景のイメージがある。それでも、クノプフ社は、本のタイトルとして「森の小さな家」を選んだ。そのクノプフ社との契約が不発におわったのち、原稿を買ったハーパー&ブラザーズ社は、タイトルを『大きな森の小さな家』と変えたのだ。

＊4　ワイルダーはチャールズ・インガルスを「父」と書いているが、そのあとの段落ではその言葉を消し、「パー」と書き換えた。ワイルダーは、パーがヘンリーおじさんからブタを買ったときの場面でも、同じことをした。だが、父をパーと書き換えたのに、「母」を「マー」に変えるのを忘れていた。このような不整合は草稿の段階では珍しいことではない。レインがPGを子ども向け版（JPG）に書き直したとき、レインはマーとパーという呼び名について、語りの文に短い説明を入れた（付属資料A）。クノプフ社の編集者ファイアリーはその呼び名について、それが実際に使われていた呼び名だとしても、「少しくだけすぎている」といった（4A）。だが、この原稿を受け入れたハーパー&ブラザーズ社は、その呼び名については異を唱えなかった。『森』ではこうなっている。「女の子の名まえはローラ、そして、おとうさんのことを『とうさん』、

に、木に吊しておいたのでした。シカはとても美しかったので、もう森を走り回れないのだと思うと、なんだかかわいそうな気がしました。

わたしたちはシカ肉を少し食べました。でも、ほとんどは塩漬けにして、取っておくことにしました。もうじき冬がやってくるからです。[*5]

日がどんどん短くなってきて、夜は霜がおりるようになりました。ある日の朝、父パーは馬車に馬をつけて出かけていき、夜、魚をたくさんとって帰ってきました。馬車の荷台は魚でいっぱい。中にはすごく長い魚がいて、荷台の端から端まで届くくらいでした。ここから七マイルいったところにあるペピン湖[*6]で、網を使って魚をとったのです。その頃は、湖に魚がいっぱいいて、人はあまりいなかったので、網でとるのは悪いことではなかったのです。[*7]

わたしたちは魚をおなかいっぱい食べました。母は、背中を大きく切り取ってくれました。骨のないところを選んでくれたので、メアリとわたしも安心して食べることができました。食べなかった魚は、樽で塩漬けにしてしまい、あとで食べることにしました。

父パーは、ヘンリーおじさんからブタを買いました。[*8] ふたりが森でつかまえて、パーのブタになったのです。ブタは野生化して走り回っていたのですが、それを囲いの中で飼い、太らせました。もっと寒くなって肉を凍らせることができるようになったら、パーはそれを殺して肉にするつもりでした。

ある晩、ブタがキイキイわめく声が聞こえました。[*9] パーはあわてて銃を取り、ブタに何が起こったのか見にいきました。囲いのそばに大きなクマがいて、パーが行ったとき

おかあさんのことを『かあさん』と呼んでいました。そのころ、この土地では、子どもたちは、いまのように『ママ』とは呼ばなかったのです」(第一章)(訳注：原文は、『おかあさん』、『パパ』『おとうさん』父がPa、母がMaである。そこで本書では、物語の引用や説明のときは、とうさん、かあさんとし、PGの訳では、原文通りの読み方で、パー、マーとする)。

＊5　肉の塩漬けは、食料保存の最も古い方法のひとつ。肉の表面に塩をこすりつけることで、水が抜け、微生物の繁殖を防げる。塩水に肉を浸けておくこともある。塩漬け肉は、小さく切って、食べ物の味付けに使ったりする。また、ゆでたり、前もって塩抜きをしたりすれば、そのままたんぱく源となる(5A)。

＊6　ペピン湖は、ミシシッピ川の一部にできた自然の湖で、ミネソタ州セントポールから下流へ六十マイルのところ。大きな自然湖で、水面の面積は約四十平方マイル。郡も町も湖も、ピア・ペピンとジャン・ペピン・デュ・カルドネという兄弟にちなんで名付けられたようだ。ふたりは最初にこの地へやってきたヨーロッパ人で、この地域に住むインディアンたちとの交易を考えていた。一七六三年、イギリス人が現在のウィスコンシン州を手中に収めたが、一七八三年にアメリカに負けてそれを失った。アメリカ人の入植地がペピン湖のそばにできたのはずっとあ

ミネソタ州レイク・シティのペピン湖。1870 年 (Lake City Historical Society)

にちょうど、ブタにつかみかかろうとしていました。星明かりの中でパーは狙いを定め、撃ったのですが、あまり急いでいたので撃ち損ないました。クマはあわてて森へ逃げていきました。残念ながらクマの肉を食べそこないましたが、パーはいいました。ベーコンは助かったよ、と。

前にこの家に住んでいて、出ていった人たちが野菜畑を作っておいたので、[*10]そこでジャガイモ、ニンジン、ビーツ、カブ、キャベツがとれました。それらを地下室にしまいました。凍えるような冬がやってきていたからです。タマネギは長い縄に吊して屋根裏にぶらさげてあります。カボチャとスクワッシュは、凍らないところにしまいました。今ではわたしもメアリも家の中だけで遊んでいました。外はものすごく寒く、木の葉は茶色になって、どんどん落ちていたからです。

ある日、太陽が一日じゅう煙ったような感じでよく見えず、夕方になると、空が火事で真っ赤に染まりました。わたしたちは戸口に立って眺め

との一八四〇年代後半、それとほぼ同時に、ウィスコンシンは州に昇格した。ペピン郡ができたのは一八五六年（6A）。

＊7　馬車の荷台の幅くらいもある大きな淡水魚は、初期の開拓者たちの話によく出てくる。当時は人口も少なく、資源の枯渇などを心配する必要はあまりなかった。

＊8　JPGでは、パーがブタを持っていたと書いてあり、それは、『森』でも同じ。「とうさんはブタを一ぴきもっています」（第一章）

＊9　JPGで、レインはここを少しだけ変えて、ローラが目を覚まして、ブタの声を聞いたとしている。さらに、『森』になると、変えたことがいっそうはっきりする。クノプフ社のファイアリーが内容について構造的な問題を指摘したことにも起因する。子ども向けの本では、主人公は常に子どもでなくてはならないが、JPGでは、おばあちゃんの目から見た行動が書かれる。ファイアリーがニューヨークでレインに会い、「おばあちゃんが小さな女の子だった頃」の変更箇所について話をしたときに、この件も出たはずだ。数日後、レインはワイルダーに手紙を書いた。「やっぱりローラで物語を始めましょう。おばあちゃん案はやめましょう」（9A）

ました。炎が丘の木立の梢まで駆けのぼったと思うと、その木々がまるで大きなろうそくのように紅色に燃え上がって見えました。[*11]

森のほうから、銃声が響いてきました。パーがいいました。

「だれかが迷子になったらしい」

パーはライフル銃をとって、空へ向けて数発撃ちました。しばらくすると、男の人が戸口にやってきました。見知らぬ人で、森で迷子になったのだそうです。パーは、そのまま進んでいったら、北極とかいうところの間までは森しかないのだといいました。その人は進路を変えて、パーが撃った方角めがけてやってきたのでした。どうやらパーのいう「大きな森」は、ここから北に離れたところにあるらしいのです。[*12]

その森は北へ、北へとずっと続いているのです。わたしはここの森をものすごく広くて大きいと思っていたので、もっと広くて大きな森があるのかとパーにきこうとしましたが、パーとその男の人は、さっき見えた炎をどうにかしようと行ってしまいました。マーは、わたしとメアリを引き出しベッドに入れました。昼間は大きなベッドの下に押し込んであって、夜になると引き出して使う子ども用ベッドです。

ある日、父は銃を持って、猟に出かけていきました。暗くなっても戻ってきませんでした。[*13]母は馬とブタにえさをやり、雌牛の乳搾りをしたいと思いました。ところが、黒い雌牛のスーキーは、囲いに戻っていません。森を好きに駆け回って、あちこちで草を食べていたのです。マーは何かあったのかと心配しました。

＊10　JPGを用意していたとき、レインはこの行を次のように変えた。「夏の間、家の裏手の庭は草ぼうぼうになっていました」。前の住人の存在を消したのだ。『森』でも、物語のインガルス一家はずっとこの「小さな家」に住んでいたことになる（第一章）。

＊11　この場面は、ワイルダーの生来の描写力を表している。特に、木々のイメージを生き生きと見せているところ。PGの他の大人向け版のどれにも同じような描写が出ているが、ワイルダーはことさら、『森』にはこの山火事のエピソードを入れないことにした。このような事件を唐突に入れるのは、物語のかもしだす、居心地のいい、おだやかな雰囲気に合わないからである。

＊12　実在のインガルス一家にとって、「大きな森」はある特定の地理的な地域を意味していた。それは、ペピンの町から七マイル北のチャールズの所有地まで広がっていたわけではない。だがブラント改訂版は、森をもっと家に近づけた。「大きな森は、ここのすぐ北側から始まって、ずっと続き、どこまで行っても家が一軒もないんだよ、とパーはいいました」。バイ版では、大きな森は「この家があるところから始まって、ずっと北へ続いていました」となっている。このように人がほとんどいないと書いてあるにもかかわらず、おばあちゃんの家はちゃんと大

マーは窓から外を見ていて、スーキーが戻ったらすぐに行こうと待ちました。スーキーが戻ってきたら、柵の横木をはずして、スーキーが納屋庭へ入れてやるつもりでした。やっとスーキーが戻ってきたとき、マーは、スーキーが納屋庭の柵のそばに立っているのだと思いました。*14 薄暗闇では、スーキーが柵のそばに立っているように見えたのですが、じっと立ったままで、首につけた鈴も鳴らなかったし、いつも夜に戻ってくるとモオオと鳴くのに、それもしませんでした。もっと暗くなると大変だと思って、マーは急いでスーキーのそばへ行って、中へ入れようとしました。*15 けれど、柵のそばへ行ったとたん、おおあわてで向きを変え、家に駆け戻り、ドアをしっかり閉めました。マーは恐ろしさにがたがた震えていました。それはスーキーではなく、黒いクマだったのです。柵の向こうに立って、庭にいるマーをじっと見つめていたのだそうです。

しばらくしてパーが戻ってきました。森の中にいたスーキーを連れています。クマはもういなくなっていました！　ほっ。

初めての雪。寒い、寒い。パーは銃とわなを持って、一日じゅう、出かけていました。クリーク沿いにわなをしかけて、ジャコウネズミやミンクをとったり、オオカミやキツネをつかまえたり、大きなわなで太ったクマをしとめたいと思っていました。クマが巣穴で冬ごもりに入ってしまう前に。

ある朝、パーはいったん家に戻ってくると、馬たちにそりを引かせて、また出かけていきました。マーは、パーがクマをしとめたので、それを持ち帰るために、馬とそりが必要なのだと教えてくれました。メアリはチキンのもも肉が大好きなので、クマの脚がどんなに大きいか考えもせず、「もも肉ほしい、もも肉ほしい！」と叫びながら、ぴょんぴょんとびはねていました。

きな森の中にある。ワイルダーもレインもこの不整合に気づかず、『森』では、家族が最初から大きな森の中にいる設定になっている。「むかしむかし、いまから百年以上もまえに、ウィスコンシン州の『大きな森』の……小さな女の子が住んでいました」（第一章）。

＊13　ここでは「父」「母」がそのままになっているが、すぐに「マー」と戻している。『森』の第六章では、この場面は、とうさんが町へ「冬の間ずっと罠でとったけものの皮を、売りにいく」ために行っている初春に起こる。

＊14　木の柵は、縦長の板または縦に割った丸太で作られており、囲いの中へ入れないように、または入れてやるようにするもの。

＊15　物語のローラはかあさんのそばに立っていた。そのとき、黒いクマに気づく。JPGでそのように変わったおかげで、この場面は子どもの読者をいっそう惹きつける。主人公が、母親と同じようにこわい目にあおうとしているのだから。ワイルダーは、かあさんと娘たちがとうさんの帰りを待っている場面でさらにこの緊張感を高めている。「風は、家のまわりを、なき声をあげて吹きまくっています。まるで、暗闇でまいごになって、寒さにこごえてでもいるように。風までが、何かにおびえているようでした」（第

パーが帰ってきました。馬そりの荷台には、ブタとクマが載せられていました。たまたまクマがブタを食べようとしているところに出くわしたのでした。クマは後脚で立って、前脚をまるで両手のように使ってブタをかかえていたそうです。そこで、パーはクマを撃ちました。ブタは、だれのものかはもうわからないので、結局、パーはそのブタも手に入れてしまいました。[16] 新鮮な肉がたっぷりとれたので、しばらく持つでしょう。でも、メアリは大きなクマを見て、もも肉をほしいとはもういいませんでした。

雪がどんどん降ってきました。家の周りに吹きだまり、土手のようになりました。

毎日、家事が終わると、マーは紙人形を作ってくれて、[17] ストーブで、[18] おままごとの家の料理をさせてくれました。メアリには編み物を教えました。でも、わたしはまだ小さすぎるとマーはいうのです。でも、そばで見ていて、わたしはメアリより先に編み方を覚えてしまいました。すると、マーは、赤ちゃんのキャリーのミトンを編み始めるときに手伝ってくれました。何日もかかって、苦心惨憺《さんたん》し、わたしはやっとミトンを片方だけしあげました。くたびれたわたしはもうやめたいといいましたが、マーはやり始めたことを途中で投げ出すのはよくないといいました。[19] それに、キャリーは片方のミトンだけでどうすればいいのでしょう？　ちっちゃなもう片方の手が冷たいままだったら困るじゃありませんか。そこでわたしはまた編み始めましたが、最初に編んだときよりもっと大変でした。ほかにもやりたいことがいっぱいあったからです。

それでも何日も何日もかかってとうとう、わたしはミトンを編み上げ、キャリーの手にはめてやりました。ところが、最初に作ったほうが見当たりません！　そこらじゅう、かみか探し回りました。ウルフという、黒白のぶちの子犬が[20] ベッドの下に持ちこんで、かみか

六章）

＊16　このエピソードは『森』の第二章にも出てくるが、最後が変えられている。ワイルダーはとうさんの性格を隠さずに、だがいかにも楽し気に描く。「とうさんは、クマをしとめたものの、そのブタがどこからきたのか、だれのブタだったのか、わからなかったというわけでした。『だから、ベイコンをちょうだいしてきたのさ』とうさんはいいました」

＊17　『森』では、ワイルダーはさらにくわしい説明を加える。「かたい白い紙で人形の形をまず切ると、かあさんは、えんぴつで顔をかきます。それから、色のついた紙のきれはしで、洋服や帽子やリボンやレースも切ってくれるのです。ローラとメアリイが、人形をきれいに着かざらせてやれるように」（第二章）。このような細かい記述によって、ワイルダーは読者を新しい展開へと導き、場面をいっそう生き生きしたものにしている。

＊18　バイ版では、さらにマーが「ジャガイモをむくとき、無駄がまったく出ないように薄くむくやり方を教えてくれました。ごく簡単な料理や、皿洗いのこつも教えてくれました」とある。これらの技術は就学前の子どもたちにはびっくりすることだ。バイ版では、いくつか先の段落で、ワイルダーがまだ四歳だったことがわかる。

みしていたのです。毛糸はかみきられて、めちゃくちゃになっていました。結局、キャリーは片方のミトンしかはめられなくなってしまいました。わたしは泣き出してしまいましたが、マーが、「気にすることはないわ。あんたは編み方を覚えたんだし、まだ四歳にもなってない子にしては上手に編めたんだから、えらい」といってくれました。[21] そういわれてわたしは泣きやみました。[22] これ以上編み物をしなくてもよくなったので、それほど悪いことでもないと思ったのです。

毎日、パーはしかけたわなを見に出かけていました。そして、わなにかかった獲物や、撃った獲物の毛皮を持ち帰ってきました。わな猟はとてもうまくいっているとパーはいいました。毛皮がたくさんとれて、あとで売れるからです。わなを見に出かけて、ほおひげの端っこにつららをぶらぶらくっつけて帰ってくるときもありました。パーは銃をドアの上の方にかけ、コートと帽子とミトンを脱ぎすてると、「パーのかわいい飲み残しのリンゴ酒の小びんちゃんはどこかな？」[23]と呼びかけます。わたしはとても小さかったので、そんなふうに呼ばれていました。パーが体を温めている間、メアリとわたしはパーの膝に乗ります。それから、パーはまたコートと帽子をつけて、外仕事をしに出ていき、暖炉にくべる薪を取ってきてくれるのでした。

森の小さな丸太小屋[24]は、とても暖かく、居心地のいい家で、わたしたちは幸せでした。特に夜は暖炉にあかあかと火がともり、外の闇も、雪も、野生の獣も決して中へ入れません。ウルフと猫のブラック・スーザン[25]がわたしたちと一緒にいて、火のそばでぬくまっていました。

ときどき、パーは次の日に猟で使う弾丸を作りました。大きなスプーンに鉛の塊をのせ、暖炉の火で溶かします。まだものすごく熱いうちに、それを弾丸の型に流し込みま

＊19　パイ版では、「マーはミトンはひとつだったらペアではないから、編み始めたら最後まで編まないといけないといいました」とある。このエピソードは『森』にはないが、マーの言葉や態度は、ワイルダーの創った物語のキャロラインそのもの。良心的で、よく働き、子どもたちに健全で伝統的な生活態度をしっかり伝える女性だ。

＊20　『森』では、飼い犬はブルドックのジャック。だが、実在のインガルス一家はキャンザス州を出たときにジャックをおいてきた。ウルフはPGの他の大人向け版にも出てくる。

＊21　ワイルダーが四歳になったのは一八七一年二月。一家がキャンザス州を出る直前だ。ブラント版でもブラント改訂版でも、ワイルダーがミトンを編んでいたのは「三歳のとき」となっているが、パイ版では、その間違いが直っている。「わたしは編み方をもう習っていて、四歳にしては上手に編めていました」

＊22　ワイルダーは自分の記憶にある絶望感を思い出し、物語のローラにそれをあてはめて生かしている。「小さな家シリーズ」のローラは元気はつらつで、やる気にあふれた少女であるが、我慢ができない、短気なところもあった。

＊23　この愛らしい呼び名はPGのどの

す。しばらくしてから、型をぱかんとあけると、中からぴかぴかの弾丸が暖炉の前の石の床に落ちてくるのです。充分な数の弾丸ができあがると、それを冷えるまでおいておき、ジャックナイフで、さっきの型からはみ出した、小さな鉛のかたまりを削りとります。それが終わると、弾丸を弾丸入れにしまいます。鹿革（バックスキン）でできた袋です。

パーが銃に弾丸を込めるのを見るのは大きな楽しみでした。火薬を入れた角《つの》から火薬を銃身[*26]に流し込みます。それから、銃身の下にある押し込み棒（槊杖《さくじょう》のこと）をとって、それを銃身につきさし、火薬を底へぐいぐい押し込みます。次に小さなブリキの箱に入れてある、油を浸ませた小さな布きれを銃口にあてて、弾丸を載せ、押し込み棒で火薬と油布をぐいぐい押しつけながら奥へつっこむのです。そして、押し込み棒を元の位置に戻すと、ポケットから火薬に点火する雷管の入った箱を取り出して、雷管をひとつとり、撃鉄をあげ、撃鉄の下についている筒型の栓に、光る小さな雷管をかぶせてから、撃鉄をそうっとおろします。撃鉄をあげたときのように、力強くおろして、引き金を引いたりしたら、弾丸が飛び出して、目の前にいるものをなんでも殺してしまいます。銃が家にあるときは、ドアの上にかかっています。パーが猟に出るときは、弾丸がいっぱい入った弾丸袋と、油布入れと、雷管入れの箱をポケットに入れていきます。火薬の入った角と小さな手斧を腰につけ、弾丸が詰まった銃を肩にかけます。何か獲物を撃つたびに、パーは立ち止まって、銃に弾丸を込め、それからまた次の獲物を狙って進むのです。

わなと銃を持って、早く帰ってくるときもありました。そうすると、わたしたちはお遊びの時間を楽しむことができるのです。わたしたちが好きな遊びは、「狂犬ごっこ」でした[*27]。パーは髪に指を入れて毛を全部逆立てます。それから、よつんばいになり、ウーウーうなり声をあげながら、部屋じゅう、わたしたちを追い回すのです。部屋の隅っこ

版にも登場する。「小さな家シリーズ」では、『森』の第二章にこの呼び名が登場し、とうさんはよくローラを「小びんちゃん」と呼んだ。

＊24　このほんの短いフレーズで、ワイルダーは父親が未開の地に用意してくれた、愛に溢れた、心安まる家庭をほうふつさせた。この居心地の良さこそ、「小さな家シリーズ」を最もよく表した象徴的な言葉となったのである。

＊25　ブラック・スーザンが『森』に初めて登場するのは、スーザンが「おもての扉のいちばん下につけた、ネコの出入り口のはね戸」を通るとあるところ（第一章）。

＊26　これば先込め銃。十八世紀に発達した初期のライフルで、このタイプの単発銃。チャールズ・インガルスの先込め銃は、マンスフィールドやデ・スメットの家族ゆかりの品々の中にはない。彼の亡くなった頃にはまったく使われなくなっていた銃だからだろう。一八六〇年代には、この先込め銃は、弾丸込めが早く、発射も早い元込め銃にとってかわられてきていた。ＰＧのどの版にもこの弾丸作りと弾丸込めのくわしい説明が書かれているが、このエピソードは、『森』の第三章の元となった。こうやって細かい説明をすることで、ワイルダーは物語の家族がどんな暮らしをしていたかを語ってい

まで追い立てて、どこへも逃げられなくなるまで。わたしたちはすばやくパーのそばをすりぬけました。でも、ストーブの後ろにある薪入れの箱のそばでつかまってしまいました。するとパーは世にも恐ろしいうなり声をあげ、髪の毛をざあっと逆立て、目をぎらぎらさせたので、もう遊んでいるというより、ほんとうに狂犬にやられそうな気がしました。メアリはあまりのこわさに、動けなくなりました。でも、わたしはパーが近寄ってくると、キャアー――ッと大声をあげ、メアリを引っ張りながら、思い切って薪入れの箱を乗り越えました。たちまち、狂犬はいなくなり、そこにいたのは、青い目をきらきらさせて、わたしたちをにこにこ見つめているパーだけでした。

「よし、よし」パーはいいました。「おまえは飲み残しのリンゴ酒の小びんちゃんだが、たまげたな、力がすごい。小さなフランス馬みたいだよ」

「チャールズ、子どもたちをそんなにこわがらせるもんじゃありませんよ」*28マーがいいました。

「ふたりが大すきなあそびは、狂犬ごっこでした」
ヘレン・スーウェル画。1932年

る。こうしたやり方は、編集者ファイアリーが「弾丸の作り方や、何を食べ、どんな格好をしていたのかなど、具体的に開拓者の毎日の生活を」くわしく書いてほしいと頼んだからだ(26A)。

＊27 ここの描写は、PGの中でも、実在のインガルス一家の毎日の暮らしが目に浮かぶように書かれているもののひとつ。『森』の第二章では、これがほんの少し変えられている。ブラント版とブラント改訂版にも、この愉快な場面は出てくるが、バイ版にはない。

＊28 チャールズの使うスラングと、キャロラインが「子どもたちをこわがらせてしまいますよ」と夫を優しくいさめる言葉を見ると、ワイルダーがPGで、両親の言葉遣いや性格の違いをはっきり表しているのがわかる。『森』でもこの場面はPGとほとんど同じ。

「ホーォ!」とうさんはローラにいいます。「おまえは、のみ残しのリンゴ酒の小びんちゃんのくせに、たまげたなあ! フランスのチビ馬みたいにつよいぞ!」

「チャールズ、子どもをそんなにこわがらせちゃいけませんねえ」かあさんはいいます。「ほら、ふたりの目、あんなに大きいじゃありませんか」(第二章)

レインは、母から聞いた話を元にして、JPGに会話を追加しているが、ワイルダーはJPGを書き直し始めたとき、

パーは黙って、ヴァイオリンを取り出し[*29]、「ヤンキー・ドゥードゥル」を弾き始めました。「ヤンキー・ドゥードゥル町へ行く、しまのズボンをはいてゆく」と、弾きながらパーがうたうと、わたしたちはもう、狂犬のことなどすっかり忘れ、座って弾いているパーの膝によりかかり、歌に聞きほれました。

「やがて見たは、でかい砲《つつ》、カエデの丸太もかかなやせぬ。それにそいつを回すには、牛四匹でひきまわす。大砲うつのは大仕事、角いっぱいの火薬込め、打ち出す音は、とうさんの鉄砲の音ににていたが、国ひとつ分は、でかかった[*30]」

クリスマスの前の日に[*31]、イライザおばさんとピーターおじさんがいとこのピーター、アリス、エラ[*32]を連れて雪の中をやってきました。クリスマスを一緒に過ごすことになっているのです。ピーターおじさんはパーの兄さん、イライザおばさんはマーの妹です。だから、わたしたち子どもは二重いとこです。小さな丸太小屋はいっぱいになり、子どもたちが駆け回ってとてもにぎやかでした。ブラック・スーザンは、ドアにあけた猫用出口から逃げて、納屋に隠れました。ウルフはすごく興奮して、前庭でワンワン吠えながら駆け回っています。わたしたちは思い切り遊んで、遊んで、遊びまくりました。夜になっても、興奮して眠れません。それに、パーから、じいちゃんとピューマの話を聞いたので、ベッドに行くのがちょっとこわかったのです[*33]。

じいちゃんは、大きな森で、うちみたいな丸太小屋に住んでいました[*34]。ある日、じいちゃんは町へ行き[*35]、遅くなってから家に帰り始めました。森の中で馬を進めているうちにすっかり暗くなりました。そのとき、後ろのほうからピューマの鳴き声が聞こえたのです。じいちゃんはぞっとしました。銃を持ってきていなかったからです。

（▼42ページへ）

キャロラインがしゃべっていた言葉やその雰囲気を「正しく」再現することがとても重要だと娘にいった。「マーは（『あちゃー』とか『ったく』とか、『誓って』などのような）よくない言葉は使わない人でした」と、ワイルダーはいった。マーは、「学校の先生で、当時のあの場所の女性としては高い教育を受けていました。社会的にはパーよりも上でした」（28Ａ）。そして、レインがＪＰＧに書いた文「マーはいいました。『誓っていいますけど、この子たちはぜったいに眠っちまったりしませんよ』」に異を唱えた。ワイルダーにとって、会話を正しく書くことは、覚え書きにしろ、物語にしろ、肝腎な要素だったからだ。彼女が言葉遣いに強くこだわるのは、父親のストーリーテリングの伝統か、またはコラムニストや農村ジャーナリストとしての自分の経験によるものかもしれない。

＊29　チャールズの使っていたヴァイオリンは現在、ミズーリ州マンスフィールドのローラ・インガルス・ワイルダー・ホーム＆博物館に陳列されている。ヴァイオリンの内側には、アマティ、ニコラナ、クレモネンシアと記されていて、オリジナルのケースには一八五〇年と書いてある。イタリアのクレモナのニコロ・アマティは、十七世紀前半の著名なヴァイオリン製作者だが、チャールズのヴァイオリンは、ドイツで「アマティのモデル」として大量生産されたもののひとつであろ

（＼）

う。サウス・ダコタ州ヴァーミリオンの国立音楽博物館の弦楽器部門の学芸員エアリアン・シーツによれば、楽器の内側に貼ってあるラベルを見ればはっきりわかるそうだ。シーツはいう。「このヴァイオリンは、間違いなく十九世紀中頃に大量製作されたものだ。作り方やニスの塗り方から見て、フォークトラントと呼ばれるザクセン北部で作られたもの。その商業的中心地はマルクトノイキルヒェンで、そこからドイツ製のヴァイオリンがたくさん輸出されていた」。指板や仕上げについても、当時のその場所の特徴がよくあらわれているという(29A)。

＊30　アメリカの独立戦争のとき、イギリス兵がアメリカ軍を揶揄するためにこしらえた歌。だが、入植者たちはこれをおもしろがって受け入れ、独立戦争の終わる頃には「ヤンキー・ドゥードゥル」は新しいアメリカの愛唱歌となった。ワイルダーが書いた歌詞は、『森』の第二章に載っている(30A)。

＊31　ブラント版とブラント改訂版に出てくるクリスマスの場面は、PGにかなり沿っているが、JPGとバイ版では、クリスマスの準備など、くわしい説明が加えられている。

その一週間、マーはクリスマスの料理作りで大忙しでした。塩発酵のパンを焼き、ビネガー・パイ、干しリンゴのパイ、クリーム・オブ・ターター・ケーキも焼きました。やかん一杯の糖蜜を煮詰めると、パーが外からきれいな雪をふたつのおなべに入れて持ってきました。メアリとわたしのためにです。わたしたちは煮詰めたどろどろの糖蜜をちょろちょろと少しずつ雪の上にたらします。すると、糖蜜はすぐに固まってキャンディができるのです。その渦巻きキャンディをひとつずつ食べてもよいことになっていました。でも、あとは全部お客様のためにとっておくのです(バイ版)。

＊32　イライザ・アン・クワイナーとピーター・インガルスは一八六一年に結婚。イライザはキャロラインの三歳下、ピーターはチャールズの三歳上。イライザとピーターと子どもたちは、チャールズとキャロラインの家から十三マイルほど離れた、ウィスコンシン州ピアス郡ロック・エルム・タウンシップに住んでいた。娘アリス・ジョゼフィンは一八六二年生まれ、エラ・エステラは一八六五生まれ、息子ピーター・フランクリンは一八六六年生まれ。その後、さらに三人が生まれた。息子ランスフォード、娘イディス、息子エドモンド。作家アンダーソンは『ローラの思い出アルバム』で、この子どもたちはチャールズとキャロラインの子どもたちにとても似ていたので、よくきょうだいだと思われていた、と書く(32A)。イライザとピーターの子どもたちはインガルス姉妹の二重いとこだった(32B)。

＊33　PGの大人向け版はすべてこのエピソードをクリスマスの場面に入れている。JPGでは、パーが一族みんなにではなく、ローラとメアリにだけ話している。『森』の「じいちゃんとヒョウのおはなし」は『森』の第二章に登場し、ここでもとうさんの聞き手はローラとメアリだけ。

＊34　チャールズの父ランスフォード・ホワイティング・インガルスは、一八一二年、カナダ生まれ。その後すぐに家族はアメリカへ移り、ニューヨーク州に住んだ。ランスフォードはローラ・ルイーズ・コルビーと結婚。一八四〇代半ばに家族で西のイリノイ州へ移り、一八五三年にウィスコンシン州ジェファソン郡に移った。その農地を一八五〇年代後半に抵当に入れたが、借金が返せなくなった。一八六二年、大人になった息子たちも一緒に、家族は再びウィスコンシン州北西の森へ移った。一八七〇年、ランスフォード夫妻と十代の子どもたちふたりは、ウィスコンシン州ピアス郡に住んでいた。そこが幼いワイルダーの家から十三マイルほど離れたところだった。PGで、ワイルダーは自分の家の位置をこう書く。「ウィスコンシンの森の、起伏のある丘の間に」あって、祖父の家やピーターおじさんの家は北の「大きな森」にある、と。レインはこの地理的に微妙な違いを見逃して、JPGの第一行目で、チャールズ・インガルスの家を「大きな森」に据えたのだ(34A)。

「ピューマって、どんな鳴き声なの？」わたしたちはききました。「そうだな、女の人の声みたいさ、こんな風だ」。パーはそういって、甲高い声を出しました。わたしたちはこわくてこわくて、背筋がつーっと冷たくなりました。

さて、じいちゃんを乗せた馬は、必死で逃げました。馬だって、こわかったし、ピューマが追いかけてきて、ときどき甲高い声をあげたからです。声が右側から聞こえたきたかと思うと、左側から聞こえてきたりしました。とうとう、うしろの道を越えてきたピューマの姿がちらっと見えました。でも、もう家はすぐそこです。馬が家に着いたとたん、じいちゃんは飛びおりて、ドアにぶつかるようにして中へ飛び込み、バタンと閉めました。

ドアにかけてあったライフルを取り、すぐさまじいちゃんは窓辺へ行きました。そのとき、ピューマが馬に飛びかかったのを見たのです。[*36] 馬はとほうもない悲鳴をあげ、駆け出しました。背中にピューマを乗せたまま。じいちゃんはすぐさまピューマを撃ちました。それ以来、じいちゃんは二度と銃を持たずに森へ行くことはありませんでした。

わたしたちは震えながら体を寄せ合って聞いていました。マーがいいました。

「チャールズ、寝る前に、子どもたちにそんな話をしてこわがらせちゃいけませんよ。ごらんなさい、子どもたちの大きな目！」

でも、パーはいうのでした。

「それじゃ、ヴァイオリンを弾いてやろう。そうすりゃ、もう大丈夫だ」

わたしたちは暖炉の脇に長靴下を吊し、ベッドへ行きました。メアリとアリスとエラ

＊35　ピアス郡のランスフォード&ローラ・インガルスの家は、ペピン郡とピアス郡の境界のルンドや、ストックホルムとメイドン・ロックの近くにあったかもしれない。

＊36　この場面はとてもドラマチックだが、物語になるとさらにいっそう緊迫感が増す。JPGでは、ピューマは「大きな黒いピューマ」で、じいちゃんが馬から飛びおりたとたんに、馬の尻に飛び乗った。『森』でもピューマは黒い。（第二章）。黒いピューマは、十九世紀や二十世紀初頭の開拓時代の話や安っぽいポピュラー小説によく出てくる。だが、野生動物の学者によれば、北アメリカの黒いピューマ、または、学名 *Puma concolor* が黒色変化をしたピューマは、野生で存在したことはなかったそうだ。そのような科学的な反論にもかかわらず、黒いピューマを見たという話はなくならず、ニューオーリンズ・タイムズ・ピカユーン紙には、二〇一二年一二月三〇日に、セイント・タマニー郡に表れた黒いピューマの写真が載った。

＊37　同じ曲名が『森』のクリスマスの場面に載っている（第四章）。載っていないのは、「オールド・ジップ・クーン」で、これは「わらの中の七面鳥」と同じメロディ。「マネーマスク」は一七〇〇年代のヴァイオリンとダンスの古い曲だ。「赤い雌牛」はおそらく「赤い雄牛」か「黄色い雌

とわたしは、床にしつらえた大きなベッドに入りました。パーはたくさん曲を弾いてくれました。「オールド・ジップ・クーン」「マネーマスク」「赤い雌牛」「アーカンソーの旅人」。パーが「いとしのネリー・グレイ」*37を弾きながらうたっています。ヴァイオリンの音を聞きながら、わたしたちは眠りにつきました。

朝がきました。みんなの長靴下にキャンディと赤いミトン*38が入っていました。おいしいものを食べて、午前中いっぱい遊びました。メアリは外へ出て、雪の中でいとこたちと遊びました。吹きだまりをすべっておりたり、雪玉を作ったりして。でも、わたしはまだ小さかったので、あまり長いこと外で遊べませんでした。

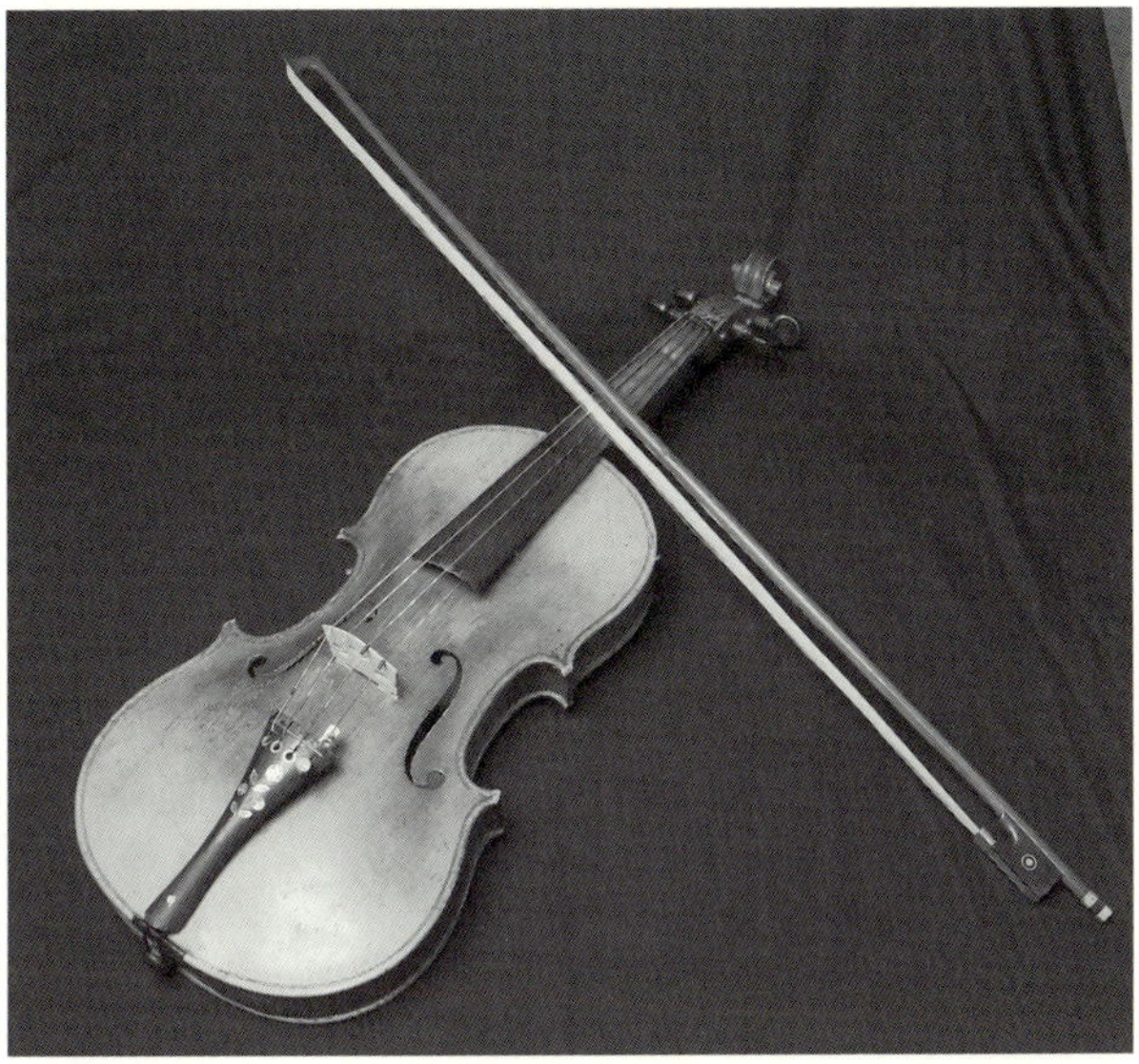
チャールズ・インガルスのヴァイオリン。ケリー・テツラフ写真（SDHSP）

クリスマスのごちそうを食べ終わると、イライザおばさんとピーターおじさんは子どもたちを寒くないようにもこもこにくるんで、大きなそりに乗せ、家へ帰っていきました。

クリスマスが終わってしまうと、ずっと家の中にいるのが退屈になってきました。特に日曜日は一日がすごく長く感じられます。清潔な服を着て、髪に洗いたてのリボンをつけ、編み物も縫い物もせず、遊ぶときも騒

牛」の間違った変化だろう。「アーカンソーの旅人」と「いとしのネリー・グレイ」は、十九世紀に作られたもの。ワイルダーの本に出てくる歌については(37A)を参照のこと。

＊38　ＰＧのすべての版に出てくる贈り物は、『森』になると少し豪華になる。ワイルダーがＰＧのあとでほんとうにもらった贈り物を追加したからだ。クリスマスの朝、物語のローラは初めて布で作ったお人形のシャーロットをもらう。でも、メアリたちにも抱かせてあげなくてはならない（第四章）。読者の子どもたちはローラの気持ちに共感を覚えるところだ。

いではいけないのです。

マーは聖書の中の物語や、パーが持っている、大きな緑色の本『極地と熱帯の世界』から、ライオンやトラやシロクマの話を読んでくれました。*39 わたしたちが何より好きだったのは、紙表紙がついた大きな聖書の中の絵を見ることでした。*40 いつ見ても飽きない絵がふたつありました。ひとつは、アダムが動物たちに名前をつけているところです。アダムが大きな岩の上に座っていて、その周りに大きな動物や小さな動物が立っていたり、座っていたりします。アダムはとてもくつろいで見えます。アダムは服が汚れることを気にしなくてよかったのです。だって、腰のまわりに毛皮を巻いているだけで、あとは何も身につけていないし、うちのウルフがいつもわたしにするように、動物たちが前足をアダムにかけても、汚れたりしないからです。動物たちに名前をつけてやるのは、きっとおもしろかったことでしょう。わたしたちだって、マーにその名前を全部いうのが、ほんとうに楽しかったのですから。もうひとつの絵は、洪水の絵でした。大勢の人たちが動物と一緒くたになって、大きな岩によじのぼっているところです。

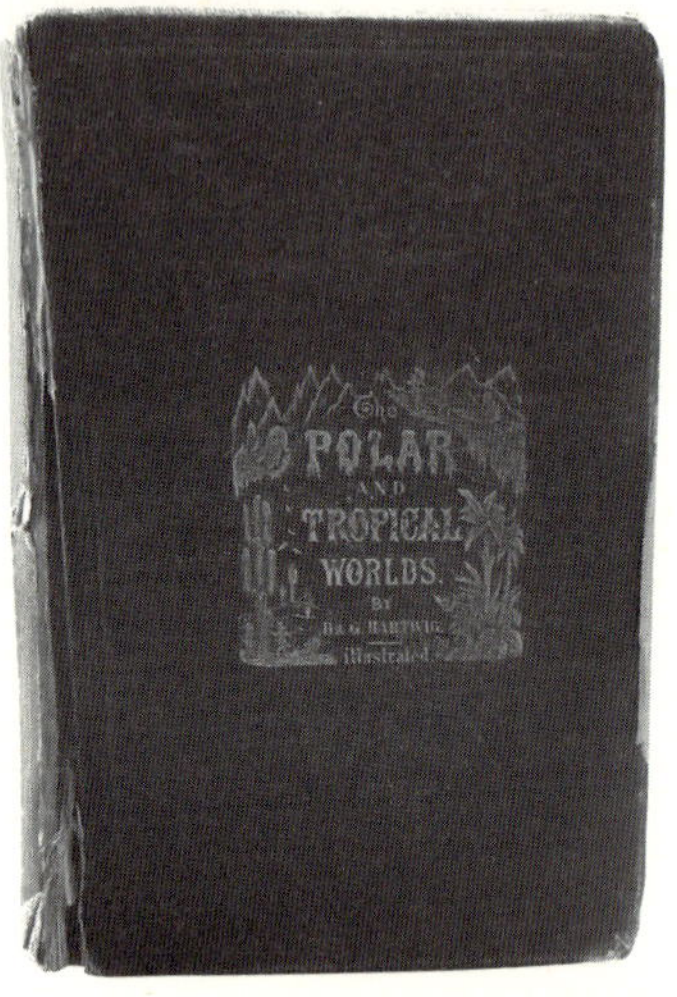

チャールズ・インガルスの本
『極地と熱帯の世界』

けれどやはり、日曜日は長くて、退屈な日でした。

ある日曜日の午後のこと、わたしはとても悪い子で、*41 ウルフとわるふざけをしたので、椅子に座ってしばらくおとなしくしていなさいといわれてしまいました。そうなると、

＊39　チャールズが持っていた本の内側には、Mr. C. P. Ingalls というサインがある。サウス・ダコタ州デ・スメットのローラ・インガルス・ワイルダー記念協会のコレクションだ。『極地と熱帯の世界：極地と赤道直下の地域における人間と自然』というタイトルのこの本は、一八七一年にアメリカのいくつかの出版社から同時出版された。チャールズの本は、マサチューセッツ州スプリングフィールドにある、ビル、ニコルズ&カンパニー出版のもの。ジョージ・ハートウィグ博士著、アルフレッド・H・ガーンズィ博士編で、モノクロの銅版画が二百枚も入っている。インガルス家の本としてはかなり新しい、豪華な本だった。キャロラインとチャールズが本や読書や教育に重きをおいていたことがわかる。『森』では、『動物の世界の神秘』（第五章）となり、『冬』では、一家が吹雪のあとで見つけた迷子の鳥を調べる場面で、この本が再登場する（第五章）（39A）。

＊40　JPGには、この場面は登場しないが、『森』では、ローラが日曜日によそゆきなんか着たくないと思っていることをほのめかしている（第五章）。

＊41　この場面とじいちゃんのお話は、JPGにも入っている。

＊42　ワイルダーは子どもの頃からこの話を何度も父親から聞いていたからか、

わたしはいっそう悪い子になって、泣きわめいたり、足をばたばたさせたりしました。とうとうパーが怒り、夕食のあと、こういいました。

「ちょっとおいで、ローラ。じいちゃんが子どもだったときの日曜日の話をしてあげよう」

パーはわたしを膝に乗せ、メアリをそばに座らせて、話しはじめました。

「じいちゃんが子どもだったときのこと、[*42]日曜日は、その前の土曜日の日没から始まった。みんなは仕事も遊びもやめた。じいちゃんとジェイムズとジョージの兄弟[*43]は仕事をやめるのはちっとも構わなかったが、遊びまでやめたくはなかった。寝る時間になると、じいちゃんのお父さんが聖書のひとつの章を読んでくれる。みんな、ぴんと背筋をのばして、静かにそれを聞き、終わると、椅子のそばに跪く。そして、お父さんが長いお祈りをする。最後に『アーメン』というと、みんな立ち上がって、寝に行くんだ。


日曜日の朝、朝食が終わると、みんなはいちばんいい服に着替えて、教会へ行った。教会では、牧師さんが一時間、いや二時間のときもあるが、お説教をする。じいちゃんたち兄弟は堅いベンチにおとなしく座っていなくちゃならない。ひそひそやったり、足をぶらぶらさせたりしてもいけない。ただ、牧師さんを見て、座ってなくちゃいけないんだ。ローラ、さっきおまえがおとなしくしてなさいといわれた時間よりずっと長い時間だよ。お説教が終わると、みんなは家へ帰って、前の日に作っておいたお昼を食べる。そのあと、午後もずっと、じいちゃんたち兄弟は家にじっとしていて、太陽が沈んで日曜日が終わるまで、教理問答の勉強をすることになっていた。

じいちゃんのお父さんの家は、傾斜のきつい丘の中腹にあった。道は丘のてっぺんか

とてもよくできた話だ。『森』では、第五章で「じいちゃんの橇《そり》とブタのはなし」として出てくるが、ほんの少しの追加があるだけ。シリーズが人気を呼ぶようになると、ワイルダーは物語を書くうえで父親の話が大きな役割を果たしたと読者にいうようになった。一九三七年、デトロイトでワイルダーは語った。「わたしたらはパーのお話を忘れませんでした。消えてしまうのはもったいないほどすばらしい話でした」(42A)。パーのおもしろい話があったことと、それらを忘れないように書き残したいという願いが、JPGが書かれたときの大きな推進力になったのではないだろうか。レインはワイルダーに手紙でいった。「長いPGの原稿から、お母さんの父親の話を取りだしてまとめてみました。見てください」(42B)。

＊43　伝記作者ゾカートは、ランスフォードとジェイムズとジョージの兄弟は、ニューヨーク州の西で少年時代を過ごし、大人になってから、家族を連れてイリノイ州へ移ったという。一八五〇年の人口調査では、ランスフォード・〝インゴルス〟または〝インギャルス〟は、イリノイ州ケイン郡のキャンプトン・タウンシップに大家族とともに落ち着いた、とある。だが、同じ人口調査を見ても、兄弟のだれがランスフォードと共にイリノイ州に落ち着いたのか、また年齢の違いもわからない(43A)。

ら家の戸口の前を通って、まっすぐに丘のふもとまで続いていた。冬に雪の上をすべりおりるにはぴったりの坂だ。

一週間、じいちゃんとジェイムズとジョージは遊ぶ時間を全部使って、すばらしい手作りのそりをこしらえた。三人が一度に乗れて、坂をすべりおりられるようなそりだ。土曜日にそりすべりができるように必死でがんばったが、森でお父さんに長いこと働かされたので、やっとそりが完成したのは土曜日の日没で、日曜日が始まってしまった。

当然、三人はそりで坂をすべりおりることはできない。一度だけもだめだ。それは安息日の規則を破ることになるし、何よりお父さんがそれを許さない。そこで、三人はそりを家の裏手にある物置にしまい、日曜日が過ぎるのを待った。

しかし、次の日の日曜日、教会にいる間、三人は牧師さんを見つめて、じっとしていながらも、頭はあの新しいそりのことでいっぱいだった。昼ご飯のあと、お父さんが座って聖書を読み始めた。その間、じいちゃんたち兄弟はハツカネズミのようにちんと静かにベンチに座って教理問答を勉強していた。外では太陽がまぶしく輝き、道の雪はなめらかできらきら光っている。窓からそれが見えた。三人は勉強どころではなく、新しいそりのことばかり考えていた。永遠に日が沈まないような気がしてきた。

しばらくすると、お父さんのいびきが聞こえてきた。見ると、椅子の背に頭をもたせかけて、ぐっすり眠っているじゃないか。ジェイムズがジョージを見てから、忍び足でうしろのドアから部屋の外へ出ていった。ジョージはじいちゃんを見てから、ジェイムズのあとから忍び足で出ていった。じいちゃんはこわごわお父さんを見てから、やっぱり同じように忍び足でジョージのあとから出ていった。相変わらず、お父さんはいびきをかいている。

三人は新しいそりを物置から出して、静かに丘のてっぺんまでのぼった。たった一度だけ、下まですべってから、歩いて戻り、そりをしまって、お父さんが起きる前に、またそっと部屋に戻ればいい、そう思っていた。ジェイムズが最初にそりに乗り込んだ。それからジョージ、最後にじいちゃんが乗った。じいちゃんがいちばん小さかったからだよ、ローラ、おまえみたいにね。

そりはびゅーっと坂をすべりおりた。三人ともぐっと我慢して、大声をあげないようにした。家の前を通り過ぎるときは、それこそハツカネズミのようにじいっとして、お父さんを起こさないようにした。

「ジェイムズの上にすわったブタ」
ヘレン・スーウェル画。1932年

ところが、ちょうど家の前にさしかかったところで、年取った雌ブタ、ほら、あの母さんブタだよ、あれが森からよたよた出てきて、道に出たんだ。だからといって、そりは止まらない。そのまますべって、雌ブタをすくうような格好になった。雌ブタはそりの真ん前にのっかり、ものすごいキイキイ声をあげた。家の前を通りすぎるときの声といったら、キイイーキイイー━━ッとうるさいのなんの、すごかった。雌ブタを乗せたままそりが家の戸口の前をしゅーっと通ったとき、ジェイムズとジョージとじいちゃんは、お父さんがドアの前に立ってにらんでいるのを見たんだ。そりはそのまま坂の下まですべっていったが、その間じゅう、雌ブタはキイキイなきわめいていた。三人はそりを引っ張って、坂をあがった。雌ブタはキイキイ声をあげながら、森へ逃げ込んだ。

そりを物置に戻し、三人はそうっと部屋のうしろのドアから入って、ベンチに腰掛けた。お父さんが聖書を読んでいた。目をあげて三人を見ても何もいわなかった。けれど、太陽が沈んで、安息日が終わると、お父さんは三人を薪小屋へ連れていき、背中を鞭で思い切りひっぱたいて、お仕置きをした。ジェイムズ、ジョージ、じいちゃんの順にね。

さあ、これでおしまいだ。もう行って、マーにベッドに寝かせてもらうんだよ。じいちゃんが子どもだった頃と比べたら、日曜日にそんなに長いことじっとしていなくてよかったと思うんだね」

それから、パーはヴァイオリンを取りあげました。わたしたちはベッドへ入り、パーが「尊き泉あり」と「千歳の岩よ」*44を弾いているうちに、眠ってしまいました。

マーの弟、トム・クワイナーおじさん*45がやってきました。わたしはおじさんが大好きでした。いつもにこにこしていて、おしゃれだったからです。おじさんはマーに『ミルバンク』*46という本を持ってきてくれました。これは小説で、小さな子どものために書かれた本ではないとマーはいいましたが、夜になると、ガラスのランプの明かりの下で、パーにそれを読んで聞かせました。夕方はよく、わたしたちみんなにも、読んで聞かせてくれました。

パーの弟、ジョージおじさんもやってきました。*47でも、わたしたちはあんまり好きじゃ

(▼51ページへ)

*44　十八世紀のイギリス詩人ウィリアム・カウパーが、賛美歌「尊き泉あり」に歌詞をつけた。アメリカでは、カウパーの歌詞は、アメリカの作曲家ローウェル・メイソンのメロディで歌われることが多い。「千歳の岩よ」は、十八世紀後半に紹介されてから、人気の賛美歌となった。トーマス・ヘイスティングズが作曲し、歌詞はオーガスタス・M・トプレイディ。ブラント版には、別の賛美歌「はるばる遠くの幸せの国」も入っている。一八三八年から知られた曲。「幸せの国」としても知られており、その歌詞はアンドルー・ヤングというスコットランド人の学校長、作曲はロバート・アーチボルド・スミス。かあさんはこの賛美歌を『家』でローラにうたって聞かせた(44A)。

*45　一八四四年に父親が亡くなってから数週間後に生まれたトーマス・ルイス・クワイナーはキャロラインより五歳年下。ワイルダーはこのおじさんのすてきな服装だけでなく、その冒険心にもあこがれた。彼は、一八七四年に、ダコタ・テリトリーのブラック・ヒルズに、違法行為の金探しに出かけたゴードン隊の一員(付属資料C)。一八七九年に結婚し、六人の子どもを持ち、長年、ミネソタ州ウィノナを本拠地とする、レアド、ノートン材木会社の社員だった。五十歳代後半に、オレゴン州ユージーンへ出かけていき、そこで丸太運びの現場監督をしたが、コロンビア川の峡谷で、一九〇三年に事故死(45A)。

(↖)

＊46　一八七一年出版の『ミルバンクまたはロジャー・アーヴィングのウォード』はメアリ・ジェイン・ホームズ著で、当時のベストセラー小説。一九〇七年に亡くなったとき、ネイション誌は記す。「多くの人々に愛された本が、文学の伝統を愛する人々によってもほとんど忘れ去られているのは、永遠のパラドックスだ。メアリ・ジェイン・ホームズは……三十九冊もの人気小説を書き、二百万部以上も売れたといわれる。だが、彼女の生涯についてはほとんど書かれておらず、アメリカ文学史に占める位置さえわからない」(46A)。今日、彼女の本はほぼ忘れ去られているが、独立心の強い、社会に対して強い意識を持っているヒロインたちのおかげで、作家としては知られているのだ。

＊47　ジョージ・ホワイティング・インガルスは一八五一年七月二五日生まれ。十歳になる直前に、南北戦争が勃発。南軍がサムター要塞を砲撃したことから始まった。バイ版では、ジョージがインガルスのじいちゃんの家で吹いたラッパは「軍隊で吹いていたもの」で、「十四歳のときに軍隊に入った」と付け加えている。『森』では、ジョージは十四歳の頃、「陸軍の鼓手になりたくて」家出をしたとある(第八章)。だが、一八六五年四月九日にヴァージニア州アポマトックス郡庁舎で戦争終結宣言が出されたとき、ジョージはまだ十三歳だった。彼は家族が覚えていた年齢より若いときに入隊したのではないか？兄チャールズと同じく、ジョージにも音楽の才能があった。一八六三年、北軍は「横笛、ラッパ、ドラム、その他軍隊で使う楽器を演奏する音楽的能力のある者」の志願者を募ったのだ(47A)。

ローラ＆ランスフォード・インガルス夫妻(前列中央)、前列左端はリディア、右端はルビー、後列左から、ランスフォード・ジェイムズ、ジョージ、ハイラム

　しかし、ジョージの軍隊時代の様子をくわしく知るのは不可能に近い。ウィスコンシン州の志願兵名簿によれば、ウィスコンシン州ジョージタウンのジョージ・A・インガルスという人は第二十ウィスコンシン歩兵連隊の兵士で、入隊は一八六三年七月一〇日。それはジョージ・W・インガルスの十一歳の誕生日の五日前で、彼は一〇月三日に軍隊から逃げだした。もしかして、ジョージは家出をして入隊したときに年齢と出身地を偽ったのではないか？　一八六二年の秋、第二十ウィスコンシン歩兵連隊は、ミズーリ州南西部とアーカーンソー州北西部で強行軍や小競り合いを体験した。そのとき、若いジョージ・W・インガルスがそこで脱落・逃亡したとしたら、その後戦争が終わるまで、北軍の逃亡仲間とともにその地域の家々を襲って、家畜や穀物などを略奪したりしていたかもしれない。

　ブラント改訂版とバイ版では、南北戦争での体験がジョージの人を変えてしまい、荒々しい無法者になったという風に描かれている。

（へ）

その後、ジョージおじさんは雌牛を盗んで、捕まってしまいました……パーはいいました。「十四歳のときに軍隊に入って、そのあとは略奪しながら暮らしてたんだから、しかたがないよ。南部じゃ、北軍の兵士たちは手当たり次第にものを盗んだ。ジョージも当たり前にそれを見て慣れてしまったんだ。ジョージの失敗は、戦争が終わったことに気づかず、自分が、人のものを勝手にとったりしてはいけないルールのある北部にいるってことがわからなかったことさ」(バイ版)

彼はジュリア・バードと結婚し、ウィスコンシン州バーネット郡で一九〇一年二月一五日没。五十歳の誕生日までには五カ月足りなかった(47B)。

「ルビイおばさんとドーシアおばさん」
ヘレン・スーウェル画。1932年

＊48　『森』における、最も生き生きしたすばらしい章のひとつは、第八章である。ブラント改訂版やバイ版にもこの場面が登場する。

インガルスのじいちゃんは、うちと同じような丸太小屋に住んでいました。ピューマがじいちゃんを追いかけてきたのはこの家です。馬小屋にいる馬には、背中にピューマがひっかいた傷跡がありました。じいちゃんの家の周りはずっと遠くまで木しかないように見えましたが、すごくたくさんの人たちが集まってきたので、三部屋しかないじいちゃんの家は人でぎゅう詰めでした。

赤ちゃん用ベッド以外は他の部屋へ移されて、ダンスの場所が作られていました。大人のベッドは必要ありません。みんな朝まで踊るので、寝る人なんていないからです。パーはヴァイオリンを弾きました。壁際に立って弾いたり、時には弾きながら踊ったりもしました。ほかにもヴァイオリンを弾く人や、バンジョーをかきならす人もいました。

赤ちゃんたちはベッドで眠り、わたしのような小さな子は壁際に立って、踊っている人たちのスカートやブーツが目の前を通りすぎるのを眺めたり、音楽や足踏みの音や音頭をとる人の叫び声を聞いていましたが、だんだん目の前がぼうっとなってきました。わたしは隅っこで眠ってしまい、目が覚めたら、赤ちゃんたちと一緒にベッドにいました。そして、防寒着をいっぱい着込んで、寒い森の中をそりに乗って、家へ帰りました(バイ版)。

＊49　ランスフォード・ジェイムズ・インガルスは一八四二年三月一四日生まれ。一八六二年に南北戦争が始まったときは十九歳。彼と弟ハイラム・レミュエル・インガルスはミネソタ州重砲部隊の第一連隊に入る。伝記作者ゾカートは、一八六五年一月に兄弟が家出をして入隊し、父親が「ジェイムズは戦争に行くには若すぎるから」といって、ふたりのあとを追ったと記す(49A)。ジェイムズは二十三歳、ハイラムはまだ十六歳だった(一八四八年四月二七日生まれ)。父親はふたりのどちらも説得して連れ帰ることができなかった。ジェイムズは二度結婚し、子どもを九人もうけた。一九二八年没(49B)。

＊50　ワイルダーは、父チャールズの末妹の名前を間違ってリビーと書いているが、それはルビー・セレスティア・インガルスのこと。一八五五年生まれのルビーは、一八七〇年代には十代だった。彼女はジョーゼフ・カードと結婚したが、一八八一年に、「ネブラスカ州ホルト郡インマンで、二十五歳六カ月と七日で亡くなった」(50A)。おそらく、その早い死が、十代だった時のワイルダーの心に残り、PGで名前を間違って書いたのだろう。PGの他の大

ありませんでした。いつだったか、パーがマーに、ジョージは戦争から帰って以来、荒くれのままだから、小さい子たちはこわがるかもしれないといっていたのです。

大きな森のインガルスのじいちゃんの家で[*48]ダンスパーティがありました。ジョージおじさんはラッパを吹いてくれました。ジェイムズおじさんもいました。[*49]このおじさんもジョージおじさんのように軍隊にいたのですが、荒くれではありません。おじさんにきいたら、ちがうといっていました。おじさんにはローラという名前の小さな女の子がいます。リビーおばさん[*50]とドーシアおばさん[*51]はとてもきれいでした。でも、ダンスはばあちゃんのように上手ではなかったし、ばあちゃんのドレスはおばさんたちのと同じくらいすてきでした。[*52]

ヒューレットさんの家でもダンスパーティがありました。わたしたちは大きなそりに乗って、寒くないように毛布や毛皮にくるまれて、出かけていきました。ヒューレットさんはアイルランドの紳士[*53]だと、マーが教えてくれました。その家は、サマーヒル（夏の丘）と呼ばれていて、そこに招待されるのをみんなは晴れがましく思っていました。ダンスが始まると、キャリーはわたしたちの防寒着などがおいてあるベッドに寝かされました。そして、マーはみんなと一緒に踊りました。メアリとわたしは部屋の端っこに座って、ダンスを見たり、音楽を聴いたりしていました。パーはずっとではないけれど、ヴァイオリンを弾いていました。[*54]元気なダンスのまっ最中に、キャリーの泣き声が聞こえました。あわててわたしはフロアの中央まで歩いていって、マーのスカートをつかみ、いいました。「キャリーが泣いてんの」

みんな、はっとしてダンスをやめました。いきなりしんとしたのでちょっとこわくなりましたが、マーがにっこりしていいました。「一緒にいてやって。すぐに行くから」

人版で、ダンスの場面におばさんたちの名前が出てこないのはそのせいではないか。『森』では、名前の間違いは訂正され、ルビーおばさんとドーシアおばさんがダンスのために身支度をしているところで、編んだ髪などがくわしく描かれる（第八章）。

＊51　ドーシアおばさんはローラ・ラドーシア。一八四五年または一八四六年生まれで、一八六〇年代にオーガスト・ウォルドボーゲルと結婚し、レナとオーガスト・ユージーンという子どもがふたり。父のオーガストは家に入り込もうとした人を撃って、収監された。一八七〇年、息子が生まれた直後に、ドーシアは離婚し、両親の家へ戻った。ワイルダーの物語にも、PGの他の版にも、彼女の離婚のことは述べられていない。ジョージ・インガルスが雌牛を盗んだのは、南北戦争の経験が原因と説明づけるのに対し、ドーシアおばさんの離婚は明らかに無言の扱いだ。だが、『岸辺』で、キャロラインがドーシアの娘レナを、「いい子だし、働きもの」だけれど、「気性が激しくて無鉄砲なのを、ドーシアが気をつけてなおしてやろうとしていないのでね」（第十章）といっているのは、ドーシアの暮らしぶりが子どもたちにいい影響を与えていなかったことをほのめかしている（51A）。

＊52　バイ版にはこれに一段落が追加される。

わたしは寝室にとんでいき、またダンスが始まりました。

そのあと、わたしの誕生日がやってきました。朝、目が覚めるまで、そんなことはまったく知りませんでした。パーがわたしのお尻をひっぱたくまねをしました。四歳になったので、四回です。[*55] そして、木を彫って作った小さな男の人形をくれました。[*56] マーが布きれで作った人形をくれました。マーが作って、服を縫うのをメアリが手伝った人形です。わたしはもうちゃんとした四歳の女の子になったのです。[*57]

ある日の朝早く、パーがみんなを、毛布などでくるんで暖かくしてくれて、大きなそりに乗せました。マーサおばさんの家へ一晩泊まりに行くのです。マーサおばさんはマーの姉さんです。[*58] ウィルとジョーとレティとナニーとミリーと双子の小さな赤ちゃんがいます。[*59] いとこですが、二重いとこではありません。長いそりのドライブでした。家に着くと、マーサおばさんとミリーと双子の赤ちゃんだけしかいませんでした。あとの子どもたちは学校へ行っているのです。その学校にいるほかの生徒はみんな、スウェーデン人です。[*60] なので、いとこたちは、英語だけでなく、その人たちの言葉、スウェーデン語もしゃべれるのです。いとこたちが帰ってきて、昼ご飯のあと、メアリとわたしはその学校へ連れていってもらいました。校舎がすぐそばにあるからです。

わたしたちが雪玉を投げたり、顔にこすりつけたりしながら学校へ行くと、何人かの男の子たちや女の子たちが校庭で遊んでいました。レティがいいました。

「あの子たち、荒っぽいから、やられるかもしれないわよ。走って、ローラ、ガスにつかまっちゃう」[*61]

わたしは走り出しました。でも、ガスが追いついてきて、片腕でわたしをおさえつけ、

(▼54ページへ)

じいちゃんの家のダンスが終わったあと、マーとパーはときどきキャンザス州へ行く話をしていました。パーのいとこのジョン・J・インガルスはキャンザス州へ行ったか、または行こうとしているところで、パーは自分も行ってみたいと思っていたのです。マーはパーは旅をしたくてうずうずしているだけだ、というのでした。マーは真っ平らで、木などないはだかのキャンザス州より、ここの丘や森のほうが好きでした。

この段落では、パーとマーがキャンザス州へ「戻る」話をしているとは書いていない。キャンザス州には住んだことがないというふうに読める。しかし、PGのすべての大人版を読むと、インガルス一家のキャンザス州での暮らしは失敗に終わっていたといわざるを得ない。ワイルダーとレインは、バイ版の次のページで、チャールズが西のミネソタ州へ移住する決心をすることを予測させるためにこの段落を追加したのではないだろうか。ワイルダーもレインも、インガルス一家がかつて、キャンザス州ではなく、現在のオクラホマ州に住んでいたと思っていたのもわかってくる。

＊53　サマーヒルのトーマス・P・ヒューレットは、一八〇九年、アイルランドで生まれ、一八九六年にペピン郡で没。彼と妻ジェインは一八六〇年初めにペピン郡で農場をやっていた。ワイルダーは『森』にはこの

（へ）

ダンスのことも、彼らのことも書かなかった(だが、ヒューレットの孫たちのことは書いた。あとの注79を参照)。おそらく、一冊の物語にはダンスは一回とりあげればよいということなのだろう。これはワイルダーの掲げる大きなテーマにも関わる考えだった。「小さな家シリーズ」はインガルス一族という、堅い絆で結ばれた人々が、辺境開拓地で、ほかの人々には頼らず、自分たちだけで独立して生きていく姿を強調しているからである(53A)。

＊54　ブラント改訂版とバイ版で、ワイルダーは、パーが元気なアイルランドの舞踏曲を弾いたときに、「アイルランドの洗濯女」も弾いたと書く。ケルトの伝統的なメロディで、十九世紀にアメリカで人気だった。『森』にも、この曲が登場する(第八章)。

＊55　この記述は、ワイルダーが自分の年齢についてうろ覚えだったことを示す。ワイルダーは一八七一年に四歳になり、そのとき家族はまだキャンザス州に住んでいた。五歳の誕生日(一八七二年)と六歳の誕生日(一八七三年)はウィスコンシン州にいた。バイ版ではワイルダーの間違いを直し、パーが「お尻を五回たたきました。一歳は一回なので」と書き、その場面を「そして、わたしは五歳の大きな女の子になりました」で結んだ。

『森』では、年齢はちゃんと直されて、第五章の最後の方にこの場面が出てくる。『森』が出る前の一九三一年に、編集者がワイルダーに、物語の自伝的な要素をはっきりさせてほしいと頼んだ。「ご自身の簡単な紹介を送ってくださいませんか。そうすれば、この物語がどれくらい事実に即したものかわかるからです」(55A)。そこで、ワイルダーは三冊目の本『家』では、ローラの年齢をわかりやすく書いておくべきだと思ったのだ。『家』に登場するローラは、若い読者にも編集者にも、いかにも実在の人物らしく、魅力的に描かれ、六歳とされた。だが、ワイルダーが初めてインディアン・テリトリーの土地に着いたときにはまだ二歳だったのである。

＊56　『森』で、ローラはクリスマスに布の人形をもらい、シャーロットと名付ける(第四章)。五歳の誕生日にはシャーロットの新しい洋服ももらう(第五章)。だが、PGのあとの方で、ワイルダーはその布の人形のほんとうの名前はロクシーまたはロキシーで、シャーロットではなかったことを明らかにする。

＊57　ここでワイルダーはレインにページの裏を見るようにと指示している。そこに、その後マーサおばさんの家にしばらく滞在する場面が書いてあった。PGの他の大人版にはこのエピソードはなく、『森』にもない。

＊58　マーサ・ジェイン・クワイナーは、キャロラインの二歳年上の姉。一八六〇年にチャールズ・カーペンターと結婚し、十四人の子持ち。一九二七年、ミネソタ州ブレインで八十九歳で没。一九二五年、ワイルダーはマーサおばさんに手紙を書き、〝おばあちゃんの料理〟についてレイディズ・ホーム・ジャーナル誌に書くためのアドヴァイスを求めた。だが実は、ワイルダーがほんとうに求めていたのは、昔の話だった。母親(マー)が一九二四年に亡くなったので、ワイルダーは昔のことはおばさんにたずねるしかなくなったのだ。「毎日のちょっとした出来事や、おばさんやマーやイライザおばさんやトムおじさんやヘンリーおじさんが子どもの頃にやっていたこと」を知りたかったのである(58A)。数カ月後、マーサおばさんは長い返事を寄こした。レシピ、メイプルシュガー作りの思い出、キルト作りのこと、そり遊びのことなど。結局、ワイルダーはその雑誌の記事を書くことはなかったが、マーサおばさんの手紙は大切に保管しておき、PGを書き始めたときにはそれがおおいに役立ったに違いない(58B)。

＊59　ワイルダーはカーペンターのいとこたちのうち五人を歳の順に覚えていた。ウィリアム(ウィル)・オーガスタスは一八六一年生まれで、カーペンターの十四人の子どもの最年長。ジョーゼフ(ジョー)が二歳下、そして、一八六四年生ま

冷たい固い雪を顔にこすりつけました。手袋をしていないガスの手は、すごく大きくて、赤くなっています。必死でもがきましたが、もう逃げられません。山盛り雪をつかんだ手がわたしの顔近くにきたとき、ちょうど目の前にガスの親指がありました。とっさにわたしはその指に思い切りかみつきました。ガスはギャーッと声をあげて、指をふりながら、わたしを放しました。指から血がぽたぽたたれています。そのとき、いとこのウィルがかけつけてきました。ウィルははっとしてわたしを見つめ、ガスの指を見ていいました。「わかったろ、ガス、もうローラに手を出すんじゃないぞ」

わたしは学校が好きではありませんでした。だから、帰る時間が来るとうれしくなりました。家では、広い屋根裏部屋で遊びました。マーサおばさんとマーが夕ご飯のしたくをしています。わたしたちがちょっとけんかしたり、騒いだりして、あんまりうるさくなると、マーが屋根裏へ通じるドアをあけて、静かにしなさいとしかりました。ウィルに髪の毛を引っ張られたナニーが泣いています。わたしが顔をひっかいたので、ジョーがわたしをこわい声を出しながら追いかけまわし、メアリとレティがそのジョーをつかまえようとしています。マーサおばさんがマーにいっている声が聞こえました。

「キャロライン、上へ行って、おしりをひっぱたいてきなさいよ。次はわたしが行くから」

マーがあがってきました。そして、ウィルとジョーは騒いだ罰で、ナニーは泣きわめいた罰で、わたしはひっかいた罰で、メアリとレティは騒ぎを大きくした罰で、それぞれおしりをたたかれました。マーは下へおりていき、わたしたちは静かになりました。*62

マーサおばさんはもう上がってこなくてもよくなりました。

それからほんのしばらくして、ある日のこと、パーがそろそろ春がやってくるぞといいました。雪が解け始めていたので、パーは町へ行って、冬の間に銃やわなでとった獣

れのレティス（レティ）・ジェイン、一八六五年生まれのナンシー（ナニー）・コーラと続く。ワイルダーは一八七二年に三歳で亡くなったマーサ・イライザは抜かして、一八六九年生まれのミリセント・（ミリー）・アンを次にしたが、チャールズ・カー（一八七一年生まれ）を抜かし、エマ・バーサ（一八七三年生まれ）とエッタ・ミナーヴァ（一八六四年生まれ）もとばしたが、このふたりを双子だと思っていたらしい。実は、ワイルダーがウィスコンシン州を出たあとに、双子が二組生まれた。マリオン・キャロラインとマートル・エマラインで、一八七九年生まれ。その年に、ワイルダーはダコタ・テリトリーへ移住する。もう一組の双子はトーマス・クワイナーと、ジョージ・ロックウッドで、一八八二年生まれ。トーマス・クワイナー・カーペンターはのちに、ペピン郡に農場を買い、母親の葬儀もその農家で一九二七年に行われた（59A）。

＊60　マーサ・カーペンターとその家族は、ペピンから六マイルほどのところのストックホルム村に住んでいた。このエピソードはおそらくその村の学校での出来事だろう。一八五〇年代にスウェーデンからの移民たちが作った村で、子どもたちが両親の使う言語をしゃべっていたとワイルダーが覚えていたのはそのためと思われる。カーペンター一家は一八六〇年にストックホルムに落ち着いた（60A）。

＊61　ガスのことは明らかではない。ワ

の毛皮や皮を売りにいかなくてはなりません。そこで、ある朝、パーはそれらを大きな荷物にまとめて、背負うと、七マイル先にある町まで歩いていきました。毛皮がたくさんあって重たいので、銃は持っていきませんでした。その日、パーはずっと帰ってこなかったので、わたしとメアリはベッドに入るときに、パーのヴァイオリンを聞くことができませんでした。*63

でも、朝になるとパーは戻ってきていました。パーが町で買ってきたキャンディをマーがくれました。わたしたちの服を作るためのきれいな布地もありました。*64 マーも、自分の新しい服を作れるキャラコの布地をもらいました。わたしたちは大喜び。毛皮を売って、お金をたくさん稼いでくれたおかげで、すてきなプレゼントをもらえたからです。その晩、パーは町へ行って帰ってきた話をしてくれました。*65 雪で足がつるつるすべって、とても歩きにくく、毛皮をいい値段で売るのにすごく時間がかかったそうです。パーはいいました。

「家へ帰ろうと思ったときはもう日が沈んでいたよ。暗くなっていた。急いだけれど、歩きにくいのなんの。それにくたくたに疲れていたしね。だから、暗くなっても、たいして進んではいなかった。

どんどん暗さが増してきた。銃を持ってきたらよかったと後悔したよ。クマが冬眠から覚めて巣穴から出てくるかもしれないだろう。そういうときは、ものすごく腹ぺこで、機嫌が悪いんだ。そんなクマに出くわさないとも限らない。朝、町へ行く道で、クマの足跡をいくつか見たからね。

とにかく暗かった。森が深くなるにつれて、墨を流したような真っ暗闇になった。だ

イルダーのいとこではないし、ドーンアおばさんの息子はオーガスト・ユージーンというが、当時は赤ん坊だった。彼はジーン（Gene または Jean）と呼ばれていて、ガスではない。このエピソードが出てくるのはPGだけ。しかし、このウィスコンシン州の少年がワイルダーの心に大きな印象を残したのは確かだ。

*62　ここで読者はキャロラインの別の面を見る。物語のかあさんよりずっとしつけに厳しい女性だった。

*63　パーの楽器をFiddleと書かずViolinと書くのは珍しいが、これはその一例（訳注：本書では常にFiddleをヴァイオリンと訳している）。

*64　キャラコとは柄がプリントされた平織りの木綿地。『森』で、メアリのキャラコは、「白地に藍色の柄で、ローラのは、こい赤に、金茶の水玉もようでした」。かあさんのは、「茶色の地に、大きな羽のような白い柄があるのです」（第六章）。くわしい説明が臨場感を増す。

*65　『森』ではこの場面は第六章となり、PGと比べると、言葉遣いが少し違い、会話も多い。PGの他の大人版にはこの話はないが、JPGではパーの話として使われる。

が、そのうちに開けたところへ出た。そのちょっと先に、道が見えて、そのど真ん中にでっかい黒いクマが立っていたんだ。やつは後脚で立って、パーをじっと見た。その目が、夜、スーザンの目が光るみたいに光っているのを見た。な、わかるだろう？ おどかせば、こいつは驚いて逃げるかもしれないと考えた。そこで大声をあげて、叫んだんだ。ところがやつはみじろぎもしない。ぞうっとして、背筋が凍ったね。頭の皮がちりちりっとなって、髪がざーっと逆立ったよ。こんな具合にさ」[*66]。そういって、パーはごわごわした髪に指を入れて、ばりばりに逆立てて見せました。

「とにかく、このクマをかわして、家へ帰らなくちゃならなかった。そこで、道の脇の森にあった、でかい棍棒のようなものをとって、すごい声でわめき、棍棒をふりまわしながら、そいつの頭の上から振り下ろした。ガツン！ ところがだ、そいつは相変わらずつったったままだった。それはさ、ただの黒焦げのでかい切り株だったんだよ。町へ行くときにいつも見る切り株だった。クマなんかじゃなかったのさ。つまりね、ずうっとクマのことばかり考えていて、いつ出くわすかもしれないと恐れていたからだ[*67]。こわがっているときには、ものが違って見えるもんなんだね。ほら、ローラ、もう膝からおりなさい。『ポンとイタチが逃げてった』を弾いてやろう」

パーは箱からヴァイオリンを取り出すと、おなじみの「ポンとイタチが逃げてった」[*68]を弾いてくれました。「ようく見てろよ」。パーがいいます。「パーの指があるところをね。そこからイタチがポンと逃げ出すよ」

メアリとわたしはパーのそばにすりよって、目を皿のようにして、弦の上のパーの指を見つめました。はっとびっくりして、とってもゆかいなので、大好きでした。ヴァイオリンが「ポン」と音をたてて、イタチが逃げ出します。わたしたちは飛びあがって、

＊66　この書き方は『森』の同じ場面と比べると、ずっと直観的でドラマチック。JPGや『森』（第六章）では、チャールズは髪の毛を実際に逆立てて見せたりはしない。

＊67　ここでもまた、PGの文のほうが、ワイルダーとレインが『森』で描いたこの場面よりも、直接、胸に響く。『森』では「とうさんは、道々、クマのことばかり考えて、でくわしたらたいへんだと思いつづけてたもので、すっかりクマだと思いこんだってわけだ」（第六章）となっている。

＊68　イギリス発のこの歌は、一八五〇年代半ばにアメリカに伝わった。アメリカ人は歌詞を少し変えたが、リフレインやメロディはそのままにした。コックラル著『インガルス・ワイルダー一家のソングブック』によれば、「『ポン』というのは、『ポーン（質入れ）』を意味し、『イタチ』とは商売の道具を意味する……というわけで、商売の道具を質入れしたら、ポンとお金が消えた、ということになる」そうだ（68A）。物語のチャールズ・インガルスはこの曲をローラの五歳の誕生日に弾いてくれた。『森』の第五章。

＊69　このあとに続く、姉妹の髪のエピソードの優れた描写は、心を揺さぶるもので、ワイルダーが生来持っているストーリーテリングの才能を表し、物語作家としての成功を予告するもの。ブラン

キャーッというのですが、それでおしまいなのでした。

春がくると、わたしとメアリは家の前庭の大きな木の下で遊びました。一本の木はわたしの家、もう一本がメアリの家です。それぞれがお人形を持っていて、おなべとかほうきとか、そういうものもそろえて持っていました。そのうえ、わたしはブランコも持っていました。わたしの木の枝に頑丈な木の皮を結びつけて作ったものです。

ある日、わたしは外の木の家で遊びたくてたまらなくなりました。ほんの一カ所だけが欠けているきれいな陶器のカップをもらったので、それをままごとの家の食器に足したかったのです。でも、マーは行かせてくれません。わたしの髪の毛を細い布ひもで巻いてカールを作っておいたので、髪に巻き付いた布ひもをほどいて、髪をとかそうとしていたところでした。*69 ロティおばさん*70がやってくるので、マーはわたしをかわいい女の子にしなくてはと思っていたのです。メアリはもうすっかりしたくができていました。長い金髪が巻き毛になっています。きれいな青いドレスは洗濯して、清潔です。わたしは自分のドレスの方が好きでした。だって赤い色だったから。マーはわたしの毛をぐいぐい引っ張ります。それは茶色で、メアリのような金色ではありません。メアリの金髪に目をとめる人はいても、わたしの毛のことはだれも何もいいません。*71

「さあ、できた」。マーがいいました。「やっときれいな巻き毛になったわ。ロティおばさんがきますよ。ふたりでお迎えに行ってらっしゃい。おばさんに、茶色の巻き毛と金色の巻き毛とどっちが好きか、きいてみたら*72」

わたしたちは戸口から駆け出していき、小道を走っていきました。ロティおばさんが道から庭を通ってこちらへやってくるのが見えたからです。おばさんはもう大きくて、十二歳です。とてもきれいなピンク色のドレスを着ていて、ピンクの日よけ帽子のひも

ト版にはこのエピソードが入っているが、JPGとブラント改訂版とバイ版には入っていない。JPGでは、長さ上、レインがそれを削った。しかし、ワイルダーがJPGを広げて物語として書き直し始めたとき、レインがこのエピソードのことを思い出させたのだ。「はぎ取り式ノートに書いた原稿にとてもかわいらしい場面があります。大きないとこ(原文のまま)が遊びにきたときのことで、ローラとメアリが、どちらの髪がきれいかでけんかするところです。これは戻すべきだと思います」(69A)。『森』で、この場面がPGとほとんど変わらず登場するのは当然だろう(第十章)。

*70 シャーロット・E・ホルブルックは、一八五四年生まれで、キャロラインの義妹。母親は夫の死後から五年後の一八四九年に再婚。ロティと呼ばれたシャーロットは、母の名前をもらった。ロティはヘンリー・ムアと結婚し、一九三九年没。

*71 ワイルダーの姉に対する嫉妬心がちらりと見える。その気持ちをワイルダーは『森』のローラに投影させた。ワイルダーは前の章でローラの嫉妬心を読者にさりげなく伝えている。店の人がメアリの「金色のまき毛をほめました」が、「ローラのことは何もいいません。ローラのまき毛のことも。きたない茶色だものですから」と書く(第九章)。かつて一九一七年の新聞のコラムで、ワイルダーはこ

の一本を持って、ぶらぶらさせています。おばさんはわたしたちの手をひとつずつ取って、手をつなぎました。おばさんを真ん中にしてわたしたちは、踊るように戸口へやってきました。マーが待っていました。

部屋に入ると、料理用ストーブがあかあかと輝いて燃えています。テーブルには赤いクロスがかけてあり、日光が窓からさんさんとふりそそいでいます。父と母の部屋の中も見えました。子ども用の移動ベッドが下側からのぞいて見えます。食料部屋のドアがあけはなたれていて、中が見え、おいしいもののにおいがしてきます。ブラック・スーザンが屋根裏部屋からミャーミャーいいながら、階段をおりてきました。お客様用のベッドで寝ていたのです。何もかもがあまりにすてきで、わたしはわくわくし、いい子だったので、このあとわたしがあんないやな子になるなんて、だれも思わなかったでしょう。

ロティおばさんが帰ってしまうと、わたしとメアリはくたびれて、機嫌が悪くなっていました。わたしたちは家の裏にいて、明日の朝、火付けにするための木っ端をおなべに集めていたのです。わたしがいちばん大きな木っ端をつかむと、メアリがいいました。

「ロティおばさんは、あたしの髪の毛がいちばん好きだって！　金色のほうが茶色よりずっときれいだから」

わたしは喉がぐうっと詰まりました。何もいいかえせません。だって、金髪のほうが、茶色の髪よりきれいだとわかっていたからです。言葉が出てこなかったので、いきなり手をのばして、メアリの顔をひっぱたいてしまいました。パーの声がしました。

「ローラ、こっちへ来なさい！」

わたしはのろのろと足を引きずるようにして、戸口のドアのすぐ前に座っていたパー

のエピソードを書き、そこではメアリは「きつい物言い」をし、ローラは「言葉は遅いけれど、行動はすばやい」としている(71A)。

＊72　ワイルダーはこの箇所を少し変えて、『森』に使っている。そこでは、ロティおばさんがこういう。「両ほうとも大すきよ」(第十章)。おばさんのうまいかわし方が、ローラとメアリのけんかの原因になってしまうのだが、それはPGにも、ブラント版にも出てこない。

のところへ行きました。

「忘れたのかい、たたきっこなんかしちゃいけないといっただろう?」

「でも、メアリが……」わたしは口ごもりました。

「それはいいわけだ」。そういうと、パーは壁にかかっていた革ひもを取り、わたしを膝にうつぶせにして、おしりをそれでたたきました。そのあと、わたしは部屋の隅っこにしゃがんで、しくしく泣きながらしばらくふくれていました。


はっと気がつくと外が暗くなっていました。とうとうパーがいいました。

「こっちへおいで、ローラ」


行くと、パーはわたしを膝にのせました。でも、今度はうつぶせでなくて、ちゃんと抱いてくれました。メアリはそばで自分の小さな椅子に座っています(メアリはひとりで、たきつけにする木っ端をなべいっぱい集めなくてはなりませんでした)。わたしはパーの腕のくぼみにすっぽり入っていました。*73 長い茶色のほおひげが、わたしの目にも少しかかっています。パーがいいました。

「小さかった頃、*74 パーはよく森へ雌牛を探しにいかされた。夜、雌牛たちを連れ帰らなくちゃいけなかったからだ。パーのお父さん、つまりおまえのじいちゃんはパーに、途中で遊んじゃいけないといった。暗くなる前に雌牛を連れて帰らないと、森にはクマやオオカミや山猫がいるから、危険だからといわれていた。


ある日の夕方、パーは早めに家を出た。しかし、途中に見たいものがいっぱいあったもんだから、ついつい暗くなってきたのを忘れていた。木の上には赤いリスがいたし、

*73 『森』がフィクションだからこそ、ワイルダーは作家としてこのエピソードにすばらしい結末を与える自由を得たのだ。とうさんがローラをかきいだくと、ローラはとうさんに、茶色の髪より金髪のほうが好きかとたずねる。するととうさんは答える。「そうさな、ローラ、とうさんの毛は茶色だよ」(第十章)
*74 この話は、『森』の第三章に登場する。

シマリスが葉っぱをかさかさいわせて走り回っていたし、巣に入る前のウサギたちが楽しそうに駆け回って遊んでいたからね。自分が強い猟師で、獲物を追いかけ、インディアンたちと勇敢に戦っているつもりになっていた。そのうちに、森が野蛮人やけものたちでいっぱいになったような気がした。突然、鳥がお休みというように鳴き交わしているのが聞こえた。目の前の道は薄暗くなり、深い森が真っ暗になっていたのにやっと気づいた。

そのうえ、雌牛を見つけられなくなってしまったんだ！　耳をすませたが、雌牛の首につけた鈴の音は聞こえない。大声を出して呼んでみたが、やってこないし、返事もない。パーは暗闇がこわかった。インディアンも、けものもこわかった。だからといって、雌牛を連れずに家に帰るわけにはいかない。そこでパーはそこらじゅうを駆け回って、声をからして呼んだ。こわさはどんどん増してくる一方だった。そのとき、頭の上あたりで何かの声がした。

『フーウウ？（英語で、だれだ？という意味）』

髪の毛がぞわーっと全部逆立った。パーはおおあわてで家まで逃げかえった。走ったのなんのって、すごい勢いだったよ。一度だけ、何かがパーに手を伸ばしてきて、足をつかもうとした。パーは転んでしまったが、すぐに立ち上がってさっきよりもっと必死で走った。オオカミでも追いつかないくらい速かったと思うよ。

二、三度、後ろのほうから、『フーウウ？』という声がした。やっと森を抜け出して、納屋のそばまで来たら、なんと、雌牛たちがそろってパーが帰ってくるのを待っていたのさ。柵の横木をはずして中へ入れてもらおうとしてね。雌牛たちを納屋庭へ入れてから、パーはそうっと家へ入っていった。足の親指がじんじんして痛かったので見下ろす

「すぐ頭の上で、何かがこうきいたんだ。『だれだ？』」
ヘレン・スーウェル画。1932年

と、爪が完全にはがれていたよ。倒れたときに、はがしてしまったらしい。あんまりこわくて、それまで痛みを忘れていたんだね。

じいちゃんが顔をあげて、いった。『おい、どうしてこんなに遅かったんだい？　途中で道草食っていたんだろう』

じいちゃんはいうことをきかなかったパーの背中を思い切りぶった。『ちゃんという通りにしていたら、フクロウの声に驚いて逃げ帰ることもなかったのにな』」

パーがいいました。「さあ、もう行きなさい。マーにベッドに入れてもらうんだよ。しばらく、ヴァイオリンを弾いてやるからね」

マーにお祈りを聞いてもらうと、マーはわたしたちを引き出しベッドに入れて、シーツや毛布でくるんでくれました。でも、わたしはしばらく目を覚ましたまま、考えていました。フクロウのこととか、なんでも知っているお父さんのいうことを聞いていたら[75]、どんなによかっただろうとか。パーの弾く「ホーム・スウィート・ホーム」[76]が眠りに誘ってくれました。その曲はよく知っています。なんの曲か教えてもらっていたからです。

陽気がよくなったので、メアリは家から近いところにある学校へ通うようになりました。[77]きれいな新しい本と新しいお弁当箱を持っています。わたしも学校へ行きたかったのですが、マーが、まだ小さいから、もう少し大きくなるまで待ちなさいといいました。昼間はずっとメアリがいないし、キャリーは小さすぎるので、わたしはひとりぼっちでした。学校が終わる時間になると、メアリがお弁当箱を持って帰ってくるのを、道で待ち受けました。だいたいいつも、メアリは少しだけお弁当を残しておいてくれました。

＊75　ブラント版は、この段落とその前の段落をカットしている。たぶん分量を減らし、売りやすくするための作戦だろう。しかし、PGのこのあたりの文章は、チャールズの厳しさを和らげる効果も出している。

＊76　このおなじみの曲は、一八二〇年代初頭のもの。イギリスのヘンリー・ロウリー・ビショップ作曲、アメリカのジョン・ハワード・ペイン作詞(76A)。

＊77　バリー・コーナー学校はインガルスの家からほんの一マイル以内のところにあった。ワイルダーの伝記作者アンダーソンは、メアリとローラが一八七一年から一八七三年まで通っていたことや、チャールズ・インガルスが、キャンザス州へ移住する前の一八六八年にこの校区の会計係をしていたことをつきとめた。物語では、四冊目の『土手』で、ローラとメアリは初めて学校へ通う(第二十章)。

バリー・コーナー学校の経験を物語に入れなかったのは、『森』では一家だけを描きたいという方針からきているのだろう。物語の登場人物は自主独立の精神で、開拓地での危険に立ち向かい、喜びを味わい、すべてを一家とその一族だけでわかちあう。こうした自分たちだけの暮らしを描く方が、物語の原型を表すのによりふさわしいと考えたのだ。

いったんワイルダーが物語をシリーズ化しようと考えてからは、焦点を家族に

それから、読本一の巻も持ち帰りました。マーが夕食を作っているとき、メアリはその日習った文字や言葉をわたしに教えてくれました。そのうちに、わたしがメアリと同じくらい字が読めるようになったので、[*78]マーはびっくりしました。

その本には、猫や犬や鳥や木の絵などが載っていました。わたしは得意になって、木のことを書いた文をマーに読んで聞かせました。

日がのぼって　昼がきた
刈りたての干し草に　つゆがおりた
でも　年寄りオークの木はぬれなかった

ところが、ある日、「ローラは大食らい」と始まるお話があって、マーが「大食らい」という言葉の意味を説明してくれたとき、わたしはびっくりしてしまいました。いくらマーがそのローラはわたしのことではないといってくれても、わたしは気持ちがおさまりません。ローラという名前だからといって、わたしが大食らいのはずなんかないのに。

ある金曜日のこと、メアリが学校で何か発表することになりました。マーは、わたしも行ってもいいといいました。マーはメアリのお弁当箱にわたしの分も入れてくれて、白いきれいなドレスを着せてくれました。メアリとわたしはお弁当箱を、ふたりの間でゆらゆら揺すりながら、学校へ歩いていきました。すごく楽しい一日になりました。いとこのルイザとチャーリーがいたし、おじいちゃんがサマーヒルに住んでいる、エヴァとクラレンス・ヒューレットもいたし、[*79]そのほかにも知らない女の子たち、男の子たちがたくさんいました。

あてているとはいえ、登場人物には外の世界とのつながりを深めさせ、最終的には、シリーズの最後の舞台となるダコタ・テリトリーのデ・スメットで、独立心溢れる、行動的なすばらしいアメリカ市民としての役割を果たさせる。七冊の物語(『四』『道』『農場』以外)を通して、インガルス一家は開拓生活を生き抜いて、すばらしい成果をあげるのだ。

＊78　『土手』のローラは、初めて学校へ行ったときには字が読めなかった(第二十章)。

＊79　エヴァとクラレンス・ヒューレットはトーマス・P・ヒューレット・ジュニアと妻マリアの子どもたちで、一家はインガルスの家から一マイル以内のところに住んでいた。トーマスもアイルランド生まれ、妻はペンシルヴェニア州出身。息子クラレンスはワイルダーより一歳年上で一八六六年生まれ、エヴァはキャリーと同じくらいだったので、ワイルダーがエヴァをその金曜日に学校へ行く設定をしたのには驚く。

クラレンスは生涯ワイルダーのお気に入りで、ＰＧのあとの方で、ワイルダーはデ・スメットにいた十代の頃もまだ、クラレンスに手紙を書いていたと記している。ワイルダーのクラレンスへのほのかな思いが、『森』でこの家族を登場させた理由だろうか。彼とワイルダーは木に登り、その間、メアリとエヴァは「よく

先生はアン・ベリー[*80]といいます。先生のお父さんのベリー大尉は、戦争のあと、黒人の少年を連れて帰りました[*81]。みんな、その少年をベリー大尉の黒い子（ニガー）と呼んでいました[*82]。その黒人の少年は、最後の休み時間のときに、わたしたちが遊んでいるのを見ていました。黒目の白いところと白く光る歯が見え、少年は笑っていました。そのとき、ひどいことが起こったのです。遊んでいたときに夢中で走っていたわたしはつまずいて、やわらかい緑の草の上に転んでしまい、きれいな白いドレスに緑色のしみがついてしまったのです。いとこのルイザが、しみはもう取れないといったので、わたしはわっと泣き出してしまいました。でも、メアリがマーならちゃんとしみを取ってくれるから大丈夫といってくれたので、ちょっとほっとしました。

メアリとわたしは、エヴァとクラレンスにはよく会ったものです。だって、ふたりのお父さんとお母さんはうちのパーとマーのいい友だちだったからです。ふたりの住んでいる農場は、オクランドという名前でした。エヴァは黒い髪に黒みがかった瞳のかわいい女の子で、いつもかわいいドレスを着ていました。クラレンスの髪は赤くて、顔はそばかすでいっぱい。でも、いつだって笑っていて、遊んでいるととても楽しい子でした。モールと金色のボタンがついた服もきれいで、つま先に銅の金具のついた靴をはいていました。ままごとをするときは、メアリとエヴァがいつも一緒のおうちになるので、わたしはクラレンスと一緒になりました。マーとヒューレットのおばさんが、将来、わたしとクラレンスがほんとうにそうなるかもしれないわね、といっているのを聞いたことがあります。さて、どうなったでしょう？

ほんとうに楽しい夏でした。メアリとわたしはマーと一緒に甘い木の実を摘みに出かけ、桶いっぱいにして持ち帰りました。鳥の巣もたくさん見ました。花を摘んだり、日の照る長い一日をずっと外で遊びました。

気をつけて」遊んでいた（第十章）。物語のこの場面は、インガルス一家とは血のつながりのない家族が登場する、数少ない場面だ。大人になったクラレンスは西部へ移住し、金物商を営んだ。一九四七年、アリゾナ州チャンドラーで没。妹エヴァはリーチという人と結婚し、イリノイ州へ移った（79A）。

＊80　一八七〇年の人口調査によれば、アンまたはアンナ・バリー（ベリーではない）は、二十三歳の教師で、ペピン郡で両親と十四歳の弟ジェイムズと共に住んでいた。生涯教師を続け、一九四一年、ペピンで没し、埋葬された。

＊81　アイルランド生まれのジェイムズ・バリーはアメリカへ移住し、ペンシルヴェニア州でエリザベスと結婚。一八六〇年にはウィスコンシン州ペピン郡に住んでいた。一八七〇年の人口調査ではジェイムズ・バリーは農民、妻と子どももふたりと同居となっている。十四歳の使用人ジョージ・ウィーブも同居していた。ジョージはテネシー州生まれで、白人と記される。ジェイムズ・〝ベリー〟大尉は、南北戦争でウィスコンシン州第二十五歩兵隊に所属していた。この隊は戦時中、テネシー州などの奴隷州を移動していたが、このふたりが同一人物かどうかはわからない。ペピン郡のジェイムズ・バリーは一八八三年に没。妻は十年後に没。ふたりともペピンのオークウッド墓地に埋葬さ

丘をくだったところに住んでいるピーターソンさんの家へときどき行きました。[*83] おばさんはスウェーデン人で、スウェーデンから持ってきたきれいなものをいろいろわたしたちに見せてくれました。家に帰るときには必ず、クッキーをひとつずつくれたものです。帰りに丘をのぼりながら、わたしたちはそのクッキーをちょっとずつかじりました。でも、ふたりとも半分ずつをキャリーのために取っておきました。

わたしたちは、こう考えていたのです。もし、キャリーのためにメアリが半分取っておいて、わたしがひとつ全部食べたら、不公平です。けれど、もしわたしが半分取っておいて、メアリがひとつ全部食べたら、それも不公平です。だから、それぞれが半分ずつ食べて、残りの半分ずつをキャリーに取っておけば、公平になると思ったのでした。

畑の穀物が実って、[*84] ヘンリーおじさんがパーの刈り取りの手伝いをしてくれることになりました。そこで、わたしたちはヘンリーおじさんの家へ行って、ふたりが刈り取りをしている間、待っていました。マーとポリーおばさんは家で働き、わたしたちはいとこ同士で庭で遊びました。でも、チャーリーだけは別でした。もう大きくなっていたので、[*85] 午後、喉が乾いた大人たちに、畑へ水差しを持っていく役目をしていたのです。

パーとヘンリーおじさんは、枠付きの鎌で穀物を刈っていました。鋼の刃が、小さく割った板で作った枠に取りつけられていて、その枠が穀物の茎をまとめて支え、刃で切り取ります。長い曲がった柄に取りつけた刃をふりおろして、刈っていくのは大変な作業でした。畑じゅうを歩きまわり、重たい鎌をふりあげては刈り、穀物を地面に落としては小さな束に分けるのですから。畑が小さくて助かったと、パーたちは思っていました。

れた。

＊82　ワイルダーはこの差別用語（ニガー）を自分がいった言葉とは書いていないが、そうした考え方が当時の文化にはあったといっているのだ。今日では差別用語とされているこの言葉も、一八七〇年代には普通に使用されていた。

＊83　ファーストネームも夫の名前もないので、このピーターソンのおばさんがだれなのか特定できない。一八七〇年のペピン郡の人口調査では、同じ姓でスウェーデン生まれの女性が何人かいた。ほとんどは、ワイルダーのおばのマーサの家があるストックホルムに住んでいた。マーサおばさんの家はインガルスの家から六マイルほどのところ。スヴェン・ピーターソンの一家は、ワイルダーのおじとおばの、ヘンリー&ポリー・クワイナーの家からほんの二軒先だが、この人の妻の名前はわからない。一八七〇年には三十歳で、六歳の娘と一歳の息子の母親であり、『森』に登場するピーターソンのおばさんには適合しない。『森』のおばさんは「ちらかしたりよごしたりする小さな女の子がいないので」（第十章）、家をきちんと整頓している。もしワイルダーがピーターソンと、数ページあとに出てくるアンダーソンを混同していたとしたら、特定はますますむずかしい。

＊84　穀物を収穫するこのエピソードを

チャーリーはいたずらっ子。[*86] 思いつく限りのいたずらをします。大人の邪魔をして、砥石をどこかに隠し、鎌を研げないようにしたりしました。あげくのはてに、チャーリーは、大人たちを畑じゅう追い回して、話しかけ始めました。ふたりは忙しいので、あまり相手にしませんでした。でも、チャーリーがギャーッと叫び声をあげると、手をとめて、声のしたほうへ走っていきました。蛇にかまれたのかと思ったからです。でも、何もおこっていません。チャーリーは愉快そうにゲラゲラ笑うだけでした。大人たちは水を飲んで、また仕事に戻りました。

こんな風に、三度もチャーリーは大人たちをだましては、ケタケタ笑いました。そのあと、チャーリーはまた叫び声をあげました。前よりずっと大きな声です。でも、パーもヘンリーおじさんもうんざりしていましたし、夜までに仕事を片付けたかったので、ふり返って見るだけにしました。すると、さっきと同じように、チャーリーが飛んだり跳ねたりして、騒いでいるじゃありませんか。なあんだと思って、大人たちは仕事に戻りました。

「チャーリイはとびはねていました」
ヘレン・スーウェル画。1932年

ところがチャーリーはいつまでも泣き止みません。とうとう大人たちは様子を見にいきました。チャーリーは、スズメバチの巣の上で飛んだり跳ねたりしていました。[*87] ハチたちがチャーリーを刺しまくっています。飛び跳ねたり、手をふり回したりすればする

ワイルダーは『森』の第十一章に形を変えて使っている。そのおかげで、その物語が一年間の出来事を順に語る形になった。

＊85　もしこの思い出が、ウィスコンシン州におけるチャールズの最後の収穫――つまり一家がミネソタ州へ移住する前――のときのものだとしたら、チャーリー・クワイナーはおよそ十一歳だったろう。

＊86　『森』では、チャーリーの性格をこれほどまでにはっきりと悪《わる》だとはいっていない。彼の欠点をとうさんの目から見た姿としてうまく描いている。「まえに、とうさんが、ヘンリイおじさんとポリイおばさんはチャーリイをあまやかしすぎる、と、かあさんにいっていたからです。とうさんが十一歳のときには、牛二頭をつかって、たっぷり一日、畑仕事をやっていたのでした。だのに、チャーリイときたら、ほとんど仕事らしい仕事をしていないのです」（第十一章）

＊87　この場面を物語に仕立てたとき、ワイルダーは大きな変更を加えた。ローラが自分の目でいとこが災難にあったあとの姿を見ているのだ。したがって、読者にもその様子が見えるようになる。顔が「すさまじくはれあがり、目もふさがって涙がやっとこぼれでているというありさまなのです」（第十一章）。ドラマチックになっただけでなく、勤勉と従順がど

ほど、ハチたちは刺しまくるのです。チャーリーは体じゅうを刺されて重症でした。何度もだまされたパーとヘンリーおじさんは、叫び声を聞いてもすぐに行かなかったからです。その晩、パーは疲れきっていたので、お話をする元気がありませんでした。手も疲れていて、お休みのときにヴァイオリンを弾いてくれることすらできませんでした。でも、わたしたちはいっぱい遊んだあとだったので、眠くてたまりませんでした。ただわたしは、なぜチャーリーがうそをついたことになるのかが、どうしてもわかりませんでした。[*88] パーは、チャーリーの事件を、あんなうそつきにはいい薬だったといいましたが、わたしはチャーリーが口では何もいっていないのにうそをついたといわれたのはなぜなのか、それがわからなかったのです。

ある日、メアリが下におままごとの道具をおいていた木が、嵐でやられてしまいました。木が倒れたわけではありませんが、片側がだめになり、枝がたくさん折れました。

夏が過ぎ、〝霜のジャック〟がやってきました。霜がおり始めたのです。木々の葉はいっせいに色鮮やかな赤や黄色になりました。キャリーはだいぶ大きくなり、わたしたちが使っていた引き出しベッドに寝られるようになりました。そこで、メアリとわたしは屋根裏部屋で寝ることになりました。猫のスーザンが足元で丸くなって、足を温めてくれました。

パーは雌牛のスーキーを売りました。悲しがってわたしが泣くと、パーはこれから家族でピーターおじさんの家へ行くので[*89]、スーキーを連れていかれないのだといいました。ウルフもスーザンもおいていくのです。ピーターソンのおばさんがこの家に住むことになっていて[*90]、動物たちの面倒を見てくれるのだそうです。

れほど大事なことかをまざまざとわからせてくれる。

＊88　『森』でも、チャーリーのエピソードは、イソップ童話「オオカミ少年」の再話である。一八六七年の翻訳が、ギリシャのうそつきの話の教訓を教えている。「うそつきはほんとうのことをいっても、信じてもらえない」(88A)。ワイルダーも、お話上手のパーも、イソップの話を知っていたはず。しかし、幼かったワイルダーは不思議に思ったのだ。その気持ちが最後の二行にあらわれている。「けれど、ローラには、とうさんがチャーリイのことを、なぜ『うそつきぼうず』といったのかわかりませんでした。チャーリイは、口では何もいわなかったのに、どうして『うそつき』なのだろうかと」(第十一章)

＊89　『家』の冒頭で、インガルス一家は幌馬車に荷物を積んで、ウィスコンシン州を離れ、インディアン・テリトリーへ行く(第一章)。その後、一家はピーターおじさんの家に滞在もせず、一族のだれとも旅を共にせず、インディアン・テリトリーからミネソタ州へ移住する。そこから『土手』の物語が始まる。これらの物語の時系列や移住の順番などは事実と違い、作られたものになっているが、ワイルダーはこのPGの場面の細かい記述を『家』に使っている。キャンザス州へ行くときも、帰ってくるときも、一族の人々の家に滞在したのだが、それらをワイル

そして、ある日のこと、マーは家の荷物をいくつかの箱に詰め、パーがそれを馬車に載せました。[*91] わたしたちは馬車に乗り込み、森を抜ける長い旅に出ました。行けば行くほど、森が深くなり、どんどん森が迫ってくる感じがしました。とうとう、馬車はピーターおじさんの家に着きました。おじさんは大きな森に住んでいて、家は丸太小屋で、それは少し開けたところにあり、まわりを背の高い黒っぽい木がたくさん囲んでいます。

ピーターおじさんと、イライザおばさんと、いとこのアリスとピーターとエラは、わたしたちに会えてとても喜びました。赤ちゃんのイディス[*92]はわたしたちがだれなのかわかっていませんでしたが、わたしを見て笑い、かわいい手をのばしてきました。その赤ちゃんは、ドリー・ヴァーデンと呼ばれていました。ドリー・ヴァーデン風といわれる、かわいいキャラコのドレスを着ていたからです。[*93]

次の週から、メアリといとこたちは学校へ通いだしました。小さな丸太小屋の学校は、家から少し行ったところにあり、ときどきわたしも連れて行ってもらいました。そりに乗せて、雪の上を引っ張っていってくれたのです。ぴかぴかしたブリキのお弁当箱にお昼を入れて持っていき、学校でほかの子どもたちと一緒に食べるのです。

家に帰ると、外で遊びました。雪は深くて、やわらかでした。家の周りには、切り倒した木の切り株がたくさんありました。間があまり離れていないので、メアリとアリスとピーターはそれを順にぴょんぴょんとんで遊びました。わたしとエラはまだそれほどとべません。でも、上にのぼって、腕を思い切り広げ、顔から雪の上に倒れ込みました。そして、そうっとあとをくずさないように起き上がりました。これを「絵作りごっこ」とわたしたちはいっていました。[*94]

ダーは物語には入れなかった。そうすることで、実際に起こったことよりも、物語の一家の自己充足に焦点を置いたのだ。

＊90　チャールズとキャロラインは一八七三年一〇月にアンドルー・アンダーソンに千ドルで農場を売却した。それでワイルダーがピーターソンとアンダーソンを混同したのかもしれない。人口調査にはアンドルー・アンダーソンと、妻アニー、十代の息子が三人、一八八〇年にペピン近くに居住と記されている（90A）。

＊91　ブラント改訂版に訂正があり、この文が変えられて、こうなっている。「暖かい春になり、わたしが五歳のとき、わたしたちはミネソタ州へ移住しました」。ワイルダーは明らかに、自分の年齢を混同したままである。PGのこのセクションでは、日付も時の流れも定かではない。一年の出来事が次の年にまぎれこんだりしている。実際のところ、一家がミネソタ州へ移住しようとしていた一八七三年の秋、ワイルダーは六歳で、まもなく七歳になるところだった。

＊92　イディス・フロレンス・インガルスは一八七二年六月生まれ、ピーター＆イライザ・インガルスの六人の子どものうちの五番目。彼女はハイル・ネルソン・ビンガムと一八九〇年代初めに結婚し、八人の子持ち。一九五一年に没。ミネソタ州ミネアポリ

そのあと、わたしたちは猩紅熱《しょうこうねつ》にかかってしまいました。[*95] 学校へも行かれず、外に遊びにも出られず、ただベッドに寝て、苦い薬をのむだけの生活でした。春になったら、西部へ出発することになっていたので、パーたちはとても心配していました。湖の氷が解けるまえに渡るつもりだからです。ときどき、渡るのが遅くなって、氷が解け、人が湖に落ちておぼれてしまうことがありました。

やがて、みんなは回復しました。でも、わたしだけはまだでした。けれど、雪解けのきざしが見えていたので、もう待てないということになりました。

パーとピーターおじさんが馬たちを大きなそりにつけると、わたしたちは乗り込みました。わたしは毛布でぐるぐる巻きにされ、風邪をひかないように、頭もおおわれたまま、そりに乗せられました。ですから、湖までの長い道の間も、長いことかかって凍った湖の上を越えていくときも、馬の姿はまったく見えませんでした。でも、湖の上にいたとき、馬の脚が「バシャッ、バシャッ！」と水音をたてているのを聞いて、ぞっとしました。氷が解けて、家族みんなが湖の底に沈んでおぼれてしまうのではないかとこわくなりました。でも、マーがわたしの体をぎゅっと抱きしめてくれて、大丈夫よといってくれました。[*96] 氷の上にたまった水の音が聞こえていただけだったのです。わたしは安心して眠ってしまい、目が覚めたときには、レイク・シティのホテル[*97]のベッドに寝かされていました。無事に湖を渡ることができたのです。

スのサンセット記念公園墓地に埋葬された。

＊93　ドリー・ヴァーデンとは、一八四一年刊のチャールズ・ディケンズの小説『バーナビイ・ラッジ』に登場する人物。ディケンズはドリーをこう描写する。「真っ赤に上気して美貌のお手本のよう。スマートな小さな桜色のマントを着、同じ色のフードを頭にかぶり、そのフードの上に桜色のリボン飾りのついた小さな麦藁帽子を心もちちょっと斜めに—つまり、意地悪な帽子屋が造ったこの上もなく男心を掻き乱す、怪しからぬ帽子に見せる程度にちょっと斜めにかぶっていた」（小池滋訳、集英社刊『バーナビー・ラッジ』より）。〝ドリー・ヴァーデン〟はアメリカでも人気を博し、歌やダンスや絵画やファッションに影響を及ぼし、女性はドリー・ヴァーデン風の帽子をかぶり、綿や絹や麻の花柄のドレスで身を飾ったものだ。その影響がウィスコンシン州の大きな森にまで届いたのだ（93A）。

＊94　JPGで、レインはこの遊びの場面をクリスマス・イブの午後に使った。それは『森』でも同じ。ワイルダーはその場面の最後にこう付け加えた。「この雪の形が、みんなが『絵』といっているものなのです」（第四章）

＊95　十九世紀には、猩紅熱は子どもがかかると死ぬ率が高く、とても恐れられ

レイク・シティのワシントン通り、1864年頃 (Lake City Historical Society)

ていた病だった。あのチャールズ&エマ・ダーウィンはふたりの子どもを亡くし、ヘレン・ケラーの失明の原因もその病気だという説がある。当時の小説でも、この病気は大きな役割を担っていた。たとえば、『若草物語』のベス・マーチはこの病にかかり、結局回復しなかった。ワイルダーは『岸辺』で、メアリの失明を猩紅熱のせいだと書く。「メアリイの目がおかされ、メアリイは失明してしまったのです」（第一章）。猩紅熱は感染力が高いが、もはや命にかかわる病ではない。二十世紀に発見された抗生物質のおかげが大きい。しかし、一八七三年、インガルスの娘たちは幸運にもどうにか生き延びたのだった（95A）。

*96　『家』でインガルス一家がペピン湖を渡ったくだりは、PGよりドラマチックではないが、大きな違いがある。とうさんが幌馬車を氷上に乗り入れたとき、「ローラはなんとなくいやな気分がしていました。でも……とうさんとジャックがいさえしたら、何もこわいことはないのを、ローラは知っていたのです」（第一章）。物語は、一家を守る男としてのとうさんの役割をいっそう強調しているのだ。かあさんではなく、とうさんとジャックがローラに大きな安心感を与えていた。物語では、とうさんは、ローラの人生に最も大きな影響を与えた人であり、かあさんは受動的な役割で、とうさんがファースト・ヴァイオリンだとしたら、かあさんはセカンド・ヴァイオリンだったといえる。

*97　ミネソタ州レイク・シティは一八五六年にできた町。水深のある穀物港で、インガルス一家がペピン湖を越えて休んだところ。ブラウン・ホテルは一八五〇年代初めに創業したので、一八七四年にインガルス一家が泊まった可能性が高い（97A）。

第3章

ミネソタ州にて

一八七四年〜一八七六年(『プラム・クリークの土手で』対応)

はっと目が覚めて、すぐに見たのは、わたしのベッドのそばに立っているパーの姿でした。もう遅い時間でした。部屋のランプが全部ついていて、パーが疲れきっているのがわかりました。パーはわざわざ町へ行って、わたしのためにきれいな小さな詩集『小さな花』[*1]を買ってきてくれたのでした。実はその日はわたしの誕生日。わたしは五歳になったのです[*2]。

数日後、わたしたちはある土地へやってきました。そこを流れるクリークの土手に立つ家で暮らしました[*3]。クリークが家のすぐ脇なので、裏の窓から体を乗り出したら、落ちてしまいそうです。雪解けの季節になっていたので、氷が解けて[*4]、水かさが増していました。水が泡立ちながら、ものすごい勢いで家の脇を流れていました！　地下室は水でいっぱいで、水が地下室の脇の穴から流れ出ています。床のはね戸をあけると、それが見え、水の音が聞こえました。家自体は岩の上にあるので安全だと、パーとピーターおじさんがいいました。

クリークのそばで、流れる水を見ながら、いとこたちと遊ぶのは楽しかったです。あ

＊1　アンナ・マリア・ウェルズ著『小さな花：愛の贈りもの』は一八四二年に出版された、子ども向けの詩集。小さな版画がたくさん載っており、「小さな花」という詩がタイトル・ページに載っている。「小さな花を摘んできた／ひっそりと咲いた花／このささやかな贈り物をどうぞ／あなたのために摘んだ花」

＊2　ワイルダーは一八七四年二月七日に七歳になった。ＰＧには日付けがなく、時の流れは、年ではなく、主に季節や誕生日によって表される。インガルス一家がウィスコンシン州にいた時期は、一八七一年五月から一八七四年二月までだが、これが物語になるとややこしい。『森』はおよそ一年間の出来事を語っている。ワイルダーがウィスコンシン州にいた時の思い出をまとめて十二カ月に縮めたのだ。結局、ワイルダーとレインはＰＧのいくつかの版では、ワイルダーの幼い頃の時系列にあまり気を配らなかったのだが、その失敗がむしろワイルダーに自由を与えた。ワイルダーは三冊目の『家』で、キャンザス州での暮らしを物語として書くことができた。そして『土手』になってやっと、ワイルダーの実際の年齢と物語のローラの年齢が合致した。「ローラはもう七つで、小さな女の子ではないのです」(第一章)。とはいえ、相変わらずワイルダーは自分の実年齢についてはあやふやなところがある。プラム・クリークに渡した丸木橋についての詳しい説明をレインにしなが

るとき、小さな水たまりに大きな魚がいるのを見つけました。勢いの激しい水に流されてきて、そのまま取り残されたのでしょう。わたしたちはいっせいに水に飛び込んで、その魚をつかまえようとしました。やっとつかまえると、アリスがそれをエプロンにいれて家へ持ち帰りました。

ときどき、わたしは耳がひどく痛くなって、遊べなくなりました。マーとイライザおばさんは、猩紅熱のせいだろうといいました。引っ越しの途中で風邪をひいてしまったのかもしれないともいいました。ある日の朝、あんまり耳が痛くて、わたしは泣き止むことができませんでした。メアリといとこたちは、そばに立って、わたしがかわいそうで、泣きそうになっています。イライザおばさんが、黒羊の暖かい毛を耳に詰めてやって、冷たい空気を入れないようにすれば、痛みがなくなるかもしれないといいました。*5でも、そんなものをどうやって手に入れられるでしょう？　いきなり、いとこのエラが何もいわずに外へ飛び出しました。しばらくして戻ってきたエラは、両手に黒羊の毛をいっぱい持っていたのです。

「まあ、どうやって！」マーはびっくりしました。

「いったいどこで？」イライザおばさんは声をあげました。

エラは前に、どこかの放牧地で羊の群れに黒羊を見たことがあり、あちこち駆け回って、とうとう見つけたのです。黒羊が頭をさげ、足を踏みならしたので、エラはとてもこわかったのですが、わたしの耳を治してやりたいと強く思っていたので、その黒羊につっかかっていき、両手で毛をぐっとつかみ、わざと金切り声をあげ、立ちつくしました。すると、黒羊は大あわてで逃げていき、エラの手に毛がどっさり残ったのです。わたしがエラの話を聞いて笑っている間に、マーがわたしの耳に毛を詰めてくれました。すると、確かに耳の痛みはなくなったのです。

ら、ワイルダーは書く。「とにかく、わたしはまだたったの六歳で、自分のことで頭がいっぱいでした」（2A）

＊3　この家は一家が大草原を渡り歩く生活で暮らした二軒目の空き家。キャンザス州からウィスコンシン州へ行くときも空き家に泊まったことがある。そんな家が、『家』で木立の間からちらっと見えた「小さな丸太小屋」のイメージを与えたのだろう（第一章）。

＊4　こう書くことで、ワイルダーは氷が解け始めると危険だと強調する。『家』では、さらにそれをドラマチックに描く。物語のローラはペピン湖の氷が割れる音を聞いて、目を覚ます。「鉄砲をうつ音ににていましたが、もっとするどく、もっと長かったのです」。そして、「あの広い湖のまんなかで、家じゅうあの冷たい水の中におちこんだとしたら」とぞっとしたのだった（第一章）。

＊5　特にアイルランド人の間で流行っていた民間療法。「黒羊の毛が耳痛に効く」（5A）。

夜になると、メアリとわたしは、床に作った小さなベッドですぐに眠ってしまいました。ときどき、わたしたちは、今船に乗っているのだと想像したものです。すぐそばをクリークが流れていて、地下室からザアザア水音が聞こえていたからです。

ある晩、メアリが隣で眠っていたとき、[*6] わたしは目を覚ましていました。寝室のドアのすき間から、暖炉の明かりがちらちら見えます。向こうの部屋で影が動いています。パーの姿は見えませんでしたが、その影の中にパーが座っていました。ヴァイオリンの音が響いてきました。それがあんまり美しいので、わたしは喉がぐっと詰まりました。そのとき、わたしは、大きな森のピーターおじさんの家に住んでいたときのことで、忘れたいと思っていたことを思い出してしまったのです。

お天気のいい日には、おじさんの家の屋根の積もった雪が解けだして、ぽたぽたたれ、軒から長いつららがたれさがったものです。わたしはつららをぽきんと折っては、それをなめました。マーにもう食べてはいけないといわれるまで、やっていました。ところがそのあとで、わたしはとてもすてきなつららを見つけ、思わずそれを折りとっていました。でも、戸口に戻ってきたときにマーの言葉を思い出し、あわてて一本まるごと口に押し込んで隠したのです。

マーはあやしいと思ったのでしょう。わたしにたずねました。

「ローラ、まだつららを食べているの？」

わたしは必死でごくんとつららを飲み込み、口の中をからにして、声を出せるようにし、生まれて初めてうそをつきました。「ううん」

＊6　ワイルダーはこの段落とそのあとの八段落を少し変えて、『土手』の第五章を書いた。物語のローラのおてんばぶりはもっと危ないものだった（黙って家を抜け出して、危ない水たまりへ行った）。

だが、このPGと『土手』の場面はいかにも似通っている。どちらも、ローラは夜中に目を覚まし、父のヴァイオリンの音を聞き、その美しさに感動して、自分が悪かったことを悔いる。「何もかも美しく、何もかも正しく、ローラだけがその仲間入りができないのです。ローラはとうさんとの約束をやぶったのです。約束をやぶるのは、うそをつくのと同じほどわるいことなのです」とワイルダーは書く。ローラはベッドからすべりおりると、まっすぐとうさんのところへ行く。かあさんではない。とうさんは厳しくも賢く、ローラをいさめる。これこそ物語のローラに人生におけるとうさんの最大の役割だ。

PGに描かれたこのエピソードと『土手』にあらわれたエピソードは、ワイルダーがいかに自分のほんとうの体験や感じたことを素材にして、それを再構築し、物語のローラの人格に深みを与えているかを表している。ブラント版にはこの場面に大きな×印が書いてあり、あとの版ではこれを削除することにしたのがわかる。

つらのせいで、おなかがすごく冷たくなりました。うそをついたことでこわくなりました。マーがわたしのいったことを信じてくれたようだったので、自分を恥じました。わたしはおとなしくベッドに入り、眠りにつきました。翌朝、それを思い出しましたが、すぐに忘れてしまいました。

ところが、今夜、暖炉の火や動く影を見ていて、すべてがしんと静まりかえっていても、水音がさらさらと聞こえ、パーのヴァイオリンの音がうたうように響いているとき、そのいやな思い出がよみがえってきたのです。わたしは胸が苦しくなりました。何もかもがこんなに甘やかで美しいのに、自分はうそつきだと思い知ったからです。喉がきゅうっと詰まってきて、わたしはすすり泣きだしました。もう止められません。

ヴァイオリンの音がやみました。マーが急いでやってきて、どうしたのときいてくれました。わたしは思いきってすべてを打ち明けました。心の重荷がすうっと取れました。マーはわたしの髪をやさしくなでながら、もちろん許してあげるといってくれました。わたしが悪いことをしたと打ち明けたからです。これから神さまにお祈りをして、お許しを請いなさいといいました。

「神さま、わたしはうそをつきました。許してくださいますか?」

マーにいわれたようにわたしはいいました。すると、マーはこれでもう二度とわたしはそんな悪いことをしなくなるだろうといい、毛布などで気持ちよくくるんでくれて、キスをし、部屋を出ていきました。ヴァイオリンの音がまた聞こえてきて、わたしは眠りにつきました。

暖かい季節になり、ピーターおじさんの一家は借りていた農場へ移りました。*7 でも、わたしたちはさらに西へ向かったのです。

道沿いの草がみずみずしく春の緑に萌えていました。夜、道ばたのちょっと奥まったところでキャンプをするのはとても楽しかったです。だいたいいつも、クリークのそばでキャンプをしました。水がたっぷりあるし、たき火に使える木ぎれがたくさん見つかるからです。太陽が沈むのを見て、鳥たちがお休みを鳴き交わす声を聞きました。デイヴィッドとサンプソン(サム)*8が、馬車のうしろにつけられたえさ箱に入ったエン麦をもぐもぐ食べている音を聞きながら、わたしたちは眠りにつきました。馬たちの頭とわたしたちを隔てているのは、馬車の薄い幌布一枚だけでした。ときどき、パーはたき火のそばに座って、しばらくヴァイオリンを弾きました。

ある晩、広い道から少し離れたところにある、きれいなクリーク床でキャンプをしました。ちょうど眠りについたばかりのときに、何かくっきりした高らかな音が響いてきました。

「わ、あれ、何?」

わたしは思わずきいてしまいました。マーが、あれは鉄道の機関車*9の音だと教えてくれました。そして、急いで顔を上げたら、列車と機関車が見えるといってくれたのです。わたしは顔をあげました。たそがれの中を、列車と機関車が走っていくのが見えました。生まれて初めて見るものでした。

「なんだか、わたしを呼んだような気がしたの」。わたしがそういうと、マーは笑いました。

ピーター&イライザ・インガルスの婚礼写真(ローラ・インガルス・ワイルダー博物館:LIWM)

*7 ピーター&イライザ・インガルスは、ミネソタ州ワバシャ郡のザンブロ川のほとりに家族と共に落ち着いた。のちに一八七六年、ワイルダーと家族は、アイオワ州バー・オークへ行く途中でそこに滞在する。

*8 実在のインガルス一家はキャンザス州を出たとき、チャールズがペットとパティと犬のジャックを、もっと大きな馬一組と交換した。それがデイヴィッドとサンプソンだろう。しかし、『土手』ではとうさんがペットとパティを、プラム・クリークの土地と牛一組をまとめて交換する。ブライトとピートという(第二章)。デイヴィッドとサムはクリスマスの馬と

ある日のこと、たったひとりで幌馬車で旅をしている男の人に追いつきました。それから数日間、その人はわたしたちと共に進み、夜のキャンプも一緒でした。ジョージ・ジョージ[*10]という名前で、とても朗らかな旅の仲間でした。小さな犬がいつも一緒で、その犬は御者席のとなりにちょこんと座って、旅をしてきたのです。その犬をわたしたちはかわいがりました。

やがて、ニュー・ウルム[*11]という町へ近づきました。大きな四角い建物がありました。周囲は緑の畑で、建物の上には赤と白と青の大きな旗がひるがえっています。パーが、ここはビア・ガーデン[*12]だといいました。ジョージさんは中へ入っていって、ぴかぴかした金《かね》の入れ物に、上まで泡がもりあがっているビールを入れて持ってきました。ひんやりして、おいしそうに見えました。メアリとわたしはちょっと味見をさせてもらいましたが、苦くて、到底おいしいとは思えませんでした。

夜、わたしたちはこのそばでキャンプをしました。わたしはパーと一緒に、近くの家へミルクをもらいにいきました。前庭には、大きな白いガチョウがたくさんいて、一斉に長い首を伸ばしてわたしたちを見て、「ヒシューッ」と声をあげました。

その家の女の人がミルクを用意してくれている間も、ガチョウたちはわたしたちに向かって「ヒシューッ」と声をあげつづけ、詰めよるようにどんどんまわりに集まってきました。中の一羽が長い首を伸ばして、大きな黄色いくちばしをぱかんとあけ、「ヒシューッ」といいながら、わたしの脚にかみつきました。わたしがキャーッと悲鳴をあげると、別の一羽がまたかみつきました。パーはわたしをかかえあげると、女の人からミルクを渡してもらい、いそいで立ち去りましたが、ガチョウたちはずっと声をあげつづけていました。ニューウルムの西で、草におおわれた土山をいくつか見ました。パー

して登場する。「ピートとブライトがいたあとに」（第十三章）ローラとメアリは二頭を馬屋で見つけるのだ。

＊9　ワイルダーの思い出が正しければ、おそらく彼女が初めて汽車を見たのはミネソタ州ワバシャ郡またはグッドヒュー郡だったろう。一八七四年のミネソタ州の地図によれば、セントポール＆シカゴ鉄道はミシシッピ川を下って、ミネソタ州南東部の端まで続いていた。当時、ミネソタ州南部で鉄道を運営していた他の会社はウィノナ＆セント・ピーター、ミネソタ＆ノースウェスタン、セントポール＆スー・シティ、そしてアイオワ＆ミネソタの各社だった。

この文章には、ワイルダーとレイン双方が普段以上に注目して、手を入れている。ブラント版はPGの文を忠実に採用したが、ブラント改訂版では追加を入れた。「わたしたちはみんな黙ったまま、汽車が見えなくなるまでじっと見つめていました。それからパーが、この大アメリカ砂漠に鉄道を建設する話をしてくれました。わたしたちは、すばらしい発明と発展の時代に生きているのだといったのです」。バイ版では、このエピソードはちょっとすてきな場面となっている。

わたしはじっと見つめました。たそがれの中に、機関車と列車が見えました。生まれて初めて見た汽車です。それが通り過ぎるまでわたしは息を詰めていまし

プラム・クリーク。2017年(撮影:ちばかおり)

にきくと、それらは、何年も前にあったインディアンの虐殺事件のときに、[*13] インディアンに殺された移住者たちの家のあとだと教えてくれました。

馬車の旅は続きました。やがて、今まで見たこともないほどきれいなクリークのほとりにやってきました。[*14] パーがここがうちになるんだよ、といったので、ほんとうにうれしくなりました。このクリークはプラム・クリーク[*15]という名前です。土手にたくさんのプラムの木が生えているからです。

(▼79ページへ)

た。機関車がもくもく煙をあげ、車輪が鉄のレールの上をガタガタ走っていきます。車両のひとつには窓に明かりが灯り、中に人々が座っていて、そのまま暗い中を通り過ぎていきました。わたしたちはみんな黙ったまま、汽車が見えなくなるまでじっと見つめていました。

するとパーが、わたしたちはすばらしい時代に生きているのだといいました。雄牛の引く馬車が一週間かかって進む距離より以上を、汽車なら一日で走ってしまうのだと。そして、大アメリカ砂漠を鉄道が席巻するのだといったのです。

ワイルダーの物語で初めて汽車が登場し、長い描写があるのは、『岸辺』の第三章だ。

*10　この旅人を特定するのは至難の業だ。ワイルダーの説明だけではくわしいことがまるでわからない。だが、一八七〇年の人口調査では、ミネソタ州マートンにジョージ・ジョージ・ジョージという四十六歳のイギリス人がいた。マートンは、州の南東部の町で、インガルス一家の西部へのルートに近い。十年後、このジョージ・ジョージはミネソタ州の南西にあるアイランド・レイクに住んでいた。

*11　ドイツからの移民は一八五〇年代半ば、ミネソタ州中西部のニュー・ウルムに落ち着いた。その名前はドイツのドナウ川沿いにあるウルムにちなんだもの。

(→)

＊12　一八六〇年、オーガスト・シェルとジェイコブ・バーンハートは、オーガスト・シェル醸造所をドイツ人移民のために創設。ニュー・ウルムから二マイルのところで、コットンウッド川沿いだ。最初の年には、たった二百バレルしか製造しなかったが、水の良さと運搬に便利な川沿いを選んだおかげで、会社は繁栄。今日では、ここはミネソタ州最古の醸造所として、庭や広い敷地でも有名。インガルス一家がここに立ち寄ったか、地元のドイツ風ビアガーデンに立ち寄ったかはわからないが、ビールはシェル社のものだったと思われる。

＊13　長年、ミネソタ州のこの付近はサンティ・ダコタ族の狩猟場だった。一八五一年、彼らはスー族トラヴァース条約にサインをし、かなりの広さの土地を「年金とミネソタ川両岸の十マイル幅の土地」と引き換えた(13A)。一八六二年八月一七日、四人のサンティ・ダコタ族の若者がミネソタ中南部の白人の農場から卵を盗もうとし、五人の入植者を殺してしまった。この事件は、六週間にわたる激しい死闘を招いた。ダコタの戦い、一八六二年のスー族の反乱、一八六二年のアメリカ・ダコタ戦争などと呼ばれる。サンティ族としては戦争をするつもりはなかったが、それを誘発する材料が多かった。条約違反、政府役人の腐敗、干ばつ、食糧危機など。さらに、アメリカ政府は南部連合との戦いへの資金集めを優先し、サンティ族に年金支払いをしていなかった。当時のニュー・ウルムのインディアン支援者のひとり、チャールズ・E・フランドロはいう。「もしわたしがインディアンだったら、反乱を起こしていただろう」(13B)。この六週間の戦いで、白人入植者や兵士の死者は四百〜六百人。サンティ族の死者数は不明。一八六二年九月末にはサンティ族の戦士のほとんどが降伏し、三十八人のアメリカ・インディアンが、一八六二年一二月二六日、公衆の面前で絞殺された。この出来事はアメリカ史に残る大規模な公の絞殺処刑だ。一八六三年、ミネソタ川流域のインディアン居留地は閉鎖され、降伏したサンティ族の多くはダコタ・テリトリーのクロウ・クリーク居留地に送られた。この戦乱で最も激しい戦いがあったのは一八六二年八月一九日と二三日、ニュー・ウルムにおいて、二百棟にも及ぶ建物が焼かれたり、破壊されたりした。それから十二年後にインガルス一家がかの地を訪れたわけだが、この戦乱の記憶は多くの人々の胸にまざまざと残っていた(13C)。

＊14　国立公文書館に所蔵される国有地管理局の土地申請記録では、チャールズは一八七四年六月二六日、ニュー・ウルムの連邦土地管理事務所で、優先買い取り権を申請。申請した土地は、ミネソタ州レッドウッド郡、レインジ38、タウンシップ109、セクション18の北西四分の一で、ノース・ヒーロー・タウンシップのウォルナット・グローブの町の北へほぼ二マイルのところ。一家がここに入植したのは一八七四年五月二八日。一八四一年の優先買い取り法により、一家はここで六カ月暮らし、土地を改良し、申請日から三十三カ月の間に、一エイカー分の地代を支払うことになっていた(土地が鉄道に近かったので、一エイカー分二・五ドル)。二年後の一八七六年六月二九日、チャールズは土地の取得権利を証明する宣誓供述書にサインし、イライアス・ビーダルがインガルスの行った土地改良を証明する。「インガルスは当該地に広さ二十×二十四フィート平方、高さ十フィートの住居を建てた。屋根と床は頑丈で、扉がいつつ、窓がみっつあり、家族が快適に暮らせる家である」。さらに、インガルスは、「当該地の四十エイカーを開墾し、納屋をふたつ建てた—十二×二十フィート平方、十二×十六フィート平方のふたつで、井戸も掘った」(14A)。同日、インガルスは土地代として四百三十・一八ドルを支払った。百七十二エイカーよりほんの少し広い土地だ。のちに、手続き上か、または手違いによって、彼は二度目の宣誓供述書を出さねばならなくなるのだが、最終的に土地の取得が認められたのは一八七九年三月三〇日。だが、そのときにはすでに一家はミネソタ州を離れ、ダコタ・テリトリーに住んでいた(14B)。

＊15　ミネソタ州レッドウッド郡の初期の歴史記録によれば、プラム・クリーク

4 ミネソタ州の地図　1874年～1876年 (SDHSP)

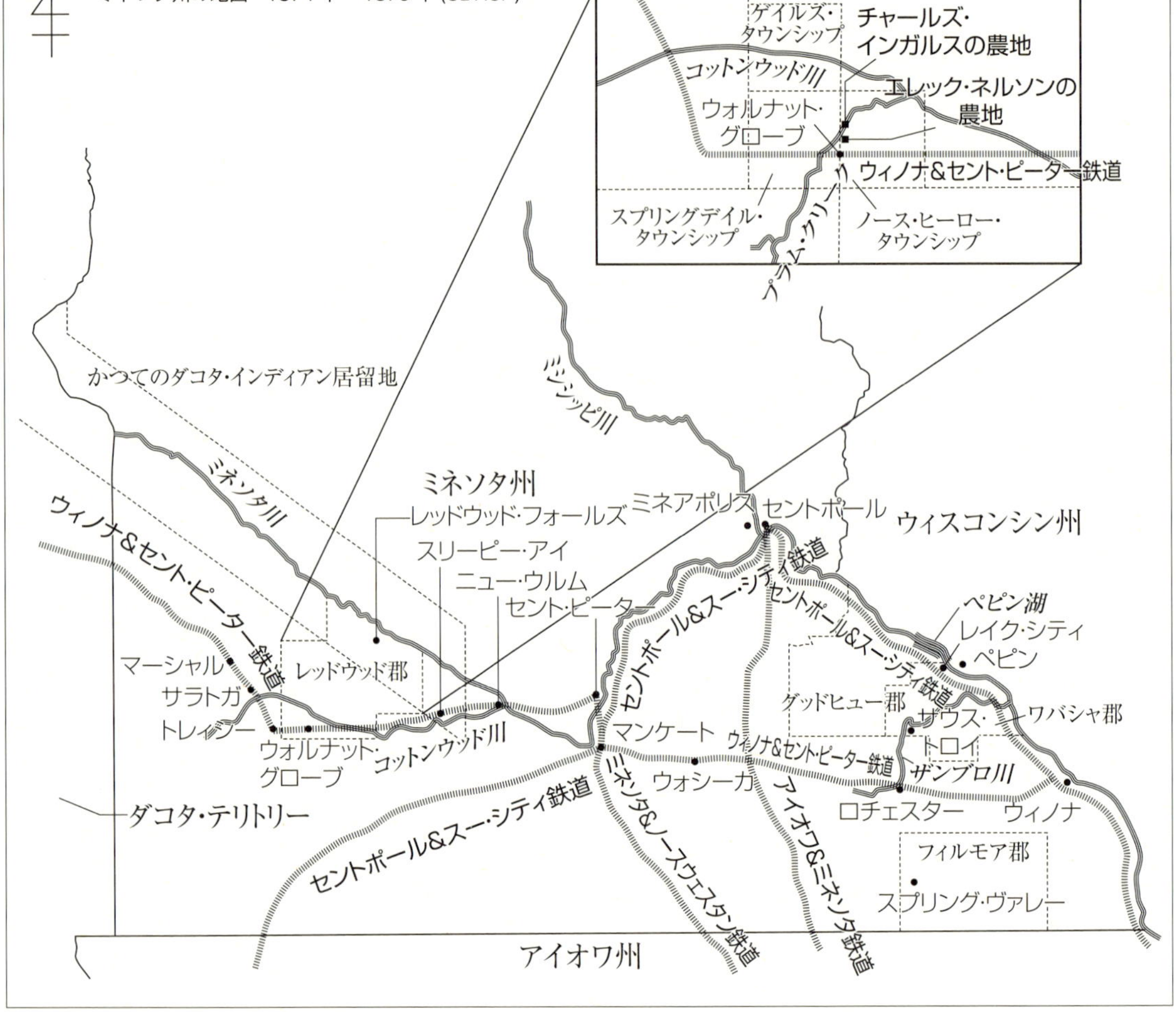

は「コットンウッド川に合流している、それなりの大きさのいくつかのクリーク」のうちのひとつ。「木の少ない……起伏のある、水の豊かな大草原」を横切っていた(15A)。初期の入植者は思い出す。「大草原には木が一本しかなかったが、例外はプラム・クリーク沿いの木立で、それは現在のウォルナット・グローブの南東一マイルのところの自然林だった」(15B)。ワイルダーはレインと『土手』の出版準備をしていたとき、レインにプラム・クリークについてくわしく語る。「この大草原のクリークは草の生えた土手沿いを流れていて、両土手が狭まっているところでは深くなり、広がったところでは浅くなっていました。暑い時期は水量が少なかったです」(15C)。『土手』で、ワイルダーは、プラム・クリークは「さざ波をたて、日に照らされてキラキラ光っています。ヤナギの木立は、そのクリークの向う岸にはえているのでした」と書く(第一章)。

＊16　入植者たちは、中西部の大草原地帯の丘の斜面、坂、谷間、またクリークの土手を掘り、住むところをこしらえた。通常は、木の家を建てる前にとにかく家族が暮らせる場所を確保するためだった。横穴の住居は、ミネソタ州レッドウッド郡のような場所に特によく見られた。樹木が少なく、たいそうまばらで、入植者たちは製材した木を手に入れにくかった。横穴住居は冬は暖かく、夏は涼しい

わたしたちが住むことになったのは、とても変わった家でした。馬車の中と広さはほとんど変わりません。たったひと間だけで、クリークの土手のてっぺん近くに掘った横穴の家だったのです。[*16] 土手に掘った穴の上側に屋根代わりにヤナギの枝をしきつめて、その上に草土を載せてあります。その屋根の上に草が生い茂ったので、見た目は土手の続きのようです。あるとき、家畜の群れがそこを通りかかり、大きな老雄牛がうちの屋根とはわからず、真上を歩いてしまい、片脚が屋根をつきやぶったことがあります。[*17]

『プラム・クリークの土手で』より、ガース・ウィリアムズ画
(ILLUSTRATIONS COPYRIGHT 1953, 1981 By GARTH WILLIAMS, Used by permission of HarperCollins Publishers)

という利点はあったが、採光、換気、洪水、家事のしにくさ、虫、ネズミ、蛇の侵入など、問題点も多かった。ワイルダーは『土手』の第二章をまるまる使って、プラム・クリークの土手の家の様子を語る。一九三六年、レインに編集上の話をする手紙で、ワイルダーは書く。「土手はゆるやかに盛り上がっている程度の高さで、横穴の家は八フィートほどです。天井は低く、ドアの前の小道から、土手の上面と同じ高さの屋根まで七フィートくらいで……横穴の家のドアからクリークの向こうの低い対岸が見え、その先にゆるかにうねるような大草原が広がっていました」(16A)。同じ書簡コレクションの中に、日付けのない手紙があり、ワイルダーは書く。「野生のアサガオのつるが横穴の家の草土の壁をはっていて……朝に花を咲かせるのです」。ワイルダーが、プラム・クリークあたりの地図を二枚描いていろいろ説明したにもかかわらず、レインは横穴の家の周辺の情景をなかなか理解できず、母に質問を浴びせた。あるとき、ワイルダーは書いた。「(ここのミズーリ州の)丘や谷間の景色を頭から追い出しなさい。景色がまったく違うのですから」(16B)。ついにレインも理解できるようになり、母に返事を書いた。「もう頭に入りました。大丈夫です」(16C)。

*17　このエピソードから、『土手』の第七章が書かれた。「牛が屋根を踏みぬくような家に住んでいるなんて、まるでウサ

戸口の前の土手には、歩けるくらいの幅の踏み場があり、そこから土の段々が、[18]下のクリークへ続いていて、ふもとに板で作った小さな橋があります。クリークの上にわたしてあるのです。メアリとわたしはこのクリークや土手のそばでいっぱい遊んで、楽しい時を過ごしました。でも、もう小さい子ではないので、一日じゅう、遊んでいるわけにはいきません。[19]赤ちゃんのキャリーの面倒をみて、キャリーが戸口から下のクリークへすべり落ちてしまわないようにしなくてはならないのです。夜、近隣の家畜を集めて家に送ってくる少年を手伝い、うちの雌牛を他の牛たちの中から連れだして、納屋庭へ入れるのも、わたしたちの役目でした。

デイヴィッドとサムはもういなくなって、パーはブライトとブロードというひと組の牛を買いました。ブロードはいい雄牛でしたが、ブライトはみにくい顔をしていて、隙さえあれば逃げ出そうとしていました。

町から帰ってくる途中、ブライトが馬車を引いたまま、いきなり走り出したことがあります。マーは馬車の荷台に座って、キャリーをしっかりかかえ、外へ放り出されないようにしていました。メアリとわたしは留守番でした。すぐそばの土手に座って、みんなの帰りを待っていたときに、馬車がやってきました。パーはブライトとクリークの間を走りながら、ブライトの頭を鞭でたたき、向きを変えさせようとしていました。さもないと、馬車が土手から落ちて、マーとキャリーが危険な目にあうかもしれないからです。けれど、気立てのいいブロードが、納屋庭を見て、そちらへ向かっていき、ブライトを一緒に引っ張っていきました。そして、ブロードがちゃんと庭の柵の前で止まったので、ブライトも止まるしかありませんでした。[20]おかげで、だれもけがをせずにすんだのですが、見ていてほんとうにこわい思いをしました。

ギの暮しみたいで、きゅうにおかしくなったのです」

＊18　レインにワイルダーは書く。「ドアからクリークまでは段々がいつつくらいだったと思います」(18A)

＊19　ブラント改訂版でもバイ版でも、ワイルダーはメアリとローラが遊べなかった理由をこう書く。「ふたりとももう大きいので、家の手伝いをしなくてはならなかったのです」。そして、ふたりの年齢を間違って書いた。八歳と「もうすぐ六歳」と。『土手』でワイルダーは第三章で仕事と遊びについて書いた。

＊20　バイ版は、ローラをこの場面の中心に据えた。「わたしはクリークの土手を必死で走って、両腕を振りながら、雄牛に立ち向かっていきました。思い切り声をあげていたつもりだったのに、まったく声が出ていないような気がしました」。『土手』の第十一章では、雄牛の名前はブライトとピート。とうさんが意志の力で急場を救った。

＊21　ワイルダーはレインのために、プラム・クリークの図を二枚描き、そこに台地《テーブルランド》も書き入れた。『土手』で、ローラとメアリはとうさんに連れられて、台地を見る。「それはほんとうにテーブルのようでした。ここは、丈の高い草地からぐっとせりあがっていて、上はたいらでまる

メアリとわたしがいつもおままごとをする場所がありました。土手の上にある、平たい大きな石で、ひとりにひとつずつです。おままごとのあとで、クリーク床へおりていくと、すてきな遊び場がありました。上がまんまるい台地《テーブルランド》があって、[21]だいたい半エイカーくらいの広さです。パーがいうには、それは下の地面から六フィートくらいせり上がっていて、斜面がとても急なのです。わたしたちにはまっすぐにのぼれないので、脇の方からのぼっていくしかありません。ここはわたしたちの砦《とりで》で、インディアンたちがクリーク沿いのヤナギの木立に隠れているというつもりで、よく遊んだものです。

春の収穫はほんの少しでした。[22]ですから、その仕事はたいしたことはありませんでしたが、夏になると、パーはたくさん働きました。[23]干し草作りと井戸掘りです。次の春に、新しい家を建てることにしたので、そのためでした。次の夏の収穫を考えて、秋に備え土地の耕作を始めました。

冬はさほど厳しくなかったので、土手の横穴の家はとても快適でした。頭上を風が吹きまくり、土手には雪がいっぱい降り積もりましたが、戸口の前の踏み場はすぐに雪かきをしたので、きれいでした。[24]春がきて、雪が解け、クリークの氷がなくなったときの景色は見物でした。黄色い水が渦を巻いて、泡だちながら家の前を流れていきました。木の橋は完全に水につかり、[25]わたしたちの台地は、一面の水に浮かぶ島のようでした。でも、水はすぐに引いていき、パーは畑の仕事に取りかかりました。種まきが終わると、新しい家を建て始めました。[26]そして、わたしたちはそこへ引っ越したのです。

忙しい夏でした。家を建てたり、作物を取りいれたり、脱穀したり、とにかく仕事がいっぱいありました。メアリとわたしは、できることはなんでもやりました。ちょっとしたお使い、皿洗い、牛たちを放牧の群れのところへ連れていって、また連れ帰ること、

(▼83ページへ)

くなっていました」(第四章)

＊22 チャールズが優先買い取り権を取得する前に、ふたりの人間がこの土地を申請していた。どちらも土地を取得できなかったが、ひとりは草土を耕して小さな畑を作っていた。だれもいなくなった場所に、勝手に入り込んだ人または隣人が、インガルス一家がくる前の春にそこに種をまいたのだ。PGのこのあたりでは、バッタ災害の恐れが触れられていないが、レッドウッド郡の初期の歴史には、一八七四年の夏の記述がある。一八七三年と一八七七年の間に、ミネソタ州南西部で農業に悲劇的な被害があり、七四年の夏もそれに含まれる。その春に、プラム・クリークの土地にほんのわずかしか作物が植えられなかったのは、前年のバッタの災害の結果だったのではあるまいか。

『土手』で、とうさんは物語の土地所有者が持っていた畑の大きさや作物の質について疑問を抱く。「ハンソンが、なぜ、あんなちっぽけな畑しかつくらなかったのか、まるでわからんよ。日照りつづきだったんだろうな、きっと。でなくば、ハンソンが畑づくりはぜんぜんだめだってことだな。あの男の小麦は、やせてて、まるで目方がないんだから」(第一章)

＊23 ブラント改訂版とバイ版では、この段落に追加がある。「パーは夜、青白い顔をして、くたくたになって帰ってきます。今まで耕作されたことのない土地と

(へ)

格闘していたからです」(ブラント改訂版)。『土手』では、ワイルダーはこの内容をさらにふくらませ、いくつかの章を使って、とうさんが隣人と共に働いたり、大草原の草を刈って干し草にしたりするところを描く。ひとつの章を使って、干し草山作りを丹念に描いた(第八章)。次の章で、とうさんは「クリークの向うの土地をぜんぶ耕していました」。そして、「とうさんが、小麦の収穫を終われば、家もできるし、馬も飼えるし、キャンディーだって毎日食べられるでしょう」(第九章)。このようにワイルダーは家族の目指す目標を中心テーマに据え次第にテンションを高めていく。「小麦は、家族が働いて手に入れたいと待ち焦がれるものなのです」と、レインへの手紙で書く。「プラム・クリークの土手は、家族が小麦の収穫を待っている間にいろいろなことが起こる舞台なのです」(23A)

＊24　バイ版は、この段落を季節が分かれるところでふたつに分け、冬の場面の最後に追加をする。「風は、家を深くほかり包む雪をつきぬけてこられず、ほえたける嵐の音はパーのヴァイオリンの音楽にかきけされました」。『土手』で、ワイルダーは暖かい冬をバッタ襲来の前触れとして描く。感謝祭が近づくと、とうさんがいう。「こんな陽気ははじめてだ。ネルソンは、年寄り連中は、こういう陽気を『イナゴ(訳注:バッタが正しい)陽気』というといってたがね」(第九章)。感謝祭になってもまだ雪が降らないので、ローラは思った。「イナゴの長いたたんだ羽や、ぐっとつきでてまがっているあと脚を思いうかべます」(第十二章)。これは、通常とは違う天気や、その怪しい感じをいっそう強く暗示する。現代の科学者は、秋の気温が高いと、バッタの卵が生き残る率が高まると指摘する。

『土手』では、物語がスムーズに進んで、クリスマスや新しい馬という思いがけないプレゼントへとつながっていくが、実はワイルダーは進め方に苦労していた。物語の一家は、実際の一家よりもプラム・クリークに長くいたことになっているからだ。物語では、一家はウォルナット・グローブ近くでクリスマスをPGより多い三回も過ごす。また、ローラが十三歳に近づく『岸辺』では、ダコタ・テリトリーへ移住するまでの間もそこにいる。しかし、実際の一家は、ウォルナット・グローブからアイオワ州バー・オークへ一八七六年の秋に移り、一八七七年にまたウォルナット・グローブへ戻ってくるのだ。ワイルダーはこの時期の思い出を書き換えるだけでなく、時系列も変えなくてはならなかった。「新しい馬のことを書かなければ、最初のクリスマスの話をどうしたらいいかわかりません」と、レインに手紙を書いた。「他のクリスマスと同じになってしまうからです。ローラとメアリがサンタクロースのことを理解するようにしないと、そのあとのクリスマスのことや、クリスマスリーやオルデン牧師のプレゼントをどう扱ったらいいんでしょう?」(24A)。この手紙でわかるように、ワイルダーは『土手』用に、最初のクリスマスの話を完全にこしらえたのだ。そして、クリスマスツリーを囲むパーティの話をあとに動かした。一八七四年十二月にウォルナット・グローブの組合教会で行われたそのパーティを元にして、『土手』の最後に近づく、一家の二回目の冬の話を書いたのだ。ワイルダーはプラム・クリークでのあと一年間を縮めて、ミネソタ州での三回目のクリスマスで『土手』を結ぶ。

＊25　ワイルダーは、この春の思い出をその後の出来事と組み合わせ、第十四章を書いた。一八七五年四月十五日、ミネソタ州レッドウッド・フォールズのレッドウッド・ガゼット紙は、「このあたりの多くの川で出水があり」ついにおさまったが、水深は例年よりずっと高く、破壊力があったと記す。

＊26　PGによれば、一八七五年にチャールズが板張りの家を建てたことになる。それは一家が横穴の家にだいたい一年間住んだあとだ。しかし、宣誓供述書には、家のサイズが記され、二十×二十四フィート平方、高さ十フィートとあり、ここにインガルス一家は一八七四年六月二六日から住みはじめた、とある。同じ日、チャールズは優先買い取り権を申請したのだ。としたら、一家は横穴の家にたった四週間しか住んでいなかったのか?

そして、キャリーの世話もしました。

まもなく冬がやってきました。今度はとてもきつい冬でした。[*27] 猛吹雪につぐ猛吹雪で、風が雪をぶんぶん吹きとばし、何も見えなくなりました。いったいどこへ向かって吹いているのか、まったくわかりませんでした。北西の空の地平線に黒っぽい雲がわくと、猛吹雪がやってくる徴だと知りました。それがすごく速くて、あっという間なのです。数分後ということもありました。

そんな嵐があったときです。ストーブのパイプから、火の玉がふたつ落ちてきて、床を転がったことがあります。家が火事になるのではないかとぞっとしました。その玉は火のように見えましたが、何も燃やしはしませんでした。それはマーの編針を伝って床を転がっていき、すぐに消えて見えなくなりました。パーが、あれは電気というものだと教えてくれました。[*28]

パーは長い綱の端を、納屋にいちばん近い家の角に結びつけ、[*29] もう一方の端を、納屋のドアに結びつけました。こうすれば、猛吹雪の間でも、片手で綱を握っていれば、家から納屋まで迷子にならずに行かれます。西の空に雲がわいたのを見るとすぐに、パーは納屋へ行き、家畜にえさをやり、吹雪の間に家畜たちが困らないようにしてやりました。だいたいいつも、パーは片手で綱を伝って家に戻ってきました。猛吹雪の中では、家がほんの数フィート先にあっても、どこにあるかわからなくなるので、大勢の人たちが凍死したのでした。ひとりの男の人が迷子になって、さんざん歩き回り、疲れはてて、[*30] 土手の下にもぐりこみました。眠り込んでしまったその人の上に、雪が降り積もりました。その人が発見されたのは、なんと春になって、雪が消えてからだったのです。

それとも、宣誓供述書にある家とは、一家が一八七六年七月七日に住んでいた家を指しているのか？　その日付けは、宣誓供述書にサインされた日で、横穴の家で暮らした期間は勘定に入っていないのか？　『土手』にあるように、家にはドアがいつつ、窓もみっつあった。『土手』で、ワイルダーは家族の財産が増えてきて生活が変わってきたことを伝えるために二章も使っている。第十六章、第十七章だ。とうさんはこの家のためにつけでいろいろなものを買ってくる。「店売りの扉」、かあさんのためには「黒光りのしている料理用のストーブ」など。これらの贅沢なものが、最後の方で、物語の家族が収穫前にバッタの襲来によってとてつもない大被害を被る悲劇への皮肉な伏線になる。

＊27　この段落は、一八七五年夏にチャールズが家を建てたという説明のあとにくるので、「きつい冬」というのは一八七五年から一八七六年にかけての冬のこと。しかし、PGのこのあとにワイルダーが書いていることは時系列には合わない場合が多いので、その冬の場面やそのあたりの記述も時系列からずれている可能性がある。ふたりで『土手』に手を入れているとき、ワイルダーはレインに手紙で、「わたしが覚えているのは、次から次へと思い出される情景だけなのです」と書く（27A）。一八七四年から一八七五年、または一八七五年から一八七六年の冬は、レッドウッド郡の人々にとく

ある気持ちのいい日、パーとマーは、家を居心地よくして、わたしたちを残し、町まで歩いて取引に出かけていきました。しばらくの間は、わたしたちも自分たちだけで楽しく過ごしていましたが、ひとしきり遊んで、お昼を食べてしまうと、時間がやたらに長く感じられ、パーとマーが早く帰ってくればいいのにと思い始めました。ふたりを待って外を見ていたら、西の空に長い低い雲がたれこめているのが見えました。雲が太陽に向かってぐんぐんのぼっていきます。それなのにまだ、パーとマーが帰ってくる気配はありません。

そのとき、わたしたちは家の中で凍え死んでしまった子どもたちの話を思い出しました。両親が出かけていて、家の中に火の気がなかったからでした。ドアを出てすぐのところに、薪の大きな山があります。わたしたちは、もしパーとマーが帰ってこなくても、自分たちが凍死したらいけないと思いました。そこで、腕いっぱい薪をかかえて行ったり来たりして、ストーブのそばに積みあげました。

猛吹雪の第一陣の風がゴーッと吹いてきて、渦を巻いて降る雪が顔をたたきつけるようになったとき、わたしたちはやっと薪を全部運び終わりました。そして、ああ、よかった！　パーとマーが吹雪の中からいきなりあらわれて、戸口に立ったのです。ふたりとも息をハアハアいわせていました。吹雪につかまらないように、必死で町からほとんど駆けどおしで帰ってきたからでした。

「よくやってくれた」パーがほめてくれました。「おかげで、パーがやらずにすんだよ」[*31]。そして、パーは大急ぎで家畜の面倒をみに、納屋へ行き、しばらくして綱を伝って戻ってきました。わたしたちは暖かい暖炉のそばにほっとして落ち着きました。外では風が吠えたけり、雪が吹きまくっています。

に厳しい冬とは記憶されていなかったのだが、一八七四年から一八七六年秋までのレッドウッド・ガゼット紙をよく読んでみると、この期間で最もひどい冬は、一八七五年一月から三月だったという。一八七四年のおだやかな二月、三月のあと、一月五日に気温が突然、零下二十六度に下がった。その月末には、猛吹雪で死者が出るようになり、二月一八日の新聞には、「頻繁に襲ってくる嵐のせいで、ニュー・ウルムの西で汽車が止まるのはあたり前になった」。それに対して、一年後の一八七六年四月六日付けの同新聞には、ウィノナ&セント・ピーター鉄道が「この冬は吹雪で止まることがなく、人々にとっては楽で過ごしやすい冬となった」とある。いずれにせよ、ワイルダーはPGのこのあたりに書かれているいくつかの出来事を再構築して、ミネソタ州で過ごした三回目の冬の物語を『土手』に書いたのだった。

＊28　ブラント版には細かい追加がある。火の玉がマーの編み棒を追いかけてきた。「まるで子猫と遊んでいるかのように」と。パーがこれを説明したあとに、新しい段落がくる。「メアリとわたしは今まで電気なんて言葉は聞いたこともありませんでした。でも、パーは、それはどこにでもあるものだ、といったのです。神さまと同じだとわたしは思いました。それは電光で、猫をなでるとちりちりっとするものだとパーはいいました」。『土手』で、ワイルダーはこのエピソードを

クリスマスがやってきました。町の教会にはクリスマスツリーが飾られました。このウォルナット・グローブ[32]は、とても小さな町で、店が二軒、かじや、小さな学校、そして人家が数軒だけ[33]。けれど、こないだの夏に、みんなが教会を建てたのでした[34]。毎週日曜日には、日曜学校があり、国内伝道者のオルデン牧師がお説教をしていました[35]。

わたしたちは日曜学校へ通うのが楽しみでした。タワー先生[36]は女の先生で、わたしたちを集めて、聖書の話をしてくれました。毎週日曜日に、聖書の句をひとつ教えてくれて、わたしたちはそれを次の日曜日まで覚えて先生の前でいうことになっていました。マーは日曜学校においてある本を何冊か借りてきて、その週に読みきかせてくれました。わたしたちが気に入って、何度も何度も借りてきてもらった本があります。おかげで全部覚えてしまったくらいです。ある詩を何度も繰り返し読んで覚えてしまいました。

二十匹のカエルが学校へ行ったとき[37]
ラッシュの生える水たまりの学校へ
二十枚の緑の上着
二十枚のきれいな白いベスト
――――――
ウシガエル先生　いばってこわい
生徒たちに教えたことは
ぴょんと水に飛び込むこと
かっこよく飛び込むこと
いたずらっ子たちが投げてくる
棒きれをうまくかわすこと

(▼88ページへ)

第三十七章に書いている。とうさんは猛吹雪が襲ってきたとき、町へ行っていた。ストーブのパイプがガタガタ鳴り、「かあさんの大きな毛糸の玉より大きい」ものが、ストーブの上を転がってきて、床に落ちた。それは、かあさんの編み棒にまとわりつき、次から次へと火の玉が転がりおちてきた。すぐに消えてしまったが、かあさんはいった。「こんなみょうなこと、はじめてだけど」。何世紀もの間、人々は火の玉の話をしてきた。ワイルダーが書いたような小さなものから、もっと大きなものまである。しかし、現代の科学においても、現象の説明や証明はあまりに少ない(28A)。

＊29　ワイルダーはこの場面に手を入れて第三十六章を書いた。とうさんが出かけたあとで、吹雪になり、かあさんは綱を頼りに納屋へ向かい、ひとりで家畜の世話をする(第三十七章)。

＊30　このエピソードで、どこと特定できない場所で発見された男の人は、だれかわからない。この記述は当時の大草原の猛吹雪の危険をあらわす単なる例。他の大人版では、この男は隣人となっている。バイ版では、その男はインガルスの家の納屋のそばで遺体となって見つかった。『土手』では、とうさん自身が最後の長い猛吹雪のときに町から帰る途中で道に迷い、雪穴で過ごす。嵐が去ったあと、とうさんが雪を掘って穴から出てきた

(へ)

ら、「プラム・クリークの土手の上」にいたのだった。すぐそばに自分の家があったのだ（第四十章）。家族はとうさんの帰還を喜び、クリスマス・イブを祝い、そこで物語は終わる。

＊31　バイ版ではこれに追加がある。「パーとメアリはわっと愉快そうに笑い出しました。すぐにみんなも笑いだし、涙が出るまで笑いました。わたしたちだけで薪をよく運び終えることができたものです！」

＊32　ミネソタ州ウォルナット・グローブは一八七四年四月に町の形ができた。インガルス一家がやってくる少し前だ。一八七九年に正式に発足。町は、レッドウッド郡のふたつのタウンシップにまたがっている。ウォルナット・グローブという名前は、スプリングデイル・タウンシップに自然に生えていた黒いウォルナット（クルミ）にちなんでいる。ここにはフリンクまたはバーンズ（諸説あり）という入植者が一八六〇年にやってきて小屋を建てたが、一八六二年の連邦とダコタの戦争の最中にいなくなった。もともと、この戦いと、インディアン居留地がレッドウッド郡の一部にかかっていたため、入植がなかなか進まなかったのだ。一八六六年、ジョーゼフ・スティーブズがフリンクまたはバーンズの古い地下室の上にある木立に、新しい家を建てた。しかし、他の人々は一八七二年までやってこなかった。ウォルナット・グローブの町の東部は、ノース・ヒーロー・タウンシップにあり、チャールズが買った土地がある（二マイル北）。エレック・C・ネルソンは、最も近いお隣さんで、この地域の最初の入植者。一八七〇年または一八七二年にやってきた。ウィノナ＆セント・ピーター鉄道は、シカゴ＆ノースウェスタン鉄道の支線で、開通は一八七三年、最初のうち、集落はウォルナット・ステーションと呼ばれた。一八七三年、イライアス・ビーダルは現在ウォルナット・グローブがある場所に最初の建物を建てた。同年グスターヴ・サンワルとJ・H・アンダーソンが最初の店を開く。だが、バッタの襲来によって集落の発展の速度は鈍り、猛吹雪がこの地域に悪い評判を与えた。さらに、ダコタ・テリトリー東部に急速に集落ができはじめた。これが大ダコタ・ブームだ。その始まりが一八七八年で、人々はウォルナット・グローブを迂回して、ダコタへ向かうようになったのだった（32A）。

＊33　『土手』の手直しをレインとともにやっていたとき、ワイルダーはウォルナット・グローブの地図を書いた。それには鉄道、郵便局、かじや、オルソンの店、フィッチの店、教会、学校、そして、エンスンとアンダーソンの二軒の家が描いてある。点線に「小道」と書いてあり、それが「うちへの道」と書いてある道から斜めに学校へ向かっている。ワイルダーは町のことを「鉄道のそばにできたちょっと開けたところ」と書く。「うちへの道を（北から）歩いて、本通りのフィッチさんの店の前を通り、学校へ向かう小道に入るのです」（33A）。一九三六年夏にレインに書いた手紙にワイルダーは書く。「町には歩道などありませんでした。ふたつの店の間にほこりっぽい道があるだけで、店の前の道は人が歩いて踏み固められていました」（33B）

＊34　一八七四年夏、チャールズとキャロラインを含む、ウォルナット・グローブの住人十四人が「合同組合の協会」をたちあげ、木造の教会が建つまで、ジェイムズ・ケネディの家で集まり、一八七四年三月三〇日、協会はキリスト合同組合教会を初めて開設した。建築費用はおよそ二千ドル。これは「スリーピー・アイ湖と太平洋の間にある、教会らしい唯一の教会だった」（34A）。チャールズは一八七四年と一八七五年には評議員に選ばれた（34B）。

＊35　一八六四年、エドウィン・H・オルデンは、自由民のために四百の学校を作った超教派国際プロテスタント組織のアメリカ宣教師協会に公認され、ニューオーリンズで自由民の学校の経営を任された。一八六〇年の人口調査では、彼はすでに南部のジョージア州アーウィントンで教師をしていた。ヴァーモント州で一八三六年に生まれた彼はメイン州のダートマス・カレッジとバンゴー神学校で学ぶ。南北戦争後はヴァーモント州へ戻り、ターンブ

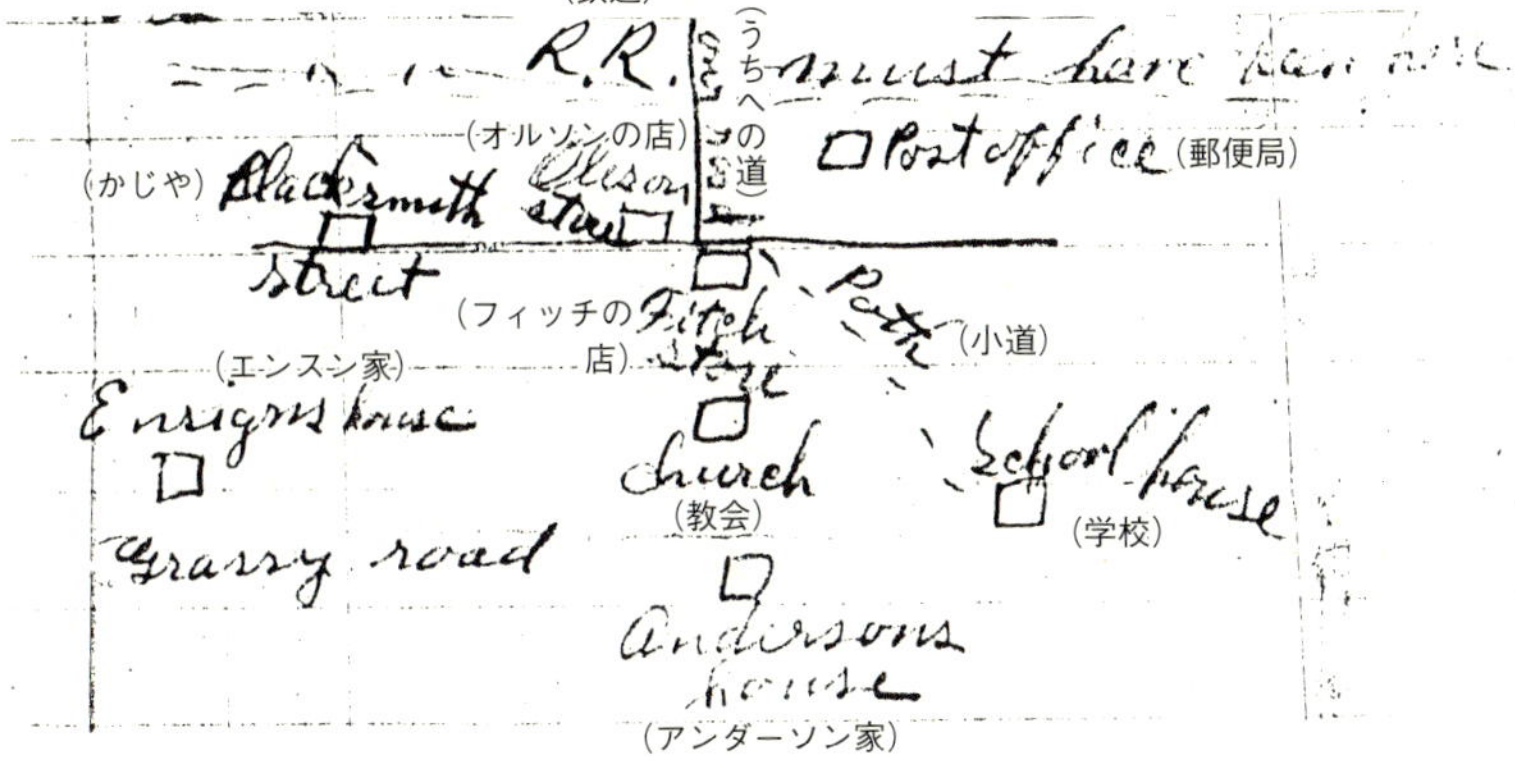

1936年頃、ワイルダーが書いたウォルナット・グローブの図 (LIWHHM)

リッジで牧師として働き、その後、ミネソタ州で教会を設立するためにアメリカ国内伝道者協会に任命されてやってきた。一八七〇年には、妻アンナと三歳の息子ジョージとともに、ウォルナット・グローブから東へ百マイルのところの、ミネソタ州ウォシーカに住んでいた。オルデン牧師はウォシーカから西へ向かう鉄道に乗って、ニュー・ウルム、スリーピー・アイ、スプリング・フィールド、ウォルナット・グローブ、マーシャルで説教をした。『土手』でワイルダーは書く。「三、四度の日曜はつづけて日曜集会があり……ここの教会は、オルデン牧師の西部での伝道区の教会なのでした」（第二十四章）。インガルス一家がウォルナット・グローブで初めて牧師に会ったとき、彼は三十八歳（35A）。

＊36　ワイルダーの日曜学校の先生のジュリア・タワーは一八四二年、ヴァーモント州生まれ。ニューヨーク出身のアマサ・タワーと結婚。一八七五年には、ウォルナット・グローブのすぐ西にあるスプリングデイル・タウンシップに移住。アマサ・タワーはその秋、レッドウッド郡財務担当に選ばれた。チャールズ・インガルスは、一〇月、ノース・ヒーロー・タウンシップ代表として、党の指名大会に出席。のちにタワー夫妻はダコタ・テリトリーへ移住したが、一八八五年、アマサは雷にあたって亡くなった。教会の記録には、タワー夫人は「気がおかしくなって、井戸で溺死した」（36A）とあるが、そのジュリア・タワーは、一九一四年後半には、ミシガン州グランド・ラピッズで生きていたというから、そんな悲劇はなかったのかもしれない（36B）。

＊37　キャロラインが借りてきた本とは「子ども部屋：子どもたちのための月刊誌、第十六号」を束ねたもの（37A）だろう。詩人ジョージ・クーパー（一八四〇年から一九二七年）による「カエルの学校」はその一〇一ページに載っている。インガルスの娘たちのような生徒に人気があった歌で、この詩は一九二〇年代には詩集として出版されたり、一九三三年には曲もつけられた。ワイルダーが覚えていた詩はこの本に載っている詩の最初の数節を短くしたもの。

エドウィン・H・オルデン牧師 (LIWM)

天気のいい日曜日には必ず日曜学校と教会へ行きました。だから、教会のクリスマスツリーを見にいくことができました。生まれて初めて見たのです。[*38] ほんとうにきれいなツリーで、いろんな色の紙飾りや、キャンディの入った袋や、ろうそくが吊されていました。人々はおたがいに、必要なものをプレゼントし合いました。ツリーには、洗濯板もかかっていました。新しい靴やブーツやミトン、ドレスやシャツを作るキャラコ地、そして、人形や手作りのそりもありました。東部のある教会から、わたしたちの日曜学校のために、おもちゃや洋服の入った樽が送られてきていました。その樽の中からわたしがもらったプレゼントは、小さな毛皮のケープでした。のど元がとても暖かくなります。あんまりうれしくて声が出ないほどでした。でも、マーにいわれてやっと「ありがとうございます、オルデン様」といえました。

秋にクリーク沿いにしかけたわなで毛皮をいくつかとったパーは、クリスマスのあとすぐに、毛皮を町へ売りにいきました。古いブーツに穴があいてしまったので、新しいブーツを買うつもりでした。ところが、家に帰ってきたパーは、新しいブーツをはいていません。マーがきくと、町の人たちが教会に新しい鐘をつけるために足りないお金を集めようとしていたので、パーは、オルデン牧師にブーツを買うためのお金を渡したのだそうです。[*39] マーはひどく気の毒そうな顔をして、「まあ、チャールズったら！」といいました。でもパーは、ブーツは繕ってはくから大丈夫さ、というのでした。

長い寒い冬が過ぎて、わたしたちはうれしくなりました。緑の草が萌え始め、野の花がどんどん咲いてきました。パーは畑の耕作と種まきですごく忙しくなりました。魚釣りにいく暇がありません。そこで、魚取りのわなを薄い木片で作り、クリークにしかけました。細長い箱のようなもので、小さな魚は穴から通り抜けられるのですが、大きな魚は入ったら最後、引っかかって出られなくなるのです。パーは食べる分しかとらない

＊38　クリスマスツリーに関するこの段落は、ワイルダーがあとから思いついてページの裏に書いたものであり、時系列には合っていない。合同組合教会が創設されたのは一八七四年一二月二〇日であり、ワイルダーが、初めてここで開かれたクリスマスのお祝いとして覚えているものだ。教会設立の資金調達を手伝ってくれた東部のいくつかの組合教会からも代表者がやってきて、ツリーはたくさんのプレゼントで飾られていただろう。しかし、クリスマスツリーを囲むお祝いは、ワイルダーがウォルナット・グローブにいた頃の毎年恒例のイベントになり、ワイルダーが覚えていたのはもっとあとのお祝いと思われる。あとのツリーについては(38A)を参照のこと。『土手』で、ワイルダーはクリスマスツリーの話にもうひとつのエピソードを加えた。秋、物語のローラのライバルであるネリー・オルソンは美しい毛皮のケープを見せびらかす。ローラはそれがうらやましくてならない。クリスマスツリーにかけてある、「小さな毛皮のケープとおそろいのマフ」を見たローラは「何よりもすばらしいもの」だと思う(第三十一章)。PGと同じく、ローラは自分がほしかったものをすべてもらうことができて、口もきけなくなってしまう(38B)。

＊39　組合教会の記録には、チャールズ・インガルスが一八七四年または一八七五年の一二月二六日に会計係に二十六ドル十五セントと

ので、あとは放してやります。[*40] パーはいいました。クリークには魚がたくさんいるので、何匹かとっても構わないけれど、いらないものまで殺すのはいけないことだ、と。

「小さな毛皮のケープとマフは、まだツリーにかかったままです」
ヘレン・スーウェル画。1937年

いう、当時にしてはかなりの金額を寄付したとある。だが、この金額は彼ひとりの寄付額ではなく、教会員の寄付の総額だったと思われる。教会の評議員として、チャールズは教会の財産を預かり、「牧師の給料を上げる」件についてもかかわっていた(39A)。『土手』では、とうさんが教会の鐘のために寄付した額は三ドル。これもかなり犠牲的な出費だ。物語としては、とうさんが寄付をしたことで一家の家計はいっそう厳しくなり、だからこそ、とうさんが小麦の収穫をして、借金から逃れたいという一家の願いが強まるのを描く。

＊40　『土手』を書いていたときに娘レインに説明するために描いたふたつの図のひとつに、ワイルダーは魚のわなをテーブルランドと横穴の家の間のクリーク沿いに描いた(40A)。この思い出はブラント改訂版とバイ版からはカットされているが、『土手』でワイルダーは「魚とり罠」という章で、わなの作り方やしかけ方を説明し、話を展開する。初めて学校へ行く日のことを考えておびえているローラは、とうさんが魚のわなをこしらえているのを見る。「細長い箱で、ふたはなく、板と板の間をひろくすかして、とうさんはつくっていきました」(第十九章)。それをクリークにしかけると、とうさんは教育の大切さをローラに説く。「この土地におちついたのも、学校がある町に近いからだったんだ」と、とうさんはいい、

ある日、マーとわたしはクリークの脇を歩いていて、小さな犬くらいの大きさの灰色の動物を草の中に見つけました。[＊41] 脚は短く、地面に腹ばいになってぺたんとはりつくようにしています。びっくりして、わたしたちはそれをじっと見つめました。すると、その動物もわたしたちを見ましたが、身じろぎもしません。マーは棒きれでそれをつついて、追い払おうとしました。動物は歯をむきだしてこわい声でうなりました。灰色のごわごわした毛が逆立ち、動物はわたしたちのほうへ、にじりよりました。わたしたちはその動物をおいて、逃げました。パーにきいたら、アナグマだろうといいました。あとになってパーはそれが掘った巣穴を見つけました。わたしたちが見たところのすぐそばです。わたしは、そのいやな灰色のアナグマが住んでいるところには二度と近づきませんでした。

パーが種ジャガイモを植えた畑で草が生えているところに、半ブッシェルくらいの大きさの、粒の細かい土の山が、あちこちにできています。だれがこんな山を作ったのかわからないとパーはいいます。パーの手伝いをして、ちょうど植え付けが終わろうとしていたとき、植え付けたところに沿って、小さな灰色の動物が走っていきました。何か重いものをかかえているみたいな走り方です。それが土に掘った穴に入る前に、パーはそれに土のかたまりを投げつけました。動物は死にました。見ると、両方の頬袋にパーが植えたばかりの種ジャガイモが入っていたのです。

パーはその穴を奥まで掘ってみました。すると、ある土の山まで通じている道が見つかりました。その土の山の下には、そういう通路が集まってきていて、そこには種ジャガイモがたくさんありました。さっきのようなホリネズミ（地リス）たちが掘り出して、頬袋に入れて運びこんだものです。ネルソンさんが、地リスについて話してくれました。とんでもない動物で、畑の穀物やジャガイモを持ち去ったり、[＊42] 草地に土の山を作ってめ

物語はさらに先へ進む。この章では、とうさんは必要以上の魚をとらない。これはPGに描かれたパーの性格そのものだ。さらにこの章で、この物語の統一テーマがいっそう強調される。かあさんがとうさんは家族のためによく働いてくれるとほめると、とうさんはいう。「小麦の刈り入れがすむまでのしんぼうだよ。そうしたら、塩づけのブタ肉を毎日だって食べられるさ。そうとも、肉汁もかけてな。それに新しい牛肉だって」

＊41　このエピソードはブラント版にしかない。あとの版からはそれが削除されている。だが、ワイルダーはこのエピソードを『土手』の第五章に使う。これはイタチの仲間のアメリカ・アナグマだ。体長は二、三フィート、短足、通常は夜行性、だが、静かな場所では昼間も活動し、なわばり意識が強い。ずんぐりした格好は、立っていてもぺったり伏せているように見える（41A）。

＊42　バイ版で、ワイルダーは書く。「わたしたちは何度も何度もジャガイモを植えました。そして、地リスをたくさん殺しました。それでもたいした収穫を望むことはできませんでした」。このエピソードをワイルダーは『土手』には入れなかった。強調したいのは小麦だったからだ。地リスは、初期の開拓者にとって最悪の敵だった。入植者たちがそれまで耕作されていなかった土地に新しい作物を植え

ちゃめちゃにするのだと。穴を掘るときには、土を頬袋に入れて運び、それをはき出して土の山を作るのです。

ネルソン夫妻は、[*43] いちばん近いお隣さんで、アンナという、小さな女の子がいます。みんながうちに来たときに、アンナは古布で作ったわたしの人形のロクシー[*44]をほしがりました。もう古い人形でしたが、わたしはとても大切にしていて、まだきれいでした。巻き毛は黒い毛糸、くちびるは赤く、目は黒いビーズで、とても美しい人形です。アンナがそれをほしがって泣いたので、マーが、わたしはもうお人形遊びをするような小さい子じゃないので、それをアンナにあげなさいといいました。わたしはあげたくありませんでした。でも、帰るとき、アンナはロキシーを連れていってしまいました。ところが、次にわたしがネルソンさんの家へ行ったとき、ロキシーは戸口の前庭の水たまりに、うつぶせになって落ちていたのです。

エレック・C・ネルソン一家（LIWM）

わたしはよくネルソンさんの家へ行きましたが、アンナと遊ぶためではありませんでした。アンナはまだ小さすぎます。おばさんにわたしは会いたかったので

始めると、地リスたちは食べるものが増えて、一気に増殖した。ミネソタ州には二種類の小さなホリネズミ（地リス）が生息していた。珍しい北部のホリネズミと、ごく一般的な大草原のホリネズミである。ふわふわ毛が生えた、食べ物を運ぶ頬袋を持つ。地面を掘り、トンネルを作り、溝を作り、土を盛り、被害を広げ、二十一世紀になっても、地リスは畑を荒らし続けている（42A）。

＊43　一八七〇年または一八七一年、エレック・C・ネルソンはノース・ヒーロー・タウンシップの最初の入植者だった。一八七五年にレッドウッド郡で行われたミネソタ州の人口調査では、エレックは二十八歳、妻オレーナは二十四歳、アンナとメアリという娘がいた。夫婦はふたりともノルウェーからの移民。一八八五年には子どもが六人。やがて一家はウォルナット・グローブへ移り、エレックは町会議員として働く。オレーナは一九二二年没。エレックはその十年後に没。『土手』では、ネルソン一家はインガルスの土手の家からクリーク沿いに半マイルのところに住む。物語の一家はよい隣人で、とうさんに仕事を頼んでくれたり、板張りの家を建てるときに手伝ってくれたりする（第十六章）。とうさんがいないときに、ネルソンさんが大草原の火を消してくれる。かあさんは「世のなかによい隣人ほどすばらしいものはありませんよ」（第三十三章）という。PGにおけるエレック＆オレーナ・ネル

す。おばさんは、大きなおとなしい老雌牛の乳の搾り方を教えてくれました。[*45] おとなしく立ったままで、わたしに乳を搾らせてくれるのは、この雌牛だけでした。でも、わたしがもたもたしていると、いやがって、わたしを足で押しのけます。でも、決して蹴ったりはしません。うちの納屋庭で、わたしが先に走っていって、マーよりも先に、うちのぶちの老雌牛の乳を、わたしのブリキのカップに搾って見せたら、マーはびっくりしました。

ネルソンのおばさんはスウェーデン人で、[*46] わたしにスウェーデンの言葉をいくつか教えてくれました。わたしはおばさんとしょっ中一緒にいたので、英語もスウェーデン語もしゃべれるようになり、おばさんがほかのスウェーデン人たちとしゃべっているときに、何をいっているかがわかるようになったので、パーは感心したものです。

ネルソンのおばさんはきれい好きなので、家の中がきちんとしていました。何もかも、よくこすってぴかぴかにしていました。壁にかかった絵には、ピンク色の蚊よけのネットを張って、ハエや虫が絵を汚さないようにしていました。でも、乳搾りのときは、乳をいっぱい入れた桶を地面に置いて、猫たちに飲ませてやります。わたしが追い払うと、おばさんは、かわいそうな猫たちにも飲ませてやりましょうよ、といいました。

七月四日の独立記念日には、ウォルナット・グローブの町へ出かけました。メアリとわたしは七月四日のお祭りに行ったことがなかったので、すごく興奮していました。マーは、フライドチキンと、パンとバターと、ケーキとレモンパイをお弁当の籠に入れました。そして、みんな、いちばんいい服を着て、馬車に乗り、お祭りの場所へ出かけました。荒削りの板で舞台が作られていて、周りにベンチもしつらえてありました。男の人が本を読み、ほかの人たちがいろいろしゃべりましたが、わたしは飽きてしまいました。

ソンは、ワイルダーたちがプラム・クリークに住んでいた日々に、物語に描かれているよりずっと大きな助けとなってくれた。ネルソン一家がいなかったら、バッタの襲来、大草原の火事、背負った借金、病気などが、もっと耐えがたいものになっていただろう(43A)。

＊44　一八七五年五月、アンナ・ネルソンはまだ二歳になったばかり。物語のアンナは、「ノルウェー語しか話せないのでした。だから、アンナと遊ぶのはちっともおもしろくないのです」(第二十九章)。このPGでは、ワイルダーは人形の名前をロクシーとかロキシーとか書いている。ブラント版とバイ版でもロクシーを使い、ブラント改訂版はこのエピソードを載せていない。しかし、『土手』では、ローラの人形はシャーロットだ。第二十九章で、このエピソードには幸せな結末がある。ローラは捨てられた人形を見つけるが、かあさんがそれを「すっかりあたらしく作り直してくれる」のだ。内容に豊かさと補足が加えられたことで、この章は『土手』の中でも、印象深いもののひとつとなった。細かい説明を巧みに追加して、読者に主人公の経験を自分のことのように味わわせられるワイルダーの手腕が見える。

＊45　ワイルダーは、『土手』で、このエピソードに大きな変化を与えた。とうさんがネルソンさんから雌牛を買い、支払

でも、歌をうたうのは楽しかったです。舞台の上で、数人の男の人と女の人がみんなをリードして、アメリカ国歌「星条旗」や他の曲をいくつかうたいました。そのあと、男の人と女の人がふたりでうたいました。女の人はきれいで、白い衣装を着ていました。男の人はハンサムでした。ふたりは見つめ合いながら、「会いにきて、会いにきて、初めてウィップアウィル（ヨタカ）の声を聞いたなら！」*47とうたいました。男の人の声は深々としてやさしく、女の人の声はくっきりしていて、甘やかでした。男の人が「ウィップアウィル」とうたうと、女の人が「ウィップアウィル」と答えます。まるで鳥が鳴き交わしているようでした。

演説と歌が終わると、大きな布が草地の上に広げられ、そこでお弁当をいれた籠の中身が取り出されました。そして、わたしたちは草の上に座って、食べ始めました。それから帰る時間まで、みんなは心ゆくまでおしゃべりを楽しみました。数日後、パーとマーがしゃべっているのをわたしは耳にしました。「ウィップアウィル」をうたっていたあの男の人と女の人はふたりで逃げ出したのだそうです。どうしてそんなことをしたのか、わたしは不思議でした。逃げ出すって、*48何から逃げるんでしょう？

天気は順調で、畑の作物は育ちに育っていました。ある日の昼食のとき、パーがいいました。うちの畑の小麦はすごくよく伸びて、もう脇の下まであるし、長い、きれいな穂に実がどんどん詰まってきていると。*49粒はまだどれもやわらかくて、乳状だけれど、育ちがとてもいいので、きっとすばらしい収穫が見込めるだろうというのです。

そのとき、だれかの声がしました。ネルソンのおばさんが戸口に立っています。*50走ってきたらしく、おばさんは息をハアハアいわせ、両手をもみしぼりながら、泣いているみたいでした。「バッタが来る！　バッタが来る！」おばさんは金切り声をあげました。

いを「干し草づくりだの取り入れだので」（第六章）した。インガルス一家は雌牛に「バラの花輪」という名前をつけた。それが章のタイトルにもなった。ローラはすぐに雌牛の乳搾りができるようになる。「とうさんがするのをいつも見ていた」からだ。ネルソン夫人ではなく、とうさんが教えてくれたというのが、物語の設定だ。

*46　オレーナ・ネルソンはノルウェー人で、スウェーデン人ではない。これはワイルダーがPGの少しあとの段落で、書いている通りだ。ネルソンのおばさんは取り乱して「いつも使っているノルウェー語」を忘れていた、と。『土手』でワイルダーは、物語のネルソンのおばさんを金髪で、「まるまるふとっていてきれいです」（第二十九章）と書く。

*47　一八六五年からうたわれている、ハリソン・ミラード作詞作曲の歌。『土手』には七月四日の外出は書かれないが、この歌は『町』（第十一章）に登場する。レッドウッド・ガゼット紙は一八七六年六月二三日に記す。「ウォルナット・グローブの人々は四日に、当地で大がかりな催しを計画している……挨拶、スピーチ、音楽など、盛りだくさんの内容だ」（47A）

*48　このエピソードのクライマックス―駆け落ち、そしておそらく不倫―は大人向けだ。だが、PGの大人向けの版

「早く来て見て！」

わたしたちは大急ぎで外へ出て、あたりを見渡しました。そこらじゅうの地面に、バッタが空からパタパタ降ってきていました。でも、こんなに興奮する光景を見たことはありません。［元原稿では、ここに二行分削除したあとがある］

「太陽を見て！　ほら、ほら、太陽を見て！」空を指さしながら、おばさんは叫びました。

顔をあげて、太陽をじっと見てみました。さっきまでぎらぎら光っていた太陽ですが、今は色が薄れて、レースみたいな雲が上にかぶさっているので、見つめても、目が痛くなりません。

やがて、わたしたちはそれがバッタの雲[*51]だとわかりました。羽根が薄い白いレースみたいなので、太陽とわたしたちの間をカーテンのようにさえぎっていたのです。バッタは、まるで雹嵐のときみたいに、空からパタパタと、速さを増して降ってきました。

「畑、やられちーる。もうバッタ、食べちーる」おばさんはいつも使っているノルウェー語（訳注：こちらが正しい。前の方でスウェーデン語と書いてあるが、ワイルダーの思い違いと思われる）を忘れてしまったほど取り乱して、泣き叫びました。昼ご飯どころではなくなりました。おばさんは自分の家へ泣きながら帰っていきました。パーは帽子をかぶり、小麦が美しく実った畑へ出かけました。マーは戸口に立って、バッタの雲がどんどん地上へおりてくるのを見つめていました。

小麦を救おうとパーは必死でした。[*52] 畑の周囲とその間に、麦わらと堆肥の山をいくつ

（▼96ページへ）

すべてに載っているこの最後の行は、子どもの目から見た感想だ。子どもだった頃のワイルダーの無邪気さ――広くいえば読者も同じだろう――をほのめかしている。ユーモアさえ感じさせ、大人が失ってしまったものへの憧憬をも表している。ブラント版には、「ふたりで」と「わたしは不思議でした」に、手書きで下線が引いてある。

＊49　ＰＧの他の大人版では、「穀物は見事に育っていました」とある。これにはＰＧ（オリジナル）の素朴な、子どもらしい感嘆の気持ちが出ていない。「見事に」という形容詞は、ワイルダーが強調のために繰り返して使った「育ちに育つ」といういいかたに比べると、印象が弱い。『土手』の同じ箇所では、ワイルダーはさらに直接的な、子どもらしい表現に戻っている。「小麦の実りはもうじゅうぶんで、刈り入れも間近でした。毎日、とうさんはその穂をしらべ、毎晩その話をし」ました。（第二十五章）。ＰＧのすべての大人版には、食事のときにパーが興奮してしゃべっている場面がある。家族は、豊作が何を意味しているのか、よくわかっているのだ。「これで何もかもよくなるでしょう。わたしたちがほんとうに考えていたのは、着るものとか、食べるもののことではありませんでした。すべてがもっとずっとすばらしく、安楽になり、いい世界がくるのだと感じたのでした」（バイ版）。『土手』で、家族はテーブルに

（↖）

ついて、「緑がかった金色に輝いている」小麦畑のことを話すのだ（第二十五章）。

＊50　PGでは、バッタの襲来を告げるのはいつもネルソンのおばさん。前日にもそれを見ていたからである。ブラント版では、レインの手書きの直しが入り、会話を少し変えている。ネルソンのおばさんにノルウェー語のなまりを入れたのだ。「バッター、くうる！　くうる――！」。それに対し、『土手』では、焦点をインガルス一家のみにあて、ローラのいやな予感を書いている。「あたりの光線のぐあいがみょうでした……ローラは、理由はわからないながらも、ぞっとしてきました」（第二十五章）。このエピソードをすべてローラの家族に焦点をあて、ローラの観点から行動が始まるようにしたことで、ワイルダーはこの場面にいっそう神秘的な効果を与えた。

＊51　レッドウッド郡の初期の歴史記録には「当郡の入植地にとって、失望と発展の遅れの最大の原因は、一八七三年から一八七七年まで続いたロッキー・マウンテン・バッタの襲来だった。その間、作物の収穫はほとんどなかった」とある（51Ａ）。PGにあるように、この記録にも「綿のような雲が……見ている人と太陽の間に広がり」とあり、地平線にあらわれたバッタの大群がどのように見えたかを伝えている（51Ｂ）。ロッキー・マウンテン・バッタは、一八七三年六月、ミネソタ州南西部のいくつかの郡に襲来し、作物を食い尽くし、来期に備えて卵を生み付けた。卵は一八七四年に孵化した。「小麦畑に伸びた若いやわらかい茎が二～三インチの高さになったときが、ちょうど幼虫たちが畑で飛び跳ねる時期だった」（51Ｃ）。だが、バッタがレッドウッド郡を襲った時期については一八七三年とも一八七四年ともいわれる。インガルス一家がミネソタ州に入ったのは一八七四年五月なので、その年にバッタの襲来の影響をまったく経験していないはずはない。だが、七歳のワイルダーは気づいていなかったのかもしれない。チャールズはこの地が被害にあっていたことは知っていたはずだ。このあたりの農民は苦難にあえいでいた。一八七四年七月にミネソタ州知事宛ての手紙に、南東部の郡の土地所有者はこう書く。「われわれの作物はこの二年間、被害を受け続けてきました。この先にあるのは飢えだけです」（51Ｄ）。もしかしたら、ワイルダーの父は、バッタが四年間も続けざまに襲ってくるわけがないから、次は大丈夫だと思ったのではないか。レッドウッド・ガゼット紙にはこうある。バッタは「新たに襲った場所で、二世代先まで繁殖したことは今までなかった」（51Ｅ）。だから、だれもがこんな災害は一八七五年にはもう終わったのだと考え、その期待のもとに、ノース・ヒーローやその周辺のタウンシップでも、春に作付けを行ったのだ。ところが、八月三日、ガゼット紙が郡の南部の状況は危ないと書く。バッタは四つの「郡から南西の郡へ飛び、いくつかの群れとなって舞い降りて、重大な被害をもたらした。ウィノナ＆セントピーター鉄道の南側の町々では、エン麦がほとんど全滅し、小麦も半分は収穫できなかった」。ロッキー・マウンテン・バッタは北アメリカ唯一の、大群で襲うバッタだが、現在は絶滅したと考えられる。最後に観察されたのは一九〇二年。昆虫学者は、なぜこの種が絶滅したのかよくわからないという。しかし、科学者の中には、農業がバッタの生息環境を変えたために、その被害をなくすことができたのだろうという者もいる（51Ｆ）。

＊52　バイ版には、「わたしたちは暗くなるまで必死に働きました。パーは夜中じゅう働きました」と、一家総出で小麦を救おうとしていたことを書いている。『土手』では、ローラとメアリとキャリーが家を守り、かあさんはとうさんのそばで働き、少しずつ堆肥を燃やして、おりてくるバッタを煙でいぶそうとする（第二十五章）。

も作っていきました。そして、火をつけました。煙が出れば、バッタたちがよけていくだろうと思ったのです。その日、パーは夜もずっと働きました。ところが、バッタたちは煙などものともしません。小麦の実だけでなく、背の高い茎までぜんぶ食べつくしました。麦は倒れ、だめになりました。とにかく、緑のものならなんでも、バッタは食べました。野菜畑の野菜も、草も、木の葉っぱもすべて。うちのニワトリたちは、食べきれないほどバッタを食べました。クリークの魚も、バッタをおなかがはちきれるまで食べました。[*53] そこらじゅう、バッタを踏まない限り、どこへも行かれないほどでした。スカートをはいのぼり、首筋を伝いおりました。

二日目の正午、パーはとうとう戦いを諦めました。家に帰ってきたパーは、くたくたに疲れ、血走った目ははれています。煙と寝不足のためでした。小麦は全滅し、バッタが卵を産み始めているとパーはいいました。[*54]

その日、つまりバッタの襲来から三日目のこと、バッタはぞろぞろと西へ向かって歩き始めました。[*55] まるで軍隊のようにバッタがそろって一方向へ歩いていくのです。止まることなく、ずんずん進み、目の前にあるものがなんであれ、それを乗り越えていきました。家の東側に来たバッタたちは、壁をのぼって屋根へあがり、反対側へおりました。二階の東側の窓があいていたので、窓へやってきたバッタたちは部屋の中へ入ってきました。何百という数のバッタが部屋に入りました。マーはそれに気づいて、あわてて窓を閉めました。パーは棒でつついて進む方向を変えさせようとしたのですが、バッタたちはかたくなに西へ向かって進み続けました。

クリークへ着くと、バッタたちは水に入っていき、そのままおぼれてしまいました。でも、他のバッタたちがあとからあとからやってきて、おぼれたバッタたちのあとに続

＊53　ワイルダーはPGの短い思い出から、『土手』で生き生きした場面を作り出す。

メンドリたちは、ひどく滑稽でした。二羽のメンドリと、のろまな若ドリたちは、無我夢中でイナゴ（バッタ）を食べていました。いつもは、首をぐっとひくくのばし、必死でイナゴをおいかけても、うまくつかまえられたためしがないのです。ところが、いまは、首をのばしさえすれば、イナゴが向うからとびこんでくるのです。メンドリたちはびっくりしていました。みんな、首をのばしっきりで、やみくもにかけまわっているのでした（第二十五章）。

一九三六年の夏、ワイルダーが『土手』のこの場面に手を入れていたときには、長年ニワトリの飼育をしてきて、ニワトリの行動をよく観察していたことが役に立った。その夏、ミズーリ州には、「はねるバッタ」がたくさんいたので、それがワイルダーの思い出を刺激し、この場面をいっそう生き生きと書けたのだ（53A）。

＊54　アメリカ初期の歴史家たちは、襲来するバッタとの戦いがいかにむなしいものだったかを報告する。「何百万匹ものバッタが殺された……しかし、数は一向に減らないようだった」（54A）。「数百万ものバッタが殺されたが……まるで、女性の小さな扇で北西の猛吹雪に立ち向

き、やっぱりおぼれてしまいました。そのあとからもどんどんやってきて、おぼれたバッタたちの上を歩いていき、クリークがバッタの死骸でいっぱいになると、あとからやってきたものたちは、おぼれずに向こう岸に渡ったのです。

一日じゅう、バッタたちは西へ向かって歩きました。夜も歩きつづけました。次の朝、まだバッタたちは歩いていました。太陽がのぼって、明るく、暖かくなり、正午近くなると、バッタたちはやおら飛びあがり、西へ飛んでいきました。*56 羽根の雲が太陽をさえぎって、薄暗くなるほどでした。

わたしたちは悪夢から覚めたかのように、ぼうっとあたりを眺めまわしました。もうバッタは一匹も残っていません。羽根が折れて飛べないバッタが少しいるだけです。見渡す限り、緑色のものはまったく見えません。地面はまるでミツバチの巣のように、小さな穴がいっぱいあいています。バッタが卵を産みつけた穴でした。収穫するものはすべて消えました。次の収穫まで生きのびるための食べ物もありません。そもそも、食べ物を買うお金さえないのです。

そこである日、パーはみんなに行ってくるよ、といって、帽子をかぶり、肩にコートをかけ、これから収穫が始まる東部へ向かって出かけていきました。*57 汽車賃がないので、歩いていくしかありません。*58 急いで行かないと、収穫に間に合わなくなるかもしれないのです。わたしたち家族が冬の間食べるものに困らないようにするためには、収穫の手伝いをしてお金を稼いでこなくてはならないからです。

パーが行ってしまうと、とても寂しくなりました。お隣のネルソンのおばさんとおじさんはとてもよくしてくれました。草がまた生えてきたので、おじさんはうちのために

かっているかのようだった」(54B)。『土手』で、ローラは「テーブルの下のとうさんのつぎはぎだらけのブーツに目をやると、のどがぐっとつまってきゅっと痛みました。とうさんは、もうあたらしいブーツが買えなくなってしまったのです」(第二十五章)。とうさんが教会の鐘のために寄付をしたお金は、家族にとって必要最低限のものを買うためのものでもあった。昼食をすませると、とうさんは「床にごろっと横になって、そのまま」眠ってしまった。諦めのあらわれだ。やがて人々はこの地を離れはじめた。「東部へもどっていく家族がいく組もありました」。それでもとうさんはいう。「たとえイナゴのやつがどんな災いをもちこもうと、われわれはぜったいにへこたれないってことだ！……どんなにしてもやりぬくぞ！」(第二十六章)。他の家族が立ち去ろうとしているにもかかわらず、インガルス一家はこの危機と闘うほんものの開拓者だった。

＊55　『土手』で、ワイルダーはこの場面を次の夏に移し、第三十二章を書く。PGのこの場面もよくできているが、ワイルダーは『土手』ではさらに磨きをかけて、印象を強めている。バッタがキャリーの子ども椅子にのぼってくるところなど。自然科学者のジェフリー・A・ロックウッド教授によれば、昆虫の幼虫、または若いロッキー・マウンテン・バッタは、「帯状」になって大地を横切っていくが、

草を刈ってくれました。そのあと、霜がおりて、草が枯れて茶色くなると、おじさんはまたやってきて、家と納屋の周囲に防火溝[*59]を作ってくれました。また大草原の火事があったときのためでした。防火溝には草が生えておらず、地面だけなので、燃えるものがありません。だから、火事になってもそこは安全です。それはとてもありがたいことでした。火の後ろから風がすごく吹いても、火を前に吹き流してくれます。

わたしたちは安心していましたが、やがて、ヒメシロビユ（タンブルウィード）の草が転がってきました。たらいくらいの大きさのもある、回転草です。からからに枯れているので、風が根こそぎ引き抜いて、それに火がつき、火の玉となって、車輪のようにごろごろ転がり、[*60]ふれたものすべてに火をつけていきます。それは、防火溝も乗り越えました。マーは外へ出て、いくつかの火の玉を消そうとしました。そのとき、ネルソンのおじさんが大急ぎで灰色の馬で駆けつけてくれました。おじさんはマーを家の中へやり、火の玉が防火溝を越えるたびに火を消し止めました。まもなく、火の玉は来なくなりました。[*61]火事は家のまわりをめぐって、どこかへ行ってしまいました。

パーから何通か手紙が来ました。お金が入っています。[*62]そして、寒い冬になる前に、パーは帰ってきてくれました。わたしたちは冬を過ごすために、[*63]教会の裏手にある小さな家に引っ越しました。学校から近いところだったので、メアリとわたしは学校へ通うことができました。

ある日、学校から帰ってくると、知らない女の人がいて、夕食のしたくをしています。マーがベッドに寝ていて、その横に赤ちゃんがいました。ちっちゃな弟です。[*64]わたしたちはうれしくてたまらず、赤ちゃんを見るために、毎日学校から大急ぎで帰りました。

（▼101ページへ）

成虫となったバッタは、群れで飛ぶという。突然変異をして急激に数が増えるのは四年か五年周期だから、『土手』に書かれているように二年ではない。西部から成虫が飛んできて、えさがあるところで生殖をし、三十個以上の卵が入った卵袋を地面に産みつける。成虫はまもなく死ぬが、卵は冬を越して、次の春に孵化し、幼虫が「とてつもない集合体」となって帯状に大地を移動する。幼虫は五回も脱皮し、成虫の羽が生えると、群れをなして飛び立ち、ロッキー山脈へ戻っていく（55A）。

＊56　とうさんは『土手』のこの場面で、忘れがたいことをいう。「いったいぜんたい、なぜやつらは、もう出ていく時がきたってことをみんな一度にわかり、どっちが西の方角で、自分たちの先祖代々のふるさとだってことを知ってるのか、だれかに教えてもらいたいものだ」（第三十二章）。ロックウッド教授は書く。「バッタは当時も現在も、相変わらず神秘の存在で、突然の大発生がその理由だ」（56A）。

＊57　一八九八年に、レッドウッド郡の歴史家は書く。「農民たちはすっかり気落ちして、多くの場合、定住を希望していた場所から、追い出されるように離れていった。申請した農地を一時的に離れ、家族を養うためにとりあえずの稼ぎ場所を探さざるを得なかった人々もたくさんい

（↖）

た」(57A)。一八七四年、バッタの襲来で、ミネソタ州南西部の二十八の郡が被害を受けた。『土手』でとうさんはいう。「イナゴはここから東へ百マイルほどまでしか行ってない。だが、そこから先は、作物もぶじなんだ」(第二十六章)。ミネソタ州は人々に小麦粉、ベーコン、種小麦を分配する支援策を講じた。

＊58　当時、鉄道のそばに住んでいても、乗れるお金のない人たちは、はがゆい思いをしていた。一八七四年、鉄道近くの郡に住む女性がミネソタ州知事に手紙を書いた。「友人からきいたのですが……バッタの襲来で収穫ができなかった人たちは、助けてくれる友だちのところや、働き場所までの汽車賃を免除されるそうです。今がそれに該当するなら、ありがたいのですが」(58A)。バイ版では、とうさんは歩いて仕事を探しにいった。汽車賃がなかっただけでなく、馬も持っていなかったからだ。ワイルダーは書く。「馬は売ってしまいました。そのお金はわずかでしたが、マーが持っていました」。だが、『土手』では、とうさんはサムとデイヴィッドを納屋に残して、出かけていく。とうさんがなぜ汽車に乗って東部へ行かなかったのか、その説明はない。

＊59　『土手』でとうさんは(ネルソンさんではなく)、家の西側に「防火溝」を作ってから、東部へ小麦の収穫に行く。こうして役割をシフトしただけで、何が起こるかわからない大草原に家族を置いて出かける前に、家長としての責任を果たしていく様が描かれる。

＊60　一般的に「回転草(タンブルウィード)」と呼ばれるのは、「(乾燥して)地面から離れた茎ごと丸くなった草の塊で、大草原の風に乗って転がり、あちこちに種を撒きちらしていく」(60A)。オカヒジキも、このタイプの一般的な植物。バイ版では、「火の玉のよう」と形容される。だが、ワイルダーは『土手』の第三十三章で、PGのような車輪のイメージを復活させる。大草原では、火事は、特に夏と秋に起こる危険なもので、バッタの襲来の時期と重なっているためなおさら恐ろしい。「当郡の南部一帯が、大草原の火事に見舞われた」と、レッドウッド・ガゼット紙は一八七四年一〇月三日に記す。一八七五年九月に開かれた「バッタ会議」では、大草原の火事への対処法がとりあげられた。対策をとった人々についての情報提供には報酬を出すことや、町全体を囲む防火溝作りなど、火事を防ぐ最も効果的な方法が勧められた(60B)。だが実は、バッタを殺すために火を起こして、それが広がってしまったこともあるのだ。機関車が出す火花も秋の火事の原因になりうる。鉄道員は橋のまわりや、柵のそばに生い茂った草をよく燃やしたものだ。予防策ではあったが、危険なかけでもあった。ワイルダーは一八七五年の秋に起こった火事を覚えていたはずだ。「ウォルナット駅の西のセクションの男たちが、大草原の三セクションを燃やした。近くに住む入植者たちにとっては、非常な恐怖だった」(60C)

＊61　ここでネルソンさんがインガルス家を助けてくれる。ところが、PGのあとの版では、マーが続けて火と闘っている。ブラント版では、ネルソンさんはマーを手伝って「回転草を止め、火を踏み消してくれました」とある。だが、ブラント改訂版では、ワイルダー自身が回転草を家から運び出した。「あまり大きいので、その火を踏み消すなんてできませんでした」となっている。このエピソードの終わりに、レインは手書きで書き加える。「わたしはとても疲れていて、泣き出したくなりました。でも、メアリもわたしも、我慢できるときは決して泣きませんでした。諦めたりしたら、恥ずかしい思いをしたことでしょう」。この追加分はバイ版には生かされなかったが、レインが母と相談して、少女ワイルダーの考えや感情に焦点をあて、物語の主張を際立たせようとしたのは明らかである。このような試みこそ、インガルス一家の勇敢さを高め、PGを市場に出せるものにしようとした理由だったといえる。だが、結局のところ、ふたりはPGをフィクションへと移行させていくことになるのだ。そして、『土手』で、この移行は完成形となる。ネルソンさんはかあさんを助け、ローラとメアリにも手伝いを頼む。(ヽ)

ローラはこわかったが、「持っていた麻袋で、燃えている火の輪を、必死でたたき消してしまっていました」(第三十三章)

＊62　『土手』で、家族がとうさんからの手紙を待っているとき、ローラは不安になる。「もしかすると、ブーツがぼろぼろにやぶれてしまい、とうさんははだしでびっこをひきひき歩いているのかもしれない。もしかすると、牛の群れにぶつかり、けがをしたのかもしれない……もしやオオカミの群れにおそわれたのでは。それとも、夜の暗い森で、木の上にいたヒョウ(ピューマ)にとびかかられたのかもしれない」(第二十八章)。この物語や、その前の物語のエピソードもまぜこんで、ワイルダーはとうさんの無事を案ずるローラの不安をいっそうかきたてる。ついにとうさんが五ドルをかあさんに送ってくる(第二十八章)。実は、その秋の一家の状況は、ワイルダーがこのPGや『土手』に書いたものよりもさらに厳しいものだった。年若いワイルダーは、一八七五年一一月末に、チャールズ・インガルスが冬の間、家族を養うための策が尽きていたことに、気づいていなかったのだろう。チャールズは、郡の行政官に援助物資を求める申請をせざるを得なかった。バッタの被害にあったミネソタ州の人々に与えられるものだ。法律に従い、彼は「生活困窮者」で救済を求めていると認める書類にサインしなくてはならなかった。そのかわり、額にして五ドル二十五セントに相当する、半バレルの小麦粉をふた袋、もらうことができたのである(62A)。

＊63　キャロラインが四番目の子どもを宿していたために、一家は、少しでも安心を求めてウォルナット・グローブの町へ移ることにしたのだろう。鉄道があるので、医者にも来てもらいやすい。ところが、物語のインガルス一家は、とうさんがプラム・クリークの土手に建てた家に住み、『岸辺』の冒頭でダコタ・テリトリーへ移っていくまで、動かない。

＊64　ワイルダーの弟、チャールズ・フレデリック・インガルスは一八七五年一一月一日生まれ。八歳のワイルダーは母親の妊娠に気づいていなかったか、それを理解していなかったかもしれないが、大人のワイルダーが、このような切迫した事実について読者になんの予告も与えなかったのは興味深い。むしろワイルダーは、読者に、赤ちゃんの誕生をいきなり経験した幼いワイルダーの気持ちを味わってもらおうとしたのだろう。それは、このPGの素朴な語り口にふさわしい。これはまた、ワイルダーが大人になった頃でも、妊娠や出産の場面はめったに語られなかったことを反映している。

＊65　これは、ワイルダーがPGを一般読者とプライベートな読者の両方を対象にしていたことのあらわれだ。手書きの原稿では、ワイルダーは主テキストとは分けて、この段落を四角で囲っている。内容をちょっと恥ずかしいことだと考えたからだろう。PGの他の版には書かれていない。これは「七歳のかゆみ」と呼ばれ、疥癬《かいせん》のこと。人間の歴史上、どの階級の人にも共通してあった問題で、特に「風呂桶とか、家族の行水という概念がなかった」時代にはなおさらだった(65A)。皮膚下の微生物によってひきおこされるもので、ひどいかゆみや、赤い発疹が出る。皮膚のふれあいで広がっていく。濃縮硫黄を含んだ石けんがいまだに処置法のひとつである。油と硫黄をまぜたものは、かつて頭髪のノミ退治にも使われていた。頭髪ノミはいまだに学校へ通う子どもたちに流行《はや》るものだ(65B)。

＊66　ワイルダーは「春の出水」というタイトルを、『土手』の第十四章につけ、「すごいいきおいでうなりをたてて流れていく」クリークの様子を描いた。かあさんの病気について書かなかったのは、編集上の判断。レインは、一九三六年六月一三日、ワイルダーに書く。「かあさんの病気には触れなくてよいのではないでしょうか。この時期はとにかくつらく、それもあの恐ろしいバッタの襲来があったときです。ですから、かあさんの病気はカットしたほうがよいと思います」。しかし、こうも書く。「クリークのあの場面をカットするのは残念です」と(66A)。ワイル

非公開[*65]

学校で、疥癬《かいせん》がはやり、わたしたちもうつりました。そこで、赤ちゃんにさわれなくなりました。ああ、かゆかった。マーは油と硫黄をまぜたものを塗ってくれて、背中を火にあぶらせました。ほんとうにつらい思いをしました。

学校はたいして楽しくもなかったので、町からまたクリークのそばの家へ戻ったときはうれしかったです。まだ雪も氷も、地面やクリークに残っていました。まもなく雪も氷も解けて、クリークは水かさが増し、まわりの低いところは水びたしになりました。

春の洪水の最中に、マーが大変な病気になりました。[*66] ある朝早く、マーがひどい痛みを訴えたので、パーはとてもマーを残して家を出られなくなりました。クリークの水かさが多いことをパーはうっかり忘れていたのでしょう、わたしにネルソンさんの家へ行って、町へ行ってお医者さんに電報を打ってもらうように頼んでくれといいました。お医者さんは(四十マイルくらいも)[*67]離れたところに住んでいるので、汽車で来てもらわなくてはなりません。わたしはクリークへおりる小道を走って、クリークのほとりに出ました。うちとネルソンさんと家の間には、クリークがあるからです。

クリークを見たわたしはぞっとしました。小さな丸木橋が水の中に浮かんでいるみたいだったからです。両側を黄色い、泡立つ水がゴウゴウ流れていて、水が橋の上にまできています。そんな橋を渡るなんて、できっこありません。でも、[*68] パーはマーが重病なのでわたしに行ってきなさいといったのです。わたしは思い切って、水に入っていきました。

水がわたしの膝くらいまで来ました。[*69] そのとき、だれかが「戻れ！」とどなったのが聞

ダーはどちらのエピソードも重要だと思っていた。レインに書く。「わたしはかあさんが病気のとき、ふたりの少女が家事を引き受けるということや、当時の医者が、四十マイルも遠くから、車もないのに来てくれたことは、学校や家庭ですぐに医者に診てもらえる現代の子どもたちに、大きなインパクトを与えると思います」(66B)。こうしたふたりのやりとりは、ひとつの物語を書きあげる上で、当然の意見交換である。編集者と作家は、作品の構造、文体、雰囲気、内容についてまで、しょっ中やりとりをし、出版原稿を作り上げる。だが、この母娘のやりとりはまったくプライベートなものであり、表に出なかった。それが珍しいのだ。ハーパー&ブラザーズ社のワイルダーの編集者は、レインが母の編集者の役割を果たしていたのをまったく知らなかった(66C)。結局、レインのアドヴァイスが通り、『土手』にはかあさんの病気は描かれなかったが、クリークの出水の話は残った。

＊67　ミネソタ州レッドウッド・フォールズは、ウォルナット・グローブの北東約四十マイルにある、レッドウッド郡の郡庁所在地。一八七〇年代中頃には、医者が三人いた。おそらくチャールズはそのひとりにキャロラインの往診を頼んだのだろう。だが、同じく四十マイル離れたところにあるスリーピー・アイの医者を呼んだ可能性のほうが高い。J・W・B・ウェ

こえました。目をあげると、ネルソンさんが向こう岸にいて、両腕をぶるんぶるんふり回して、叫んでいます。
「おぼれるぞ！　おぼれちまう！　やめろ！」

わたしはおじさんに大声で、パーの伝言を伝えました。おじさんはすぐにわかって駆けだしたので、わたしは家に戻りました。マーは少し落ち着いていました。パーはびしょぬれのわたしを見て、どうしたのかとききました。わたしが答えると、パーはひとこと「たまげた！」といいました。

次の日、お医者さんがやってきました。パーは、お医者さんと町から手伝いにきた女の人たちを小舟に乗せて、クリークを渡り、また小舟に乗せて、町へ送らなくてはなりませんでした。お医者さんは二度来てくれました。やがて、マーは回復し、クリークの水も低くなりました。

パーは汽車で送られてきた種をもらって、[*70]小さな畑にまきました。しかし、バッタが産んでいった卵が孵ったら、また穀物を食べるから、少ししかまかないといいました。

その夏、わたしとメアリは歩いて学校へ通いました。[*71]わたしはもう七歳です。[*72]片道二マイル半を歩くのは平気でした。学校では、おもしろいことがたくさんありました。[*73]校舎が見えるずっと前から、男の子たちが楽しそうに遊んでいる声が聞こえてきます。町に入ると、二軒の店の間を歩いていき、[*74]ケネディさんの家の前も通ります。そこのダニエルとクリスティとサンディとネティが学校へ行こうとしています。[*75]それから、わたしたちは教会のそばを通り、学校へ着くのです。だいたいいつも、学校が始まる前に、[*76]アンティオーバー（ローズの輪）というゲームをする時間がありました。

（▼104ページへ）

ルカム医師は、一八七〇年代中頃の定評ある医者で、ワイルダーはPGでこのあと、彼を家族の前からの医者だと書く。もともとニュー・ウルムで評判のよい医者で、一八七九年にはウィノナ&セントピーター鉄道公認の医師になっていた（67A）。

＊68　ここで、ワイルダーは文の途中ではあったが、手書き原稿のページの最後に、八ページの追加をしている。そこに書かれている場面は、時系列で書かれてはいないようだ。

＊69　ブラント版の言葉遣いはいっそうドラマチックになっている。「流れはたいそう激しく、まともに歩けないほどでした。でも、水が膝にぶつかってきても、歩き続けました」。『土手』では、ローラはおぼれそうになるが、自力で体をたてなおし、水からあがる。物語にはローラのガッツと決意がよくあらわれている。PGでは、ワイルダーが言いつけを守り、勇敢に行動するところを描く。もしもネルソンさんがあらわれなかったら、そのままクリークを渡ったことだろう。

＊70　ブラント改訂版とバイ版にはこれに追加がある。「もはやこのあたりには種はほとんど残っていませんでした。バッタがすべてを食べ尽くしたからです」（バイ版）。「汽車で送られてきた種」というのは、困窮している農民たちのためにミネソタ州が購入した種小麦のことだろう。

（へ）

J・W・B・ウェルカム医師
(Sleepy Eye Area Historical Society)

一八七六年には、バッタの被害はミネソタ州南西部の四十の郡に広がっており、州政府は農民への救援物資や種小麦の購入予算を増額した(70A)。

＊71　レインは母に手紙で質問した。「学校は夏の間の七月にはやっていましたか？」(71A)。ワイルダーは答えた「学校は春、花が咲き始める頃に始まり、暑くなってもやっていました……当時は、どの学校にもそれぞれのやり方がありました」(71B)。『土手』では、メアリとローラは、新しい家に引っ越した最初の夏に学校へ通い出す(第二十章)。ちょうどウォルナット・グローブの学校の一学期にあたる時期だ。一八七四年の晩夏、ノース・ヒーロー・タウンシップの人々は二階建ての校舎を建てるために六百ドルの債権発行を決めた。その後まもなく、タウンシップの学校区が制定された(71C)。

＊72　PGのこのセクションは挿話的に描かれる。それに続く記述は時系列には合っていないが、七歳のときに初めて学校へ通ったワイルダーの最初の思い出として生きている。ワイルダーはこの箇所を、『土手』で学校に初めて行った日の話にとりいれたが、自分の年齢について相変わらず勘違いしている。一家がウォルナット・グローブで過ごした最初の夏には七歳で、弟フレディが生まれたのは、一八七五年二月で、ワイルダーは八歳。一八七六年の夏には九歳だ。ブラント版では、年齢は×印で消されているし、ブラント改訂版とバイ版には、年齢が書いていない。

＊73　物語のローラが町の学校で初めて体験した気持ちは、おもしろいどころか、緊迫感でいっぱいだった。校庭から聞こえてくるにぎやかな声をローラとメアリが聞いたところからその場面は始まるのだが、突然、ムードが変わる。騒いでいた子どもたちは、ふたりを見たとたん、しーんとなる。ローラは大きな声でいう。「あんたたち、まるで草原ライチョウがあつまってるみたいね、ガヤガヤさわぎたてて！」。すぐさま、ひとりの男の子が、仕返しをする。ローラとメアリの丈の短いスカートを指さしてどなるのだ。「おまえたちこそ、シギみたいだぞ！　シギ！　シギ！　脚長のシギ！」(第二十一章)

＊74　『土手』の手直しをしていたときにワイルダーが書いたウォルナット・グローブの図(87ページ参照)には、メアリとローラが通った「オルソン」(オーウェンズ)の店とフィッチの店が、学校へ行く道筋に載っている。

＊75　一八七五年のミネソタ州の人口調査には、ジェイムズ・ケネディと妻マーガレットがノース・ヒーロー・タウンシップまたはウォルナット・グローブ東部に住んでいるとある。合同組合協会の集まりは、主にこの家で開かれた。ケネディ夫妻はカナダ生まれ、どちらの両親もスコット

わたしはネティ・ケネディがとても好きでした。[*77] ケネディ一家はスコットランド人で、おじさんは赤毛のすごく大きい人、おばさんは小柄で、浅黒い人です。ダニエルとクリスティは浅黒くて、黒い髪はくるくるした巻き毛です。サンディは赤毛でそばかすがあり、ネティの毛は茶色がかった赤で、とてもきれいだとわたしは思いました。

学校の生徒は多くありませんでしたが、友だちが何人かできました。中でもよく知るようになったのは、ケネディきょうだいと、ネリーとウィリーのオーウェンズきょうだいでした。[*78] オーウェンズさんはお店を持っていました。[*79] ときどき、学校帰りにネリーたちと一緒に帰って、お店に寄り、その家にしばらくいたことがあります。おもしろいおもちゃがたくさんありました。独楽《こま》、踊り人形、きれいな絵本など。[*80]「そういうものを見るだけでも興奮しましたが[*81]」そのおもちゃで遊ばせてはもらえませんでした。

ウィリアム＆マーガレット・オーウェンズと家族。立っているのは、左から、養子のフランク・ビーダル、ネリー、ウィリー（LIWM）

ネリーはそれはそれはきれいなお人形を持っていて、それをやわらかい紙に大切そうに包んでしまっていました。それをそうっと取り出して、わたしたちの目の前に持ち上げて見せ、ま

（▼106ページへ）

ランドからの移民だった。ジェイムズは妻より十四歳年上。ワイルダーはこのふたりの八人の子どものうちの四人をPGに書いた。一八七五年、ダニエルは十二歳、クリスティーナ（クリスティ）は十五歳、アリグザンダー（サンディ）は十歳、ネティは八歳。ワイルダーはケネディ家の子どもたち全員の名前までは覚えていなかったのかもしれない。だから、十三歳のキャサリン（キャシー）と、一八七六年には六歳だったエリザベスを書いてないのだ。ジョンとエドウィンはまだよちよち歩きだった。二十五年後、ケネディ家の数人はまだミネソタ州トレイシーに住んでいた。

＊76　ブラント改訂版では、この言葉はレインの手書きの字で、「先生がベルを鳴らす前に」と書き直されている（76A）。『土手』の書き直しをしていたとき、ワイルダーはレインに書く。「先生は大きなハンドベルで、始業開始を知らせたと、こないだいいましたね。先生は戸口に出てきて、ベルを鳴らしました。それ以外のときは、ベルは先生の机の上に置いてありました」（76B）

＊77　『土手』で、ワイルダーはネティの名前をクリスティに変えた。クリスティもまたネティのような赤毛だったのを、ワイルダーは覚えていた。そして、ネティをその姉の名前にした。メアリとすぐに仲良しになったのがその姉だった。ダニ
（〜）

エル・ケネディはドナルドとした。キャシーとサンディも登場する（第二十章）。なぜワイルダーがケネディ家の子どもたちの名前を『土手』でいろいろ取り替えたのかはわからない。もともと、ワイルダーは「ネティ」を特別な友だちだと思っていたのだが（77A）、ワイルダーとレインは「ネティ」が、「ネリー」と似ているからややこしいと考えたのではないか。ネリーは、『土手』で初めて登場する、ローラのライバルだ。ほんとうのネティ・ケネディは一九〇〇年後半まで、ミネソタ州トレイシーに住んでいた。

*78　ネリー・オーウェンズと、このあとワイルダーが出会うふたりの少女（ジェナヴィーヴ・マスターズとステラ・ギルバート）が、物語でローラのライバルとなるネリー・オルソンのモデルだ。初めての出会いのとき、ネリーはローラとメアリに向かって鼻の頭にしわを寄せ、「村の子ねっ！」といい放つ（第二十章）。最初からこのネリーはうぬぼれで、自分勝手で、意地悪で、読者の格好の憎まれ役となる少女だ。ワイルダーとレインが『土手』の書き直しをしていて、編集上の打ち合わせの手紙で、この少女の名前をネリーとしたことがわかる。レインへの手紙で、ワイルダーはネリーという名前を使い、そのあと「とか、そんな名前」と書く。まだ確定していなかったのだ（78A）。結局、少女の名前はネリーに決まり、さらに、オーウェンズがオルソンになった。

ほんとうのネリー・W・オーウェンズは、一八六八年または一八六九年にミネソタ州で生まれた（78B）。のちにオーウェンズ一家はオレゴン州へ移り、ネリーは一八九三年にヘンリー・フランク・カーリーと結婚した。子どもは三人。亡くなると、オレゴン州フォレスト・グローブのフォレスト・ビュー墓地に、父親と弟のそばに埋葬された。ネリーの弟ウィリアム・R・オーウェンズは、「小さな家シリーズ」でウィリー・オルソンのモデルとなった。一八六九年または一八七〇年に生まれ、オレゴン州で結婚し、子どもは三人。彼はウォルナット・グローブで花火事故にあい、目が少し不自由になった。一九三四年、ポートランドで、六十四歳で没。結婚したネリーがワイルダーの本を読んだことがあるか、また自分や弟が物語のモデルとして読者の心に残っていることを知っていたかどうかは、まったくわからない。

*79　一八八〇年の人口調査で、ウィリアム・H・オーウェンズの職業は「雑貨商」だ。ニューヨーク州出身の彼とカナダ人のマーガレットは、一八七〇年にミネソタ州へ移り、フィルモア郡で農業を始めた。ワイルダーは『土手』でオーウェンズをオルソンと変え、第二十一章で、この家族の店の様子を描写する。当時の雑貨店と同様、ここでも、ブリキのなべやフライパン、ランプ、布地、鋤《すき》、釘、針金、のこぎり、ハンマー、斧、ナイフなどを扱っていた。「カウンターの上には、大きなまるいチーズがのっていて、カウンターの前の床には、糖蜜のたるや、小だるいっぱいのピクルスや、大きな木箱にぎっしりつまったクラッカーや、丈のたかい木桶ふたつにキャンディーがはいったのがおいてあるのでした」。ブラント改訂版やバイ版では、オーウェンズ一家は「店の二階に住んでいた」が、物語のオルソン一家は、店の裏手の部屋数の多い家に住んでいた（第二十二章）。一九〇〇年には、ウィリアム・H・オーウェンズはオレゴンのティラムーク郡で、妻と息子と共に農業をしていた。テレビドラマ『大草原の小さな家』のネルス&ハリエット・オルソンは、このウィリアム&マーガレット・オーウェンズをモデルにしている。

*80　『土手』の第二十二章で、ワイルダーはオルソン家の子どもたちのぜいたくなおもちゃについて細かく描写し、『マザーグース』の本のことも書く。レインに宛てた手紙でワイルダーは、物語の場面を思い出を元にして書いたという。「わたしは、自分以外の子どもたちはみんな、おもちゃを見たあと、庭で遊んだといいましたね。わたしはたくさんの本に魅了されてしまい、外へ行かずに、本棚のそばの床にしゃがんでいたのです」（80A）

*81　PGの原稿の数ページの下端がぼろぼろになっている。あとから差し込ま

た大事そうに紙に包み、箱にしまうのでした。*82 ネリーとウィリーはお店のキャンディを好きなだけ取って、わたしたちの見ている前で食べていましたが、わたしたちにはひとつもくれませんでした。わたしたちはそんな意地悪なことを人にするのはいけないといわれていましたけれど、オーウェンズのおばさんは知らん顔のようでした。*83

フィッチのおじさんとおばさんの店は、通りの反対側にありました。そこには一緒に遊べる子どもがいませんでした。*84 でもおじさんたちはわたしたちが通りかかると、よく呼び止めては、店の中へ入れてくれて、帰りに食べなさいといって、キャンディをくれたものです。ある日、わたしはきれいな櫛を見ました。うしろ髪に刺す、縦長の櫛です。*85 マーはきれいな櫛を持っていないので、それをあげたいと思いました。値段を見ると、五十セントでした。フィッチさんは、お金がたまるまでそれを取っておいてあげようといってくれました。

わたしたちはそれぞれ十セントずつ持っていました。それから、わたしたちはせっせとお金をためることにし、パーからもらったお金も、お使いのお駄賃としてもらったお金もいっしょうけんめいためました。わたしたちはパーも驚かせたかったのです。ですから、「なぜわたしたちがそんなにお金を必要とするのか」*86 パーはわけがわかりませんでした。

「ふたりはさっさと店から出ていきました」ヘレン・スーウェル画。1937年

れたページがもろい紙で、元のノートのサイズと違っていたからだろう。このページと次ページのテキストの一部は読み取り不能なので、「 」の中にある文は、ブラント版から採用した。

*82 ブラント改訂版には、レインの手書き文字でこんな追加がある。「わたしたちは一度だけでいいから人形にさわってみたかったのです。すべてを投げ出してでも、だっこしたいと思いました」(82A)。『土手』では、ローラが思わず人形に手をのばすと、ネリーがそれを引ったくった。『さわったら承知しないから！』ネリーが金切り声をあげました」。ワイルダーの考え抜いた言葉が、ネリーの意地の悪さや、長じたのちの身勝手さをうまく強調している。「小さな家シリーズ」を通して、ネリーはキーキー声をあげ、騒ぎまくり、ふくれたり、たたいたり、蹴ったり、わめいたり、悪だくみしたり、いばったりする。見かけのかわいらしさとは明らかに不釣り合いだ。

*83 ブラント版には追加がある。「それとも、知らなかったのかもしれません。けれど、当時のわたしたちは、子どもが母親にさからうなんて考えもしなかったので、オーウェンのおばさんが気にしていないのだと思ったのです」。『土手』では、子どもたちの悪さを無視していたのは、お母さんではなく、オルソンさんのほうだ。

やっと四十セントがたまりました。でも、そのまま日がたち、わたしたちは最後の十セントをためるのはもう無理な気がしてきました。わたしたちは諦めに似た気持ちで、ある晩、その櫛をひと目見るためだけにお店へ行きました。前に見たよりずっときれいでした。ああ、それなのに買えないのです。フィッチさんが、いくら貯めたのかとききました。わたしたちが四十セントだというと、おじさんはやわらかい紙にそれを包み、渡してくれたのです。明日、学校へ来るときに四十セントを持ってくればいいし、あとの十セントは気にしなくていいといってくれました。

わたしたちは家までほとんど走り通し走りました。マーはびっくりし、わたしたちが櫛を渡すと、とても喜びました。でも、マーの瞳が濡れて、きらきら光っているのはなぜなのか、わたしたちにはわかりませんでした。櫛はマーの髪によく似合って、すごくすてきでした。

フィッチさんのお店で働いているジョン・アンダーソンさんとその奥さんは、わたしたちが冬の間住んでいた小さな家に今、住んでいます。結婚したばかりで、奥さんのアンナ[*87]は家をぴかぴかに清潔にしています。磨き込まれた黒い料理用ストーブに、わたしの顔が映るほどでした。ところが、ある日、メアリとわたしが学校帰りに用があって寄ると、アンナが泣いていました。家の中は相変わらずぴかぴかでしたが、どういうわけか、明るさがないように思えました。わたしたちは急いでその場を離れました。

数日後、わたしたちはアンナとジョンのことで、ネルソンのおばさんがマーに話しているのを聞いてしまいました。おばさんは、アンナが家の仕事ばかりしていないで、店にいるジョンのそばにもっといるようにするのがいいといっていました。「あのティーニー・ピーターソン[*88]」が、ジョンにつきまとっているからだそうです。おばさんがいうように

＊84　ワイルダーの描いたウォルナット・グローブの図には、オーウェンズ（オルソン）の店と家から通りを隔てたところにフィッチさんの雑貨店がある。ジョン・R・フィッチ＆ジョゼフィーヌは一八七五年の人口調査では、女の赤ちゃんエイダと共に記されている。一八八〇年、家族が増えて、レスターという名の子どもと、ジョン・フィッチの姉か妹のエレンがいた。記録には、ジョンの職業は「雑貨店及び農機具店経営」（84Ａ）とある。一九一九年には、ジョンはミネソタ州トレイシーの銀行頭取になっており、その地で一九二三年に没。妻は十年後に没。

＊85　一八七〇年代後半または一八八〇年代初め頃の鉄板写真に写ったキャロラインは、うしろ髪に櫛をさしている。おそらく、フィッチ夫妻の雑貨店で買ったものだろう。髪は真ん中分けで、櫛が頭のうしろ側につけた冠のように見える。スペイン・マンティーリャ櫛としても知られている。べっ甲で作られた髪飾りは、一八七〇年代中頃にはとても流行っていた。一八七五年にパリで初演されたジョルジュ・ビゼーのオペラ「カルメン」が流行らせたともいわれている。その当時、「凝ったヘアスタイル……髪飾りやかもじを使ったもの」もまた大変流行し、櫛の需要が増えていた（85Ａ）。べっ甲の櫛は貴重品で手作りだったが、十九世紀の中頃からは、大量生産が可能になり、手に入れられやすくなったので、乏しいお金をかきあつめた

は、ジョンがアンナと結婚する前に、ティーニーはジョンにさんざんいいよったとのこと。そこで今、ティーニーは腹いせに問題を起こそうとしているのでした。どうしてそんなことになるのか、わたしはわかりません。アンナがあんなに泣くのはかわいそうです。わたしはアンナが大好きでした。

でも、すぐにわたしはほっとしました。学校の帰りにアンナに会ったら、きれいなピンクの服を着て、にこにこと美しく、店の中でジョンのそばに立っていたからです。青い目に、メアリよりもっと金色の髪をしたアンナはとてもきれいでした。ティーニー・ピーターソンは肌が浅黒くて、黒い髪をしています。わたしはティーニーをちっともきれいだと思いませんでしたし、好きでもありませんでした。でも、そんなことはどうでもよくなりました。町を出ていってしまったからです。

土曜日になると、学校がお休みなので、メアリとわたしはうきうきしました。お皿を洗い終えると、わたしたちはマーを手伝って、家のそうじをし、クリークへおりて、釣りをしました。たくさん魚がとれるので、いいお昼ご飯になります。水の中に入って遊んだりすることもありました。[*89] メアリは、あまりクリークへ行きたがらないので、わたしは一生懸命さそいました。マーは、わたしひとりではなかなかクリークへ行かせてくれないからです。

丸木橋のそばは最高の遊び場でした。橋の、うちのほうの側のたもとに、大きなヤナギの木が生えていて、橋のちょっと先にある水たまりがちょうど陰になっています。そこにはいつも、すぐにえさに食いつく魚がいました。メアリは釣り針にえさをつけたり、魚をはずしたりするのをいやがったので、そういうことは全部わたしがやりました。丸木橋からちょっと下ったあたりの日なたにあるクリーク床は、[*90] きれいなすべすべした砂

インガルスの娘たちでも買えたのだ。この鉄板写真を見ると、キャロラインは当時の凝ったヘアスタイルはしていなかったが、マンティーリャ櫛は飾りに使っていた。子どもたちからの贈り物だったからもあるだろう。うしろにきゅっとひっつめた髪型で、頭頂をふくらましたりはしていない(85B)。

＊86　ここでもまた、オリジナル原稿のページの下端が裂けていて、最後の文が読めない。[ ]の中の文は、ブラント版から採用した。おそらく最も原文に近いと思われるからだ。

＊87　二十歳の独身男性、ジョン・H・アンダーソンは、一八七五年のミネソタ州の人口調査で、ジョン&ジョゼフィーヌ・フィッチのすぐあとに載っている。古い記録によると、一八七三年、J・H・アンダーソンという人が、ギュスターヴ・サンワルと共同で町で初の店を出したという。一八七四年八月、アンダーソンとジョン・フィッチは共同経営者となり、一八七九年一月まで店をやったが、そこで契約を解消した。アンダーソンはD・H・ソープ弁護士のもとで法律を学び始め、まもなくドラッグストアでロバート・ホイト博士と共に働き始めた。そして、町の郵便局長にもなった。一八八〇年、二十六歳のアンダーソンはアンナではなく、キャリルという女性と結婚していた。当時、ふたりには一歳の娘がいた。一八八〇年以降のミネソタ

地になっていて、いい水遊び場でした。水に入ると、ひんやりした、澄み切った水が足の上を気持ちよく流れます。

「プラム・クリークの土手で」
ヘレン・スーウェル画。1937年

州の人口調査記録には、アンナ・アンダーソンという名前はいくつもあるが、だれもジョン・アンダーソンとは結婚していない。ウォルナット・グローブに再度やってきたときの記述に、ワイルダーは再びアンナ・アンダーソンという名前を書いている。しかし、彼女のことをバイ版では、町で働いている「スウェーデン人の女性」と書く。ワイルダーがアンダーソンという名のふたりの女性を混同していた可能性が高い（87A）。

＊88　一八七五年と一八八〇年の間に、ウォルナット・グローブにティーニーまたはティーニ・ピーターソンという人物がいた記録はない。若いティナ・ピーターソンという名前の記録もない。だが、十九歳のメアリ・ピーターソンは、一八八〇年にジョン&ジョゼフィーヌ夫妻の家で、家政婦として働いていた。彼女のニックネームが「ティーニー」または「ティーニ」だったとも考えられる。アンダーソン家に関するこの短いエピソードは、いかにもメロドラマ風なので、やはりワイルダーがPGを大人向けに書いていたことがわかる。この類いの話はこのあとも登場する、町を舞台にした大人向けの話の最初のものだ—禁断の恋、誘惑、だまし、さらに不倫まで。現実の生活では、インガルスの少女たちは、物語のローラたちのように道徳的にしっかり守られていたわけではなかった。それでも、ブラント版にはこのエピソードが登場し、ブラン

それから、大きな年寄りザリガニ[*91]が住んでいる石もあります。石のそばに近づくと、ザリガニはそこから出てきます。わたしたちは、ザリガニが怒るまで、わざとからかったものです。ザリガニの石から少し下手に行くと、木陰の下に、底が泥地の小さな水たまりがあります。そこにヒルが住んでいます。[*92] 水たまりに入ると、ヒルが足や脚に吸い付いてきて、離れません。痛くはないのですが、平べったくて、ぬめぬめ光って、泥色をしている、いやな感じの生き物です。それをはがすためには、指でしっかりつかんで、引っぱらなくてはなりません。けれど、ぴたっとのりで貼り付けたみたいに吸い付いているので、簡単にははがれません。ヒルは人間の血を吸うので、やっと引っぱってはがすと、そこから血がたらたらたれるのでした。ふたりだけで遊んでいるときは、その水たまりに入ることはありません。血を吸うヒルなんて嫌いだから。ほんとうにいやらしい生き物です。

剛健ザリガニ *Orconectes virilis*（Casey D. Swecker）

でも、町の女の子たちが、わたしたちと遊ぶにやってきたときにはよく、ザリガニの石のところへ連れていきました。ザリガニが飛び出してきて、追いかけると、みんなキャーッと叫んで、あの血を吸うヒルの水たまりへ走っていくのでした。クリークから土手にあがると、みんなの足や脚にそのヒルがいっぱいくっついています。みんなはあせってふり払おうとします。それでも取れないと、みんなは足踏みしたり、ワアワア叫びながら、大騒ぎします。その様子を見て、わたしは草の上を転がり回ってゲラゲラ笑います。とうとう見かねたメアリが、わたしを呼んで、一緒にその子たちのヒルをはが

ト改訂版とバイ版ではカットされた。

＊89　ブラント改訂版では、この文は単純にこうある。「それから、わたしたちは遊びました」。その次に、読者の注意を喚起する文がくる。「クリークで遊び始めてすぐにわたしはネリーとウィリーに仕返しを思いつきました。ふたりともわたしたちにおもちゃをさわらせてくれなかったからです」。『土手』の第二十三章で、ローラはネリー・オルソンに仕返しをする。ネリーがかあさんにこういったからだ。「こんな村のパーティーなんかに、いちばんいい服は着てこなかったわ」。PGと同様、プラム・クリークでローラがネリーに対して企んでいることは、事が起こるまではわからないようになっている。読者をネリーと同じようにびっくりさせせようとしているのだ。

＊90　レインへの手紙で、ワイルダーはこうも書く。「クリークは日当たりのいいところへ流れ出ると、砂地に小さな石がころがっている川底の上をさらさらと流れていきます。そこでわたしたちは泳いだりしてよく遊びました。新しい家へ移ってからのことです」（90A）

＊91　『土手』の書き直しをしていたとき、レインは母にこう書く。「あれはぜったいにカニではありません。大草原のクリークには淡水のカニがいたのですか？　大きさは？　色は？　形は？　ザリガ

すのを手伝ってやることになるのでした。

そのあともまた、みんなはうちへやってきましたが、わたしたちがわざとあそこへ誘ったことにまったく気づいていませんでした。あの年寄りザリガニが石の下に住んでいることや、あの水たまりはヒルのすみかだということなど、何も知らなかったのです。

メアリはやさしい子なので、遊びにきた子たちをわざとおどかすのはよくないと、ときどきいいました。でも、わたしはいいました。「町へ行ったとき、あの子たちはおもちゃをさわらせてもくれなかったじゃないの。あの、目を開けたり閉じたりできるお人形をだっこすることもできなかったし、ほかのおもちゃも、ただ見せびらかされただけだった。だから、あの子たちが来たら、わたしは自分のやり方で仕返しをするつもりなの」と。*93 とうとう、マーがもうやめなさいといいました。でも、このことを聞いたパーは、青い目をちかっと光らせただけでした。*94

夏がきました。熱い日光が、バッタの卵をいっせいに孵化させました。地面の穴から小さなバッタがぴこぴこ出てきました。最初はとても小さいのですが、穀物や草を食べて、ぐんぐん育ち、大きくなりました。それを踏まずには歩けないほどでした。学校や日曜学校へ行くときは、スカートの中にまではいあがってきました。首から下へすべりおりるとき、「タバコ汁」を吐き出して、服にいやな茶色のしみをつけるのでした。作物はまた全滅してしまいました。*95 パーはもうこりごりだといいました。こんな［削除のあとあり］「くそったれの土地」には住みたくないといいました。*96

町に住む知り合いのひとりが、アイオワ州バー・オークにホテルを買い取って、*97 秋の暮れにそこへ行くことになりました。そして、パーとマーに共同経営者になってほしい

（▼113ページへ）

ニではないですか？ カニは亀くらいの大きさ（サイズはいろいろですが）で、甲羅があり、亀よりつるりとしていて、脚にも殻があります。目はカタツムリのように触角の上にあり、脚が六本で、なんだかクモみたいに見えます。脚が、です。色は緑っぽい黄色というところでしょうか」（91A）。ワイルダーは、確かにそれは「ザリガニ」だったと返事をした。「あなたのいうカニとは違いますけれど、当時はみんなカニと呼んでいたのです」。そのあとで、ワイルダーは付け足す。「岩の下に住んでいました。とてつもなく大きかったのですよ」（91B）。レインの推測通り、ミネソタ州には原産の淡水のカニはいなかった。だが、三種類のザリガニが南西部にいた。ワイルダーのいうカニとはおそらく、悪魔ザリガニか、キャラコ・ザリガニか、剛健ザリガニのどれかだったろう。この三種類のうち、剛健ザリガニ *Orconectes virilis* は最もサイズが大きく、長さは五インチもある。地方によって呼び方は少しずつ異なるが、ザリガニはやっとこのようなはさみをふたつと、長い尻尾を持ち、ミニ・ロブスターのように見える（91C）。

*92 『土手』で、ワイルダーはヒルの場面の描写にさらに広がりを持たせ、最初にヒルを見つけたのをローラとメアリにする。「それは、どんどんいくらでものび、それでもまだ吸いついたまま、はなれないのです」（第十八章）。生き生きした描

（↘）

写のおかげで、読者はローラのぞっとした気持ちを味わう。そして、第二十三章で、またヒルが登場し、ローラのネリー・オルソンへの仕返しを果たしてくれるのだ。読者はネリーのあわてぶりに喝采する。ミネソタ州には多種のヒルが生息し、中西部の淡水魚を釣る人々が好む釣りえさになっている(92A)。

＊93　ここで初めて、いたずらのターゲットがだれかわかる。ウィリーとネリー・オーウェンズだ。『土手』でも、展開は同じようだが、ネリーだけがヒルのいる水たまりに入る。ローラの友のクリスティがあとでいう。「すごく楽しかったわ！　それに、ネリーったら、いいきみだった！」(第二十三章)。もしワイルダーがローラとネリーを、ただの良い子対悪い子の構図で描いていたら、ふたりの間に起こることはもっと予測しやすく、つまらないものになっただろう。子どもの読者はそんな教訓的な話には共感しない。だが、ローラは仕返しをし、それもずるく立ち回る。自分のいたずらがうまくいって、大喜びし、「草にひっくりかえり、そのままころがりまわってわらいつづけます」

＊94　ローラの熱しやすいところ、メアリの心優しいところ、かあさんがきつくいうところ、そしてとうさんがローラのいたずらに目をちかっと光らせるところなど、物語のインガルス一家の性格は、PGのこのエピソードにあらわれたままだ。ワイルダーはネリー・オーウェンズへの仕返しについて、物書きとしての初期の段階で、一九三〇年にミズーリ・ルーラリスト紙のコラムに綴っている(94A)。メアリが「あぶない！」と叫び、年寄りのザリガニに「ネリーが足の指をちょんぎられ」ずにすんだのだが、そのコラムに登場する女の子たちは、PGの子どもたちの描かれ方とは違う。PGの話はより身近で個人的だ。

＊95　物語のチャールズはプラム・クリークの農地を諦めない。ここにしがみついているうちに、ダコタ・テリトリーで鉄道会社の仕事が見つかり、そこでも土地を申請できると知る(『岸辺』第一章)。再び、ワイルダーは西部への移住の情熱が、物語のチャールズをふるいたたせたと書く。挫折を認めず、旅を続けて夢を追う楽観主義の男なのである。

＊96　ここで、挿入されたページは終わる(注68参照)。

＊97　バー・オークはアイオワ州東部のウィネシーク郡の、ミネソタ州との境から南へ三マイルの小さな町。

＊98　チャールズはプラム・クリークの土地を、一八七六年七月七日にエイブラハム＆マーガレット・ケラーに売却。同日、初めて優先買い取り権の宣誓供述書を出

といい、それが決まりました。でも、パーは秋まで待ってもしかたがないといいました。うちの農場を買ってくれる人が見つかったからです。わたしたち家族みんなで、まず東部のピーターおじさんのところへ戻ることになりました。[*98] おじさんからみんなで来てもいいと手紙があったのです。パーは、そこで収穫や秋の仕事をして、時期がきたら、アイオワ州へ向かうことになりました。幌馬車に荷物が積まれ、旅じたくができました。ある晴れた朝、馬車に馬がつけられ、わたしたちは馬車に乗り込んで、東へ向かって出発しました。[*99]

プラム・クリークや、丸木橋のそばの遊び場をあとにしていくのはとても残念でした。でもまた幌馬車に乗って、先へ先へと進むのはわくわくします。[*100] 第一日目、とてもきれいな草地でお昼を食べました。火を使えないので、冷たいお弁当です。マーは、わたしたちの髪の毛を櫛でとかして、長いおさげを編み終わるまで食べませんでした。メアリの毛は相変わらず金色、キャリーの毛はわたしと同じ茶色です。ちっちゃな弟フレディは、まだとかせるほど毛が生えていません。その日の朝は出発前のしたくですごく忙しかったので、髪の毛を整える暇がありませんでした。でも、マーはきちんとした女の子は、朝のうちに髪をとかさなくてはならないといつもいっていました。広々した、すがすがしい草原で毎日、朝から夜まで過ごせるなんて、とてもいい気持ちでした。夜キャンプする場所も、いいところがたくさんありました。

ある晩、一軒の家の前に止まったとき、そこから小さな女の子たちが三人、幌馬車のほうへやってきました。わたしたちは一緒に、「かくれんぼ」や「ローズの輪」をして、暗くなるまで遊び、そして寝ました。そこのお父さんは、わたしたちと同じように、バッタでやられた土地を離れようとしています。でも、行く先は西部のオレゴン州でした。

し、四百三十ドル十八セントを支払った。そしてケラーから四百ドルを受け取ったので、差し引き三十ドルの損となった。だが、バッタの襲来で受けた被害を考えると、これは悪くない取引だったろう。おそらくチャールズは、ミネソタ州東部の兄ピーターのところへ収穫の手伝いに行き、損失をカバーしてから、バー・オークへ行くつもりだったろう（98A）。

＊99　PGのすべての大人版に、ワイルダーはこののち、一家が東へ向かって旅をしたときに起こったこと、アイオワ州に移り、そこに一八七六年秋まで住み、一八七七年秋に再びウォルナット・グローブへ戻るまでのことを書く。だが、物語にはこの時期の話をまったく書かなかった。ワイルダーは一九三七年、レインにはこう書く。「そのときの話はそこで完結しています。わたしが書いている［物語の］インガルス一家のイメージには合いません」（99A）。物語の一家が西ではなく、東へ向かうというのは、西部を目指す開拓者魂溢れる、希望に満ちた家族のイメージを損なうことになるからだ。さらに、ワイルダーのバー・オークでの体験は、町の話で、生々しく、とげとげしたものだったのでなおさらだった。「小さな家シリーズ」の後半では、大人の材料をもっと入れることにしたワイルダーだが、そうするのは、物語の一家がさらに西へ向かって、ダコタ・テリトリーへ行くまで待つことにしたのだ。そこで主人公ローラは、ぐんと大人

その人は、ミツバチを飼う人で、[101]それはたくさんの巣を持っていました。けれど、バッタが花も草も何もかも食べ尽くしてしまったので、ミツバチは冬を過ごすための蜂蜜をとることができませんでした。食べ物がなかったので、ミツバチは生まれたばかりの赤ちゃんバチを刺し殺して、巣の外へ捨てたのです。かわいそうなミツバチの話をしながら、その人は泣きそうになっていました。そして、ミツバチでさえ生きられないような土地にはもういたくない、といいました。

何日か馬車の旅をして、わたしたちはピーターおじさんのところへやってきました。みんな、とても喜びました。いとこたちは大きくなっていて、新しい男のいとこが生まれていました。うちのフレディ赤ちゃんよりちょっとだけ大きいランスフォードです。[102]

メアリとわたしはいとこたちに会ってうれしかったのですが、前ほどは遊ばなくなっていました。わたしたちにもする仕事がたくさんあったのです。皿洗い、薪運び、お使い、赤ちゃんたちの世話など。

夕方近くなると、エラとピーターとわたしは、放牧地にいる雌牛を探しにいき、家に連れ帰らなくてはなりませんでした。乳搾りをするためです。わたしは雌牛を追っていくのが好きでした。放牧地はザンブロ川のほとりにあって、[103]日の光を浴びてきらきら光りながら水が流れ、岸辺は木立や花に囲まれて、涼しげな木陰があったからです。はだしの足にふれる草はやわらかく、雌牛の首につけた鈴はリンリンと軽やかに鳴るので、どこにいるかすぐにわかりました。

岸辺に生える野生のプラムの木には熟した甘い実がなっていました。赤い実もあれば、フロストプラムと呼ばれる、[104]大きくて、きれいな紫色の実もありました。まるで霜（フ

びて娘らしくなるからである。バー・オークへ行ったとき、ワイルダーはまだ九歳だった。

*100　バイ版には、ワイルダーの気持ちが描かれる。「わたしは西部へ行ければいいのにと思っていました。パーだって西部に背を向けたくなかったのです。そうはいわなかったけれど、わたしにはわかっていました。どうして西部へ行きたいと思ってしまうのか、理由などありません。ただ、そう思っていたのです」。ブラント改訂版はそれに追加がある。「わたしたちは西部に向かって、進み続けたかったのです。あのバッタの群れのように」

*101　あとのほうで、ワイルダーはチャールズ・インガルスがこの特定不能のハチ飼いと長年にわたって手紙をやりとりしていたと明かす。

*102　インガルス一家の家長の名前をもらったランスフォード・ニューカム・インガルスは、一八七〇年四月五日生まれ。一八七六年には六歳で、赤ちゃんのフレディよりかなり年上だ。ランスフォード・ニューカムは一八六四年にメリッサ・ファンクと結婚し、ミネソタ州ワバシャ郡で暮らし、亡くなったと思われる。一九四六年、その地に葬られた。

*103　ミシシッピ川支流のザンブロ川は

ロスト）がおりたみたいに白い粉がふいています。フロストプラムは、霜がおりてから食べるのがいちばんおいしいのです。プラムの茂みに入って、わたしたちは実を食べまくりました。

ときどき、雌牛のことなどすっかり忘れて、プラムをおなかに詰め込みましたが、暗くなってからはっと気がついて、雌牛の鈴の音に耳をすますと、わたしたちより先に家へ向かっているのがわかるのでした。あせって追いかけ、やっと追いついて雌牛たちと一緒に家に戻ると、遅くなったとしかられたものです。しばらくすると、雌牛たちを川べりの放牧地へ連れていくようになりました。エラとピーターとわたしは雌牛たちを、草が刈られたあとの草地に集めました。干し草の山に近づかないように、また、どこかへ行ってしまわないように見張っていなくてはなりません。

秋がきて、雨がたくさん降りました。とても寒くなりました。でも、わたしたちは暖かい上着を着て、雨や風がこないところでたき火をし、野生のクラブアップルや肉をあぶったり、パンをトーストにして食べたりしました。仕事をしながらも、そうやって遊んでいたのです。

小さな弟のフレディは、具合がよくありませんでした。お医者さんが来てくれました[*105]。マーのときのように、お医者さんに診てもらったので、これでもう弟はよくなると思いました。けれども、フレディはよくなるどころか、さらに具合が悪くなりました。そして、ある日、恐ろしいことが起こりました。フレディは体をつっぱらせたかと思うと、そのまま亡くなってしまったのです[*106]。

ミネソタ州南東部を流れる。ピーター&イライザ・インガルスはワバシャ郡のサウス・トロイ近くのザンブロ川沿いに農地を借りていた。そこは、バッタの災害にあった地域の外だった（103Ａ）。

＊104　ミネソタ州原産の野生のプラムは、大草原や森林地の端に茂みを作って生えることが多い。八月、九月に赤紫の実が熟す。このアメリカ野生プラムから派生した新しい品種がいくつかあるが、どれもフロスト・プラムとは呼ばれていない（104Ａ）。

＊105　ワイルダーの赤ちゃんの診察をした医者を特定することはできない。ただ、当時、ワバシャ郡で開業していた医者が数人いたことや、多くが一八六九年に組織されたワバシャ郡医師会に所属していたことはわかっている（105Ａ）。

＊106　チャールズ・フレデリック・インガルスは、一八七六年八月二七日に亡くなり、ピーターとイライザの家のそばに葬られた。九カ月の命だった。墓の場所はわからない。ＰＧの他の版を見ても、彼の病気や死亡の原因はわからない（106Ａ）。

第4章

アイオワ州にて

一八七六年〜一八七七年
（「小さな家シリーズ」から省かれたところ）

フレディを残してこの土地を離れるのはとてもつらかったのですが、やがてわたしたちはホテルの仕事の手伝いをするために、アイオワ州へ行くことになりました。寒さの中、みじめな思いをかかえた、短くもつらい旅でしたが、やっとバー・オーク[*1]に着いて、馬車からおり、暖かい、居心地のよさそうなホテルへ入ったときは、ほんとうにほっとしました。

そこにはウォルナット・グローブで知り合ったステッドマン夫妻と息子たちがいました[*2]。年上のジョニーとルーベンはわたしたちの遊び仲間になりました。トミーという子もいましたが[*3]、いつも泣いてばかり。お母さんがしょっちゅう、揺すぶったり、たたいたりしているので、無理もありません。ジョニーは脚を引きずっています。片脚が短いので、木製の義足を足の下に結びつけているからです。かわいそうなのでジョニーにはやさしくしなければならなかったのですが、ジョニーはわたしたちの髪の毛を引っぱったり、つねったり、本を破ったり、おもちゃをこわしたりします。いつもそうなのです。そうなると、やりかえしたくなるのをこらえるのは大変でした。いつもよくしてくれて、いい遊び相手だった、わたしのいとこたちとは、ぜんぜん違っていました。

＊1　インガルス一家は一八七六年秋に、アイオワ州バー・オークに到着した。町は一八五〇年にでき、一八五一年秋には、店が一軒、かじや、ホテルがあった。ホテルで働くために、一家はやってきた。できた頃の町は、アイオワ州からミネソタ州やウィスコンシン州へ通じる南北ルートの中心にあったので、移住者を乗せた幌馬車がたくさん町を通っていった。一日に二百から三百台の幌馬車がバー・オークでキャンプをした。初期の旅人は、「美しい木立」が町の「東西南北を取り囲んでいる」といい、「どこを見ても起伏のある土地で、きらきら光る、きれいでつめたい澄んだ水をたたえた川が町中《まちなか》を流れている」とほめ、こう結ぶ。「ここに町を創ろうと考えた人の判断と決断に脱帽する」（1A）。だが、一八七六年秋にインガルス一家がここにやってきたときにはもう、バー・オークの最盛期は過ぎていた。あとのほうで、ワイルダーはここを「古い町」「鉄道もない……枯れた町」と書く。

＊2　ウィリアム&メアリ・ステッドマンは、一八三〇年代にイギリスで生まれ、一八六〇年代中頃にはペンシルヴェニア州に移住。そこで、最初の息子が生まれた。一八五七年、一家はミネソタ州ノース・ヒーロー・タウンシップに住んでおり、そこでインガルス一家のように、ウォルナット・グローブの組合教会の創立メンバーとなる。ステッドマン夫妻は、一八七六年にウィリアム・マスターズからバー・オー

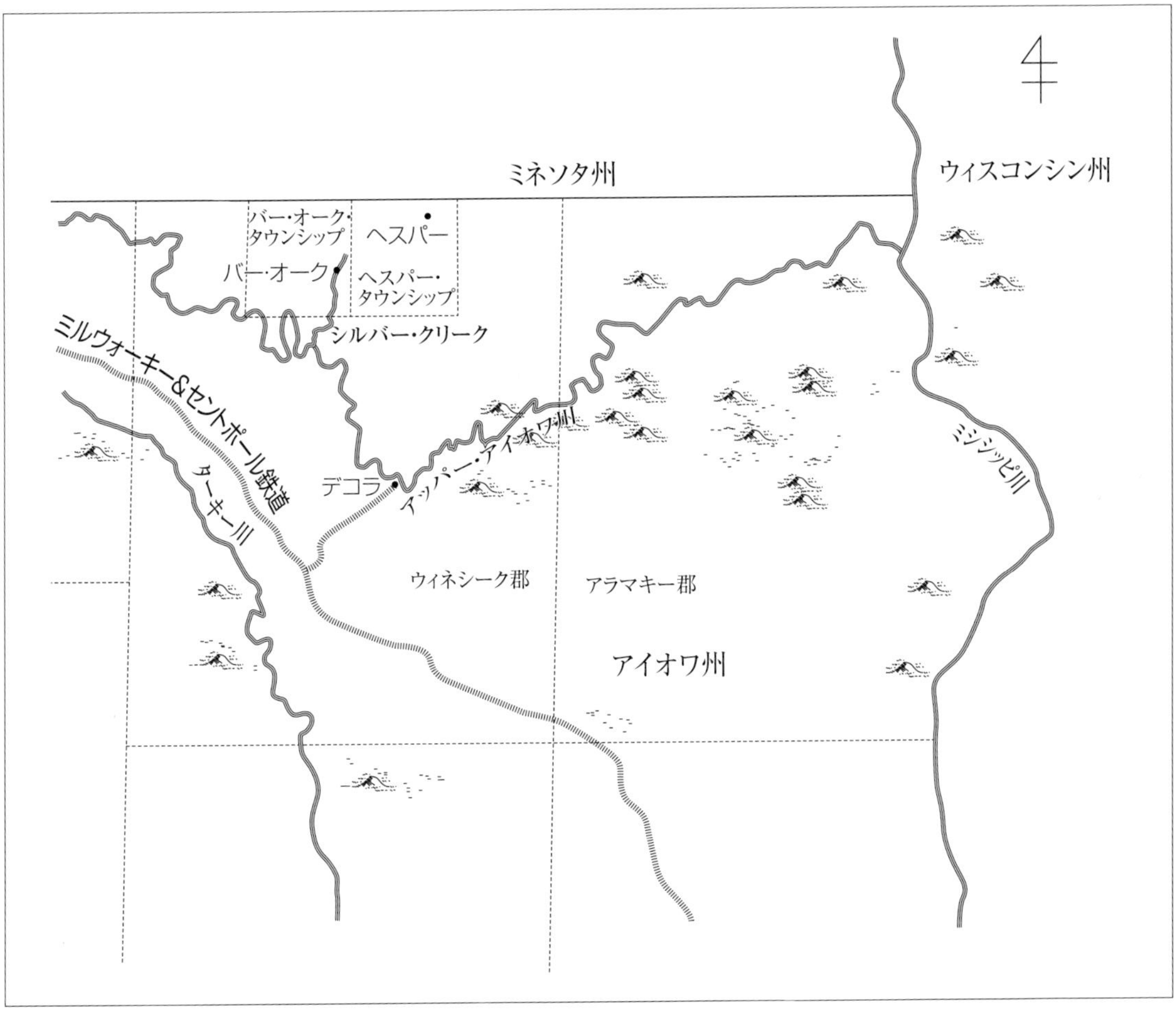

アイオワ州北東部の地図　1876年～1877年（SDHSP）

ク・ハウスを購入したが、早くも一八七七年四月に売却した。相手は、ウィリアム・マクロクリンで、ここを「改装して、衣料雑貨の）店にしたい」と考えていた（2A）。一八八〇年、ステッドマン夫妻は三人の息子と四歳の娘を連れて、バー・オークから南へ約二百マイルのアイオワ州オスカルーサへ移住し、肉屋になった。

＊3　ステッドマン家の長男ジョニーはペンシルヴェニア州生まれ、一八八〇年には十五歳。その年の人口調査によると、彼は「生まれたときから左下肢に障害があった」と記される。アイオワ州で生まれた次男ルーベンは一八八〇年に十二歳、トミーは九歳。ブラント改訂版とバイ版には、この一家の記述がなく、すぐにバー・オークの町とホテルの話になる。

ホテルは小高い丘の斜面を利用して建てられています。[*4] 表の通りから入るドアをあけると、バーがあります。ホールの向こう側には、ロビーがあり、そこからも通りへ出られます。ホールの奥には二階へあがる階段があって、いくつかの部屋へつながっています。もうひとつの階段は、地下の食堂と台所と別の部屋へ通じています。丘の斜面側のドアからは、地下の食堂に行かれます。地下の台所から外へ出ると、丘の下までおりられます。庭の先に、少しだけ平らな場所があり、その中央に魚のいる池があります。池に通じる小道の脇には、板で囲われた泉があって、貯蔵小屋になっています。夏の間、ミルクやバターを冷たい水の中に保存しておけるのです。

ここはとても感じのいいところでした。でも、食堂と台所の境のドアには、このホテルをわたしたちに売った人の息子が銃を撃ってあけた穴がいくつもあります。[*5] 彼は、奥さんがドアから逃げ出したときに撃ったのです。なんと、彼は酔っ払っていました。酒癖が悪いので、お父さんは彼を西部へ追いやったのでした。ホテルのすぐ隣に酒場があったからです。パーもマーも、隣に酒場があるのをいやがっていましたし、わたしたちも、その入り口あたりをうろついている男の人たちをこわいと思っていました。ホテルで働いている若いエイミーの恋人が、[*6] しょっちゅう、そこに来ていました。ジムという名前です。でも、酒場の仲間たちはジムをへアピンと呼んでいました。がりがりにやせて、のっぽだからです。

バー・オークはとても小さな町。でも、ウォルナット・グローブのように、[*7] 新しくできた、清潔な感じの町ではありません。とても古い町で、わたしは暗くて、よごれた感じを抱きました。けれど、日あたりのいい丘の上に、大きくてすてきな学校がありました。

校長のリード先生は、わたしたちのいるホテルに住んでいました。ジョニーとルーベ

＊4　バー・オーク・ハウスは前の持ち主の名前からマスターズ・ホテルとしても知られていた。一八五二年、町ができてすぐに作られた。町に二軒あったホテルのひとつ。大勢の移住者が西部への幹線道路を通って移動していた二十年以上前には、二軒のホテルがすぐにいっぱいになったのだが、一八七六年、バー・オークにはホテルはふたつも必要なかった。伝記作者ジョン・ミラーは書く。「チャールズ＆キャロライン夫妻が、ステッドマン一家とバー・オークハウスの共同経営者をやってみようと決断したのは、彼らがウォルナット・グローブで、経済的においつめられていたからに違いない」（4A）。一八七六年にはバー・オーク・ハウスが頼りにしていたのは地元の長期滞在者だけだった。この建物は現在も元の位置に立っており、ローラ・インガルス・ワイルダー・パーク＆博物館となっている。写真を見れば、建築家が丘の斜面を利用してホテルを建てたことがわかる。

＊5　一八七六年、ウィリアム・J・マスターズはウィリアム・ステッドマンにホテルを売り、ウォルナット・グローブへ移住。あとのほうで登場するマスターズの息子「ウィル」が、「妻ナニーに発砲して、ドアに穴をあけた」男だと、ワイルダーは書く。マスターズ一家はニューヨーク州から西部へ移り、バー・オークに一八六〇年から住んでいた。ウィリアム・Jと妻エミリーンには、ユージーン、ウィリアムま

ンとわたしとメアリは一緒に学校へ通っていました。リード先生は、若くてスリムな、二十一歳の先生でした。[*8] 生徒たちの中には、先生より年上の、二十四歳、二十五歳の男の人たちもいました。冬の間だけ学校へ来て、冬が終わる前に、先生ともめ事を起こして、先生を追い出すというのが慣例になっていました。[*9]

クリスマスの少し前に、その男生徒たちが、よからぬ行動をとりはじめました。わざと学校に遅刻したり、授業中にうるさく騒いだり、ちっとも勉強をしなかったり……。

マスターズ・ホテル(ローラ・インガルス・ワイルダー・パーク＆博物館:LIWPM)

たはウィル、メアリという子どもが二人。一八七六年、ウィリアム・A・マスターズは二十歳くらい、妻はナンシー。ワイルダーはその名を「ナンシー」とか「ナニー」と書く。一八八〇年、ふたりは両親と共にウォルナット・グローブに住んでいた。

＊6　バイ版では、この「雇い人のエイミー」が、食堂のドアに銃弾の穴があいたとき、息子の妻「ナニーが夫から逃げようとしていた」と人にもらした、とある。

＊7　バー・オークはウォルナット・グローブより二十年ほど前に作られた町だったが、「とても古い町」と書かれている。

＊8　ウィリアム・ハーバート・リードは、二十一歳ではなく一八七六年には十六歳でバー・オークの学校で教え始めたところだった。ウィリアム＆フィービ・リードの息子で、アイオワ州ウォーコン近くの家族の農場で育ち、ワイルダーと同じく、地元の学校で学んだ。おそらく初めて教員免許状を取得したのは一八七五年か一八七六年だったろう。バー・オークの学校で校長として少なくとも二年教えたのち、町から西へ六マイルのウェブスター学校に赴任。一八八〇年代の初め、彼は家族の農場で働いていたが、一八八三年、ダコタ・テリトリーのフォート・ランソム近くで教えた。やがて、アイオワ州へ戻り、前の

町で、その生徒たちは、リード先生はクリスマスが過ぎたらいなくなるぞ、といいふらしていました。クリスマスの前週のある朝のこと、その生徒たちはすごく遅れて、わあわあ騒ぎながら教室へ入ってきました。中でもいちばんの悪《わる》は、モウズでした。いちばん年上で、だれよりも体が大きかったのです。

リード先生は教壇の椅子に座って、片手に物差しを持ち、もう一方の手をなんとなくパタパタたたいていました。作ったばかりの、とても大きな、平たい、頑丈そうな物差しです。モウズはみんなのいちばん最後に入ってきました。席に着く前に、リード先生はモウズを前に呼びました。モウズは先生と対決する気まんまんで、ふんぞりかえって歩いてきました。先生が立ち上がったら、はりたおしてやろうと思っていたのです。ところが、リード先生は座ったままで、モウズが目の前に立ったとたんに、左手を伸ばし、モウズの襟首をつかんで、ぐいとひっぱり、同時に足でモウズの足をすくい、片脚でモウズの両脚をおさえ、両膝の上にかかえこんだのです。あっという間の出来事だったので、モウズはびっくりしました。何やらわからないうちに、モウズはいたずらっ子のように先生にかかえられて、その平べったい、よくしなる定規でうちすえられていました。*10 モウズの顔がほんとうにまぬけに見えたので、教室のみんなは大笑いしました。大きな生徒たちまで、「やーい、やーい！」とはやしたてました。

リード先生がモウズを立ち上がらせると、モウズは自分の席へ向かいましたが、そのままドアから出て、二度と学校へは戻ってきませんでした。町じゅうの人がモウズをあざわらったので、モウズはどこかへいなくなってしまいました。大きな生徒たちもいなくなり、学校はおだやかさを取り戻しました。家にいるとき、わたしとメアリはいつもお皿を洗ったり、食事を並べたりしました。土曜日と日曜日はいつもトミーの世話をしました。ステッドマンのおばさんに、トミーの世話をしてくれれば、クリスマスに何か

教え子のひとりと結婚。ミネソタ州キャントンで、九十二歳で没（8A）。一九四七年、デコラ・パブリック・オピニオン紙に載ったバー・オークに関する記事に、ワイルダーは彼のことを「朗読や演説の専門家」と書く（8B）。

＊9　このエピソードはワイルダーの二作目『農場』の最初の数章に描かれる学校での騒ぎを思い起こさせる。大きな生徒たちは「もう十七、八にもなっていて、冬の学期の中頃だけに、学校へやってくるのだった。それも、ただ、先生をぶちのめし、学校を休校させるためにだけ」（第一章）。『農場』は、ワイルダーがアルマンゾ・ワイルダーの少年時代を書いたもの。九歳のアルマンゾが主人公で、舞台はニューヨーク州マローン。大きな男生徒たちが教室で騒ぐのは、小さな田舎の学校の共通した問題だったろうから、ワイルダーは自分の経験を、アルマンゾの学校生活の話として書いたと思われる。

＊10　『農場』で、先生は、牛追い鞭で、悪童たちを寄せつけず、やっつけてしまった。ＰＧでも『農場』でも、先生は常に冷静で、教室の生徒たちを完全に手中におさめている。

＊11　一八六六年晩秋、デコラ・アイオワ・リパブリカン紙は、はしかが「大流行し」、州内の学校に「甚大な」影響を与えたと伝

いいものをあげるといわれたからです。そこで、わたしたちはトミーがあまり好きになれませんでしたが、体をきれいにして、機嫌よくしてやりました。

ここの雪はそりすべりにぴったりでした。庭の前門からバー、食堂、台所を過ぎて、泉のある貯蔵小屋も過ぎて、丘の下の平らなところまですべりおりるのです。でも、わたしたちは自分のそりを持っていなかったし、ジョニーは貸してくれなかったので、ときどき、ジョニーがいないときにこっそり取ってきて、何度かしゅーっとすべっては、ジョニーが戻ってくる前に急いで返しておきました。

クリスマスはみじめなものでした。マーはいつも疲れていましたし、パーはずっと忙しく、ステッドマンのおばさんは、ちっともかわいくないトミーの世話をしてあげたにもかかわらず、何もくれませんでした。そして、わたしたちはみんな、はしかにかかってしまったのです！[*11] メアリとルーベンとわたしが同時にかかりました。ジョニーは、わたしたちが寝ているところへ来て、わざと枕をはずし、つねっていきました。でも、

ウィリアム・H・リード（LIWPM）

える（11A）。初めてワクチンができたのは一九五八年、一九六三年に認可。『岸辺』を書いていた頃にワイルダーはレインに書く。「メアリはバー・オークではしかにかかりました。脳炎だといわれ、それがメアリの失明の原因でした」（11B）。メアリは、一八七九年春に失明した。そのあと、シカゴへ行って専門医に診てもらった。「小児科学」ジャーナルに載った記事がある。「メアリの失明が、回復しなかったはしかによるという医師の意見は、妥当とは思えない」。記事には、まれなケースでは、はしかの症状があらわれず、「あとになってから、激しい硬化をもたらす汎脳炎になることがある」とある。だが、この状態になると、「重大な神経障害になり、死に至る」（11C）。しかし、メアリは失明に至った病気で亡くなりはせず、六十三歳まで生きた。

そのせいでジョニーもはしかにかかり、それも重症になりました。ちょっといい気味でした。春になってやっとみんな回復しました。学校が終わって、仕事も終わると、外の池のそばで遊べるようになりました。

でも、わたしの遊ぶ時間は少し削られることになりました。ホテルを定宿にしているビズビーさんが[*12]、わたしに歌を教えるといいだしたので、わたしは毎日、遊び時間を少し削って、音階の練習をしなくてはなりません。低音から高音へ、高音から低音へ、また、あがったりさがったり。わたしは外で遊ぶほうが好きだったのですが、ビズビーさんはバー・オークいちばんのお金持ち、そしてホテルを定宿にしている人で、しかもいちばん払いのいい人だったので、できるだけ喜んでもらわなくてはならなかったのです。わたしは我慢して、「ドレミファソラシド」を懸命に練習しました。

こうして夏が過ぎていきました。冬がくる前に、わたしたちはホテルから[*13]、酒場の反対側にある雑貨店の上の部屋に引っ越しました[*14]。ホテルの仕事はもうやめていました[*15]（おかしなことに、わたしはジョニーとルーベンには二度と会った覚えがありません）。パーは、粉挽き場で働く、いい仕事を見つけました[*16]。うちの馬に挽きうすを引かせて、トウモロコシや小麦を挽くのです。マーはまた家事に専念できるようになりました。メアリとわたしは学校へ通い、学校から帰ると、マーの手伝いをしました。家の外側に、うちの部屋へ直接あがれる階段があり、わたしたちはいつも大急ぎでのぼりおりしていました。すぐ隣に酒場があったからです。町の人たちが使う井戸は、通りの中央にありました。うちの真下にある雑貨店の前です。

ある夜、マーはメアリとわたしを起こして、すぐに着替えなさいといいました。酒場が火事になったのです。うちにも火が回ってくるかも知れません[*17]。町じゅうの男の人た

＊12　ベンジャミン・L・ビズビーは、裕福な農民で、一八七〇年の所有地は一万ドル近い価値があった。彼と妻ロクシーは、ニューヨーク州出身。一八八〇年には、アイオワ州デコラに住んでいた。引退農民と記される。一八九五年デコラで没。妻は一九一八年、バー・オークで没。

＊13　この記述は、時系列に合っていない。インガルス一家はおそらく、一八七七年初めに、ホテル住まいをやめて、よそへ移った。PGにあるような秋ではない。そのため、PGの他の版でも、バー・オークでの思い出が時系列に合わなくなってしまった。バイ版では、セクションをいくつかに分けて、事項の順番を示している。1．バー・オークとホテル、2．雇い人エイミー、3．リード先生とモウズ、4．クリスマス、5．はしか、6．ビズビーさんとの歌のけいこ、7．雑貨店の二階への引っ越し、8．パイファーさんの思い出、9．町の火事、10．読本五の巻の朗読、11．エイミーの恋人と命とりの葉巻、12．パー、雑貨店の奥さんを助ける、13．小さなれんがの家。

＊14　一九四七年のデコラ・パブリック・オピニオン紙の記事に、ワイルダーはその店がキンボールの店だとわかったと書く。それはジョージ・キンボールの店で、一八七六年、治安判事で、一八八〇年の人口調査では「雑貨卸売り商」、妻はセアラとある。PGで、ワイルダーはこのふたりをキャ

ちが桶を持って、井戸から水を汲み、火消しにあたりました。パーも外へ出ていました。マーとメアリとわたしは窓辺に立って、様子を見ていました。男の人たちが長い列を作り、井戸から水を汲む順番を待っています。ところが、その列がちっとも動きません。マーは、「なにをもたもたしているのかしら？」といいました。

ビズビーさんが井戸の前に立っていて、すごい勢いで取っ手を動かしています。そうしながら、「火事だ、火事だ！」とどなっています。さっきから、マーはいっています。「何をもたもたしているのかしら？」

そのとき、叫び声が聞こえました。だれかがビズビーさんをつかんで、井戸の前からどかし、自分の桶に水を汲み、走っていきました。次々に、みんなが桶に水を汲み、大急ぎで走っていきました。ようやく火が消え、パーが戻ってくると、事の次第を話してくれました。ビズビーさんは、底のない桶に水を入れ続け、「火事だ！」と叫んでいたのでした。その間、みんなは順番を待ち、火だけがぼんぼん燃え続けていたのです。

パーは、町が燃えずに、あのろくでもない酒場だけが燃えればよかった、といいました。だったら、水なんか一滴だってかけてやらなかったのに、と。するとマーが、キャメロンのおばさんはきっと喜んだでしょうにね、といいました。キャメロン夫妻は、うちの真下で雑貨店をやっていて、裏手の部屋に住んでいました[*18]。キャメロンのおじさんはしょっちゅう酒場へ行っていて、奥さんに店を任せっぱなしだったのです。

ある晩、そのキャメロンのおばさんの悲鳴が聞こえました。パーは急いで着替えて下へおりていきました。キャメロンのおじさんが、おばさんの長い髪を片手でつかみ、もう一方の手でランプを逆さに持って、おばさんを部屋じゅう引きずり回していました。

メロン夫妻と書く。もしかしたら、キンボール夫妻は、インガルス一家がバー・オークを去ったあとでこの店を買ったのかもしれない（14A）。

＊15　一九三七年、ワイルダーはレインに書く。「パーとマーはホテルの共同経営者としてステッドマンさんたちと働きました。でも、ステッドマンさんがお金のすべてを仕切っていたので、パーの取り分は不当なものになり、稼ぎはあまりなかったと思います」（15A）

＊16　伝記作者ゾカートは、この製粉所の持ち主をJ・H・ポーターと特定した。一八七七年の新聞には、ポーターとインガルスは共同経営者とある。ジェイムズ・H・ポーターは一八六〇年初め頃、バー・オークの農民。一八七七年四月、製粉所を売ってひと月ほどしてから、アメリカン・ハウスを購入した。同月の少し前にステッドマンがバー・オーク・ハウスを売ってからは、それが町で唯一のホテルだった（16A）。

＊17　この火事があったのはおそらく一八七七年二月五日。当時の週刊新聞の常だが、デコラ・パブリック・オピニオン紙も、バー・オークのような片田舎の出来事については、通信員の情報に頼っていた。二月九日、A・M・Pの名前で報告をしてきた通信員は書く。「月曜日の夜、バー・オークのビリヤード場の持ち主M・J・アー

ランプの灯油が流れ出し、火がついて、おじさんの手のあたりが燃えていました。パーはおじさんをつかんでやめさせ、ベッドに連れていきました。そして、うちに戻ってきたパーは、ベッドに入りました。みんな、眠っている間に焼け死ななくてほんとうによかった、といいながら。

その冬、メアリとわたしは学校へ行くのがとても楽しかったです。かけ算の表を歌で覚えて、[19]読本五の巻のクラスに入りました。[20]本を読む勉強も楽しく、家に帰ってから、夜はよく、声に出して読む練習をしたものです。あとでパーから聞いたことですが、下の店に人が集まって、わたしたちが読んでいるのを聞いていたのだそうです。「ポーランドの少年」「ジョン・ムア卿の埋葬」「高潮」「バイソンの足跡」「ポール・リヴィアが駆ける」「笛吹き男」「トバル・カイン」「村のかじや」[21]、その他いろいろ。

朗読の勉強のために、わたしたちは二階のリード先生の教室へ行きました。でも、ほかの時間は下の教室でした。[22]学校の本を家に持ち帰ることもできました。そうすれば、意地悪な男の子たちに邪魔されずに勉強ができます。もうホテルで暮らしているわけではなかったので、ほっとしていました。わたしたちの部屋は快適で、日当たりがよく、清潔でした。前の通りに面した窓からは、向かいにある、大きな白い家の、美しい、テラスつきの芝生が見えました。その家と庭は合わせて二ブロックもの広さがありました。家の持ち主のパイファーさんはとてもお金持ちで、家は外も中もとても美しいのです。開放的な広い階段や、きれいな大理石の暖炉がありましたが、屋敷全体が寒々としていて、家庭らしいところがありません。パイファーさんの娘で未亡人になった人と、その人のふたりの娘が住んでいて、[23]家をきりもりしていました。娘さんたちはわたしたちの遊び相手としては大きすぎましたが、よくうちへやってきて、うちの気持ちのいい居間でマーと一緒に過ごしていました。明るくて、楽しいから、というのでした。

ヴィンが明かりを消したときに、ひとつのランプが燃え上がり、油が流れ出して、それに火がつき、天井まで火が燃え広がった。警報が出て、夜はふけていたが、町の人々が集まってきて、数分のちに火はおさまった。この建物が燃えてしまったら、隣接するバー・オーク・ホテルにも延焼したことだろう」。火事が起きたとき、インガルス一家はまだホテルに住んでいたかもしれない。

＊18　一八七〇年、バー・オークから一マイル圏内に、キャメロン家の人々が何人か住んでいた。そのうちのだれかが、インガルス一家がいた頃にバー・オークで店をやっていたのだろう。一九四七年、ワイルダーはこの店の持ち主がキンボールとわかったが、ブラント改訂版やバイ版には、店主や妻の名前は出てこない。

＊19　一九四七年、ワイルダーは生徒たちが『ヤンキー・ドゥードゥル』のメロディに合わせて」九九の表をうたった、と思い出す(19A)。

＊20　独立読本五の巻のタイトルページには、当時のこの標準教科書は、「図解の多い、シンプルで、実用的で、朗読にぴったりのテキスト。選び抜かれた、段階別の読み物や暗唱のテキスト。豊富な注釈、内容検索に役立つ索引付き」とある。一九四七年、ワイルダーは書く。「わたしは今でも、あのときに使った独立読本五の巻を

あるとき、酒場で恐ろしいことが起こりました。数日間、酒場で酔っ払って寝ていたエイミーの恋人のヘアピンが目を覚まし、酔い覚ましにまたいっぱい飲もうとしました。口に含んだ酒を飲み込む前に、ヘアピンは葉巻をくわえて、火をつけました。ところが、マッチの火を口に近づけすぎたので、ウィスキーから出た蒸気に火がついてしまいました。その炎を吸い込んだだめ、肺が焼けてしまい、ヘアピンはほとんど即死でした。

パーは、これ以上、酒場のそばに住むのはやめようといいました。そろそろ春が近づいていました。粉ひき場の仕事はもうなくなります。[*24] 春になってパーが別の仕事を始めたら、ほとんど家にはいられなくなります。そしたら、もうここに住むのはやめたほうがいいのです。そこで、パーはビズビーさんからすてきな家を借りることにしました。町の端にある、赤れんがの家です。[*25] 春がくると、わたしたちはそこへ引っ越しました。住み心地のいい、すばらしいところでした。オークの林のそばで、日当たりがよく、日陰もあり、鳥がうたい、野生の花がいっぱい咲いていました。

また雌牛を飼い始めました。朝、その雌牛を放牧地へ連れていき、夜になって連れて帰るのは、楽しい仕事でした。放牧地は開けた小さな草地で、小川がちょろちょろ流れていました。野生のアイリス(わたしたちはそれを野アヤメと呼んでいました)[*26]、アメリカナデシコ、キンポウゲ、タンポポが、水辺の草地に生えていました。小高い丘の中腹に、古い石切場がありました。[*27] 小川がそこへ流れ込んでいて、放牧地を出る直前に小さな水たまりを作っています。わたしはその小川のそばをぶらぶら歩いて、花を見たり、ひんやりした、みずみずしい草の中でつま先をぐにゅぐにゅさせたりするのが気持ちよくて好きでした。もう小さな子どもではないので、普段は靴をはいていましたが、雌牛を連れているときはいつも、はだしでした。

持っています。先生は、その中の『老いたるトバル・カイン』『ポーランドの少年』『ポール・リヴィアが駆ける』を生き生きと朗読する方法を教えてくださいました」(20A)。

＊21　「コラナのジョン・ムア卿の埋葬」(チャールズ・ウルフ作、一八一六年)以外の詩はすべて、独立読本五の巻に載っている。アン・S・スティーブンズの「ポーランドの少年」、ジーン・インジロウの「高潮」、ベイヤード・テイラーの「バイソンの足跡」、ヘンリー・ワズワス・ロングフェロウの「ポール・リヴィアが駆ける」と「村のかじや」、ロバート・ブラウニングの「笛吹き男」、チャールズ・マッケイの「トバル・カイン」

＊22　一九四七年、ワイルダーは書く。「とても大きい学校に思えましたが、教室はふたつしかなかったのを覚えています。最初は一階の教室で、進級すると、二階に行かれるのです」(22A)。校長のリード先生は二階で年長の生徒を教えた。デコラ・アイオワ・リパブリカン紙の通信員は伝える。この学校は「大きな成功例だ。リード先生は……数少ない第一級の教師のひとりであり、階下の生徒たちを教える先生の助手もまた、生徒たちに人気があり、よい成果をあげている」(22B)

＊23　一八七〇年と一八八〇年の人口調査では、ピーター・プファイファー(PGではパイ

その春の最大の悩みは、学校でかけ算の表をちゃんと覚えていえないことでした。ほんとうに覚えられなくて、それがいえないと、算数のクラスで上にあがれないのです。合格した子たちは来学期には二階の教室に行かれるのですが、合格しないと二階へは行かれません。ですから、マーにわたしの手伝いが必要になって、しばらくわたしは学校へ行かれなくなったので、ほっとしました。わたしはマーを手伝って、家事をしたり、お使いをしたりしながら、かけ算を思い出せないときは表を横目で眺めて、毎日練習しました。

ある日、かなり時間のかかるお使いからやっと戻ってくると、なんと妹が生まれていました。グレイスという名前がつけられました。[*28] 髪はメアリのような金髪で、目はパーのように青く、きらきら光っていました。それからしばらくの間、わたしは家にいて、家事をしました。それから、学校へ戻りました。もうかけ算の表をちゃんといえるようになっていたので、みんなと一緒に二階のクラスに行くことができました。

ほんとうになんて楽しい夏だったことでしょう！　仕事と遊びがいい具合にまじり合い、どちらがどちらかわからないほどでした。もちろん仕事といえば、マーの手伝いをしてグレイスの面倒をみることでしたが、すごく楽しい遊びのようなものでした。雌牛を追っていくのも仕事ですが、それは毎日の最高の楽しみでした。雨が降っても、足が濡れれば気持ちがいいし、顔にあたる雨も、薄い夏服にしみてくる雨だって、いい気持ちでした。家のそばのオークの林はいつも楽しい場所で、土曜日にはときどき、仲良しと一緒に、町のはずれにある古い墓地へ行きました。[*29] 途中で石の家を通り過ぎます。ツタでおおわれていて、前庭にはバラが咲き乱れていました。

その家に住んでいる男の子は知恵遅れだとかなんとか、みんながいっていました。[*30] 柵

ファー）の家族構成が違っている。その頃、彼は妻メアリ、娘のメイとイジドア（アイサ）と、メアリの両親のジョン＆エリザベス・メイの家に住んでいた。大家族で、一八七〇年にはメイ家の息子ジョージとその妻（同じくメアリ）、二歳の息子レイモンドが加わった。メイ家はイギリス出身、プファイファーはドイツ出身。プファイファーの職業は店主。一方、ジョン・メイは裕福な退職設計士、建築家で、不動産と個人資産は一万二千ドル近くあった。ジョージ・メイは石工。一八七〇年、プファイファーの娘たちは十五歳と十二歳だったと思われる。下の娘はメアリ・インガルスと同年齢だったので、一緒に遊べないほど年上ではなかった。ワイルダーはピーター＆メアリ・プファイファーと、ジョン＆エリザベス・メイを混同したのではないか。メイ夫妻の娘はメアリ・メイ・プファイファーで三十五歳、義理の娘はメアリ・メイで三十三歳だった。

＊24　一八七〇年三月九日のデコラ・アイオワ・リパブリカン紙に短い記事が載った。「ポーター＆インギャルスは、製粉所をパリス・ベイカーに売却した」（24A）。この取引が行われたのは三月初めと思われるので、チャールズ・インガルスがこの仕事をしていたのはせいぜい五カ月ほどだったことになる。

＊25　家はホテルから北西に数ブロック

に寄りかかっているのをときどき見かけました。なんだか行動がおかしかったので、会うのはいやでしたが、おばあさんが、その子のおばあちゃんだと思いますが、いつもわたしたちを呼びとめては、クッキーや、庭で摘んだバラをくれたものです。*31

墓地はきれいなところでした。緑色の短い草が生え、やわらかくて、ビロードみたいでした。ちょっとした窪地にはコケが生えていましたし、墓石にもコケが生えているのがありました。黒っぽい、背の高い常緑樹の木立があり、かわいい花がそこらじゅうに咲いていました。わたしたちは花を見たり、においをかいだりしましたが、決して摘んだりはしませんでした。こんなに美しいところなので、たくさんの白い墓石があっても、ちっとも寂しい感じはしませんでした。わたしたちは午後じゅうそこで過ごしたものです。墓石を見て、墓碑に書いてある名前や詩を読んだりしました。ごろりと横になってそのままずっと眠りたくなるような、気持ちのいい場所でした。でも、日が落ちる前に

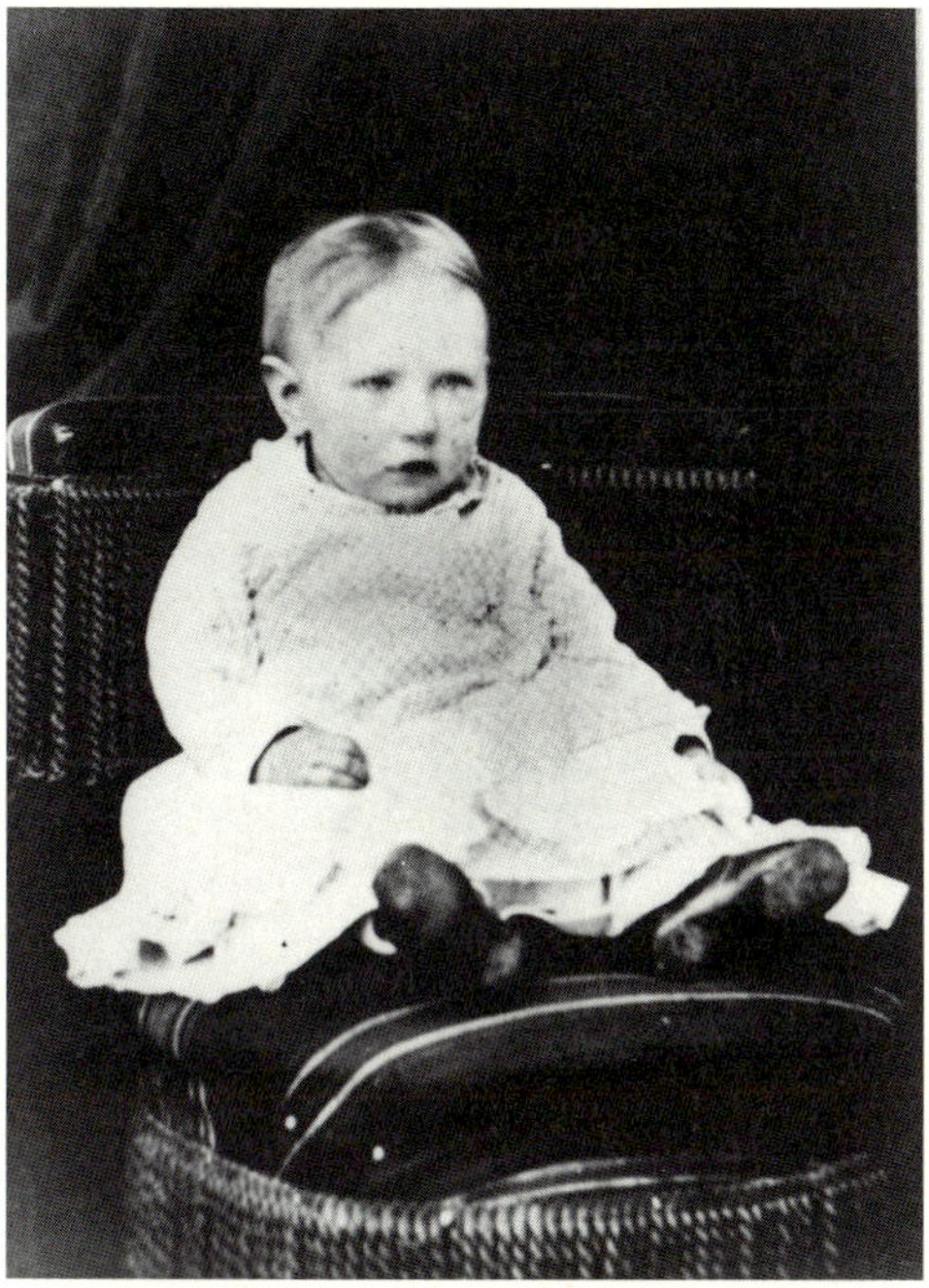
グレイス・パール・インガルス。1878 年頃(LIWHHM)

行ったところで、近くに組合教会があった。一九七〇年代に壊されたが、「前面に出窓がある二階建てだった」(25A)

＊26　アイリスの一種で、青アヤメとして知られ、アイオワ州の森林地や湿地に生息し、春に花が咲く(26A)。

＊27　かつてウィネシーク郡を訪れた人が「建築材料に最適の青い石灰岩の石切場」がバー・オーク地域にある、といった(27A)。ワイルダーは一九四七年に思い出を書く。「古い石切り場があったのを覚えています。でも、そこは水がたくさん流れていて危険なので、行かせてもらえませんでした」(27B)。

＊28　グレイス・パール・インガルスは一八七七年五月二三日、バー・オーク生まれ。物語のグレイスが初めて「小さな家シリーズ」に登場するのは、『岸辺』の冒頭で、「赤ちゃんのグレイス」としてだ。ワイルダーは第三章で、グレイスのことを書いた。「グレイスは、ぴんと糊づけした白いローンの服とボンネットをつけ、小さなあたらしい靴をはいた足をまっすぐ前にのばして、じっとすわっていました」。PGでも、『岸辺』でも、グレイス・インガルスは脇役だ。年齢的にワイルダーよりかなり下だったからかもしれない。姉がアルマンゾ・ワイルダーと結婚した一八八五年に、グレイスはまだ八歳だったが、そのグレイスが九歳のときにつけ始めた日記のお

は必ず家に帰りました。

そんなある日の午後、家に戻ると、お医者のスターさんの奥さんが、[*32]マーと話していました。わたしが部屋に入っていくと、奥さんはわたしの体に腕を回して、そのまま話を続けました。奥さんは、わたしを引き取って、一緒に暮らしたいというのです。奥さんの娘のアイダとファニーはもう大人で、家を離れて学校で教えているので、[*33]小さな女の子に家事を手伝ってもらえれば、寂しくないからというのでした。そして、もしもわたしがいいといったら、いずれは養女にして、実子として育てたいのだそうです。けれど、マーはわたしを見てにっこりし、そんなことは到底できません、ときっぱりいいました。スターの奥さんはがっかりした様子で帰っていきました。[*34]

夏が終わりに近づいた頃、わたしはパーとマーがとても不安そうなのに気がつきました。パーは仕事でほとんど家へ帰れないのですが、それでも給料はよくありません。うちにはお金がもっと必要なのだとわたしはわかっていました。それにパーは、このバー・オークのような、古くからある町は好きではないのです。鉄道もないんだから、死んだような町だ、といっていました。夜うちにいるときにはヴァイオリンを弾いてくれましたが、パーは落ち着かない様子で、寂しげな、何かにあこがれるような曲ばかり弾いていました。「ケンタッキーのわが家」「スワニー川」「幸せの国」とか。でも、いつもそのあとで、元気なマーチを弾いてくれました。「ジョン・ブラウンの亡骸」や「ジョニーが帰ってくる」を。[*35]

ですから、パーとマーがしゃべっているのを聞いて、また西部へ戻ることになったのがわかっても、わたしはちっとも驚きませんでした。けれど、すべての借金、つまり、お医者さんへの支払いや、食料雑貨代や、家賃などを払い終えても、出発できないこと

(▼130ページへ)

かげで、ローラ・ファンはワイルダーの新婚生活をかいま見ることができる。「ローラとマンリー(アルマンゾのこと)はジフテリアにかかった」と、一八八八年三月五日に書いている。「だから、ローズがうちにいる。ローズみたいにいい子はいない」。その一年後の八月二七日、グレイスは書く。「この前日記を書いてから、すごくいろんなことがおこった。ローラのぼうやが少し前に死んだ。たった一カ月しか生きられなかった。マンリーにそっくりだった」(28A)

グレイス・インガルスは、デ・スメットの北西約六十マイルのところにある、組合教会系のレッドフィールド・カレッジで学んだ。そして、デ・スメットの西の小さな町、マンチェスターの学校で教えた。やがて、地元の農夫で、十八歳年上のネイサン・ウィリアム・ダウと出会い、一九〇一年に結婚。チャールズ・インガルスが亡くなる一年前だ。ふたりには子どもはなく、マンチェスター近くのダウ農場で長年暮らしたのち、キャロラインとメアリ・インガルスの面倒を見るために、デ・スメットのインガルス家に移った。一九二八年のメアリの死後、グレイスと夫はマンチェスターに戻り、グレイスは一九四一年一一月一〇日、六十四歳で没。夫ネイサンは、一九四三年に没。彼の甥のハービー・ダンはマンチェスター近郊で育ち、長じて、有名な画家となった(28A)。

***29** のちにワイルダーは彼女をアリ

(へ)

アルフレッド・H・スター医師(LIWPM)

ユーニス・スター(LIWPM)

ス・ウォードだという。ふたりで墓地を散歩したのは、だいたい日曜の午後だったとも書く。アリスはワイルダーより年上で、一八七七年には十二歳だったはず。父親のベンジャミンは大工。バー・オークのこの古い墓地は一八五三年からあり、裕福な商人のウィリアム・H・ウィルシーが寄付した土地に作られていた(29A)。

＊30　当時は、知恵遅れ(idiot)という言葉は、重度の知的障害者を意味していたが、現在では適切とされない。

＊31　一九四七年、ワイルダーは小さな石造りの家の住人を「シム家　Sims」(31A)と書いたが、ドナルド・ゾカートは、Symms(31B)と綴る。人口調査や墓石記録にも決め手はない。だが、ジョージ・D・Symmsと妻メアリと一歳の息子リチャードは一八七〇年、バー・オークに住んでいた。だが、その後、彼らの記録は消えた。ジョン・O・Simsという名前が、一八八〇年の連邦農業記録に出てくるが、この男の家族構成のくわしいことはわからない。一八七六年にバー・オークで亡くなったアダリーザ・A・Symmsは、バー・オーク墓地に葬られている。この女性が、ワイルダーが覚えているおばあさんのイメージに合致する。

＊32　一八八〇年、アルフレッド・H・スター医師と妻ユーニスはバー・オークでふたり暮らし。一八七七年、スター医師は四十七歳くらい、妻は四十四歳くらい。医師は、デコラの週刊新聞に、「内科医&外科医」という広告を出していた。彼は「処方のための新しい薬を常に手に入れることができた」という(32A)。

＊33　一八八〇年、ファニー・スターは学校教師で、近くのヘスパーに住んでいた。同居していたのは姉のアイダと夫のD・バー・ウィリスで、夫も学校教師。ブラント版にはこのエピソードはない。ブラント改訂版とバイ版では、インガルス一家のバー・オークでの最後の日々のあとのほうで、このことに触れている。

＊34　バイ版では、ローラのほっとした気持ちが追加されている。「けれど、あとになってから、スターの奥さんのことを思い出すたびに、また奇妙な気持ちが戻ってきました。もし、スターの奥さんがわたしを連れていき、パーやマーやメアリやキャリーやグレイスがいなくなっても、わたしは自分のまま、ローラ・インガルスのままでいることはできるでしょう。そう思うと、おかしな気持ちになりました。だから、できるだけ早くそのことは忘れようとしました」

＊35　十九世紀からうたわれている歌。スティーブン・フォスターが、「ケンタッキーのわが家」と「故郷の人々」(スワニー川)を一八五〇年代初めに作曲。「幸せの国」は、一八三八年にアンドルー・ヤング作詞で、

もわかりました。西部へ行く費用がまったくないからです。パーはビズビーさんに家賃を待ってもらえないかとききました。お金ができたら送るといったのですが、ビズビーさんは承知してくれません。それでも行くのなら、うちの馬たちを売って、それで家賃を払うようにといわれてしまいました。[*36] パーは腹を立てました。今まで、どんな借金もちゃんと払ってきたし、これからだってそうするつもりだったのに、「あんなしわんぼのビズビー野郎にはもう一セントだって払ってやるもんか！」というのでした。やがてある晩、パーの仕事場の人がやってきて、パーにお金を払い、うちの雌牛を連れていきました。そして、パーに別れを告げ、幸運を祈るといいました。

夜のいつだったか、わたしたち子どもがふと目を覚ますと、幌をかけた馬車が表にあって、ベッドとストーブ以外は全部積み込んでありました。わたしたちは眠くてたまらず、マーに手伝ってもらって着替えました。その間にパーはベッドなどを馬車に積み込み、馬をつけました。みんなが乗り込むと、馬車は闇の中を出発したのです。[*37] 夜明け前には、別の郡へやってきました。パーは馬車を止め、馬たちをはずして、えさをやりました。その間、わたしたちは朝食を食べ、また出発しました。再び、西部を目指して進んでいったのです。[*38]

ああ、朝食をとるわたしたちを照らしてくれた日の出の美しさ！　夜のいいキャンプ地をさがしながら進んでいく馬車の先で輝いている日没のすばらしさ！　最初のキャンプ地に着いたときはもう、日が沈んでいました。パーは急いでたき火のしたくをしながら、肩越しに日没を指していいました。「今日は太陽に負けちまった。先に火をつけられた。あれを見てごらん」。ほんとうに、木立の間からたき火のように見えたのは、ちょうどのぼってくる、まんまるい大きな月でした。「あれは太陽がつけた火さ」

ポピュラーなメロディはロバート・アーチボルド・スミス作曲。『家』でかあさんはこの歌をローラにうたって聞かせる（第十七章）。「ジョン・ブラウンの亡骸」はよく知られた奴隷制度反対の行進曲で、「リパブリック賛歌」のメロディと同じ。同じく南北戦争時代の歌の「ジョニーが帰ってくる」は一八六三年、ルイス・ランバート（パトリック・サースフィールド・ギルモアの偽名）作詞（35A）。

＊36　バイ版にはここで、一家の困窮状態を強調する段落がひとつ追加された。「けれど、わたしたちはバー・オークを出ることなどできないようでした。法律はビズビーさんの側に有利でした。もしわたしたちが支払いをしないで出たら、パーは逮捕されてしまうでしょう」。ここに、スターの奥さんがローラを引き取りたいというエピソードが入り、インガルス家の困窮度と、家族が一緒にいたいという気持ちがいっそう強調される。その結果、町をこっそり抜け出すしかないという、チャールズの決断が唯一の手段となった。彼は家族をばらばらにせずにしっかり支えて、新しい出発をしたかったのだ。

＊37　バイ版では、最後の結びを少し変えた。「パーはいいました。『たった二日のうちによそへ移るなんて思いもよらなかった』。そして、あのけちな成金男にはびた一文払うもんか、といったのです。

パーはまた西部へ向かうのがうれしいんだなとわたしにはわかりました。西部には人がたくさん住んでいないので、空気がもっと澄んでいるとパーはいいました。そして、たき火のそばでヴァイオリンを奏で始めました。「ジョージア行進曲」「星条旗」「ヤンキー・ドゥードゥル」「バッファロー・ギャル」「アーカンソーの旅人」[*39]などのメロディが、アイオワ州のバー・オークからミネソタ州のウォルナット・グローブ[*40]へ向かって、高らかに響き渡っていきました。

『大草原の小さな家』よりヘレン・スーウェル画。1935年

マーは『まあ、チャールズったら』というのでした」

＊38　ワイルダーはバイ版で、この段落の最後に一行を追加した。「バー・オークは、はっと目が覚めたらまるで夢のように思えるところでした」

＊39　前のほうに、「ヤンキー・ドゥードゥル」「バッファロー・ギャル」「アーカンソーの旅人」が出てくる。「ジョージア行進曲」は、一八六五年、ヘンリー・クレイ・ワークの作曲で、南北戦争後期にウィリアム・ティカムシ・シャーマンの南海への行進を祝ったもの。フランシス・スコット・キー作詞、ジョン・スタフォード・スミス作曲の「星条旗」は一八一四年からうたわれ、一九三一年にアメリカ合衆国国歌となった（39Ａ）。

＊40　良い天気に恵まれたことから、この旅は一八七七年八月または九月のことだったろう。バー・オークの学校の夏学期が終わった七月二八日以降と思われる（40Ａ）。

第5章

ミネソタ州にて

一八七七年～一八七九年（『プラム・クリークの土手で』対応）

ウォルナット・グローブのエンスン家に着いたとき[*1]、わたしたちはまるでふるさとへ帰ってきたかのように歓迎されました。次の日、パーが住む家を探しに出かけようとすると、エンスン家の人たちは「探さなくていい！」といいました。そこで、わたしたちはパーが家を建て終えるまで、この家に住まわせてもらうことになったのです。

そこで、パーは家計費を半分払うことにし、町の店で働き始めました。[*2]エンスン家のウィラード、アンナ、ハワード[*3]、そしてメアリとわたしは一緒に学校へ通いました。使っている本はみんな同じでしたが、わたしだけはまだ文法も、算数も、歴史も、地理も初級でした。メアリはずっと先のほうを勉強していましたが、アンナとウィラードはかなり遅れていました。読本は、みんな五の巻でした。

スペリングのクラスはふたつあって、わたしは上級のクラスでした。生徒は、スペリングが得意な順に一列に並びます。前の人がスペリングを間違うと、次の人から正しくいえるまで順番にいっていきます。正しいスペイングをいえたら、列の前へ行って、間違えた人の前に立つことができます。授業が終わるときには自分の位置がわかっている

＊1　ジョン・エンスンと妻ルパーリア（ルピーダ）と子どもたちは、一八七〇年～一八七五年の間に、ミネソタ州エルギンからウォルナット・グローブの農地へ移住。夫妻は共にニューヨーク州生まれ。エンスン家とインガルス家は、ウォルナット・グローブの合同組合教会のメンバーとして親しくなった。ジョン・エンスンは教会の執事（1A）。

＊2　ブラント改訂版とバイ版は、インガルス一家がエンスン一家としばらく同居していたことに触れていない。だが、バイ版では、シンプルにこうある。「その冬、わたしたちは町で暮らしました。ウォルナット・グローブはどんどん大きくなっていて、パーは大工仕事をたくさんやりました」。どちらの版にも、チャールズが店で働いていたとは書かれていない。しかし、町が発展していたのは事実である。一八七八年四月、レッドウッド・ガゼット紙は記す。「この春、鉄道沿いで最もにぎやかな町のひとつはここだ。新しい雑貨店が二軒、新しい二階建ての建物ができ、そのひとつにメイソン・ホールが入っている」。そのほか、町には新しい金物屋、食料雑貨店、肉屋もあり、建築中の建物が八軒から十軒あった。「バッタの災害でよそへ移った農民たちが戻ってきていたし、新しい住民も増えた」（2A）

＊3　一八七七年、ウィラード（ウィリアムまたはウィリー）は十七歳くらい、アン

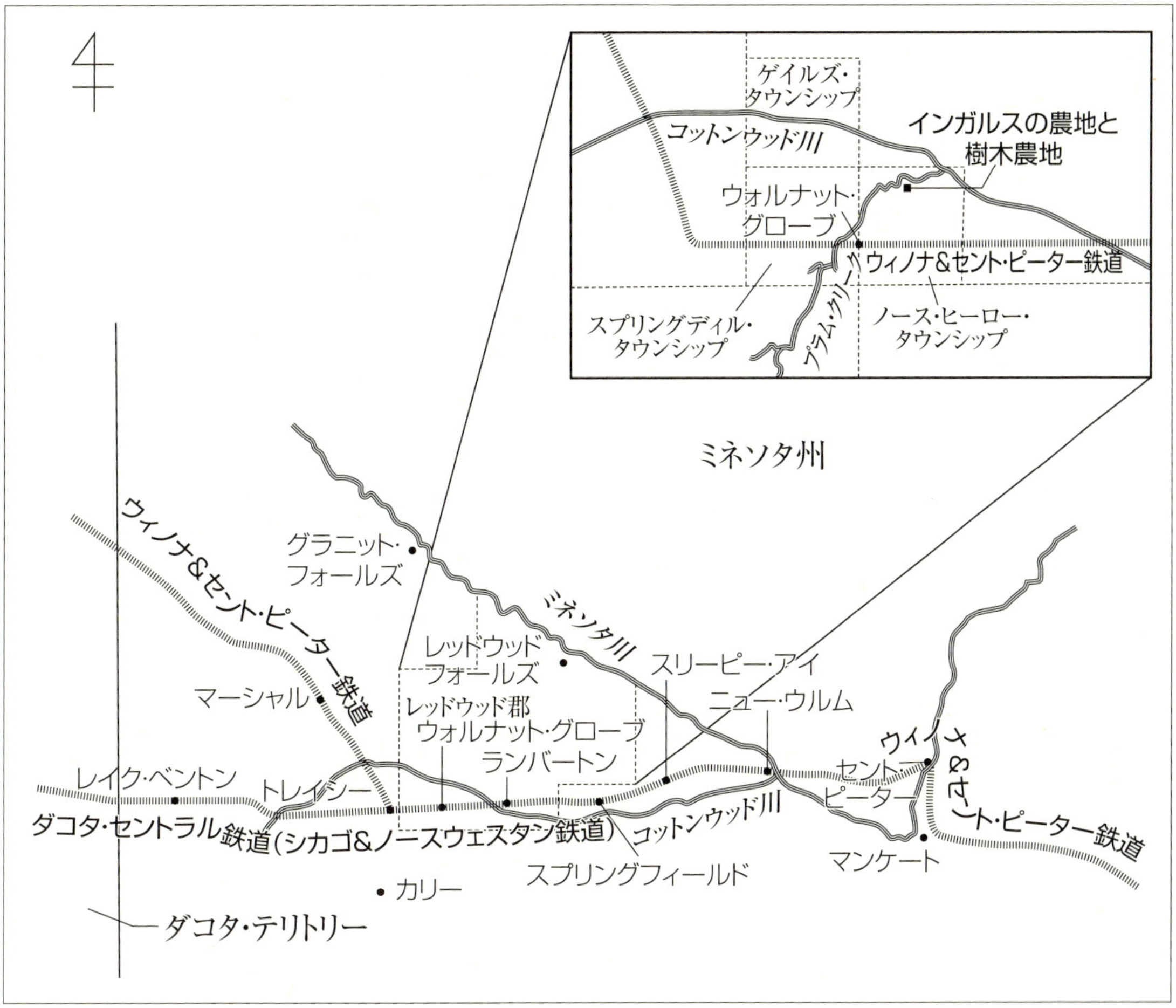

ミネソタ州レッドウッド郡の地図。1877 年～ 1879 年(SDHSP)

ので、次のときもその順に並びます。一週間、列の一番前に居続けられるのは最高の名誉でした。ひとり、おばかさんの男の子がいて、わたしは前に行かれなくても、その子のそばへいくほどうしろになりたくはありませんでした。

毎週金曜日の午後、学校の通常の勉強はありません。かわりに、詩や文章を暗唱したり、スペリング競争をして、だれがいちばんになるか競争しました。金曜日の夜、学校でスペリング大会が開かれました。大人たちもみんなやってきました。ランプやカンテラを持ち込んで、部屋を明るくしてくれました。おしゃべりをしたり、笑ったり、楽しそうに話をしていましたが、先生が入ってきてベルを鳴らすと、席について静かになりました。

先生はリーダーをふたり選びました。学校でスペリングの得意なふたりが、教壇の両脇にひとりずつ立ちました。それぞれのリーダーが順番に、自分の列に並ぶ人をひとりずつ選びます。そうして全員がどちらかの列につくと、教室の中でずらりと並んだ人たちが向かい合った列がふたつできました。

まず先生はスペリングの本から単語をいくつか選び、ひとりのリーダーにそのスペリングをいわせ、次の単語はもうひとりのリーダーにスペリングをいわせるというふうにして、教室の右列の人から左列の人へと順にスペリングをいってもらいました。だれかがひとつでも間違うと、その人は列から脱落して、席に戻り、列の別の人がその単語のスペリングをいうのです。右列、左列と行ったり来たりして、だれかが正しいスペリングをいえるまで続けるのです。

たくさんの単語が出題され、こんなふうにしてみんながスペリングをいいました。そ

ナは十三歳くらい、ハワードは九歳くらい。

＊4　チャールズとキャロラインは再び合同組合教会のメンバーとなり、メアリも加わった。一八七八年、チャールズは再び教会評議員に選ばれ、翌年も再選された（4A）。

＊5　レナード・H・モウジズ牧師はメイン州生まれ、両親と共にミネソタ州へ移住し、一八六二年、アラミーダ・クックと結婚。イリノイ州ウィートン大学で学び、南北戦争時には、連邦軍に従軍。最初の妻の死後、一八六六年、ユリーナ・ジェイン・デニスンと再婚。一八七五年には家族でウォルナット・グローブにいた。一八八〇年には、ミネソタ州ローズ・クリークへ移っていた。ミネソタ州各地の組合教会で牧師を続けたのち、晩年はキャンザス州マンハッタンで過ごし、一九三八年に没（5A）。

＊6　ルーラ（ローラ）・モウジズは牧師の長女で、一八六三年、最初の妻アラミーダとの間に生まれた。アルバート・カーティス・モウジズはワイルダーと同年の一八六七年生まれ。後妻ユリーナとの間にできた六人の子どもの最初の子で、そのあと生まれたラートン（一八七〇年）とニーナ（一八七五年）は、ウォルナット・グローブに住んでいたときに誕生。

＊7　ブラント改訂版とバイ版にはこの

の間、ランプの炎がすきま風で揺れたり、ストーブで真っ赤に燃えた火がゴウッと音をたてたりしました。どんどん脱落する人が出て、とうとうたったひとりが残りました。先生はその人にいくつかの単語のスペリングをいわせました。そして、ひとつでも間違いが出たら、それでおしまい。スペリング競争は終わりました。

メアリとわたしはその古い小さな学校へ通うのが好きでした。前も通っていた学校です。またなつかしい教会や[*4]、日曜学校へも行けることになって、とてもうれしかったです。わたしたちがここにいなかった間に、牧師館が建って、そこに新しい牧師さんが住んでいました。[*5]モウジズさんです。そこの子のルーラとアルバート[*6]は、学校への行き帰りはわたしたちと一緒でした。雪玉を投げ合ったりして、ずっと遊びながら歩いたものです。ハワード・エンスンはわたしに、大人になったら、結婚してほしい[*7]といいました。わたしは真剣にそれを考えましたが、わたしがアルバートと遊んでいるのを見てハワードが泣いたので、わたしはうんざりして、「結婚しない！」といってやりました。

わたしたちがバー・オークへ行く前に、そこのホテルを所有していたマスターズさんが、このウォルナット・グローブにもホテルを建てていました。そこの息子のウィルは、奥さんのナニーを撃って、バー・オークのホテルのドアに弾丸の穴をあけた人ですが[*8]、まだマスターズさんの家に住んでいました。マスターズさんは、ここのホテルだけでなく、町に所有している土地の隣や裏手にある、広い放牧地も持っていました。冬の間、パーはマスターズさんのところで働き、ホテルの近くにある放牧地の一部を買いました。春がくると、そこに家を建て[*9]、わたしたちは早速引っ越しました。そのあと、パーは家のしあげをしました。

エンスン家での暮らしはとても楽しかったのですが、やっぱりまた自分の家に住める

エピソードはない。

＊8　バイ版では、この話はPGよりあいまいな書き方だ。「彼の息子ウィルはかつて、妻ナニーを撃とうとしてドアに銃弾の穴をあけたといわれています……ウォルナット・グローブには酒場はありませんでした。今ではウィルはあまり酒を飲まなくなりました」

＊9　マスターズ家は町の西に土地を持っていたが、チャールズがそこに土地を持っていた記録はない。PGのこの記述は別にして、この家に関する資料は残っていない。ただ、一八七五年、チャールズは元々優先買取権を持っていた土地から三マイル離れたところに、樹木農地を申請していた。一八七七年秋にウォルナット・グローブへ戻ってから、その樹木農地を一旦手放し、一八七八年五月に、それを自作農地として申請。一八六二年の自作農地法によって、申請者は六カ月以内にその地に住まなければならなかったが、バッタ襲来のため、他に申請者があらわれなければ、その条件を満たしていなくてもよいとされた。ワイルダーは、PGなどでも、この農地については触れていないため、一家がウォルナット・グローブから北東五マイルほどの、プラム・クリーク沿いのこの土地に住んでいたかどうかはわからない。チャールズは一八八〇年にこの土地を手放したが、それはダコタ・テリトリーに自作農地を申請したあとだった（9

のはほんとうにすてきです。夜中にグレイスが泣いても、だれに遠慮もいりません。ここにいるのはわたしたち家族だけなんですから。家が完成して、庭もできると、パーは町に場所を借りて、そこで肉屋を始めました。[*10] 春になったので、どこの家でもそれまで持たせていた肉がなくなりました。そこで、商売はとても順調でした。エンスンさんは農場の家へ移りましたが、アンナは残って、学校が終わるまでわたしたちと一緒に暮らしていました。

帽子作りの女の人がエンスン家を借りて、レースやリボンや造花でとてもきれいな帽子を作っていました。ほんとうに素敵だったので、わたしは大人になったら帽子屋になろうと思ったくらいです。そこの女の子と一緒に学校から帰るとき、ついでにお店に寄って、仕事の様子を見学しました。あんなにきれいなものを使って、さらに美しいものをこしらえているというのに、その女の人がひどく暗い顔をしているので、わたしはわけがわかりませんでした。その人が笑ったところを見たことがありませんし、ときどき、ふーっと深い、悲しそうなため息をつくのです。女の子にどうしてママはあんなに悲しそうなのかときくと、ママはパパと離婚したのだといいました。[*11] 人をあんなふうに暗くしてしまうのだから、離婚というのはすごくつらいものなのだろうと、わたしは思ったものです。

その春と夏、学校で教えていた先生は、マスターズさんの兄でした。[*12] わたしたちはその人を「アンクル・サム(サムおじさん)」と呼んでいました。背が高く、やせていて、歯が悪くて、息がくさかったです。小さな褐色の目をして、頭ははげていました。それに、いやなくせがありました。話しかけるとき、必要以上に顔を寄せてくるし、たまたまそばに女の子の手があったりすると、そしらぬ顔でその手を取って、さすったりするのです。[*13] あるとき、わたしも手を取られました。わたしは手にピンを持っていたので、先生

A)。

＊10　レッドウッド・ガゼット紙が一八七八年四月に書いた新しい肉屋のことだろう。「畜殺業」を、一八七八年二月の記事では、ウォルナット駅周辺の繁栄のひとつの印と書く。「ここはC&N・W鉄道沿いの将来栄えるであろう町で、ニュー・ウルムの西へ五十四マイル、マーシャルの東へ二十六マイルのところにあり、人口はおよそ百六十人」(10A)。ワイルダーはバイ版でこう書く。「それまで人々は夏場に、チキンは別として、新鮮な肉を食べられませんでした。牛やブタを畜殺しても、暑さのため、食べ終わる前に腐ってしまうからです。でも、今、パーが畜殺をすると、人々はこぞって肉を買いにきました。パーは悪くならないうちに少しずつ売って、結構いい儲けを得ました」。ワイルダーとレインは「小さな家シリーズ」を書くときに、PGのいろいろな版を参考にしただろうが、このような細かい事柄はワイルダーの思い出からそのまま出てきたものだったろう。自分の書いた本について、ワイルダーはこう語る。「あることに心を集中すれば、そこから細かいことがあらわれてきて、記憶がますますくっきりと甦ってくることがわかったのです」(10B)

＊11　一八八〇年、ミネソタ州レッドウッド郡の四人の女性が、職業を「帽子作り」または「帽子店経営」と書いた。ところが、

が手を握ったとき、ピンのとがったほうを上にして、ぐいっとつき刺してやりました。そのあと、先生は二度とわたしの手を取らなくなりました。

そのサム・マスターズの長男ジョージと長女ガシーは、家族と一緒にこの西部へ来ていませんでしたが、その他の子どものジェシーとジェニーヴ[*14]は来ていて、わたしたちくらいの年格好でした。ジェニーヴは、学校の女の子たちを西部の田舎者とばかにしています。[*15]ニューヨーク州から来たので、みんなよりえらいと思って、いばっているのです。服装はわたしたちよりずっときれいで、甘ったれたしゃべり方をします。自分の思い通りにならないと、わめいたり、しおらしくめそめそしたりしました。みんなはしかたなくジェニーヴのいう通りにしてやりました。新しく来た子とは仲良くしたいからです。でも、ひとりだけ、そうしない子がいました。ネリー・オーウェンズです。ジェニーヴが来たとき、ネリーはみんなのリーダーだったので、その地位をとられたくなかったのです。そこで、お父さんの店にあるキャンディとか、リボンとかを気前よく友だちにあげて、自分の地位を守ろうとしました。わたしの年齢の女の子たちは、ふたつのグルー

ジェナヴィーヴ・マスターズ(LIWM)

その四人はだれもウォルナット・グローブに住んでいなかった。ふたりは既婚、あとのふたりは独身。レッドウッド郡のすべての女性のうち、ふたりだけが離婚歴を人口調査員に告げているが、どちらもウォルナット・グローブには住んでいなかった。ウォルナット・グローブの知られざる帽子屋は、町の雑貨店を通じて帽子を売っていたのだろう。そこならば「流行の女性用の縁飾りつきや縁飾りなしの帽子」をおいてくれるからだ(11A)。

＊12　一八七〇年、サミュエル・O・マスターズと妻マーガレットは、四人の子どもと共にニューヨーク州ホーンビーに住んでいた。九千ドルの価値のある土地持ちの農民。一八七五年の少しあとで、夫妻と年下の子どもたちふたりはウォルナット・グローブへ移住。当時の職業は「測量技師」。マスターズはコーネル大学で土木工学を学び、ニューヨーク州では、校長、測量技師、商人などとして働いていた。妻は学校教師。一八八〇年、マスターズ一家はダコタ・テリトリーのデ・スメットへ移住。バイ版には、彼のニックネームの理由が書いてある。「わたしたちは彼をアンクル・サム(アメリカを表す言葉)と呼んでいました。背が高くて、細くて、あと必要なのは星条旗と縞のズボンだけだったからです」

＊13　ブラント版とブラント改訂版には、サミュエル・マスターズのいやなく

プに分かれました。

メアリは年上のグループにいましたし、キャリーは年少の子どもたちと学校へ通い始めたばかりでした。わたしはネリー側にもジェニーヴ側にもつきたくありませんでした。自分で考えて、ときにはネリー側につき、ときにはジェニーヴ側につきました。すると、驚いたことに、わたしが全体のリーダーになっていたのです。ネリーもジェニーヴもわたしを自分の側に引き込みたくて、わたしのご機嫌をとろうとし、わたしがやりたい遊びをしたり、いう通りにするようになったのです。ジェニーヴは、わたしの弟フレディが生まれた、小さな古い家に住んでいました。学校帰りにその家の前を通ったわたしを呼び止めて、お母さんが作ったクッキーを食べさせてくれました。ネリーの方は、自分のきれいな紅玉髄の指輪をくれました。

メアリがいうように、わたしはおてんばだったので、女の子たちを誘って、男の子たちと一緒に遊ぶようにしました。アンティ・オーバー、プラウェイ、ろうやごっこ、ハンドボールなど。[*16] 学校でわたしより速く走れる男の子はひとりしかいませんでしたし、その子だって、いつも勝つとは限りませんでした。やがて、男の子たちはわたしたちがゲームをうまくやれるのを見て、野球の仲間に入れてやるよ、といってくれました。そこで、わたしたちはその夏の間、ずっと野球を楽しみました。[*17] メアリ、アンナ、ルーラ、クリスティ、アイダ、メイ・コックランなど、[*18] 大きな女の子たちはレディ気取りで、わたしたちをあきれ顔で見ていたものです。

夏の初め頃[削除跡あり]、日曜学校のモウジズ校長が、生徒たち全員を、町から二マイルほど離れたウォルナットの林へピクニックに連れていってくれました。お弁当を入れた籠を持って、モウジズ先生の家へ行きました。そこに大きな馬車があって、みんな

せや感じの悪さについては書かれていない。

だが、バイ版にはPGの描写が戻った。

＊14　一八七〇年、マスターズの四人の子どもたち―ジョージ、オーガスタ、ジェシー(男だが、ブラント版では女)、そしてジェナヴィーヴ(ジェニー、PGではジェニーヴ)―は、ニューヨーク州ホーンビーで両親と住んでいた。当時十七歳だったジョージの職業は「農業労働者」。のちにミドルネームのエルジーサを使うようになるオーガスタ(ガシー)は十一歳、学校に通っていた。ジェシー六歳、ジェニーは二歳。一八八〇年には、ジェナヴィーヴ(人口調査に載っている綴りは各種あるが、墓石はGenevieve)はウォルナット・グローブ在住のたったひとりのマスターズの子どもだった。PGで、ワイルダーは彼女をJenieveやGenieveと記し、ブラント版ではJeneve、ブラント改訂版とバイ版では、Geneveeと書く。一八八〇年～一八八一年の冬の間、ジョージ・マスターズと妻はダコタ・テリトリーでインガルス一家と同居していた(14A)。

＊15　ネリー・オーウェンズやステラ・ギルバートと共に、ジェナヴィーヴも、『土手』『町』『楽』に登場するネリー・オルソンという、物語のキャラクターのモデル。ジェナヴィーヴは、一八六七年一月一三日、ニューヨーク州生まれ。ダコタ・テリトリーのピアの大学で学び、ハムリン郡で

を林まで乗せていってくれました。ブランコが吊されて、おいしいレモネードとアイスクリームが出るそうです。マーはとてもおいしいお弁当を作って、籠に詰めてくれました。レモンパイがまるごとひとつ入っていました。わたしが唯一好きなパイです。メアリとわたしにひと切れずつ、あとはだれかにあげなさいとマーはいいました。パーは新しい靴を買ってくれました。わたしのはもう使い古されて、ぼろぼろだったからです。

朝早く、メアリとわたしは意気揚々と集合場所へ向かいました。

林までの道中、馬車は子どもたちでいっぱいでしたが、おもしろかったです。着くと、もうブランコがふたつ用意されていたので、早速それに乗って、交代しながら、しばらく遊びました。レモネードとアイスクリームも出ました。ところが、レモネードは一杯五セント、アイスクリームは一皿十セントでした。[*19] わたしたちは、日曜学校の生徒はそういうものをただでもらえると思っていたので、お金など持っていきませんでした。そこで、メアリとわたしはどちらも味わうことはできませんでした。でも、メアリとわたしは、どうせそのお金をパーに出してもらうことなどできないのだから、これでいいんだよね、といいあいました。

お昼に先生たちはみんなのお弁当を籠から取りだして、地面に敷いた大きな白い布の上に並べました。なぜか、わたしはどのお弁当もとくにおいしいと思いませんでした。そのうえ、わたしたちの籠に入れておいたレモンパイが見つかりません。食べ物をおいてあるところを離れて、ぶらぶら歩いていくと、敷いた布地の片側に大きな箱があり、そこへ二、三人の先生たちがやってきました。ひとりがいいました。

「これよ。わたしたち用に、このレモンパイを取っておいたの。どうせみんなに行き渡るだけの分はないですもの」。見ると、それはわたしのレモンパイでした。箱の上に紙をかぶせて隠してあったのです。わたしはがっかりして、そこから立ち去り、木陰にしゃ

教え、一八八五年九月、デ・スメットのウィルキン学校で教えた。一八八八年、ウィリアム・レンウィックと結婚し、シカゴへ移った。夫は会計士。一人娘が一九〇〇年に誕生。ジェナヴィーヴは一九〇九年、四十一歳で没。デ・スメットの墓地に埋葬された(15A)。

＊16　ハンドボール以外の子どもの遊びは、追いかけっこがいろいろな形になったもの。アンティ・オーバーという遊びでは、ふたつのチームが小さな建物の両側に陣をとり、一方のチームのひとりがボールを屋根の上高く投げながら、「アンティ・オーバー」と叫ぶ。反対側の子どもたちはボールが地面に落ちる前にそれをとろうとする。だれかがボールをつかんだら、全員が建物の反対側にまわり、ボールを持った子が相手側の子たちをつかまえる。たくさんつかまえたチームが勝ち。プラウェイとは、ポンポン・プラウェイとか、パンパン・プラウェイとも呼ばれ、これも追いかけっこ。ひとりが遊び場の中央に立ち、向こう側に離れて子どもたちが列をなして並ぶ。中央の子が「ポンポン・プラウェイ」というと、あとの子どもたちはその子の方へいっせいにかけよる。その子がタッチした子は仲間になり、あとの子どもたちをつかまえようとする。全員がタッチされたら、そこでゲームは終わる。ろうやごっこも、同じような追いかけっこ。相対するチームが相手チームの子をつかまえようとし、ろうやに連れていく。ワイルダーもやったハン

がみこみました。遊びにいらっしゃいと呼ばれても、わたしは行きたくありませんでした。もう遊びたくない、足が痛いからと答えました。そのあとで、メアリとわたしは、アイスクリームとレモネードが目に入らない林へ入っていって、花を摘みました。やがて、お帰りの時間になりました。みんなでまた馬車にぎゅう詰めに乗って、今度は静かに町へ帰りました。メアリとわたしはみんなにさよならをいって、家まで歩きました。家についてから新しい靴を脱ぐと、右足のかかとに大きな靴擦れができていました。

夏休みになりました。マスターズのおばさんが[20]、わたしにホテルの手伝いをしてほしいといいました。お皿を洗ったり、給仕をしたり、ナニーの小さな赤ちゃんのリトル・ナンの世話をしたりしてほしいのだそうです。[21] 一週間五十セントで、無理な仕事はさせないといったので、マーはわたしを行かせてくれました。仕事は楽で、おもしろいことばかり起こりました。

マティ・マスターズはウィルの姉さんで、おしゃれなレディ気取りでした。[22] 仕事はまったく手伝わず、自分のベッドを片付けもしません。お客用の寝室を使い、そこはぜいたくなしつらえでした。真っ白なシーツに絹の上掛けのベッドで、マティは朝十時まで寝ています。その間、お母さんとナニーといとこのロティ[23]は忙しく働きます。三人は一日じゅう働いていますが、マティが裁縫しているところすら、わたしは見たことがありません。午前十時に食堂へおりてくるマティは、おしゃれなガウンをはおり、やわらかい上靴をはき、金髪をほどけたままたらしています。ロティかナニーかお母さんが、すぐに温かい朝食を持ってきます。だいたいいつも、特別なおかずが一皿ついているのでした。

ロティはきれいな人で、長くてたっぷりした美しい髪を編んで二本のおさげにし、頭

ドボールは、校舎の壁にボールをぶつける遊びだろうが、野球とか、つかまえっこの意味もありそうだ(16A)。

＊17　物語では、ワイルダーは自分がモデルのローラをおてんばとして描いている。だが、学校でのゲームや、運動好きのことを、PGほどには書いていない。一八八〇年設定の『冬』で、キャップ・ガーランドがうっかりローラにボールを投げてしまい、「ローラは思わず走ってとびあがり、ボールをつかんだ」。男の子たちはローラを一緒に遊ぼうと誘うが、ローラは自分はもう、男の子と遊ぶ歳ではないと思うのだ(第九章)。

＊18　この子たちはメアリの友だち。アンナ・エンスン、ルーラ・モウジズ、クリスティ・ケネディ。アイダ・A・コックランは一八八〇年、十八歳でウォルナット・グローブ地域の「学校で教えて」いた。メイ・コックランは、その妹。ブラント改訂版とバイ版には、おてんばだったワイルダーの思い出が追加されている。「メアリはいつもマーに、わたしはもう十一歳なのだから、校庭を駆け回ったり、ボール投げをしたりせずに、レディらしい歩き方や座り方をすべきだといっていました。マーはその通りだといって、わたしをやさしくたしなめました。でも、ぜったいにだめといわれていたわけではなかったので、わたしは遊びをやめませんでした。ときどきメアリに向かってあか

のまわりに巻きつけています。他に住むところのない貧しい親戚なので、ここの娘のように暮らしていますが、マティとは違います。仕事をするかわりに、ここで衣食住の面倒をみてもらっているのです。ナニーはとても小柄な、褐色の肌をした、感じのいいイギリス女性です。[*24]夫と赤ちゃんと一緒に夫の親の家に住んでいるので、当然仕事はしなくてはなりませんが、ナニーはほがらかにやっていました。

ある月曜日の朝、ロティとナニーは、ホテルと家族の洗濯物を庭に出して、洗い始めました。いくつもの山になるほどすごい量です。朝十時に、マスターズのおばさんとわたしはいつものようにお客たちに温かい昼食とコーヒーを出し、同時にマティは朝食を食べました。でも、ロティとナニーは台所で食べます。それからまた洗濯に戻り、終わらせました。その間に、マスターズのおばさんとわたしは夕食のしたくをしました。

わたしは皿洗いをし、はきそうじをし、ほこりをはたき、そして、リトル・ナンと遊びました。テーブルで給仕をするのはちっとも好きになれませんでしたが、テーブルのセッティングは好きでした。銀の調味料ケースには、塩、コショウ、酢、マスタードのびんがあり、それをいっぱいにしてから、中央に置きます。ケースのそばには、砂糖つぼ、クリーム入れ、スプーン入れを置きます。銀のスプーンが円い方を上にしてたくさん入っているところは、まるで花束のようでした。食べ物の上に、金網で作ったおおいをかぶせるのがわたしは好きでした。丸いハチの巣みたいに見えます。バターには小さいおおい、ケーキやパンや野菜や調理したフルーツやほかの食べ物には大きなおおいをかぶせました。あいた窓やドアからハエがいくらでも入ってきます。でも、食べ物の上に丸い帽子のような金網のおおいがかかっているので、がっかりして上をのろのろ歩くことしかできません。

んべえをしたり、告げ口メアリと呼んだりもしました」(バイ版)

＊19　アメリカで初めて手回しアイスクリーム製造器が特許をとったのは一八四三年。レモネードと並んで、アイスクリームは一八七〇年代のアメリカ開拓地の夏場で大人気だった。多くの教会や支援団体が、寄付金調達のためにアイスクリーム・パーティを開いた。ウォルナット・グローブで一八七九年六月六日に開かれた「アイスクリーム・フェスティバル」では、主催者である教会の女性たちが得た利益は、「二十一ドル以上」(19A)。それから一週間後に開かれた、一八七九年の日曜学校のピクニックでは、「アイスクリームが無料で」ふるまわれた。主催者側が、前年の失敗を繰り返すまいと思ったのは明らかだ。一八六八年のインガルス姉妹とは違って、生徒たちは「疲れたけれどうれしそうに」帰宅したからだ(19B)。電気が通じる前の時代、アイスクリームを作ったり、レモネードを冷やしたりするために、冬に凍結した川や池から切り出した大きな氷の塊を、おがくずの中に入れて、夏の間、断熱の氷蔵に保管していた。ワイルダーはこの方法を『農場』の第六章に書いた。ウォルナット・グローブでも同じように、一八七九年一月の最終週に、「大勢の人たちが……来る夏のために氷の塊を運んだ」という(19C)。

＊20　エミリン・ハーリー・マスターズ

仕事が終わって、リトル・ナンがお昼寝をしているとき、わたしは邪魔にならない隅っこで丸くなって、ニューヨーク・レジャー誌を読みました。[*25] 美しい貴婦人たち、勇敢でハンサムな男たちの活躍する物語や、こびとや、宝石を隠した秘密の洞窟を荒らす盗賊の物語もありました。すっかり夢中になり我を忘れていると、リトル・ナンが泣き出したり、マスターズのおばさんに呼ばれたりして、はっとします。おばさんは夕食をセッティングする時間だというのです。

医者のロバート・ホイトさん[*26]は常客でした。この人に会うとき、マティはいつもとびきりの笑顔で、いちばんきれいなドレスを着て、迎えます。お昼の食事のときも、夕食のときも、ホイトさんはマティの横で、マスターズの家族と一緒に席について食べます。夕食のあと、わたしがお皿を洗い終えて家に帰る前には、マティとホイトさんはロビーにいて、ピアノを弾いたり、歌をうたったり、ソファに座ったりしてくつろいでいるのでした。そのとき、ファニー・スターがマティに会いにやってきました。[*27] ファニーは、バー・オークのスターさんの三人娘のひとりで、遠くの学校で教えているので、奥さんを寂しがらせています。ホイトさんは、医者のスターさんのところで学んだ人でした。[*28]

ファニーが来るのを最初にわたしが知ったのは、マティが朝食を食べているときでした。お皿の横に置いてあった手紙を読んで、お母さんに、ファニーが訪ねてくるといったからです。

「わかってるわ、ファニーはロビー（訳注：ホイトさん）を取り返しにくるのよ」マティはどなるような声でいいました。「ロビーがお父さんのところで勉強していたときにファニーと婚約したからって、ロビーは渡さないわよっ！」

は、ウォルナット・グローブに新しくホテルを建てたウィリアム・J・マスターズの妻。ふたりは一八五〇年一〇月九日、ニューヨーク州ホーンビーで結婚。

＊21　ナンシー（ナニー）はウィリアム&エミリン・マスターズの息子ウィリアム・A・マスターズの妻。リトル・ナンは一八八〇年の人口調査で、ユージニアと記録される、幼い娘。

＊22　メアリ・L・（マティ）・マスターズは、ニューヨーク州生まれで、一八七〇年、アイオワ州バー・オークの学校に通っていたときは十二歳。ワイルダーがウォルナット・グローブでマティに会ったときには、二十歳くらいだったろう。レッドウッド・ガゼット紙には、マティは一人娘で、「とても繊細」で、「ひよわな植物のように大事にされていた」とある（22A）。

＊23　PGではLotie、PGの改訂版ではLottieとなっているロティは、PGのあとのほうで登場する、セイディ・ハーリーの妹。この「ミス・ロティ・ハーリー」は、一八七九年五月八日のカリー・パイオニア紙で、禁酒同盟の新しい会員として紹介されている（23A）。

＊24　ナニーは人口調査ではナンシー。イギリス人で、一八七八年に二十二歳。

＊25　ザ・ニューヨーク・レジャー誌は、

マティは手紙を床に放りすてて、足で踏みつけました。そして自分の部屋へ行くと、ものすごい音でドアを閉めました。食堂にいたわたしたちにもそれが聞こえたほどです。

次の朝、マティはにこにこ顔で朝食にあらわれました。

「昨日の夜の嵐、すごかったわね。あのとき、部屋の窓があいていたの。雨が吹き込んで顔にあたって、目が覚めたの。稲妻みたいなのが光って、すごく恐ろしかった。ほら、あたしって、稲妻がこわいから」マティは甘ったるい声で続けます。「すごくこわかった。そのとき、ロビーが階段をあがってくる音が聞こえたから、呼んだの。彼はあたしの部屋に入ってきて、窓を閉めてくれたのよ」。マティはうれしそうにフフッと笑いました。

ファニーがやってくると、マティは笑い顔で迎えました。でも、その笑い顔の裏には、相手をばかにしているような態度が隠れているのがわかりました。自分がホイトさんと親しくしていることや、正式な名前でなく、「ヨビー」などと呼んでいることを伝えて、ファニーを怒らせようとしているのもわかりました。マティは感じの悪い、おろかな人だと思います。それにひきかえ、背が高く、ちょっと浅黒い肌をした、きれいなファニーは、いつも親切で、やさしくて、思いやりのある人なので、わたしは好きでした。

ホイトさんとファニーとマティはピクニックに行き、クロッケー（木槌で木球をたたくゲーム）をして遊びました。夜はカードゲームをしたり、ピアノを弾いたり、うたったりしました。ファニーの声は温かい豊かな声で、マティの甲高いきしるような声と比べると、ずっとすてきでした。必ずファニーがうたうのは、「デイジーの花の下で」*29という歌でした。それをうたうとき、ファニーの声は心なしか震えているような気がしました。

一八五〇年代初頭から一八六七年まで、ロバート・ボナーによって発行されていた人気の家庭雑誌。詩、道徳的なエッセイ、ハリエット・ビーチャー・ストウ、ルイザ・メイ・オルコット、ウィリアム・カレン・ブライアント、アルフレッド・テニソン卿、チャールズ・ディケンズなどの作家による物語が載っていた（25A）。

＊26　一八八二年のレッドウッド郡史に載った経歴によると、ロバート・W・ホイト医師は一八五一年三月一四日、ヴァーモント州ニュー・ヘイブンで生まれ、八歳のときに家族とともにアイオワ州へ移り、ミネソタ州フィルモア郡に移動。一八七五年、シカゴのラッシュ医学大学を卒業し、一八七六年、ウォルナット・グローブに落ち着いた。医療のみならず、雑貨店を経営し、一八七八年には、レッドウッド郡の学校教育長になった（26A）。

＊27　アルフレッド&ユーニス・スター夫妻の未婚の娘ファニーは、一八七八年、およそ二十三歳。学校の教師で、既婚の姉と共にアイオワ州へスパーに住んでいた。

＊28　一八八二年のロバート・ホイトの経歴には、バー・オークのアルフレッド・スター医師のところで修業したことは書かれていないが、それは事実だ。一八七〇年、十八歳のホイトは、バー・オーク・タウンシップに隣接するへスパー・タウンシッ

「祝福されない恋よりは
デイジーの花の下に埋められるほうがいい
美しいデイジー　清らかなデイジー
雪のような　白いデイジー」

ファニーは二週間滞在の予定でやってきたのですが、一週間くらいたったある晩のこと、わたしが家へ帰ろうとしてロビーを通ると、だれかの怒ったような声と泣き声が聞こえました。そこにいるのはファニーとマティとホイトさんだというのはわかっています。何かあったのでしょうか？

次の朝、わたしがホテルへ来ると、ファニーがひとりで朝食を食べていました。早朝の汽車で帰るのです。マスターズのおばさんとロティはそこにいましたが、やけに静かでした。ファニーはマティの部屋へは行こうともせず、おばさんとロティにそっけなくさよならをいうと、マスターズさんに送ってもらって駅へ向かいました。マティはお昼まで部屋から出てきませんでした。目が赤くはれていて、ファニーに対してかんかんに怒っていました。口の中でぶつぶついっています。「ぜったいに許さない。あたしをこけにして」

すぐに、マスターズのおばさんはマティの結婚式のしたくを始めました。[*30] マーはマティのためにきれいなドレスを縫い、数週間後の結婚式に出ました。

ウィル・マスターズはなんの役にもたたないろくでなしで、酒好きですが、お酒を飲みたいだけ飲むことができません。[*31] そこで、ウィルとホイトさんはうちのお隣さんで農場をやっているネルソンさんに、町へ出てきて酒場をやるようにすすめました。[*32] 酒場は

プに住み、スター医師の元で修業し、その前年または翌年にシカゴの医学大学へ行った。おそらく、ファニー・スターとのことがうまくいかなかったため、経歴からその修業時代を外したのだろう。

＊29　この悲しいラブソングの作詞作曲をしたのは、アメリカの作曲家ハリソン・ミラードであるとされる。最初の二行は、ワイルダーが書いたものとは少し違う。

そして、ふたりのハートが離れ離れになるくらいなら／デイジーの花で飾られたお墓に埋められるほうがいい

原詩は、一八四二年にハティ・ティング・グリズウォルドが書いたもの(29A)。

＊30　マティ・マスターズはロバート・W・ホイト医師と一八七八年一〇月二四日に結婚し、東部へハネムーンに出かけ、ひと月後に戻ってきた(30A)。

＊31　PGの改訂版では、ウィルについての感想は省かれた。

＊32　エレック・C・ネルソンと妻オレーナは、インガルス一家が最初にウォルナット・グローブ地域にいたときの隣人であり、友人。一八七八年の冬、新聞の通信員がウォルナット・グローブを「禁酒の町だ。今後もそのままを望む……ここにはかつて酒におぼれた人々がたくさんいる

すごく荒っぽいところになり、みんなが酔っ払ったり、けんかをしたりするので、治安官*33がネルソンさんを逮捕しようとして、酒場へ向かいました。けれどアンナ・アンダーソン*34がネルソンのおばさんにそれを伝えたのです。おばさんは治安官より先に酒場へ駆けつけ、おじさんを馬車に乗せて、農場へ戻ろうとしました。そこへ治安官が到着しました。パーは、ネルソンのおばさんがわざとひどい言葉を使って、治安官をぎょっとさせ、泡を食った治安官たちはおばさんをそのまま解放したのだといいました。酔っ払ったネルソンさんは馬車の荷台に隠れていたので、まんまと家に帰ることができたのです。その年はパーが治安判事だったので*35、ネルソンさんを罪人として裁くことにならなくてよかったと、わたしたちはほっとしたものです。*36

というわけで、町から酒場はなくなりました。*37 でも、ホイトさんはどこからかこっそりウィスキーを手に入れてきて、ウィルに飲ませたので、ウィルはほとんどいつも酔っ払っていました。パーは、ホイトさんはウィルをお酒の飲み過ぎで亡き者にし、妻のマティがお父さんの全財産を受け継げるようにしているのだといいました。

パーの治安判事としての仕事は、うちの居間で行われました。依頼人が来てパーが審理をしているとき*38、わたしたちは台所へ移りました。でも、ドアを通して、声がよく聞こえてきました。時間があるときは、わたしはドアのそばに座って、耳をすませていました。今、町には弁護士がいました。ソープという名前の新しく来た人です。*39 メキシコ人の血が入っているとかで、肌が褐色で、髪の毛はまっすぐで黒く、目も黒いのです。すごく怒りっぽい人らしく、議論しているときはしょっ中、何かやだれかに対して腹を立てているので、聞いていておもしろかったです。

ある日、どこかの農場から数人がやってきて、パーの目の前で書類にサインをしてい

が、酒を断ち、禁酒仲間に入った」と書いた(32A)。しかし、四月になると、また新しい酒場ができて、「たいへんなにぎわいになった」(32B)

*33　ウォルナット・グローブ初の治安官はJ・ラッセル。一八七九年三月一〇日に選出(33A)。

*34　バイ版で、ワイルダーは「アンナ・アンダーソンは町で働くスウェーデン人でした」と書くが、この人と、ジョン・アンダーソンの妻キャリルが混同されていたかもしれない。

*35　チャールズは一八七九年三月一〇日、ウォルナット・グローブの「治安判事」に任命された。治安官も含む六人のうちのひとり。彼らは一八七九年三月三日に、ウォルナット・グローブで、行政をとりしきる役職についた者たちだった。ネリーとウィリーの父、ウィリアム・H・オーウェンズは財務長官、チャールズは家族が最初にウォルナット・グローブに住んでいたときも行政官として活動し、ノース・ヒーローの代表として、「郡の候補者」を決める郡会議に出た(35A)。

*36　治安判事の仕事は、時代や場所によってかなり違うが、チャールズが地元の問題を処理することになっていたのは明らかだ。ワイルダーはバイ版で、この話をいっそう広げて書いた。「パーはこの

ました。ウェルチさんと、体格のいい、がさつな感じの赤毛の奥さんと、[40]その姉の、すごく小柄な、白髪の女の人がいます。その人は泣いていて、そばに夫のレイさんと、大人の息子ウィルがいました。[41]なんだか奇妙な話が交わされていました。ウェルチの奥さんの激しい性格や、夫とのけんかや、奥さんのやらかしたとんでもないことの話でした。実は、ウェルチさんは新聞で奥さんを募集したところ、この人が応募してきたのだそうです。何回か手紙をやりとりしてから、その人は汽車でウォルナット・グローブにやってきました。馬車を借り、牧師を連れて、ウェルチさんの農場へ乗り付けました。そして、ふたりは干し草の山のそばで結婚式をあげました。

「そしたら、とんでもない女だったのさ!」と、人々はいったそうです。

そのあと、ウェルチの奥さんは甥のウィルを呼び寄せて、ウェルチ家に住まわせました。ウィルはウェルチさんのところで働き、近くに農地を持ちました。今年の春、奥さんはウィルに、東部に住む両親を遊びに来させたらどうかと誘いました。奥さんはウィルの両親に汽車賃を送り、ふたりが到着するとせっせともてなして、滞在を引きのばすようにすすめ、結局、ふたりは夏じゅう滞在していたのです。やっと家に帰ることになったとき、ふたりは東部にある自分たちの家がもうないことを知りました。ウィルがこちら、つまり西部へ来たときに、抵当に入れていたのです。その家に住んでいる間は問題がないという条件ですが、留守にしてしまったら、その段階で家は人手に渡るということが書類に書いてありました。結局、その三人は長いこと家をあけてしまったので、住む権利を失ってしまったわけです。そこで、明け渡し証が届けられ、それにサインすれば、ほんの少しですが支払いを受けられるのだそうです。[42]

というわけで、みんながパーのところへやってきて、サインをしていたのでした。パーがその書類を読みあげました。それを聞いて、わたしは東部のその場所は美しいところ

ことを家でわたしたちに話してくれました。わたしたちはとても心を痛めました……ネルソンさんの酒場が告発されたのはほんとうのことです。パーは町には酒場はいらないと考える人のひとりでした。でも、ネルソンさんはバッタの襲来後の大変な時期からずっとよくしてくれた隣人でした……ですから、そのネルソンさんに罰金を払わせたり、酒場を閉めさせたりするのは、パーもつらかったでしょう」

＊37 この状態は長くは続かなかった。ウォルナット・グローブの一八八〇年のビジネス記録には、ポール・サンドクィスト&カンパニーが、酒場を開いて営業していたとある。一方、E・C・ネルソンは、肉屋を始めていた。

＊38 レインはこの場面を自分の短編に使った。依頼人が郡役人の家に近づくと、彼の妻は「子どもたちを居間から追い出し、中央のテーブルからランプを動かし、ハービーは、ベッドの下から、郡の書類を引っ張り出した」(38A)

＊39 デイヴィッド・M・ソープ弁護士はオハイオ州生まれ、一八七五年以降にウォルナット・グローブに来た。一八八〇年、妻エマとの間には子どもがふたり。ソープの両親はニューヨーク州出身。彼の出自は、残っている記録からはわからない。

に違いないと思いました。ニューヨーク州にあり、丘の中腹にはなんとかという木が生え、谷間にはなんとかという岩があり、小川に沿っていくとなんとかという岩にたどりつき、あちこちにくねったり曲がったりしていて、土地はわたしが知っている農地のように真四角に区切られてはいないことなどが書かれてありました。

みんな、しんとして聞いていました。レイの奥さんはときどきハンカチを目元にあてています。書類が読み終えられると、みんなはサインをしました。いきなり、ウェルチの奥さんがその証明書を引ったくるように取りました。顔を紅潮させ、目がらんらんと燃えています。

「これでわたしのものよ！」と、姉に向かって叫びました。「学校で教えたお金をつぎこんだ土地なの。抵当権を持っていたのはわたしなの。知っていたのは弁護士だけよ。ウィルをここで働かせたのは、そのためだったの。姉さんたちを呼んで、なかなか帰らせなかったのもそのためよ。最初っから、そのつもりで計画をたてていたってわけ！

この長い年月、ずっとわたしは待っていたわ。あたしがほしかった男と姉さんが結婚したときに、いつか見返してやるといったでしょ。それがこれだったのよ！」

さらに、ウェルチの奥さんは、姉を激しくののしり、きたない言葉を投げつけました。たまりかねて、ウェルチさんが奥さんの肩をぐいっとつかんで、庭へ放り出し、ドアをしめました。その間じゅう、奥さんはわめきちらし、蹴ったり、爪をたてて夫につかみかかり、顔をひっかいたりし、爪から血が出るくらいあばれていました。レイの奥さんは体がひとまわりも縮んだように見え、椅子にくずおれています。真っ青な顔の、やさしい、黒っぽいひとみが恐れおののいています。

＊40　この夫婦の記録は、人口調査からはわからない。アイルランド人のリチャード・ウォルシュと妻アンが、一八八〇年にノース・ヒーロー・タウンシップに住んでいたが、すでに結婚してから二十年以上たっており、子どもがふたりいた。

＊41　一八八〇年の人口調査では、サミュエル＆メアリ・レイはウォルナット・グローブの北西のゲイルズ・タウンシップで、二十四歳の息子で農民のウィリアム・Jと暮らしていた。サミュエルは七十歳の大理石の石切工、妻メアリは六十一歳。ウィリアムはニューヨーク州生まれなので、ワイルダーが書いた内容と合う。両親はアイルランド人。カリー・パイオニア紙は、「W・J・レイの両親」が一八七九年七月三日にウォルナット・グローブへやってきたと記す(41A)。ブラント版とゾラント改訂版とバイ版は、この姓をロイと変えた。

＊42　一八六二年の自作農地法では、土地の申請者は農地をいちどきに六カ月以上離れることを禁止した。そのため金貸しが、不利な条件をレイの抵当証書にこっそり書いておき、悪用したのだ。ＰＧのここに書かれている条件によれば、レイは自分の土地をある期間以上留守にしてはいけなかったのだ。さもなければ、抵当権保有者は支払いのあるなしにかかわらず、ローンを取り消せる。長い間留守をしていたため、抵当権保有者はこの権利

わたしはよくよくレイさんを見てみました。弱々しい感じの、小柄な老人です。どうしてこんな人のことで、大騒ぎをするのか、ちっともわかりません。けれど、レイさんが奥さんの肩をそっと抱いて、やさしく話しかけるその声を聞き、奥さんの目がふっと明るくなったのを見て、なんだかわかったような気がしました。ウィルは両親をホテルへ連れていきました。ウェルチさんは奥さんを家へ連れ帰りました。マスターズさんはウィルにお金を貸してやり、ウィルはそれで、ウェルチの奥さんに、両親を東部から呼び寄せた汽車賃を返しました。そして、自分の土地の農地小屋に部屋を建て増しし、両親と一緒に暮らすことにしました。でも、両親はどんなに東部の家へ帰りたかったことでしょう！＊43

アンクル・サム・マスターズは、金、銀、鉄などが埋まっている場所を探し出す器械を発明したといっていました。それを使って、家の中に隠れている金時計や銀時計を見つけようとしました。それが結構うまくいったので、今度は自分の放牧地でそれを試してみようということになりました。＊44どこかに金の鉱石があるはずだと思っているのです。するると、器械が動きました。うちから少し行ったところにある、水の涸れた川床の先の岸辺にあると示したのです。どんな種類の鉱石かは示しませんでしたが、マスターズさんはドリルでそこを掘りはじめました。

百フィートほど掘ったところで、いきなりドリルが吹きあげられ、水が吹き出しました。それ以上掘れなかったので、穴を囲む太いパイプをつきたてました。地下水が流れていたのです。パイプから吹き出す水はどんどん樽にたまり、そこからも溢れ出して、小さな流れになりました。水の涸れた川床に小川ができたのです。強い鉄の味のする水で、それが流れたところはすべて、さびっぽい赤色になりました。パーとマスターズさんは地面の下にはきっと鉄鉱石が埋まっているだろうと思いました。

を行使し、レイ家に「ほんのぽっちりの額」を支払っただけで、土地の権利放棄書を手に入れた。こうすれば、相手が土地の権利を主張しても、それを無効にできる。あとになって裁判に訴えらないようにするための策だったのだ。

＊43　レインはこの執念深い妹と哀れな姉の話を元にして、「目的は結婚」という短編を書いた。それは、サタデイ・イブニング・ポスト誌の一九三一年九月一日号に載った。レインは話をかなりふくらませて再話した。ふたりの女性は姉妹でなく、いとこになり、復讐は二十年かかって完成する。最後に、夫は、手紙だけで決めた妻を説得して、いとことその夫を東部へ戻し、そこで生涯を終えるようにしてやるのだ。レインのこの短編は、筋だけでなく、全体の雰囲気も、舞台設定も、PGから派生したものだ。

＊44　ブラント版はこのワイルダーのオリジナルの話をそのまま使っているが、手書きのメモを見ると、レインがこのエピソードはいろいろ手を入れればおもしろくなると考えていたのがわかる。ブラント改訂版にはないが、さらに展開したエピソードがバイ版にある。

アンクル・サム・マスターズは学校の先生で、どこだろうと、金や銀や鉄が埋まっているところを探しあてる器械を発明しようとしていました。やっと完成し、そ

わたしたちの家は、広い放牧地に建っていて、庭に柵はありません。でも西部で二百頭の牛を買って、太らせるためにアイオワ州の自分の農場へ連れて帰ろうとしている業者がやってきたときには、[*45] 放牧地の中に家がなければよかったのに、と思いました。

その業者は一晩放牧地を借り、パーを雇って牛の見張りを頼み、その間、仲間と一緒にホテルで休むことにしました。一行が牛を放牧地へ入れると、牛が小さなわが家の周りでわめいたり、あばれたりしてうるさかったです。牛は小川のあるところまで追われていき、そこに残されました。水も飲めるし、草を食むこともできます。しばらくすると、牛は横になりました。パーは柵の外側を歩いて、見張りを続けました。暗闇があたりをおおい、すべてがしんと静かになりました。

サミュエル・O・マスターズ
(Lucille <Masters> Mone Collection)

れはちゃんと機能しました。彼はそれを人に見せては、家の中に隠れている腕時計や、金のもの、銀のものを見つけ出して、器械の性能を証明したものです。うまくいったので、マスターズさんはホテルの裏手の放牧地でそれを試してみました。鉱石があると思ったからです。

みんなはとても興奮しました。その通り、アンクル・サムの器械は家から少し離れたところにある、涸れた川床の土手に鉱石があると教えたのです。でも、どんな鉱石かは教えてくれません。金か、銀か、鉄か、わからないのです。マスターズさんはドリルで井戸を掘ることにし、どんどん深く掘り進めました。ああ、どんなことになるのでしょう！　みんな、その話で持ちきりになりました。もし、金鉱が見つかったら？　すごいお金持ちになれるでしょう。銀鉱だって、見つかれば大変なお金が入ります。一日中、みんなは穴のまわりで、掘り手たちが穴から掘り出す土を見つめていました。

百フィートまで掘り進んだとき、突然、ドリルが穴から吹きあげられました。そして、水がどんどん噴き出してきたのです。もうこれ以上、掘れません。マスターズさんは穴にパイプをさしこみました。地下水が流れていたのです。水はパイプを伝って、樽に流れこみ、縁から溢れだし、どんどん外へ流れていきました。涸れた川床が小川になりました。わたしたちが望んでいたものの結果はこれだったのです。でも、水は鉄のにおいが強く、マーはわたしに、服を着たままでいなさいといいました。もしかして、パーがわたしに、業者たちを呼んでほしい事態が起きるかもしれないからです。夜中のいつか、マーがわたしをゆり起こし、ホテルへ急いで走っていって、業者たちを呼んできなさいといいました。牛が鳴きわめく声や、パーの叫び声が聞こえました。マーがドアをあけると、わたしは外へ飛び出し、柵の下をくぐりぬけて、ホテルへ走りました。牛がどこへ向かっているのかはわかりませんでしたが、騒ぎながら、ドスドス音をたてているのは聞こえました。わたしは大急ぎでホテルへ駆けつけ、ドアをどんどんたたき、大声で呼びました。業者の人たちが出てきて、馬に飛び乗り、牛を追い始めました。そのまま、みんなはまで明るくなるまで戻ってきませんでした。

パーがいうには、牛は静かに寝ていたのだけれど、いきなり体の大きい、一頭の雄の子牛が立ちあがって鳴きだしたのだそうです。すると、他の牛たちがみんな起きあがって、騒ぎだし、勝手に走り出したのです。こんな騒ぎになってしまったら、柵があろうがなかろうが関係ありません。わたしは牛の暴走を今まで見たことはありませんでした。こんな恐ろしい音は一度聞くだけでたくさんです。

その夏も終わる頃、パーは肉屋の商売を人に売り渡しました。[*46] そろそろみんなが自分で肉をさばく季節がくるからだそうです。マスターズさんはホテルの横に、ホールが二階にある店を作ることにしました。パーは大工仕事をすることになり、それが終わった頃、冬がやってきました。[*47]

その冬、学校には新しい先生がやってきました。弁護士のソープさんです。弁護士の仕事があまりなく、稼ぎが少なかったので、学校で教えることにしたのです。とてもいい先生で、わたしたちは勉強がはかどりました。休み時間とお昼休みには、思い切り遊

流れた地面は赤さび色になりました。アンクル・サムの器械は間違いはおかさなかったのです。だって、地中の鉄の鉱脈を探しあてたのですから。

＊45　この牛のエピソードはブラント改訂版にもバイ版にもない。

＊46　一八八〇年、町の人名記録によれば、エレック・ネルソンは肉屋だった。おそらく、友人のチャールズから店の権利を買ったのだろう。

＊47　ワイルダーの時間のとらえ方に間違いがある。ここに記された事柄はおそらく一八七七年春に起こったことだ。チャールズが治安判事に任命されたのは間違いなくそのときである。一方、マスターズの店の建物は、一八七八年四月に建設中のいくつかの二階建ての新しい雑貨店のうちのひとつで、そこに「メイソン・ホール」(訳注：メイソン協会の集会所)があり、普段は「マスターズ・ホール」と呼ばれていた(47A)。

＊48　ワイルダーと姉メアリとの、子ども時代最後のけんかは、物語のローラとメアリのいさかいより、ずっと荒っぽく激しいものだった。これはPGのどの版にも登場するエピソードで、ワイルダーが体力をもてあましていたことや、大人になんかなりたくないという気持ちがよくあらわれている。

びました。いつもより雪の多い年で、やわらかい雪がたくさん積もったので、みんなで二手に分かれて、雪合戦をおおいにやりました。

メアリは、わたしが外で男の子たちとわいわい遊ぶのに反対でした。でも、わたしを引き留めることができません。あるとき、メアリはわたしの結んでいない、長い髪の毛を両手でつかんで、外へ出ないようにしようとしましたが、[*48] わたしは首にぐいと力を入れて、メアリをドアまで引きずっていきました。そのとき、雪玉が飛んできてメアリにあたり、メアリはわたしを放してしまいました。そのことをメアリはマーにいいつけました。すると、マーは、わたしはもう大きな女の子なのだから、そんな遊びをする歳ではないといいました。もうじき十三歳になるので、[*49] レディらしくしなくてはならないのです。それからというもの、わたしは教室で大きな女の子たちや、とても小さな女の子たちと休み時間を過ごすしかありませんでした。わたしのグループの女の子たちは、わたしが外へ出なくなったので、出るのをやめました。そこで、男の子たちは外遊びを自分たちだけで楽しむようになりました。学校への行き帰りは別でしたけれど。ジェニーヴは顔から雪につきたおされて、泣きわめきましたが、わたしは負けずに雪玉を投げかえしていました。

新しくきた男の子たちが三人いました。スパー家のクラランスとメイロンは兄弟で、[*50] クラランスはもう大人でした。メイロンとサイラス・ルード[*51]は、わたしくらいの歳でした。クラランスをめぐって、大きな女の子たちの間に競争心が芽生えました。とくに、アンナ・エンスンとルーラ・モウジズは激しく競いました。ふたりともきれいで、背が高く、黒い髪に褐色の瞳をしていました。アンナの髪はストレートで長いおさげを頭の周りで巻いています。瞳はひややかな感じで、きめの細かい、青白い顔でした。

＊49　一八八〇年二月に、ワイルダーは十三歳。そのとき、一家はダコタ・テリトリーにいた。

＊50　スパー一家はミネソタ州フィルモア郡からウォルナット・グローブへ移住。少年たちの父は、鍛冶屋のサイラス・B・スパー。一八八〇年、十九歳のクラレンス（PGではクラランス）は働いており十一歳の弟マーロン（PGではメイロン）はまだ学校に通っていた。

＊51　一八八〇年、十六歳のサイラス・ルードは、姉アイダ・C・ケニョンとその夫ハーバート・J・ケニョンと、その六歳の娘と共に、ウォルナット・グローブの西側のスプリングデイルに住んでいた。サイラスはすでに学校を終えて、農場で働いていた。

一方、ルーラの髪は短く、太くて、くるくるした巻き毛でした。アンナほどはほっそりしていませんでしたが、目が大きくて、やわらかい感じで、頬は赤く、唇も赤くてぽってりしていました。クラランスにお熱をあげるなんて、ふたりともおばかさんだとわたしは思っていました。クラランスは気取り屋で、自分を賢いと思って、ときどきソープ先生に失礼な態度をとるのです。他の男の子たちはクラランスなど好きではありませんでした。でも、東部[*52]からやってきた人というのは、それだけでも女の子たちには興味の対象なのでしょう。

男の子たちは、入り口のそばで雪合戦をしていたので、先生に叱られました。雪合戦はもっと離れたところでやらないと、教室へ急いで戻ってくるときにぶつかり合って、雪を中へ持ち込むことになるからいけない、とソープ先生はいいました。クラランスは他の男の子たちと荒っぽい雪合戦などしませんでした。でも、ある日のお昼休みに、教室へ戻ってくるとき、雪玉をいくつも作って、みんなにぶつけながら、われ先に入り口へ急ぎました。ドアをあけ、中へ駆け込もうとしたとき、他の子たちがいっせいに投げた雪玉がクラランスにあたりました。クラランスは雪だらけになり、雪ですべって床に転んでしまいました。

ソープ先生はもう中にいて、クラランスが起きあがるときには、目が怒りでらんらんと燃えていました。

「いったいどういうつもりだ？」先生はどなりました。クラランスは「知るもんか」と叫び返しました。

先生はクラランスの襟首をつかみ、ぐいっと立たせました。クラランスは先生と同じくらいの背格好でしたが、先生はクラランスがまるで子どものように、激しく揺さぶり

＊52　ブラント版には、手書きのメモがあり、学校に新しく来た三人（クラレンスとメイロン・スパーとサイラス・ルード）は「全員東部から」とある。人口調査では、クラレンスと両親はメイン州生まれだ。だが、マーロンはミネソタ州生まれ。サイラス・ルードはニューヨーク州生まれ。

ました。歯がカタカタ音をたてるくらいに。そして、クラランスの両頬を平手でたたき、椅子にどすんと押しつけて座らせました。[*53] 髪の毛はぼうぼう、ネクタイははずれたまま、クラランスはふくれた顔で座っていました。女の子たちはこわそうにかたまっていました。先生が授業開始のベルを鳴らしました。すると、クラランスはぱっと立ちあがり、帽子を取ると、教室を出ていきました。それを見ていた先生は、何もいいませんでした。

アンナとルーラはかんかんになって、もう金輪際学校へは来ないといい、休み時間になると、本を全部持って、家へ帰ってしまいました。そのふたりは一番年上で、わたしたちみんなのお手本だったので、メアリとわたしと他の何人かも、本を全部持って、家に帰りました。ダニエルとサンディ・ケネディは、クラランスはいい気味だといい、クリスティとネティは残りました。[*54]

メアリとわたしが帰ると、パーとマーは、学校で起こったことを説明させました。話をきいたパーとマーは、明日の朝は必ず学校へ行きなさいといいました。みんなは来ないだろうと思ったので、わたしはそうしたくなかったのですが、次の朝、学校へ行くと、みんな、来ていました。本を持って、気まずそうな顔をして。クラランスは戻ってきませんでしたが、メイロンは来て、クラランスの本と自分の本を持って、帰ってしまいました。ふたりは二度と戻ってこなかったので、学校は前よりずっと楽しいところになりました。あのいばりんぼのクラランスがいなくなったからです。

わたしのグループの女の子たちはメイロンがいなくなってがっかりしていました。みんなメイロンが好きだったからです。メイロンとサイラス・ルードは、ごわごわの髪にそばかすだらけの顔のハワードとアルバー(ト)やサンディ[*55]とは違っていました。クラランスと同じく、メイロンもサイラスも、襟付きのシャツを着て、ネクタイをしていまし

＊53　ワイルダーが書いているように、ソープ先生の怒りは体罰というより、見せしめだった。普通の体罰は、みんなの前で生徒を定規でたたいたり、手をぴしゃりとうったりする程度だった。いずれにせよ、ミネソタ州では一九六九年まで体罰は禁止されていなかった。バイ版では、ソープ先生は怒りを「抑制できない」となっている。

＊54　ケネディ家の子どもたちは、最初にウォルナット・グローブに住んでいたときからインガルス姉妹の友だちだった。バイ版では、ワイルダーの仲間で学校に残ったのは、「ケネディ家の四人」とある。

＊55　バイ版では、ハワード・エンスン、アルバート・モウジズ、サンディ・ケネディは、「わたしたちが知っている他の男の子たち」としか書かれていない。

た。サイラスは、自分のことを「名前もルードで態度もルード（訳注：ルードは、失礼とか感じが悪いという意味もある）」といっていました。たとえそうでも、」彼はそれをうまく隠していて、態度はよく、女の子たちを同等の仲間として扱ってくれました。男の子たちに対する態度ほどではありませんでしたが、とても丁寧で、わたしたちをレディとして扱ってくれたのです。不思議な感じで、ちょっとぞくぞくしたものです。でも、別にうれしくもありませんでした。

彼から何かを書いたメモをもらった女の子もいました。授業中とか、学校へ行く途中で一緒に歩いているときなどにもらって、それをすごく自慢にしていました。ジェニーヴは家の窓から彼が来るのを見張っていて、姿が見えるとすぐに出て、彼を待ち伏せて一緒に学校へ歩いていきました。わたしにはそんなことはできません。町から少し離れたところに住んでいたからです。けれどある晩、彼が町へ行くのを知ったので、家へ帰るときにわざわざそちらを通ることにして、一緒に歩いて帰ったのです。

マーはわたしがなぜ町へ行ったのかわからず、理由をききましたが、わたしはうまく答えられませんでした。するとマーは、もうサイラスに関わっておかしなことをしてはいけないといい、さもなければ学校をやめさせますよ、といいました。パーは、女の子にちょっかいを出して、他の男の子と元気に遊ばない男は、ろくでもない、めめしいやつだといいました。それはわたしにもわかっていました。サイラスがほんとうに好きなわけではなく、ただ、ジェニーヴがサイラスの気持ちをひきつけるのがいやだったのですが、そうはいえませんでした。

けれど、それからすぐに、わたしたちはサイラス・ルードと決別することができました。そのいきさつはこうです。

町に禁酒同盟の集会所が作られ、もののわかった、きちんとした大人たちがそれに参加しました。パーとマーも参加しましたが、その集会所を作った人には腹を立てていました。その人は自分がお酒を飲んでいるのに、酒がいかに悪いものかを説いて回っているからです。ポケットにウィスキーのびんをしのばせて。でも、集会所が発足してすぐに、彼はいなくなりました。その後、町の人たちは集会所に集まって、楽しく過ごしていました。[*56]

集会のある晩は、わたしはよく頼まれてゴフさんの家に行き、[*57]赤ちゃんの世話をしていました。赤ちゃんの両親が集会に出かけたからです。ふたりが出たあと、わたしはいつも必ずドアに鍵をかけ、赤ちゃんが寝ているときは本を読み、起きているときはだっこしてあやしていました。ある夜、わたしが座って本を読んでいると、ドアにノックの音がしました。「だれ？」というと、「サイラス・ルードだ」という声。ドアをあけると、ゴフさんはいるかとサイラスがききました。いる場所を伝えると、サイラスはすごい勢いで町へ走っていきました。わたしはドアに鍵をかけてから、いったい何があったのかと思いました。あんなにこわい顔をして、この寒いのに帽子をかぶっていなかったのです。

サイラスは、町から離れた田舎に、姉夫妻と一緒に暮らしていました。町へ行くときにゴフさんを見たはずです。わたしは不思議に思いました。彼はいつも、家族が集会所から帰ってくるまで家で待っているのに、なぜそうしなかったのでしょう？

数分後、だれかがドアをガンガンたたきました。ゴフの奥さんが「あけて！　ドアをあけて！」とどなっています。大急ぎでドアをあけると、奥さんが飛び込んできて、ゆりかごでぐっすり眠っていた赤ちゃんをひったくるように抱き上げました。そして、息せき切っていいました。

＊56　禁酒同盟の自治組織は、十九世紀に組織され、アメリカ全土に地方部会または集会所が設立された。主目的は、「アルコール飲料など、刺激の強いものすべてを避け、それらの製造、輸入、販売を禁止すること」。禁酒同盟の「偉大な目的」は、「真摯な世の中を作ること」(56A)。ウォルナット・グローブの集会所は、一八七八年四月に十四人のメンバーで発足。三月には五十人に増え、マスターズ・ホールで演劇やその他のイベントを行った。一八七九年二月、チャールズは役員に任命された(56B)。

＊57　フレッド&デリア・ゴフ夫婦は、サイラス・ルードと同じく、ウォルナット・グローブの西側のスプリングデイル・タウンシップに住んでいた。ゴフは大工。夫婦はニューヨーク州出身で、一八八〇年の人口調査では、子どもなし。

「大丈夫？　だれもこなかった？」

奥さんは、ゴフさんにわたしを家まで送らせました。いつもなら、ひとりで走って帰れるのですけれど。わたしが家に帰りついたとき、ちょうどパーとマーが集会所から帰ってきました。[*58] そしてやっと事の次第を聞くことができたのです。

サイラス・ルードが集会所へ飛び込んできたのでした。顔から血を流し、手首には切り傷、片手には綱の切れ端がぶらさがっていました。[*59] そして、みんなにこういったのです。ふたりの男が家に押し入って、なぐり、さるぐつわをかませ、両足と両手を縛って、床に転がしていったのだと。しばらくしてから、サイラスはやっとの思いで手の綱をほどき、さるぐつわを外し、足の綱をほどき、家から飛び出したのでした。

集会所にいた人たちはあわてふためき、全員が大急ぎで家へ帰りました。子どもたちが無事かどうか心配だったのです。そのあと、そのあやしいふたりの男たちを探しに出かけました。けれど、そのふたりの足取りはまったくつかめませんでした。次の日も、明るくなってまた探しにいきましたが、わかりません。近隣で知らない人を見かけたり、うわさを聞いた人はひとりもいませんでした。サイラスがいったような人相の男たちはまったくいなかったのです。サイラスが自分で顔や手首を傷つけ、手首を綱で縛り、この事件を自作自演したのは明白でした。[*60] ヒーローになって、みんなの注目を集めたかったに違いありません。確かに彼は注目を浴びましたが、ヒーローにはなりませんでした。みんなに軽蔑されました。姉は彼に学校をやめさせ、実家へ帰しました。町じゅうの笑いものにされてしまったのですから、とてもこの町にはいられません。

その冬、教会で信仰復興集会がありました。[*61] わたしは大いに楽しみました。参加して、

＊58　レッドウッド・ガゼット紙によると、これは一八七六年三月、W・J・マスターズの家で婦人縫い物サークルの「週一の集会」があったときだった（58A）。

＊59　この内容は、新聞に載った記事と符号している。「彼の手首にできた黒いあざは、両手を縛られていたのを示していた。彼は手にさるぐつわを持っていた。それは、短い棒に切り込みがあり、そこにロープが結びつけられたものだった」（59A）。

＊60　「これは少年が思いついたことに過ぎないと思う人もいるだろう」当時の新聞の通信員は書く。「しかし、この少年はわたしに聞こえるところで何度もこの話を繰り返した。マスターズの家に行ったときに話していたことにも合致する」（60A）。

歌を聞いたり、みんなの様子を見たり。ウィル・ナイトという男の人がいました。[*62] とてもおもしろい人で、背が高くて、浅黒く、声は深いバスで、うたうとよく響きました。ある晩、集会が最高潮に達した、興奮の渦の最中に、いきなり彼はうたうのをやめ、悔い改めの告白者たちの中へ入っていきました。わたしは信仰復興集会は初めてだったので、それがどのように進行するものなのか、何も知りませんでした。ウィルが、うめいたり、すすり泣いたりして、神の名を呼び、自分のたくさんの罪を許したまえと叫んでいるのを聞いて、気分が悪くなりました。それから二、三回の集会のあと、ウィルは静かになり、うめいたり、神に訴えたり、叫んだりしなくなり、うれしそうにうたっていました。パーは、ウィルは今だけよくて、また元に戻ってしまうだろうといいました。どういうことかときくと、パーは教えてくれました。ウィルは復興集会のたびに信仰を得て元気になるけれど、すぐに元に戻ってしまうのだそうです。結局、集会と集会の間は、罪人になるということみたいです。

ウィル・レイもいました。彼はテナーで、わたしは彼の隣に座ったり、立ったりして、彼の声についてうたうのが好きでした。わたしは甲高いソプラノでした。ウィル・レイは歌が好きで、すごく高い音になると、つま先だって背伸びします。音が高くなればなるほど、背伸びして、つま先をできるだけ高くして、空中から高い音を拾おうとしているかのようでした。彼は信仰心の篤い、教会のメンバーでした。でも、集会ではとても静かで、ウィル・ナイトとは正反対でした。顔つきもまるで違います。背が高いのは同じでしたが、ウィル・レイはスリムで、色白で、薄い色の髪をしています。ときどき小柄な母親が彼と一緒にやってきます。母親が彼をどれほど自慢に思っているかがよくわかりました。

組合教会でやっていた復興集会が終わると、今度はメソジスト教会がそれを引き受け、

＊61　レナード・H・モウジズ牧師は、一八七六年のクリスマス後の週に、祈祷集会を連続で始めた。冬の天候によって中断はあったが、それは翌年三月まで続いた。ミネソタ州マーシャルのH・C・シモンズ牧師は数日ほど、その手伝いをした。ウォルナット・グローブの通信員は、「だいたいいつも人でいっぱいだった」と報告した。

＊62　一八七五年、W・T・ナイトは、ウォルナット・グローブの東部半分を占めるノース・ヒーロー・タウンシップに住んでいた。一八七九年、二十歳くらい。

マスターズさんの新しい店の二階ホールで行うことになりました。これまでもそこでお説教があり、日曜学校も開かれていたのです。ここではもっとおもしろいことがありました。ウィル・ナイトがやってきて、告白者たちと一緒になって叫んだり、うたったり、救いを求めたりしました。パーは、ウィルはこういう場所のほうが、教会より好きなのだといいました。牧師とその奥さんはイギリス人でした。[*63] 結婚してからアメリカへやってきたのです。しゃべるときにいつも変なところにHの音を入れるし、他にもいろいろおかしなところがありましたが、会衆を扱うのに慣れているらしく、みんなの気持ちをうまい具合に盛り上げてくれました。ときどき、集まった人々が全員ひざまずいて、急に部屋のあちこちで、うめき声や叫び声をあげ始めます。そしてまた、うたったり、もだえるような声をあげたりするのです。

その冬の間、わたしたちは日曜日の午前はうちの教会と日曜学校へ行き、午後はそのメソジスト教会と日曜学校へ行きました。メアリは午後は出かけませんでした。冬の間ずっと、体調が優れなかったからです。[*64] ときどきパーが一緒に行ってくれることもありましたが、わたしはぜったいに休みませんでした。日曜学校でコンテストがあったからです。それは、年の終わりまでに、一年間分の、聖書の主の教えと主要な真実を正しい順番にすべて覚えていえた生徒にごほうびが与えられるものです。[*65] 毎週日曜日に聖書の句をふたつずつ覚えていかなくてはなりません。ついにコンテストのときがきました。ひとりずつ、日曜学校の生徒全員の前に立って、その年の最初のレッスンで習ったことから始め、それぞれのレッスンの主の教えと主要な真実をいうのです。ひとりずつ順番にいっていくのですが、途中でだれも助けてはくれません。ごほうびは、注釈つき聖書でした。

ひとり、またひとりと前に出て、暗唱しましたが、脱落していきました。わたしの番

---

*63　一八七九年二月一三日のレッドウッド・ガゼット紙にはこうある。「トレイシーからきたギンプソン氏とメソジストの牧師は組合教会で、再び祈祷集会を始め、好評であれば、この夜の集会を続ける意向である」。ギンプソンは、実はジョン・ギムソン牧師で、ウォルナット・グローブを含むメソジスト監督教会の巡回地域にある田舎の集会で礼拝を行っていた。ワイルダーが書いた通り、彼はマスターズの店の上にある、メイソン・ホールで定期的に礼拝を行っていた。一八八〇年には、ジョン・ギムソンはトレイシーから、ウォルナット・グローブの十マイル東にある、ミネソタ州ランバートンに移っていた。イギリス人で、妻はアイルランド人。子どもはニューヨーク州、コネティカット州、ミネソタ州で生まれた(63A)。

*64　ブラント版とブラント改訂版には、このことが書いてあるが、ブラント改訂版では手書きの線でこの文が消されており、バイ版にはその線がない。おそらくこうした手直しは、物語の流れをわかりやすくするための試みだったのだろう。このあとのPGで、ワイルダーはメアリの病気が突然起こったと書いている。

*65　十九世紀の日曜学校では、聖書のある句を取りあげて、それについての説明をし、主要な真実が語られる。一八八九年のテキストでは、聖書のいくつかの句と

がきました。わたしは完璧にできました。けれど、なんということでしょう、ハワード・エンスンも完全に暗唱ができました。ごほうびはひとつなのに、勝者がふたりだったのです。

先生は、牧師の奥さんで、わたしにこういいました。もし待ってくれるのであれば、もう一冊取りよせることができるし、そちらは金の留め金がついていると。そこで、わたしは待ちますと答えました。

ハワード・エンスンは復興集会のあと、組合教会に参加し、毎週水曜日の夜の祈りの集会に出て、証《あかし》をしていました。それはなんとなく、お祈りを自分だけでしたいと思っているわたしには納得できないことでした。自分と神の間には、自分と神以外のものは何も存在しないとわたしは思うのです。母親を愛するようなことです。ですから、そこらじゅうに、「わたしは母を愛しています。とてもよくしてくれています」といいふらして回ることなどしません。ただ母を愛し、母がしてほしいことをする、それでよいと思うのです。

冬の嵐の晩は、パーがよく楽しそうにヴァイオリンを弾いてくれました。キャリーとわたしに、輪になって踊るダンスがうまくなるように、一生懸命教えてくれました。ヴァイオリンを弾きながら、わたしたちのステップをチェックしてちゃんとできているか見てくれたので、ワルツとショティス（綴りがおかしいと思いますが、辞書に載っていませんでした）とポルカを覚えることができました。*66 パーは前にダンスのステップを教えてくれて、そのときはわたしひとりで踊っていました。でも、今はもうキャリーが一緒に踊れるほど大きくなっていて、ふたりでうまく踊れるようになりました。夜、だれかが来たときには踊って見せることもよくありました。

当時の物語とを関連づけ、聖書の教えを日々の生活に生かす方法を教えている。毎日曜日ごとに、聖書の句と物語が用意される。主の教えには、ごくシンプルな「主の道を整えよ」（マルコによる福音書第一章三節）もあり、難しい「わたしに従いたい者は、自分を捨てよ」（マルコによる福音書第八章三十四節）もある（65A）。ブラント改訂版とバイ版では、ウォルナット・グローブのメソジスト教会で開かれた、この日曜学校のコンテストでは、「百四の聖句」が出題されたと書いてある。

＊66　ワルツ、ショッティーシュ、ポルカは、ふたりで踊るダンスで、十九世紀に流行り、今日まで人気を保っている。ワルツは十六世紀にオーストリアと南ドイツで始まったが、現在のエレガントで流れるような踊りのスタイルは十八世紀からだ。ワルツは三拍子の音楽に合わせて踊られる。ポルカは一八三〇年代にボヘミアで始まり、元気なはつらつとしたダンスは二拍子。基本型は、ホップ－ステップ－クローズ－ステップ。ショッティーシュはポルカの変形。"shottice"の綴りは、PGのあとの版では"schottiche"に直された。バイ版で、ワイルダーはダンスのエピソードにさらに短い文を書き足している。「この（ダンス）は、メソジストの人たちにショックを与えました。でも、パーとマーはちっとも悪いことではないと思い、毎晩、パーのヴァイオリンとわ

その冬、わたしは家を離れていることがかなり多くありました。土曜日や休日は、ゴフの奥さんを手伝っていました。また、メソジスト教会の集まりのすぐあとで、マスターズのおばさんがマーに、わたしをよこしてほしいといいました。ロティの姉のセイディ・ハーリーと一緒にいてほしいというのです。セイディの夫ジョン[*67]は仕事でよく家をあけるのに、セイディは体調が優れないので、ひとりにしておくのはよくないからでした。

マーはわたしを学校へ行かせられなくなるので反対していましたが、結局は承諾し、わたしは学校の本を持って、ジョンの馬車に乗せてもらい、雪の降る寒い中を走って、町から離れた田舎にある小さな二部屋だけの家へ行きました。居間とわたしのベッドがあるところはキャラコのカーテンで仕切ってありました。その家で、わたしはセイディとふたりで二週間過ごしました。その間、ジョンは町で売るために、わらをほうきに仕立てました。ある日、わたしが食事のしたくができたとジョンを呼んだとき、パーがジョンの手伝いにきていました。なんてうれしかったことでしょう。他の日はとても寂しくて、わたしはホームシックになりました。でも、うちの家計がよくないのはわかっています。パーはあまり仕事がなく、生きていくためにはもっとお金が必要でした。

ある晩、いつものように寝る前のお祈りをしていたときのことです。ホームシックや、心配事がいつもよりずっとつらく感じられました。けれど、そのうちに、何か大いなる力のようなものが高いところにあって、それがわたしを包み込み、慰め、支えてくれているような気がしてきたのです。わたしははっとしました。そして思ったのです。これが神さまというものなんだわ。

わたしが家へ帰ったと思ったら、マティ、つまりホイト夫人が病気になりました。毎日、マーはホイト夫人の世話に通いました。うちがかかっていたお医者の息子の、フレッ

たしたちのダンスで楽しく過ごしました」『岸辺』で、とうさんはローラとキャリーが踊れるようにワルツとポルカを弾いてくれる（第十五章）。

＊67　ニューヨーク州から来たセアラ&ジョン・ホリー夫妻は、一八八〇年の人口調査時にはウォルナット・グローブに住んでいた。おそらく、そのジョン・ホリーは、一八四三年頃ニューヨーク州で生まれ、一八六〇年にアイオワ州バー・オークでウィリアム・J・マスターズの家に同居していたのだろう。調査員が「ハーリー」を「ホリー」と聞き間違え、ジョン・ホリーをエミリン・ハーリー・マスターズの弟だと思ったのだ。だとすれば、ロティはセアラ・ホリー／セイディ・ハーリーの義理の妹になる。一八八〇年の人口調査によれば、ジョン&セアラ・ホリー／ハーリーには、二歳の娘がいた。セアラ・ハーリーは一八七七年から一八七八年の冬に妊娠していたことになるので、ワイルダーの家族が世話をしてくれるのをありがたいと思っただろう。「具合が悪い」といういい方は、十九世紀の言葉で「妊娠している」という意味だった。ワイルダーのこのセクションの時間軸があいまいなので、ワイルダーがいつハーリー家にいたかはわからない。

＊68　フロラード・ハウザー・ウェルカム医師は、以前キャロラインが病気になったときに診察してくれたと思われる、J・W・B・ウェルカムの息子。フロラード・

ド・ウェルカムさんを呼びました。[68] けれど、夫人は亡くなりました。なんの病気かだれもいいませんでしたが、マーがパーに話しているのをわたしは聞いてしまいました。ホイトさんは何か新しい薬を使ってみたとのこと。マーは、「マティはあんなふうにホイトさんを奪ったりしないで、ファニー・スターに譲るべきだったのよ[69]」といっていました。

これまでのところ、その冬はあまり寒くはありませんでしたが、わたしたちが農地にいた頃と同じように、また嵐や猛吹雪が北西からやってきました。暖かい服をあまり持っていなかったし[70]、学校へ行くまで、家のないところをかなり歩くし、風もなおさら強く吹くので、学校へ行くのをやめました。

猛吹雪のやんだあとのある朝早く、パーは町へ出かけていきました。そして急いで戻ってくると、もっと暖かい服に着替えました。嵐の中で迷子になったロビンズ家の子どもたちを探しにいくのだそうです[71]。どうして迷子になってしまったのか、パーは知りませんでしたが、とにかく急いで他の男の人たちと一緒にロビンズの農場へ向かいました。うちから三マイルほどのところです。よく晴れたおだやかな朝で、太陽がさんさんと照っていましたが、とても寒かったので、早くしないと子どもたちは凍え死んでしまうでしょう。とはいえ、あまり希望はありませんでしたが。

前の日、ロビンズ夫妻は町に出かけていました。そのときに猛吹雪になったので、夜、嵐がやむまで家に帰れず、やんでから急いで帰ったのです。ところが、家は火の気がなく、からっぽで、子どもたちの姿がありませんでした。ストーブのパイプが落ちて、床に転がっていました。それからずっと夫妻と、半マイルのところに住む隣人は、あたりを探し回りました。その隣人の家の息子が町へ馬を駆って、助けを求めたのです。

ウェルカムは二十歳でシカゴのラッシュ医学大学を卒業し、ミネソタ州スリーピー・アイで短期間開業。結婚は一八七八年または一八七九年で、妻と共にミネソタ州グラニット・フォールズへ移った。しかし、マティ・マスターズ・ホイトの病気について、新聞ではニュー・ウルムのベリー医師という人が診察したとなっている(68A)。

＊69　マティ・ホイトは一八七九年三月五日に亡くなった。PGのほのめかしは、マティは結婚前に医師との性的な関係を持って、絆を固めようとしたことが、結果的に死につながったという意味だ。新聞記事によれば、マティは一八七九年一月に病気になった。地元の通信員は、「激しい吐き気を催し、腸の炎症に至った」(69A)といった。その後、マティは回復傾向に見えたが、結婚して五カ月後に亡くなった。両親は遺体をバー・オークへ運んで埋葬した。ホイト医師は、一八八二年の自分の経歴にその短い結婚のことは書かなかった。一八八〇年六月にはまだマスターズ家に下宿していたが、その月のうちに、ウィスコンシン州のマイラ・E・テスターと結婚した(69B)。

＊70　ブラント改訂版とバイ版では、もっとはっきりした書き方だ。「なぜなら、うちには暖かい服を買うお金がなかったからです」

お昼頃、パーが家に戻ってきました。そして、一部始終を話してくれました。みんなはロビンズ家を中心にして円形に範囲を決めて捜索しました。次第に範囲を広げながら、どんな吹きだまりも、雪の積もったところも逃さずに探しました。そしてついに、ある吹きだまりで子どもたちを発見したのです。五人いました。早速、家に連れ帰り、手当てをしました。一番年上は十二歳の少女で、生きていましたが、ひどい凍傷にかかっていました。赤ちゃんはその少女の防寒着の下にしっかり抱かれていたので、凍えてはいても、生きていました。でも、他のふたりの男の子とひとりの女の子は凍死していました。みんなは助かった少女の凍った腕と脚に雪をいっぱいこすりつけて、腕と脚に血の気が戻るのを待ちました。

パーは、そばに死んだ子どもたちが横たわっていて、その少女が、凍った腕と脚に血の気が戻ってくるときのひどい痛みにうめき声をあげている様子は、ほんとうに見ていてつらかったといいました。みんな、これで少女は助かると思ったのですが、あまりに凍傷がひどかったので、医者は片脚を切断するしかありませんでした。

夜中にストーブのパイプが落ちたとき、部屋の中に煙がたちこめ、火花が散ったので、子どもたちは火事だと思ったのでした。そこで、あわてて防寒着や毛布で体をくるみ、夜中にもかかわらず外へ飛び出し、いちばん近くの家へ行こうとしたのです。ところが、ほんの数分のうちに迷子になってしまいました。必死に道を探しましたが、もう一歩も進めなくなりました。赤ちゃんは少女ノラの防寒着にしっかりくるまれていたおかげで、助かったのでした。

それがその冬最後の猛吹雪でした。まもなく、北西から暖かい風が吹いてきました。猛吹雪はもう来ません。パーはこの風をチヌーク風[*72]と呼んでいました。春がやってきた

＊71　当時の人口調査記録には、ロビンズ、ロビンソン、ロバーツという名前は見当たらない。レッドウッド・ガゼット紙にも、カリー・パイオニア紙にも、この件の記述はない。

＊72　チヌーク風とは、冬の終わりか、春の始めに、太平洋岸の北西部から吹いてくる暖かい風を指す。『冬』でも、ワイルダーはこの風の名前を書く。「春の風、チヌークが吹いている。冬はとうとうおわったのだ」（第三十章）

＊73　ＰＧの他の版には、ワイルダーが

のです。[*73] 日中が暖かくなったので、パーは仕事ができるようになりました。マスターズさんの放牧地の柵を直すなど、大工仕事がいろいろありました。マスターズさんから組み馬を借りて、うちの小さな菜園を耕し、わたしはパーを手伝って種まきをしました。メアリとふたりで花壇を作り、種をまいたり、ミズーリ・プールがくれた球根を植えたりしました。メアリは花壇の手入れをするのが好きでしたが、わたしは手が土で汚れるのがいやでした。

ウィルとナニーが、マスターズさんの店の二階に引っ越してきていました。マスターズのおばさんは、わたしがナニーと一緒にいられるようにしてほしいとマーに頼みました。ナニーは発作を起こしていきなり倒れることがあるので、ひとりでリトル・ナンの世話をさせるのが心許ないからです。でも、わたしはたいした仕事をするわけではありませんでした。洗濯物はホテルでするので、わたしはナニーと料理をし、お皿を洗い、ベッドを整え、床のはきそうじをし、リトル・ナンの世話をします。でも、あまり楽しい仕事ではありませんでした。なんのことばも前触れもなく、ナニーはいきなりばたんと倒れ、死んだように動かなくなります。すると、わたしはナニーの服をゆるめてやって、顔に水をかけ、ナニーの目があくと、少ししてから抱き起こして椅子に座らせるのです。

それに、ウィルがそばにいるときがいやでした。前より酒飲みになっていて、目の縁を赤くし、ひどくばかみたいな顔つきをしています。ホイトさんはしょっ中、ウィルにウィスキーを与えます。部屋に持ってきて、そこで飲ませるときもあります。いやがらせでやっているとしか思えません。マティが亡くなった今、両親のマスターズ夫妻はホイトさんとは縁が切れたわけですし、[*74] ファニー・スターが戻ってくるわけでもないのですから。

ウォルナット・グローブで過ごした最後の秋と冬の思い出が、これとは違った時間軸で書かれている。たとえばブラント版では、マティ・マスターズ・ホイトが亡くなったのは、牛の大暴走のあとで、ソープ先生が教え始める前だ。ブラント改訂版は、エピソードの順を変えただけでなく、いくつかのエピソードを削った。その版では、マティが亡くなったのは、ウェルチ家とレイ家のいさかいのすぐあとだ。牛の大暴走、サム・マスターズの金探し、ソープ先生とクラレンスとのやりあい、アンナ・エンスンとルーラ・モウジズのことは書かれていない。バイ版では、ブラント改訂版で削られたものをかなり復活させているが、牛の大暴走はない。いろいろな意味で、PGはとても印象深い覚え書きであるが、当時の事柄を正確に位置づけるよりも、時代的な雰囲気を再現するほうに注力しているようだ。さまざまな改訂は、ワイルダーとレインが、原稿の中盤でも読者の興味をひきつけておくために、物語の流れをよどまないようにした試みだったのだろう。しかし、バイ版は基本的にPGの時間軸を守っている。

＊74　一八八〇年、ホイト医師は相変わらずマスターズの家に下宿していた。医師が続けて下宿していたことが、彼とマスターズ一家との違いを際立たせている。その後、ホイト医師は再婚し、マスターズの家を出たと思われる。

結局、わたしはナニーのところに長くはいられませんでした。ある晩、ぐっすり眠っていてふと目を覚ますと、ウィルがわたしの上にかがみこんでいたのです。口からぷうんとウィスキーのにおいがしました。やにわにわたしは起き上がりました。

「ナニーがどうかしたの?」

「いや」ウィルはいいました。「そのまま、じっとしてろ」

「出ていって!」わたしはどなりました。「さもないと、大声をあげてナニーを呼ぶわよ」

ウィルは出ていきました。次の日、マーはわたしを家に呼び戻してくれました。[75]

老プール夫妻は、大人の娘ミズーリ[76]と、うちの近くの小さな変わった家で暮らしていました。暖炉があり、ミズーリはその火を消したことが一度もありません。火がいらないときも、灰をうまくかぶせておいて火が消えないようにしているのです。両親が年取っているので、ミズーリは家の仕事をすべてやっています。家の中はちりひとつなく片付いていて、自分の身繕いも完璧です。ミズーリの服やエプロンや日よけ帽子に汚れたところを見つけたことなど一度もありません。庭で働いているときでさえも、です。ミズーリはすばらしい庭を持っていました。いろいろな種類の美しい花でいっぱいでした。花壇にはモクセイソウ、コケバラ、裏の柵の前には背の高いタチアオイ、そして、そこらじゅうにポピーがたくさん。わたしはポピーが大好きでした。鮮やかな色や花びらの手ざわりが好きでした。花は風が吹くと、まるで絹でできた旗のようになびくのでした。

プール夫妻もミズーリも、パイプを吹かします。ミズーリのは、白い粘土で作ったとても小さなパイプです。それをいつも持ち歩いていて、うちに来てミズーリ州にいたときの話をしてくれるときも持っています。その州の名にちなんでミズーリと名付けられたのでした。女のきょうだいが五人、男のきょうだいが六人いましたが、みんな結婚し

＊75　ワイルダーとウィルのこのおだやかならぬ場面は、PGの他の版には入っていない。

＊76　一八七〇年の人口調査には、トーマス・プール、妻アニーまたはアンナ、二十九歳の娘ミズーリが、ミズーリ州アデア郡の家にまだ住んでいた。夫婦と娘と、すでに家を出ていた他の八人の子どもたちはみな、ヴァージニア州生まれ。一八七六年より前に、プール家はウォルナット・グローブへ移動。レッドウッド・ガゼット紙はトーマス・プールが町のふたつの地所の税金を支払わなかったと伝える(76A)。一八七九年、トーマス・プールは家と地所を売り、「妻と娘を連れて、冬を過ごすために、バーンズ・ステーション近くに住む友人の家へ行った」(76B)。一八八〇年の人口調査まで、トーマスとアンナは結婚した娘エイミー・ドットソン(四十八歳)と同居。ウィノナ&セントポール鉄道沿いのバーンズ・ステーション(スプリングフィールド)近くで、ウォルナット・

て、そこに住んでいます。でも、ミズーリだけは恋人ができても、必ずあることが起こって、だめになるのだそうです。そのわけがずっとわからなかったのですが、あるとき、ミズーリは母親が隣の女性に話しているのを聞いてしまいました。母親は、「わたしが年取ったら世話をしてもらうためにミズーリを家においておかないといけないから、あの子に恋人ができてもうまく追い払ってきたのさ」といっていたのでした。*77

ミズーリはふるさとのミズーリ州をなつかしがっていました。よく馬に乗ったり、森に生えている木の実を摘んだりしたものだそうです。メアリが病気になったとき、ミズーリにはとても世話になり、慰めてもらいました。あとになって、ミズーリがとうとう永年の恋人と結婚して、ミズーリ州へ帰ったのを聞きましたが、子どもを産んですぐに亡くなってしまったそうです。高齢出産だったからで、ほんとうに気の毒でした。

メアリは、突然ひどい頭痛に襲われ、病気になりました。*78 悪くなる一方でした。すごい熱のために、もうろうとしてしまったので、マーはメアリの長い美しい髪を切りました。*79 少しでも頭が涼しくすっきりするようにです。何日か、わたしたちはメアリがもう治らないのではないかと心配でたまりませんでした。ある朝、ふとメアリの顔を見ると、片側がだらりとたれているように見えました。マーは発作が起きたのだといいました。メアリの顔を見て、わたしは、前にウィスコンシン州にいたとき、雷が落ちて片側が焼け落ちてしまったオークの木を思い出しました。

発作のあと、メアリは少しずつよくなってきました。でも、目がよく見えないのです。*80 パーは、ウェルカム先生に、ホイト先生の手伝いに来てもらいました。けれど、メアリの目の神経が発作のせいですっかりやられてしまい、もう機能しなくなっているというのです。手の施しようがないのでした。*81 病気の名前はなんとかという、とても長い

グローブからタウンシップをみっつ離れた、ミネソタ州ブラウン郡ノース・スター・タウンシップだ。ミズーリ・プールはもはや同居しておらず、その後の動向はわからない。その頃は四十歳くらいか。

*77　レインはこのミズーリの話を自分の短編「ロングスカート」に使い、一九三三年のレイディズ・ホーム・ジャーナル誌に載せた。のちに一九三五年、『わが町』という短編集に収録された。レインはミズーリの名前を変えてミンティ・ベイツとした。よく働く独身女性なのだが、母親がちょっかいを出して、いい寄る男たちを寄せ付けないので、どうしても結婚できないのである。

*78　前の方で、ワイルダーはメアリが「冬の間ずっと、体調が優れなかった」と書いている。

*79　『岸辺』では、とうさんがメアリの髪を剃る。おそらく、かあさんが病気でできなかったのだろう（第一章）。

*80　一八七九年四月二四日、レッドウッド・ガゼット紙は伝える。「メアリ・インガルス嬢は激しい頭痛のため、十日間伏せっていた。脳出血があり、顔の片側に部分的に麻痺が出たが、ゆっくりとながら回復している」。三週間後、メアリは依然として伏せったまま、苦しんでいた。だが、六月一二日、よい兆しがあった。「メアリ・イ

名前です。はしかが原因だと聞きました。[82] メアリははしかが完全に治っていなかったのです。

メアリの体は回復してきましたが、目はますます見えなくなりました。やっと大きな椅子に載せたクッションで体を支えられて座っていたとき、とうとうほとんど見えなくなったのです。最後に見えたのは、グレイスのきれいな青い目でした。グレイスはメアリの椅子につかまって立ち、メアリを見上げていたのでした。[83]

やがてメアリはほぼ一日じゅう起きていられるようになり、次第に元気になってきました。顔も前のようにきりっとしてきました。そんなある日のこと、パーの妹のドーシア・ホルムスおばさんがいきなり馬車でやってきたのです。[84] ほんとうにびっくりしました。おばさんは、西部へ移住する途中で立ち寄ったのです。ハイおじさんが、シカゴ・ノー[85]スウェスタン[86]鉄道敷設の土台作りの仕事を得たからです。その春、鉄道が西に向かって、トレイシーから延びることになっていました。

ドーシアおばさんはひとりで一頭立て四輪馬車を御してやってきました。そして、ハイおじさんが働いている鉄道工事現場へパーを連れていきたいといいました。[87] パーに帳簿係と会社の店長、計時係をしてもらいたいそうで、給料もはずむといわれたとのことです。[88] このチャンスをパーはとても喜びました。マーは、パーに行きなさいとすすめ、[89] 自分たちはあとから行くので、大丈夫といいました。そこで、次の日、パーは家と土地をマスターズさんに売り、[90] 翌朝、ドーシアおばさんと共に出かけていきました。

その夏、わたしには遊ぶ時間などほとんどありませんでした。家を離れて働いたり、家に帰れば家の仕事だけでなく、菜園の手入れやグレイスの世話があったりしました。

(▼168ページへ)

ンガルス嬢は回復しているが、その歩みはゆっくりだ。体調が戻るにつれて、失われたと思われた視力が戻ってきた」。ところが、六月二六日、体調は順調に回復していたものの、視力は「かなり損なわれて、物の識別が難しい。昼と夜の区別はわかるが、それも少しずつ危うくなっている」。ワイルダーは『岸辺』で、物語のメアリの病気についてのくわしい説明をほとんどしていない。レインとふたりでメアリの失明の取り扱いをいろいろ話しあった結果だろう。ワイルダーは姉の失明のことは書きたいと思ったが、シリーズ第五巻の「書き出しからつらいこと、悲しいことを並べるのは」望まなかった(80A)。結局、物語はメアリが目の光を失ったことは読者に明かしたが、『土手』の終わりと『岸辺』の始まりの間に物語の登場人物たちに起こったことを、さっとおさらいするだけにとどめた。

＊81　チャールズの頼みで、メアリを診察したのは、J・W・B・ウェルカム医師か、その息子フロラード・ウェルカム医師か、どちらかはわからない。父ウェルカム医師は鉄道の専属医師で、「よくこの町に立ち寄っては、友だちに会うことがあった」(81A)ので、メアリのところへも来た可能性はある。しかし、チャールズとキャロラインは手近な診療を依頼していただけではない。新聞によれば、ふたりはすぐに娘をセントポールへ連れて行き、「メアリの目が治るような処置をし

(▼)

てもらいたいと思っていた。メアリはほとんど完全に失明していたのだが、非常に辛抱強く、従順だった」(81B)。のちの一九三七年、ワイルダーはレインに書く。「パーはメアリをデ・スメットからシカゴへ連れていき、専門医に見せたけれど、視神経がすっかり麻痺しているので、希望はないといわれました。このためにどれだけのお金がかかったか、わかるでしょう。いったいいくらだったのか、見当もつきません。パーが鉄道で働いて、お医者さまに支払うお金をうちに送ってきたのを知っています」(81C)

＊82　一九三七年、ワイルダーはレインに書く。「メアリは脊髄膜炎、脊髄の病気でした。お医者様がそういったのかはわかりません」(82A)。医者は病名をいわなかったのではないか。だが、二〇一三年、医学研究者たちがいろいろな可能性を調べ、メアリの失明の原因ははしかではなく、おそらく「ウィルス性髄膜脳炎」だろうと結論づけた(82B)。『岸辺』では、ワイルダーはメアリの病気は猩紅熱と書いているが、それはふたりが一八六四年にかかった病気だ。現在残っている唯一の手紙でわかるのは、なんとなく猩紅熱となったにすぎない、ということである。メアリの失明を書かないようにといったレインは、母が書きたいと主張したので受け入れはしたが、失明は「病気の結果がもたらしたもの」とするようにといい、どんな風にしたらよいかをすぐに書いて知らせた。「とにかく厳しい時期でした。グレイスが生まれ、ジャックが死に、メアリは猩紅熱でしたね？　全部プラム・クリークとこの巻の間に起こったんですから」(82C)。結局、ふたりは失明の原因を猩紅熱とすることにした。ルイザ・メイ・オルコットの『若草物語』のような人気のある小説の例にならったほうが、はしかよりわかりやすいだろうと考えたのだ。

＊83　レインがメアリの失明のことは物語には書かないほうがよいといったとき、ワイルダーがはっきり主張したのは、それこそが家族みんなの苦しみであり、変化をもたらしたものだから、必要であるということだった。「悲劇の色がつくと、物語は真実味を増します。わたしたちがその試練にどのように立ち向かったかを書くことで、当時の開拓者のたくましさがわかるのです」(83A)。物語の中で、ワイルダーはメアリの失明を、ふたりに与えられた試練とした。ローラはメアリの目となって、自分の目に見える世界をメアリに言葉で説明する責任を負うのである(『岸辺』第一章)。

＊84　一八七〇年代に、ワイルダーの叔母のドーシアは夫(オーガスト・ウォルドヴォーゲル)と離婚し、ハイラム・フォーブズと結婚した。PGのすべての版で、ワイルダーがなぜホルムスとかホームズとか書いたのかはわからない。ドーシアは、ローラ・ラドーシアといい、ときどきローリーとも呼ばれていた。一八七九年、彼女は三十三歳。

＊85　シカゴ&ノースウェスタン鉄道会社は、一八五〇年代後半にイリノイ州とウィスコンシン州の小さな鉄道会社が合併して発足。一八七七年、マネージャーのマーヴィン・ヒューイットはダコタ・テリトリー東部を訪れ、ミネソタ州トレイシーからダコタ・テリトリーのピアまで鉄道を延ばすよう勧告した。この計画が最初に伝わってきたのは一八七九年二月。春の仕事開始に向けて、線路の枕木が大量にトレイシーに集められたときだ。C・W・アイリッシュを頭にした測量技師たちが、三月か四月にやってきて、五月八日には、シカゴ&ノースウェスタン鉄道のダコタ・セントラル・デヴィジョンの測量はほとんど終わり、土台作りや他の仕事の契約がかわされた(85A)。

＊86　ミネソタ州トレイシーは、ウォルナット・グローブから西へ七マイルにあり、創設は一八七五年。シカゴ&ノースウェスタン鉄道の重役の名をとった。初期の歴史家は書く。「この町の歴史が始まってから最初の四年間は、トレイシーの発展への期待はほとんどなかった」。だが、一八七九年に「町は夏じゅう活気に溢れていた。鉄道の敷設工事が着々と進められ、人口が増えてきたからだ」(86A)。

「ドーシアおばさん」ヘレン・スーウェル画。1939年

メアリはずっと病気で具合が悪かったからです。女の子たちにもほとんど会えませんでした。アンナ・エンスンが、何日か農場から会いにきてくれました。日曜学校の仲良しのモード・ブレア*91もたまに遊びにきました。また、町から二マイル離れたネティ・ケネディの家まで歩き、ふたりで長い日をのんびり過ごしたこともありました。*92 ネティとサンディと過ごした日はほんとうに楽しかったです！　クリスティとお母さんはとてもおいしいお昼を作ってくれて、ネティには家の仕事を何もさせずに自由にしてくれました。おかげで、わたしたちはその日一日、ネティの本や絵を見たり、日光と花が咲き乱れる外でたくさん遊びました。赤毛でそばかすのサンディは、ズボンを上までまくりあげて、はだしの足をむきだしにしていましたが、とても行儀がよく、ネティはわたしが帰るときには途中まで送ってくれました。でも、そのあと、ふたりには会っていません。

（▼170ページへ）

＊87　人口調査によれば、ハイラム・フォーブズはプロシャ生まれ、一八七九年には四十一歳。

＊88　一八七九年七月二四日、レッドウッド・ガゼット紙はチャールズが「レイク・ベントン近くで働く男たちのまとめ役となり」仕事がすみやかに進んでいると伝えている。のちにチャールズは書く。「A・L・ウェルズ・アンド・カンパニーに雇われて、ダコタ・セントラル鉄道の地ならしや盛り土をする人々に品物を売る仕事をしていた」（88A）。この会社は一八七九年六月五日のカリー・パイオニア紙に載った、ミルウォーキーのH・D・ウェルズ・アンド・カンパニーのことだろう。この会社の所有者たちは、新しい鉄道の敷設地域の一部を担当する契約をしたばかりだった。これは価値のある大きな仕事であり、一八七九年六月末にはハイラム・フォーブズは百八十の組み馬と四百八十人の働き手の責任者だったと、ブルッキングズ郡プレス紙（一八七九年六月一九日付け）は伝えている。帳簿係と会社の店長のチャールズは、この会社の重要なポストにいた。メアリの病気のために多額の費用がかかったため、この仕事をもらったのは大変ありがたいことだった。『岸辺』で、ひと月五十ドルになるといわれたときのチャールズの反応を見ればわかる。「とうさんの、やせた頬の、ひきつったような表情がふっとやわらぎ、青い目に光がさしました」（第一章）。物語のあとのほうで、とうさ

（↖）

んは店を運営し、鉄道工夫たちの給料から店で使った代金を差し引く仕事をすると説明する。「給料日に会計主任がお金をもってくると、とうさんが、ひとりひとり、その額によって支払いをするのです」(第七章)

＊89　PGのすべての版は、キャロラインが西部へ行くという夫の決断を支持していると書く。だが、物語のかあさんには、説得が必要だ。「でも、わたしたち、ここにやっと落ちついたことだし、畑もあるし」。また、かあさんはメアリの病気のすぐあとの旅を不安に思っていた。しかし、結局、移住に賛成する(第一章)。

＊90　『岸辺』の冒頭、物語のインガルス一家はまだ、とうさんがプラム・クリークの農場に建てた家で暮らしていた。物語の中で、ワイルダーはあれから二年がたち、「この地方がイナゴ(バッタ)に襲われてから、とうさんはたった二回小麦の収穫をあげたきりで、それもひどい不作だった」(第一章)と書く。ワイルダーが物語の一家をプラム・クリークの家に留めておこうとしたのは、バー・オークでの暮らしを省くために考えた解決策だったのだ。そのおかげで、一家がダコタ・テリトリーに移住して落ち着くまで、開拓者として西部を目指していたという力強いイメージを保てることになったのである。レインがワイルダーにこのような創作上の作戦をすすめたのだ。レインは書く。「それは事実ではないけれど、一家がプラム・クリークを離れて西部へ行ったことは真実なのですから。この時期に起こったことのすべては、どこにいたとしても、起こったに違いないことばかりです」(90Ａ)。物語で、とうさんはプラム・クリークの農場をネルソンさんに現金二百ドルで売った(第一章)。

＊91　モード・ブレアは一八七九年には十三歳くらいか。両親のルーサー&エマ・ブレアと共にウォルナット・グローブの西のスプリングデイル・タウンシップに住んでいた。ブラント改定版とバイ版にはモードの記述はない。

＊92　バイ版には追加がある。「最後の日、わたしは好きなことができました。マーはよく働いたごほうびだといってくれました」。一八七五年、ケネディ一家はウォルナット・グローブの東のノース・ヒーロー・タウンシップに住んでいた。

パーが出かけてしまったので、マーとわたしは出発の準備にいそしみました。着る服を用意したり、持って行くものを仕分けし、かばんに詰めたり、いらないものは売ったり、人にあげたりしました。ひと月後、[*93]パーは最初の給料を送ってくれました。それでマーは鉄道が走っているトレイシーまでの汽車の切符を買い、わたしたちは再び、西部への旅に出たのです。でも、今度は馬車ではなく、汽車[*94]に乗っていくのです。

汽車に乗るのは初めてでした。でも、あっという間の旅でした。だって、朝ウォルナット・グローブを出て、お昼にはもうトレイシーに着いてしまったのですから。短い旅でしたが、すごく楽しかったです。マーを手伝って、グレイスを抱いてやったり、かばん(satchels ?)を運んだり、[*95]見たものすべてについてメアリに説明してやったり。[*96]わたしたちはまた、新しい土地へ向かうのです。それはいつだって、すてきな変化をもたらすものでした。[*97]

その晩、パーは鉄道工事現場から馬でトレイシーへくるので、朝にはわたしたちを迎えにきます。そこで、わたしたちは汽車をおりると、その晩はホテルに泊まって待つことにしました。かばんを運んでくれた人が、ホテルのロビーまでそれを運んでくれましたが、すぐにいなくなりました。わたしたちはそこにあった絵や本を見ていました。しばらくだれもあらわれなかったからです。やがて少年がふたり来て、わたしたちを見ましたが、また出ていってしまいました。数分後、杖をついた男の人がやってきて、迎える人がいなくてすまなかった、といいました。前は奥さんとその妹がこのホテルをきれいにしていたのですが、ふたりとも亡くなってしまったのだそうです。あとに残ったのは、その男の人と少年ふたりと手伝いの人だけで、十分なことができないのだそうです。

男の人は、クッションをいくつもおいた大きな椅子に座って、マーにこれまでの話を

＊93　『岸辺』で、ワイルダーは「何日も何週間も」が過ぎ、残された家族はダコタ・テリトリーにいるとうさんのところへ出発した、と書く（第三章）。チャールズが実際に働き始めた時期はわからないが、一八七九年五月八日よりあとで、六月三日より前のいつかだったろう。のちに彼は、家族が一八七九年九月九日にシルバー・レイクにやってきたと書いている（93A）。

＊94　「C・P・インガルス夫人とその家族はダコタへ向けて出発した。夫人はレイク・ベントンの西で、シカゴ＆ダコタ鉄道で働いている夫君と合流することになっている」と、カリー・パイオニア紙にある。「この家族がいなくなるのは寂しいことだが、われわれが失ったものは、家族が得たものなのだ」（94A）。ワイルダーは『岸辺』の第三章で、家族がトレイシーまで七マイルの汽車の旅をしたことを書き、そのときにローラが感じた怖い気持ちや、冒険心を強調する。

＊95　PGでは、ワイルダーは、t と h と l と s に下線を引いている。そのあとに入っている？マークは、この単語の綴りに確信が持てなかったことを示す。のちにワイルダーは、ミズーリ州マウンテン・グローブの婦人クラブで話をしたとき、聴衆にいった。「ことばでいちばんばかばかしいのは、スペリングですね」（95A）

してくれました。[*98]

その人と奥さんと双子の息子たちと、奥さんの妹とその恋人は、ある日曜の午後、ドライブに出かけました。ところが嵐が近づいてきたので、必死で馬を走らせ、嵐につかまらないように家へ急ぎました。けれど、それが男の人の最後の記憶で、次にはっと目が覚めたときには、ベッドにいて、体が麻痺したらしく、動けなくなっていたのです。その人を介抱してくれた人たちがいうには、とてつもない嵐と雷鳴と洪水が一気に襲ってきたとのことでした。

ミネソタ州トレイシー駅。1880年代初頭（Wheels Across the Prairie Museum, Tracy, Minn.）

＊96　PGのここで初めてワイルダーは、姉の目としての役割を果たす。

＊97　この印象深い文は、バイ版から外された。ブラント改訂版では、レインが手書きで削除を指示している。西部へのあこがれこそ、ワイルダーの物語のキーワードなので、レインがなぜこの印象的な行を削除することにしたのか、その意図がよくわからない。

＊98　トレイシー初のホテルはコマーシャルといい、一八七五年に建てられた。ヘンリー・H・ウェルチが、一八七九年秋までの所有者。M・（ダッド）フィンチが、ライバルのトレイシー・エクスチェンジの支配人だった。双方は鉄道建設ブームの間に建物を増やした。ブラント改訂版とバイ版には、このホテルの所有者の話はないし、『岸辺』にもない（98A）。

ホテルのすぐ裏手から、大草原が開けて広がっています。その嵐が去ってしばらくしたとき、ホテルで働いている娘が、道の向こうから歩いてくる男の子たち（双子の息子たち）を見つけました。でも、なんだか様子が変です。ちょっと歩いては立ち止まり、おたがいにひそひそしゃべり、また歩き始めても、また立ち止まるといった感じで、ひどくおびえている様子でした。娘は駆け寄って少年たちをホテルに入れてやりました。そして、お父さんとお母さんはどこにいるのとききましたが、少年たちは最初は話そうとしません。でも、やっとわかったのは、お父さんたちが道ばたで眠っているということでした。そこで人々はその道を歩いていき、町から二マイルばかり先で、その四人と馬たちが横たわっているのを見つけました。なんと、全員がぐっすり眠っていて、起きません。目を覚ましたのは、父親だけでした。四人に雷が落ちたあと、わたしたちに話をしてくれているその人がベッドで目を覚ましたのは、かなり時間がたってからのことで、それまでずっと意識がなかったのだそうです。すでに奥さんも、妹も、その恋人も埋葬されたあとでした。

息子たちが雷にあったのかどうか、あったとしても、雨が降って意識が戻ったのかどうか、だれもわかりません。息子たちは何も話そうとしません。ぼうっと座ったまま、長いこと宙を見つめているだけでした。遊ぼうともせず、ただ、家のまわりをふらふら歩き回っていました。相変わらず、様子がおかしく、おびえていました。

しばらくしてから、父親はまだぼうっとして横になっていましたが、体じゅうにおできがぶつぶつ出てきました。手足にもいっぱい出てきました。おできがふくらんで、ぱんぱんになると、やがて体が持ち直してきました。今では父親はすっかり回復し、杖をつけば歩けるようになっています。その人は、雷が落ちたときに身につけていた金時計を見せてくれました。丸い穴だらけで、時計の中身はすっかり溶けていました。

ホテルが不気味な感じで、静まりかえっていたのは当然です。わたしたちは、パーが迎えにきてくれて、ほんとうにほっとしました。早い朝食を済ませると、パーは駅舎とホテルにおいてあった荷物を、乗ってきた材木運搬馬車に乗せ、わたしたちはいよいよ、ハイおじさんのいる鉄道工事現場へ向かいました。

第6章

ダコタ・テリトリーにて

一八七九年～一八八〇年
（『シルバー・レイクの岸辺で』対応）

道中は何も起こりませんでした。道はずっと同じ感じでした。お昼に馬車を止め、馬たちにえさをやり、わたしたちはホテルから持ってきた冷たいお昼ごはんを食べました。そしてまた、馬車に乗り込み、鉄道工事現場についたときにはもう暗くなっていました。でも、ドーシアおばさんがわたしたちのために、温かい夕ご飯を用意してくれていました。

いとこがふたりいました。ジーンとレナといって、初めて会ういとこたちです。[*1] レナはわたしと同じくらいの歳で、黒い目と黒い巻き毛のとてもかわいい女の子、ジーンも黒目と黒髪で、レナより少し年下の男の子。ドーシアおばさんの家は狭いので、みんなが寝られる場所はなく、ジーンとレナとわたしは別のところで寝ました。ジーンは男の人たちと一緒に飯場小屋で、わたしとレナはテントの中で地面にキルトを敷いて寝ました。慣れなくて、あまりいい気持ちはしませんでした。馬車の中で寝るほうがましです。地面の上だと、蛇や虫が来るかもしれないし、パーとマーや姉妹のいるところとも離れているし、第一、知らない土地にいるので、いやでした。そんなことを気にするなんて、わたしらしくないような気もしましたが、やっぱり寂しかったのです。やっと寝付きそ

＊1　レナとジーンは、ドーシア・インガルス・フォーブズの子どもたち。父親は最初の夫のオーガスト・ウォルドヴォーゲル（ワンフォーグル）で、ふたりは一八七〇年代に離婚した。レナは一八六六年生まれだから、ワイルダーより一歳年上。オーガスト・ユージーン（"Gene"）は、（『岸辺』ではジーン（Jean））二歳下。レナとジーンは一八七〇年代初頭、ウィスコンシン州に住んでいた。その頃、ワイルダーの一家もそこにいて、じいちゃんの家のダンスパーティのときにたくさんいた赤ちゃんや子どもたちの中に、そのふたりもいただろうが、ワイルダーは覚えていない。『岸辺』でワイルダーは、ドーシアおばさんは「いまでは結婚しているのでした。ふたりの子どものあるやもめの人と」（第一章）。そして、レナとジーンはローラのいとこだと書く。だがそこで、ワイルダーは物語上の変更をした。ドーシアおばさんは『家』ではまだ独身として描かれているからだ。「物語では、レナとジーンはドーシアおばさんのほんとうの子どもにはなり得ません」と、ワイルダーはレインに説明する。「だって、（ドーシアは）大きな森の物語では、まだ娘で、そのときローラは五歳だったのですし、レナはローラより年上だったのです」（1A）。一八八〇年には、フォーブズ家にはこのふたりのほかに、五歳のアイダ、三歳のアビー、そして八カ月のエミーがいた。ドーシア・フォーブズが一八七九年の夏、妊娠していたのは明らかだ。

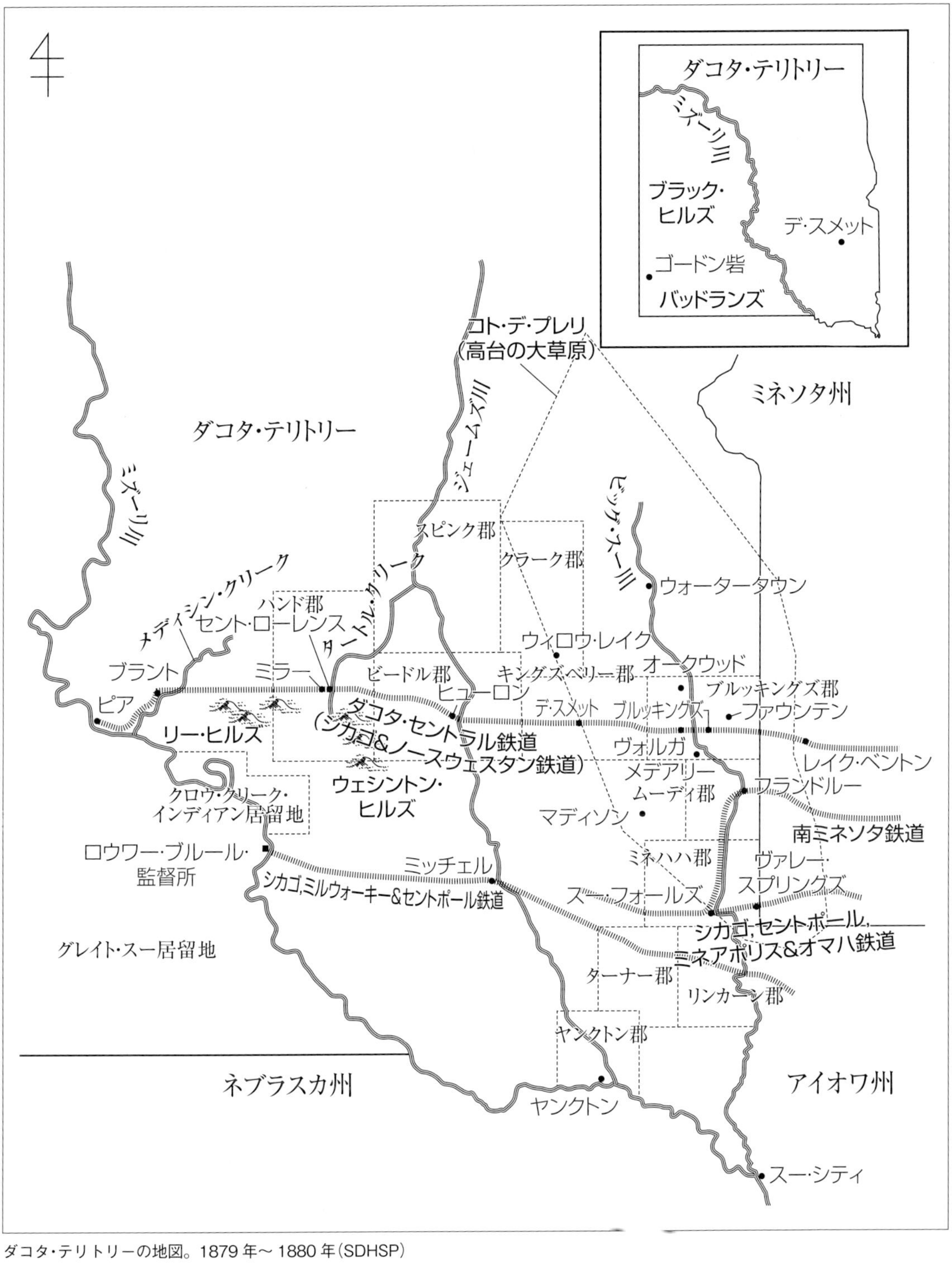

ダコタ・テリトリーの地図。1879 年～ 1880 年（SDHSP）

うになったときに、頭のすぐ上のテントをひっかくような音がして、耳の中でキイイイという音が響きました。はっとわたしは起き上がってしまいました。レナは叫びました。

「もう！　あたしは森ん中で育ったんだから、フクロウなんかこわかないよ。あれはジーン。あたしたちをこわがらせようとしてるだけ」。そういうと、さっさと寝てしまったので、わたしも眠りました。[*2]

わたしたちはこの場所には長くいませんでした。現場はまもなく取りこわされ、さらに次の場所へ移るのです。もう鉄道の土台ができあがり、ブルッキンスという町ができたところでした。[*3]

ドーシアおばさんの家族とパーは、鉄道会社と仕事について最後の契約を取りかわそうとしていました。でも、ドーシアおばさんとハイおじさんは、[*4]すごくがっかりしているように見えました。夏の間、ふたりは四組の馬を使ってきつい仕事をしたのですが、それでも鉄道会社に借金が残ってしまったからです。土台を作る仕事の報酬は、かかった費用には足りず、働いた仕事の報酬や組み馬の費用がほとんど出なかったからです。[*5]次の現場では、[*6]会社への借金が返せて、少しはお金が貯まればいいと、おじさんたちは願っていました。

仕事用の大きな馬たちの他に、ハイおじさんは黒いポニー（小馬）を二頭持っていました。レナとジーンに一頭ずつです。現場のそばのつなぎ杭につながれています。ジーンが自分のポニーをわたしに貸してくれました。そこでわたしはほんの少しですが、レナと一緒にそこらをポニーに乗って回りました。でも、今まで乗ったことがなかったので、最初はこわごわでした。[*7]レナは地面から直接ポニーに飛び乗れて、鞍をつけずに乗りこ

＊2　『岸辺』にある同じような場面でも、ここと同じような言葉遣いや、それぞれの雰囲気を描いて、ローラとレナとジーンの性格分けをしている。

＊3　チャールズは、一八七九年六月初旬から、ビッグ・スー川の工事現場で行われた土台作りの仕事の帳簿係をしていた。ブルッキングズの町も郡も、一八五〇年代にダコタ・テリトリーの東部に移住したウィルモット・W・ブルッキングズにちなんで名付けられた。一八七〇年代に、テリトリーの政治界で大きな役割を果たした裁判官だ。ダコタ・セントラル鉄道が初めてブルッキングズにやってきたのは、一八七九年一〇月半ば。ブルッキングズ郡プレス紙が発刊したのもそうあとではない。PGのどの版でも、町の名前はBrookinsと綴ってあり、ワイルダーは『岸辺』でも同じ綴りの間違いをしている。それを指摘したデ・スメットの友人への手紙で、本には「いくつかのタイプ・ミスがあって、Brookings の g を落としてしまったのもそのひとつです」とワイルダーは書く（3A）。

＊4　ブラント版とブラント改訂版とバイ版では、ワイルダーはハイラム・フォーブズの名前を「ハイおじさん」としている。『岸辺』でも同じ（第一章）。

＊5　本章のあとのほうで、ワイルダーは請負人は自分の組み馬を働かせること

なせるのです。レナとジーンは同時に地面からスタートして、どちらが前にポニーにまたがって、決めた場所へ行くことができるか、競争しました。

　わたしとレナは、軽い馬車につけた二頭のポニーを御して、数マイル離れたところまで行き、農夫のおかみさんに頼んでおいた、うちの洗濯物を取りにいきました。二頭のポニーと、わたしとレナ、どちらが草原を駆けることを楽しんでいたか、わからないくらいです。ポニーたちは黒いたてがみとしっぽを風になびかせ、わたしたちは大声で叫び、うたいました。走りをゆるめて、休ませようとすると、馬たちはほんの数分は静かになりますが、すぐに鼻面をこすりあって、また駆け出すのです。

　洗濯をしてくれた女の人が洗濯物を届けてくれなかったのには、理由がありました。娘が結婚したばかりで、そのしたくに忙しかったからです。

「まだ十三歳なのよ」と女の人は得意そうにいいました。「でも、若いうちに結婚したほうがいいからね」

　なんと、花嫁はわたしと同じ歳なのです。レナよりたった一歳年下にすぎません。帰りにその話をしながら、わたしたちはそんな目にあわなくてよかったねといいあいました。まだ楽しく走ったり、遊んだりできるのですから。家事や育児の手伝いならいいけれど、今はまだ、家事や育児に責任は持てないと思いました。[*8]

　次の日、ドーシアおばさんの一家は新しい現場へ移っていきました。でも、わたしたちはパーが、会社の売店の仕事が終わるまであと一日待たなければなりませんでした。[*9] そして翌朝早く、わたしたちはすべての荷物を大きな馬車に積み込みました。パーは大きな馬たちを馬車につけ、わたしたちはさらに西部へ向かったのです。まもなく、川が

でお金はもらえないと書く。「事実上、自分で払っている」からだ。鉄道会社は請負人の給料から、組み馬にかかわるすべての費用を差し引いていたが、このやり方で会社は儲けていた。資金と請負契約をコントロールするためだった(5A)。一九〇六年の鉄道土台作りの調査記録によると、「通常の鉄道契約は……かなり一方的なもので、鉄道会社に利益が入るようになっていた」。会社の技師が仕事全体に権力を持っていたため、請負人は「商売への見通し」が立たず、「危ない橋」を渡っていた(5B)。

＊6　ハイラム・フォーブズと鉄道会社は「スー川の西の二十マイル以上の地域を担当する、大変な仕事」の契約を交わしたと、ブルッキングズ郡プレス紙が、一八七九年六月一九日付けで伝える。この新しい契約の中心地は、シルバー・レイクにあった。

＊7　ワイルダーは『岸辺』の第六章すべてを、レナとポニー(小馬)たちとの冒険を描くことに使っているが、物語のローラは臆病どころではなかった。ポニーから落ちても、すぐによじのぼった。「髪の三つ編みはほどけ、笑ったりわめいたりでのどはガサガサになり……」とある。イラストレーターのガース・ウィリアムズは一九五三年に出た新版『岸辺』で、カバーにこのシーンを描いているが、ポニーの色は黒ではなく、栗毛なのだ。

とぎれているところに出たので、そこを通りました。スー川を渡ったのです。[*10] そしてまた、広々した大草原に出ました。どの方角を見ても、見渡す限り草原が広がっています。馬車には幌がありませんでした。だってほんの四十マイルくらいの距離ですし、空は晴れ渡り、雲ひとつなかったからです。

暖かい天気でした。でも、暑いほどではありませんでした。風が吹いてきて、夏のかんかん照りの太陽にあたって茶色くなった、大草原の丈の高い草を波のようにさざめかせました。お昼に馬車を止め、馬たちにえさをやり、前によくやったように、冷たい昼ごはんを食べ、また馬を馬車につけて、出発しました。何マイルも何マイルも走りましたが、家は一軒も、人はひとりも見かけませんでした。わたしたちが進んでいる道は、ただ草が倒れたり折れたりしていることでやっと道だとわかる程度のものでした。かつてバッファローが通った道のあとがありました。体が重たいので、地面が深くくぼんでいますが、今は草におおわれています。四分の一か半エイカーくらいの丸い穴は、昔バッファローたちが泥浴びをした場所ですが、そこにも草がびっしり生えていました。[*11]

夕方近くなって、馬に乗った人がひとり、大草原のうしろのほうにあらわれました。少しずつ近づいてきて、とうとうすぐそばまでやってきました。パーは気にしているようで、しょっ中、うしろを振り返っています。やがて、白い馬に乗った人がその人に追いつき、ふたり一緒にこちらへやってきました。マーはいやがっていましたが、パーは、あとから来た人はビッグ・ジェリーといって、何も心配することはないよ、といいました。[*12]

ふたりが追いついてきたあと、最初の人はそのまま行ってしまいました。でも、ビッグ・ジェリーはうちの馬車の横を走りながら、パーと話しています。とても背の高い、

（▼180ページへ）

＊8　一八七九年秋、ワイルダーは十二歳。レナは二月に十三歳になった。ワイルダーにとって、ふたりの年齢そのものより、歳が近いということのほうが大事だった。『岸辺』にあるように、花嫁はローラより「ほんのちょっとしか年上じゃない」（第六章）のに、結婚した女性としての役割を果たす責任があるのだ。物語と同じくPGでも、年若い花嫁の運命には胸をつかれる思いがする。子ども時代が過ぎ去ってしまうと感じさせ、保守的な女の道を選んだ場合は、新しい責任がのしかかってくることをほのめかす。物語で、ワイルダーは、花嫁にリジーという名前をつけ、このエピソードをさらに盛り上げた。この場面は、年頃への移行を表すところで、ワイルダーはこの『岸辺』からシリーズの終わりにかけて、このテーマを発展させていく。いわば、ヤング・アダルトのジャンルに入る物語群への移行である。『岸辺』で、ローラとレナは自分たちはまだ結婚の責任などとれないし、もっと自由を謳歌したいと思っているといい合う。そのすぐあとで、ポニーを乗り回す（第六章）。とはいえ、ワイルダーは十八歳で結婚し、レナは一八八六年、二十一歳で、農民のサミュエル・A・ヒックスと結婚し、子どもを七人もうけた。家族はネブラスカ州ダコタ・シティに住んだ（8A）。

＊9　会社の店は鉄道の土台作りをしている工夫たちや組み馬の御者たちのため

（↖）

にあらゆるものを扱っていた。レインへの手紙でワイルダーはチャールズがビッグ・スー川の工事現場でつけていた帳簿の内容を伝えている。以下は一八七九年六月のもの。

木材千フィート：十三ドル
釘二十ポンド：八十セント
小麦粉五十ポンド：一ドル五十セント
シャベル三本：三ドル七十五セント
土かき：二十ドル
かみタバコひとつ：四十セント（9A）。

＊10　ビッグ・スー川はサウス・ダコタ州東部を南へ四百マイル以上にわたって流れ、アイオワ州スー・シティでミズーリ川に合流する。PGのすべての版では、ビッグ・スー川を単にスー川としている。ワイルダーはこの間違いを『岸辺』で直した。ローラがメアリに川の説明をするところだ。「ときには大きな川になるらしいけど、いまはすっかり干あがってて、プラム・クリークくらいのもんよ。砂利だらけの川原と、かわいた泥にひびの入った平地の間を、ところどころの溜り水づたいにチョロチョロ流れてるだけ」（第七章）

＊11　バッファローの足跡や泥浴び場は、かつて北アメリカのそこらじゅうで見られたものだ。ヨーロッパ人がやってくる前は、六千万頭ものバッファローまたはアメリカ・バイソンがいた。肩までの高さが六フィートもあり、重さは一トン以上ある。群れで移動し、はっきりとした足跡を残した。それは「荒野にできた唯一の自然道」（11A）といわれ、アメリカ先住民や白人の旅人の道となった。泥浴び場は、バイソンがごろごろ転がって、体についた虫や古い毛を落としてできた大きな穴。大草原で暮らす先住民は、食料や住む家の材料をバイソンに頼っていたが、バイソンは一八〇〇年代後半には絶滅してしまった。『岸辺』でワイルダーはこう書く。「ローラはバッファローを見たことがなく、とうさんは、たぶんもう見ることはできないだろうといいました……バッファローはインディアンの家畜だったので、白人がぜんぶ殺してしまったのです」（第七章）。アメリカ先住民が馬の大群を使った「新しい効果的な狩り」をするようになってから、バッファローの数は減りだしたという。こうして、バイソンは「十九世紀後半にアメリカ軍の兵士や狩猟家や牧場主が競って狩りをして取り尽くす前に、数が減少し始めていた」（11B）。一八七九年までにはバイソンはほとんどいなくなり、新聞に「バッファローが一頭、ファーゴから十八マイル北西で発見された」などと書かれるようになった（11C）。

＊12　この男のフルネームは、本文にヒントがいくつかあるにもかかわらず、わからない。しかし、ソルダ・デュ・シェーヌと同じく、ビッグ・ジェリーもインガルス一家の開拓時代の物語においては、神秘の衣をまとった登場人物としての役割を果たしている。要の時に現れて、一家を守ってくれる人物だ。ワイルダーにとって、彼は開拓者のヒーロー的存在であり、西部男のあくなき冒険心と内に秘めた誠実さを兼ね備えていた。レインも、このようなタイプの男性を非常に魅力的だと思い、PGの素材をかなり使った『自由の土地』では、同じような登場人物に「混血のジャック」と名付けた（12A）。ワイルダーの物語に出てくる、こうした人物の役割については、（12B）を参照のこと。

がっしりした体格で、余計な肉がついていなくて、肌が浅黒く、頬骨が高くて、鼻が大きく、髪の毛は黒くて真っすぐでした。帽子はかぶっていません。シャツは燃えるような赤で、乗っている馬は真っ白、鞍も手綱もありません。裸馬に膝で合図しているのです。数分後、ビッグ・ジェリーはかかとでポニーの腹をうちました。ポニーはすうっと流れるようにきれいな走り方で、小さな谷間を下り、またあがってきて、とうとういなくなりました。[*13]

マーは、あのふたりはわたしたちをどこかの谷間で待ち伏せしていて、荷物をとろうとしているのではないかと心配しました。[*14] でもパーは、ビッグ・ジェリーはそんなことをするやつじゃないとはっきりいいました。パーは、もうひとりの男の顔つきが気に入らなかったのですが、ビッグ・ジェリーがその人を放さないといってくれたのだそうです。「ジェリーはインディアンとフランス人のあいの子なんだ。[*15] ばくち打ちだ。馬泥棒だという人もいるが、すごくいいやつだよ」と、パーはいいました。

しばらくの間、空には野ガモがいっぱい飛んでいました。Vの字形を作って飛ぶ、野ガンもたくさん見えました。リーダーはVの字形の頂点にいて、あとのガンたちを先導しています。隊列をくずさないようにしながら、リーダーが声をかけるとそれに答えます。そこらじゅうに、「ホンク、ホンク！」という声が響き渡りました。群れは低く飛んで、舞いおりる夜の休み場所を探しています。わたしたちのいるところから西の方に、小さな湖がいくつも連なっているのが見えましたが、そこへ行くのでしょう。[*16]

太陽はますます低くなっていき、とうとう、光がとくとく流れているような丸い玉になり、深紅と銀色の雲を鮮やかに染めながら、ずんずん沈んでいきました。東のほうに、ひんやりした感じの紫色の影がたちのぼるように広がって、地平線の縁にゆっくりとま

（▼182ページへ）

＊13　『岸辺』で、ワイルダーはこの場面を利用して、ビッグ・ジェリーの神秘的な雰囲気をいっそうかきたてて、ローラとメアリの根本的な違いを効果的にほのめかしている。

ローラはつめていた息をフーッと吐きだしました。「ああ、メアリイ！　雪のように白い馬、そして、真黒な髪で真赤なシャツを着た、背のたかいトビ色の肌をした人！　まわりはどこまでも茶色の大草原―そして、その人も馬も、沈んでいく太陽のまんまんなかへとびこんでいったわ。きっと、あの太陽に乗って、世界じゅうをまわるのね」

メアリイは、ちょっと考えていましたが、じきにいいました。「ローラ、太陽のなかに乗り入れるなんてこと、できっこないのはわかってるでしょ。ほかの人と同じように、地面を走っていっただけよ」

でも、ローラはうそをいったとは思えませんでした。いまいったことだって、うそではないのです。あの美しい自由な馬と、あの自由な男が、まっしぐらに太陽に乗り入れていったあの一刻は、ともかくローラの心の中に永遠に残っているでしょう（第七章）。

この場面で、ローラは真実が、実は単なる事実とは違うことや、この体験は時を超えたものであることを悟るのだ。しかし、メアリにはそこまでの想像力はない。ワイルダーは自分がモデルとなった

（へ）

ローラの性格をさらに深く描き、同時に、アメリカ先住民の超越したイメージをかもしだしている。白人入植者や、それによる避けがたい葛藤をものともせずに、大草原をどこまでも西へ向かって馬を駆っていく、りりしい姿だ。

＊14　『岸辺』で、かあさんの恐れを書くことで、ワイルダーは、アメリカ西部に対する考え方において両親の間に、口には出さないながらも葛藤があることを表している。「かあさんは何もいいはしません。いま、とやかくいってもしかたがないからでした。でも、かあさんが、プラム・クリークをはなれたくなかったことも、こんな土地へきたくはなかったことも、ローラにはわかっていました」（第七章）

＊15　「あいの子（half-breed）」は現在では適切とされない言葉であるが、十九世紀や二十世紀初頭には、異なる人種間に生まれた人を指す言葉として一般的に使われていた。十八世紀後半や十九世紀初頭に、アメリカとフランスの間で盛んに行われた毛皮取引によって、ミネソタ州やダコタ・テリトリーには、フランス人とアメリカ先住民の両方の血筋を引いた人々が大勢いたし、今もいる。もし、ビッグ・ジェリーがそのあたりで生まれ、アメリカ先住民の血を引いていたとしたら、おそらくそれはスー族（ダコタ族、ラコタ族、ナコタ族）か、それらと関連する三種族（マンダン族、ヒダーツァ族、アリカラ族）または、オジブワ族だったろう。しかし、ワイルダーはあとになって、ビッグ・ジェリーは、フレッド・フィールズという、おそらくカナダからの移民の、義兄弟だと述べている。そうなると、また別の出自が考えられる。

＊16　ワイルダーの一家がシルバー・レイクへ行くときに通った地域はコト・デ・プレリ（高台の大草原）で、現在のノース・ダコタ州州境南部からサウス・ダコタ州東部に広がる、湖沼地帯だ。周辺の大草原よりも九百フィート高く、その幅は平均すると五十マイルくらいある。氷河が解けてできた小さな湖やくぼ地が、ゆるやかにうねる大草原に点在し、この地域には「穴ぼこ大草原」という名もある。湿地帯や草地がたくさんあるために、この地域はセントラル・フライウェイ、つまり、水鳥たち（カモ、ガン、白鳥）の自然の通り道となり、その他、水辺を好む鳥たち（アビ、カイツブリ、ツル、シギなど）も、春と秋にやってくる。アメリカとメキシコの湾岸地方で冬を過ごし、ダコタやさらに北の土地へ巣作りのためにやってくる（16A）。

ビッグ・ジェリー。ヘレン・スーウェル画。1939年

とわりつき始めました。そして、その影は空の上のほうでかたまって次第に色が深く、黒い闇になり、その低いところから、星たちがぴかっ、ぴかっと姿をあらわし始めたのです。その日一日強く吹いていた風はやんで、太陽が沈むとともに静かになり、背の高い草の間をさやさやと吹きめぐっています。夏の夜、大地はおだやかに体を横たえ息をしているようです。夜の息づかいが大草原をおおい、やさしくなでて、草たちを夜の眠りに誘っています。[*17]

わたしたちは、星空の下、馬車を走らせました。そしてとうとう、目指す工事現場の明かりがきらっと光って見えました。くたくたになり、おなかをすかせて止まったのは、飯場でもいちばん大きな小屋で、いとこのチャーリー・クワイナーが飛び出してきて、わたしたちを高い馬車から抱きおろしてくれました。ずっと前にウィスコンシン州の大きな森にいたときから、一度も会っていませんでした。もうすっかり大人です。いとこのルイザ[*18]は小屋の中で、わたしたちのために温かい夕食を用意してくれました。[*19]ルイザはこの料理小屋を任されていて、家族と一緒に来ていない人たちの面倒をみているのです。

夕食のあと、わたしたちは新しい小屋へ行きました。わたしたちのために建てた小屋です。[*20]早速、床に寝るところを作って、朝までぐっすり眠りました。飯場の朝はとても早く、早朝から音がし始めました。男の人たちが仕事に出かけたあと、わたしたちは料理小屋へ朝食を食べにいきました。とにかく、チャーリーとルイザにまた会えたのは大きな驚きであり、喜びでした。ここで一緒にいられるのがうれしくてたまりません。こういう小屋がいくつも散らばって、湖の北岸に建っています。[*21]そのシルバー・レイクは半マイル四方(百六十エイカー)ほどの大きさで、[*22]水は澄んで、冷たくていい気持ちです。北岸は低く、南岸は高くなっていて、くぼんでいるところに水がたまっているのです。

＊17　この文章は、ワイルダーの描写力の才能を表すもの。PGの大人版のどれにも出てくる文で、少しの手直しでも、オリジナルの持つ叙情性が損なわれてしまう。たとえばバイ版では、段落の冒頭の文はふたつに分かれていて、「太陽はますます低くなっていきました。とうとう、光がとくとく流れているような丸い玉になり、深紅と銀色の雲を鮮やかに染めながら、ずんずん沈んでいきました」となっている。これが少しだけ変えられたのが『岸辺』に出てくる(第七章)。

＊18　ワイルダーのウィスコンシン州時代で悪い子とされていたチャーリー・クワイナーは、一八七九年には十七歳。ルイザ・クワイナーは二十歳。ドーシアとハイラムが、親戚をかりあつめて、鉄道で働いてもらおうとしたのは明らかだ。いとこたちの父親のヘンリー・クワイナーも鉄道工事現場にいた。それはワイルダーが『岸辺』に書いている事実だ(第七章)。レインへの手紙でワイルダーは、常に落ち着いているマーは、「鉄道工事現場でヘンリーおじさんを見ても、興奮したりしませんでした……わたしたちはばたばたしたり、わいわいするのがきらいでした。今もそうです……」(18A)。一八八〇年、ヘンリー＆ポーリン(ポリー)クワイナーはミネソタ州マクラウド郡に住んでいた。

＊19　料理小屋と賄い場の切り盛りは、チャールズの帳簿係の仕事内容に含まれ

でもがっちりしていて、乾いています。西の端から、ビッグ・スルー（大沢地）[23]が南側へカーブしてずっと広がっています。東の端は、岸が低く、そこから別のスルーが東と北へ広がっています。このようなスルーには、茎の太い草が、五～六フィートほどの高さで生い茂っています。湖の周辺のほかの地域には、大草原高地の草がびっしり生えています。

樹木はありません。あたりをずっと見回しても見えるのはたった一本、それは一本ポプラ（ハヒロハコヤナギ）です。これは大草原のかなり遠くからでも見えます。[24] ヘンリー湖とトンプソン湖という双子の湖の間に生えている木で、[25]近い方のヘンリー湖は三マイルほど南東に位置しています。その先にあるトンプソン湖との間には、ほんの狭い陸地があるだけです。陸地は水をかぶるほど低くはなく、馬車が通れるくらいの道幅はあります。野生のサクラや野生のブドウのつるが、[26]水際近く、道の両側のあちこちに生えています。シルバー・レイクから北西九マイルのところにスピリット湖があり、その岸辺には昔のアメリカ先住民の土盛りの墓があります。[27] そばには木がたくさん生えていますが、それほど大木ではなく、そのあたりから大草原のふくらみが次第に高くなってくるので、鉄道の線路からは見えません。

いちばん大きいのがトンプソン湖です。その次がスピリット湖。ここの水は深く、岸辺は高く、岩がごつごつしていますが、片側はスルーになっています。野生の灰色のガンがたくさんいます。カモは、大きなマガモから、コガモ、クイナ、小さなカイツブリまで。ペリカン、白鳥、サギ、カナダヅル、カモメ、それから、名も知らない変わった小さな水鳥がたくさん、[28]冬が来る前に南へ行くときに、これらの湖のほとりに順にとまっていくのです。空は鳥で埋め尽くされ、鳴き交わす声でいっぱいになり、目をやればいつだって、湖や大草原に羽を休めたり、飛び立ったりする鳥たちを見ることができます。鳥たちは、昼間スルーでえさをとり、夜は水辺で眠ります。

（▼185ページへ）

ていた。一八七九年六月、彼はひとりの労働者の食費プラス宿泊費を四ドル八十セントとつけた（19A）。

＊20　「わたしたちの小屋は現場の片側に建っていました」ワイルダーはレインに書く。「賄い場や飯場小屋からも、他の小屋からも遠かったのです。みんなとは少し離れていようとしていたようです」（20A）

＊21　バイ版では、いろいろな小屋の記述がある。「長い料理小屋、飯場小屋、馬屋、そして会社の店、どれも製材したばかりの新しい材木で作られていました」

＊22　シルバー・レイクは、あとで出てくるヘンリー湖、トンプソン湖と同じく、雨水や雪解け水がたまったもので、水量が激しく変わる。シルバー・レイクは一八七〇年代初頭に水抜きされた。それは「湿地帯を、干し草や牧草をとる草地に変え」、大雨のあとで湖が溢れたときのために、「通過可能」の道を増やすためだった（22A）。一九三〇年代から一九六〇年代に至るまで、かつての湖底が水でいっぱいになることはめったになかったが、最近の降水量の増加によって、シルバー・レイクと周辺のスルー（大沢地）がふたたび湿地帯になる可能性が出てきた。だが、どちらもインガルス一家がいた頃と比べるとずっと規模は小さい。湖は町の南東へほんの一マイル足らずで、現在は沢地と分類され

（＼）

る(22B)。

＊23　アメリカ北部とカナダでは、「スルー」はよく使われる言葉で、沢地とか、アシの茂った沼地のようなところを指す。

＊24　カナダのマニトバ州からアメリカのテキサス州まで広がる大草原地帯に点在する大木の一本ポプラは、大草原に高々と伸びて、初期の開拓者にとってのよい目印だった。たとえば、一八八一年に植えられた、サウス・ダコタ州イーガン近くにある一本ポプラは、猛吹雪のときに、先生ひとりと生徒たちの命を救ったことで知られる。ハヒロハコヤナギ(アメリカ・ポプラ)は、生長が早く(一年に二〜五フィート伸びる)が、比較的短命な木だ。二〇〇二年、サウス・ダコタ州最大のアメリカ・ポプラは、高さが百五十フィートあり、幹の太さは周囲二十六フィート以上あった(24A)。

＊25　ヘンリー湖とトンプソン湖は、「穴ぼこ大草原」地帯で、サウス・ダコタ州デ・スメットの南東にある、自然にできた双子の湖。二十世紀初頭にデ・スメットで育ったオーブリー・シャーウッドは、町の新聞の発行者で、トンプソン湖を「とてつもなく広い」と形容した。それは、ワイルダーが双子の湖のうち、そちらの方が大きいといっていたことを裏付ける。ヘンリー湖は深さにまさり、「雨の量にかかわりなく、水をたっぷりたたえ、人々に水を供給してくれた」(25A)。トンプソン湖は一九三〇年代に干上がり、一九七〇年代後半と一九八〇年代前半にも干上がった。現在、降水量の増加と、周辺の湿地帯の水涸れにより、この湖は州内一の自然湖となっている(25B)。

＊26　野生のサクラは茂みを成すもので、アメリカ北部大草原地帯では最も数多く生え、最も背の高い植物のひとつ。その実はラコタ・インディアンが好んで食べたもので、七月を「黒チェリーの月」を呼んで、夏の食料のひとつにしていた。川岸に生えるブドウは、サウス・ダコタ州の湖や小川沿いの野生のブドウで、濃い紫色の実は八月にとれる(26A)。

＊27　このような盛り土の墓は、サウス・ダコタ州東部のあちこちで見られる。ほとんどは、ヨーロッパの人々が来る前からのアメリカ先住民の文化的風習によるもの。この湖は、アイオワ州のスピリット湖にちなんで名付けられたのだろう。または、岸辺に作った盛り土の墓に死者のスピリット(霊)が宿っているからか。ワイルダーは夫と共に、一九二三年、この地を訪れ、スピリット湖の方へ車を進めたとき、こう書く。「あたりの様子は、昔とちっとも変わらない。けれど、かつて大草原がただ広々とうねったように続いていたところに、家や納屋がいくつも見える」(27A)

＊28　「野生の灰色ガン」は、サウス・ダコタ州東部を通る渡り鳥のほとんどすべてを包括してしまうような言葉である。マガン、ハクガン、コハクガン、カナダ・ガンだ。マガモは、頭がつやつやした緑色で、この地域の最も一般的なカモ。青い羽のコガモは小さくて目立ち、羽に模様のあるところが特徴。クイナまたはアメリカ・オオバン(クロガモ)はカモに似ているが、カナダヅルにより近い。これは脚が長く、羽を広げると七フィートにもなって、とてもきれいだ。アメリカシロヅルは、現在希少種だが、同じくこの地域の渡り鳥。ときおり、カナダヅルと混同されるのは、大きなアオサギ。この他のサギも五種類が、この地域によくやってくる。コハクチョウは、大きな白い鳥で、群れを成して暮らすことが多い。このあたりには六種類のカイツブリがいる。カモメも五種類。ワイルダーが書く「名も知らない変わった小さな水鳥たち」とは、チドリ、セイタカシギ、ソリハシセイタカシギ、シギなどで、湖や湿地帯のほとりに集まっている鳥たちのこと。鳥たちは、この地に豊かに茂る草や、動物や、昆虫を食べる。農業の発展に伴って生息地が減っているにもかかわらず、今日でもこの地域にはたくさんの渡り鳥がやってきたり、巣を作ったりしている。一八七九年にワイルダーが見たであろう、鳥たちがにぎやかに集まる様子が想像できる。『岸辺』で、シルバー・レイクに来る水鳥の描写には、さらに生き生きとした感

ダコタ・テリトリーの開拓小屋（SDSHS）

新しい小屋は快適でした。あたりは真新しい、すがすがしい広大な大草原です。わたしはその広い外へ出るのがうれしくてたまりませんでした。ウォルナット・グローブを離れたことなど、ちっとも残念に思いませんでした。パーは、あそこは人が増えすぎたといっていましたし。わたしたちはだれも、寂しさや、ホームシックを感じていませんでした。

うちの小屋は大きな部屋がたったひと間です。でも、マーは会社の売店でキャラコ地を買ってきて、わたしたちみんなでカーテンを作りました。奥においた寝棚との仕切りだけでなく、寝棚と寝棚の仕切りも作ったのです。[*29]

いとこのルイザは、チャーリーに手伝わせて、一日じゅう働いていました。鉄道会社で働く人たちの食事を作って出していたのです。ドーシアおばさんの小屋はうちからそう遠くはなかったので、レナとわたしは

じがある。「野ガモが……深い草のあたりで鳴いていました……夜明けの凪に向かって羽ばたきながら、カモメがかんだかい声をあげて湖の上を横ぎっていきました……たくましい羽を羽ばたきながら、ガンは……輝く日の出の空に向かって飛んでいきました」（第八章）。鳥についてのくわしい説明は（28A）を参照のこと。

＊29　『岸辺』で、ワイルダーは二ページを使って、新しい家に引っ越して、荷物を出し、飾り付ける場面を書いた。かあさんの羊飼いの娘のことも書く。これは物語の一家にとってのみ、大切なもの（第八章）。なぜなら、PGのどの版にもその記述はないからだ。しかし、一九三三年、ワイルダーは小学生たちへの手紙にこう書く。「妹のキャリーは羊飼いの娘の人形を持っています」（29A）

ときどき会いました。夜と朝は必ず一緒に乳搾りをしました。雌牛たちは、現場の片側にあるつなぎ綱につながれています。そこにはいい草が生えているからです。そこへ行くときも帰るときも、乳搾りをしているときも、わたしたちはずっと歌をうたっていました。雌牛たちはすっかり乳搾り歌になじんだようです。「風は荒野を吹きめぐる」「マクラウド嬢の糸車」「ジプシーの警告」「ほうきはいかが」「あの子は金色の籠の鳥なのさ」「ああ、わたしの犬はどこへ行ったの？」[*30]などなど。

会社の店で警備員をしているフレッドは、パーの手伝いもしてくれて、ある日、パーと一緒に夕飯を食べました。すると、うちで是非食事をさせてもらいたいといいだしました。うるさい料理小屋では食べたくないのです。そこで、マーは食事代を取って食事を出すことにしました。[*31] フレッドはビッグ・ジェリーの義兄で、「ビッグ・ジェリーも」一緒にやってきて、夕飯を食べました。[*32]（＊）それ以来、ビッグ・ジェリーは現場にいるときは、パーとフレッドと一緒に食べるようになったのです。会社の人たちも、ここを通りかかるときにはうちに来たので、マーとわたしはものすごく忙しくなりました。

ビッグ・ジェリーはひとつの現場に長くはいません。白い馬に乗っていきなりふっとやってくるのです。いつも帽子をかぶらず、燃えるような赤いシャツを着ています。数日、働いて、夜、飯場小屋で男の人たちと賭け事をしてお金をさらっていきます。そして、別の現場へ行き、同じことをするのです。ビッグ・ジェリーは仕事に有能な人で、困っている人にはとてもやさしくします。でも、彼は、鉄道工事現場で暗躍している馬どろぼうたちのスパイだといううわさがありました。ビッグ・ジェリーがいるときは決して馬が盗まれないのです。それは確かでした。[*33]

うわさはこうでした。ビッグ・ジェリーは働きながら、いい馬を物色し、それが、夜、

＊30　「風は荒野を吹きめぐる」は、「荒野のメアリ」としてよく知られ、十八世紀からある歌。ジョニー・キャッシュ、ボブ・ディランなど、現代の人気歌手もうたった。チャールズもその歌を知っていたはずなので、キャロラインが「自作の詩」や「好きな言葉」を書き記すために手作りした本に、歌詞を書いておいたのだろう（30A）。「マクラウド嬢の糸車」は人気のあるヴァイオリンの曲で、十八世紀後半のスコットランドかアイルランドで作られたもの。「ご婦人方、高く飛んで」などさまざまな名前で知られる。現在も演奏される、十九世紀のフォークソング「ジプシーの警告」は、誘惑とか、若い娘が処女を失うといった内容だ（キャロラインがこの歌を認めるとは到底思えない）。「ほうきはいかが」の歌詞は、一八三〇年代にさかのぼる。メロディはのちにドイツで出版された。『岸辺』で、レナとローラは雌牛の乳搾りをしながら、この歌をうたう（第十章）。「金色の籠の鳥」は、PGには珍しく時代が合っていない。アーサー・J・ラムの歌詞、ハリー・フォン・ティルツァーの作曲で、一九〇〇年に作られた。PGのあとの版にはこの歌は登場しない。「ああ、わたしの犬はどこへ行ったの？」は、もともと一八六四年、「ドイツの犬」として出版された。このドイツの方言の歌詞を、アメリカの作曲家セプティマス・ウィナーがドイツのフォークソングのメロディにつけた（30B）。

長い馬屋のどの辺にいるかを確かめます。そうすれば、夜中にだれかが来て、よくない馬と間違わずに、いい馬を盗んでいくことができるからです。ジェリーは、馬たちが馬屋の仕切りにずらっと並んで立っているところをよく見ていました。だから、ここの男たちは、ジェリーが怪しいと思っていたのです。

ある晩、馬泥棒を警戒せよという知らせが届きました。男の人たちが売店へ来て、補充用の銃弾を買い、一晩じゅう、馬屋を見張りました。けれど、だれも来ませんでした。みんなはビッグ・ジェリーをつかまえようと思っていたのです。だれかが彼に警告したに違いないといっていました。ところが次の日、ここから西の現場で、馬が二頭盗まれたのがわかったのです。[*34] ジェリーに何も起こらなかったので、わたしたちはほんとうにほっとしました。わたしたちはジェリーが好きでした。うちの小屋にいるときも、静かで感じがよく、親切なやさしい人だったからです。

この現場には、ジョニーという名前の、かわいそうな、小柄の老アイルランド人がいました。[*35] これまでずっと、鉄道工事現場で働いてきた人ですが、すっかり年を取って、力仕事はできません。まったくお金がないので、パーはその人を水運びとして雇い、きちんと給料を払いました。木製のくびきを肩にかけて、水の入った桶を運ぶのです。両端には鎖のついたひしゃくがぶらさがっています。老人は働いている男たちの間を行ったり来たりして、水を飲みたい人が来ると、桶を支えて持ち、飲ませてやるのでした。ある晩、ジョニーは病気になりました。ジェリーが夜じゅうほとんど付き添ってやり、自分の寝棚から毛布を取ってきて、「寒くないように」ジョニーにかけてやりました。すごく寒い夜で、かわいそうなジョニーはがたがた震えていたからです。朝になって、ジェリーはうちの小屋へやってくると、マーに温かいおいしい朝食をジョニーに作ってほしいと頼みました。そして、それをジョニーのところへ持っていき、そのあとで自分も食

＊31　レインへの手紙でワイルダーは、フレッドは「フレッド・フィールズ」で、「彼の下宿代があればうちの食費が出たでしょうに」と書く（31A）。『岸辺』で、とうさんは助手を雇わないが、このフレッドは「現場監督」として登場する（第十一章）。一八八〇年の人口調査には、フレデリック・フィールズの名があり、ダコタ・テリトリーの南のターナー郡で、いろいろな鉄道会社の「監督」として働いているとある。彼はハイラム・フォーブズがその地域で働く契約をしたときに一緒に移動したらしい。

＊32　この文と次の文の間（＊）にワイルダーは「挿入」と書き、それを×で消し、「あとで」と書く。明らかにあとでこれに何かを付け加えたかったのだろうが、または、あとでそれが言及されていることに気づいたのかもしれない。このセクションには挿入されたものはない。

＊33　シルバー・レイクの現場だけでも、土台作りのために二百近い数の組み馬が働いていたので、それと他の鉄道工事現場や近くの集落などは、馬泥棒の格好の的だった。一八七九年六月中旬、馬泥棒の暗躍が激しくなったので、ブルッキングズ郡の人々は「馬泥棒防止協会」を結成した（33A）。バイ版には、泥棒たちが盗んだ馬たちを「バッド・ランズへ追い立てました。そこは無法者たちの巣になっているのを知られていなかったとはいえ、どう

べたのです。

けれど、現場にいる人たちで、ジョニーとパーとフレッド以外の人はみな、ジェリーをこわがっていました。ジェリーはけんかならだれにも負けません。こぶしを振り上げ、脚で蹴るだけでなく、銃を撃てば百発百中だからです。実は、あるけんかがきっかけで、ジェリーがうちの小屋へ来るようになったのでした。

うちの戸口からは料理小屋が見えます。ちょうど男の人たちが夕食を取りに入っていったところでしたが、すぐにみんなが大急ぎで外へ出てきたので、戸口でぶつかり合いになってしまいました。そして、ジェリーと大柄なアイルランド人を中にして、大きな輪ができました。ふたりはお互いをにらみつけながら、ぐるぐる歩き始めました。わたしはいいました。

「あそこでなんだかこわいことが起こりそう」

パーとフレッドはちょうど夕飯を食べようとしていたところでしたが、様子を見に戸口へやってきました。フレッドが叫びました。

「やばいぞ！　ジェリーが相手をやっちまう！」

いきなりフレッドは外へ飛び出していきました。ものすごい勢いで、みんなが集まっているところへ駆けていったのです。フレッドは、老ジョニーくらいの小柄な人です。そんなフレッドが人垣をかきわけて、輪の中へ入り、ジェリーと大柄なアイルランド人の間に割って入って、ジェリーに向かって声を張り上げ、大げさな身振り手振りで何やらしゃべっているところはまるで、チャボみたいでした。その様子を見てパーは大笑いしました。マーがびっくりしているのを見て、パーはいいました。

せだれも行きたがらなかった土地」とある。ダコタ・テリトリーの有名な「バッドランズ」は現在のサウス・ダコタ州南西部にあり、シルバー・レイクの現場から南西に二百マイル以上もある。だが、一八七九年、泥棒たちは、新しい鉄道の最終地点近くでも暗躍していた。木深い谷間や岩場のある、ふたつの地域で、「馬泥棒の天国」と呼ばれ、のちのハンド郡にあった(33B)。シルバー・レイクの西六十マイルのところにあるリー・ヒルズと、もう少し近いウェシントン・ヒルズは、「悪業を積み重ねても気にしない者たち」によって占拠されていた(33C)。荒れ地は「遙か南のネブラスカ州から」盗まれてきた家畜の隠し場所になっていた(33D)。

＊34　『岸辺』で、ワイルダーは第九章で、馬泥棒とビッグ・ジェリーのかかわりを書く。物語として書いているので、いっそう緊張感が増す。たとえば、ビッグ・ジェリーを待ち伏せしている男たちのボスは、「前にひとり殺してるやつ」で、「州の監獄に入れられて」いた。その晩、小屋を出たとうさんは、よい知らせを持って戻ってくる。すべてよし、といいながら。「何よりよかったのは、シルバー・レイクの工事場では、これから馬が盗まれる心配がなくなったってことだよ、キャロライン」。次の日、ビッグ・ジェリーはやってきて、とうさんに会い、次の言葉でその章は結ばれる。「それからというもの、シルバー・レイクの工事場では、た

「フレッドはうまくやるさ」

その通り、数分後、フレッドはジェリーを連れて戻ってきました。そして、ちょっと恥ずかしそうににやにやしながら、マーにもうひとり分追加してほしいと頼みました。

馬泥棒を見張るという、ぞくぞくするような出来事のあとに、大草原の火事が起こりました。暗くなってから、西の方から野火が走るように近づいてきて、ビッグ・スルーの丈の高い草に燃えうつりました。そのうちに、現場が燃えてしまうような勢いに見えました。けれど、男の人たちが組み馬に犂をつけて、溝を掘って火の向きを変えたり、向かい火を放って、隣の現場に延焼しないようにしたりしました。火の勢いが弱いところでは、穀物入れの袋で、小さな火をたたいて消しました。やがて、火は現場の周囲を回って、ゴウゴウ燃えながら、湖の反対側へ移っていき、東のほうへ去っていきました。*36

そのあと、男の人たちはなんだか落ち着きがなくなり、規律が乱れてきました。仕事をやめたがっている人もいました。*37 給料日まで待てないといいだし、パーに今日までの給料をすぐに払えといいました。給料日は毎月一五日です。その日には、月の一日までの給料が支払われます。ということは、その月の一五日までの分は次の月になるわけで、それがみんなの不満をよびおこしているのでした。けれど、パーは会社の本社からお金が届くまでは給料を払えません。*38

夕食のとき、パーはいいました。男たちが売店に押し入って、あばれる恐れがあるから、売店に泊まるというのです。あいにく、フレッドは数日留守をしていました。パーは売店へ戻っていきました。暗い中に、男の人たちがぞくぞくと集まってきて、店へ向

だの一頭の馬も盗まれたことはありませんでした」。ビッグ・ジェリーが馬泥棒たちの一味だったとほのめかしているのだが、とうさんが待ち伏せのことを彼に知らせたので、彼はシルバー・レイクの馬は盗まないと約束したのだった。このほのめかしはPGにはない。

＊35　ジョニーは、ワイルダーの文章以外に、実在したかどうかの記録はなく、『岸辺』にちらりと出てくるだけだ（第九章）。彼の困窮が、ビッグ・ジェリーのやさしさを際立たせる。ワイルダーはレインに書く。「ビッグ・ジェリーとリトル・ジョニーとフレッドはよくうちに来ました……わたしが見て顔と名前がわかるのはこの三人だけでした」（35A）

＊36　ワイルダーはこの火事を物語には書いていない。だが、バイ版では、こうある。「すべてが西からわたしたちを襲ってきました—嵐、猛吹雪、バッタ、燃えるような熱い風、そして火事—それでもわたしたちはただひたすら西を目ざして進むこと以外に望むものはないかのようでした」

＊37　ブラント改訂版で、ワイルダーは次のように書き加える。「どの現場にも、不満やトラブルが渦巻いていました」。実際、そうだったのだ。これは、チャールズにとって荒くれ労働者たちとの初めてのもめごとではなかった。六月中旬に

かい、とうとう現場にいる二百人全員が入り口に立ったのです。銃を撃ち始めたり、[*39]パーの名前を叫んで、出てこいと脅したりしました。マーとわたしは、ドアを少しだけあけて、外をのぞいていました。わたしの体はがたがた震えていました。こわくてではなく、怒りのあまりにです。

「パーはひとりなの」わたしはいいました。「わたし、助けにいく」。けれど、マーはわたしをつかまえて、放さず、「静かに！」といいました。わたしが出ていっても、かえって事態を面倒にするだけだからです。

そのとき、店のドアがあきました。パーが出てきて、うしろ手に閉めました。パーは通せんぼをするように立ち、両手をポケットに入れ、集まっている男たちに向かって話しかけました。二、三人がきたない言葉を投げつけました。でも、他の人たちは静かにしていました。パーはみんなにいい聞かせました。馬鹿なことはやめろ、ここにはお金が届いていないのだから、払うことなどできないのだ、と。いつだって、きちんと給料を支払っているのだから、今度もできるだけ早く払えるようにする。もし、今、ここでパーを撃ち、店になだれこんで、店の中をぐちゃぐちゃにしたって、お金が手に入るわけじゃないし、むしろ、面倒なことになるのだ、と。

とうとう、みんなは帰り出しました。ひとりずつ、そのうちに、まとまって去っていき、だれもいなくなりました。パーは売店を閉め、家に帰ってきました。[*40]

この事件では、銃声、叫び声、騒ぐ声はたいした問題ではありません。それよりも聞こえてきた低い、いやな感じの声でひそひそいい合う言葉のほうがこわかったのです。騒ぎは一応収まったものの、わたしはベッドの端に座って、とっくに寝ているはずの時間を過ぎてもずっと、恐ろしさに震えていました。[*41]

は、「トレイシーから西へ走るシカゴ&ダコタ鉄道では、労働者たちが給料の支払いをめぐってストライキをおこした」という。数百人がトレイシーに集まり、「そことレイク・ベントンとの間の仕事をすべて止めさせた。兵士団が暴動を防ぐために送り込まれた」(37A)。シルバー・レイクの東三十マイルのヴォルガの現場では、地元の保安官が秋の間「暴れる鉄道員たちと、度を超えない程度の闘いを繰り広げた」(37B)

＊38　『岸辺』の第十一章で、ワイルダーはこのエピソードを物語として描き、PGのこのセクションに書かれている事柄をうまく利用したが、大きな変更も加えている。とうさんは給料を「重い麻布の袋」に入れていて、それをかあさんに保管するよう頼むのだ。見ると、とうさんの「お尻のポケットからピストルの柄がのぞいて」いた。労働者たちのいちばんの不満は、支払いの二週間遅れだった。

＊39　『岸辺』では、鉄砲が一度も発射されない。しかし、会話の内容が次第に恐ろしさをかきたてるようになり、恐怖感をあおる。「集団の中から、ひとつになったうなり声が湧きあがりました。そのうなり声にさそわれたように、その真黒な集団がぐっととうさんにつめよりました」(第十一章)

＊40　PGでは、チャールズは怒ってい

それから何日かが過ぎ、気温がぐんぐんさがり、寒くなって、夜は霜が降りました。鉄道の土台はほとんど完成していました。たくさんの組み馬たちが大きな耕作犂を引っ張って、土台の位置を示す杭がずらっと並んでいるところに沿って、地面を掘り起こしていました。そのあとから、別の組み馬たちが土かきを使って、掘り起こした土を土台の上へほうりあげます。土台の上には、枕木が置かれ、その上に鋼鉄の線路が敷かれるのです。地面が低いところには、盛り土をして、土台を平らにします。地面が高すぎるところは少し削って、土台がずっと平らに延びるようにしました。[＊42] すべての土台は冬が来る前にしあげなくてはなりません。春には線路を敷くからです。ですから、パーとハイおじさんは大急ぎで仕事を進めようとしていました。ところが、男の人たちはぐずぐずしています。いやなお天気で、時折冷たい風が吹いてきて、冬が近いことをいやがうえにも感じさせます。土埃の中で働いている馬たちや男の人たちは土台から立ち上る埃にまみれ、なおさら気分が暗くなり、機嫌も悪くなっていました。[＊43]

とうさんとローラ。ヘレン・スーウェル画。1939年

る労働者たちにまじめに話しかけ、みんなはゆっくりと立ち去っていく。ところが『岸辺』では、とうさんには強い味方がつくのだ。ビッグ・ジェリーがやってきて、とうさんを助けてくれる(第十一章)。これは、PGのあとのセクションに出てくる要素を使っている。「小さな家シリーズ」では、インガルス一家以外の人が、大事な場面で、一家の危機を回避し、ヒーロー的な役割を果たすことは非常に珍しい。しかし、第十一章では、ビッグ・ジェリーに重要な役を与えて、西部の現実には予期せぬことが起こると強調しているのだ。とうさんの勇気だけでは足りない。ビッグ・ジェリーのような、謎めいた人物でなければ、家族を救えない。見えない恐怖を秘めているが、このような手に負えない西部にローラはスリルを感じる。この章の終わりに、メアリはローラに、プラム・クリークへ帰りたいという。しかしローラは「プラム・クリークへ帰りたいなどということは、夢にも思いはしませんでした」(第十一章)

＊41　芯からこわがっているワイルダーの思い出と、給料日の危機に直面した物語のローラの対応(第十一章)には、大きな落差がある。

＊42　ワイルダーは、『岸辺』のすばらしく印象的な第十章で、この場面を描く。とうさんはローラを「ちょっと小高くなった所」へ連れていき、労働者たちと

会社は新しい人をひとり雇いました。その人は、あちこちの現場の計時責任者で、一日に各現場を回るのですが、次の日にはそれを逆回りに見ていくのです。そうして、毎日、自分の担当の現場をひとつずつ見て、数分でも遅刻する人がいれば、減給します。半日でもさぼったら、その分は払わないようにしているのです。当然、男の人たちはこの計時係が嫌いでした。町の人で、いい服を着ていて、いつも白い襟つきのシャツにネクタイをしていたので、なおさら嫌われていました。*44 ちょうどお昼前に計時係がやってきて、うちで昼ごはんを食べました。でも、態度が感じ悪く、待遇も、この場所も、ここにいるすべての人も、自分にはふさわしくないと思っているみたいでした。

男の人たちは、大きな盛り土場で働いていました。その近くの小高い場所の土をかきだしては、土空け場にいる馬車に載せ、盛り土場へ運び、馬車は荷台を空にするとまた戻ってくるのです。土空け場は小高いところを掘った切り通しの端の溝で、組み馬や馬車が通れるくらいの幅があります。そばに板を並べた足場があって、真ん中に穴があけられ、組み馬が板の上を通るときに、御者が土をたくさんすくった土かきを傾けると、穴から土が、下で待っている馬車の荷台にザーッと落ちていきます。そうやって五台分の土が荷台にたまるとそれでいっぱいになり、次の馬車が来る場所をあけるのです。

新しい計時係は、何度か見回りをしていました。それから、ジェリーが現場にやってきました。*45 計時係が、土空け場にいる男の人たちを監視しているときに、ジェリーが白い馬に乗ってやってきたのです。ジェリーは馬に乗ったまま、少しの間、計時係の声に耳をすませていましたが、すっと手を伸ばして、計時係の馬のくつわをつかみ、計時係ごと、土空け場に引っ張っていきました。土を運ぶ馬車と馬車の間に入った計時係は、当然のことながら、土かきが馬車に落とす土をもろにかぶってしまいました。足場の外へ出たときに逃げようとしましたが、ジェリーは馬をぐいっとまた戻したので、計時係

組み馬たちが土かきや犂を使って、鉄道を敷くために土台作りをしているところをローラの目で見られるようにしてくれる。しかし、ワイルダーがレインに説明しているように、この場面は完全にフィクションだ。「とうさんとローラが仕事を見にいく場面を作って、それを強調したのです。実は、わたしは見にいってはいませんでした。パーはわたしを連れていくつもりはなかったのです」(42A)。ワイルダーはローズから学んだ、物語を印象づけるための方法をうまく使ったのだ。ワイルダーは「ローラに最初に様子を見せ、反応させる」ためにこの章を作りあげた(42B)。また、この章によって、ローラとメアリの対比も示すことができた。メアリは妹が、「この気持ちのいい、清潔な家のなかにいないで、あんなあらくれ男たちがほこりまみれになって働いてるのを見たがるなんて」てんでわからない。一方ローラは、「工夫と馬とが、ひとつのリズムにのって動いている様子がまだ目の前に見えて、そのリズムに合わせて歌いだしたいような気分につつまれていました」。このあたりの文章は、ローラの西部へのあこがれの深まりと、それに象徴される創造的な精神を如実にあらわしている。

*43　PGのあとの版で、この状況がもっと明らかになる。「春まで持ちこたえられるお金を持っている人はほとんどいませんでした。ビッグ・ジェリーと会社

はまた土をかぶるはめになりました。それを三回やられたので、三回分の土や埃をもろにかぶった計時係のいい服は、すっかり汚れてしまいました。白いシャツも襟も台無しです。ジェリー以外の男の人たちはみんな、ゲラゲラ笑いました。とうとう、ジェリーは計時係を解放しました。*46 彼は昼食にはあらわれず、結局、戻ってきませんでした。あとで聞いた話ですが、彼は馬を駆って東のトレイシーへ行き、そこから汽車に乗り、さらに東へ向かったそうです。西部から逃れたかったのです。西部のいやな思い出だけでなく、服のよごれもすべて払いたかったのです。*47 大笑いをしたおかげで、男の人たちは気分がよくなりました。それからしばらくの間、その計時係の話で盛り上がり、思い出しては笑ったので、仕事がスムーズに進みました。

このすぐあとで、ずっと西の方でトラブルが起こりました。*48 そこの給料係は、会社の大きな売店に本部を構えていました。三百人の男たちは、支払い日の一五日まで待てませんでした。五日もあれば、仕事時間の計算はできるだろうと考え、六日目には仕事をやめて、給料を払えと迫りました。給料係は、一五日までは支払えないと断りました。お酒を飲み、さんざん話しあった結果、男の人たちは、ひと月分プラス五日分を即刻払ってもらいたいという決議をしました。

中にはけんかっぱやい人たちもいましたし、組み馬御者のひとりは、売店に持ち込んだエン麦の重さを測る男の人といつももめていました。計量係の男が、その組み馬御者の頭を、はかりの重たいおもりでなぐりました。組み馬御者はバタンと倒れ、そこにいた人たちは、彼が死んでしまったと思いました。男たちがどっと押し寄せる前に、すばやく計量係は店の中へ逃げ込み、店の中にいた人たちの間をすり抜けて、裏のドアへ回り、ドアのすぐそばまで迫っているビッグ・スルーの草むらに隠れました。組み馬御者の仲間たちが、集まった人たちの間で計量係を探し回っている間に、計量係の友だちが、

の店がほとんどの利益を取ってしまったからです」。これが労働者たちの気持ちを「険悪」にした（バイ版）。

＊44　PGのあとの版では、この男を「東部の男」としている。

＊45　ブラント改訂版の原稿に手書きで記されたメモを見ると、レインがこの場面の描き方をいろいろ試していたことがわかる。文を足したり、削ったり（自分が足したものでさえ）して、やがてそれがバイ版になっていくのだ。バイ版では、「男たちが怒って、危険な状態になった」ときに、計時係がやってくる。そのすぐあとに、ビッグ・ジェリーが馬で乗り付ける。そこから、レインは土空け場での働き方をくわしく述べる。「馬車が列に並んで、同じリズムで動いていきます。土空けの時間を取るだけに止まるだけで、また動きだし、次の馬車がやってきます。計時係がチェックしているのはこれらの馬車の動きです。男たちに土をなるたけ早く運ばせるにはどうすればいいか考えて、そうしているのです」。このような描写ができたのは、鉄道敷設工事についてまったく知らなかったレインが、ワイルダーとの共同作業により知識を得て、情景を再現できたからだ。レインの日記を読むと、一九三〇年の夏、ふたりが頻繁にやりとりしていたのがわかる。レインは母にくわしいことを教えてほしいと頼んだに違いない。それはのちの一九三七年や一九

二頭の馬を草むらに引いてきました。計量係はさっそくそれにまたがり、ふたりはスルーをどんどん逃げていきました。それを見た者たちは追いかけようとしましたが、お酒を飲んでいたうえ、距離がすごく離れていたので、すぐに諦めてしまいました。

売店には店員がふたりと、もうひとりの計量係がいました。男たちはどっと入り口から売店に押し入って、裏のドアまで通り抜け、勝手に出たり入ったりしました。銃を持ち、こわい顔をしてすごみましたが、ふたりの店員は売店の品物を渡しません。男の人たちも勝手に持ち出そうとはしませんでした。少し酔っ払った、体の大きい男の人が、店員に銃を押しつけ、品物を渡せと迫りましたが、店員は棚に寄りかかって立ち、笑いながら、落ち着けといい聞かせました。

売店に押し入ったりして、荒っぽい人たちでしたが、それでも根はいい人たちばかりでした。でも、給料係は、頭の回る人でした。その人の事務所は店の横のさしかけ小屋で、その人はドアをしっかり閉めて中にいました。お金はそこにあったのです。とうとう男の人ふたりが屋根にのぼり、穴をあけて、ロープを伝って中へ下りました。他の人たちはドアを壊し始めました。給料係を縛り上げて、屋根から吊し、その間にお金を取るつもりでした。でも、給料係はドアが壊れそうになったのを見て、窓口をあけ、払うといいました。そして、ほんとうにそうしたのです。半日分がどうのこうのなどと細かいことはいいませんでした。支払ってもらうと、男たちは引き上げました。他の現場の人たちも帰っていき、また元通りに静かになりました。

次の日の朝早く、ビッグ・ジェリー*49が白い馬にまたがって「ついてこい」といったので、ここの現場の男たちはついていったのですが、どの馬もビッグ・ジェリーの白い馬の速さにはかないませんでした。夜になると、三々五々、戻ってきました。くたくたになっ

三八年にかわされた手紙で、レインがワイルダーに工事のくわしい説明を求めていることで明らかだ。当時、ワイルダーは『岸辺』の手直しに入っていて、一方、レインは『自由の土地』を書いていた。だが、結局のところ、ふたりが情報源として得たものは、鉄道敷設工事に関するアルマンゾの記憶だった。アルマンゾは一八八〇年、シルバー・レイクの西の現場で、組み馬を使って働いたことがあるのだ(45A)。

＊46　ブラント版、ブラント改訂版、バイ版は、この場面にさらなる追加をし、文章に動きとユーモアを与えている。バイ版では、ビッグ・ジェリーが、土空け場の足場を五回も通り抜けた。「みんな、すごく楽しんでいました。例外は計時係だけ」

＊47　PGの手書き原稿では、ページの中程でこの行の最後に78という数字が書いてある。ページの他の場所の手書き文字と比べて、大きく、色も濃いので、ワイルダーの字ではないだろう。原稿のマイクロフィルム化などのときに、つけられたマーカーと思われる。

＊48　『岸辺』では、このエピソードがとうさんの言葉として伝えられる。「ステビンズの飯場で暴動が起きたんだよ」(第十一章)。これは、シルバー・レイクの西のビードル郡またはハンド郡にあった。実は、ここでアルマンゾが働いていたのだ。

ていましたが、まだ興奮が覚めないようでした。

まもなく、男たちは現場を去り始めました。仕事が終わりに近づいて、人手がいらなくなったからです。ひとり、または何人かで、馬車や馬に乗って、少しずつ去っていきました。あるアイルランド人の家族も出発しようとしていましたが、赤ちゃんが病気になり、出発できなくなりました。それを聞いたマーは、手伝いにでかけました。幸いなことに、マーは治療の仕方を知っていたので、赤ちゃんは助かりました。[*50] 家族はマーにそのお礼を払いたいといいましたが、当然のこと、マーは断りました。出発の朝、一家の主人がうちへやってきて、マーにさよならをいって、改めて感謝しました。アイルランドの暦に載っているあらゆる聖人の名を呼んで、マーに祝福をお恵みくださいと祈り、握手すると、急いで馬を走らせました。開いたマーの手には、なんと五ドル金貨があったのです。

ルイザとチャーリーはとっくにいなくなっていました。ドーシアおばさんは大きな三台の馬車に、家財道具と、売店の荷物を積み、一台を自分で、あとの二台をレナとジーンに任せ、南へ向かいました。[*51] そこで鉄道会社の新しい仕事があるのです。ハイおじさんは、鉄道会社との最後の締めがすむまで、うちに泊まることになりました。今回の契約については、ご機嫌でした。帳簿上の金額から見ると損をしているように見えますが、実はうまくやって儲けたからでした。仕事請負人は、建設作業をするための資金を持っていません。そこで、鉄道会社は男の人たちに給料を払い、売店の品物をそろえ、組み馬用の飼料を用意しました。仕事でかかった費用はすべて、仕事請負人に請求されます。男の人たちは、もらった給料で必要なものを売店で購入します。こうして、最後の締めの段階で、仕事請負人が手にする金額は、手元に残ったお金で経費を超えた分だけでした。[*52]

『岸辺』の手直しをしていたとき、レインは扱っている内容が、子ども向けにしては難しすぎるのではないかと心配したが、ワイルダーは譲らなかった。「大人の材料を入れないなんて、意味がありません。だって、そういうことがほんとうにあって、ローラはそれを理解していたのですよ。ごくシンプルで当たり前のことです。暴動はただの暴動……ローラもまわりの大人たちも、それ以上の複雑なことは考えていなかったのです」。さらにワイルダーは書く。「もしそこに今の大人の読者がいて、労働争議の始まりを見たとしたら、それはそれでいいじゃありませんか。確かに始まりだったのですから。けれど、それがどう発展したかは、物語には関係ありませんし、それは、今も昔も、子どもたちが目の前で起きた事実を見てわかることを阻害したりはしません」(48A)。レインは似たようなエピソードを短くまとめて、自身の『自由の土地』に取り入れた(48B)。

*49　PGの他の版では、これを時系列に沿って、近隣のキャンプでの出来事の始めに入れた。そうすることで、ストーリー展開のテンポがよくなり、全体が締まる。また読者も、ある現場で起こった暴動が他の場所の労働者たちをいかにして引き寄せるかがわかり、理解が深まる。

*50　PGの他の版には、このエピソードはない。キャロラインが家庭以外の場

仕事請負人は自分の組み馬のためのお金を会社からもらえません。それは自前になるということです。けれど、今回ハイおじさんの持っている三組の馬は、パーの名前で会社に登録されていたので、その費用を受け取ることができました。おかげで、おじさんは売店から食料品や、馬の飼料を買うことができたのです。その権利があったからです。けれど、買った食料品などをこっそり、信頼できる組み馬御者に流して売ってもらい、会社からもらったお金を使わないようにしていました。*53 そういうわけで、帳簿上では、おじさんはかなり損をしているように見えますが、損をした分はちゃんと自分の懐に入っていたのです。でも、会社はおじさんが損した分をおじさんから取ることはできません。次の仕事を与えて、返してもらうしかないのです。だから、鉄道会社ではいくらでも仕事があるってわけさ、とハイおじさんはいうのでした。

お金を失うことで儲けるなんて話は、初めて聞きました。でも、ハイおじさんが、シカゴ・ノースウェスタン鉄道会社を逆に打ち負かし、ふたつの仕事から利益を得たときいて、なんだか、やったね！という感じがしました。*54 数日後、おじさんは最後の締めをすませ、ドーシアおばさんを追うことにしました。おじさんは、大きな揺り椅子に座っているメアリに、何枚かのドル札を渡して、さよならを告げました。*55

マーとわたしは、仕事が忙しくて、飛び回っていました。現場が解散して、うちで食事をする人が増えた分だけ、仕事が増えました。縫い物をする時間などまったくなかったので、着替えの服も着つぶしてしまったほどです。長いドレスを着ているメアリは、背もわたしより高く、着替えも持っていました。そこで、わたしがそれを着たのです。それから、髪をアップにしました。仕事中は、長いおさげ髪がじゃまになるからです。というわけで、突然わたしは、長いドレスを着て、髪をアップにした、若い娘になったのでした。*56

（▼198ページへ）

所で、遠慮深くも、重要な役割を果たすという、珍しい場面だ。

＊51　一八七九年と一八八〇年、鉄道敷設工事の多くは、ダコタ・テリトリーの南東部で行われていた。シカゴ&ノースウェスタン鉄道のダコタ・セントラル鉄道延長線やシカゴ、ミルウォーキー&セントポール鉄道が、アイオワ州境からリンカーン郡とターナー郡を通り、ミッチェルまで線路を延ばした。オマハ・ロードと呼ばれるシカゴ、セントポール、ミネアポリス&オマハ鉄道は、ミネソタ州境から東のスー・フォールズまで延びた。ハイラム&ドーシア・フォーブズはこれらのどれかの鉄道会社と契約を結んだはずだ。どちらもシルバー・レイクの南と東にあったからだ。一八八〇年の人口調査ではフォーブズ一家はヤンクトン郡に住んでいるとある。そこで農地を得たのだろう（51A）。

＊52　PGのあとの版で、レインはハイおじさんについて、工事請負人とシカゴ&ノースウェスタン鉄道会社との賠償問題を説明するのに苦慮している。ブラント版では、ワイルダーのオリジナルの説明を簡略にし、ストーリーの前のほうに持ってきている。だが、ブラント改訂版ではまた元の位置に戻し、背景の説明を加えて、工事請負人に同情するような内容を記す。「請負人がどんな物資を用意しようと、それは彼が使った費用として計（＞）

上されるのです。それに、労働者たちに前払いした給料も。結局のところ、彼が会社に借りたお金を払い終えたあとで、契約に従って支払われるものが利益となるのです」。バイ版では、レインはハイおじさん側に立ち、この話の概要を書く。「いよいよ最後の段階になったところで、工事請負人は気がつくのでした。会社が物資に高額を課したために、利益が得られなかっただけでなく、会社に借金まで負ってしまったことに……ハイおじさんにはこういうことが二度もありました」。一九三七年にレインに書いた手紙でワイルダーは、これをもっと簡潔に書く。「店にある、現場で使うものすべて、馬のえさから、道具まですべては、鉄道会社によって用意されたものなのに、工事請負人はその支払い義務を負っていました。つまり、会社はハイおじさんを搾取していたのです」（52Ａ）

＊53　バイ版では、「パーは（組み馬たちの）働きに対して、ハイおじさんに支払いをしていました」とある。二度目の契約場所のシルバー・レイクで、ハイおじさんは会社を出し抜いて、店の品物をみんなに売っていた。つまり「着服していた」のだ。「工事請負人はみんなそうしていました」と、ワイルダーはあとになって書き、「マンリー（アルマンゾ）が組み馬を使って働いていた」ところの、雇い主のステビンズ老人も、「三組の馬に百ポンドのエン麦を、ひと月に一回運ばせていました」と付け加えた（53Ａ）。

＊54　バイ版では、この段落の始まりはこうだ。「これに白黒つけるのはわたしには到底無理なことでした」。そして、鉄道会社の名前を書いていない。おそらく、シカゴ＆ノースウェスタン鉄道は一九三〇年代にはまだ存続していたのだろう。この話の道徳的な問題については、ワイルダーが『岸辺』を書き、レインが『自由の土地』を書いていたときにふたりの間でかわされた大きな話題だった。ワイルダーはレインに書く。「これは、わたしの子どもの本には使えないけれど、あなたの本に入れたければ、どうぞ使ってください」。そして、ＰＧと同じ内容の話の概要を書き、そのページの上に追伸としてメモを書いた。「あなたは覚えているでしょう、『鉄道会社から何も盗まない人は、正直とはいえない』という古いことわざを」（54Ａ）。一九三八年にレインが『自由の土地』を出版したとき、登場人物のひとりがこの言葉をいう（54Ｂ）。最初のうち、ワイルダーはこの話を子どもの読者にはあまりふさわしいと思っていなかったが、レインが『岸辺』に入れるようにすすめた。ハイおじさんのしたことは正当だったと認めるところだ。とうさんはかあさんにいう。「なにも盗んだわけではないよ。ハイは、こことスー地区の飯場の仕事に見合うだけのものを持ってっただけさ。前のときに、会社がハイをだましたから、こんどはハイのほうが仕返しをした。ただそれだけのことさ」（第十三章）。この物語の手直しをしていたとき、レインには別の考えもあったが、ワイルダーは、この話を削らないことにした。「わたしはドーシアおばさんとハイおじさんが、ほんとうは自分たちのものなのに、それを盗んだと書くつもりはありませんでした。あなたも、今の時代の子どもたちが、そういうこともあったのだとわかるのはいいことだと書いてくれたじゃないですか」と、ワイルダーはレインに書く。「確かにあれはよくある話でした……つまり、このシリーズは子どもたちのために書かれているものですが、正しい歴史認識も必要です。当時はそれが期待され、受け入れられていたのです。鉄道はそうやって作られていったのですからね」。さらにワイルダーは、物語の構成上、盗む話は必要なのだと思うと書き、それを説明する。「おばさんとおじさんが、とうさんを現場に残して出ていってしまったのはなぜかということですよ」（54Ｃ）。次の日、レインをさらに説得するためにワイルダーは、父親が「鉄道会社を出し抜こうとしても最後には負けるだけなのだから、ドーシアとハイが「鉄道会社をやめて、どこか他に落ち着けばいい」といっていたと書いた（54Ｄ）。

＊55　ワイルダーはレインに書く。「シルバー・レイクの飯場は一二月一日に解散しました。わたしたち以外、だれもいなくなりました」（55Ａ）。『冬』で、物語のエド

レナがいなくなってから、わたしはすっかり寂しくなって、乳搾りをしているときもうたう気持ちになれませんでした。雌牛は落ち着きがなく、じっとしていません。わたしがあまりたくさん乳搾りができないので、マーは不満そうでした。そこで、わたしは一計を案じ、実験してみたのです。うたいながら乳搾りをすると、いつもようにちゃんと乳がとれましたが、うたわないと、あまり乳を出してくれないのがわかったのです（五十年前にわたしはそれを知ったのですが、実は、今年の冬、ある研究所で実験が行われ、驚くべき結果が出ました。雌牛は音楽が好きであること、乳搾りのときにラジオをかけてやると、乳の出がよくなることがわかったのです[*57]）。

鉄道会社の仕事が終わったので、パーは前からやりたかった狩猟ができるようになりました。飯場が解散して静かになり、気温がぐんと下がると、たくさんの渡り鳥が、南へ向かうために、シルバー・レイクや、その上空にやってきました。カモメの群れが雲のようになって、風をついて湖に飛んできました。大きな灰色のガンは、ホンク、ホンクと鳴きながら、飛んできました。アヒルが泳いでいます。とてつもない数のアヒルが行き来しています。美しい白鳥の群れは、優雅に浮かんでいます。ペリカンは、喉袋に小さな魚をいっぱい入れて、南への旅を続けました。カナダヅルは小高いところに舞いおりて、あたりを見回しています。ときどき、レイヨウの群れが大草原で草を食べているのが見えました[*58]。

そこで、パーは狩猟に出かけました。ガンやカモを撃ってきてくれたので、食べることができました。マーとわたしは羽根を全部取っておき、その秋には、いい羽根を使って、大きな羽根布団と大きな枕をよっつもこしらえました。わたしが結婚したとき、マーはそのうちのふたつをくれました。今でもまったく古びていなくて、買ったばかりのようにふわふわしています[*59]。ペリカンの羽根は使えませんでした。喉袋の中の腐った魚の

ワーズさんが、別れ際にメアリに二十ドル札をそっと渡していく場面がある（第十一章）。これはおそらく、ハイラム・フォーブズがほんとうのインガルス一家にしてくれたことを、エドワーズさんに託して書いたのだろう。

＊56　物語のローラが初めて髪の毛をあげて結ったのは、『町』でシャツを縫う仕事をすることになったとき（第五章）。そのあとで、ローラは「上までボタンでとめた靴に届くくらい長い」ドレスを着る（第十七章）。

＊57　この箇所の括弧内の説明は、ブラント版にはあるが、あとの版にはない。一八六七年に成立したハッチ法のあと、州の公有地に設立された大学では、農業実験が行われるようになり、それは「農業科学の原則や応用に関する新しい研究や実験を促進する」ためだった（57A）。ミズーリ・ルーラリスト紙のコラムニストであり、農家の女性として農業の進歩的な実践を高く評価していたワイルダーは、こうした研究所が出している出版物にはくわしかった。ウィスコンシン州立大学でも、一九三〇年にこの実験をした。アンジェヌーズという女性ばかりのバンドが、大学の牛舎で雌牛たちに音楽を聴かせた（57B）。

＊58　種々の鳥についての説明は、注28を参照のこと。

においが、羽根にまでこびりついていたからです。[*60] パーは大きな白鳥を仕留めました。羽根の両端の間が、七フィートもありました。パーは丁寧に皮をはいで、肉のついていた側に塩をし、トムおじさんに送りました。おじさんは、それをなめして、赤ちゃんのヘレン[*61]のために、白鳥の羽毛コートを作ってやりました。

飯場に残っているのはもう数人でした。その人たちに食事を出しました。ほかに食べるところがないからです。鉄道会社の測量技師たちは、湖の突端に建てた測量技師の家にまだ住んでいましたが、これからわたしたちがそこへ引っ越すことになりました。会社がパーを雇い、冬の間そこに住んで、春にまた仕事が再開するまで、家を守り、そこにおいてある測量機器を管理するように頼んだのです。[*62]

ボーストさんという人が、うちで数日、食事をしていました。これから、アイオワ州にいる奥さんのところへ行くのだそうです。[*63] 夏の間、鉄道で働いていて、現場の東側に農地を得たばかりでした。けれど、わたしたちが冬の間ここにいると知って、ボーストさんは奥さんをアイオワ州から連れてきて、農地の家に住むことにするといいました。ボーストさんは土台作りをしていたひとりに組み馬を売り、[*64] その人は給料が出たら支払うことになっていました。ところが、支払わずに去ろうとしていました。その話をボーストさんはパーにしたのですが、遅すぎました。その人の給料から、差し引けばよかったのですが、間に合わなかったのです。ボーストさんはパーに助けを求め、お金か組み馬を取り戻すために、ふたりである計画をたてました。

ダコタはまだ準州で、郡もできていませんでした。[*65] ですから、法律的な助けは得られません。けれども、パーは治安判事だったときの書類を持っていたので、それを使って、相手の男に馬を持って来るようにという召喚状を作りました。[*66] そして、ボーストさんの

＊59　ＰＧのオリジナル原稿では、この文はページの上に書いてあり、四角で囲まれていた。レインはそれを、ブラント版ではこの箇所に取り入れたが、あとの版ではとった。これらの枕は、現在ミズーリ州マンスフィールドのワイルダーの家に保管されている。

＊60　『岸辺』で、とうさんはペリカンを小屋に持ち帰る。くちばしを広げると、中から死んだ魚がたくさん落ちてきて、家族はびっくりする（第十二章）（60Ａ）。

＊61　ここで、ワイルダーの筆は先走ったことを書く。マーの弟トム・クワイナーは一八七九年三月にリリアン・グラハム・ヒルと結婚し、初めての子ヘレンが一八八二年に生まれる。ワイルダーは物語では、このエピソードに別の結末を与えた。かあさんは白鳥の羽毛を使って、グレイスの新しいウールのコートに、襟、フード、カフをつけるのだ（第十九章）。しかし、白鳥は一八八〇年四月にとれたものかもしれない。「Ｃ・Ｐ・インガルスはシルバー・レイクで大きな白鳥を撃った……サイズは羽の先から先までで六フィート八インチもあった」（61Ａ）

＊62　この展開を、ワイルダーは『岸辺』で、実に真に迫った流れに作り上げた。とうさんが冬の間は「東のほうへ」行かなくてはならないだろうという。冬の「零下何度という寒さは、この掘っ立て小屋

友だちに保安官バッジをつけて、偽の保安官にしました。その人なら、相手の男にわからないからです。偽の保安官は、男を追っていき、組み馬と共に、出るところへ出なさいといいました。ボーストさんはこっそりあとをつけていって、保安官に何かあったら助けるつもりでした。相手の男はすっかりだまされました。ダコタ・テリトリーに保安官などまだいないこと、近くに判事などいないことも、知りませんでした。そこで、男はお金で解決がつくのを喜んで、組み馬の代金と、ここまで追ってきた保安官の費用を払い、放免されたのでした。

パーは土地事務所へ行って、土地の申請を済ませました。[*67]デ・スメットの町の予定地[*68]から一マイル南です。ボーストさんはそれまでうちにいて、そのあと、アイオワ州へ奥さんを迎えにいきました。そのあと、測量技師たちが去っていき、野鳥も南へ飛んでいきました。男の人たちと、女の人や子どもたちを合わせて二百人、さらにたくさんの組み馬がいて、わさわさ、にぎやかだった飯場に残っているのは、わたしたちだけ、そして、たくさんの空き家と寂しい風の音だけになってしまいました。

まもなくわたしたちは測量技師の家へ引っ越して、冬を快適に過ごすためのしたくを整えました。引っ越しの前に、パーは冬の間持つだけの食料や、薬などを用意しておいたのですが、[*69]最後の最後になって、ウォルター・オグデンという人が、一緒に住まわせてほしいといってきました。彼はくびきにつけた雄牛を何頭か預かっていました。預けた人の農地は、ここから東へ数マイルほど先にあるのです。[*70]オグデンさんはそこで冬をひとりで過ごすつもりだったのですが、寂しいのはいやだったのです。そこで、パーが、会社の古くなった家畜小屋に雄牛を入れさせてくれて、測量技師の家に住まわせてくれるなら、ここへ引っ越してきたいというのでした。男の人がひとり増えるのはむしろありがたいことです。そこでパーは来てもいいとオグデンさんにいいました。オグデンさ

(▼202ページへ)

のうすい壁ではしのげないから」だ。そこで家族は引っ越しのしたくを始めるのだが、そこへ「会社の人」がやってきて、とうさんの帳簿を調べる。そのあと、とうさんは「売店から口笛を吹き吹き」戻ってくると、いうのだ。「ここで冬を越すのはいかがかね、キャロライン……測量技師たちの家で！」（第十三章）

＊63　ロバート・A・ボーストはカナダ生まれ、一八七九年末には三十歳くらい。一八七〇年、彼と妻エラ・ロジーナ・ペックはアイオワ州グランディ郡に居住。デ・スメットから南東へ三百マイルほどのところ。ふたりはその年の一月に結婚していた。ボースト家の農地はデ・スメットの東へ一マイルほどで、そこに一八九八年まで住み、そして町に家を建てた。ふたりは亡くなるまでインガルス一家の友人だった。エラは一九一八年没、ロバートは一九二二年没。ロバートはガーデニングと造園と公徳心の持ち主として知られていた。デ・スメットの公園に木や茂みを植えて、世話をした。『岸辺』で、ワイルダーは彼を、黒い短いあごひげ、赤い頬、黒い目をした「大きな男」と書いている（第十三章）（63Ａ）。

＊64　のちにワイルダーはこの男を「サリバン」（64Ａ）と呼んだ。『岸辺』では、ピートという名前（第十三章）。一八八〇年には、近隣の郡にもサリバンという名前はいくつもあったが、ピーターやピートという人はいない。ビードル郡に若い労働

(へ)

者で、M・サリバンがいた。

＊65　この記述は、あまり正確とはいえない。近くのブルッキングズ郡は一八七九年には組織ができて、郡政府も機能していた。しかし、シルバー・レイクのあるキングズベリー郡のほうはまだだったのだ。テリトリーの行政府は、キングズベリー郡の境界線を一八七三年に定めたが、まだ確定ではなく、人口が増えて、郡政府を必要とするまでには至っていなかった。鉄道関連の建物が建ち、人口が増えたため、一八七九年秋に、市民たちが正式な郡政府の発足誓願を起こした。一八七九年三月、テリトリーの長官が三人の行政官を任命して、選挙を行い、政府の組織を作るよう指示した(65A)。

＊66　ワイルダーはこの経験を少し書き換えて、『岸辺』に使ったが、レインは子どもの読者にはふさわしくないと心配していた。しかし、ワイルダーはそれにには賛成しなかった。「保安官のことでサリバンをからかっただけですよ」(66A)。実在のチャールズとは違い、とうさんは治安判事になったことはなく、「両脇に赤い線のはいった」「法律用紙」の束を出してきて、ただピートをからかったのだ(第十三章)(66B)。

＊67　一九三八年、ワイルダーはレインにいう。「パーはクリスマスの前に猟に行って、その農地を見つけたのです」(67A)。それより八年ほど前にPGを書きはじめていたワイルダーは、その記憶からパーが農地を一八七九年に申請したと思ったのだろう。しかし、実際にチャールズが農地申請したのは一八八〇年二月一九日。土地管理事務所ではなく、ブルッキングズの郡庁舎へ行ったのだ。土地管理事務所は当時、スー・フォールズにあった。チャールズは申請の内容をはっきり記録していた。「二月にブルッキングズへ行き、農地を申請した。レインジ56、タウンシップ110、セクション3の北東半マイル四方の土地だ」(67B)。『岸辺』の手直しをしていたとき、ワイルダーは父親がデ・スメット移住について書いた文章を発見した。そのおかげで、『岸辺』にはさらに正確な出来事の流れを書くことができた。とうさんは猟に出かけ、よい土地を見つける(第十八章)。しかし、冬の終わりに始まる春の申請ラッシュまで申請はできない。ここで、物語は事実と全く違った展開を見せる。とうさんはブルッキングズへ行く。そこにエドワーズさんがあらわれ、とうさんを大勢の男たちの中を割って管理事務所に入れ、とうさんは自分が目をつけた土地を申請したがっているライバルをタッチの差でかわす(第二十五章)。デ・スメットの新聞記者がこの章の記述について疑問を投げかけたとき、ワイルダーは答えた。「この章はフィクションです。このようなことは当時よくありました。春の土地獲得競争のすごさを強調するために、あのような記述をしたのです」(67C)。物語では、とうさんは一般的な農地の大きさである百六十エイカーの土地の申請料として、十四ドルを支払う(第二十五章)。実際のところ、チャールズは百五十四・二九エイカーに対して、十三ドル八十六セント支払った(67D)。

＊68　キングズベリー郡デ・スメットの町は一八七九年一〇月に命名された。その名前は、ベルギーのイエズス会神父ピエール・ジャン・ドゥ・スメ(Pierre-Jean De Smet、アメリカ式では、ピア・ジーン・デ・スメット)の貢献に感謝してつけられた。アメリカで、三十五年にわたり、大草原地帯やロッキー山脈地域に住むアメリカ先住民への布教活動をした人物だ。彼は布教の旅について書いたものを多く残した。一八三八年から亡くなる一八七三年までのもので、歴史的な資料として重要。デ・スメットの町は一八八〇年三月末か四月初めに町の形ができ、一八八三年に正式に町となった(68A)。

＊69　『岸辺』で、ワイルダーは測量技師の家をこう書く。「(一家が住んでいた鉄道工事現場の)掘立小屋から半マイルもない、湖の北側の岸に立っていた」(第十四章)。町の初期の時代に、測量技師の家はもともとあった場所から、一番通りとオリベット通りの角の現在の場所へ移された。ローラ・インガルス・ワイルダー記念協会が、これを修復、保存し、国家歴史建造物に登録され、一般に公開され

んは雄牛たちを移し、えさの干し草も持ってきました。初雪が降る前に、うまく落ち着くことができました。

測量技師の家は、これまでの鉄道会社の小屋に比べたら、とても広い家でした。大きな部屋がひとつ、それはダイニング・キッチンと居間が一緒になった部屋です。片側に食料部屋があり、寝室があります。ふたつの部屋の間に、二階へあがる階段があります。もう一方の側にはさしかけ小屋と、物置があります。二階はひと部屋です。ほんとうに気持ちのいい、家庭らしい雰囲気の家です。料理用ストーブには暖かく火が燃えていて、家の暖房もしてくれています。メアリは部屋のいちばん暖かい隅っこで、大きな揺り椅子に座っています。赤と白の格子柄のテーブルクロスをかけたテーブルがあります。両端に、持ち上げると広くなるたれ板がついていて、クロスを取ると、キッチンのテーブルになります。たれ板をあげてクロスをかけ、お皿を並べると、食事のときのテーブルになり、たれ板をおろしていちばんいいクロスをかけておけば、センター・テーブルというわけです。*71

ここから北へ二マイル行ったところに、退職した牧師が、夏じゅう、自分の農地小屋でひとり暮らしをしていました。夏が終わったので、他の人たちとどこかへ行ってしまったのだろうと思っていたのですが、毎日外へ出かけてあちこち見回っているパーが、ある日、その人がまだ農地小屋にいるのを見つけました。結核に冒されて、大草原で暮らして治そうと思い、東部に家族を残してきていたのでした。でも、体がとても弱っていて、ひとりで暮らすのは無理なようでした。とはいえ、パーもマーも、その人の面倒を見たり、また冬の間の世話をすることまではできないと思いました。どうしたらいいものかと悩んでいたときに、ジム川から、組み馬御者が馬車でやってきました。パーはその人に、病気の牧師のウッドワースさん*72のところへ行って、彼を馬車で運んで、汽車に

た。『岸辺』で、とうさんは測量技師たちは、来る冬のために「石炭も食料もじゅうぶん買いこんで」あり、「小麦粉も豆も塩づけのブタもジャガイモも、缶づめ類まであるそうだよ……それを全部ただでもらえるんだ」という(第十三章)。

*70 物語のインガルス一家は測量技師の家に自分たちだけで暮らす。これは一家の孤立と勇気を強調するための編集方針をあらわす。チャールズはA・W・(ウォルター)・オグデンを「ヘンリー・ペックのところで働いていた若い男で……冬の間、残されたペックの馬の世話を頼まれていた」と書く(70A)。一八八〇年、オグデンは労働者として、PGのこのあとに登場する、鉄道の工事請負人H・J・ステビンズがやっている、ビードル郡の飯場小屋で暮らしていた。オグデンは二十五歳の独身。一八八〇年、当地にはヘンリー・ペックという人はいなかった。だが、ビードル郡で下宿屋をやっていたW・H・ペックはいた。キングズベリー郡の人口調査では、農民ウィリアム・H・ペックとして載っている。双方に名前があるので、飯場小屋をビードル郡でやり、キングスベリー郡に農地を持っていたのだろう。ペックはエラ・ペック・ボーストの親戚(70B)。

*71 ワイルダーの分身である、物語のローラは、測量技師の小屋へ真っ先に飛び込んでいく。そして、読者はローラと

乗せてほしいと頼みました。人助けだと思ってやってほしいといったのです。パーはウッドワースさんが出発するしたくを手伝ってやり、暖かい服装をさせ、東部へ帰れるようにはからいました。もう春まで、東部へ向かう馬車は来ないのだから、これが最後のチャンスだといったのでした。

ここから六マイル先にあるトンプソン湖には、年取った独身男が住んでいました。冬の間、その人には一度も会いませんでした。その人以外の近隣の人といったら、東へ四十マイル、西へ六十マイルも先だったのです。*73

測量技師の家。上：建物外観。下：建物内部（撮影：ちばかおり）

共に、この家の不思議をひとつひとつ体験するのだ。PGでは二段落だが、物語では第十四章全部を使って、この家の説明や、ここに落ち着くまでを描く。

＊72　一八八〇年、ホラス・G・ウッドワースは五十代前半。それでも十二歳のワイルダーからすれば年寄りに思えたのだろう。病気だったので、なおさらだった。彼は牧師。一八七九年、ウッドワースの一家はイリノイ州ウォーレンにいたようだが、ホラスだけ、健康を取り戻すためにひとりで西部へやってきていた。結核のためだった。当時は、体力を消耗するので消耗性疾患ともよくいわれていた。『岸辺』で、とうさんはウッドワースのことを「まるで骨と皮だけだった」（第十五章）という。肺結核は、伝染性のある、命にかかわる病気で、主に肺をやられる。この病気のほとんどの症状を引き起こすバクテリアに最初に使われた抗生物質は、一九四〇年代まで知られていなかった。その前に、治療としてすすめられたのは、新鮮な空気、健康によい天候、休養、食事療法の組み合わせで、とうさんはそれを「大草原地の大気療法」と呼んでいた。（第十五章）。二十一世紀に入っても、この病気はすぐにしっかり治療をしないと命にかかわることになる（72A）。

＊73　チャールズは書く。「わたしたちはよく窓辺にランプの明かりを灯しておいておいた。スー川からジム川へと、大草

ついに冬将軍が到来しました。雪が降り、風が吹き荒れ、大きな吹きだまりができました。でも、ひどい吹雪ではありませんでした。湖には、なめらかな氷が全面に張っています。夜になると、オオカミの吠え声が聞こえ、コヨーテがしのびよってきて、戸口でテーブルクロスをはたいて落としたパンくずをあさりました。*74 月の光で、その姿が見えました。雪の上に黒い影を落として走るジャックウサギも見ました。*75

月明かりの夜、キャリーとわたしは湖で氷すべりをしました。スケート靴もそりもありませんでしたが、手をつないで全速力で走り、止まったらすべるという調子です。つるつるした湖面は快適でした。どんどんスピードをあげて走り、どんどん遠くまですべりました。パーはあまり遠くまで行ってはいけないといいました。あたりにはオオカミがいっぱいいるからと。パーは足跡を見ていたのです。でも、ある月明かりの晩、わたしたちはすべりっこに夢中になって、かなり遠くまですべって、ふと目をあげたとき、南東の土手の影が湖面に落ちていて、自分たちがその影の端にいるのに気づきました。そして、土手の上にはオオカミがいたのです。大あわてですべって逃げようとしてもちっとも進まない気がしましたが、やっとうちの脇まで戻ってきたとき、オオカミの吠え声が聞こえました。家に駆け戻りながらも、こわごわ肩越しにふり返ると、オオカミはまだ土手の上にしゃがんでいました。とがった鼻先を月に向けています。オオカミの姿は月光を浴びて、黒い影となって湖の上に見え、銀色に光る湖面がその下に広がっていました。

次の日、パーが土手にオオカミの巣を見つけました。足跡を見ると、どうやら大きなバッファロー・オオカミらしいといいます。それもつがいです。そのあと、何度かそのつがいの姿を見ましたし、吠え声を聞きました。一度は、二匹が並んで大草原を駆けていくのも見ましたが、すぐに見えなくなりました。パーは、鉄道工事の人たちがオオカ

原をわたっていく旅人がいるかもしれないと思っていたからである」(73A)。ワイルダーはこの話を『岸辺』に反映させた。「そのビッグ・スー川とジム川の間の広い広い土地に……ローラ一家のほかは、人っ子ひとりいはしないのです」(第十五章)。ブルッキングズの町はビッグ・スー川のそばで、ワイルダーの家から直線距離で、東へ四十マイル足らず。一般的にジム川と呼ばれていたジェイムズ川は、ワイルダーの家から西のビードル郡を流れる。その郡にヒューロンの町がまもなくできた。

＊74　大草原オオカミとも呼ばれるコヨーテは、夜にえさを探してうろつきまわる。ウサギ、ネズミ、リス、ビーバー、鳥、子鹿、家畜もえさになった。中ぐらいの犬ほどの大きさだ。標準的な雄のコヨーテは体重三十五ポンド、灰色オオカミの半分くらいのサイズである。あまり群れを作らず、家族でまとまることが多く、はっきりした、不気味な吠え声をあげる。コヨーテはさまざまな環境に適合して生きてきた。草原にも、森にも、都会の周辺にもいる(74A)。

＊75　綿尾ウサギとちがい、白尾のジャックウサギは、体が大きく、全長は二十六インチもあり、体重も十ポンド近くあるので、綿尾ウサギの二倍以上。鋭い感覚と脚の速さのおかげで、このジャックウサギは、恐ろしいコヨーテ、

ミの群れをこわがらせたので、いなくなってしまったのだといいました。そのつがいのオオカミは、前に住んでいた巣へやってきたのですが、すぐに群れを追って行ってしまったのでしょう。それからというもの、バッファロー・オオカミの姿を見ることは二度とありませんでした。[*76] もっと体の小さなオオカミや、コヨーテや、キツネは残っていました。[*77] パーはわなをしかけ、毎日見に行っては、どっさり毛皮をとることができました。

そして、パーのヴァイオリンが響きわたる夕べがまたやってきたのです。最後にウォルナット・グローブにいたときから、パーは次から次へとやることがあり、忙しくてたまらなかったので、ヴァイオリンをさわる暇がありませんでした。でも、今、わたしたちは再び、家族だけで、この広々した、静まりかえった、がらんとした大草原にいるので、どこへも行かれない、白い、寒い冬になれば、パーはまたヴァイオリンを弾いてくれるようになるのです。外の寒さを閉め出して、暖かい居心地のいい家の中で、ヴァイオリンはなつかしい曲をいっぱい奏でました。最近、パーが聞いて覚えた、鉄道工事の請負人の歌まで奏でました。「ノースウェスタン線のステビンズさん」というもので、歌詞はあっても、決まったメロディはありませんでした。[*78] パーは音感がいいので、一度耳で聞いたものをすぐに弾くことができました。そして、それを決して忘れませんでした。ウォルナット・グローブにいたときに小さな教会でよくうたった曲を、弾くのが好きでした。「しずけき祈りの」「主よ御許に近づかん」「灯台は遙か」とか。でも、お気に入りは「仰ぎ見る御国」[*79] でした(ですから、パーのお葬式でもうたわれました)。

ほとんど毎日、朝から晩まで、パーは銃をかついで、大草原を歩き回っていました。ジャックウサギをとってくるときもありました。それからもちろん、わなにかけた動物のたくさんの毛皮を持ち帰りました。

キツネ、大きな猛禽、アナグマなどをかわすことができる。毛皮が夏は灰茶色、雪景色の中でカモフラージュのために冬は白に変わるのは、このジャックウサギだけ(75A)。

＊76　十九世紀には、探検家や旅人や移住者は、大きなオオカミをよく見かけた。アメリカ・バイソンの群れを追ったり、子牛を襲い、獣を傷つけたりする姿が見られたのだ。一八二三年、探検家スティーブン・H・ロングは初めてバッファロー・オオカミを、現在のネブラスカ州ブレア近くで見て記録に残している。大草原オオカミとしても知られるバッファロー・オオカミは、現在では灰色オオカミの亜種と考えられている。灰色オオカミは体重が四十ポンドから百七十五ポンドくらいあるが、大きいとはいえ、ワイルダーが遭遇しても、襲われることはなかったろう。アメリカ魚類&野生動物サービスの報告にはこうある。「北アメリカで、元気な野生のオオカミが、ことさら人間を襲ったり、重傷を負わせたりした具体例は見当たらない。オオカミは、意図的に迫害されない限り、人間の活動を阻害したりはしないものだ」(76A)。「鉄道に押し寄せた人々」が直接オオカミを追い払ったわけではなかったが、めざましいスピードで進む開拓と、バッファローの群れや、ワピチなど体の大きい動物たちの減少で、灰色オオカミはかわりに人間の家畜を襲うようになった。そのために

マーとわたしは料理、そうじ、洗濯、アイロンかけ、繕いものをしました。キャリーは簡単な家事を手伝いました。メアリは暖かい隅っこに座って、グレイスを膝にのせてあやしていました。パーはチェッカー盤をこしらえ、わたしとパーとウォルター・オグデンで勝負をしました。パーは遊び方を覚え、ときにはふたりに勝つことさえありました。このあいだパーが出かけたときに持ち帰ってきた本や新聞がいくつかあったので、わたしたちはそれを読んでメアリに聞かせました。そんなふうに、音楽と読書と休みのある、仕事と遊びの日々が、忙しくも楽しく過ぎていきました。そして、クリスマスの前の晩がやってきたのです。

すでに雪が深く積もっているところに、さらに雪が降ってきていました。わたしたちはストーブを囲んで座り、テーブルに置いたランプの明かりで本を読んだり、しゃべったりしていました。パーがいいました。

「どうやら、ボーストの奥さんは戻ってないようだね。さもなきゃ、ボーストはもうこちらへ来ているはずだからな」。そのときです。外で何か声が聞こえました。

パーがドアをあけ、わたしたちがわっと出ていくと、なんとそこに、馬に乗ったボースト夫妻がいたのです。*80 あまりの寒さに凍えて、馬からおりることすらできないようでした。うちへ来るまでの道には、雪があまりにも深く積もっていたので、来ようと思ってから何日も待ったそうです。そして、やっと出かけたと思ったら、今度はあと六マイルくらいのところでそりが吹きだまりに落ちて動かなくなったのです。そこで、ふたりはそりから馬をはずし、ここまでやってきたのでした。わたしたちはふたりが馬からおりるのを手伝って、火のそばへ連れていきました。ウォルターが馬の世話をしてくれました。ふたりが体を暖めている間に、温かい食事を用意し、それから、ベッドへ案内し

（▼208ページへ）

一九〇〇年代初頭までに、灰色オオカミは、大陸の南側の四十八州では、ほぼ完全に駆逐されてしまった。一九七八年、灰色オオカミは絶滅危惧種に指定された。それ以来、オオカミの数が増えている地域もいくつかある。だが、サウス・ダコタ州では、オオカミの群れは報告されていない（76B）。

＊77　赤ギツネは森の周辺に住んでいる。農業地域や、町の近くや町で、隠れ場所がある開けたところにいる。小さな犬くらいのサイズで、こっそりすばやく動く夜行性のハンターだ。美しい赤黄色の毛皮のため、長いこと、わな猟の格好の獲物だった。さらにこっそり立ち回るのが、灰色ギツネである。このごま塩模様の毛皮もまた、ハンターやわな猟師に珍重されている（77A）。

＊78　この土着の歌の歌詞は失われてしまったに違いないが、バイ版にはさらなる情報が載っている。「ステビンズは工事請負人で、わたしたちのいるところより西で働いていました。線路沿いのどこの現場でも、彼の歌がうたわれていて、歌詞はそれこそ何百、何千とありました。でも、どれもあまり上品でなく、わたしは覚えられませんでした」。ブラント改訂版では、ワイルダーはそれぞれの詞句の最後は「ノースウェスト線で、ステビンズじいさんのために働いた」で終わっていたと書く。一八八〇年の人口調査では、

ステビンズと息子は、シルバー・レイクよりかなり西のビードル郡で工事契約を結んで働いていた。ヘンリー・J・ステビンズは四十九歳で、飯場小屋を経営し、「鉄道工事請負人」として働き、二十八歳の息子ジェイムズ・C・ステビンズは父親と共に暮らし、一八八〇年五月に「ジム川の西で、初めて草土を掘り返した」という「土台作りの副工事請負人のひとり」だった。彼は、五十の組み馬を持ち、父親直属の部下として働いていた(78A)。父ステビンズにはさらにふたりの息子がいて、労働者として働いていた。さらに十八人の労働者もいた。家族持ちもいて、みんな飯場小屋で暮らしていた。ステビンズの元で働いていたアルマンゾ・ワイルダーたちは、アイオワ州からきた兄弟のウィリアム・H・ペックまたはチャールズ・D・ペックと共に飯場小屋で暮らしたか、または鉄道工事現場の別の飯場小屋で暮らしていた。ステビンズじいさんが、工事請負の仕事を知り尽くしていたのは明らかだ。彼はレインの小説『自由の土地』にも、ゲバートと名前を変えて登場する。「ゲバートをうたった歌はたくさんあった。彼は開拓者であり、インディアンと戦った男であり、保安官でもあった。正直一徹者で、彼の下で働く男たちは、彼のために働いていることが自慢だった。線路沿いで働く、最も正直な工事請負人といわれていた」(78B)

＊79　W・W・ウォルフォードが、「しずけき祈りの」の詞を書いた。ウィリアム・B・ブラッドベリーがメロディをつけ、その詞は今もうたわれる。セアラ・F・アダム作詞の「主よ御許に近づかん」は、よくローウェル・メイソンの曲でうたわれる。フィリップ・P・ブリスは一八七一年に出版された「灯台は遙か」の作詞作曲者。「仰ぎ見る御国」は、一八六七年からうたわれる。作詞はサンフォード・フィルモア・ベネット、作曲はジョーゼフ・フィルブリック・ウェブスター。この賛美歌の最初の二行は『冬』に登場する(第十三章)(79A)。

＊80　エラ・ペック・ボーストは、ダコタ・テリトリーのキングズベリー郡に住むようになったとき、二十八歳。イリノイ州生まれだが、家族と共にアイオワ州へ移り、そこで一八七〇年、ロバート・ボーストと結婚。比較的若い頃にリウマチを患い、最終的には車椅子生活になり、一九一八年、六十七歳で没。子どもはいなかったが、子ども好きで知られ、デ・スメット近郊の子どもたちのためによくパーティを開いたものだ(80A)。

ました。

次の日、ボーストさんとウォルターはそりを取り戻しにいきました。うちからほんのすぐのところに、小さなひと部屋だけの事務所の建物があります。[*81] そりを取ってきて、その部屋に荷物をおろすと、ボーストさんたちはひとまずそこに落ち着きました。ふたりはうちへ来て、みんなでクリスマスのごちそうを食べました。ジャックウサギのロースト、マッシュポテト、豆料理、温かいビスケット、干しリンゴのパイと紅茶がありました。

みんな、こっそりお互いにわからないようにして、プレゼントを用意していました。メアリは、わたしとマーが難しいところは手伝ってやりましたが、パーにソックスを編みました。キャリーとわたしはパーとウォルターにそれぞれ、ひげそり用の紙つづりを用意しました。測量技師たちが置いていった、やわらかい、きれいな色の薄紙で、ひげそりの刃を拭くものです。マーには、雑誌から切り取った小さな絵を額に入れて、便せんで作った小さな星の飾りをつけました。グレイスには、新聞の絵をつないで作った絵本です。

マーは、会社の売店で買ったきれいなキャラコ地を持っていたので、それでわたしと一緒に、メアリのために、ポケットつきのエプロンを作りました。ポケットは、毛糸玉を入れるためです。編み物をしているとき、膝からよく転がりおちてしまうからです。キャリーとわたしはリボンをもらい、少しだけボーストの奥さんの分もありました。わたしたちは大急ぎで、ボーストさん用に、ひげそり用の紙つづりを用意しました。ボーストさんたちはみんなにいきわたるだけのキャンディを持ってきたので、ほんとうに楽しいクリスマスになりました。

＊81　『岸辺』でワイルダーはその建物をこう書く。「測量技師たちの事務所だった、すぐ近くの小さな家」（第二十一章）。チャールズはそれを「土地開発業者が建てた家」と記憶していた（81Ａ）。一八七九年一〇月、ブルッキングズ郡プレス紙は書く。「キャンペスカのC・C・ウァイリーが、デ・スメットに土地管理事務所を建てている」（81Ｂ）。土地管理官とは、不動産業者と同じで、農地をほしい人や、あたらしい町に土地を持ちたい人に地所を紹介する。一八八〇年の春、デ・スメットはそういう人たちでごったがえしていた。

＊82　『岸辺』でワイルダーは、この事務所を「床がなく」、とても狭くて、「ダブルベッドの枠台が、奥の隅に、やっと横に収まるほどの幅しかない」と書く（第二十一章）。ボースト夫妻はどうにかしてストーブと椅子をふたつとテーブルとトランクと壁に吊す棚と食器を入れる箱をおさめこんだ。「やっと扉をあけられるだけの余裕しか残りませんでした」。ワイルダーが少し変えて引用した聖書の句は、マタイによる福音書の第二十章十六節。キング・ジェームズ版の聖書にはこうある。「このように、後にいる者が先になり、先にいる者が後になる」

＊83　ＰＧのあとの版では、このカキは「缶詰」。生ガキや缶詰のカキは、十九世紀では「アメリカの熱狂の的」だった。「密封された缶詰」として「広いミズーリ州域

クリスマスのあとは少し暖かくなり、新年を迎えた日には雪はもうほとんどなくなっていました。新年のごちそうをボースト夫妻のところでいただきました。狭いうえにたった一部屋しかないので、テーブルをセットすると、ひとりずつ、外へ出るドアから入ってきて、自分の席につくことになります。立つときは、その逆の順番になり、ドアから出ていくのです。聖書にあるように「先にいる者が後になり、後にいる者が先になる」[*82]のです。なんておもしろかったことでしょう。暖かかったので、ドアはあけはなしておきました。すばらしいごちそうでした。カキ[*83]がありました。蜂蜜、ボースト夫妻が持ってきたドライフルーツで作ったソースもありました。いろいろな話をし、冗談をとばし、ほんとうに楽しい新年最初の日を過ごしました。

わたしたちはボースト夫妻が大好きでした。ボーストさんは背の高い、がっちりした体格の人で、黒い髪、真っ黒な瞳、その笑い声ときたら。舞台俳優になったら、有名になったでしょうに。その声を聞いただけで、笑い出したくなります。何がおかしいのかわからなくても、です。奥さんは小柄なふっくらした人で、薄茶色の髪に青い瞳の、明るい女性でした。キャリーとわたしと一緒に湖でスケートをしたり、料理のレシピを交換したり、マーとメアリと楽しくおしゃべりしたりしました。本や新聞をたくさん貸してくれたので、わたしたちはいつもそれを声を出して読み、メアリも一緒に楽しみました。[*84]

夕べを過ごすのは、うちでいちばん広い部屋です。パーのヴァイオリンを聞いたり、お話をしあったり、チェッカーをしたり、そして毎晩必ず、歌をうたいました。ボーストさんたちはふたりとも、歌が上手でした。ボーストさんはテナー、奥さんはアルトです。パーの低いバスの声にわたしのソプラノが加わって、みんなで合唱しました。賛美歌の本や昔の歌の学校の本に載っている歌、輪唱の歌などをいっぱいうたいました。輪

にアメリカ人が住むようになるとすぐに、流通し始めた」(83A)。一八八〇年までには、鉄道のおかげで、カキは「どこでも見られるほど」(83B)になっていた。元旦にはたった九人しかいなかった田舎のデ・スメットにも、カキがあったのだ。チャールズの書いた覚え書きは、そのときのことを「キングズベリー郡初のカキのお祝い」と書いている(83C)。

＊84　この言葉(cooking receipts)は、現在あまり使われないが、いわゆるレシピのこと。『岸辺』で、ボーストのおくさんはローラの腕いっぱいのニューヨーク・レジャー誌を渡してくれた。そこには、「つづきもの」が書いてあるとかあさんが説明してくれる。メアリが、続きのお話は「長く楽しめる」ように次の日までとっておこうというと、「できるだけはやく読んでしまいたかった」ローラは、その気持ちを胸にしまっておく(第二十二章)。この短い場面だけでも、ふたりの性格の違いがたちまちはっきりわかって、すばらしい。

唱というのは、スタートの箇所がわかっているので、最初のひとくさりが終わると、次の人がすぐに始めからうたいだし、その人がひとくさり終わると、また別の人が始めからうたいだします。全員が別々の箇所を一緒にうたうのです。こんな歌です。

「三匹の目の見えないハツカネズミ
農夫のおかみさんをおいかけた
おかみさんはナイフでしっぽをちょんぎった
三匹の目の見えないハツカネズミ」[*85]

うたっているうちに思わず吹き出してしまい、おしまいになりました。あまりにもおかしかったからです。ボーストさんの笑い声を聞いて、またみんなが笑い、笑い疲れてしまいました。ボーストさんのお気に入りの歌は、「わたしが二十一のとき、ネルよ、おまえは十七だった」です。ボーストの奥さんの名前はエラです。でも、ボーストさんはネルと呼んでいます。結婚したときに、ボーストさんが二十一歳、奥さんは十七歳だったからでした。[*86]

こんなふうにして、冬はたちまち、楽しく過ぎていきました。二月になって、また寒い雪深い夜がやってきました。そんな夜のこと、ドアの外で叫び声が聞こえました。パーがドアをあけると、そこにいたのはオルデン牧師でした。わたしたちの牧師さんで、ウォルナット・グローブの教会を立ち上げた方です。長いこと会っていませんでした。牧師は相変わらず国内宣教師として働き、西部のあちこちに派遣されて、新しい鉄道線路沿いに教会を建てようとしているのです。[*87] わたしたちは牧師に会ってほんとうに驚き、再会を喜びました。牧師はもうひとりの宣教師を連れていました。[*88] 小柄で、きびきびした感じの、赤毛のスコットランド人で、ちょっとごつごつしたしゃべり方をします。でも、

＊85　よく知られたこの童謡のメロディが印刷出版されたのは一八〇九年。おなじみの輪唱のひとつで、「今日まで広くうたわれ続けている、早い時期に印刷された俗謡のひとつ」だ（85A）。これは、『岸辺』（第二十二章）と『幸』（第二十三章）の両方に登場する。

＊86　「わたしが二十一のとき」は、H・R・パーマー作曲で、一八七二年に彼の本『歌の王』に載ったもの。第一節はこうだ。「ネリー、干し草は刈り取られたばかり／あれはずっと昔のことだった／西の空がバラ色の夕焼けになり／わたしたちは手と手をつなぎ、歩いていったね／露に濡れた干し草の山の間を縫っていった／わたしが二十一のとき、ネルよ、おまえは十七だった」。ワイルダーはレインに、歌詞を覚えていないのは、他にだれもうたっていなかったからだと書く。「そのあと、測量技師の家で過ごした冬に、うたったかどうかも覚えていません」（86A）。『インガルス・ワイルダー・ファミリー・ソングブック』では、これは「なつかしの時」という歌で、歌詞には三バージョンあり、女性の名前はマグまたはマギーで、ネルではない。一八七〇年七月、人口調査員は、ロバートとエラ・ボーストを二十二歳と十八歳で、結婚は一八七〇年一月と書く。PGに書かれた通りだ。

＊87　ワイルダーはレインに、窓辺に置いたランプの明かりのおかげで、オルデ

歌のうまかったこと！　ふたりはうちに泊まり、次の日、グレイスも入れて九人の集まりで礼拝を行い[*89]、また西部へと発っていきました。一週間後、ふたりは戻ってきて、またうちに泊まり、今度は東部へ向かいました。また戻ってきて、必ず教会を建てると約束してくれました。

ふたりが来たときがちょうど春のラッシュの始まりでした。最初は一日にひとりくらい、そして、日がたつにつれて、どんどん人がやってきました。馬車や、貸し馬車や、バギーなどに荷物を載せた人々が、砦や町に向かって、西へ西へと進んでいきました。鉄道沿いにできた新しい町の土地だとか、これから入植を進めるために鉄道が敷かれる開拓地などを探しているのです[*90]。わたしたちはそういう人たちをうちに泊めることになりました。どちらへ向かうにしろ、長旅の途中で一休みできるところはうち以外になかったからです。

そういうわけで、楽しかった夕べの集いはおしまいになりました。マーとわたしは、やってきた人々のために料理やそうじをするので、てんてこまいになりました。うちの中は常に知らない人たちでいっぱいでした[*91]。

ある日、マーは頭痛で一日寝ていました。そこで、全部の仕事をわたしがすることになりました。朝食を出したあと、人々は去っていきました。次は、別の人々のために、昼食を出しました。そして、夜になって、また別の人々が来始めると、ボーストの奥さんが手伝いにきてくれました。夕食が済むと、残り物や汚れたお皿を食料部屋へ運び、そのままわたしは床に倒れてしまいました。あまりにも疲れていたので、食べることすらできませんでした。でも、数分後には、メアリを連れて二階へあがり、ベッドに寝かせました。キャリーも一緒に来て、メアリについていてくれました。その間、わたしと

ン牧師が測量技師の家へたどりつくことができたのだと書く。インガルス一家がランプを窓辺に置くことを始めたのは、クリスマス・イブに「ボースト夫妻がそれを見てどんなにほっとしたかといっていくれたから」だという(87A)。一八七六年一二月、インガルス一家が最初にウォルナット・グローブで暮らしていたとき、組合教会の牧師だったエドウィン・H・オルデンは、ダコタ北部のバートホールド・フォート・インディアン監督所で、連邦インディアン監督官に任命されていたが、あまり順調にいかなかった。ニューヨーク・タイムズ紙の記事には、「彼は敬虔な顔をしたうそつき」で、「ちょこちょこと金を着服している」と書かれた。オルデンは大工仕事を依頼するために五十ドルを引き出し、それを着服し(彼の前任者は四万ドルを着服していた)、ミネソタ州にいた妻をダコタ北部で雇用されたことにしていた。タイムズ紙はさらに、オルデンはインディアンたちにうそばかりついたので、彼らは「彼をうそつき王子と呼び、出ていかないと殺すと脅した」と書く(87B)。オルデンは一八七八年二月に職を辞したが、一八七九年四月に引き継ぎの者が来るまで働いた。職場報告書に彼は、「困難と失望の連続だった」と記し、彼は「この監督所にインディアンの助けになりたいと思ってやってきた。彼らの善なる心が、在職中のわたしのやる気を導いてくれた。ここを去るときがきたら、在職中に失敗がなかったとはいわないが、自分の

ボーストの奥さんは皿洗いをしました。それから、奥さんは家へ帰り、わたしは二階へ上がりました。パーは差し掛け小屋にあるベッド一台と、二部屋の床を全部使って、そこにみんなの馬車から持ってきた毛布や上着を置いて、十八人が寝られるしたくをしました。

野生のガンが南から戻ってき始めました。春がきた確かな徴です。朝、パーは一羽でも撃ちたいと、出かけていきました。メアリとわたしはその料理法でひともめしました。当然、ドレッシング（詰め物）をして焼くのですが、メアリは詰め物にセージを入れたいといいました。でも、わたしはセージが嫌いでした。わたしたちはそのことでずっといい合いをしていて*92、まったく意見が合いませんでした。やがてパーが帰ってきましたが、ガンはとれていませんでした。群れは鉄道線路に近づいたとき、眼下の景色が前とは違っていて、働いている男の人たちや、馬車を引く馬たちがいるのに気づいたのです。群れの賢いリーダーは*93、あとからついてくるガンたちに鳴き声でそれを知らせ、ガンの群れはシルバー・レイクを越えて、もっと北へ飛んでいってしまったのでした。

あちこちから男の人たちが戻ってきて、町の予定地に建物を建て始めました。そういう人たちが、うちのお得意客になりました。ある若い男の人をわたしたちはとても気に入りました。静かな人で、礼儀正しかったからです。その人は店を建てていたのですが、なんの商売かは教えてくれませんでした。その店ができあがると、必要な荷物が届きました。そこで初めてわかったのですが、その店はデ・スメットという町の予定地*94に最初にできた建物で、酒場だったのです。その次が食料雑貨店、その次は、ほっとしたことにホテルでした*95。

パーは店用に町の角の区画をふたつ買いました。対角線で向き合っている区画*96で、建

（▼214ページへ）

務めには正直に、真摯に向き合って仕事をしてきたという思いは持っていく」（87C）。一八七九年、オルデン牧師は再び宣教師として働くためにミネソタ州へ戻ってきた。ワイルダーは『岸辺』で一章をまるまる使って（第二十三章）、家族と牧師の再会をえがき、そこで牧師はアイオワ州にある盲人大学の話をする（87D）。

＊88　『岸辺』には、もうひとりの宣教師が登場する。スチュアート牧師といい、「まだ年若で、少年のようにさえ見えるほどでした」（第二十三章）。スチュアート・シェルドンは実際のところ五十代半ば。健康回復のために、一八六九年、ミシガン州ランシングからダコタ・テリトリーへ移住。ヤンクトン近くに農地を持ち、一八七四年から一八七五年まで、アメリカ国内宣教協会のために、ダコタ・テリトリー南部の監督者として働いた。オルデン牧師は彼の元で働いていたのだ（88A）。

＊89　デ・スメット最初の礼拝があった日については諸説あるが、場所は測量技師の家。一八九八年にチャールズが書いた自分のプロフィールでは、一八八〇年二月二日だが、教会史によると、一八八〇年二月二九日の日曜日となっている。これはキャロラインが残したメモにあった。その日集まったのは、ボースト夫妻、インガルス一家六人、A・W・オグデンなどで、合計二十五人、春のラッシュが始まっていたからだった（89A）。

（▼）

＊90　一八五〇年代、ビッグ・スー川とミズーリ川の間の地域は、もともとヤンクトン・ナコタ族(スー族)の居住地。彼らは一八五八年のワシントン・D・C条約によって、土地を譲り渡していたが、一八七〇年代に鉄道がこの地を通るまでは、非先住民への土地解放はされていなかった。いわゆる大ダコタ・ブームと呼ばれる土地ラッシュは一八七八年に始まり、ピークは一八八三年から一八八五年。肥えた農地や理想的な暮らしを謳う、一八六二年の自作農地法や、鉄道会社や、不動産熱によって、大勢の人々がダコタ・テリトリーに押し寄せた。一八七〇年と一八八〇年の間に、ダコタ・テリトリーの南東部にいる、非先住民の人口は、一万から八万に増えた。一八八五年には、二十五万にも激増した。一八八〇年、シェルドン牧師はアメリカ国内宣教協会に、何百もの「新しい町ができている」と伝え、その活動は「比類無し」と伝えた(90A)。デ・スメットでは、町のブームは一八七九年春に始まった。ブルッキングズ郡プレス紙は記す。「この二週間のうちに、町を興すために、五十一組の家族や仲間がキングズベリー郡へ入った。さらに、四十三組が入ろうとしている」(90B)。そのほとんどが、一八七九年秋には去ったが、一八八〇年一月に早くも戻り始めた。「またここがにぎやかになってきた」と、チャールズは、二月二日付けのプレス紙への手紙で書く(90C)。シカゴ&ノースウェスタン鉄道は、デ・スメットのような町を、ダコタ・セントラル・ディヴィジョン線に沿って、六マイルから十二マイル毎に区切って計画した。「鉄道保全クルーがちょうどその間隔でいる」からだ(90D)。ほとんどの農地申請者にとって、一日でひとつの町から次の町へ行く距離もそれくらいだった。一八八〇年春、土地周旋人が申請者を農地へ案内したが、ブルッキングズやヴォルガやさらに東のほうから、企業家たちが新しい町を訪れ、増加する人口を見越してビジネスチャンスを広げようとした(90E)。

＊91　「マーは、知らない人たちがうちに来て、寝る場所と食事をほしがったので、一晩泊めるのに二十五セント、食事に五十セントを取ることにしました。一週間分の食事と部屋でなく、ただベッドだけで、四ドル五十セントです」と、のちにワイルダーは書いた(91A)。そのくわしいことを『岸辺』の第二十四章に書いた。

＊92　『岸辺』で、ローラとメアリはほんとうにけんかをする(第二十六章)。ワイルダーはその場面をレインに説明する。「わたしは、七面鳥の詰め物の件でローラとメアリがけんかをする場面を書きました……まず寂しさからくるストレスや、知らない人たちが大勢同じ屋根の下にいたために、仕事量が増え、落ち着かない日々を送っていたことから解放されたときのふたりを描いたのです。普段だって、ローラとメアリはときどき意見が合わないことがありましたよね。ですから、ふっと気がゆるんだときに、ふたりが口げんかをするのは当然でしょう」(92A)。ワイルダーはこのけんかのことを、ミズーリ・ルーラリスト紙の二月一六日のコラムにも書いた(92B)。

＊93　『岸辺』では、このエピソードは町の建築ブームが始まったあとに出てくる。とうさんはいう。「一羽もいやしなかったよ、弾のとどくとこには……きっと、あたらしい建物を見たり、さわがしい音をききつけたんだろうね。これからは、このあたりじゃ狩りもむずかしくなるな」(第二十六章)。大ダコタ・ブームのあとで入植地に起こった結果のひとつは、草地の開墾と穀物畑を作るための湿地の水抜きである。そのせいで、豊かだった野生動物の数がかなり減ってしまった。それでもなお、サウス・ダコタ州北東部の穴ぼこ大草原は残っており、北アメリカの「カモ工場」のひとつといわれる(93A)。

＊94　鉄道の測量技師は一八八〇年三月二七日までに、デ・スメットの区画ブロックの位置を示す杭を打っていた。古典的なT字型であり、Tの横棒が線路で、縦棒が本通り(キャリュメット通り)だ。このTの形が町のベースの形で、正式な町の形ができたのは、一八八〇年四月六日。その頃におそらく、たくさんの区画が売りに出されたのだろう(94A)。

築用の材木を注文しました。すべての建築用材や資材は、ブルッキンスから馬車で運ばれてくるのでした。店の建物はすべて一階建てで、店の高さより高い、四角い前面がついています。パーはそういう建物を建てて、売ろうと考えていました。骨組みができて板張りが終わり、屋根ができあがると、わたしたちはそこへ引っ越しました。東部から測量技師たちが戻ってきて、家と測量器具をまた使うことになったからです。

四月三日、暖かくて気持ちのいい日に、わたしたちは引っ越しをしました。ところが、夜になって急に寒くなり、風が板壁の隙間からピュウピュウ吹き込んできました。どうにも寝苦しくなって、ふっと目が覚めたとき、体が冷えきっているのがわかりました。上掛けをひきあげて、頭まで中にもぐり、メアリとキャリーに体をぴったりくっつけました。次にはっと気がついたとき、パーがうたっているのが聞こえました。

「おお　わたしは幸せ　大ヒマワリのように
風に揺られて　頭をふりふり
わたしの心は軽やかだ　風のようにさわやかだ
木の葉を落とす風のように*[97]」

わたしは上掛けから目だけ出してのぞきました。そこらじゅう、上掛けの上にも、雪が積もっています。パーがはだしでそばに立っていて、ズボンをはいているところでした。

「じっとしてなさい。動くんじゃない。雪が入っちまうからな。今すぐに取りのけてやるよ」。パーはさっきのヒマワリの歌をうたいながら、靴下や靴の雪を払って、はきました。それから、大きな土かき用のシャベルで、わたしたちがじっとしている間に、ベッ

＊95　PGのあとの方で、ワイルダーは酒場の主人はヘンリー・ヒンツ(Henry Hinze)だと書いているが、一八八〇年の人口調査には、Henry Hinzとある。歳は二十六歳、靴職人。新聞社主幹のオーブリー・シャーウッドはヒンツの建物を「レクリエーション場」と書き、のちに彼が「荷車引きや郵便配達」になったと記す。(95A)。チャールズは思い出す。「ビアズリーという男が、(一八八〇年三月一日)ホテルを始めた。その数日後、E・M・ハーソーンが、店を建て始めた。V・V・バーンズが一八八〇年三月三日に材木を持ってきた。デ・スメットの西半マイルのところにある農地に小屋を建てるためだ」(95B)。ジェローム・C・ビアズリーは三十九歳、ニューヨーク州からデ・スメットへやってきて、ホテルを始めた。E・M・ハーソーンも同じく三十九歳、メイン州からきて、息子のフランクと共に雑貨店を経営。ヴィサー・V・バーンズはニューヨーク州の弁護士で、二十九歳。最初はダコタ・テリトリーのオークウッドに住んだが、デ・スメットへ移り、「土地ビジネス」を始めた(95C)。

＊96　レインへの手紙でワイルダーは思い出を書く。「パーは最初、東向きで南側に脇道のある区画を買いました……それをいい値で売りました。なぜなら、そこは町の中でもとてもよい場所にあったからです」。さらに、ワイルダーは、パーが「それと道路と隔てて対角線上にあっ

ドの上に積もった雪をすくって、床に落とし、外へ出してくれました。

　雪がどれほどこんもり積もっていたかを見たとき、わたしは自分たちがあんなにぐっすり眠れたのは、雪がふっくらしたカバーになっていたからだとわかったのです。でも、パーがいるベッドの外は、雪があるとすごく寒いのです。パーは、わたしたちにまだ寝床にいるようにといい、その間に、火をおこし、体を暖めました。それから、外へ出ていき、ドアの前に積もっている雪を取りのけました。わたしたちはやっと起き出して、熱くなったストーブのそばで着替えをしました。

　それから数日のうちに、雪は消えました。もう春だからです。大草原は瑞々しい緑色になってきて、人々は新しい町の建設に忙しく働いています。トレイシーから続く土台に鉄の線路が敷かれ、それがどんどん近づいてきました。しょっ中、新しい人たちがやってきては、町に小さな建物を建てたり、馬車で荷物を運び込んだりしていました。キャリーと同じくらいの歳の女の子がいる家族もいました。その子は毎日遊びにやってきました。その子とキャリーを静かにさせて、いたずらをさせないようにするには、毎日ちょっとずつ勉強をさせたらよいのではないかと思ったのですが、勉強の時間になると、キャリーは逃げだしたり、どこかへ隠れたりし、その子は二度と来なくなりました。というわけで、デ・スメット最初の学校は、スタート前に終わってしまいました。

　パーは、これまでわたしたちが住んでいた建物と地所を、一週間後に明け渡すために売りました。そしてすぐにもうひとつの区画に別の建物を建て始めました。その一週間が過ぎるまえに、わたしたちはまだ仕上がっていない方の建物に引っ越しました。駅舎もできました。そして、駅長がやってきました。それはだれあろう、いつかのウッドワースさんでした。前よりずっと体調がよくなっていました。長男は電信技手になる予定で

て、前面が西と北を向いている区画も買いました」と書く。ワイルダーは父が「鉄道会社から(町でいちばん最初の)区画を買ったと思うのですが、どのようにしたのかは知りません。パーが区画に店を建てたときにも、他の建物が最初にできたときにも、まだ駅はなかったし、鉄道員もいなかったのです。町にはそこらじゅうに杭が立っていて、最初にやってきた人が気に入ったところに居座り、あとでそこを買ったのだと思います。一区画は、道路の内側は二百五十ドル、角地は七十五ドル。建物は二百五十ドルでしたが、権利を手に入れるためには、六カ月以内にそれを作らなければなりませんでした」(96A)。ワイルダーの記憶は正しく、一八八〇年、新聞の通信員が同じ数字を記していた。二百五十ドルの建物は、「貨物で材木を運んできて、すぐにその区画に建てれば条件を満たせる」とある(96B)。一八七九年一〇月にブルッキングズの町が計画されたとき、新聞はこう書いた。「良い区画を手に入れるためには、そこで待機すべし」(96C)。デ・スメットの計画ができあがる前から、チャールズはすぐに行動するため待機していたので、結果的にかなりの利益を得たのだった。彼は一八八〇年三月一日に最初の建物を作り始めた(96D)。

＊97　この「大きなヒマワリ」の歌は、一八八〇年代後半からうたわれている。作詞作曲はボビー・ニューカム。十九世紀の人気歌手で、「騎馬水隊のキャプテン・ジン

す。もうひとりの息子はベンで、ウッドワースの奥さんもいました。*98

四月後半になると、最初の汽車がやってきました。デ・スメットはここからもっと西へ鉄道を延ばす拠点となりました。汽車はここまで物資を運んできます。それを駅で馬車に積み替えて、先へ運ぶのです。今や、デ・スメットには銀行がありました。材木屋、貸し馬車屋、雑貨店、衣料品店、二軒目の食料雑貨店とホテル、そして、家具店までできました。*99

毎週日曜日に、駅舎で元牧師のウッドワースさんが礼拝を行いましたが、あまりたくさんの人は集まりませんでした。パーとあと何人かの最初の入植者たちは、キングズベリー郡を組織し、*100 学校区ができ、学校が建てられ始めました。

ある日のこと、けわしい顔つきの男の人がやってきて、パーにブラウン牧師だと告げました。オルデン牧師に、教会を組織するよう派遣されたのだというのです。わたしたちはだれもこの人を好きになれませんでした。態度は横暴だし、荒っぽくて、不潔な感じがしました。*101 髪は白く、ごわごわ、ぼさぼさです。ほおひげは長く、もじゃもじゃ、つばだけでなく、かみタバコの汁もこびりついていました。爪はきたなく、白いシャツは汚れ、襟も油染みて、しわくちゃです。牧師は、自分をあの有名なジョン・ブラウン*102のいとこだといいました。確かに歴史の本に載っている顔によく似ていました。オルデン牧師がこんな人をよこしたとは思えませんでしたが、オルデン牧師からパー宛ての手紙を持っていました。そこで、パーとマーはブラウン牧師を手伝うことにし、人集めに協力しました。そして、組合教会と日曜学校が組織されたのです。学校の建物が完成したので、そこで礼拝が行われました。ブラウン牧師が説教を行いました。

(▼218ページへ)

クス」をうたったビリー・エマソンもこれをうたったといわれる。とうさんはこの歌を『岸辺』(第二十七章)で、また『冬』(第四章)では、「困ったときの歌」としてうたう(97A)。

*98 ホラス・G・ウッドワースは、一八八〇年春に駅長として戻ってきた。息子のジェイムズ・G・ウッドワースは十六歳で、電信技手。一家は二階建ての駅舎の上階に住んでいた。妻フランシスと、ジェイムズの他に三人の息子がいた。十三歳のベンジャミン、十歳のウォルター、七歳のリチャード。ワイルダーはこの駅のことを『町』に書いた(第二十章)。

*99 チャールズの覚え書きによれば、「(一八八〇年)夏に、町の予定地には駅舎の他に建物が十六も建ち始めていた」(99A)。当時の状況は以下の通り。トーマス・H・ルースのキングズベリー郡銀行、ヘンリー・ヒンツの酒場・靴屋、ジョージ・ウィルマースの雑貨店、家具作りのチャールズ・ティンカムの家具店、チャールトン・S・G・フラーの金物と道具の店、チャールズ・L・ドーリーとチャールズ・E・イーリーの材木屋、チャールズ・W・ミードとジェローム・C・ビアズリーのホテルが二軒、ガーランドの下宿屋、エドワード・マキャスケルのかじ屋。また、印刷屋のジェイコブ・W・ホップと共同経営者のG・A・マシューズのキングズベリー郡ニュース社(初期の新聞はほとん

(↖)

ど残っていない)。ブルッキングズ郡プレス紙は、一八八〇年七月末のデ・スメットの住人は二百人と推定している。ワイルダーは『岸辺』でデ・スメットの町の様子を生き生きと描く。「たった二週間で、大通りぞいにあたらしい建物がずらっと並んだのです。まだペンキ仕上げもしていないその建物は、どれもこれも正面はみせかけだけで、うすい板で仕上げてありました。上のほうは角形にして、二階建てに見せています……そこにはもう人が住んでいて、煙突からは灰色の煙があがり、ガラス窓が日光にきらついていました」(第二十六章)(99B)

*100　ダコタ・テリトリー長官は、キングズベリー郡を組織するために、一八七九年末に三人の行政官を任命し、一八八〇年二月二八日、三人は初めて顔を合わせた。場所はデ・スメットの町の予定地の東六マイルの農地小屋。二回目の会合はインガルスの家で三月二日に行われ、デ・スメットを郡庁とし、「年間四百ドルで、酒場を開く許可を与えること」にした(100A)。郡の名前は、ジョージ・W・キングズベリーにちなんでつけられた。新聞社主幹で歴史家であり、一八六二年にダコタ・テリトリーのヤンクトンに入植した人物(100B)。

*101　エドワード・ブラウンと妻ローラと養女アイダ・B・ライトは、ウィスコンシン州ウェスト・セイラムからデ・スメットへ移住。ブラウン牧師は五月にやってきたはずで、一八八〇年六月二〇日の第一組合教会の設立のために、説教や礼拝を行った。六十五歳。牧師になる前は教師であり、弁護士だったが、その後、ウィスコンシン州、ミネソタ州、オハイオ州で礼拝をした。デ・スメットへ来てから四年後に退職し、一八九五年に没。『町』でワイルダーがかなりあからさまに書いた牧師についての記述は、PGに書かれている彼の姿と呼応するだけでなく、さらに新しい事柄も書き加えられている。たとえば、ブラウン牧師のお説教を聞いていたとき、ローラは「牧師のしゃべった文を頭の中で、その文法を直して、作文しなおし」ていた(第十九章)(101A)。

*102　ジョン・ブラウンは奴隷制廃止論者で、一八五〇年代後半にキャンザス州とミズーリ州の境で起こした激しい抵抗活動は、全国の注目を集めた。一八五九年、彼とその信奉者たちは、ヴァージニア州ハーパーズ・フェリーで連邦兵器庫を襲った。兵器を確保し、奴隷を解放しようとしたのだ。ブラウンは捕まり、反逆罪で、縛り首。彼の死は奴隷反対派と賛成派との軋轢をいっそう深めることになり、これが南北戦争勃発の引き金のひとつになったのだろう(102A)。

やがてある日、オルデン牧師がやってきました。ずっと前からやりたいと思っていた教会を立ち上げにきたのです。ですから、ブラウン牧師がいったことや、やったことをきいてとても驚きました。なぜなら、ブラウン牧師はすでに退職していて、西部へ土地を探してやってきたからでした。オルデン牧師はブラウン牧師のために、親切心からパー宛ての手紙を書いたのですが、ブラウン牧師には、教会を立ち上げる権限などなかったのです。

ふたりはしばらく話をしていましたが、とうとうオルデン牧師は、教会の面目を守るため、教会をそのまま存続させ、ブラウン牧師に仕事を任せることにしました。[*103]

ここの周辺地域に入植したい人々がどんどん汽車でやってきました。土地を見るためだけに来た人もいれば、家財道具すべて、種穀物、一年分持たせるための物資を移民用の車両に載せて持ってきた人もいました。[*104] また幌馬車でやってきた人もいて、町のそばや、町の空いた区画でキャンプをしていました。

かつて鉄道で働いていたハントという人が、奥さんと息子ジャックと、[*105] その連れ合いとふたりの赤ん坊を連れて、わが家の裏手でキャンプをしていました。すぐにわたしたちは仲良しになりました。ジャックは町の南へ五、六マイルのところに農地を申請したばかりでした。そこに小屋を建て、土地を少し耕しました。これから父親と一緒に鉄道で何週間か働いて、農場のためにお金を稼ぐつもりです。翌月のこと、わたしたちは、農地へ戻っていくふたりにまた会いました。ところが次の日、ジャック・ハントが撃たれたと聞きました。町へ運んで、汽車に乗せて医者に見せようとしている間に亡くなったのです。農地のハント家には土地泥棒が居座っていて、出ようとしなかったのです。しばらくジャックと口論したあげく、ジャックは腹を撃たれたのでした。町から数人が

＊103　アメリカ国内宣教協会のダコタ南部監督長が、エドウィン・H・オルデン牧師にデ・スメットの教会を組織するようにと六カ月の契約を結んだのだが、そこにブラウン牧師がいたため、オルデン牧師は一八八〇年五月、組合教会を彼に「あけわたした」(103A)。一八八五年、彼はデ・スメットから北西七十マイルの、ダコタ・テリトリーのスピンク郡に住んでいた。十六歳の学生の下宿人と共に暮らしており、当時、その家には妻や子どもたちはいなかった。一九〇〇年、彼はヴァーモント州へ戻っており、タンブリッジで聖職者として働き、再婚もしていた。一〇年後、彼と二番目の妻クレアラはヴァーモント州チェスターに住み、翌年一九一一年五月六日、七十五歳で没(103B)。

＊104　一八八〇年二月、南ミネソタ鉄道は、テリトリー内のふたつの町の間の移動に、「移住者引っ越し荷物用車両」を設け、「価格はたった二十二ドル五十セント」だった(104A)。車両一杯以下であれば、重さ百ポンドにつき、二十五セントだ。一八八〇年四月、プレス紙は、三月半ばから「移民の引っ越し荷物を載せた、四十両ほど」が、新しい鉄道を使って、ブルッキングズにやってきて、それと共に、約百二十頭の家畜もいたと書く(104B)。バイ版では、ワイルダーは追加の描写をした。デ・スメットでは、「移民たち、移住者たちは町のそばや、町の空いた区画でキャンプをしていました」と書く。

出かけていってその土地泥棒をつかまえようとしましたが、もう逃げたあとでした。ブルッキンスの保安官が逮捕しました。裁判でその土地泥棒は正当防衛を主張し、たった三年の刑になりました。[*106]

ジャックが撃たれたあと、パーはうちも早く農地へ移り住むべきだといいました。またたく間に人が「めちゃくちゃに増えて」しまったので、だれかが勝手にうちの農地小屋に入り込まないとも限らないからです。そこで、わたしたちは町の家を離れ、甘い香りのする大草原を一マイルばかり行ったところにある農地へ移りました。農地小屋にはたったひと部屋しかありません。でも、部屋の中に吊したカーテンのおかげで、寝室ができます。夜になると、台所兼食堂兼居間の部屋の床に寝るところをこしらえます。でも、昼間は、寝たところに、上からきれいなキルトをかけるので、きちんと整って見えます。[*107]

引っ越しをした初めての晩、パーは床屋に髪を切ってもらっている夢を見ました。そして頭に手をあてたところ、ネズミにさわったのです。あわててネズミをつかんで床にたたきつけました。思い切りたたきつけたので、ネズミは死にました。朝になって、頭を見たら、はげたところがありました。ネズミにかじられたあとでした。

町には猫がいません。このあたり一帯には一匹しかいませんでした。でも、その猫はすぐにお母さんになります。人々はみな、子猫がほしい、ほしいといいましたが、とてもみんなにいきわたるだけの子猫はいないでしょう。パーはだれよりも早く、母猫の飼い主に頼み込み、二十五セント払って、青と白の縞のある小さな子猫をもらってきました。[*108] 目があいたばかりのちっちゃな子猫です。ミルクの飲み方も知らないので、スプーンでミルクを飲ませました。まだ足がよろよろしてちゃんと歩けず、はうようにしてい

＊105　一八八〇年六月に、ジョナサン・ハントという、ビードル郡の労働者で五十五歳の男がいたが、ここの記述に合う人ではないようだ。

＊106　「ダコタ・テリトリー対ジョージ・ブレイディの裁判」によると、入植者ジョン・ハントを撃ち殺した被告は、第二級殺人罪で、デトロイト刑務所で四年の刑となった（テリトリーにはまだ正式な刑務所がなかった）。ブルッキングズ郡プレス紙は、「多くの人たちが、刑が軽すぎると感じた」と書いている（106A）。『岸辺』で、ワイルダーは犠牲者の名前をハンターと変えた（第二十七章）。レインもまたこのエピソードを自分の小説『自由の土地』で取りあげ、犠牲者をジャック・アレンとし、「妻の目の前で射殺された」と書いている（106B）。ジョージ・ブレイディの裁判における目撃者のひとりはマーガレット・ハントといわれる（106C）。

＊107　ワイルダーは『岸辺』の第二十九章で、物語の一家の農地での最初の経験を描く。ブラント改訂版では、この箇所にチェック者のメモがあり、三ページ分が見当たらないこと、ページ番号が七十四から七十八へとんでいるとある。だが、実は三ページ以上の内容が抜けており、一八八〇年から一八八一年の「厳しい冬」のセクションがまるまるそこに入るはずなのだ。

ます。この子猫をわたしたちはとてもかわいがって、しょっ中ミルクをやって育てたので、じきにすっかりなつきました。まだ小さいのに、頑張って初めてネズミをとりました。あまりに小さくて、ネズミが抵抗し、かみついたので、子猫は鳴き声をあげましたが、決して放さず、ついにしとめました。大人になってからは、この猫は本気でやれば、どんな猫でも犬でもやっつけられる、あたり一帯のボスになりました。

パーは農地小屋のまわりの地面を耕しましたが、入り口の前の庭だけは草を残しておきました。わたしたちは、アメリカ・ポプラの種（訳注：『岸辺』では若木）をまわりに植えました。[*109] それから、パーは町とうちの農地の間に広がるビッグ・スルーの端近くに井戸を掘りました。六フィートほどの深さになったとき、パーは底の方にいて掘り進んでいたのですが、突然、足を流砂に取られました。あわてて穴の縁にしがみつき、水からはいあがりました。パーのあとから水はどんどんあがってきて、上から二フィートのところまできました。とてもおいしい水で、冷たくて、澄んでいました。さらにパーは二エイカーを耕し、家族と雌牛用にカブの種を植え、来春のために菜園の場所を作りました。固い草土を寝かし、草の根っこが冬の間に腐れば、菜園ができるのです。

大草原の草土はとても固かったので、家を作るのにそれを使う人がたくさんいました。土地を耕すときには、まず十四インチくらいの幅の溝を作りますが、だいたい三インチくらいの厚さの土の塊が掘りおこされます。固い大草原の草の根がからまっているので、がっちりして、くずれない塊です。草土の家を作るには、こういう土の塊を斧で長さ二フィートに切りとって積み重ね、壁を作るのです。れんがのように、ひとつひとつ塊を積み重ねるのです。できあがった壁は十四インチの厚さのがっちりしたものになります。外側には草が生えることがよくあります。家の内側には、木枠を取りつけて、その上から布や紙をかぶせ、草土の壁との間に空気が通るようにします。こういう家は、夏は涼

＊108　ワイルダーはこのエピソードを『町』の第三章に使った。だが、もとはPGのこの箇所である。レインはこの内容は『岸辺』のほうがいいのではないかといったが、ワイルダーは、一家は「厳しい冬のあとの夏までは」子猫を飼っていなかったと答えた。つまり、PGでは時系列が違っているわけだ。以前、ワイルダーは「わたしたちはあまり文化的な生活をしていなかったのです」といい、猫のエピソードはダコタ・テリトリーにおける「初めての新しいもの」を強調するのに役立つし、「厳しい冬が終わってからのこと」であるといっているのだ。レインは猫のブラック・スーザンをまた登場させたいといったが、ワイルダーは反対した。「あの子猫は青と白の縞なので、そのままにしたいのです。ですから、ブラック・スーザンは戻しません」(108A)

＊109　現在、アメリカ・ポプラの木は昔のまま、デ・スメット近くのインガルスの農地を飾るようにして生えている。

＊110　ワイルダーの草土の家の描写は、彼女が身の回りで起こったことをどれだけよく観察していたかを物語っている。それはキャス・G・バーンズの『草土の家』(110A)などに書かれている内容と呼応する。この種の家はほとんど木のない大草原地帯ではごく一般的に作られていたもの。バイ版には少し書き加えがある。「その夏、テリトリーのだれもが、草土の家

しく、冬は暖かく、そのうえ、とても清潔なのです。大草原にはこのような草土の家がたくさん建てられていました。*110

夏の間、パーは町のわたしたちの家を仕上げるのに忙しく働きました。*111 家を建ててから、井戸を掘り、まわりの地面を耕してカブの種を蒔いたあとは、干し草作りをしました。スルーに生えている、背の高い太い草や、高台のブルージョイント・グラス*112は、とてもいい干し草になります。パーは草を刈って、かきあつめます。マーとわたしはそれ

インガルスの農地に生えるポプラの木(撮影:ちばかおり)

の歌を知っていて、よくうたったものです」。そして、「なつかしい草土の開拓小屋」の歌詞も加えられている。一八七年に発表された、ウィリアム・シェイクスピア・ヘイズ作曲の「小道の小さな古い丸太小屋」のメロディでうたわれた歌詞で、草土の家バージョンは、一八八〇年代初頭にできたものだろう。デ・スメット・リーダー紙は、一八八三年八月一五日にこの歌詞について書く。「『なつかしい草土の開拓小屋』はじきに人目をひかなくなり、好奇の対象だけになるだろう。ダコタの土地で育った豊かな実りのおかげで、入植者たちはもっと上等な家を建てられるようになり、それもまもなくのことだろう」(110B)。ワイルダーは物語の中ではこの歌をとりあげなかったが、第二十九章のタイトルを「開拓小屋」とした(110C)。

*111 ワイルダーと父親は、デ・スメットの本通りにあるこれらの建物を「家」といっている(111A)。レインへの手紙でワイルダーはこの家について、こう説明する。「西側と北側を向いた家。わたしたちが厳しい冬を過ごした町の家であり、わたしがブシーさんの学校で教えていたときに、みんなが住んでいた家です」(111B)。この建物は、治安判事、一八八三年のデ・スメットの図に、C・P・インガルスの家として載っている(111C)。

*112 サウス・ダコタ州には、二百種類以上の野草が生えているが、そのひとつ

を馬車に積み、草置き場に運んでおろし、大きな干し草の山を作ります。[*113] まもなくやってくる冬に、これが馬たちと二頭の雌牛のえさになります。こういう仕事をずっとひとりでやっていたので、パーはお金を稼ぐ仕事がほとんどできませんでした。けれども、ここでの暮らしにかかる費用だけでなく、草刈り機や干し草集めのレーキを買わなくてはならなかったので、それはたいへんでした。

うちがお金に困っていることなどだれもいいませんでしたが、わたしにはわかっていました。パーは食事のときに、あまり食べずに席をたちますが、パーがまだおなかをすかせているのはよくわかりました。でも、わたしたちのために、少しでも食べ物を残しておこうと思っているのです。[*114] そう思うと、わたしも食欲をなくしてしまいます。パーにならって、食事の間に、生のカブを食べるようにしました。

干し草作りが終わると、パーはまた町で大工の仕事をするようになりました。お金を稼いで、わたしたちが冬を無事に越せるようにするためです。[*115]

の大草原コードグラスは、スルー・グラスとも呼ばれる。当州では最も背の高い野草のひとつだ。ビッグ・ブルーステムは、ブルージョイント・ビアド・グラスとも呼ばれ、「大草原の丈の高い草の王」とされる。かつてはあまりに丈が高くなり、「家畜が草に埋もれて見えなくなるくらいだった」とまでいわれていた（112A）。ワイルダーはこれをブルーステム草として、『冬』の冒頭に登場させている。

＊113　『冬』で、ローラはとうさんに、自分は力があるから、干し草を束ねる手伝いができるときっぱりいう。かあさんはしぶしぶ承知するが、それは「女が畑で働くのをあまり好まなかったのだ。外で働くのは外国人だけだ。かあさんと娘たちは、れっきとしたアメリカ人だから、男の仕事をするのは好ましくない」（第一章）。ワイルダーが物語のキャロラインの姿勢をこのように変えたのはなぜかははっきりしない。シリーズの他の巻では、かあさんは、PGで描かれているように、家事をきちんとやるだけでなく、考え方もいわゆる伝統的、保守的な人ではないのだ。たとえば、『家』では、物語のキャロラインは、とうさんが丸太小屋を建てるときにその手伝いをしている（第五章）。また物語のキャロラインが、畑で働くのは外国の女の人たちだけだというところは、ワイルダーが開拓時代初期の女性の有り様を描こうとした（ヤンキー女性は、家事以外の外仕事はしないとさ

インガルス一家の写真。1890年代、デ・スメットでとられたもの、座っているのが、左から、マー（かあさん）、パー（とうさん）、メアリ。後ろに立っているのが、左から、キャリー、ローラ、グレイス。（LIWHHM）

れていた）からで、ローラが古い考え方から脱皮し始めている様を見せようとしたからだろう。実際、ダコタの入植時代には、「ヨーロッパ文化を持つ女性も、ヨーロッパとアメリカの両方の文化を持つ女性たちも多くが、男性の仕事とされている農場の仕事をやっていた……必要または選択によって」（113A）。女たちは「家庭の仕事以外に、家畜を集めたり、草土を耕したりなど、外の仕事をよくやっていた」（113B）

＊114　『冬』でワイルダーは書く。「草刈り機はたいそう高価な買い物だった。だから、とうさんには、手伝いをやとうお金がなくなってしまったのだ。仕事を手伝いあえる人もいなかった。この新しく開けた土地には、農地を持つ開拓者がほんのわずかしかおらず、みんな自分の土地で働くだけで手一杯だった」（第一章）。ワイルダーは、物語の家族の経済的困窮の描き方にはかなり慎重だった。『岸辺』についてレインに宛てた手紙で、ワイルダーは、冒頭に苦しみや悲しみを持ってくることに反対し、レインが当時のインガルス一家を「最悪の貧困状態」だったといったことに強く反発した（114A）。

＊115　PGの原稿は内容がここで一段落する。ちょうどノートが終わったところだった。普通は、ストーリーの間になんの区切りもなくノートからノートへとどんどん続くのだが、ここは違った。

第7章

ダコタ・テリトリーにて

一八八〇年～一八八一年の「厳しい冬」(『長い冬』対応)

九月二五日、秋雨の季節が始まりました。[*1] 一〇月一日から数日間、晴れた日が続いたので、わたしたちは冬の間だけ町へ戻って暮らすことを考え始めましたが、また雨が降りだしたのです。八日と九日は、じとじとしたいやな雨の降る日でした。[*2] 町の建築仕事はお休みになってしまったので、二日ともパーは猟に出かけ、カモを数羽撃ってきました。でも、ガンはとれませんでした。パーは、カモやガンはえさのあるスルー(沢地)には止まらず、ずっと高いところをさっさと南へ飛んでいってしまったといいました。そして、この天気はどうも気にくわない、というのでした。

灰色のどんよりした日は、気分も晴れず重苦しい感じがしました。カモの羽根をむしったり、中身を取り出したりする気にはなれませんでしたが、できるだけほがらかにその仕事をしました。これ以上気分が落ち込まないようにしたかったからです。夜寝る頃には、雨はさらに強くなっていました。ベッドの上掛けの肩のあたりに、しずくがぽたぽたたれてきました。屋根をおおっているタール紙が風ではがれて穴があき、そこから雨がもっているのです。でも、そんな雨もりはたいしたことではなかったので、わたしはすぐに寝入ってしまいました。けれど、夜中にはっと目が覚めました。雨もりの音がや

＊1　一八八〇年九月は雨の多い月だったので、サウス・ダコタ州東部の農作物にかなりの影響があった。「秋の仕事に三週間から四週間の作業の遅れが出た」と、ダコタ・テリトリー、フランドルーのムーディ郡エンタープライズ紙が報じた(1A)。地面が凍結する前にジャガイモなどの収穫を急いだ農民たちがいたという(1B)。

＊2　この日付は、事実より少し先。

＊3　ワイルダーの季節外れの吹雪の記述は、当時の新聞記事の内容に即している。この悪天候は、一〇月一三日の水曜に始まり、木曜の夜には雨から雪に変わり、一五日の金曜の夜から風が強まって、猛吹雪になり、少なくとも二十四時間は続いた。バイ版には、この猛吹雪の間、「あらゆる方向から同時に風が吹きました。どちらを向いても、刺すような勢いで雪が顔にあたり、何も見えなくなりました。一インチ先さえ見えないので、こんな風の中ではどちらへ向かっているのか、わかるわけがありません」とある。猛吹雪のあと、六～八フィートほどの吹きだまりができ、ブルッキングズの東の鉄道の切り通しには、十一～十二フィートの雪が積もった。吹雪は、現在のサウス・ダコタ州の南東部のほとんど全域とミネソタ州やアイオワ州にまで勢力を広げていた(3A)。

んだので、かえって目が覚めてしまったのでしょう。雨はもうやんでいましたが、ぐんと冷え込んでいました。わたしは上掛けの中にいっそう深くもぐりこんで、また眠ってしまいました。

次に目が覚めたときは、パーが火をおこしながら、うたっていました。

「おお　わたしは幸せ　大ヒマワリのように
風に揺られて　頭をふりふり
わたしの心は軽やかだ　吹く風のように
どこへでも気ままに吹く風のように」

窓辺に目をやりました。でも、見えるのはただ真っ白い景色だけ。ほかには何も見えません。火が勢いよく燃え始めると、マーが起きてきました。わたしも起きようとしたら、そのままベッドにいなさいといわれました。子どもたちは起きずにベッドの中にいたほうがいいというのです。起きても寒くなるだけですし、外は猛吹雪だからです。パーは暖かい上着をたくさん着込み、納屋を目ざして吹雪の中へ出ていきました。家にくっつくように止めてある馬車の脇を通り、そのすぐ先にあって、納屋の壁によせかけて積んである干し草の山へ向かったのです。

パーが戻ってくると、マーは温かい朝食を出しました。わたしは自分も起

チャールズ・P・インガルス（HHPL）

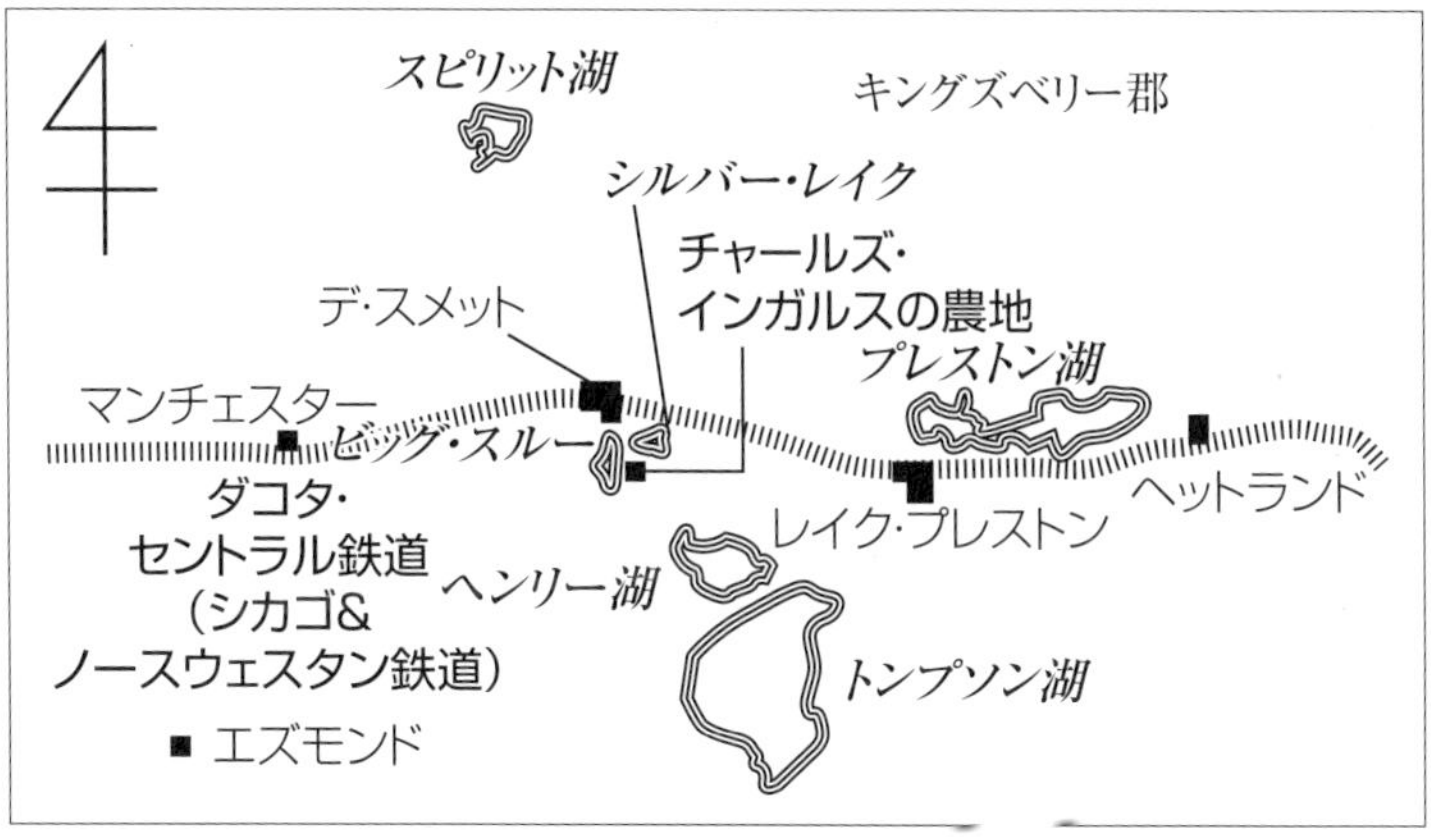

キングズベリー郡の地図（SDHSP）

きるといいましたが、メアリとキャリーとグレイスは寒いので、暖かいベッドの中に一日じゅういました。パーとマーとわたしはストーブに手をかざしながらずっと立っていました。とにかくものすごく寒いし、風は吠えたけり、叫び声をあげ、この世で聞こえる音といったら、猛吹雪の吠えるような風音だけでした。窓やドアの外をのぞいても、ほんの一寸先すら見えません。吹雪はその日の昼も夜もずっと続き、次の日の昼も夜までやみませんでした。でも、夜のいつだったか、風の勢いが少しおさまり、三日目の朝になってやっと、ちょっと先まで見通せるようになりました。雪はまだ舞い狂っていましたが、あたりを埋め尽くすような降り方ではなく、地面近くで雪片が吹き飛んでいる感じだったので、先のほうまで見えたのでした。

前庭のすぐ先に、牛が何頭か、頭をたれてじっと動かずに立っています。かわいそうに、疲れきっているんだわ、とわたしたちは思いました。そのあとも、牛たちはちっとも動こうとしません。どうして、干し草の山のほうへ行かないのだろうと、わたしたちは不思議に思いました。頭をたれて立ったまま、ずっと動かないなんて、なんだか変です。パーは様子を見にいくことにしました。そしてわかったのは、牛たちの吐く息と、まつげと目のまわりの毛に吹き付ける雪とが凍りついて、目をふさいでしまい、目が見えなくなっていたということです。牛たちは吹雪を背にどんどん歩き続けて、くたびれきっていました。*4 いったいどれくらい歩いたのでしょうか。数えると全部で二十五頭もいました。パーは一頭ずつ、そばへ行って、目の上にはりついた氷を砕いて、取りのけてやりました。目が見えるようになると、牛はモウウと鳴き、パーを見て二、三歩逃げだしましたが、またすぐに立ち止まってしまいました。それほど疲れていたのです。パーは牛たちをそのままにして、家へ戻ってきました。牛たちは、足元を雪が吹き飛ぶ、荒涼とした景色を見つめていました。目が見えるようになって、うれしかったろうとわたしは思います。

＊4　『冬』では、とうさんと一緒にローラも、吐いた息が凍って目が見えなくなり、「頭が地面に凍りついちゃった」まま、じっと動かない迷子の牛たちを見にいった（第五章）。一八八〇年の猛吹雪のせいで、家畜がたくさん死んだのは、猛吹雪を農民たちが予測しておらず、「そのとき、何千頭もの家畜が大草原に出ていたから」だったという（4A）。ダコタ・テリトリーのニュー・マディソン（デ・スメットの南東）では、百二十頭の家畜が死んだ。「嵐に追われて歩き、鉄道の土台に行き当たり、そこに吹きだまった雪のために前に進めなくなり、死んだのだ」（4B）。二〇一三年一〇月初めに同様の猛吹雪があったとき、サウス・ダコタ州西部では二万から三万の牛が死んだ。三千から五千の羊も死んだ。そのほとんどが、低体温とストレスで死んだが、深い雪だまりで窒息したり、池に飛び込んで溺死したりした家畜もいた（4C）。

＊5　『冬』で、とうさんが助けたのは一羽の鳥だった。家族はそれが水鳥のオオウミスズメに似ているといった（第五章）。

＊6　冬が終わるまでに凍死で亡くなった人はかなりいたが、「一〇月の猛吹雪」ではその数は少なく、ダコタ・セントラル鉄道沿いの新しい町々での死亡報告はない。気温がそれほど低くなかったため凍死するほどではなかったが、多くの人々

しばらくすると、牛たちはよろよろしながら干し草の山のあるところへやってきました。そこで干し草を食べ、次の日が明けるまで休んでいましたが、朝のいつか、わたしたちが気づかないうちにどこかへ行ってしまいました。

パーは、干し草山のどこかに、疲れて落ちてしまった鳥を何羽かつかまえてきました。[*5]見知らぬ鳥もいました。これまでも、そのあとも、見たことのない鳥がいました。わたしたちは鳥たちを凍えないようにして休ませてやり、吹雪がすっかりおさまってから、空へ放してやりました。その吹雪は「一〇月の吹雪」と呼びならわされています。何百頭もの家畜が死に、凍死した人たちもいました。[*6]

そのあとはしばらくお天気でしたが、あるとき、町を通りかかった年寄りのインディアンが人々に、今年の冬はすごく厳しいものになると警告しました。七年毎に厳しい冬が、それも前の冬より厳しい冬がやってくることになっているといったのです。厳しい冬のあとには、おだやかな冬が六年間続き、七年目にまた厳しい冬がやってくるのですが、それは前の厳しい冬よりさらに厳しいのです。そしてまた、おだやかな冬がくるのですが、それが三回続いたあと、つまり二十一年目の冬が最も厳しいのだそうです。これまでずっとそうだったと、老インディアンはいいました。そして、今年の冬はその三回目の最も厳しい冬になること、「積もる、すごい雪」がやってきて、風がものすごく吹くと教えてくれました。[*7]

そこで、わたしたちは天気がおだやかな間に、町へ引っ越しました。パーは郡の行政官のひとりで、治安判事も兼ねていました。家の居間を事務所替わりに使っていて、[*8]そのため、わたしたちは裏の部屋とさしかけ小屋に住み、寝室は二階でした。その冬、町

が冬じたくをまともにしておらず、「薪や石炭以外に、フスマ、トウモロコシ、干し草など、燃やせるものはなんでも燃やして暖をとった」という（6A）。ヒューロンの町には、週末の汽車を待つ臨時労働者が三百人もいて、「猛吹雪の間にあわや飢え死にするところだった」。その後、鉄道の運行停止は一週間続いた（6B）。その周辺地域では、鉄道や電信線の修理に、一週間から十日はかかった。この猛吹雪の雪はそのまま冬の終わりまで残っていた（6C）。

＊7　ブラント版とバイ版では、この老インディアンは、厳しい冬の訪れを白人たちに教えるためにわざわざやってきた。このようなインディアンの警告には、前例がいくつかあり、レッドウッド・ガゼット紙では、一八七八年には二度もこのような訪問があったと伝えている。一月には、「ジョー・コナルという、白人とインディアンの混血で、ミネソタ州に四十八年住んでいた男」が、その新聞社に、「過ぎたばかりのこの三月は、この州でわたしが知っている中では最も暖かい月だった」といった（7A）。三カ月後、ガゼット紙は書く。「スー族トラヴァースの老インディアンの予言によると、六月と七月には大きな出水がある。ミシシッピ川は一八五一年や一八五二年のように水位が上がる。ミシシッピ川上流地域の低地や平地ではひどい浸水がある」（7B）。初期のダコタ・テリトリーの歴史家は、一八八〇年一〇月の猛

の人々はみんな同じような住み方をしていました。店の裏手の狭い部屋や二階、または裏通りに建っている小屋に住んでいたのです。ウォルナット・グローブのアンクル・サム・マスターズの長男ジョージが西部へ働きにいく途中でデ・スメットに立ち寄り、[*9]わたしたちに会いにきました。そして、マーに、妻のマギーをなるべくそばにおきたいので、うちに住まわせてほしいと頼みました。[*10]マギーはその次の週にやってきました。大柄で、ほがらかなスコットランド娘で、わたしたちは気に入りました。でも、ジョージは好きになれません。その父親に似ていたからです。

ガーランドさんという、夫を亡くした人がいました。[*11]フロレンスとヴィーンという、もう大きな娘[*12]と、ちょうどわたしくらいの歳のエドワードという息子がいます。エドワードはキャップと呼ばれていました。[*13]このガーランド一家が、うちの裏の通りに下宿屋を建てました。フロレンスは学校の先生で、十一月一日から始まる学校で教えることになっていました。[*14]わたしとキャリーはまた学校へ通うことになりました。

生徒は全部で十五人、お互いにだれも知りません。でも、やっと顔がわかりかけたある日のことでした。日の照る、静かな日で、みんな、おとなしく座って勉強していました。そのとき、校舎がミシミシと音をたて、いきなり風がゴーッと吹き付けてきました。建物の北西の角に大きなそりがドシンとぶつかったみたいな勢いでした。太陽がどこかにいなくなり、窓から見えるものといったら、白いもやもやしたものだけ。だって、外はどこを見たって、白い雪がめちゃくちゃにとびかっているのですから。

ガーランド先生はとてもこわがっているようで、早く家へ帰りなさいといいました。[*15]急いで防寒着を着て、きっちりボタンを留め、みんな、離れないようにくっついて、先生と一緒に行かなくてはいけない、といいました。外へ出ようとしたちょうどそのとき、

(▼230ページへ)

吹雪より「七十五年か八十年前にミズーリ川流域で生まれたヤンクトン族のインディアンでも、一〇月にこのような冬の訪れを経験した記憶はない」と書く(７Ｃ)。インディアンの予言や警告が頼まれたものであれ、親切で伝えられたものであれ、この地域のインディアンたちは長年の経験から得た知識を新しい入植者たちと分かちあい、それを聞いた人々はありがたく思って、それを記録したのだ。ワイルダーは、『冬』で、この老インディアンを、今日の読者からすれば、いかにも昔のインディアンらしく見えるように描いた。彼が大雪を表す警告の言葉「積もる、すごい雪」は、典型的な書き方だ(第七章)。物語では、インディアンは、指を七本たてたり、人差し指で胸をさしたりする。彼のはおっている毛布、むきだしの褐色の腕、頭皮に残った一房の髪などは、当時、ダコタ・テリトリーに住んでいたダコタ族、ラコタ族、ナコタ族のインディアンたちよりも、ワイルダーになじみのあるオーセージ族の雰囲気を思わせる。だが、「たいそう年寄りのインディアン」(第七章)を尊敬するとうさんの態度は、この老インディアンや他のインディアンたちが当地の白人たちに与えてくれた智恵や知識をいっそう際立たせる。現代の読者にはいかにも典型的に見えるかもしれないが、それは、ワイルダー創作態度のあらわれだ。ドナ・M・キャンベルはこう指摘する。「ワイルダーの人種感は一枚岩のようにしっかりしていて、マイナス

(へ)

イメージの典型的な描き方をしていることもあるが、差別的な書き方であるとは決していわせない力を持っている」（7D）

＊8　チャールズ・インガルスの名前は、一八八一年二月四日のキングズベリー郡ニュース紙の不定期の版には、郡の行政官や治安判事として載っていない。しかし、彼は一八八〇年三月に、選挙が行われるまで治安官に任命された。その後、町の治安判事のひとりが「五月に引っ越し……インガルス氏がそのあとを継いだ」（8A）。インガルスの町の家の居間は、「郡事務所」となり、一八八〇年七月、最初の学区が制定、組織された（8B）。デ・スメット・リーダー紙の「公務員名簿」では、一八八三年一月二七日の創刊号から、一八八四年三月一九日号まで、インガルスは治安判事として載っている。三月一九日には選挙で負けたのだが、翌年三月に再選された。一八八三年一月二七日のリーダー紙には、「インガルス治安判事は権威と法律を守り、その職を全うしている」と書いてある。一八八三年から一八八四年までに、パーの手書きによる裁判記録が六つあるが、それによると、酒の不法販売から、故意の殺人まで扱っていたことがわかる。『冬』（第八章）で、とうさんは「店で買った机と椅子」を居間においたと書いているが、これは人にもらったものであり、物語のチャールズは、公徳心に溢れた人ではあったが、常に農夫であり、正式に選ばれた判事ではなかった（8C）。

＊9　一八八〇年四月、ジョージ・E・マスターズは二十七歳で、デ・スメットの東のヴォルガにある鉄道会社の店で店員として働き、ずっと西のブラントでも働いていた。ジョージと妻と幼い息子の名前は、一八八〇年六月の人口調査で、インガルス一家の名前の下に書いてある。チャールズ・P・インガルス（四十四歳、農民）、キャロライン・L（四十歳、主婦）、メアリ・A、ローラ・E（十五歳と十三歳、共に家事手伝い）、キャロライン・C（九歳）、グレイス・L（三歳）（ミドルネームはパールなので、Pのはずだが、間違っている）も載っている（9A）。

＊10　マーガレット・マスターズは一八八〇年六月、二十二歳の主婦。両親はスコットランド生まれ。ワイルダーは、レインへの手紙で、インガルス一家がマスターズ夫妻を一八八〇年〜一八八一年の冬に、一家の家に住まわせることにした理由を書いている。

マギーがやってきたとき、マーは、マギーが妊娠していて、結婚して間もないのに早すぎる出産が近いのを知りました。マギーは自分の家族の家で出産をしたくありませんでした。家族に申し訳がたたないからです。ジョージの家族はマギーとの結婚を認めていなかったので、マギーを迎え入れようとしません。

マギーは感じのいい女性だったので、マーはかわいそうに思い、引き受けることにしたのです。赤ちゃんは冬がくる前に生まれました。うちの仕事はストップし、そしてジョージがやってきました。赤ちゃんが生まれたら、出ていくと思ったのですが、ジョージはそのままうちに居座ってしまいました。まもなく厳しい冬になり、ふたりの住むところは他にありません。どの家もいっぱいいっぱいで、パーはふたりを追い出すわけにいかなくなりました（10A）。

『冬』には、このふたりの記述はまったくない。ワイルダーはよくよく考えてそうしたのである。だが、最初、レインはワイルダーのその考えに反対した。そして、もしマギーたちを入れないのであれば、ボースト夫妻を入れたらどうかといった。しかし、ワイルダーは譲らなかった。「インガルス一家が他人と一緒に暮らすという形にはしたくありません。物語がつまらなくなります」。ボースト夫妻と一緒に暮らした形にしたら、「この過酷な状況のインパクトが薄れます」と。そして、この夫妻はいい人たちなので、干し草を運んだり、家事を手伝ってくれたりするだろうから、「家族だけで取り残された」という状況を作るためには、だれもいない形にしたほうがよいと決めた。アルマンゾ兄弟に助けてもらったことがなおさら強調されるからである（10B）。

町からホルムスという男の人がやってきて[*16]、吹雪の中を無事に歩けるように手伝ってくれました。学校は商店の集まったあたりから西へ三ブロックのところにあって、そばには家もなく、さえぎるものが何もない大草原が広がっているだけでしたから。

全員がぴったりくっついて、ホルムスさんとガーランド先生について歩いていきました。ところが、数分後、キャップ・ガーランドがみんなから離れて、南のほうへ行ってしまったのです。みんなは声をあげて呼び戻そうとしましたが、キャップは吹雪の中へ走り込んでいってしまいました。吹雪の中では何も見えず、風にあおられて体がふらふらし、とうとう寒さのあまり、ほとんど足が動かなくなりました。なんだか、遠くへ来すぎてしまったような気がしていました。建物らしきものは何もありませんでしたが、いきなり、何かの建物の壁につきあたりました。それは通りのいちばん端にあって、町の北側の最後の建物でした。つきあたるまで、まったく目に入らなかったのです。あと少しでも北側へ動いていたら、わたしたちはそれを逃してしまったでしょう。そして、大草原へ迷いでて、猛吹雪の中で迷子になったにちがいありません。[*17]キャップ・ガーランドはどんどん先へ歩いていき、町の人たちに、わたしたちが間違った方向へ進んでいることを伝えてくれました。そこで、町の人たちがわたしたちを追ってきたのです。そのとき、わたしたちは建物のあるさっきの通りを歩いていたところでした。

三日間、その猛吹雪はやみませんでした。だれも何も考えられず、ただ家の中でじっとしていることしかできませんでした。やがて太陽が顔を出し、風で吹き寄せられてかちかちになった吹きだまりの雪を照らし始めました。風はおさまっていたので、人々はやっと動きだしました。雪は鉄道の切り通しを埋め尽くしていました。除雪車が来るまでの何日かの間、男の人たちはシャベルで線路の雪を取りのけ、汽車が走れるようにしました。

（▼232ページへ）

＊11　マーガレット・F・プティト・ガーランドは寡婦。一八八〇年六月には四十二歳の農民。一八五四年、ウィスコンシン州でウォルター・B・ガーランドと結婚し、子どもを五人もうけたが、うちふたりは幼少期に没。夫の死後、一八七九年にダコタ・テリトリーにやってきて、一八八〇年、デ・スメットの二番通りとジョリエット通りの角に下宿屋を開いた。下宿屋を開くきっかけになったのは、「ふたりの独身男たちが、ホテルの食事がまずいと文句をいっていた」ことだった（11A）。

＊12　フロレンス・ガーランドは、一八八〇年六月、十八歳。物語のフロレンスは、『冬』に登場する。「にこにこした若い女の先生だ。額にカールした前髪をおろしている」（第九章）。フロレンスは材木商のチャールズ・ドーリーと一八八七年に結婚し、ふたりの子どもをもうけた。フロレンスは一九三五年没。デ・スメット墓地に葬られた。セアラ・ラヴィニア（ヴィーンまたはヴィニー）は一八八〇年六月、二十三歳。帽子作りを学び、のちにアルバート・コーンウェルと結婚し、少なくとも娘がひとり。一家は一九二〇年には、サウス・ダコタ州ウォータータウンに住んでいた。しばしば、年老いた母マーガレットが訪れて滞在した。ラヴィニアは一九四三年没（12A）。

＊13　オスカー・エドマンド・ガーランドは、ニックネームがキャップ。一八八〇年には十五歳。一八六四年後半、ウィスコンシン

（↖）

オスカー・エドマンド(・キャップ)・ガーランド(LIWMS)

州で生まれたので、ワイルダーより約二歳年上。『冬』で初めて登場したとき、ワイルダーは第九章を「キャップ・ガーランド」と題して、彼のことを書いた。シリーズのそのあとも、キャップは何度も登場し、アルマンゾと勇気ある冒険をなしとげる。一八八三年、キャップは姉たちと、デ・スメットの東のクラーク郡に農地を持った。キャップは結婚せず、一八九一年一二月三日、二十六歳のときに、サウス・ダコタ州ヘットランド近くで、脱穀機の爆発事故で没。彼と母親はサウス・ダコタ州ウィロウ・レイクのコリンズ墓地に埋葬された(13A)。

＊14　一八八〇年の「後半」、デ・スメットの人々が労力と材料を提供して建てられた学校が始まった。フロレンスはそこで「十二人の生徒を教え、給料はひと月二十ドル」で、学年はばらばらだった(14A)。一八九二年、ワイルダー夫妻は、デ・スメットを再訪し、フロレンスに再会した。「当時、フロレンスは、学校で教えていたけれど、燃料不足のため学校は閉鎖されてしまった。吹雪で学校へ行けなくなったからだ」(14B)

＊15　PGののちの版には追加の記述があり、なかでも興味深いのは、燃料についてだ。「石炭はあと少しは持ちそうだったし、椅子を燃やすことだってできました」(バイ版)。『冬』では、この場面はもっとドラマチックに描かれる。「校舎にはもうほとんど石炭が残っていなかった……高い特許品の机を全部もやさない限り、もちこたえられるはずがない」(第九章)。当時の田舎の学校教師は、授業中に突然前触れもなく猛吹雪が襲ってきたときには、思い切った判断をするしかなかった。一八八八年の突然の猛吹雪は、「子どもたちの猛吹雪」として記憶されている。大勢の子どもたちが、吹雪の中を家へ帰ろうとして亡くなったが、教師の賢い判断と勇気によって生き延びた子どももいた(15A)。

＊16　二十六歳のサイラス・ホームズ(PGではホルムス)は、一八八〇年、キングズベリー郡に農地を持っていた。貸し馬車屋をやっていて、おそらく町で働いていたか、冬の間だけ町へ引っ越していたかだろう。『冬』では、フォスターさんとして描かれている(第九章)。

＊17　バイ版では、この危機一髪の場面に、PGには書かれていなかったキャリーを登場させ、体の弱いキャリーを守らなくてはというローラの気持ちを強く出している。学校を出たときに「わたしはキャリーをしっかりつかまえていました」と書き、そして「わたしはキャリーが心配でならず、守ってやらなくてはいけないと思っていました。しばらくの間必死に進み、もう迷子になってしまったと思ったとき、ノラ・ロビンズがどうやって赤ちゃんを救ったかを思い出したので

マギー・マスターズの赤ちゃんが生まれました。[*18] 二階の部屋で、マーとガーランドのおばさんだけが手伝いました。呼べるお医者さんなどいません。ジョージは東部へ向かう最初の汽車に飛び乗って、西部から戻ってきました。春まで仕事はありません。本格的な冬はもうすぐそこです。さらに、吹雪が次々にやってきました。間隔がなさすぎるので、線路の雪を取りのけることすらできません。鉄道会社は雪かきをする労働者と除雪車をひっきりなしに働かせていました。それでも、除雪車は雪の中で立ち往生し、労働者たちがいくら雪をかいても、それより早く雪は降り積もるのでした。[*19]

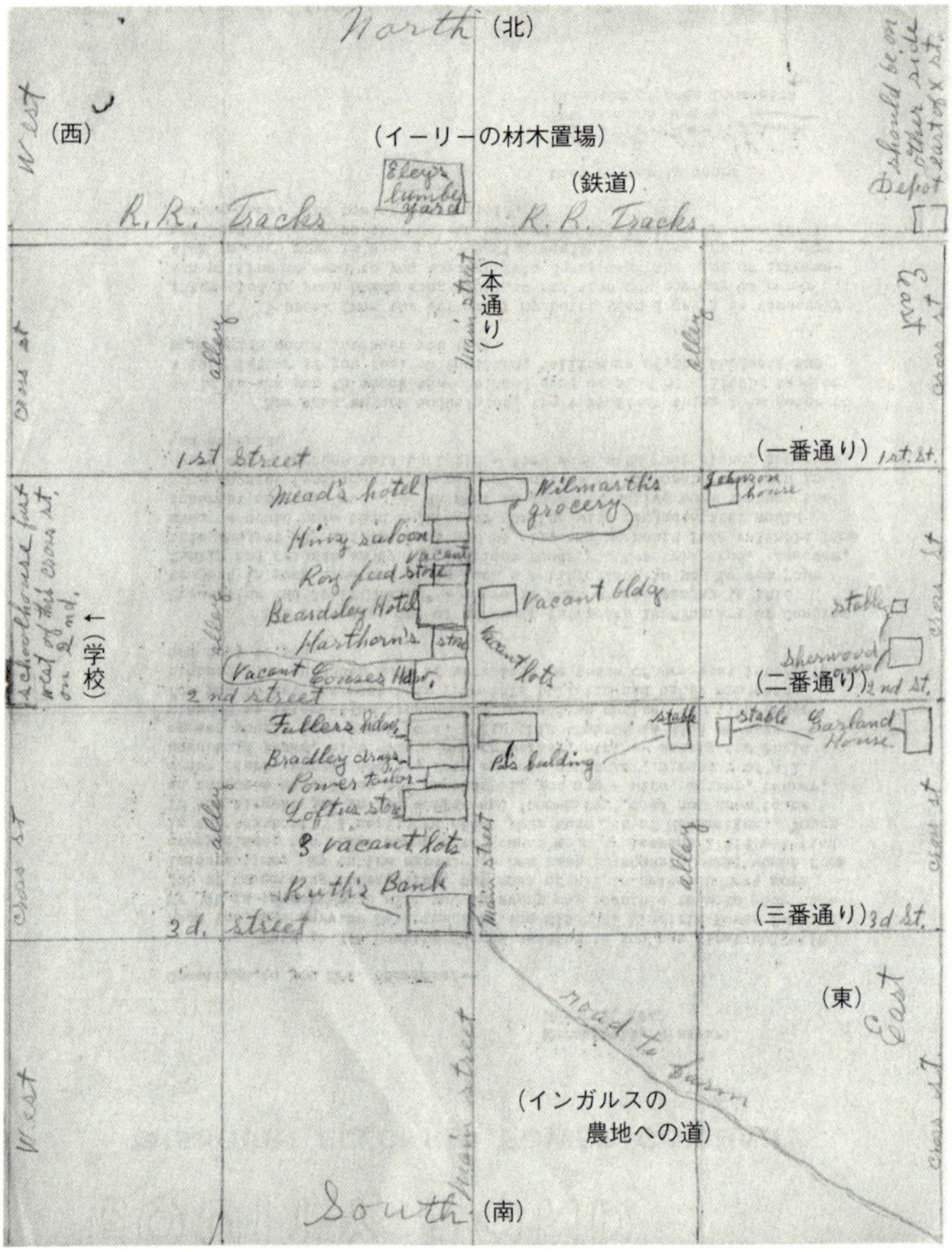

1939年頃、ワイルダーが書いたデ・スメットの図（HHPL&Museum）

す」と続く。これは、PGの前のほうで、ミネソタ州に二度目に住んでいたときに起こったことに言及しているのだ。『冬』では、キャリーが無事だったことに焦点があてられる（第九章）。

＊18　マギーとジョージの息子ジョージが生まれたのは、一八八〇年四月。ジョージ・E・ジュニアと人口調査に記録された。だが、のちにアーサー・キングズベリー・マスターズという名前に変わり、出生日も、一八八〇年五月三日と記録された。この赤ちゃんが、デ・スメットで初めて生まれた子ども。サウス・ダコタ州で生涯を暮らし、一九六三年没（18A）。

＊19　ヤンクトンのジャーナリスト&歴史家のジョージ・W・キングズベリーは、ひっきりなしに襲ってきた猛吹雪は、五カ月も続き、「とてつもない被害をもたらした、最悪最低の吹雪だった」と記している。また、ミネソタ州からダコタ・テリトリー東部までの線路にいた汽車は雪に埋もれ、「除雪には人間の力は到底及ばなかった」と記す（19A）。

＊20　一八八一年二月二四日付けのキングズベリー郡ニュース紙は、「最大の問いは東部から汽車が来るのはいったいいつなのか、である」と書く（20A）。ブルッキングズ郡プレス紙は、東部からブルッキングズに貨物列車が最後にやってきたのは、一八八〇年一〇月二四日、旅客客車は一八八一年

一一月二〇日、汽車が通り、また戻ってきました。その次は一月四日で、来たのは客車と郵便車でした。それは西のヒューロンまで行ったのですが、そこから戻れなくなり、冬の間そこにとどまることになってしまいました。[*20] 鉄道会社の監督は、部下が汽車を無事に通すことができなかったことに腹を立て、自らトレイシーの西にある深い切り通しへ、作業を監督しにやってきました。[*21] 除雪車を二台つなぐことにしたのですが、雪があまりにもこちこちにかたまっているので、雪をかいてもほんの数フィート進めるくらいで、すぐにまた動かなくなってしまい、また雪を切り崩さなくてはなりません。監督は除雪車を三台使って、突き進めと命令しました（訳注：機関車二台と除雪車一台のこと）。ところが、いちばん前の機関手が、そんなことをしたら、みんな死んでしまうといって、断りました。

監督は、何もやろうとしないやつには頼まんといって、自分で運転すると豪語しました。そして除雪車をつなぐと、一マイルばかりバックさせ、フルエンジンで力一杯、ドシンと雪の壁につきあたっていきました。そして止まってしまいました！　前の機関車と除雪車は完全に雪に埋もれ、煙まで雪に覆われました。奇跡的に機関手たちは助かり、車からはいだしてきて、救い出されました。さっきの圧力と、エンジンの熱と蒸気で、機関車の周りの雪が融け、それがまたごちごちに凍っていました。作業員たちはシャベルでやっと雪をどかし、機関車にたどりつき、それからピッケルを使って車輪とギアから雪をかきおとしました。作業員全員で埋もれた機関車を掘り出すまでに、二日もかかりました。そのときには次の猛吹雪がうなり声をあげて近づいてきていました。ついに監督は鉄道の除雪作業を中止しました。[*22] トレイシーの切り通しの線路に雪が百フィートも積もり、デ・スメットのすぐ西の切り通しの線路には雪が二十五フィートも積もっていたからです。

一月一九日、と書く（20B）。

＊21　西部地区の鉄道の監督は「東部の人だった」と、ブラント版で追加された。ブラント版もバイ版も、このエピソードを少し順序を変えて書いている。話をすばやく先へ進め、どのようにしてデ・スメットの男たちが鉄道を通すために雪かきをしたかを書き、それからトレイシーでの出来事に話を戻す。展開をもっとなめらかにしたバイ版にはこうある。「みんなは、監督が事態を収拾するために暖かい事務所から出てきたのを見て、歓迎しました。機関手は大喜びして、責任のバトンを監督にわたしました」

＊22　切り通しの雪をどかすことに失敗すると、監督はさっさと「東部の事務所へ戻っていき、すべてを機関手に任せてしまいました」（バイ版）。『冬』では、このあたりの話を、とうさんが第二十一章で、子どもたちに語ってきかせる。物語も半ばを過ぎ、終わりに近づくにつれて、家族はさらに冬の厳しさを感じている。とうさんは、話の最後に、この監督には忍耐と根気がなかったけれど、自分たちは冬を乗り越えるために、忍耐と根気が必要だというのだった。

＊23　一八八一年二月一四日、キングズベリー郡プレス紙の記事に「ダコタ・セントラル鉄道で一日雪かきをすれば一ドル半もらえるとあって、デ・スメットのほとんど

シカゴ＆ノースウェスタン鉄道で雪かきをしている男たち。1881 年 3 月（Elmer and Tenney Photograph, Minnesota Historical Society）

デ・スメットの男たちは、これまで除雪作業をやってきました。ほとんどの人が、日当二ドルをもらって喜びました。日当は要らない人たちも、汽車に動いてほしいので、働きました。*23 最後の雪かき作業では、シャベル一杯の雪を雪土手の上に載せるだけで、三人の力が要りました。ひとりが底にいて、雪をすくってシャベルでできるだけ遠くへ投げあげ、その上にいるふたり目が、それをさらに高く投げあげます。そうすることで、三人目がやっと雪土手の上まで雪を投げあげられるわけです。ところが夜になって雪が降りました。風が吹きすさび、朝にはまた切り通しは雪で詰まりました。雪土手の両側の上まで、雪ががちがちに詰まっています。雪の柵は、切り通しに雪を入れないためのものなのに、です。ついには、風が雪の柵の上や、線路の雪の上にも、さらに向こう側にまで雪を吹きつけ、人間が大草原に作ったばかりのでこぼこした障害物を完全に隠してしまうのです。

雪と風は町を消し去ろうとするほどの勢いでした。でも、消すことまではできません。*24 人間は長年努力して自然の猛威と闘ってきました。つらくも、長い闘いでした。夜のうちに、町にひとつしかない通りは雪で埋まります。その上を馬車が走っていきます。

の働き手の男たちが出かけていった。パンも石炭もなしでいるよりは、雪かきをする方がよっぽど楽しいからだ」とある。『冬』では、とうさんが雪かきをするために、トロッコでヴォルガへ行く場面がある（第十一章）。次の日、作業車がデ・スメットへやってきて、とうさんが、エドワーズさんを連れて戻ってくる。おじさんは、メアリの膝に二十ドル紙幣をおき、汽車で西部へ去っていく。

＊24　この行とその続きの数段落を読み、『冬』の同じような場面を読むと、ワイルダーがいかに創作能力を磨いてきたかがよくわかる。「冬」は臨場感を与えるよう、劇的に描写している。「ときどき夜中に、寒さに震え、寝ぼけた状態で、ローラは屋根がこすられてうすくなった夢を見たような気がした。ものすごい吹雪が、空いっぱいに広がって、とてつもなく大きな、目に見えないやすりのような布をすっぽりと上から、ぺらぺらになった屋根におおいかぶせ、ゴシゴシとこすり、とうとう穴をあけてしまった。そして、ギャハハハと、笑い声をあげて、家の中に吹き込んできた」（第二十二章）

＊25　一八八〇年六月七日と八日の人口調査では、デ・スメットの人々の名前が百十六人分、三ページにわたって記録されている。

低い馬そりに乗った人でさえ、位置がたいそう高くなり、ホテルの二階の窓や、他の建物の屋根の向こう側がのぞけるくらいです。次の晩には、また猛吹雪がやってきます。風の向きが少し変わると、雪が吹き飛んで、通りがきれいになり、朝には地面が見えることもありました。

そんな猛吹雪の晩、わたしたちはベッドで風のうなり声や叫び声を聞いていました。家は風でぐらぐら揺れ、雪が窓の隙間や、釘が吹き飛ばされた釘穴からも吹き込んできます。こういう家はせいぜい風よけの板の箱のようなものだからです。冬のいつだったか、うちの納屋が完全に雪でおおわれてしまいました。パーは裏戸から納屋までトンネルを掘って、納屋へ入り、家畜の世話をしました。トンネルがあると、パーは納屋への行き来が楽になります。ですから、ある晩、風でトンネルが吹き飛んでしまったときはがっかりしました。また、嵐に立ち向かって必死で納屋まで行かなくてはならなくなったからです。

デ・スメットには約百人が住んでいました。[*25] 町も郡もできたばかりでしたから、作物の収穫は、種ジャガイモが少しだけ、あとはありませんでした。食料雑貨店は二軒、[*26] どちらも小さく、ほんのわずかの資金で店を出したところです。売り切れた品物を補充できるお金がそもそもあまりなかったので、汽車が止まってしまったとき、店の品物はわずかでした。補充するには遅すぎました。それは、材木屋で売っていた石炭についても同じことでした。食料と燃料が底をついても、補充することはできません。[*27] 吹雪はとてつもない激しさで、間隔が短かったので、ブルッキンスから馬で物資を運ぶこともできず、備蓄は薄くなる一方でした。トレイシーから西へは汽車も来ず、ブルッキンスも新しい開拓地だったので、物資は不足していました。

＊26　『冬』に登場するハーソーンさんとロフタスさんは、食料雑貨店主。E・M・ハーソーンと息子フランクはハーソーン商会を経営。メイン州生まれの父ハーソーンは、一八八〇年六月、三十九歳。二十八歳のダニエル・H・ロフタスは、一八八〇年の人口調査では土地周旋人と記録される。最初はヴォルガで商売を始めたが、共同経営者のビリー・ブロードベントとデ・スメットに雑貨店を開いたのは一八八〇年だった。のちに共同経営者から権利を買い、一九三二年に亡くなるまで店を経営。その死亡記事に「店に質の高い服地類を置いていることで知られていた」(26A)と書かれているのは、『冬』に描かれているロフタスさんと呼応する。『冬』で、ローラとキャリーは、とうさんのためにクリスマス・プレゼントを探して、ハーソーンさんの店で「ごくシンプルな、ぱっとしない灰色の」を見るが、結局、ロフタスさんの店にあった、ミシン刺繍の赤い小花模様のついた、青いズボンつりを買った(第十八章)(26B)。

＊27　ジョージ・W・キングズベリーによれば、一八八〇年一〇月、最初の猛吹雪がやってきたとき、鉄道は「まだ石炭や灯油などの燃料を積んでいなかったので、まず最初の『生活必需品』が足りないことがわかった」(27A)。二月に天気が少し回復したので、ダコタ・セントラル鉄道でデ・スメットに運ばれる物資がすぐに欠乏となったわけではなく、三月の半ばまでは

いったいどうやってこの冬を乗り越えようかと不安でたまりませんでした。ですから、一月四日に汽笛が聞こえたときは、ほっとしました。町じゅうの人々が駅へ駆けつけましたが、着いたのは、お客と郵便だけでした。このあとにきっと食料と燃料を積んだ汽車が来ると思ったのですが、何も来ませんでした。その晩、これまでで最悪の嵐が襲ったのです。線路は完全に雪に埋もれ、電信連絡でわかったのは、すべての鉄道関係の仕事が休業になったということでした。*28 もはや、町の外の人には頼れません。自分たちだけでやっていくしかなくなったのです。けれど、最後の汽車で、シカゴの友人たちからの手紙が一通届いたのです。日付は一一月で、クリスマスの樽を送ったと書いてあります。ごちそうに七面鳥を食べて*29、樽に入れた暖かい服を着て楽しいクリスマスを、とありました。

ある黒人が、陸上で遭難するのと、海上で難破するのと、どちらがいいかと聞かれて、陸上の方がいいと答えたという昔話があります。その理由は、「鉄道事故なら、轢かれても体は残るが、海で難破したら体は消えちまう」*30でした。まさしくその通り、わたしたちは鉄道が止まっても、ちゃんとここにとどまっているじゃありませんか。

肉も、バターもまったくありません。ジャガイモもほとんどなくなってしまいました。町で手に入った果物はドライフルーツだけでしたが、それも今は店から姿を消しました。うちにはほんのぽっちり残っているだけで、砂糖もほんの少しです。コーヒーも紅茶もなくなりました。パーは春の植え付けに使う種小麦を買ってありました。マーはそれを焦がして、挽いて粉にし、熱い飲み物を作ってくれました。とてつもない寒さと*31、かさかさの干し草だけのえさのせいで、雌牛たちの乳はほぼ涸れてしまいました。乳搾りのとき、パーはすごく頑張ってやっと一クォートを搾りました。そのほとんどはグレイスと赤ちゃんが生まれたばかりのマギー用でした。とうとう、うちの砂糖はゼロになりま

汽車も不定期だが来ていた。その頃、ブルッキングズ郡プレス紙によれば、「鉄道会社は今週、五台か六台の貨車で石炭と薪を急いで運んできた。次の猛吹雪を予測してのことだろうか？　追加―猛吹雪はもう来ている」（27B）

*28　ブルッキングズ郡プレス紙によれば、一月一九日にお客と郵便を載せた汽車が通ったという。運行停止命令に加えて、その電信でわかったのは、監督がトレイシーの切り通しをあけようとしたこと。同じ頃、シカゴ・ミルウォーキー＆セントポール鉄道は、デ・スメットの南で、「総合命令」を出し、「アイオワ州メイソン・シティ以西のすべての汽車の運行停止」を決めた。この鉄道封鎖は、「しばらく続き、鉄道員の仕事がなくなって、一時的に解雇状態になった」（28A）

*29　バイ版には追加がある。「けれど、わたしたちはクリスマスの樽は、トレイシーの切り通しの向こう側にあるのがわかっていました。わたしたちはこれをジョークと受け取ることにし、春がくるまでの長い間、『うちのクリスマスの七面鳥』というのは、わが家の合い言葉になり、そのあとずっと笑いの種でした」

*30　この話の出典は定かではないが、似た話が、一八七七年初版の、ヘンリー・フプフェルトの『機知と知恵の百科』という本にある。「カフィはいった。船の難破事

した。店に売っている最後のひと袋は、一ポンドあたり五十セントもしました。やがて、ついに小麦粉もなくなり、店の最後の一袋は一ポンド一ドルでした。*32

石炭も灯油も、底をつきました。明かりのために、マーは布きれをボタンのまわりにおいて、それでボタンを包み、布の先を二インチくらいあげておき、包んだボタンをパーが馬車の車輪に使う車軸油を入れたお皿に載せました。布きれの端に火をつけると、その熱で油が吸い上げられて、ろうそくのような明かりが灯ります。ともかく、ある程度の明かりは得られるのです。車軸油だってほんの少ししかなかったので、夜は長く使わないようにしました。早く寝て、明かりも油も節約したのです。

干し草棒

石炭がなくなると、長い、ごわごわした、スルーの干し草をよりあわせて干し草棒を作り、それを燃やしました。それにはかなりのこつが要ります。干し草をつかみとって、両端を片手ずつで持ち、真ん中でよりこぶができるまでねじります。それから、両端を曲げて重ね合わせ、それを堅いよりこぶの中にさしこみます。うまくできると、堅い干し草の棒ができあがります。十八インチから一フィートくらいの長さがあり、料理用に割った薪くらいの大きさです。わたしたちはこれを干し草棒と呼んでいました。薪と同じように使えます。よい燃料で、よく燃え、火も熱いのです。けれど、燃え方が早いので、火を絶やさないようにするためには、いつもだれかが干し草棒を作っていないといけません。*33

パーは裏手の物置に、ばらばらになった干し草を

故より、鉄道事故のほうがまし。理由は、『もし汽車から落ちて、轢かれても、体は残る。でも、難破だったら、体は水に沈んで見えなくなる』」(30A)

＊31　地方新聞に載った三月の気温は、華氏で零下二十二度、零下二十六度、零下三十四度など(31A)。

＊32　『冬』で、とうさんは、小麦の最後のひと袋が、銀行家のルースさんにその値段で売られたといった(第十九章)。ブルッキングズ郡プレス紙は一八八一年三月二四日にこのような値段のつり上げを指摘した。「ミネソタ州の雪土手のせいで、この二週間はスリーピー・アイの西には貨車が走らなかった……従って、沿線に住む人々は、小麦の値段をつりあげられてもそれを受け入れるしかなかったのだ」。その結果「すべての価格が暴騰した。灯油一ガロンにつき五十セント、砂糖六ポンドで一ドル、その他の物も同じように勝手に決められた価格で売られていた」。たとえば、一八八〇年一月の灯油の値段は、一ガロンにつき二十セント。干しリンゴ十二ポンドは普通一ドル。紅茶はどこで買っても三十セントから七十セント。一八八〇年四月、種イモは一ブッシェル四十セント、無煙炭は一トンで十ドル、軟炭は一トンで七ドル七十五セント。一八八〇年七月、小麦粉は百ポンドで三ドル二十五セント、コーヒーは四・五ポンドで一ドル。砂糖は品質によって値段が違ったが、一八

いっぱい置いていました。そして、パーとマーとわたしが交代で干し草をよりました。キャリーはまだ小さかったし、手伝いたいといいましたが、たくさんはやらせられません。メアリはずっと体が丈夫でなかったので、こんなに寒い物置小屋に長いことといさせるわけにはいきません。こういうときにこそ、人の価値がわかるものです。ジョージとマギーがどんな人物なのかが、わたしたちの知るところとなりました。ふたりにうちにいてほしいと頼んだわけではなく、それを望んだわけでもなかったのですが、ふたりともお金はなく、行くところもなかったので、うちに居座ったのです。ジョージは、春になって仕事が再開したら、自分たちの生活費は払うと約束してくれましたが、実のところ、秋になってからほんの少しだけ支払っただけでした。ミルク、ジャガイモ、干し草などの分は勘定に入っていませんでした。

家全体を暖めることなどできなかったので、居間を使うのをやめ、台所のストーブだけに火を入れ、料理と暖房の両方のために使いました。メアリはストーブの口に近い側においた揺り椅子に座り、マギーは赤ちゃんを抱いて、もう片側の方で揺り椅子に座っていました。ストーブの扉をあけておいたので、足や膝や、膝にだっこした赤ちゃんにも暖かさが伝わりました。ジョージはマギーになるべくくっついて、ストーブの暖かさをもらおうとしていました。あとのわたしたちはとにかくできるだけ寒くならないようにするしかありませんでした。グレイスはメアリの膝に載せてもらっていたので、大丈夫でした。マーとキャリーとわたしは、前に出てちょっとうろうろしたり、みんなの後ろ側の、壁とストーブの間に立ったりしていました。でも、パーが外の仕事から帰ってくるとすぐに、場所をあけてやりました。家の仕事はすべてパーがやり、ジョージはストーブのそばにはりついたままでした。[*34] 朝、パーはばりばりに寒い中を起き出してストーブに火をつけ、うたいます。

「おお、わたしは幸せ、大ヒマワリのように。風に揺られて頭をふりふり」

八〇年、およそ九ポンドで一ドル(32A)。

＊33　ブルッキングズ郡プレス紙には「干し草はきちんと堅くよれば、乾いたシナノキや松のようによく燃える」とあり、「燃料として、普通のストーブで燃やす必要が生じたとすれば、シナノキや松に劣らない」と書く。その記者は他のテリトリーのジャーナリスト同様、ダコタ・ブーム時代の人で、「東部の人々」は、干し草を燃やすなんて、「よほど困窮した」人たちがすることだと思うだろうが、それは間違いだと指摘する。ダコタの農民たちにとって、干し草棒作りは、時間はかかっても、お金のかからない仕事だったので、年中、干し草を燃やしていたからだ。しかしワイルダーは、その記者とは考えが違った。実在のローラにとっても、物語のローラにとっても、干し草棒作りは、苦難の仕事だったのだ。

＊34　のちに、ワイルダーはレインへの手紙で書いた。ジョージは、「パーが干し草運びをしても、干し草棒をよっても、手伝おうともしませんでした。手伝うことだってできたのに。わたしはジョージを追い出したかったけれど、パーはすごく寛大で、そうはしませんでした」。さらに、ワイルダーは、『冬』にマスターズ家のことは入れたくないと書く。「だって、ありのままを書いたら、物語がおもしろくなくなるし、だからといって、あの人たちをいい人に書き換えたら、効果

ところが、ジョージはぬくぬくベッドの中にいて、朝食が出来る頃になってやっと起きてくるのです。ジョージは食事のとき、いつも第一番にテーブルにつきます。わたしたちは食べ物が少ないので、少しずつ控えめに食べているにもかかわらず、ジョージはむしゃむしゃ食べるのです。わたしたちのように、赤ちゃんを母乳で育てているマギーのためにとっておこうなどとは考えもしません。ジャガイモが少なくなってくると、ジョージは最初にそれを口に入れ、あつあつのを急いで食べて、やけどしそうになります。すると、手を口にあてて、いうのです。「ジャガイモはあったまるなあ！」何度も何度もそういったので、それから、このいい回しはわが家の皮肉な決まり文句になりました。*35

だいたいいつもジョージはストーブのそばで好き勝手をしているので、邪魔者扱いでした。でも、パーは町の男の人たちの人気者でした。よく、うちからちょっと行ったところに住んでいるワイルダー兄弟*36のところや、うちの向かいの通りにある、フラー兄弟金物店へ出かけていきます。*37 そういうところには、ストーブの場所を譲ってやらねばならない女や子どもはいないので、パーたちは公平にストーブのそばに座れるのです。いろいろな話をしあったり、歌をうたったり、ゲームをしたりします。飲み食いはしませんが、少なくとも楽しい思いができるのです。たとえ明日、猛吹雪の中で凍え死ぬかもしれなくても。

ヘンリー・ヒンツさんの酒場は、まだ残っていました。お酒もまだありました。ここのお酒だけが、長い冬の間、町に残っていた唯一のアルコールでした。男の人たちはときにはお酒を飲みにいったことでしょう。でも、わたしたちはお酒を飲んでいる人を見たこともありませんし、聞いたこともありません。また、このつらい冬の間に酔っ払った人はひとりもいませんでした。

が薄れます。マンリー（アルマンゾ）の親切を際立たせたいのです」（34A）

*35　バイ版では、こうだ。「彼はしょっちゅう、そういうことをしました。彼の『ジャガイモはあったまるなあ！』という言葉は、それ以後、家族の中で〝自己中〟を意味する決まり文句になりました」

*36　ロイヤルとアルマンゾの兄弟は、一八七九年にダコタ・テリトリーにやってきて、姉のイライザ・ジェインとともに、デ・スメットの北と西に隣接した農地を申請し、樹木農地もそれぞれ申請した。一八七九年〜一八八〇年の冬は、ミネソタ州スプリング・ヴァレーで過ごしたが、またダコタ・テリトリーへ戻った。一八八〇年の人口調査では、三人とも農民と記録される。だが、アルマンゾはビードル郡のC・D・ペックの飯場小屋で暮らしていたとも記録される。ステビンズの鉄道工事現場で組み馬を使って働いていたからだ。アルマンゾは、一八五七年二月一三日生まれで、当時二十三歳で、ローラより十歳年上。ふたりは一八八五年に結婚。アルマンゾは六人きょうだいのひとりで、両親はジェイムズ&アンジェリン・デイ・ワイルダー。豊かな農場で暮らしていた。両親は一八七〇年代にはミネソタ州南東部に移住。ワイルダーの二冊目の本『農場』は、アルマンゾの少年時代の物語で、舞台はニューヨーク州マローンの農場だ。ロイヤル・G・ワイルダーは一八四七年生まれ、一八八〇年には三十三

温度計の日盛りが零下二十五度から零下四十度で、猛吹雪の風が四六時中吹いている間は、干し草棒をたくさん燃やさないと、隙間だらけの家を暖めることはできません。町のだれもが干し草を燃やして暖をとっていましたが、例外は銀行家でした。そんなことなどできないと思っていたからです。彼は材木屋から丸太を千フィート、二十八ドルで買いましたが、とうとうそれは尽きてしまいました。こうなったら、干し草を燃やすか、*38凍死するか、です。町にあった干し草はすでに燃やされてしまっていました。どこかよそから運んでくるしかありません。さもなければ、町じゅうの人々が凍死してしまいます。

猛吹雪が三日間、吠えたけりました。そして、晴れたおだやかな日がやってきても、すぐに次の猛吹雪がやってくるでしょう。三日どころか、ほんの数時間のちに、次の猛吹雪が来るでしょうから、晴れる時間は一日もないのです。猛吹雪と猛吹雪の間に二日間の晴れがあったら、それこそ奇跡です。なんだか、猛吹雪は荒れ狂っている間にすべてを打ち砕く悪の権化のようでした。ふっと一息つくと、また荒れ狂うのです。パーはこんなことをいいました。「猛吹雪め、つばをぺっと手にかけて、また暴れるのさ」(これは、古いきこりのことわざです。わかります？)*39

嵐の間、人々は体を寄せ合ってじっとしています。嵐が静まると、すぐに動きだし、次の嵐が来るまでにやるべきことをやるのです。そんな天気のいい日にこそ、干し草を運び入れなくてはなりません。でも、だれが？　どうやって？　町の外へ出るのをこわがっている人たちもいました。*40いつ嵐につかまるかわからないし、それもいきなり襲ってくるからです。寒さもこわいし、そもそも、ビッグ・スルーやその先に置いてある干し草の山のところへ行くのだって、大変なのですから。

歳。フラー金物店のとなりに飼料店を開き、そこで弟のアルマンゾと共に一八八〇年～一八八一年の冬を過ごした。一八九三年、エレクタ・アヴリル・ハッチンソン未亡人と結婚。人口調査の記録では、デ・スメットとミネソタ州スプリング・ヴァレーをよく行き来していた。一八九五年、彼はスプリング・ヴァレーで総合雑貨商をやっており、妻と、一八九四年生まれの幼い娘、バーニス・アンジェリンと暮らしていた。一九〇〇年、彼はデ・スメットでも住民登録される。彼は、ワイルダー兄弟の店として、総合雑貨店をアルマンゾと共同で経営し、ミネソタ州では両親と共に暮らしているとの記録がある。一九一〇年から亡くなる一九二五年までは、ミネソタ州に住んだ(36A)。

*37　C・S・G・フラーは、いくつかの新聞で「アルファベットのフラー」と呼ばれ、兄弟のジェラルドと、デ・スメットの本通りと二番通りの角で、金物店を営んでいた。一八八〇年の人口調査では、ふたりの生まれはニューヨーク州となっているが、実は一八四九年、子どもの頃にイギリスから移民としてやってきた。PGのあとの方で、ワイルダーはこのふたり、チャールトンとジェラルドを二卵性双生児と書いた。一八八〇年六月、ふたりは三十歳。チャールトンの職業は「金物商」、ジェラルドのは「農機具商」とある。しかし他の記録では、チャールトンのフルネームはチャールトン・サムナー・ジョージ・フ

小高いところに積もった雪は、かちかちなので、馬そりを走らせることはできます。ひづめのあとがかすかにつくらいです。けれど、スルーは別です。スルーでは、あちこちで、生い茂った背の高い草が、風でからみあい、倒されて、下に落とし穴のようなものができています。雪はその穴に降り積もり、覆い隠し、ふたをします。下の地面の暖かさと上をおおう草のおかげで、積もった雪は下までふんわりやわらかです。けれど、馬は重いので、雪のふたを踏み抜いてしまいます。それにつられてそりが引き込まれたら、とんでもないことになります。そりが馬の上に落ちたら、つぶされてしまいます。二頭の馬が穴に落ちたら、あばれてお互いに傷つけあいかねません。当然、馬は恐れをなしてもっとあばれ、雪の穴に落ち込んで、背中まで埋もれてしまうでしょう。

うちの農地に干し草の山があります。ビッグ・スルーを越えて取りにいかねばなりません。うちの馬たちのうち、とても賢くて、気立てがよく、パーにあつい信頼を寄せているのが一頭います。パーはその馬だけをそりにつけて、引き綱を長くしました。そうすれば、もしも雪のふたを踏み抜いてしまっても、そりごと穴に引き込まれることはないでしょう。パーは、干し草用の熊手と雪かきシャベルをそりに載せました。そして、馬のチャーリーと干し草山へ向かいました。馬と協力して、干し草を無事に運んできたいと思っていました。チャーリーは雪の穴のふたを踏み抜いたときも、じっとおとなしくしていました。その間に、パーはチャーリーの前にある雪をシャベルで取りのぞき、固い雪に段々を作っておりると、チャーリーのくつわをとって、穴から引き上げました。その間、長い引き綱の端にあるそりは、固い雪土手から動きませんでした。チャーリーが穴の外へ出ると、そりは穴のまわりをひとめぐりしてから、先へ進みました。でも、再び雪の穴へ落ちこみ、同じやり方で抜け出しました。干し草山のところへたどりついても、まずシャベルで雪をどかさないことには、干し草には届きません。干し草運搬には、短い冬の日がまるまる一日かかりました。この干し草があれば、家畜のえさは確保

ラーで、兄となっている。一九〇〇年の人口調査では、彼の生まれは一八四七年六月、ジェラルドは一八四八年一〇月。ブルッキングズ郡プレス紙は、ジェラルドについてこう記す。「フラー氏の弟、(四月一三日に)デ・スメットへ出発。当地が要望した農機具を運んでいった」(37A)。ジェラルドのフルネームはジェラルド・キャニングズ・レジナルド・フラー。ルエラと一八八三年に結婚し、のちにカリフォルニア州へ移住。チャールトンは一八八三年、クロイ・ダウと結婚。(クロイの弟のネイト・ダウは、グレイス・インガルスと一九〇一年に結婚)。チャールトンは、一九〇五年、五十七歳で没(37B)。

＊38　一八八一年二月二四日、キングズベリー郡ニュース紙は記す。「町じゅうが干し草を燃やしている」。つまり、当時の状況では、銀行家のルースさんでさえ、干し草をよって燃さないと凍えてしまうほどだったのだ。一八八〇年四月、材木は十六ドルから十八ドルで取引されていたが、ほぼ二倍に跳ねあがっていたわけだ。一八八〇年のデ・スメットの人口調査には、銀行家として兄弟ふたりの名前が載っている。キングズベリー郡銀行を任されていたトーマス・H・ルースは三十二歳。本通りと三番通りの角で銀行を営んだ。ルース家の人々は、ペンシルヴェニア州カーマイケルズからアイオワ州を経て移住し、ダコタ・テリトリーのヴォルガで初めて銀行を開いた。その後、一八八〇年六月

できますし、干し草棒も作れますから、猛吹雪の間、燃やすことができます。でも猛吹雪はいつだっていきなりやってきますし、次に干し草山を取りに行かれる天気の日がきて、スルーを通ったら、前と同じ目にあうでしょう。なにしろ、猛吹雪は道も足跡も何もかも消してしまうので、どこに雪の穴があったかなどわかりません。チャーリーが落ちるまで、わからないということです。[*41]

ワイルダー兄弟は、町のほとんどの人たちのために、パーのように干し草を取りにいっていました。火を燃やすのは必要なときだけに限られました。学校も、あの帰り道の嵐のあとからは、休校になっています。たとえ学校までたどりつけたとしても、遠いので危険ですし、燃料は家でも必要なのですから。まもなく、町じゅうの小麦粉が底をつきました。[*42] 最後の小麦粉は一ポンドで一ドルもしました。マーは絶望したかって？　いいえ、しませんでした。パーが種小麦を取ってきて、それをうちでコーヒー挽きで挽き、粉にしました。この全粒粉で、マーはおかゆや、ビスケットを作りました。ほんのぽっちりの小麦粉をぬるま湯に入れて、ストーブの下に置いておき、暖めてすっぱくします。それはサワーミルク替わりに使えるので、それを使って、ビスケットを作ってくれたのです。当時、ベーキング・パウダーはあまり使われていませんでした。ケーキ作りの名人はソーダとクリーム・オブ・タータ（訳注：酒石酸水素カリウム）をバランスよく入れて、ケーキをふくらませたものです。けれど、その冬、わたしたちはケーキ作りなどしませんでした。

町のだれもが種小麦を挽き、うちと同じように粉にして、パンを焼いていました。うちの八人分のパンを焼くために必要な分量の小麦粉を挽くのは、とても時間のかかる仕事でした。干し草棒をよっていない人が、小麦を挽く、どちらかをしなければなりませんでした。メアリは小麦を挽くのをよくやってくれました。火のそばの暖かいところに

にデ・スメットへやってきて永住。トーマス・ルースは保険業もやり、一八八九年、デ・スメットの町長になった。一八九〇年、共和党から出馬して、サウス・ダコタ州の学校及び公有地の長官に立候補し、当選（38A）。

＊39　（　）の中は、レインに向けて書かれたものなので、PGの他の版には出てこないのもわかる。これは、十九世紀の終わり頃によく使われた言い回しで、斧を使う木こりや石切り職人たちが斧やほかの道具をつかむしぐさを表すのに使われた。マッジ・モリス・ワグナーが一九一七年に出した「木こりの哲学」という詩が、この様子をよく表している。「取っ手がつるつるしてすべりそうだったら、手につばをして、つかみ直す」（39A）

＊40　パーが、家族のために農地の家へ干し草を取りにいったのは、ワイルダーにとって大事なポイントだった。パーやワイルダー兄弟が、干し草を運んだり、積み上げたりすることを、勇気のある行動とみなしていたからだ。一九三七年、レインに書いた手紙で、ワイルダーは書く。「人々は猛吹雪やとてつもない寒さに体が麻痺したようになって、何もできなくなっていました。普段と変わらず、元気にしていたのは、パーとワイルダー兄弟くらいでした。干し草を取りにいったり、猟をしたりしていたのは、その人たちだけ、あとの男たちはみんな、家で縮こまっ

座って、膝の間にコーヒー挽きをはさんで挽きました。けれど、ジョージとマギーは何もしませんでした。

　小麦が少なくなってくると、パーはちょくちょくワイルダー兄弟のところへ行っては、小麦をもらって帰ってきました。ワイルダー兄弟は、大事な種小麦を取っておきたかったので、[*43]板で囲った種小麦入れを作っていました。部屋の端にその場所がありましたが、ただの壁にしか見えなかったので、パー以外、だれにもばれなかったのです。ふたりは小麦の入っている場所の板壁に穴をあけて、小さな木の栓をつけておきました。うちで小麦が必要になると、パーはその栓を抜いて、桶に小麦を流しこみ、また杭を戻しました。けれども、それでもついに、町じゅうの小麦がなくなってしまいました。たとえ、ワイルダー兄弟が種小麦をみんなに分けたとしても、冬を越せなかったでしょう。どうにかしなくてはならなくなりました。[*44]

「干し草運びのそりで本通りを走っていった」ヘレン・スーウェル画。1940年

ていたのです」(40A)。レインは自分の小説『自由の土地』で、同じような冬場の英雄的行為を描いている。主人公はデイヴィッド・ビートン。父アルマンゾの面影が反映される。そして、ピーターズさんは、チャールズに似ている。ふたりとも、猛吹雪の中、隣人のために干し草を取りにいくのだ。隣人の農地は「町から一・二五マイル東」にある。そして、ふたりは次の猛吹雪がくる前に町へ戻ってくる(40B)。

＊41　ブラント版には、この文のあとに「わたしたちはいつも、パーが猛吹雪が襲ってくる前に戻ってほしいと祈っていました」が続く。バイ版では、「パーが出かけている間じゅう、わたしたちはすごく不安でしたが、やっと、パーが無事に戻ってきました」と結ぶ。

＊42　『冬』の第十九章で、とうさんはかあさんに種小麦を渡し、「町に粉挽き場がないのは残念だな」という。すると、かあさんは、うちにはあると答えて、コーヒー挽きをとり、小麦を挽く。その場面をワイルダーはくわしく描写する。そのあと、小麦粉を使って、かあさんは夕食にサワー・ドウのパンを焼く。「とりたての木の実のような味わいがあり、バターのないのをおぎなってくれた」

＊43　『冬』の第二十三章では、ワイルダー兄弟が種小麦を壁の中に隠していた

町から十二マイル南東に行ったところに、去年小麦を収穫した農夫がいると聞きました。春まで町の人たちが持ちこたえるためには、だれかがその小麦を手に入れなくてはなりません。町の商人のロフタスさんが、小麦を買うお金を出して、必要な人には売るといいました。小麦を買い出しに行くのはとても危険です。だれも行くと手をあげませんでした。しかしついに、ワイルダーの弟とキャップ・ガーランドが、そりにそれぞれの馬を一頭ずつつけて、スルーを渡って、小麦を買いに行くことになりました。このふたりが無事に戻ってこられるとはだれも本気で思っていなかったのではないでしょうか。だって、十二マイルの道のりのほとんどはスルーなので、馬たちがいつ雪の穴に落ち込むかわかりませんし、落ちたら引き上げなくてはなりません。そんなことをしながら、猛吹雪の間を縫って、たった一日で行って帰ってくるなんて、とうてい無理なことに思えました。

それは晴れ渡った、静かな、寒い日でした。パーがやったように、雪の穴に落ち込んだ馬たちを引き上げたりしながら、ふたりは小麦探しの旅をし、暗くなってから無事に戻ってきました。そして、朝がくるまえに、また猛吹雪がやってきたのでした。*45

ふたりは、こんな危険を冒した旅の費用をだれにも請求しませんでした。*46 ただ、町の人々のために進んでこの大冒険に出たのでした。小麦を持っていた農夫に、小麦一ブッシェルで一ドル五十セントを支払いました。農夫はそれは種小麦だからと売りたがらなかったのですが、やっと売ってくれたのです。それをロフタスさんは町の人々に、一ブッシェルあたり二ドル五十セントで売ろうとしました。けれども、それは最初のうちだけで、みんなに知れ渡るまでのことでした。すぐに、町の男の人たちが集まってきて、ロフタスさんの店へ押しかけました。話し合いの末、ロフタスさんは小麦を二ドル五十セントで買った人たちには一ドルずつ払い戻しをし、あとはすべて、一ブッシェルを一ド

エピソードが語られる。第十章でも、ふたりに焦点があてられる。アルマンゾは『冬』の最重要登場人物として位置づけられて、物語の視点がローラからアルマンゾに移っている。そうすることにより、次に続く作品における彼の大きな役割をほのめかす。このPGにおいてさえ、ワイルダーは、無意識のうちに、自分よりむしろ、アルマンゾの勇気や人生観を前面に出しているようだ。

*44 『冬』の第二十五章で再び、ワイルダーはアルマンゾに視点を移す。アルマンゾとロイヤルは、町の小麦がすごく減って、飢えている家族のために何かしなくてはならないと思い、真剣に話し合う。アルマンゾはロイヤルにいう。「たとえばインガルスさんだ。あそこは六人家族だ。あの落ちくぼんだ目を見ただろう。やせ細っていたじゃないか」

*45 『冬』の第二十八章は「四日間の猛吹雪」というタイトル。これは、アルマンゾとキャップが吹雪をついて小麦をさがしにいった冒険を描いた第二十七章に続くもの。歴史家ジョージ・W・キングズベリーいわく、「一八八一年二月七日の猛吹雪はとてつもない勢力で、それから三十六時間続き、四十八時間続いた地域もあった。テリトリー全域が勢力圏内だった」(45A)

*46 ワイルダーはレインに手紙で書

ル五十セントで売りました。*47

町にフレンチという独身男がいました。*48 二頭のくびきつきの牛を持っていて、冬を過ごすために、農地から町へ引っ越してきた人です。牛はその人の仕事のために必要なものでしたが、それを肉にするよう説得され、承知しました。おかげで、わたしたちは全粒粉のパンと牛肉を少し食べることができたのでした。また、町にはウォーターズという弁護士がいました。冬の初めに東部へ行って結婚するはずだったのですが、嵐に足止めされていました。予定されていた結婚式が近づいていました。でも交通手段がありません。彼は歩いていくことに決めて、一月の半ばに出発しました。猛吹雪の風が少しおさまって、空が晴れた夜明けのことでした。

ほんの一日足らずの短い晴れ間でした。わたしたちは彼が次の猛吹雪にとっつかまるのではないかと恐れていました。けれど、彼は必死で歩いてブルッキンスに無事に着き、休んでから、また歩いてトレイシーへ向かったのです。春になってから、彼が無事に結

アルマンゾ・J・ワイルダー（LIWHHM）

く。「マンリー（アルマンゾのこと）は町の人たちを救いたくて、小麦を探しにいったのです……そして、みんなが飢える前に、小麦を手に入れてきました」。さらに、ワイルダーは当時の人々のストイシズム（冷静さ）—困難を受け入れ、いざとなったら勇気をふるい起こす。アルマンゾやキャップをワイルダーはそう見ている—をこう説明する。「毎日のように危険にさらされていると、それに慣れてくるのです。何がこようと、どうでもよくなります。くよくよ考えず、騒ぎもせず、やってくるものを自然体で受けとめようとするようになるのです」（46A）

*47 『冬』では、このあたりのことが大変印象深く、アルマンゾの視点から描かれる（第二十九章）。町の男たちが勘定高いロフタスさんに怒りをぶつけ、食ってかかる場面だ。アルマンゾは「インガルスさん」は家族に食べさせる小麦がないのだから、みんなの代表として話をしてほしいという。とうさんは「すっかりほおがこけ、褐色のあごひげの上に、頬骨がつきだして見えている。青い目がぎらりと光った」。しかし、とうさんは談判役を引き受け、ロフタスさんと交渉し、町の人々に公平な価格で小麦を売るように説得する。やっと問題が片付いて帰るときになって、空きっ腹で体が弱っていたとうさんが、小麦の袋をアルマンゾに運んでもらう場面がある。ローラの視点でなく、アルマンゾの視点でこの場面を

婚式に間に合ったという知らせがありました。ところが、足が凍傷にかかってしまい、その日は歩けなかったそうです。幸い、足は回復し、春になってから、彼は奥さんを連れて戻ってきました。[*49]

一月が過ぎ、二月がやってきました。わたしの十五歳の誕生日でした。[*50] 三月はまだ嵐が多く、春はいったいいつくるのだろうかと、わたしたちはじりじりしました。もう何年も小麦を挽き、干し草棒を作りつづけていた気がしていました。[*51] みんな、いらいらしはじめていました。パーは朝いつもうたっていた、幸せなヒマワリの歌をうたわなくなりました。わたしはとうとうジョージに、暖かくなりたかったら、干し草棒を作れば、といってしまいました。わたしはくたくただったのです。マーが顔をしかめたにもかかわらず、わたしは、赤ちゃんをだっこするから、お皿を洗ってくださいとマギーにいってしまいました。

ある日、レイヨウの群れが町の近くにいることがわかりました。男の人たちはいっせいに狩りに出かけました。[*52] レイヨウは食べ物を探して、風が積もった雪を吹き払って下のバッファロー草が見えるところを、転々としているのです。[*53] その周辺の大草原の小さな窪地にいるので、男の人たちは群れを取り囲む作戦をとりました。全員、馬に乗っていました。馬を持っていなかった人は借りてきていました。全員が馬に乗ると決めたのは、同時に群れを全方向から囲むことができるからです。

フレンチは、ワイルダーの弟から馬を借りてきました。町いちばんの俊足の馬ですが、銃の音におびえる質でした。そこで、フレンチは、銃を撃つときは、馬をしっかりおさえつけておくようにと忠告されていました。ところが、レイヨウの群れを見たとたん、彼は興奮のあまり、忠告などすっかり忘れてしまいました。他の人たちには目もくれず、

描くことで、ワイルダーは、とうさんが家族以外の人の目にどう映っていたかを示した。

＊48　ここに出てくるフレンチは、一八八〇年のキングズベリー郡の人口調査には載っていない。ワイルダーは『冬』で、この男を前にも登場したフォスターさんにしている。一八八〇年、ピーター・J・フォスターという、ニューヨーク生まれの四十五歳の人が、デ・スメットから九マイルのあたりで農業をしていた。その人が冬を町で越したことは考えられる。また、ヴォルガからきたウィル・フォスターも、一八八一年二月にデ・スメットにいた(48A)。

＊49　A・N・ウォーターズと共同経営者のA・A・アンダーソンは、本通りで「法律、ローン、土地の事務所」を開いていた。飼料店の隣。ブラント版とバイ版では、この法律家の話をくわしく書く。彼の婚約者は、マサチューセッツ州で彼を待っていた。ワイルダーは彼女が妻としてダコタ・テリトリーに住んだ期間はとても短かったと記憶している。「しかし、デ・スメットでふた夏を過ごしたあと、東部の両親のところでふた冬を過ごした彼女は、彼と離婚しました。西部の暮らしの厳しさに耐えられなかったのです」(49A)

＊50　正しくは、二月七日に十四歳になった。

勝手に馬を走らせ、群れに近づいたのです。そして、かなりの距離があったにもかかわらず、手綱から手を放して、馬から飛びおり、銃をぶっ放してしまいました。

弾はレイヨウにあたりませんでした。遠すぎたからです。そのうえ、馬をこわがらせてしまいました。馬は彼をおいて逃げだし、レイヨウの群れのほうへ駆けていってしまいました。レイヨウの群れが馬のそばに集まってきて、そのまま一緒に大草原のかなたへ駆けていきました。他の男の人たちは、馬に弾があたったらいけないので撃てませんでした。というわけで、馬もレイヨウも、逃げてしまったわけです。ただ、レイヨウ一頭だけはしとめました。パーが撃ったのです。[*54] あとで肉をみんなで分けましたが、ほんの少しずつ味わっただけでした。わたしはレイヨウもかわいそうでなりませんでした。レイヨウだって、つらい冬を過ごしているのです。みんなが持ち帰った、かわいそうに、飢えてやせた、小さな体を見たときは、泣きそうになりました。うちだって、ほんの少ししか小麦が残っておらず、牛肉を口にしたのは夢のような思い出だったのですけれど……。レイヨウの群れと一緒に逃げた馬は、二時間後に落ち着いて、群れから離れました。そして、持ち主のワイルダーの弟が、ペアのもう一頭の馬に乗って迎えにいくと、おとなしく戻ってきました。[*55]

四月の初め、天候が少し変わって、暖かくなりました。もうひどい嵐は来なくなりました。雪が解け、大草原の地面があちこちに顔を出し、農夫たちは農地小屋へ戻って、春の耕作を始めました。男の人たちは鉄道の仕事を再開し、まもなく汽車が通るでしょう。ところが、五月九日、最初の汽車が来る前のことです。汽車が来るのは知っていました。[*56] ですから、汽笛の音が聞こえると、男の人たちがどっと駅へ駆けつけました。わたしたちは汽車が運んでくるであろう食べ物を思っただけで、よだれが出そうになりました。小麦を挽いたパンももはやほとんどなくなっていたからです。

（▼249ページへ）

＊51 冬の長さをかこっていたのはインガルス一家だけではない。「レインジ49、タウンシップ109」から出された手紙の主は、「わたしたちはまだ生きています。それればかりいっています。……まるで囚人の生活を味わったような気がします」（51A）。また「もしも、猛吹雪が目の前を通り過ぎるだけの美しい景色だったら、うっとり見とれるのに……ああ」というのもある（51B）。

＊52 西部では一般にレイヨウ（antelope）と呼ばれているが、脚の早い、優雅な姿のあの動物の名前は正しくはpronghorn（*Antilocapra americana*）。すくっと伸びて、上が丸まっている短い角が特徴。脚が早く、時速六十マイル近くも出せる。北米では最も脚の早い、陸の動物だ。姿はシカに似て、顔や首や腹や腰にくっきりした白い模様がある。毛はだいたいにおいて、暖かい赤茶色。ワイルダーの時代には、ミシシッピ川以西の地域ならどこでも見られたという。一八八〇年三月には、ヒューロン近くで、「千五百頭以上」の群れが、草を食んでいるのが見られたそうだ（52A）。

＊53 バッファロー草は、サウス・ダコタ州西部でよく見られる牧草。短い、くるくるした葉がバッファローの毛に似ていることから、命名された。だが、北アメリカでは同じ名前の草がたくさんある。どれもかつてバッファローが食べて（↖）

Pronghorn（レイヨウ）
（Chad Coppess photograph,
South Dakota Tourism）

いたのでそう名付けられた。一八八二年、雪の下にもぐった草を求めて歩き回っていたレイヨウたちは、その地域の家畜たちと同じ運命をたどった。三月、ダコタ・テリトリーのピアの東十五マイルほどのところにある、メディシン・クリーク近くの牧場主は、ほぼ七百頭の家畜を失った。「飢え死にだった。あまりに雪が深く、深い谷間に生えた草を食べることができなかったからだ」（53A）

＊54　ここの場面は、『冬』では違っていて、フォスターさんだけが鉄砲を撃ったが、獲物はとれず、みんな、手ぶらで戻ってきたことになっている（第二十章）。

＊55　『冬』で、ワイルダーはまたもアルマンゾの視点で描いている。第二十章では、四ページを使って、アルマンゾがフォスターさんに貸した馬が逃げてから、無事に戻るまでの、アルマンゾの活躍を、彼の視点から描く。彼を英雄として印象的に扱っているのだ。とうさんでさえ、逃げた馬を追ってはいかなかった。

＊56　バイ版では、最初の貨物列車が来るまでの、インガルス一家の窮乏生活をいっそう強調して書く。「五月八日、マーは挽いた小麦を小鍋に入れておかゆを作ったけれど、とても家族にいきわたるだけの分量はありませんでした。けれど、汽車が来ることになっているというのは聞いていたのです」。五月二日、ブルッキングズに最初の作業車が来て、貨物列車と旅客列車が続いた。線路がきれいになるとすぐに西へ向かっていった。切り通しに雪が詰まっていただけでなく、鉄道会社は機関車を通すために片付けなければならない問題をたくさんかかえていた。雪どけ水の氾濫、労働者の仕事放棄など。だが、五月五日、ブルッキングズ郡プレス紙は記す。「『大きな力』がやっと動きだし、『西への進み』が始まり、汽車は『数日のうちに』この線の最終地点まで行くだろう」（56A）。ワイルダーは、このPGには作業車のことは書いていないが、『冬』の第三十一章では、それは四月の最後の日だと書く（56B）。

＊57　バイ版には追加がある。「町の男たちは、貨物列車できた電信柱を燃料用に買いたいといったけれど、売り物ではないと断られてしまいました。そこで、男たちは貨車に勝手に乗り込んで、電信柱を運び出し、のこぎりで切って、薪にしたのです。おかげでたくさんの薪をもらうことができ、干し草棒作りをやめました。鉄道会社はこの電信柱の代金をもらえずに終わりました。だれかがいったように、わたしたちはこんなふうに思っていました。『鉄道会社から何も盗まない人は正直とはいえない』」

＊58　ワイルダーは『冬』を、最初は「厳しい冬」というタイトルにするつもりだった。しかし、ハーパー&ブラザーズ

みんなが歓声をあげている中を、汽車がすべり込んできました。ところが、それは農機具を積んだ汽車だったのです。乗用の犂、種まき機、収穫機、草刈り機、レーキ、脱穀機までありました。次の冬を越すために必要な作物を作るために必要なものばかりでしたが、そんなものは秋まで使わないのです。やがて……。

男の人たちがどっとやってきて、汽車を壊しそうになりました。最後の車両が移民用の車両とわからなかったら、きっと壊してしまったでしょう。ウッドワースさんが汽車のドアをこじあけて、車両にあった食べ物を、家族の人数に合わせて分けました。配給のための食料だったからです。その車両には、移民の家族がしばらく生きていかれるだけのあらゆるものが入っていました。種小麦も、ジャガイモもありました。

みんなはもらったものを家に持ち帰りました。少しの砂糖、いくらかの小麦粉、わずかの塩漬け豚肉、ドライフルーツとお茶が少し。パーが戻ってきたときのうれしかったことといったらありません。これまでどんなにつらい思いをしてきたかが初めてわかったような気持ちでした。パーは袋をいくつか持って出かけていき、うちの分の小麦とジャガイモをもらってきました。汽車は明日までここから出られません。町の西の切り通しにある線路が、明日まではきれいにならないからです。

次の日、また汽車が来ましたが、今度の貨物は電信柱でした。なんとまあ、わけのわからないしうち！　そのとき駅にいた人たちで、鉄道会社に対してむかっぱらをたてなかった人はいなかったと思います。[*57] でもやっと、食べ物が到着しました。そして、とうとううちのクリスマスの樽も届きました。がちがちに凍ったままの七面鳥もありました。大草原に緑が萌えはじめました。ついに一八八〇年〜一八八一年の「厳しい冬」は終わったのです。[*58]

社の編集者が、子どもの本としては「イメージが暗すぎる」といって反対した(58A)。それに対するレインの反応は「なんですって！　厳しいという言葉が暗すぎてだめなら、この本は他に何を書いたものになるというの？」(58B)。ワイルダーはバイ氏への手紙でこう書く。「この本を書きながら、もう一度あの厳しい冬を生き直したような気がして、きつかったです。今はそれが終わって、ほっとしています」(58C)

第8章

ダコタ・テリトリーにて

一八八〇年～一八八五年

（『大草原の小さな町』『この楽しき日々』対応）

種が手に入るとすぐに、前からここに住んでいた人々は畑の種まきをしました。毎日のように、移民たちがやってきては、土地に住み着いたり、商売を始めたりしました[*1]ヒューロンの西で鉄道工事が始まるとすぐに、インディアンの暴動があるかもしれないといううわさが耳に入りました。二、三週間、人々はらはらしていましたが、やがて、事態が収まったとわかりました。[*2]

実は、あるシカゴの医者が、ターキー・クリーク[*3]にあるステビンズさんの鉄道工事現場に立ち寄ったときのこと、彼はそこでインディアンの赤ん坊の遺体を見つけたのです。やわらかい布に丁寧に包まれて、籠に入れられ、クリークの岸辺にある木立の木のてっぺんに吊してありました。その遺体は完全にきれいなミイラになっていました。彼はどうやってこんなにきれいなミイラを作ることができたのか調べようと思い、シカゴへ送りました。そのあと、インディアン居留地から赤ん坊の家族が、その葬送の場所へやってきて、彼らのしきたりに従ってお葬式を執りおこなおうとしたのですが[*4]、遺体がなくなっているのに気づいたのです。

＊1　一八八二年、六月の第二週には、小麦は「高さ三から十インチ」に伸びていた。汽車が再び「美しい大草原に新しい家を求める大勢の移住者を乗せて」走っていた（1A）。一週間に六百人ほどがダコタ・セントラル鉄道沿線の新しい町々を訪れた（1B）。人口調査では、ダコタ・テリトリーの人口は一八七〇年から八五四パーセントの増加を見せ、大ダコタ・ブームが頂点に達しようとしていた（1C）。

＊2　一八八〇年六月二四日のブルッキングズ郡プレス紙は記す。「この数日間、インディアンの大きな脅威が西部地域を襲った。三百人のインディアンがウェシントン・ヒルズを襲撃し、多くの人々を殺害した」（2A）。一八八〇年の夏、ダコタ・テリトリーの白人移住者たちは、インディアンの行動に「おびえて」いた。かの恐ろしいリトル・ビッグ・ホーンの戦いが、ほんの数年前（一八七六）だったからだ。シッティング・ブルとその仲間は、その戦いのあと、カナダに住んでいたが、いくつかの集団に分かれ、再び南下してきていた。「ポプラ川のインディアン監督官……は、シッティング・ブル率いるインディアンたちの殺戮に備えている」と、フォート・ピア・シグナル紙が八月に伝えた（2B）。だが、ブルッキングズの記者はインディアンの襲撃のうわさをあまり信じていなかった。「そのような脅威を裏付けるものはほとんどない」（2C）

ワイルダーがPGで触れたような殺人

遺体の家族のインディアンは鉄道工事現場へやってきて、遺体を返せと詰めよりました。ステビンズさんはもちろん必ず返すと約束し、遺体を持っていった医者を探そうとしました。しかし、医者はインディアンたちの姿を見たとたん、急いで逃げてしまっていたので、ステビンズさんはそれ以上、何もできませんでした。赤ん坊の遺体を探し出すためにさんざん努力したあげく、そのインディアンの家族は居留地へ戻っていきました。数日後の朝、工事現場で目を覚ました三百人の男たちは、すぐ近くに、六百人のインディアンたちがキャンプを張り、しかも、何もまとわず、戦いの徴である派手な色の絵の具を体や顔に塗りたくっているのを見たのです。

その姿に男たちが騒ぎ出したのを見ると、インディアンたちは、鞍も手綱もつけずにポニーに飛び乗り、現場のまわりを猛烈な勢いでぐるぐる回り始めました。ひとりひとりが、自分の乗ったポニーの背中にライフルを載せています。二、三度、現場のまわりを回ったあと、現場のあちこちに乗り込んできて、ポニーを走らせながら、ライフルをとって、片側にいる人にはさっとライフルをつきつけたり、もう一方の側にいる人には今にも発射しそうなそぶりを見せました。[*5] それから、自分たちのキャンプへ戻っていきました。そのあと、インディアンの首長がやってきて、白人の長を出せといいました。ステビンズさんに、赤ん坊の遺体を返せと迫り、それを持って行った人を連れてこいといいました。さもなければ、この現場にいる全員を殺すと宣言したのです。

ステビンズさんは必死で説明しました。遺体を持っていった人は逃げてしまったので、どこにいるかわからないこと、遺体は遠くへ送られてしまったけれど、戻ってくるまで待っていてくれれば、必ず戻すことができるということを、です。ついにインディアンの首長はわかってくれました。けれど、この現場にいる男たちは全員ここに残らなければならないといいました。ただひとり、ここから四十マイル東にあるヒューロンという[*6]

記録はない（2D）。

＊3　このエピソードで、ワイルダーが一八八〇年の真夏に時を戻したのは明らかだ。そのとき、ステビンズの鉄道工事現場は、ハンド郡のタートル（ターキーではない）・クリークにあったからだ。いずれセント・ローレンスという町になる場所だ。一八八〇年秋までに、鉄道のすべての土台作りは終わり、ミズーリ川沿いのピアまで線路が敷かれた。ヘンリー・ステビンズと家族は工事請負人の仕事をやめ、ピアに部屋数が二十四もある「第一級ホテル」を、一八八〇年三月に開いた（3A）。PGのこのセクションでは、ワイルダーは一八八〇年から一八八五年までのエピソードをいくつも書いているが、はっきりした日付はない（3B）。

＊4　スー族（ダコタ、ラコタ、ナコタ）では、「埋葬」を地面から離れたところにするのが特徴だった。亡くなった人は獣の毛皮か毛布に包まれて、木枠の上に置かれたり、この赤ん坊の遺体のように木の枝の間に置かれたりした。こうした慣習は、冬に地面に埋葬できないことや、深く掘らないと獣に掘り返される恐れがあったからだろう。木枠は地面から八〜十フィートの高さ。又のある四つの枝を地面の上に立て、他の枝や板で台を作って遺体を載せる。木枠は木の枝の間に置かれることもある。食べ物や、故人の持ち物が、遺体のそばに置かれることもあ

小さな鉄道駅へ、遺体を取り返しにいく人だけは例外です。ステビンズさんはその男をヒューロンへやりました。男は、遺体のミイラが急行便でどこへ送られたのかを知り、早速そこへ電信を打ちました。緊急事態を説明し、早急にミイラを戻してほしいと頼んだのです。

それから十日たち、やっと男がミイラを持って現場に戻ってきました。それまで毎晩、インディアンたちは彼らのキャンプで戦いの踊りをし、毎日、現場へやってきては、ライフルで男たちを脅していたのでした。無事、ミイラが首長に戻されると、インディアンたちは静かに居留地へ去っていきました。鉄道の土台工事も元通りに再開されました。

ワイルダーの弟と、デ・スメット近くに住むホーマーとホラスのヒース兄弟は、この事件があったときに鉄道の現場にいたので、わたしたちはあとになって、彼らからその話を聞いたのでした。[*7]

ジョージとマギーは五月半ばに西部へ発ちました。新しく出来た町で、ジョージの仕事が見つかったのです。わたしたちはお互いに明るく別れを告げました。[*8] でも、わたしはさよならするのがうれしかっただけでした。

パーは新しい入植者に一カ月間町の家を貸し、わたしたちは再び農地へ戻りました。わたしたちのわが家は農地の家なのですから。町は冬を過ごすためだけの場所でした。今では、農地のそばにお隣さんが何人かいました。うちの百六十エイカーの土地の南側にデロス・ペリーの農地があります。デロスの父親のペリーさんは、そのすぐ南に土地を持っていました。ペリーさんには、まだ一緒に暮らしている若い息子がいて、アーネスト[*9]といいます。

る。一定の時がたってから、家族や一族の者が骨を拾いにくる。お守りにしたり、または他の場所に埋めたりするためだ。乾燥地では、遺体は腐敗するより脱水乾燥するので、ミイラになる。このエピソードの医師のような、興味本位の、鈍感な移住者たちによって、インディアンの埋葬が冒瀆されたことは珍しいことではなかった。ダコタ・テリトリーのミラーのハンド郡プレス紙は、一八八二年一月一八日、リー・ヒルズで起こった事件を記す。三人の白人が、「古い遺物を探していて」、木の上に、インディアンの男性の遺体と弓を発見し、弓を取りはずして、珍しいものを発見したということで新聞社へ持ち込んだ（4A）。

＊5　戦争時、スー族の戦士は、敵を威嚇し、己の勇気を示そうとする。自分の体や馬を絵の具や羽根などで飾ったり、武器をぶらさげて工事現場の中を通りぬけたり、勝利の踊りをしたりするのは、戦争や略奪のときに行う伝統的な行動だ。目的を達して静かに居留地へ戻っていった戦士たちはおそらく、ミズーリ川の東にあるクロウ・クリーク・インディアン居留地、またはロウアー・ブルール監督所から来た者たちだろう（5A）。

＊6　デ・スメットと同様、一八八〇年、ヒューロンも鉄道会社によって測量がなされ、町が計画されていた。「二十分もしないうちに、二十六の区画が二十六の団

（▼254ページへ）

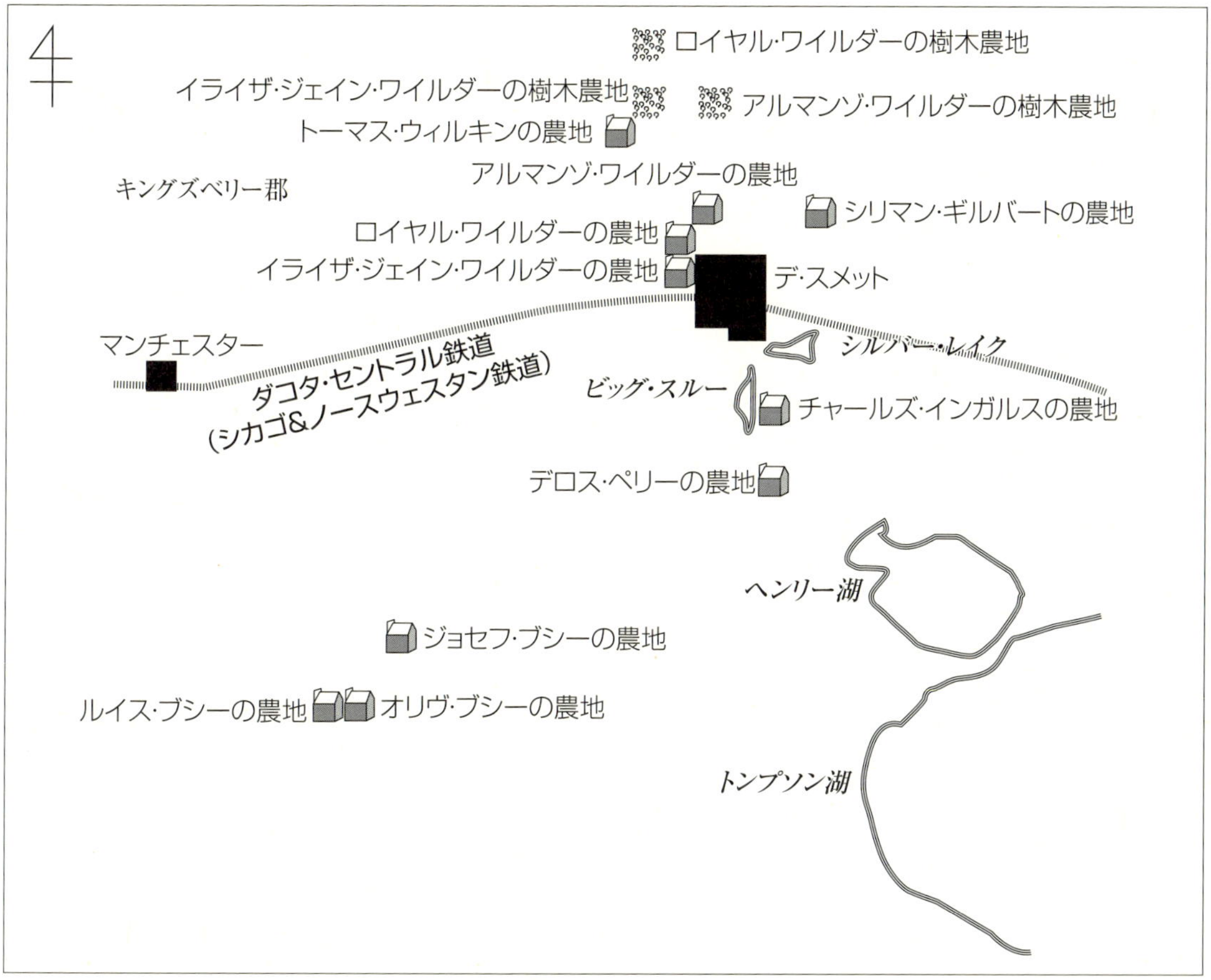

デ・スメット近郊の地図(SDHSP)

体によって占有された」とブルッキングズ郡プレス紙が報じ、ここは「ブームの起こる町のひとつ」になるだろうと予測した(6A)。ヒューロンはビードル郡の郡庁所在地となり、テリトリー内の出来事や政治に中心的な役割を果たした。

＊7　一八八〇年、アルマンゾ・J・ワイルダーはステビンズの鉄道工事現場で働いていた。二十四歳のホラス・ヒースと、十九歳のN・H・ヒースも働いていた。三人とも、ブルッキングズ郡の住人として登録され、農地を持ちながら、臨時収入も得ていたようだ。バイ版では、ワイルダーは鉄道工事現場の労働者たちは「インディアンたちに、自分たち白人がおだやかで、恐れる必要はないという印象を与えるのがベストだと思っていたので、普段のように、犂、馬車、土かきを使って、鉄道の土台を作っていました」と追加して書いてある。レインは、父親からさらに情報をもらい、このエピソードをさらにふくらませ、『自由の土地』に使った。ステビンズは鉄道の仕事請負人ゲバートとして登場し、工事現場を出て、助けを求める電信を打ちにいった男はデイヴィッド・ビートンである。彼はレインの父親(アルマンゾのこと)の面影を持った主人公だ。

＊8　ジョージ・マスターズはデ・スメットの西百三十マイルほどのブラント近くにある、鉄道工事現場へ移った。そこに

うちの南東には、ロスの家族がいます。ゲイロードという息子と、メアリくらいの歳のジェニーという娘がいます。その近くに、ロスさんの弟のデイブが住んでいます。デイブは、ペリーさんの娘ファニーと結婚していました。*10 この人たちは町へ行くたびにうちの前を通るので、ときどきうちに立ち寄ったりして、わたしたちはすぐに親しくなりました。

パーは町で大工として働いていました。そこで、アーネスト・ペリーを雇って、うちの地面をならす仕事をしてもらいました。そんなこともあったので、わたしはアーネストと親しくなりました。彼は体の大きい、頑丈な少年でした。馬が犂《すき》を引っぱって、土を掘り返して作った溝の、ひんやりした、やわらかい、真っ黒な土の上を、はだしの大きな足でのしのし歩きます。とはいえ、わたしはそういう人たちが好きというわけではありません。大草原が大好き、大草原にいる野生のものたちのほうが、ずっと好きでした。

早朝、*11 わたしはいつもスルーの端にある井戸へ向かって、桶に水を汲みにいきます。太陽が昇り、地平線の上と空いっぱいに、色とりどりの美しい光の筋を投げかけています。露のおりた瑞々しい草の中からマキバドリ*12の鳴き声が聞こえます。ジャックウサギがあちこちでひょいひょい跳び上がっています。黒いつぶらな瞳であたりを見回し、長い耳をぴくぴくさせ、やわらかい草を食べています。大好物の朝ご飯です。

その日の午後、太陽がいっそう暖かく照ると、赤茶と黒の縞のある地リスが*13、地面の穴からひょこひょこ出てきます。後足でぴんと立って、前足を体の脇にぴたっとくっつけているのですが、身じろぎもしないので、草の中にいるとなかなか見つかりません。ちょっと見ると、地面からつきだした棒きれのようだからです。きらきらした瞳であた

「シカゴ&ノースウェスタン鉄道の店」があった(8A)。彼はデ・スメットに戻ってきてから、エンパイア材木会社で働き、その後、サウス・ダコタ州スペンサーへ移住。一八八六年、チャールズ・インガルスが自作農地の取得証明をもらうときに、ジョージは証人になり、ロバート・ボーストが、もうひとりの証人だった(8B)。

*9　ペリー一家はペンシルヴェニア州出身。一八八〇年、ダコタ・テリトリーの南東部にあるミネハハ郡に住んでいた。一家の家長はオリバー・D・ペリー。息子は十五歳のアーネスト・ペリーと三十二歳のデロス(Delos は De Los とか Deloss とも綴られる)・ペリー。デロスはもう自分の家族を持っていた。彼らがいつ、デ・スメット地域に引っ越したかは明らかでないが、インガルスの農地のすぐ南に農地を申請した(9A)。

*10　ロス一家も、ペンシルヴェニア州出身。ラッセル・ロスと妻のヴァイオラは四十代前半で、一八八〇年、キングズベリー郡の農地で暮らしていた。娘ジェニー(二十歳)と息子ゲイロード(十八歳)はまだ一緒に住んでいた。

*11　ワイルダーはここの文章を使って、『町』の第二章で、ローラの経験を語り、いっそう豊かに描写した。「夜が明けると、ローラはスルー(沢地)の端にある井戸へ行き、朝の新鮮な水をバケツいっ

りを見張り、鋭い耳で、危険に耳をそばだてています。シャッという音、ちらっとした動き、頭上を横切る大きな鳥の影、すると、地リスたちは稲妻のようにすばやく地面の穴に戻ります。でも、安全を確認すればまたひょこひょこ出てきて、えさを食べたり、忙しく動き回るのです。トウモロコシの植え付けが終わると、しましまの地リスたちが、植わったトウモロコシの列に沿って、小さな前足でずんずん穴を掘り、埋まった粒を食べたり、持って巣穴まで運んでいったりします。どこに粒が埋まっているか、ちゃんと知っていて、ぜったいに間違えません。犂で掘り返されてやわらかい地面になっているだけなのに、どうして場所がわかるのか、それは謎です。

小さなガーターヘビも、*14 暖かいお日様に誘われて出てきて、小道をずるずるはっていきます。この蛇はまったく害がなく、毒もなく、バッタや虫を食べて生きています。とてもかわいくて、優雅な生き物だと思っているので、わたしたちは決して殺したりしませんでした。農地を歩き回って、いろいろな生き物に出会うのはとても楽しいことです。一見しただけでは、どこの大草原とも変わらないように見えるこの百六十エイカーの土地に、どんなにおもしろいものがどれほどたくさん見つかるか、それはびっくりするほどです。

西部のマキバドリ
(Chad Coppess photograph, South Dakota Tourism)

ぱいくむ。すると、色とりどりのまばゆい光に包まれて、日がのぼってくる」

＊12 西部のマキバドリは、北アメリカの広い草原の開けた草地や、小粒の穀物畑でよく見られ、声もよく聞かれる鳥。その楽しげな鳴き声は、春の訪れを最初に告げる。マキバドリは地面の草深い窪みに住み、草ややぶの小枝をよりあわせて巣の上に載せ、防水の屋根をこしらえる（12A）。

＊13 一般的には縞地リスと呼ばれ、十三本の縞のある地リスは、北アメリカ全域に生息する。南北はカナダからテキサス州まで、東西はロッキー山脈からオハイオ州まで。これらの地リスは開墾した畑に穴を掘って住み、種や緑の野菜を食べるので、農民たちにとっては長年の敵なのだ。地域によっては、郡や役所が助成金を出して、地リスの数の抑制にあたっているところもある（13A）。

＊14 おそらくワイルダーは、湿地を好む、一般的なガーターヘビか、乾燥した土地に住む草原ガーターヘビを見たのだろう。成長すると、どちらも十六〜二十六インチくらいの長さになり、縞の色もさまざま。ガーターヘビは有毒ではないが、かむ。驚かれたり、触られたりすると、つんと鼻をつくにおいを出す。ワイルダーは『冬』で、このPGと同じようにガーターヘビを描写した（第一章）（14

パーは、うちの傾斜した屋根つきの小さな農地小屋に増築をしました。すると、反対側にも傾斜した屋根ができ、小さな寝室がふたつできました。この家は農地の北西の角に建っていました。わたしたちが家のまわりに植えたポプラの木は育ちがよく、どんどん伸びていました。納屋は家の西側にあり、それは大草原のちょっと小高いところの脇を掘って作られたものです。納屋の屋根はスルーの長い草で葺いてあり、周囲に寒さを防ぐための草の土手を作ってあります。裏手にある小高いところは、砂丘で、土がやせているため、草がほとんど生えていません。北西の角は強い風が吹くために、草が生えにくくなっています。風は砂丘を削るように吹き付け、草の根っこの土をかきとばし、砂だけが残るのです。

その砂丘のちょっと先に、うちの農地の西境界線があり、町へ通じる田舎道がありす。道といっても、大草原を横切る馬車のわだちに過ぎませんけれど。

家の南側で、農地の真ん中あたりには、バッファローの泥浴び場があります。まだバッファローがいた頃に泥を浴びた、二エイカーほどの円い場所です。今、そこは草におおわれ、早春になると、紫色のかわいいスミレでいっぱいになります。[*15] とてもいいにおいがして、そこへ近づくだけで香ってきます。小さなお皿にスミレをいっぱい入れておいたら、部屋全体に香りが漂うでしょう。この小さなくぼんだ草地にはよく草が生えるので、干し草作りのときパーはいつもここの草を刈りました。

農地の東側には、のっぺりした大草原が広がっています。でも、井戸の先にある北の境界線沿いにはずっとビッグ・スルーがのびています。うちから町へ出る道は、北へ向かってまっすぐビッグ・スルーを通って続いています。でも、大雪のあと、どのスルーも水でいっぱいになったので、まず西の境界線沿いに南へ進み、それから南の境界線か

A)。

*15 泥浴び場は、バッファロー(バイソン)が毛や虫を体から落とすために、泥の中で転がってできたところだが、毛皮にくっついてきた種をばらまくところでもあるので、大草原の環境作りに大きな役割があった。泥浴び場には水がたまり、ワイルダーが物語で書いているような、紫色のスミレなどが根をおろす。今日、サウス・ダコタ州東部で最も一般的な紫色のスミレは大草原スミレだ。草地スミレも、春に咲く。物語のインガルス一家が最初にバッファローの泥浴び場を見つけたのは、『岸辺』の終わり頃で、グレイスの姿が急に見えなくなって、ローラが探しにいき、「スミレの湖」でグレイスを見つける場面がある(第三十章)(15A)。

ら西へ向かい、シルバー・レイクから離れてスルーを横切り、町へ行くのです。夏の終わり頃になれば、まっすぐに町へ行かれるようになるでしょう。

再び、わたしは雌牛たちの世話をするようになりました。杭に長いつなぎ綱でつないでおくのですが、毎朝と毎夕の乳搾りのあとで、杭を抜いては他の場所へ連れていきます。そうすれば、雌牛は、朝も夜も、新しい草を食べられるからです。子牛たちは、母親たちのそばで、短いつなぎ綱につながれていました。マーとわたしは雌牛の乳搾りをし、つなぎ杭の位置を変え、ミルクを家まで運び、布でこして、地下室に置いたなべの中に保存します。マーが朝食のしたくをしている間、わたしは脱脂乳を子牛に与え、それからつなぎ杭の位置を変えるのです。

朝食がすむと、パーは仕事に出かけました。マーとわたしとキャリーはお皿を洗い、ベッドを整え、掃きそうじ、拭きそうじ、洗濯、アイロンかけ、オーブン仕事、バター作りと、昔の家事のルールにのっとって仕事をします。こんないい回しがあります「月曜は洗濯、火曜はアイロンかけ、水曜はバター作り、金曜はそうじ、土曜はオーブン仕事」*16。そう決まってはいても、繕い物、縫い物、編み物は一週間の間に時間を見つけてやりますし、その間には、メンドリやヒヨコの世話、庭仕事、ブタのえさやりなどがあります。ブタのえさやりは、必ず庭仕事のあとにします。ブタは、囲いの中にいたときにどれだけたくさん食べたとしても、野菜畑で取った雑草があればそれも全部食べたがるからです。

昼間はときどき雌牛に水を飲ませに、井戸へ連れていくことがありました。スルーに水がたっぷりたまっているせいで、蚊が大量発生していました。そこで、夜になると、雌牛たちのために蚊やり火をたいてやらねばなりません。煙がもうもう出て、二頭の雌

＊16　ワイルダーがこの古い決まり事のうち、木曜日の分だけ抜かしたのは、最初にそう覚えたからだ。一八六二年、メアリ・フッカー・コーネリウスの書いた『若いハウスキーパーの友』では、家事のやり方にはふたつあり、ふたつめは、木曜日には特に決まった仕事がないというもの。「月曜日は洗濯、火曜日はオーブン仕事と、やむをえず手をつけていなかった仕事、水曜日はアイロンかけ、木曜日は特になし、金曜日は拭きそうじ、かたづけもの、土曜日はオーブン仕事、そして、きれいなベッドシーツに変え、すべてを整えて安息日を迎えるようにする」（16A）。ワイルダーは『森』で、家事の決まり事を書いた。「月曜はせんたく、火曜はアイロンかけ、水曜はつくろいもの、木曜はバターつくり、金曜はそうじ、土曜が天火しごと、日曜は休息」（第二章）

牛とその子牛たちの上にかかるようにするのです。うちのドアや窓には蚊よけの網戸がつけてあり、[17]蚊が家の中へ入らないようにしています。でも、日が沈んだあとでスルーを通ればだれでも、ひどく蚊に刺されます。

六月、野バラが美しく咲きました。[18]地面近くにまとまって咲く花で、大草原じゅうに淡いピンク色がさまざまな色合いを見せて、それはきれいです。バラの中でも最もかわいらしいバラです(ローズ、あなたはこのバラにちなんで名付けられたのですよ)。[19]

草の花、メイフラワー、指ぬき花、シモツケソウ、ナデシコ、バッファロー豆(ゲンゲ)、野生のヒマワリなどが、[20]この時期に咲きます。草にもたくさん種類があります。スルーの草は低地全体に生えています。高地の方には、ブルーステムという、丈の高い草や、決して丈が高くならないバッファロー草などが生えています。バッファロー草は茎が短く、びっしり生えて、葉がくるくるしています。実が熟したあとも、かさかさになったりせず、しんなりして、おいしい草のままでいるので、冬の間も、牧場の家畜や、野生の動物たちにとって、最適のえさになります。バッファローがそれをよく食べるので、その名前がついたのです。[21]

また、七月や秋の初めに実が熟す、いやな草があります。それは「スペイン針」(センダングサ)と呼ばれています。種には、がちっとした、固い針のようなとがったものがついています。一インチの八分の一くらいの大きさです。莢《さや》は一インチくらいですが、上にごわごわしたとげが下向きに生えていて、針の反対側には、固くて強いねじれた、大麦のひげのようなものがついています。それは長くて四インチくらいあります。種が熟したとき、何かが草にさわったりすると、種がひげにあたり、種がばらばらと飛び散るのです。とがった針がさわったものにつき刺さり、とげとげが刺さったら最後、もう

＊17　蚊よけは、目の詰まったネット状のもので、枠に広げると、現在でも窓に使われている網戸のようだ。「そのあたりでは、蚊は犬や、ネズミくらいの大きさの動物の毛にびっしりとたかる」と、ブルッキングズ郡プレス紙は、一八七九年七月一七日に書く。『岸辺』でとうさんは、蚊の大群と本気で戦う(第三十一章)。

＊18　やさしく甘く香る野バラは、五月と六月に咲く。地面に近いところに咲き、短い茎にはちょっととげがあり、濃いピンクの花びらは五枚ある。花芯は、秋になると熟して鮮やかなオレンジ色になる。『町』でワイルダーは書く。「野バラの香りが風にのってただよい、道ばたには開いたばかりの花が、新しい花びらと金色の芯を見せながら、小さな顔をのぞかせていた」(第六章)(18A)

＊19　PGを書いたノートの最後の二冊では、ワイルダーからレインへのメモが前よりぐんと増えている。だが、あとの版にはメモはほとんどない。

＊20　ワイルダーが書いた野の花をすべて特定するのは難しい。それらの一般的な名前がいろいろに変わってきているからだ。ウィスコンシン州の園芸家は書く。「俗称が同じでも、異なる種に属する場合がある……ピンクといっても、数限りなく色がある。真ピンク、女ピンク、大草原ピンク、インディアン・ピンクなど」

落ちません。その間に、スクリューみたいなひげが、針をさらに中へねじこむのです。とがった針は、裁縫針のように、わたしたちの服まで突き通します。家畜の口に入ってしまったら、けがをして痛がりますし、切り取ってやらなくてはなりません。羊の毛の中に入ってしまうと、ずんずん体の中へ入り込んで、体じゅうが針で刺されて、死ぬこともあります。[*22] その後、農民たちは「スペイン針」の季節になると、燃やして根絶やしにしました。

町で、七月四日のお祭りが開かれました。午前中は、演説や、独立宣言の読み上げや、歌をうたったりし、午後は競馬や駆けっこがありました。パーとキャリーとわたしは、お弁当を持って、町へ歩いていき、一日、お祭りを楽しみました。マーはメアリとグレイスと家に残りました。一日町で過ごして、ああ、疲れたという感じでした。だれもいない、うちの町の家でお弁当を食べたときと、バーンズという弁護士[*23]が、わたしたちにとパーにくれた爆竹で遊んだときがいちばん楽しかったです。わたしは人混みが嫌いなので、静かなうちにいるほうがずっといいと思いました。

ところが、どうやらそういうわけにはいかなくなりました。町の雑貨店に、店主とその奥さんと奥さんのお母さんが[*24]、店の裏にある二部屋と屋根裏で暮らしていました。奥さんのお母さんは、店で扱う布地を使ってシャツの注文を取り、それを縫う仕事をしています。手伝いが必要になったので、わたしが、一日二十五セントで働くことになったのです。屋根裏部屋に住み込んで、みんなと一緒に台所で食事をするのです。[*25] そのクランシーのおばさんはしょっ中義理の息子とけんかをしていたので、居心地の悪い思いをしたものです。[*26]

どういうわけか、カトリック教徒が政府で勢力を持つようになり、プロテスタントに

(20A)。一九三七年、『岸辺』を書いていたとき、ワイルダーは野の花についてはあまり確信がないので、妹のグレイスに手紙でたずねて「記憶を取り戻す」ようにするとレインに約束している(20B)。だが、草の花とはニワゼキショウであろう。アイリスの仲間で、小さな草のような葉をつける。草地アネモネは、ビッグ・スルーのような大草原の湿地帯に育ち、ワイルダーにとってはメイフラワーなのだろう。ろうそくアネモネは、花の形が指ぬき(指サック)そっくりなので、ワイルダーにとっての、指ぬき花だ。バッファロー豆は、ピンクがかった紫色の花を咲かせ、実は食べられる。各種のヒマワリは、この地に元からあった一般的なヒマワリで、マクシミリアン・ヒマワリ、のこぎり歯ヒマワリなど(20C)。

*21 バッファロー草が家畜にとって重要であるというワイルダーの考察は、科学的だ。現在でも、バッファロー草は、家畜や、大きな獣、水鳥、猟鳥にとって、大草原に生える短いさまざまな草の中でも、最高のえさになる草だ。そのままでも、また干し草にしても、エネルギーとタンパク質の良い補給源である(21A)。

*22 PGでも、のちに『町』(第九章)でも取り上げたこの恐ろしい草は、おそらくヤマアラシガヤであろう。従って、センダングサとして一般的に知られている草とは別の草だ。センダングサは、この

対してひどいことをしようとしているといううわさが広がっていました。クランシーさんの娘は両手をもみしぼって、床を踏みならし、カトリックなどに聖書を奪われてたまるものかと息巻いていました。[*27] そのあとで、空に彗星があらわれたので、クランシーさん母娘は、これこそ世の終わりの徴だといい、いっそう恐れをなしました。[*28] けれど、わたしは、カトリックと彗星を同時にこわがるなんて意味がないと思ったので、ちっともこわくありませんでした。

ローラとホワイトのおかみさん。ヘレン・スーウェル画。1941 年

通りの向かいに酒場がありました。座って裁縫をしていると、その向かいの酒場や通り全体が見えます。よくビル・オコンルが酒場に入っていくのを見て、困ったものだと思いました。だって、お父さんがビルを西部の農場へ連れてきたのは、禁酒をさせるためだったのですから。[*29] ビルは背の高い男で、お酒を飲むと、背筋を伸ばし、その長い脚を思い切り伸ばしていばりくさって歩きます。ある日、ビルがちょうど酒場から出てきたのを見ました。ビルは振り返り、バタンと閉まったばかりの網戸に、長い脚をまじめくさった顔で、ぐいっとつっこんで破りました。それから、前を向くと、仕立て屋のトム・パウアーに会ったのです。トムは背の低いずんぐりした男で、酔うと、やけにえらぶるのですが、そのときも酔っ払っていました。トムとビルは腕を組み、歩道を行ったりきたりし始めました。トムはビルの長い

(▼262ページへ)

地域の土着の草ではない。ヤマアラシガヤの大きな花の部分には、とげのある羽毛があり、それがくるくる回ったり、ほどけたりして、種を堅い地面に「ねじこむ」のだ。人間や動物が触れて折れることがある。すると、ワイルダーが書いているように、家畜に害を与えるのだ。デ・スメット・リーダー紙は、一八八四年七月の記事で、これをシンプルに「針草」と呼び、それが招く恐ろしい結果を書いている。「当地からシサトン居留地まで、二千七百頭の家畜が通っていった……針草にやられたのは、一日に十頭。これはあまりにもひどい」(22A)。この草は成長すると大きな害を及ぼすが、成長の段階によっては、良いえさになる(22B)。

＊23　一八八〇年、ヴィサー・V・バーンズは、キングズベリー郡の遺言検認裁判官にもなった。彼は「担当した事案につき、大変きっぱりした態度で臨み、疲れを知らない裁判官であった」と評された(23A)。

＊24　一九三七年または一九三八年にワイルダーがレインに出した手紙で、ワイルダーは衣料品店主はクレイソンだと書く。一八八〇年の人口調査では、チョーンシー・L・クレイソンは、「衣料品商」として、デ・スメットで、妻エラと三歳の娘ネティと暮らしていた。エラの両親のホラス&マーサ・ホワイトも同居。ワイルダーはホワイト夫人のところで働いた。夫人は「店の布地を使って、この

(へ)

地域に住むすべての独身男たちのシャツを縫っていました」(24A)

＊25　ワイルダーはレインに、ホワイト夫人が「最初の週には七十五セント払ってくれました……わたしは上手に手早く縫うことができたので、続けてほしいといわれました。でも、一週間ずっと働いて、お昼持ちで七十五セントではできないといったら、一週間一ドル五十セントもらえることになりました」と書いた(25A)。『町』では、ローラも「一ドル五十セント」もらって働き、それを毎週終わりにかあさんに渡す。店に住み込みはしないが、合計九ドルを稼ぐ(第七章)。

＊26　バイ版ではPG同様、ワイルダーはこの人をクランシーのおばさんとしているが、『町』では訂正して、ホワイトのおかみさんとした。ところが、クランシーの名前を義理の息子とその家族の名として使っている。ワイルダーはレインに、〝クレイソン〟の衣料品店で働いたのは三週間だけだったと手紙に書いた。ホワイトさんと「義理の息子がしょっ中けんかして、娘がいつもおばさん側に立っていたので、わたしはいやになって仕事をやめました。ときどき、夫がすごく怒って、妻をなぐったりしていました。あるときなどは、夫が妻の長い髪をつかんで、部屋から部屋へ引きずり回したこともあります……パーは、そんなところではもう働かせないといいました」(26A)。『町』でもワイルダーはクランシーさんの家族は感心できないと書いてはいるが、とうさんがローラに、稼ぎに出た感想をきくと、「ホワイトのおかみさんがね、ボタンの穴かがりをほめてくれたのよ」(第五章)とだけいうのだ。

＊27　十九世紀には、諸外国からローマ・カトリック教徒が大勢アメリカへ移民としてやってきた。宗教的に多数派のプロテスタント教徒たちは恐れを抱きはじめた。「カトリック教徒は、アメリカ新世界において再びローマ・カトリックの勢力を広げようとしている」(27A)。一方、カトリック教徒側にも恐れがあった。「プロテスタント派の公立学校では、子どもたちをプロテスタントに改宗させようとしている」。一八八四年、ダコタ・テリトリーの活動家マリエッタ・ボーンズは、公立学校で多数派がその信仰を強要して「他人の信仰の権利を奪うこと」こそが「最大の悪」だと述べた(27B)。

＊28　一八八一年の大彗星(C/1881 K1)が最初に観測されたのは五月三日、オーストラリアのシドニー近郊に住むアマチュア天文家の農民によってだった。北半球でも、六月三日に観測でき、「大変な注目を集めた……尻尾がどんどん長くなり、最長のときの彗星は実に感動的な印象を残した」(28A)。六月末にダコタ・テリトリーで「突然の出現」を見たブルッキングズの住人はそれを「世の終わり」だと思った。新聞は「このような怪物が出現すると必ず何か恐ろしいことが起こる」と書いた(28B)。彗星は八月末まで夜になると裸眼で見られたので、プレス紙は「別の彗星がやってくる」と書きたてた(28C)。このComet C/1881 K1は「一八六一年以来、最も明るい彗星だ」と考えた天文学者もいる(28D)。だが、一八八二年の人彗星(C/1882 R1)は、さらに明るく、昼間でも裸眼で見えた。バイ版にワイルダーは付け加えた。「わたしは座って縫い物をしていましたが、何もいいませんでした。カトリックのことも、彗星のことも信じませんでした。けれど、みんながそんなことをしゃべっているのを聞くと、気分が悪くなりました」(28E)

＊29　息子ウィリアム・オコンルは一八八〇年、二十二歳。職業は「農民」、ミネソタ州生まれ。父ウィリアム・オコンルは四十七歳の農民。カナダ生まれで、両親はアイルランド人。デ・スメットではふたりは、アーサー&ジェニー・シャーウッドの家に下宿。『町』に息子の方が、ビル・オダウドとして登場する(第六章)。

＊30　トーマス・T・パウアーと妻エリザベスはアイルランド生まれ。デ・スメットへ来る前は、ミネソタ川カッソンに住んでいた。一八八〇年、彼は五十歳、職業は「仕立て屋」で、六人の子持ち。バイ版で、ワイルダーはパウアーのアイルランドなまりを生かすために、歌を少し変えた。

脚に歩調を合わせようと必死になりながら、甲高い声で、「わたしゃ、T・P・パウアー、酔っ払っとりまあーす」[＊30]と叫んでいました。ビルは、「おれはT・P・パウアー」とはいいませんでしたが、「酔っ払っとりまあ――す」というところになると必ず低い声で一緒に叫ぶのでした。まるで、池にいるウシガエルのような声でした。ビルを困った人だと思いながらも、わたしはおかしくてたまらず、涙が出るほど笑ってしまいました。こんなおかしな、へんてこな人たちのいる町から、家へ帰れることになったときは、ほっとしたものです。

パーはアーネスト・ペリーが耕した土地にトウモロコシを植えました。それはびっくりするほど元気にすくすく育ち、鮮やかな緑色の葉をつけました。実がぱんぱんになると、見るもりっぱなブラックバードが群れでやってきて、手当たり次第に食べ始めました。

群れの数のすごさときたら！　ごく普通のブラックバードも、頭の黄色いブラックバードも、頭が赤く、羽根に赤い斑点があるブラックバードもいました。[＊31]頭が赤と黄色のブラックバードは、他のよりも体が大きいのです。大群のブラックバードは、うちの畑を食いつぶしそうな勢いでした。パーは鉄砲で撃ち落としたり、追い払ったりしました。でも、一斉に飛びあがって、渦を巻いた雲のように逃げても、また戻ってきて、畑の作物にたかるのです。最初、パーは撃ったブラックバードを落ちたままにしておきました。うちの子猫はもう大きくなってお母さんになり、自分の子猫たちにブラックバードを持っていきましたが、そこらにネズミや地リスがたくさんいるので、鳥までは食べません。

そこで、パーは撃ち落とした鳥を何羽か持ち帰り、料理できないかといったのです。

「わたしはテイ・ペイ・パウアーです。酔っぱらっとりまあす」。『町』では、パウアーをプライヤーと変えた（第六章）。一八八三年、デ・スメット・リーダー紙は「通りを酔っ払いが千鳥足で歩き、どなっている」と書き、「デ・スメットには厳しい禁酒運動が必要である」と結ぶ（30A）。

＊31　ワイルダーのブラックバードの描写は、オオクロムクドリモドキを思わせる。黒光りした、うるさい鳥で、大きな群れを作って、穀物畑を襲う。頭の黄色いブラックバードや赤い羽のブラックバードは、植生の豊かな湿地を好むが、オオクロムクドリモドキのように、穀物畑にえさを求めることが多い（31A）。

＊32　ワイルダーは「六ペンスの歌をうたおうよ」で始まるわらべ歌に言及している。『町』で、かあさんはブラックバードのパイを焼き、家族は歌をうたう（第九章）。

＊33　バイ版では、この結果を変えた。「けれど、トウモロコシはなくなってしまいました」。『町』では、ワイルダーは収穫がなかったことと、メアリの大学の費用とを結びつけている。とうさんは雌牛を売ることにし、メアリにいう。「今は、おまえが大学へ行くときなんだ……ブラックバードごときに、それをじゃまされてたまるもんか」（第九章）

食べた人がいたかどうかは知らないけれど、おいしそうだと思ったのです。わたしとマーは、フライパンいっぱい分の鳥をさばきました。背中から切り開いて、丸ごといためたのです。とても太っていて、油を入れなくてもいためられ、身はやわらかくておいしかったです。わたしたちは、王さまのごちそうになったのが、なぜ二十四羽のブラックバードだったか、やっとわかりました。*32 そのあと、わたしたちは毎日、食べられるだけブラックバードを食べ、パーはせっせと鳥を撃ち落とし、かなりのトウモロコシを守ったのでした。*33

いよいよ干し草作りのときがやってきました。パーは町の仕事をいったんやめ、マーとわたしに手伝わせて、干し草作りをすることにしました。夏の間、わたしたちはメアリをアイオワ州ヴィントンにあるアイオワ盲人大学へ入れる話をしていました。*34 そして、干し草作りが終わると、マーとわたしはメアリが大学へ行くための服を作り始めました。*35 メアリはめでたく大学へ行かれることになったからです。

マーとパーがメアリを大学へ送って、生活が落ちつくまでの間、ジェニーとゲイロード・ロスのきょうだいがうちへやってきて、キャリーとグレイスとわたしと一緒に留守番をしてくれることになりました。ゲイロードが外の仕事をし、ジェニーがわたしたちの面倒をみてくれました。*36 パーとマーが留守をしたのはほんの一週間でしたが、すごく長く感じられました。わたしはロスきょうだいが好きではなかったからです。うまく説明できませんが、ゲイロードはなんとなく感じが悪く、でも、ジェニーのほうはもっといやでした。ジェニーは、なんだかわからないけれど、いやらしい話をしたり、うちの猫をいじめたり、だらだらしていたり、けんか腰になったりしました。ジェニーとゲイロードはしょっ中、けんかをしていました。ある晩、やっとパーとマーが町から歩いて帰ってきて、ジェニーとゲイロードが次の朝、帰っていったとき、わたしとキャリーは

＊34　一八五三年、アイオワ・シティに盲人施設が開かれ、ヴィントンに移ってから十年後の一八七二年、アイオワ盲人大学になった。ダコタ・テリトリーには盲人のための学校がなかった（サウス・ダコタ州には一九〇〇年までなかった）ため、アイオワ州の学校では、ダコタ・テリトリーの目の不自由な生徒を引き受けた（一八八三年はたった三人）。費用は「わずかですんだ」（34A）。一八八一年一〇月三日、キングズベリー郡の学校教育長が、十六歳のメアリ・インガルスは目が不自由で、「普通学校では教育が受けられない」と認定し、「盲人のための施設に入ったことはないため、五年間、盲人大学の恩恵を受ける権利を有する」とした（34B）。テリトリーの長官、ニヒマイア・オードウェイは、一〇月一五日にそれを承認し、メアリ・インガルスは、一八八一年一一月二三日に、アイオワ盲人大学に入学。インガルス一家はふさわしい服装と小遣いとヴィントンまでの交通費を工面しなければならなかった。それから八年間、メアリは短大相当の教育を受け、さらに音楽と、裁縫や網結びやビーズ細工などの手工芸を学んだ。「インガルス嬢は、盲人大学で、すばらしいビーズ細工の時計ケースを作り、E・ブラウン牧師に贈った」と、デ・スメット・リーダー紙は一八八三年に記す（34C）。卒業は一八八九年（34D）。

＊35　PGではワイルダーはメアリの服装については書いてないが、『町』ではか

ほんとうにうれしかったものです。

メアリが大学で居心地よく暖かく暮らすことができて、食べ物も友だちもよく、勉強を続けられるときいて、とても幸せな気持ちになりました。メアリはずっと勉強が大好きで、家族いちばんの秀才でした。[37]でも、わたしは勉強があまり進まず、おばかさんでした。これからメアリは大学の教育を受けられるだけでなく、手仕事も身につけられるのです。音楽、裁縫、さらに料理、家事まで学べるのです。目が見えなくてもいろいろなことが学べるのはすばらしい、とマーはいいました。

パーとマーが家に帰ってから数日後、探し物をしていたわたしは偶然、マーがこっそり隠しておいたスコットの詩集を見つけてしまいました。[38]隠してあったのですから、見つけたといってはいけないので、黙っていました。そのまま置いておくのは残念でたまりませんでしたが、わたしはそうしました。すると、クリスマスにマーがそれをプレゼントしてくれたのです。アイオワ州ヴィントンでそれをわたしのために買ってきてくれたのでした。

秋、学校がまた始まりました。キャリーとわたしは農地から歩いて学校へ通いました。先生は、イライザ・ジェイン・ワイルダーといって、ワイルダーきょうだいの真ん中の人です。[39]学校へ歩いていくのは楽しかったのですが、たったひとついやだったのは、行きに、銀行家のルースさんが持っている何頭かの雌牛と、純血のジャージー種の雄牛[40]に出会うことでした。牛たちは放し飼いになっているので、朝も夜も、町を出たあたりの道ばたにうろうろしているのです。雄牛は頭を低くして、うなり声をあげながら、わたしたちに土をひっかけてきます。角がすごくとがっているので、そばを通るのが心配でしたが、わたしはそんなにこわくありませんでした。牛が来ても逃げられる自信があった

(▼266ページへ)

なりくわしく描写している(第九章)。かあさんがメアリのしたくのために使ったお金のほとんどは、ローラがホワイトさんの店でシャツを縫って稼いだ九ドルから出ている。よそゆきの服、絹の長手袋、ビロードの帽子。実のところ、ワイルダーが家に入れたのは、一ドル十九セント。一九三〇年代、ワイルダーは十四歳のときに自分がつけていた「ホワイトさんの店での収支」というメモを見つけ、レインにそれを写して送ったのだ。それによると、ワイルダーは実際に稼いだ額の三ドル七十五セントのうち二ドル五十六セントを使った。キャラコの布地四ヤード、鋼製の指ぬき、布製の靴、アクセサリー、羽根飾り、そして、絹地半ヤードだ。絹地は長手袋用だろう。クレイソンの奥さんには、「帽子に羽根飾りを縫いつける」のに二十五セント払ったのだが、それもメアリのためだったろう(35A)。

＊36　ジェニー・ロスは、一八八一年、二十一歳で、学校区三十二で先生をしていた。バイ版にも『町』にも、ロス家の子どもたちがインガルスの家に泊まったことは書かれていない。『町』では、ローラがキャリーとグレイスの面倒をみるようにいわれている(第十章)(36A)。

＊37　ブラント版は、この行の後半分を除き、修正した。「家族いちばんの秀才でした」とし、次の段落には追加がある。「そして、わたしは大学教育を受けたいと熱

(↘)

望していたけれど、メアリが受けられることになってとても幸せでした」。『町』ではこうなっている。「メアリは昔からずっと勉強が大好きだった。これで、今まで習うチャンスがなかったことを、思い切り勉強できる」（第十章）

＊38　サー・ウォルター・スコット（一七七一～一八三二）は、スコットランドの詩人、伝記作者、小説家で、近代歴史小説の発展に大きな貢献をした。現在でも読まれている作品には、『アイヴァンホー』や『ロブ・ロイ』などのウェイバリー・シリーズがある。『町』でローラが見つけるのはテニソンの詩集であり、スコットの本ではない（第十二章）。

＊39　一八八〇年の人口調査では、イライザ・J・ワイルダーはキングズベリー郡に住む、二十九歳の農民とある。その農地は、二十二歳の弟アルマンゾの農地と三十二歳の兄ロイヤルの農地と近接していた。イライザ・ジェインは、E・Jとしても知られ、一八五〇年生まれ。ジェイムズ＆アンジェリン・ワイルダーの三番目の子どもた。ニューヨーク州マローン近くの農場で育ち、地元のフランクリン・アカデミーに通い、十九歳で教師となった。家族がミネソタ州スプリング・ヴァレーへ引っ越したあと、イライザは一八七〇年代半ばに家族のところへ戻った。農地所有者として暮らしたことを書いた身上書の最初に、一八七九年四月に、ダコタ・テリトリーのヴァレー・スプリングズで教えていたとある。デ・スメットの南東約八十マイルのところだ。学期と学期の間に、彼女は「レインジ56、タウンシップ111、セクション28、北20の半マイル四方の土地」を申請し、同時に、自分の農地から二マイルほど離れたところに樹木農地を申請した（39A）。そして、アルマンゾを雇って、自分の農地に草土の家を作り、学校で一学期間教えると、一八八〇年四月にキングズベリー郡に移った。一八八〇年から一八八一年の冬は、ミネソタ州で過ごし、また農地へ戻った。「厳しい冬」のあと、「一八八一年五月一〇日より前で、最初またはその次の汽車がダコタ・テリトリーへ入ったときに」だ（39B）。八月、またミネソタ州へ戻り、そこに一八八二年初めまでいた。従って、PGとは違い、一八八一年の秋にはデ・スメットで教えていなかったのだ。そのかわり、一八八二年九月、デ・スメットで秋学期を教え始めた。「もし望めば、今年ずっと教えられると思っていた」（39C）。PGに出てくるいろいろな事柄は、流動的で、必ずしも時系列に合っていない。これが、創作上の意図かどうかわからない。しかし、PGの最後のほうのセクションで、ワイルダーは時系列には合っていなくとも、起こったことは事実であると述べている。『町』で、ワイルダー先生は、長い冬のあと、秋学期を教える。この流れは、作品の筋をいっそうくっきりさせ、物語をぐいぐい進めるのだ。

『町』で、イライザ・ジェインが最初に登場するシーンはこうだ。「とても感じのよさそうな先生だ。黒っぽい灰色のドレスは、メアリのよそいきのように、流行のおしゃれなスタイルで、まえは細身でかっちりしていて、プリーツのフリルがすそについたスカートは、床にふれるくらい長い。さらに、オーバースカートはたっぷりしたひだにおおわれ、短いもすその上あたりで、ふわっとふくらんでいる」（第十一章）。イライザ・ジェインはレインの小説『自由の土地』にも「おしゃれな人」として登場する。「狭い額に前髪をくるくるにしてたらし、フランス人風キャラコ地の服を着て、イヤリングを揺らしている」（39D）

＊40　六世紀もさかのぼる血筋を持つ、ジャージー種の牛は、世界で最も古い乳牛種。リッチな乳脂肪を含んだミルクがたくさんとれる、貴重な牛。この種は、イギリス海峡のジャージー島原産で、大きな雄牛は重さが千二百ポンド～千八百ポンドくらい。ジャージー種の牛は怒りっぽく、デ・スメットの若いトーマス・キャラハンがそれを証明した。一八八四年七月末、飼っているジャージー種の雄牛を追っていたとき、彼は「猛烈に襲われて」、角で持ちあげられ、「二十回くらいも」放りあげられ、若者の首も肩も「打撲で青黒い、ぐちゃぐちゃの肉塊」になったが、命は取り留めた（40A）。

＊41　ワイルダーは同じような場面を

からです。でも、キャリーはあまり体力がなくて、体がひょろひょろしていたので、キャリーを連れて逃げるのは難しいと思ったのです。

ある晩のことです。帰り道に、道ばたでその雄牛を見ました。そこで、少し遠回りをして、ビッグ・スルーを通ることにしました。ところが、歩いていくと、丈の高い草はわたしたちの頭の上まで茂っているので、どこでビッグ・スルーから出られるのかわからなくなってしまいました。春に通ったときには、この道はずっとビッグ・スルーの先まで続いていたので、このまま進めば、道へ出られるはずなのです。そこで、とにかく草の中をどんどん歩いていくと、草が刈られた場所に出ました。ひと組の馬がいて、うしろの荷台に干し草の山があります。下にいる背の高い男の人が、草を干し草の山に放り投げています。その山の上には、わたしより大きな少年というか、若い男の人が腹ばいになって、両足をあげていました。ちょうどそのふたりが目に入ったとき、下にいた男の人が、熊手で干し草をどっさりその若い人の上に放り投げたのです。わたしたちは、「こんばんは」と声をかけました。その間に、干し草山の中から若い人がはいだしてきて、わたしたちを見つめました。そのまま先に歩きながら、わたしはキャリーにいいました。「下にいた人はワイルダーさんよ。もうひとりはきっと弟ね」。わたしがその弟に会ったのは初めてでした。*41

パーに、ルースさんの雄牛が足を蹴りあげて、うなり声をあげたので、遠回りをして帰ってきたという話をすると、パーはすごく怒りました。パーが本気で怒ったのを見たのはこれまでに二、三回くらいしかありません。怒ると、パーの青い目がいっそう青みを増して、火花が散るくらいぎらぎら光り、声がいっそう深く低くなるのです。でも、今度はこういっただけでした。「ルースにいってやらねばなるまい」

『冬』の冒頭に書いた。ローラとキャリーが近道してビッグ・スルーを通り抜けようとして、ワイルダー兄弟に会うところだ。（第二章）。ローラとワイルダーの弟は会話をかわすが、それがのちに彼がローラの人生に大きな意味を持つ人となることをほのめかす。「その青い目が、まるでずっと昔からローラを知っていたように、きらっと光った」。ワイルダーはアルマンゾをいかにして「小さな家シリーズ」に登場させるのが最も効果的かをさんざん考えてきていた。実は、アルマンゾとの出会いは、これが二度目。『岸辺』で、ローラは馬を御しているアルマンゾをちらりと見かけたことがある（第二十八章）。ワイルダーがレインに送った手紙やメモを見ると、ふたりが初めは別のシナリオを考えていたことがわかる。たとえば、レインは『岸辺』で、ローラがとうさんと一緒に猟に行き、そのときにアルマンゾの農地のそばを通るという案を出していた。「でも、アルマンゾの農地小屋を見たローラの反応をどう書いたらいいか、わかりません……そもそも、ローラがとうさんと一緒に猟に行くこと自体、ないと思いますしね」。そのかわり、ワイルダーは封筒に書いてある「アルマンゾ・ワイルダー」という名前を見て、ローラに「変わった名前だわ」と思わせるようにしたらどうかと提案した（41A）。のちに、『冬』を書いていたとき、ワイルダーはローラとアルマンゾを「猛吹雪で学校が終わりになったときに会わせよう

次の日、パーはわたしたちを学校へ連れていってくれました。牛たちのそばを通りましたが、そのあとは二度とジャージー種の雄牛を見ませんでした。

学校には、新入生が何人かいました。ブラウン牧師が奥さんと養女のアイダ*42を連れてやってきていました。また、仕立て屋のトム・パウアーの娘メアリ・パウアー*43と、ウォルナット・グローブから来たジェニーヴ・マスターズがいました。アンクル・サム・マスターズ*44が、家族全員を引き連れて春にこちらへやってきて、町の西に農地を申請したのでした。ミニー・ジョンソン*45と、年少のローラ・レミントン*46もいました。今度の学校は生徒数がかなり多く、知っているのは数人の年少の生徒たちとジェニーヴだけで、あとはみんな、知らない人たちばかりでした。

わたしは人見知りなので、知らない女の子たちや、初めての先生に会うのは苦手でしたし、何より我慢できなかったのは、ジェニーヴでした。ジェニーヴときたら、性格はウォルナット・グローブ時代からちっとも変わっていませんでしたが、背が伸びて、ほっそりして、肌がきれいになって、いつもきれいな服を着ていました。わたしは相変わらず、ころころした体格のおてんばで、服もとりたてていえるものではありません*47。新しい服を作れるお金も時間もなかったのです。一応ちゃんとした服でしたが、かわいらしい服とはいえませんでした。

アイダ・ライト(LIWHHM)

学校へ行って、校庭にたくさんの生徒たちがいるのを見ると、足がす

と思います。生徒たちがキャップ・ガーランドのあとについていかれなくなって、迷子になるところがあるでしょう。あそこをどうしようか、迷っているのですが、ローラとアルマンゾを先に町へ行かせたらどうかと思うのです」(41B)。ワイルダーを創作上の正しい判断へ導いたのは、読者が何を期待しているかを敏感に察知する力によるものだ。「読者はみんな、どうやってローラとアルマンゾが出会ったか、どこで、いつ、ということをいちばん知りたがっているようです……大勢の読者が早くふたりのことを書いてほしいというのです」(41C)

*42 ブラント改訂版とバイ版で、ワイルダーはアイダを「かわいいフランス娘」と書いた。おそらく、ミドルネームがベル(フランス語で美女という意味がある)だからだろう。写真を見ても、とてもかわいいひとだが、アイダはフランス人ではない。一八八〇年の人口調査では、アイダ・B・ライトは十三歳、イリノイ州生まれで、ウィスコンシン州ウェスト・セイラムにある、エドワード・ブラウンと妻ローラの家で暮らしていた。アイダの実の親はイギリス人と記録される。アイダはイリノイ州生まれで、シカゴで、お針子で二十八歳のキャサリン・ライトの家で暮らしていた。店を手伝う十歳のヘンリーと、七歳のメアリもいた。人口調査員は、ライト家の子どもたちはみな、「外国生まれの両親」を持っていたと書く。しかし、

くんでしまい、てのひらにじわっと汗が出てきて、持っている本がねっとりするような気がする朝がよくありました。キャリーも、服だって、人見知りだって、わたしと同じようなものでした。キャリーにはいやな思いをさせてはいけない、わたしはそう思って、勇気をふるい起こしたものです。そんなわたしの気持ちは、キャリーですら知らなかったでしょう。

ですから、考えてみれば、そんなわたしが学校でリーダーになってしまうなんて、とても不思議でした。アイダ・ブラウンは席が隣で、アイダとメアリ・パウアーはわたしのいい友だちになりました。ふたりともどういうわけか、何か問題があると、わたしに相談するのでした。年少の生徒たちはみんなわたしのことを好きになってくれて、困ったことがあると駆けよってきて助けを求めたり、一緒に遊ぼうと誘ってくれたりしました。学校には大きな男生徒はいませんでした。みんな、働いていたからです。わたしとアイダとメアリは、ジェニーヴと仲良くしようとしました。けれど、ジェニーヴはニューヨークにいたことで、自分は他のみんなより上のランクにいるのだと思っていて、鼻をつんとあげ、みんなを馬鹿にしたようなことをいったので、わたしたちはもうジェニーヴにかかわらないようにしました。すると、ジェニーヴは「先生のお気に入り」になろうとして、遊び時間も先生にべったりになりました。

学校が始まってからそう日がたたないうちに、ワイルダー先生は学歴はあるけれど、生徒たちの扱いがうまくないことがわかってしまいました。*48 態度が公平でなく、気分屋なのです。ある日よいといったことを、次の日には厳しくだめだといったりするのですから。先生が生徒たちを制御できなくなってしまったので、当然のことながら、生徒たちもまったくいうことをきかなくなりました。

(▼270ページへ)

別の人口調査では、アイダの両親はイリノイ州生まれ。また別の資料では、アイダ・ベル・ライトは一八六六年九月、シカゴ生まれ、トーマス&キャサリン・ライトの四番目の子どもで、アイダと兄トーマスだけが、一八七一年のシカゴ大火事で生き残ったという。アイダが養女になったいきさつは不明だが、『町』ではアイダは、「ブラウンのおかあさんがあたしを孤児院から連れだしてくれたのよ」という(第十一章)(42A)。

*43 メアリ・パウアーは一八六六年、ニューヨーク州タスカーラ生まれ。一八八〇年にミネソタ州カッソンからデ・スメットへ家族と共に移住したと思われる。そのとき十四歳。トーマス&エリザベス・パウアーの生き残った六人の子どものひとり。五歳年上の姉スージーは、一八八三年、デ・スメット初期に新聞社をやっていたジェイコブ・ホップと結婚(43A)。

*44 ジェナヴィーヴ・マスターズはサミュエル&マーガレット・マスターズの末娘。『町』で、ワイルダーは彼女に、もうひとり別の人物、ウォルナット・グローブで知り合った少女を投影させた。一九三八年、ワイルダーはレインに書く。「『プレアリー・ガール(大草原の少女)』(『町』と『幸』の元となった)では、ネリー・オルソンとしてジェニー・マスターズを描きます。そうすれば、プラム・クリークから来た女の子はひとりになるでしょう。あ

(↘)

のふたりは性格的に似ていますから」(44A)

＊45　ミニー・ジョンソンは一八六九年頃生まれ。ティモシー・H&スーザン・ジョンソンの娘。一家は一八八〇年後のいつか、ウィスコンシン州から移住し、デ・スメットの南に農地を持った。『町』では、ミニー・ジョンソンに少し歳を足し、学校では「上級の女生徒」のひとりとし、座席はメアリ・パウアーと並ぶようにした(第11章)(45A)。

＊46　一八八〇年の人口調査には、キングズベリー郡にレミントンという家族はひとつだけ。フランシス・P・レミントンと妻エレンである。ひとり娘はグレイス(ローラではない)で、一八八一年には六歳だったと思われる。

＊47　服装や流行は、PGでも、「小さな家シリーズ」の最後の二冊でも、大きな話題になっている。実際のローラも、物語のローラも、青春時代に入ったからだ。『町』で、ワイルダー先生とネリー・オルソンは、東部の流行を共通の話題としている。ネリーが校舎に入ってくると、ローラはその服装を細かくチェックする。「まえすそが腰のあたりから斜めに広がったポロネーズのついた、子鹿色の服を着ている。スカートのすそまわりと首まわりには、たっぷりしたプリーツのフリルがついていて、幅広の袖口からも、フリルがたれさがっている。のどもとは、たっぷりのひらひらレースで飾られている」(第十一章)。対照的に、ワイルダーと姉妹の少女時代の写真を見れば、ワイルダーが自分たちの服を「とりたてていえるものではない」といっていたのが裏付けられる。ローラとメアリは、おそろいのチェック柄の服を着て、飾りはシンプルなリボンのタイと、袖口と首まわりについた、細いレース編みだ。ほとんどの青春期の娘たちの例にもれず、ワイルダーも物語のローラも、自身の見かけにいまひとつ自信がない。PGでは、ワイルダーは「ころころした体格」とか、『町』では「小さなフランス馬みたいに、丸っこくて、がっちりしている」(第十一章)と書いている。この描写はほんとうにかわいらしく、若い読者の心に強く響く。やがてローラは次第に自信を持つようになり、家計が改善されるにつれ、いっそう流行に敏感になっていく。だが、ネリー・オルソンのような、うぬぼれやでおべっか使いではなかった。一九三七年、ワイルダーはかつての学校友だちに自分がかわいいと思われていたのを知って驚く。「友だちが、わたしのことをきれいだったといったのにはほんとうにびっくりしました。だって、ずっと自分はすごくみっともないと思っていたからです。それを気にしないでいられたのは、男の子たちをゲームでうちまかして、自分の見かけのことなど忘れているときだけでした」(47A)。当時の別の友だちはいう。「女の子としてのローラはきれいとはいえませんでした。でも、金茶色の髪、大きな青い目をしていて、何か表現しようとしてその目がきらっと光って、生き生きした感じになると、とても魅力的でした」(47B)

＊48　『町』で、ワイルダー先生は罰を与えることには賛成できないといい、「罰による恐怖を与えるのではなく、愛情によって、教室の規律を守りたいのです」といった。さらに、ワイルダーは書く。「先生のしゃべり方には、上級の女生徒たちでさえ、こそばゆい思いをした」(第十四章)。それから何年もたち、キングズベリー郡初期の住民だったアルヴィン・H・グリーンは、イライザ・ジェインを援護した。「先生はクラスに問題をかかえていたのです……とにかく、あれは農地獲得の時代で、冬は大人といったほうがいいような大きな少年たちが学校へやってきて、うしろに座ってました。悪いことをするわけじゃなかったが、落ち着かず、勉強には興味がなく、もめ事を起こしてはうさばらししていたのです。イライザ・ジェインはそういう子たちをどうにもおさえられず、替わりの先生もなかなか見つかりませんでした。でもやっと、(オーウェン)先生が来ると、その子たちは学校に来なくなりました」(48A)。ワイルダーは、大きい男の子たちが学校へ来る前に、先生は教えるのをやめたと書いているが、時期がずれているのではないだ

わたしは先生がちょっと気の毒になりました。勉強はしっかりしたかったので、先生と親しくなろうとしました。わたしの態度は、先生の助けになっていました。うるさくしている生徒も、わたしがじろっと見ると静かになりました。先生が注意するより効果があったのです。休み時間にわたしは、先生を困らせるようなことを考えている生徒たちに、そんなことをしてはいけないといい聞かせました。アイダやメアリや、それにジェニーヴまでが、先生をちょっと困らせようと持ちかけても、わたしが「だめ、やめましょう!」というと、みんなやめました。口で簡単にそういっただけでした。どうせ、ジェニーヴはなんでもかんでも先生にすぐにいいつけて、わたしたちを窮地に陥れようとしたでしょうから。ジェニーヴはわたしたちに何か先生が怒りそうなことをいわせて、それを先生に伝えれば、先生がそれをそのままみんなにいうだろうと思ったのです。そのままじゃなくて、ゆがめられていた場合もありましたけどね。わたしたちは、たまたまジェニーヴが先生にしゃべっていたのを聞いたことがあるし、そのあとで先生がなんというかも、わかっていました。

パーとマーがアイオワ州から帰ってきてからすぐ、わたしたちは町へ引っ越しました。学校へ通うのが楽になりました。でも、学校の状況はさらに悪くなっていました。ワイルダー先生は、ジェニーヴに吹きこまれたからに違いありませんが、パーが学校委員だ[*49]からわたしはひいきされて当然だと思っているという考えに凝り固まっていました。でも、パーはいつだってわたしに、行儀よくふるまいなさい、といっていました。わたしはわたしで、できるだけ、先生を助けるようにしていたのです。ところが、先生はキャリーにも冷たい態度をとるようになりました。先生はキャリーを終始見張っていて、何かにつけて、キャリーをばかにしたり、ひややかな言葉を投げつけたりするようになったのがわかってきました。

ろうか。イライザ・ジェイン自身がいっていたように、感謝祭が終わるまではやめずに残っていたのだ。いずれにせよ、イライザ・ジェインには支持者がいたのである。アルヴィン・グリーンは思い出す。「先生は大草原を歩きながら、本を前に持って読んでいました。わけのわからない女性では決してなかったと思います」(48B)

*49 チャールズは一八八〇年七月に組織されたデ・スメット学校委員会の最初のメンバーのひとりだった。その学区には、六十三人の生徒がいた(49A)。

キャリーともうひとりの生徒は、ベンチ式の椅子にふたりで座っていましたが、椅子を床にうちつけていた釘がゆるんできていました。ある日、ふたりは勉強をしながら、椅子をゆっくり前後に揺らしていました。やがて、椅子がカタン、カタンと音をたて始めました。でも、ふたりは勉強に夢中になっていたので、気づきません。椅子はますます傾いていきました。ふたりの椅子はわたしの目の前だったので、わたしはふたりをじっと見ていたのですが、ついに先生が声をあげました。

「そこのふたり、椅子を揺するのが好きなら、教科書はしまって、ずっと椅子を揺すってらっしゃい」

ふたりは教科書を片付けました。ところが、もうひとりの生徒[*50]はさっさと通路の向こうの空いた席へ移ってしまったのです。重たい椅子を揺らすのはキャリーだけになってしまいました。でも、ワイルダー先生は何もいいません。その子だって、キャリーと同じようにいけないことをしていたのにです。なのに、先生はキャリーだけに椅子を揺す

イライザ・ジェイン・ワイルダー(LIWHHM)

＊50　ワイルダーはキャリーと座席が隣になる子に名前をつけた。メイミー・ビアズリー(『町』第十四章)。一八八〇年、ジェローム・C・ビアズリーはデ・スメットでホテルを経営し、彼と妻マーサには、四歳の娘メアリがいた。第十四章は、この事件と、さらにPGのオリジナルに書かれている事柄をかなりくわしくたどっている。

らせ、少しでも力が抜けると、もっともっとというのでした。キャリーは体が弱いので、無理だとわたしにはわかりました。キャリーはときどきふうっと気を失うことがあり、ワイルダー先生だってそれはわかっているはずです。ですから、そのうちに先生がやめさせてくれると思っていました。ところが、先生はいいました。

「キャリー、もっと強く！」

キャリーの顔がしだいに青ざめてきました。いきなりわたしは立ち上がり、いいました。

「先生、キャリーの揺すり方が気に入らないのであれば、わたしがやります！」

「いいですとも」

先生はいかにもやったという風に意気揚々と答えました。ずっとわたしをこらしめるチャンスを狙っていて、初めてそのチャンスがきたかのように。というわけで、わたしは前の椅子へ移り、キャリーの隣に座りました。静かにして、休んでいていいからね、とそっとささやきました。いよいよわたしは揺すり始めました。そうっと、やさしくどころか、思い切り、ドタン、バタンと揺すりました。前、うしろ、前、うしろ、思い切り揺すったので、ものすごい音が響きました。

教室は、勉強どころではなくなりました。先生がすっかり頭にきているのは明らかでした。わたしは先生から目を離さずに、揺すり続けました。先生はわたしをにらんでやめさせようとしましたが、わたしの目に燃え上がっている怒りの炎をまともに見ることができず、目をそらせてしまいました。二十分ほどたつと、ついに先生は椅子を揺らすのはやめなさいといい、わたしとキャリーに家へ帰りなさいといいました。最後にバタンと椅子の音をたててから、わたしたちは家へ帰りました。あとで話を聞いたパーは、困ったなという風に首をふり、明日の朝はいつも通り学校へ行って、「行儀よくふるまいなさい」といいました。とはいえ、パーもマーも、わたしがやったことを非難しはしませんでした。

次の朝、わたしとキャリーは学校へ行きました。わたしは行儀よくふるまいましたが、他の生徒たちが好き勝手な行動をとるのを止めはしませんでした。[*51] みんなは好き勝手にしたのです。男の子たちは、授業中に通路で馬跳びをしたり、つばでまるめた紙をとばしたり歯の間からヒュヒューッと下品な音をたてたり。男子も女子も、石版に絵を描いて、それにおもしろい言葉を書き、教室で回しました。でも、わたしはひとり静かに勉強しようとしていました。七歳から十六歳までの子どもたち三十人が、教室でめちゃくちゃに好き勝手なことをしている様子のすさまじさ。そんなものを見たことの

キャリー、メアリ、ローラの3姉妹。1879年～1881年頃(LIWHHM)

＊51　バイ版にはこうある。「次の日、キャリーとわたしは学校へ戻りました。表向きは完璧に、でも、心の中では密かに無法地帯を促していました」。『町』の第十五章の大部分は、生徒たちのむちゃくちゃぶりをおもしろおかしく描いている。

ない人には、それをいい表したり想像したりなど、到底できないでしょう。

学期の最初に、ワイルダー先生はうかつにも生徒たちに昔のことを話してしまいました。子どもの頃に学校で、他の子どもたちが先生をからかって、「シラミぼりぼり、ラウジー・ジェイン」といったことです。先生の名前はイライザ・ジェインでした（訳注：イライザを少し変えてラウジーとすると、シラミがたかった、という意味になる）[*52]。

ある日、アイダ・ブラウンが石板に、とうてい美人とは思えない女性の絵を描いて、その下にこう書きました。「だれも行かない、シラミぼりぼり、ライザ・ジェインの学校へ」わたしはその文字を消して、かわりにこう書きました。

「学校へ行くって　ああ愉快
笑って笑って　一トン太った
おなかが痛くて　たまらない
シラミぼりぼり　ラウジー・ジェイン」

これが教室の混乱に火をつけてしまったのです。わたしには弁解の余地もありません。鞭でたたかれてもしかたがありません。それにしても、みんながやったことときたら！

アイダはその石版をみんなに回しました。すると休み時間に、そのへぼな詩に節をつけてみんなが大声で校庭をうたって回ったのです。学校の混乱はいきなり始まったわけではありませんが、わたしとキャリーが椅子を揺すった日を皮切りに、事態は日ごとに悪くなっていきました。そしてついにある日のこと、学校委員たちが揃って、わたしたちの様子を見にやってきたのです。

＊52　バイ版には追加がある。「彼女はその名前が嫌いだったとわたしたちにいいました。だから、それを使わなかったのです。きょうだいたちも、『E・J』と呼んでいました」

＊53　フランク・B・クルーエット（Clewette）は、デ・スメットで教えていたとき、二十歳代の初めだった。ウィスコンシン州で育ち、州の「公立学校」で学び、一八八〇年の人口調査には、ウィスコンシン州ミドルトンの農業労働者とある。ダコタ・テリトリーのウィロウ・レイクでイディス・ホーズと結婚し、最後はふたりでロサンゼルスへ移住。フランクはセールスマン、穀物と家禽肉配給会社の監督官や、家具会社の梱包係として働き、一九三六年、カリフォルニア州で没。『町』にも物語のクルーエット先生（Clewett）として登場し、「物静かだけれど、きびしく、規律をびしっと守らせる先生だ」とある（第十六章）。デ・スメット・リーダー紙は簡潔に記す。「先週、クルーイット氏（Clewitt）は学期をりっぱに終えた」（53A）。イライザ・ジェインは、デ・スメットの学校をやめさせられたことには触れず、ただ、こう書く。「学期が終わったとき、わたしはくたびれきっていて、もうなんの仕事もできそうになかった」（53B）。イライザ・ジェインはミネソタ州に戻って冬を過ごしたが、春にまたダコタへ戻って、農地で働き、他の土地にも投資をした。そして、三番通りの土地を百

先生は学校委員たちに困った事態を語りました。わたしが騒ぎの発端を作った超本人だといいつけたのでした。わたしがいなければ何も起こらかったはずだといい、細々《こまごま》と、うそを並べたてました。事実をねじまげて、まことしやかに伝えたのです。さっとわたしは手をあげました。でも、パーがわたしを見て首を横にふり、くちびるに指をあてました。わたしは黙るしかありませんでした。学校委員はひとりずつ、わたしたちに行儀をよくして、先生のいうことを聞き、しっかり勉強するように、といいました。そして、ワイルダー先生に、学校委員は先生の側に立って、この月が終わるまで、生徒たちが先生のいいつけを守るように協力すると約束しました。その月が終わると、今度はクルーエットという先生がやってきて、学期の残りを担当してくれました。[*53]

寒い季節になると、男生徒たちがやってきました。キャップ・ガーランド、ベン・ウッドワース、フランク・ハーソーン、アーサー・ジョンソンです。[*54] 俄然、学校がおもしろくなりました。わたしはまた、野球をやりました。[*55] アイダ・ブラウンとメアリ・パウアーはわたしと一緒にやりましたが、ジェニーヴは教室を出ませんでした。「お肌が気になるのよ」と、わたしたちはいい合ったものです。けれど、キャップがわたしたちにキャンディを持ってきてくれるときは必ずそばにいました。キャップはよくキャンディを紙袋にいっぱい入れて持ってきたのです。ジェニーヴはだれよりも先にそれをちょうだいとねだりました。そこで、キャップは袋を渡しましたが、その白いまつげの下の青い目には、わたしとメアリに対して申し訳なさそうな色が浮かんでいました。ジェニーヴは一度だけ、わたしたちに回してくれましたが、残りは全部独り占めしたのです。

そのあとからは、キャップが袋を持ってくるたびに、ジェニーヴは当然のようにそれを自分のものにしました。たとえ、キャップがメアリにそれを渡そうとしても、でした。

ドルでキャロラインに売った。一八八七年、そこにチャールズは家族の最後の家を建てた。一八八〇年代半ばに、イライザ・ジェインはダコタ・テリトリーをこれを最後と離れ、ワシントンD・Cへ移り、一八九三年まで内務省で秘書として働いた。ミネソタ州に戻り、十八歳年上のやもめのトーマス・セヤーと結婚し、ルイジアナ州クラウリーの彼の所有地へ移住。ひとり息子のウォルコット・ワイルダー・セヤー（ワイルダーと呼ばれた）が生まれたのは、一八九四年。トーマス・セヤーはそれから五年もたたないうちに亡くなったが、イライザ・ジェインは息子と共にクラウリーに留まった。一九〇三年レインがセヤー家に滞在して、一年間の高校時代を過ごした（53C）。

*54　大きな男の生徒たちはたいがい、季節の仕事が終わるまで農場で働いた。一八八二年末または一八八三年の初め頃、キャップ・ガーランドは十六歳くらい。ベン・ウッドワースは十四歳くらい。フランク・ハーソーンは十六歳くらい。ミニー・ジョンソンの兄アーサー・ジョンソンは十六歳くらい。

*55　一八三九年に、ニューヨーク州クーパーズタウンでアブナー・ダブルデイが野球を発明したという話は、アメリカにおけるこのゲームの初期の複雑な歴史を考慮に入れていない。十八世紀、外国から移民たちが、バットとボールを使うさ

そして、おべっかを使いながら、甘えた声でしゃべり続けました。「キャッピーって、すてき。背が高くて、力もあるし」などなど。キャップは何日もメアリに袋を渡そうとしたのですが、そのたびに、ジェニーヴに横取りされ、メアリに渡せずじまいになっていました。

そこである日、わたしは思い切った行動に出ました。

「あら、キャップ！　ありがとう」。そういって、ジェニーヴの手から袋をもぎとったのです。そして、メアリとわたしとアイダでキャンディを全部食べたのでした。キャップはうれしそうに、にこにこしていました。陰ではいつも、ジェニーヴはキャップをからかっていました。

その日の晩、家に帰るときには、こともあろうにこんなことをいったのです。「そりゃ、キャップのキャンディは好きだけど、でも、キャップなんか、どうってことない！　ふん、何よ、あんなやつ」と、唇をとがらせ、鼻を鳴らしました。

また、ジェニーヴはわたしにいわれたことも気に入りませんでした。わたしたちは激しいけんかをしました。こんなけんかは初めてでした。ジェニーヴはいろいろ意地の悪いことをいいましたが、中でもいやだったのは、わたしが太っていて、洋服もみっともないといったことです。お返しに、ジェニーヴは大足で、それから、わたしの服は少なくとも自分のもので、だれかさんみたいに、貧しくて、おばさんやいとこのお古を着ているわけじゃない、といってやりました。[*56] ウォルナット・グローブのマスターズの奥さんとナニーは、サム・マスターズの奥さんに古い服を送り、奥さんがそれを仕立て直したのです。だから、ジェニーヴの服は上等な、きれいな布地でできているのでした。

まざまなゲームを移入した。一八四〇年代にニッカーボッカー野球クラブがやったニューヨーク式が、今日知られているアメリカ野球の基礎となった。一八六三年には、デ・スメットにも「野球クラブ」ができていた。(55A)。その他の遊びも、ブラント改訂版とバイ版には紹介され。「雪が深いとき、わたしたちは雪合戦をしたり、男の子たちに手押しのそりを引いてもらったりしました。すべりおりるような坂がなかったからです」(バイ版)

＊56　『町』で、ローラとネリー・オルソンは、家庭環境について公然といい合っている。ネリーはローラにいう。「あたし、先生になんかならなくてすんで、よかったわあ。うちの家族は、あたしが働かなくてもちゃんとやっていけるんですもの」。それにローラはいい返す。「もちろん、その必要はないでしょうね。だけどね、ネリー、うちは東部の親戚から仕送りをしてもらうほど貧乏じゃないわよ」(第十六章)。ワイルダーはこのいい合いを、物語を進めるために有効に使っている。ローラが教員免許試験に合格できるかはらはらしている気持ちが強調されるからだ。

そのとき、わたしはあることに気づきました。科学的に証明されるずっと前のことですが、怒りは人の心に毒をもたらすということでした。その日、学校から帰ったわたしはおなかが痛くなり、ひどい頭痛で、寝込んでしまったのです。

クルーエット先生のもとで、わたしたちはすごく勉強しましたし、遊びもよくしました。雪が降ると、雪合戦をしたり、男生徒に引いてもらって、小型そりで遊んだりしました。引いてもらったのは、すべり降りる斜面がなかったからです。あるとき、四人の大きな男生徒が、わたしたち四人の女生徒をそり遊びに誘いました。そりは、四人乗るには小さすぎて、わたしたちはあちこちに脚をつき出して乗るしかありません。なのに、男生徒たちはそりを引っ張って走り出し、町なかまで行こうとしたのです。でも、わたしが必死になってキャップにやめてと頼んだおかげで、あんなみっともない格好で本通りをすべらずにすみました。

ベン・ウッドワースが、誕生パーティを開きました。ベンは馬そりで迎えに来てくれて、みんなを、駅の上の家へ連れていきました。二階がウッドワースの家でした。わたしにとっては初めてのパーティだったので、落ち着かず、ぎくしゃくした感じがしていました。参加したのは全部で九人。学校のわたしたち仲良し四人組と、ベンの兄のジミーもいました。わたしたちが着いたとき、食堂の長いテーブルにはもう食事のしたくができていました。美しい麻のテーブルクロスがかけられ、ナプキンがあって、銀器や陶器が並び、それはきれいにしつらえてありました。それぞれの席には、きれいな小皿が置いてあり、オレンジが載っています。皮を細く切って半分までむいてあり、それがくるりと丸まっているので、まるで金色の花のように見えます。こんなに美しいものを見たことがないと思いました。テーブルの中央に置いてあるバースデイ・ケーキよりきれいに見えました。オレンジはぜいたくな食べ物でした。[*57] わたしたちはお皿の上でそれを丁寧

＊57　オレンジは温暖な地域で栽培されるものなので、鉄道で遠くから運んでこなくてはならなかった。開拓地で見るオレンジはそれこそぜいたく品の象徴だった。

にむき一房ずつ分けて、一度に一房ずつ上品につまんで食べ、種を皮と一緒にお皿におきました(当時のオレンジには種がいっぱいありました。房と房の間の皮がごわごわしていて堅く、すぐにむけたので、汁が飛び散ることはなかったのです)。オレンジを食べ終わると、今度は熱いカキのスープとクラッカーが出ました。そのあとでケーキにナイフを入れ、それぞれが好きなだけ切り分けてもらって食べました。

夕食のあとは、駅の待合室へ移って、そこでゲームをして遊びました。ジミーがみんなの手をつないで輪にすると、ちょっとショックを与えました。ジミーが使っている電信機の電気ショック[*58]で、手にぴりっとした感覚がありました。その晩、みんなは、上機嫌で家に帰りました。

パーティのあと、今度はティンカムの奥さんの家で、婦人援護会が企画した親睦会がありました。[*59] ティンカムさんは、家具店をやっていて、その二階が住居です。参加費は十セントで、みんなにアイスクリームが出ました。もちろん、手作りで、外にありあまるほどある自然の氷で固めたものです。メアリ・パウアーとわたしは参加したのですが、時間の無駄だったような気がして、早めに失礼しました。十セントが惜しくなりました。

毎週金曜日には、大人たちが学校で文芸会を開きました。スペリング競争をしたり、発表をしたり、討論会をしたりしました。[*60]

ある晩のこと、「ジャーリー夫人の蠟人形展」が開かれました。よく知られている人物が衣装をつけた蠟人形のようになって登場するショーで、「ジャーリー夫人」が説明をしてから、名前を呼ぶと、まるで木でできた人形のように[*61]、ぎくぎくしながら動いたり、いきなりがくっ、びくっとしたりするのです。同じ晩に、歌と踊りの愉快なショーもあ

＊58　ウッドワースがやった電気ショック実験は、パーティのために特別行ったわけではないが、「駅舎で、ジェイムズ・ウッドワース氏が行った電気ショック実験は、大変興味深いものだった」と、デ・スメット・リーダー紙は記す。「被験者にとっては、実におもしろい経験だった(58A)。ジェイムズ・G・ウッドワースは一八八三年、十九歳。その年の三月に仕事をやめ、鉄道のオマハ地区の(貨物)担当官の私設秘書として働いた。事務所はミネアポリスにあった(58B)。

＊59　「デ・スメットの慈善団体の婦人たちは、来週火曜日に教会でおかゆとミルクつきの親睦会を開く予定」と、デ・スメット・リーダー紙は一八八三年三月三日に伝えた。それが、ワイルダーが『町』で書いた親睦会と同じかどうかはわからないが、このような親睦会はよく開かれた。目的は、教会に「ランプを入れる」ことで、新聞は人々に参加と「寛大と社交」を呼びかけた。新聞にはその場所が書かれていないが、アデライン&チャールズ・H・ティンカム夫妻は、デ・スメットの名士で、こういう活動を盛んに行っていた。一八八〇年、メイン州の家具作りのチャールズ・ティンカムはデ・スメットまで徒歩できて「荷物をヴォルガに置いたまま、まず家具店を開いたが、『厳しい冬』がきても売れるものは椅子が数脚だけだった」(59A)。妻はあとで夫に合流した。ティンカムはまた、デ・スメットの最初の葬

りました。顔を真っ黒に塗って黒人に扮した数名の人たちの「マリガン兵」というショーでした。[*62] その人たちはうたいながら、木靴をカタカタ鳴らして踊りました。

「おまえのマリガン兵などお笑い草よ！
黒いわしらはめっぽう強い！
わしらは進む　光を浴びて
この黒い足を見るがいい！」

ジェラルド・フラーはショーのスターでした。[*63] チャールトンとジェラルドはふたごの兄弟で、金物屋をやっています。チャールトンは背が高く、体は細く、洗練された典型的なイギリス紳士でした。一方、ジェラルドは背が低くて、ずんぐりで、太ってはいませんが、威厳のいの字もない人で、ごつくて、荒っぽくて、家族の面汚しでした。でも、実はあったかくて、寛大で、親切で、よくみんなを笑わせてくれる、いい人でした。みんなに好かれていましたが、チャールトンだけは違いました。ジェラルドは歌が上手でした。他にもうまい人たちがいました。雑貨店の奥さんのブラッドリーさん[*64]と、荷車引きのトラウズデイルさん[*65]と、サッシーの奥さん[*66]は、ジェラルド・フラーと一緒にすばらしい四重唱を歌い、文芸会のときにはいつもすてきな歌を

（▼281ページへ）

スキドモア兵。Sheet music for “The Skidmore Guard”, 1875. Library of Congress

儀屋になり、一九三〇年代に退職。『町』では、ひとつの章がまるまる親睦会に割かれている（第十七章）。ローラと友だちは、PGのように、あとで後悔する。PGのあとの方で、ワイルダーは別の親睦会を描き、やっぱりそれも「ばかばかしかった」という（59B）。

＊60　一八八三年、デ・スメットの文芸会は、とても組織立った活動だった。もともと金曜か土曜の夜に、学校で開かれていたのだが、学校のストーブがうまく働かないのがわかったので、場所を教会に移した。朗読や討論（ディベート）が多かった。文芸会は冬のイベントなので、三月から「しばらく中止」となり、「活躍した人々は次の冬までガス抜きができないだろう」と書かれた（60A）。ワイルダーは『町』の第十八章で、町の文芸会が始まったこと、最初の集まりのときにとうさんが堅苦しい決まり事なしにやりたいことをやろうといってそうなったことを書き、それに続く第十九章で、さまざまな集まりをくわしく語っている。

＊61　チャールズ・ディケンズの『骨董屋』（一八四〇年）では、ジャーリー蠟人形館の主人のジャーリー夫人が、旅巡業をする。『骨董屋』には、「真のろう人形の世界唯一のすばらしい蒐集」（北川悌二訳より）とある。ディケンズは、ジャーリー夫人をマダム・マリー・タッソーとサモン夫人になぞらえた。タッソー夫人は一八三五

（へ）

年ロンドンでかの有名な博物館を開く前に、蠟人形の旅巡業をしていた人で、サモン夫人も同じような仕事をしていた。十九世紀半ばには、蠟人形イベントのやり方などを指南した本がいくつか出た。ジョージ・B・バートレットの『ジャーリー夫人の有名な蠟人形コレクション』(一八七三年)など。そこには、「並べ方、立ち方、動き方、衣装、小道具」だけでなく、いろいろな登場人物 人形の紹介文(61A)も書いてある。デ・スメットの組合教会の人々は、一八六五年三月九日の木曜日の夜、資金集めのために、「ジャーリー夫人の蠟人形」イベントを開催した。「いかにも生きているような蠟人形たちのことは、短い言葉ではとても語りきれない」と、デ・スメット・リーダー紙は事前に書く。「だが、大いに愉快なイベントに違いない。出演者側から、お客が演技の間笑わないでいられれば……最後に入場料を返しますと書いてほしい、といわれた」(61B)。結果、「大入り、大盛況」のイベントとなり、教会は二十五ドルの資金を集めることができた(61C)。『町』で、ワイルダーは、このイベントのまるで生きているような人の顔は、「蠟のように白い。上から塗った黒い眉毛の赤いくちびるだけはちがった。白いひだひだの布で体をおおい、それぞれの姿はまるで、彫像のように動きひとつなく、つったっている」(第十九章)。ジェラルド・フラーがジャーリー夫人を演じて、ジョージ・ワシントン、ダニエル・ブーン、エリザベス女王、そして、ウォルター・ローリー卿を紹介した(61D)。

＊62 ほとんどの歴史家がこうした黒人ショーの起源をトーマス・ダートマス・ライスに帰す。白人の寄席演芸家で「ミンストレル・ショーの父」と呼ばれる。一八三二年、彼はぼろぼろの服を着て、こがしたコルクの黒いマスクをかぶって舞台に立ち、アフリカ系アメリカ人の老人に扮し、「飛べ、ジム・クロウ」という歌をうたい、踊った。非常にユニークではあったが、今日の基準からすれば、二十世紀初めまで大人気を博したアメリカ・ミュージカル界における恥さらしだ。一八四〇年代、白人のミンストレル・ショー団はアメリカやヨーロッパを興行して回った。音楽や踊りやコメディは、事実をねじまげ、大げさで、人種差別の典型的な内容だった。それでも、南北戦争以前には、奴隷制廃止論者たちは、このミンストレル・ショーをアメリカの人々に廃止論を広める手段と考え、奴隷制廃止をテーマにした歌をうたうショーもあった。また、演説家やユーモア作家などが、いわゆる典型的な黒人像を描いた作品を発表した。それが、ハリエット・ビーチャー・ストウが書いた奴隷制反対の小説『トムじいやの小屋』(一八五二年)に登場する人々の考え方にも反映している。スティーブン・フォスターのポピュラーな、センチメンタルな曲は、ミンストレル・ショーのために書かれたものが多い。南北戦争後、アフリカ系アメリカ人のエンターテイナーには、顔を黒く塗る、伝統的なミンストレル・ショーのスタイルを利用する者たちもいた。彼らのショーは、聴衆に伝統的な形を見せることで、政治的なメッセージを直接伝え、典型的な人種差別に対抗するものだった。とはいえ、このジャンルのスターたちの多くは、白人男性のエンターテイナーたちだった。チャールズが困ったときにうたう「大ヒマワリ」の歌のビリー・エマソンなどもそうだ。二十世紀の初め頃から、ミンストレル・ショーの人気は陰りを見せるようになったが、ワイルダーがPGを書く三年前には、初めての長いトーキー映画「ジャズ・シンガー」でアル・ジョルソンが顔を黒塗りして登場した。ワイルダーは『町』の第二十一章で、デ・スメットのミンストレル・ショーを大変くわしく語っている(62A)。

＊63 マリガン兵とは、アイルランド系アメリカ人の兵隊で、作詞家、俳優、脚本家のエドワード・ハリガンと演劇仲間のトニー・ハートが、寸劇や演劇のシリーズでとりあげた。「マリガン兵」は、ハリガンが手がけたポピュラー・ソングのシリーズの中で最も人気のある、一八七八年の歌。しかし、ワイルダーがPGや『町』に引用したものは、「スキドモア兵」に手を加えたものであり、作詞はハリガン、作曲はウィリアム・カーター、編曲はデイブ・ブラハム。アフリカ系アメリカ人のスキドモア兵(白人が顔を黒く塗って登

聴かせてくれたものです。

しばしばワイルダー兄弟にも会いました。雇い人のオスカー・ルーエル[*67]も一緒にいて、部屋の前の隅に座っていました。オスカーは、とてもロマンチックな経歴の持ち主です。ふるさとのスウェーデンにいたときに恋に落ちた相手と婚約したのですが、彼女の両親に反対されてしまいました。オスカーは貧しく、相手側はとても裕福だったからです。

両親は娘を連れてアメリカへ移住し、できるだけ遠く離れたカリフォルニア州で暮らすことで、彼から娘を引き離そうとしました。ところが、オスカーは彼らのあとを追ったのです。でも、お金が続いたのはここまでだったので、恋人が待っているカリフォルニア州へ行くためにお金を稼いでいました。のちに、彼はほんとうにカリフォルニア州へ行き、彼女と結婚しました。でも、それはあとの話で、当時のわたしたち女の子はみんな、彼に同情し、ハンサムな人だと思っていたのでした。

文芸会や歌のショーなど、楽しい集まりがあった夜のいつだったか、アルフレッド・トーマスという若い弁護士がうちにやってきて、なぜだかよくわからないのですが、やけに長いこと居座っていました。わたしは、パーと出かける時間が遅くなるので心配になってきました。やがてその人はパーに、これから集まりに行くのかとききました。すると、びっくりしたことに、パーは「行きません！」といったのです。そこで、彼はわたしに同じことをききました。パーが行かないといったのですから、当然わたしは行くつもりにはなれず、「行きません」と答えました。そこで、トーマスさんはひとりで行ってしまいました。パーはわたしを見て大笑いし、あの男はわたしを誘いに来たのだといいました。[*68] わたしは男性からの初めての誘いを断ったことになります。わたしは腹が立ちました。もし、わたしを誘いたいなら、はっきりと「一緒に行きましょう」といえばいい

場する）は、マリガン兵の歌のシリーズでは、ライバルの兵隊とされる（63A）。

＊64　ハティー・L・サフロン・ブラッドリーは、一八八〇年、二十二歳。二十四歳の薬剤師ジョージ・C・ブラッドリーと結婚。ふたりはウィスコンシン州出身で、西へ向かう途中のミネソタ州ルーヴァーンでしばらく過ごした。ブラッドリーはデ・スメットで最初の薬屋を開く。『町』では、ブラッドリー夫人は、初期の文芸会で美しい声で歌をうたった。「この悲しい歌に、ローラは胸がいっぱいになった」（第十九章）（64A）

＊65　荷車引きのC・W・（チャーリー）トラウズデイルのこと。一八八三年三月、彼は「荷車運搬の仕事を引き受けます」と宣伝し、それを「新しい運搬業」として、一八八四年二月に広告した（65A）。荷車引きは、重たい荷物をドレイと呼ばれる、二輪手押し車または二輪馬車に載せて運搬する人のこと。一八八五年まで、トラウズデイルは、荷物を「急行便や貨物で」送り出す仕事もしていた（65B）。

＊66　エリザベス・ピアソンは、一八八〇年、ミネソタ州セント・チャールズのルイス（ルウィス）・E・サッシーと結婚。一年後にデ・スメットへ移り、穀物を買って輸送する仕事をしていた。また、建設工事請負人もやっていたが、その後、一八八四年に、E・G・デイヴィーズと共に雑貨店を

じゃありませんか。あんなにおどおどすることはなかったのに。わたしはその人と一緒に行きたかったわけではありませんが、せっかくの楽しみをフイにしたのが残念でした。結局、パーとわたしは会に行かなかったので、その晩は家でおとなしく過ごすしかありませんでした。

教会と学校は順調に開かれたので、楽しく過ごせました。ブラウン牧師はときどききなりうちにやってきては、食事を共にしたものです。ある日のお昼に、マーが豆料理を作りました。ほんの少しの肉を入れただけのものです。ちょうどテーブルについたときに、ブラウン牧師がやってきました。客人なので、料理は最初に牧師に回されました。山のように豆を取ったあと、次に肉の皿を取ると、それを見てから、まわりを見て、肉を全部自分の皿によそってしまいました。

「もらってもいいだろうね。どうせたくさんないんだから」

教会の婦人会が、ブラウン牧師の奥さんのところに集まって、キリスト教婦人禁酒同盟(W・C・T・U)を結成しました。次の会合はわたしのうちになり、みんなはわたしにも参加しなさいと強く勧めました。アイダ・ブラウンも会員になっていたので、[*69] ますますみんなはわたしを熱心に誘いました。でも、特に理由はなかったのですが、わたしは断りました。マー以外、その会合にいた女の人たちがどうにも気に入らなかったからです。

さて、再びわたしは以前やっていた仕事を始めました。夜、母親が出かけるときに、そこの赤ちゃんの面倒をみるのです。バーンズさんの家へ行って、夫妻が夜教会へ行く間、赤ちゃんの面倒をみました。[*70] とても熱心に教会へ行く人たちでした。あるとき、バーンズさんは一週間、仕事で出かけていて、土曜日にも戻りませんでした。翌日の日曜学

開いた。「店の前面は、りっぱなガラス張りだった」(66A)。二年後、サッシーは共同経営者から権利を買い取り、薬剤師の看板を出した。二十世紀の初めには、彼の店はサッシー・ファーマシーとして知られた(66B)。

＊67 ワイルダーがオスカー・ルーエルについてくわしく語っているにもかかわらず、人口調査による追跡は実らなかった。名前の別の綴り Ruhl (Rhuel ではなく)がブラント改訂版とバイ版に載っていても、である。

＊68 一八八三年、アルフレッド・トーマスはデ・スメットにおける、重要人物のひとり。弁護士、土地管理官、デ・スメット学校タウンシップの書記、理事だった。一〇月にはバプティスト教会の評議員に選出された。彼や他の独身男性たちが、まだ学校に通っていたワイルダーに興味を示したのは、デ・スメットが「独身男の町」だったことにも起因する。未婚の男たちは「必死だ」と、地元紙は報じる。「彼らは遊びや健康のためだけにこの町にいるのではない……荒々しい大地を開墾してものにしたら、幸せな家庭を作るための道を開きたいと思っているのだ」。さらに、記事は書く。「ダコタにはもっと女性が、特に若い女性が必要だ。混み合った東部が、娘さんたちをこちらへ寄越してほしい」。若い女性たちにはあらゆるタイプの相手を見つけるチャンスがあるだけで

校のとき、マーは奥さんに、旦那さんは朝の汽車で帰るかもしれませんね、といいました。すると、奥さんは「まさか！」と答えました。バーンズさんはぜったいにそんなことはしないと思っていたからです。日曜日に汽車に乗るような、罪深いことはしないでしょう。とそのとき、バーンズさんが朝、駅に着いた汽車からおりてきたのです（のちにバーンズさんはシカゴ近くのザイアン・シティ[*71]の弁護士となり、その町の創立を手伝いました）。

新しい教会の建物ができあがりました。[*72] その場所で、婦人会の人たちが、ニューイングランド夕食会を開きました。部屋いっぱい広がるほど長いテーブルがふたつ並べられて、そこに食べ物を置くのです。口にリンゴをくわえた小さなブタのローストがでんと中央に置かれています。詰め物をしたロースト・チキン、冷たいハム、ソーセージ、パンを添えたベイクト・ビーンズが、テーブルのあちこちに所狭しと並んでいます。ケーキ、パンプキン・パイ、ミンス・パイ、干しリンゴのパイ、コーヒーがありました。みんな、テーブルについて好きなだけお皿に取って食べました。会費は五十セントでした。[*73]

ある日の朝、アーニー・ペリーが農場からやってきて、その日の夜に開かれるロス家のパーティに一緒に行こうと誘いました。わたしはアーニーが好きだったので、喜んで行くことにしました。来ていたのは若い人たちばかり十六人。みんな、町の人ではなく、田舎の人たちでした。スクエア・ダンスをしたり、ゲームをしたりしました。ハンカチ落とし、ロンドン・ブリッジ、ミラー・ボーイ、郵便局、たたきだせ、つかまえろ、罰金など。わたしはキス・ゲームが嫌いでした。[*74] ですからその目にあうときがきても、耳にしかキスさせませんでした。ずっと前にパーに教わっていたので、ワルツだって、ポルカだって　ショッティーシュだって踊れましたが、スクエア・ダンスだけは苦手で、覚えられません。だから、ぎこちなく手脚を動かすだけでした。でも、月明かりの雪道

なく、「女性がさほど珍しくないところでは到底得られない敬意も、払ってもらえる」（68A）

＊69　キリスト教婦人禁酒同盟（W・C・T・U）はアメリカの女性たちがアルコールと、それが個人や社会に及ぼす悪影響に反対して一八七〇年代半ばに結成された。オハイオ州で始まり、それがアメリカ全土に広まった。同盟の信条は、すべてのことにおだやかに対応し、特にアルコールには決して手を出さないこと。同盟のキングズベリー郡支部は、デ・スメットの組合教会で年に四回集まった。一八八三年三月の集会の内容は、新聞、エッセイ、演説、音楽、子どものためのプログラムに、次のような議題についての考察が行われた。「なぜ、われわれは、アルコールの本質と、それが人体に及ぼす影響を公立学校で教えるべきと訴えるのか？」（69A）。この集まりで、「アイダ・ライトのオルガン伴奏で、子どもたちの歌が披露され、好評を博した」という（69B）。

＊70　メアリ・ラ・ベル・エヴァンズは、ヴィサ・V・バーンズと一八七六年に結婚。一九〇〇年の人口調査には、娘メアリ・ヴィアがダコタ・テリトリーで一八七九年誕生とある（70A）。

＊71　ヴィサ・V・バーンズは一九〇〇年、イリノイ州レイク郡に住んでいた。一九二〇年には、イリノイ州ザイアン・シティにい

を馬そりに乗って家に帰るときはとても気持ちがよく、ドライブを楽しみました。

次の週、アーネスト（アーニー）がまた誘いにきました。今度はそこにいた人たちも、キス・ゲームも、前より嫌いになりました。アーネストのおかげで、少しはスクエア・ダンスがうまく踊れるようになりましたが、ジェニーとゲイロードが、わたしたちの関係を意味ありげにいったので、すべてが台無しになりました。家に帰るとき、アーネストはわたしが体の上まですっぽり防寒着にくるまれるようにしてくれましたが、そのまま自分の腕を離さずにいました。わたしは恥ずかしさと困惑で、何もできませんでしたが、そのとき、わたしはもう一緒に行くのはやめようと思いました。田舎の人たちと付き合いたいとは思っていなかったので、やめ時がきたわけです（ちょっと失礼ないい方かも）。[*75] 次の週にアーネストがまたやってきたとき、わたしはゲームが好きじゃないし、ダンスも下手なので、行かないといいました。彼の気持ちを傷つけたのを申し訳なく思ったので、誘ってくれたお礼をいって、できるだけおだやかにわたしの意志を伝えました。そのあと、驚いたことに大勢がどっとやってきて、うちでパーティをしたのです。でも、それが最後となりました（数年後、アーネスト・ペリーは一家でオレゴン州へ移りました。そして、わたしとのいい思い出を抱いたまま、つい数年前まで独身で過ごしました）。[*76]

そのあとまもなく、信仰復興集会が開かれるようになり、わたしたちはほぼ毎晩、それに参加しました。ウォルナット・グローブでよく行っていた復興集会と比べるとさほどおもしろいものではありませんでした。でも、作ってもらった褐色の服と、それに合う褐色に少し赤の混じったビロードのターバンがとても気に入り、それがとても似合っていたので、着ていくにはいい機会だったのです。[*77] 教会のかなり前の方の席に、パーとマーと並んで、わたしはおとなしく座りました。ワイルダー兄弟、オスカー・ルーエル、キャップ・ガーランドが、いつものようにうしろの方の席に着いているのが見えました。

て、一九二四年、ウォーキガン近郊で没（71A）。

＊72　デ・スメットの最初の組合教会が、新しい建物で初めて礼拝を行ったのは、一八八二年八月三〇日。「建物は二十八フィート×四十八フィートで、屋根は急勾配で丸天井があり……小さな聖具室がふたつある」（72A）。一八八三年後半には、「新しい教会の鐘が鐘楼に吊された」（72B）。『町』で、ワイルダーは新しい教会の建物は「まだ荒削りな感じがした」（第十九章）

＊73　ニューイングランド夕食会は、未だに教会で婦人たちが食べ物と労働を提供して資金を調達する大事な手段だ。このような夕食会は、独立戦争後に始まった。「町も州も、献金を地元の牧師への支払いに使わなくなってきた」頃である。食事のメニューは場所によって違うが、豆の料理は「どこでも」人気だった。（73A）。『町』で、かあさんは「特大のパンプキン・パイと、いちばん大きなミルクなべいっぱいに、ベイクト・ビーンズ（煮豆）」（第十九章）をこしらえた。それは、婦人援護会のイベントで、「教会の資金を援助する」ためだった。ローラとアイダはお皿を洗い、拭き、食べ、そしてまたお皿を洗い、拭いた。デ・スメットのバプティスト教会の婦人たちは、このような夕食会を一八八四年二月一四日に開いた。メニューは、ボストン・ベイクト・ビーンズ、チキン・パイ、ゆでハム、スエット（牛脂）・

実をいうと、わたしはキャップのことが気になっていました。

ある晩のことです。外へ出ようとして、その人たちのそばを通ったときに、だれかがわたしの腕に触れて、耳元でささやきました。

「お送りしてもいいですか？」

それは、ワイルダーの弟さんでした。イライザ・ジェイン先生の弟です。[*78] わたしはあんまりびっくりしてしまって、何もいえなくなりました。それでも、彼はわたしの腕を取り、パーとマーのうしろから、わたしと一緒に歩きはじめました。マーははっとしてふり返りましたが、パーがマーをおだやかに制し、そのままみんなで外へ出て、家まで帰りました。帰り道、わたしはしゃべってもほんの数語くらいしか口にしなかった気がします。舌が麻痺したようになっていて、よりによってなぜこの人がわたしに目を向けて、家まで送ってくれるのか、さっぱりわかりませんでした。あとで知ったことですが、実はオスカーがワイルダーさんに、わたしのちょうどうしろを歩いていた女の子に声をかけて、家まで送らせてもらえるどうか、賭をしようと持ちかけたのだそうです。オスカーはどの女の子かをはっきりいいませんでした。ワイルダーさんはもちろんわかっていましたが、最初から自分がそうしようと思っていたわたしに声をかけ、結局、オスカーから賭け金を受け取りました。わざと間違えたにもかかわらず、です。それから毎晩、ワイルダーさんはわたしを家まで送ってくれるようになりました。

復興集会が終わる頃、ボーストさんが、友だちで遠い親戚にあたるブシーという人を連れてやってきました。町の南十二マイル半のところに住んでいる、そのルイス・ブシーさんは、[*79] その地区にある小さな学校の先生を探しているそうで、ボーストさんがわたしを推薦したのだそうです。二カ月間だけは給料を払えるとのことで、ひと月二十ドルで

コーン・ケーキ、ジンジャー・ブレッド、ドーナッツ、パンプキン・パイ、ミンス・パイ(73B)。

*74 スクエア・ダンスは、ふたり一組で、ふたつまたはそれ以上の組がスクエアに並び、男性が女性と向き合う。ワイルダーがここに記したダンスのほとんどに、体の触れあい、ときにはキスが含まれていた。「ミラー・ボーイ」というダンスでは、男女が輪になって、ときには手を取り合い、うたいながら、相手を変えていく。同じダンスの別バージョンでは、男性が女性をつかんで、一回りさせる。このようなダンス・パーティに参加した、当時十代だった人は、次の歌詞を覚えていた。「独り者のミラーは幸せ／輪が回れば、もっと幸せ／片手にひとり、もう片手に別のひとり／輪が回ると、ミラーは叫ぶ、つかまえろ！」(74A)。「郵便局」「罰金」というダンスには、キスがつきものだった。「郵便局」は、男女がふたつのグループに分かれ、ひとつが別室(郵便局のこと)へ行き、それぞれが自分の「手紙(mail は男性 male と同音)」を取りに行くときには、受け取るために全員にキスしなくてはならない。「罰金」は、普通、参加者に「罰金」として何かを要求する(ハンカチとか、手袋とか)。そして、それを取り戻すためには、罰金(おそらくキス)を払うことになっている(74B)。

*75 括弧内のワイルダーからレインへ

す[*80]。パーはふたりに、わたしはまだ教員免許状をもらえる年齢に達していないといいました。十六歳でなければならないのですが、わたしは翌年の二月まで待たないといけないからです[*81]。けれど、ボーストさんとブシーさんは、郡の教育長にかけあって、わたしが教えられるようにするといいました。わたしはもし免許状をもらえるならば、教えに行きますと答えました。そして、教育長のところへ行って試験を受け、合格したのです。その教育長は年齢をたずねませんでした[*83]。こうして、わたしは無事に免許状を取得し[*82]、その年の一二月一日に、ブシーさんのところへ行き、そこの地区の初めての学校の先生になったのです。

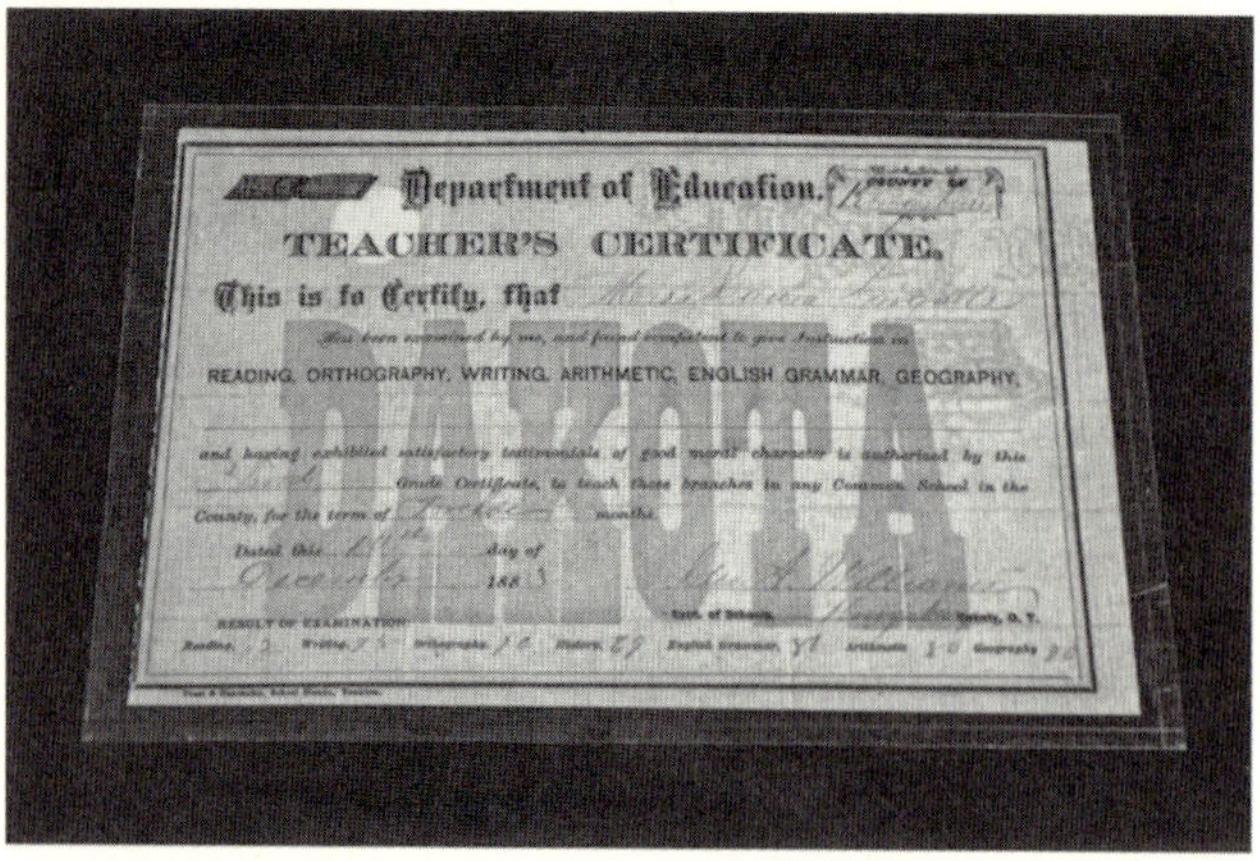

ローラ・インガルスの教員免許状、1883年12月10日付け(LIWHHM)

生徒は五人。マーサとチャールズ・パターソンのきょうだい[*84]、クラレンス(訳注：原文はClaranceだが、Clarenceのこと)、ルビー、トミーのブシーの三きょうだいで[*85]、学校のそばの家に両親と暮らしていました。この三人は、ルイス・ブシーさんの義理のきょうだいにあたります。校舎は、空き家となった農地小屋で[*86]、一枚の板張りの壁には隙間があって、そこから雪が吹き込んできます。机と椅子がくっついた席が六つ、とても大きな暖房用のストーブ、狭い黒板、教員用の小さな机と椅子がひとつずつありました。わたしはルイス・ブシーさんの家に下宿しました。学校から大草原を歩いて半マイルのところですが、道はあり

のメモには、『土手』の第二十三章で、田舎のパーティをばかにしたネリー・オルソンに似た気持ちがのぞく。

＊76　一九〇〇年、アーネスト・ペリーは未婚の農民で、アイダホ州トロイに、父オリバー、義母マーサと共に住んでいた。十年後、アーネストはいくつか年下の妻メアリと、父親と共に、ワシントン州フィンリーに居住。アーネストがかなりあとになってから結婚したとはいえ、ワイルダーがレインに宛てたメモにあるように、ずっと待っていたわけでもなかった。彼は一九六六年一月没。

＊77　ワイルダーは『町』の第二十三章でこの信仰復興集会のことを長々と書いているが、十代のワイルダーの関心が、ドレスや恋人にあったのは明らかだ。PGのこのあたりから、ワイルダーの服はぐんと大人びて、おしゃれになってくる。『町』ではその移行がじわじわと高まるように巧みに書かれている。このドレスについては、ブラント改訂版では「新しい」と書かれているが、『町』では、ローラが昔の褐色の通学服のすそをおろして、たっぷり広がるフープをおおうようにしたとある。「うまく手をいれた」のだが、ワイルダーは依然として、「ほかの女の子たちのほうが自分よりいい服を着ている気がしてならなかった」(第二十三章)

＊78　PGでは、ワイルダーはアルマン

ません。学校が始まる前の日に、ブシーさんはわたしを連れにきてくれました。わたしは知らない人たちばかりの中で暮らすのだと思っておびえ、気分が悪くなりましたが、とうとうブシー家に着きました。

ブシーの奥さんは静かな人でしたが、ぶすっとしたまま、夕食をテーブルに並べました。小さな息子が泣いていました。だれもほとんど口をきかずに夕食が済むと、すぐにわたしはベッドに入りました。[*87] ソファ・ベッドだったので、とても狭く、眠っていても、落ちないか気になってしかたがありませんでした。ブシー親子の寝室とはキャラコのカーテンで仕切られていました。あとのひと部屋は、台所と食堂と居間でした。

朝、朝食の前にブシーさんは学校へ行って、ストーブの火をつけてきました。朝食がすむと、わたしはお昼のお弁当を持って、半マイルの雪道を歩いて学校へ行き、夕方、歩いて戻ってきました。ブシーの奥さんは愛想のない人で、いつもぶすっとしていて、めったに口をききません。朝食もだんまりのままなので、わたしは一日学校へ行っていられると思うと、ほっとしました。夜、寝る前にわたしは勉強をしました。まだ学校へ行っている、デ・スメットのクラスのみんなに遅れをとらないように。気持ちが落ち着くひとときでした。ときどき、ベッドに入ってから、ブシーの奥さんの怒った声が聞こえました。ちゃんとしゃべることができるじゃありませんか。

学校で、マーサとチャールズはいい子たちでしたが、ちょっとおばかさんでした。マーサはちゃんと勉強していましたが、チャールズは教科書を開いたまま、目は下を向いていても明らかに字を見ておらず、ぼうっとしていました。クラスの中では、それなりにやっているので、進級はできるでしょう。わたしはチャールズの学習意欲を起こさせたいと努力しましたが、ぼんやりを目覚めさせられませんでした。ふたりとも、わたしよ

（▼290ページへ）

ゾの名前をかなりあとになるまでわざと明かさないが、物語ではこの手法を使わない。『岸辺』でも、初めて出会ったときから、アルマンゾの名前をちゃんとわかっているし（第二十八章）、『町』では、信仰復興集会のあとで、コートの袖に触れたのは「アルマンゾ・ワイルダーだった」とすぐに気づくのだ（第二十三章）。

＊79　カナダ生まれのルイス・ブシーは、ロバート・ボーストがインガルス一家に彼を紹介したときには二十代前半。一八八〇年、彼はアイオワ州グランディ郡に住んでおり、牧畜業者だった。一八八二年、キングズベリー郡にいくつかの農地を申請したが、結局、妻と共に、デ・スメットの南西およそ六マイルにある隣接した農地に落ち着いた（十二マイルではない。それは往復の距離）。『町』と『幸』では、彼はルー・ブルースターとして登場。レインとの手紙にやりとりや、結果的に「小さな家シリーズ」の最後の二冊の元になった「プレアリー・ガール」の概略に、ワイルダーはずっとブシーという名前を使っていた（79A）。しかし、ブシー家での記述がかなり強い印象を与えるだけでなく、不穏なイメージもあるので、ワイルダーは名前を変えようとしたに違いない。作家としての判断であり、自分が物語にとりあげた人々の名誉を守るためもあった。ワイルダーには、文学的理由から自由に書いた場合と、そうしなかった場合があった。ワイルダーは書く。「うっ

（へ）

かり物語に実際の名前を使ってしまった場合は、必要以上に事実に忠実にしなくてはなりません」(79B)

＊80　一八八三年、ダコタ・テリトリーの公立学校に関する新しい法律ができ、学校タウンシップまたは学校区は、少なくとも「四カ月の学期」を実施すべしとした。一年のうち四カ月なので、普通は二カ月ずつ分けることが多かった(80A)。

＊81　一八八三年、ダコタ・テリトリーは郡教育委員に、「十八歳以上の者全員に公の試験を行い、公立学校の教師の資格を与えること」を要請した(81A)。明らかに、法律上では十八歳と決められており、十六歳ではない。一八八三年以前は、教師資格の年齢制限はなし。ワイルダーは一八八三年二月に十六歳になった。従って、事実と、ワイルダーがPGや『町』に書いた内容は、歴史的に符合しないのだ。ワイダーが書いた出版物や私的な手紙を見ても、実際のローラが学校で教え始めた年齢については答えに混乱が見られる。一九二四年、ミズーリ・ルーラリスト紙に載った自伝的なエッセイで、ワイルダーは初めて教えたのは「わたしがまだ十六歳のときで、開拓時代の冬のこと、わが家から十二マイルも離れたところにあった学校です」(81B)。この記述によれば、ほんとうのローラ・インガルスは十六歳で、ブシー学校で一八八三年から一八八四年の冬に教えたことになるが、やはり教師としては歳が足りず、それでも、PGと『町』のローラと比べると、一歳年上だ。しかし、物語の時系列についての手紙でワイルダーは書く。「わたしは『厳しい冬』の二月には十四歳でした。次の年の冬は十五歳。その年の二月にブシー学校で教え始めたのです。そのすぐあとの二月に十六歳になったのです」(81C)。これによると、ワイルダーは一八八三年に十五歳で教員免許状を取得したことになる。ワイルダーが手紙で意味しているのは、ブシー(ブルースター)学校での出来事を、フィクションではなく、歴史的な事実として見ているということだ。「わたしはこれ(ローラの年齢)はとても大事だと思っています。当時、先生の数がとても少なかったことをあらわしているからです。やっと小さな学校で教える先生が見つかったと、みんなはどんなに喜んでくれたことでしょう」(81D)。ワイルダーはこの件について、一九三八年に、レインと何度となく手紙をやりとりした(81E)。そして、それを強調するために、『町』に具体的な年月日を入れたのだ。ただ、フィクションとして書いているために、細かい内容は事実とは少し変えてあるのはいつも通り。『町』には、一八八二年二月二四日と日付まで入った免許状のイラストが載っている。サインも「ダコタ・テリトリー、キングズベリー郡教育長、ジョージ・A・ウィリアムズ」とある。これはワイルダーの実際の免許状と呼応してはいるが、ひとつだけ、大きな違いがある。実際の免許状には一八八三年二月一〇日と書いてあり、そのときにワイルダーは十六歳。つまり、ワイルダーの書いていることは時系列に合っていないのだ。いくらなんでも、キングズベリー郡の教育長ジョージ・A・ウィリアムズが、十五歳のローラのために、一八八二年にサインをしたはずがない。作家として、ワイルダーは時系列においても、ダコタ・テリトリーの免許資格条件においても、また、物語のローラの年齢においても、創作上の自由度を駆使したのだ。しかし、PGはノンフィクションなので、説明が難しい。おそらく、ワイルダーは自分の年齢について純粋に混乱していたのではないだろうか。そして、あとになって、物語に登場する免許状を自分の記憶に合わせて変えてしまったのではないだろうか。ワイルダーが教え始めた年齢を考慮しなければ、彼女が最初に教えた経験の記述は基本的に正しい。実際、彼女は教師時代のほとんどを歳足らずで過ごしたのだが、教育長はテリトリーで決められた公立教育方針を無視した形で、彼女に免許状を与えたのである(81F)。

＊82　一九三八年、ワイルダーはレインに書いた。「教育長はわたしに年齢をきくのを忘れたのです。とにかく、わたしに教えてほしかったからでした」(82A)。郡の教育長が、「受験者について持っている知識、情報……生徒を指導し、コントロールできる能力と共に、知識や理解力があるかどうか」を考慮して、教員免許試験

（へ）

を行うのは、その権限内だった（82B）。『町』で、教育長はローラの家へやってきて、簡単な試験を行った。学習発表会で、ローラの発表を聞いたあとのことである（実際に発表会があったのは、一八八四年四月だった）。「きみにはもう試験はあまり必要ないと思いますよ。きのうの晩、聞かせてもらいましたからね。すべての質問にきちんと答えていましたね」（第二十五章）。物語のローラと同様、ワイルダーも三級免許状を取得した。続けて十二カ月を教えられるという内容だ。免許試験は、「つづり字法（スペリング）、読み方、書き方、算数、地理、国語と文法、アメリカ史」だった。ワイルダーと同じ三級免許状を持つ者は、アメリカ史について の習熟を求められていなかった（82C）。ワイルダーは試験科目からつづり字法を削除している（たぶん、読者がなんのことかわからないだろうと思ったのだろう）。そして、試験の結果を水増しした。歴史の点数を実際の六十九点から九十八点に―地理の点数も同様に、実際の七十点から、八十五点にした。そして、「歴史」を必要なカテゴリーに含めて、ローラが学習発表会ですばらしい発表をしたことを強調している（82D）。

＊83　この日付には問題がある。ワイルダーが免許を取得したのは一八八三年三月一〇日なので、三月一日には教える資格がないし、その上、その日は一八八三年の土曜日だった。取得してすぐの三月一二日の火曜日か、または翌週の一七日の月曜日に教え始めたのではないだろうか。どちらにしても、教師としての最初の学期の間に、アルマンゾがやってきてクリスマスに家に連れ帰ってくれたという、ミズーリ・ルーラリストの記事とは呼応する（83A）。ワイルダーが書いた、シリーズ最後の巻のあらすじには、「ブシー学校は一月一日に始まった」というメモがある（83B）。そうだとしたら、一八八二年三月二四日という、『町』に出てくる免許状の日付と合うのだ。

＊84　歴史記録には、一八八二年から一八八三年、または一八八三年から一八八四年の冬に、ブシー学校の区内にパターソンやハリソンという名前の子どもはいなかった（ハリソンは『楽』に出てくる子どもたちにワイルダーがつけた名字）。

＊85　この子どもたちはおそらく、ルイスの義理のきょうだいだろう。子どもたちの父親はジョーゼフ・A・ブシー、彼は家族をふたつ持っていた。最初の妻メアリ・アン・ローとは一八五八年に結婚し、ルイスは長男で、六人きょうだいのいちばん上。メアリ・アンは一八七〇年に没、翌年、ジョーゼフはエリザベス・カリアと結婚。一八八〇年、ふたりはアイオワ州グランディ郡に五人の子どもたちと、前妻の娘のうちのひとりと共に住んでいた。ジョーゼフとエリザベスがダコタ・テリトリーに農地を申請したのは一八八三年の初めで、さらにふたり子どもが増えていた。ダコタ・テリトリーは学齢を「七歳以上、二十歳以下」と決めていた（85A）。従って、ブシーの子どもたちの何人かはその学齢にあったのだろうが、ワイルダーがとりあげた名前と呼応するのは、十二歳のクラレンスだけ（85B）。

＊86　ブラント版とブラント改訂版とバイ版には、学校の校舎はブシー家から半マイルで、「そこまでは道もありませんでした」という追加がある。一八八三年から一八八四年の冬にブシー学校として使われていた農地小屋は、おそらくデイヴィッド・ギルバートのものだったろう。彼は小屋を一八八三年九月に建てたのだが、冬のほとんどの期間、留守だった（86A）。

＊87　『楽』に登場するブルースターの奥さんのモデルは、オリヴ・デリラ・イーサンバーガー・モリソンで、ルイス・ブシーより数カ月あとにキングズベリー郡へ移ってきた。ふたりは、一八八二年二月の同じ日に隣接した農地を申請した。二歳の息子を持つオリヴ（人口調査ではオリーヴ）は、ルイスと同じく、アイオワ州グランディ郡からダコタ・テリトリーにやってきていた。彼女が夫を亡くしたのか、離婚したのかは明らかでない。だが一八八〇年、彼女は既婚者で、両親と同居していた。農地の記録によれば、彼女はルイスにお金を払って、一八八二年の最後の数週間の間に、農地小屋を建ててもらい、

り背が高く、マーサは十四歳、チャールズは十六歳でした。

わたしはクラレンス・ブシーのほうが気に入っていました。いたずら好きで、トラブルメーカーではありますが、しっかり目が覚めていて、何事にもすばやいのです。勉強はちゃんとこなし、それでも時間が余っているので、ルビーをつねったり、チャールズのお尻の下のピンを置いたり、マーサの髪の毛を引っぱったり、それを全部やったり。

そんなクラレンスの気持ちはわかりましたが、曲がったピンも気の毒になりました。クラレンスはわたしが頼んだことはなんでもやってくれましたが、常に反抗的でした。自分より背が低く、歳も若い先生なんか、ふん、という気持ちのあらわれだったのでしょう。だって、彼はもう十六歳で、わたしはあと二カ月しないと十六歳にならないのですから。

学校でのそんな問題と格闘しながら、夜はぶっきらぼうな奥さんのいるブシー家で鬱々と過ごして、一週間が過ぎました。金曜日はずっと、週末の二日間をどうしようとそればかり考えていました。あの奥さんと一緒に土曜日と日曜日の二日間もの長い間をどうやって我慢できるだろうか?

学校を終わらせるのがこわくなりました。でも、しかたなく防寒着を着たとき、そりの鈴のシャンシャンという音が聞こえてきたのです。そして、はつらつとした馬二頭が小さな馬そりを引いて、入り口に乗り付けました。[*88] ただちにクラレンスが外へ駆け出し、頭をそらせて叫びました。

「先生のお客さんが来ましたよ!」

クリスマスに結婚。一八八三年三月、ブシー夫妻はその新しい方の農地小屋に移った。これは隣接したふたつの農地の境界線に立っていた。最初の子どもレナードが生まれたのは、一八八三年一〇月だった。一八八九年、オリヴはいった。「わたしの家と夫の家は同じです。ふたりの農地の境界線に立っていて、家のわたしの領分はわたしの農地に、夫の領分は夫の農地にあるのです」(87A)。このやり方によって、ふたつの土地に居住するという条件を満たし、取得権を獲得することができた。そのおかげで、先生を下宿させる部屋も作れたわけだ。これはブルースターの家の記述に合っている。「二軒の農地小屋をくっつけて……家のように見える」「……三角屋根の真下に仕切りがあって、それが家を同じ広さにぴったりふたつに分けていた」(第一章)。ブシー一家がダコタ・テリトリーに住んだ最初の二年間についての断片的な証拠は、ワイルダーの実体験にまつわるさまざまな疑問を浮かび上がらせる。もしもワイルダーが一八八二年から一八八三年の冬、十五歳のときにブシー学校を教えていたとしたら、オリヴとルイス・ブシーはその学区にも、またふたつに分かれた家にもいなかったはずだ。ところが、ワイルダーはこの物語のどの版にも、ブシー家に小さな子どもがいたと書いている。子どもの名前はPGにはないが、『楽』では、その子は幼児で、ジョニーとある。一八八三年後半、ワイルダーが十六歳のときなら、ジョニー・モリソン

なんとそれはワイルダーの弟さんでした。びっくりしました。戸口を出ると、彼はきました。週末に家に帰りたいですか、と。ええ、ええ、もちろん、帰りたいですとも！

帰る前にブシー家に寄り、わたしが持っていきたいものを取ると、そりは雪道をわが家へ向かって走り始めました。馬たちは踊るように走り、そりの鈴は楽しげにシャンシャン鳴り響きました。一時間で、わたしたちはわが家に着きました。家族のびっくりしたことといったらありませんでした。彼がわたしをそりからおろしたとき、パーがいつも「ワイルダー」と呼ぶその人は、日曜の午後にわたしを連れて戻るといいました。おかげで、土曜日と日曜日はあっという間に過ぎ、ブシーさんのところへ帰る時間もずっと短く感じました。馬たちが軽快に走って、あっという間にわたしを連れ戻してくれたからです。

それからの二カ月間、クラレンスの言葉を借りれば、「先生の恋人」は、毎週金曜日、学校が終わるときには外で待っていてくれて、日曜の午後には必ずブシーさんの家へ戻してくれたのでした。こんなに面倒な思いをして、わたしを迎えにきては、寒い中を馬そりを走らせるなんて、ちっとも楽しくないだろうとわたしは思っていました。ふたりとも寒くないように防寒着をどっさり着込んでいたので、あまりしゃべることができません。どうせわたしはそんなにおしゃべりではないし、耳の上に厚ぼったいフードをかぶり、顔にはぶ厚い褐色のベールをかけていたので、見た目もきれいでもなんともありません。家には是非帰りたかったのですが、彼には何のお返しもできず、だましているようで、それがいやでした。わたしはただ、週末をわが家で過ごすために一緒に馬そりに乗っているだけで、学校で教えるのが終わったら、乗せてもらうのはすぐにやめようと思っていました。[*89] そこで、ある日、わたしは勇気をふるい起こし、いったのです。

「わたし、家に帰りたいからあなたの馬そりに乗せていただいているんです。でも、ま

はちょうど三歳くらいで、父親違いの弟レナード・ブシーはまだ赤ちゃんだ。PGでも『楽』でも、この赤ちゃんが登場しないのは単なる編集上の変更に過ぎず、ワイルダーが物語の流れからそうしたと考えたくなる。しかし、ワイルダーがPGにあまりにたくさんの人物がいるとややこしくなると思ったのかどうかの証拠もない（87B）。

＊88　『楽』で、アルマンゾはローラに、自分で馬そりを作ったという。「店で売っているのより小さく作ったんです。長さはたった一・五メートル、底の幅は約七十センチ。乗りこむと体にぴたっとくるし、軽いから馬も引くのがらくなんです」（第四章）。一九三七年、アルマンゾはレインに手紙で二連ぞりと小型馬そりとの違いをイラストで説明した。もともと、小型馬そりは、馬車型のそりだと彼は書く。「箱型馬そりは……後ろも前もカーブしていて……両側も同じようにカーブしています」。百ポンドの重さもないような馬そりもあると、彼は書く。「だから、ひと組のいい馬が引けば、雪の上を楽々とすべります」（88A）

た家に戻ったら、もう乗せていただくつもりはありません。だから、いつでもやめてくださって結構です。こんな寒い中のドライブをしなくてもすむでしょう」
「そうですか！　しかし、学校が終わるまではまだしばらくありますよ」[*90]

　とにかく寒い日が続いていました。あの「厳しい冬」ほどではありませんでしたが、相当の寒さでした。気温は零下二十度から三十度くらいでした。[*91] ある木曜日の朝、ブシーさんが校舎のストーブに火を入れて、大急ぎで駆け戻ってきました。家に飛び込むや、ブーツを脱ぎすて、激しく脚をもみはじめました。もう少しで凍りつきそうだったのです。ブシーさんはわたしに学校へ行くのはやめなさいといいました。生徒たちが来ると困るので行きたいとわたしがいうと、ブシーさんは、もしも来たら暖まれるように火を入れてきたけれど、こんな日にはだれも来ないだろうというのでした。

　次の朝もとてつもない寒さでしたが、生徒たちは全員いつものようにやってきました。一日じゅう、大草原すれすれに低く吹き付けるように降り、夜が近づくとますます寒くなってきました。もう家には帰れないとわたしは諦めました。猛吹雪はひどいし、ものすごい寒さだったからです。でも、わたしはブシーの奥さんから離れたい気持ちでいっぱいでした。奥さんは、前日はいくらか機嫌がよかったのですが、その分、朝食のときはとてつもなく不機嫌になっていたからです。でも、週末はここに残るしかないと心に決めたので、いつも四時頃になると馬そりの鈴の音に耳を傾けるのですが、それもしませんでした。かなり遠くからでも聞こえるのですが、その日はあまりに落胆していたので、耳の聞こえも悪くなっていたようです。ですから、戸口で威勢のいい鈴の音が響いたときには、心底びっくりしました。みんなは一斉に窓の外を見ました。クラレンス・ブシーが大声をあげました。
「ワイルダーって男は、ぼくが思っていたよりばかなやつだよ！」

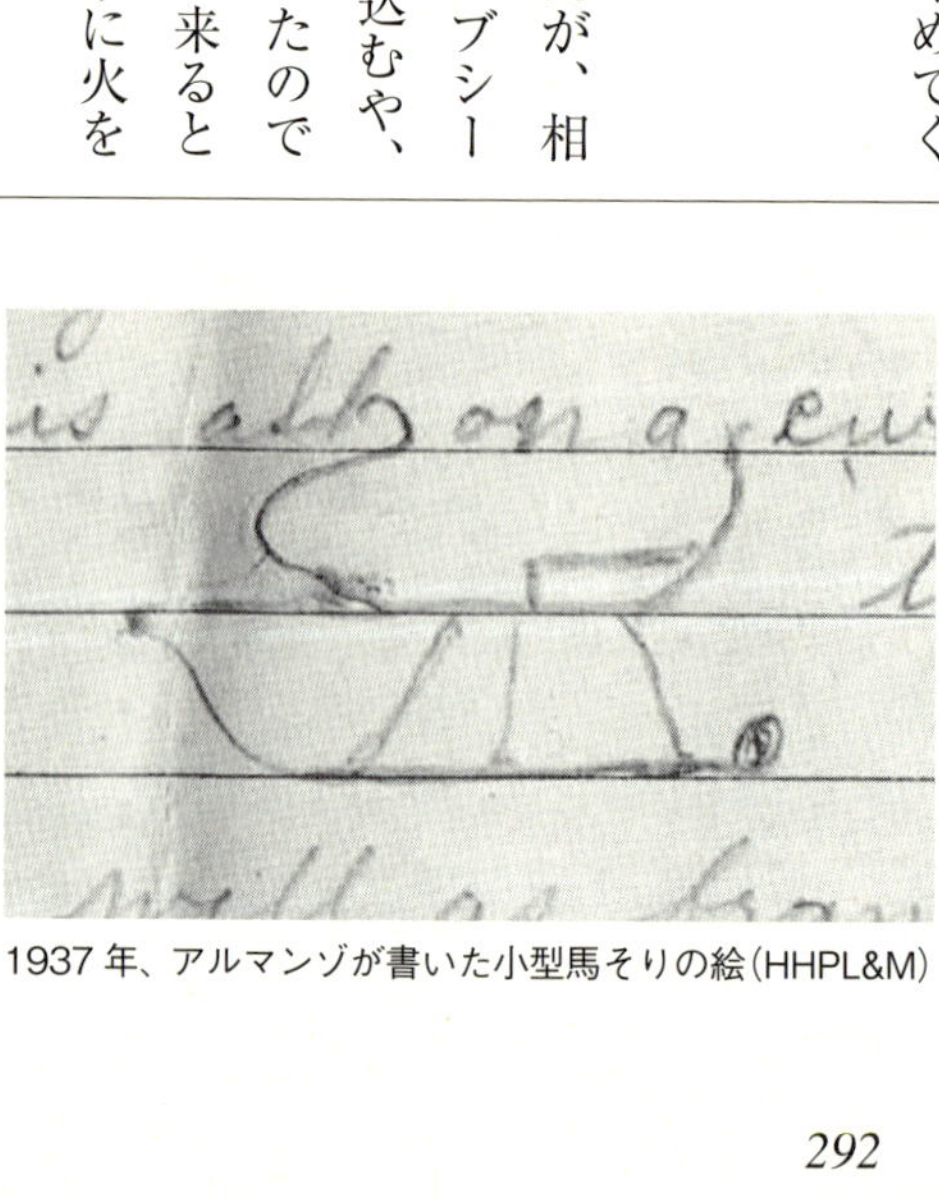

1937年、アルマンゾが書いた小型馬そりの絵（HHPL&M）

＊89　ワイルダーの「週末はわが家で」という言葉が再び使われている。PGのこの場面は、レインの創作意欲をかきたて、レインは短編「週末はわが家で」を、一九三七年九月二日のサタデイ・イブニング・ポスト誌に発表した。母がブシー家で経験したことや、父が、きつい毎日を過ごしている母を週末には必ずわが家へ連れ帰ってくれたことをフィクションとして書いたものだ。ワイルダーが存命中に出版されたシリーズ最後の巻『楽』の第二章から第十章までの内容にも、同じようにはりつめた場面が描かれている。

＊90　ワイルダーはこれとほとんど同じせりふを『楽』でも使っている。しかし、『楽』では、せりふのあとに、ローラの心

四時まではまだ二十分ありましたが、わたしはきっぱりいいました。
「本を片付けなさい。今日は終わりにします」

人も、馬も、外で待っているだけでものすごく冷えるのです。またたく間に寒さがつのってきました。なるべく早く家に帰ったほうがよいのです。ブシーさんの家に寄ると、ブシーさんはぜったいにやめなさいとさかんにいいました。けれども、ワイルダーさんはどうせ戻らなくてはならないですし、わたしもたとえ凍死しても家へ帰りたいと思っていました。吹雪はますますひどくなる一方で、迷子になる恐れもあり、とても危険でした。わたしはとにかく暖かく着込むことにしました。下着から上着まで、すべてハイネックで長袖にし、暖かいペティコートを二枚、ウールの長靴下を二枚、そして丈の長いブーツをはきました。それから、重たいぶ厚い防寒着をはおり、毛糸で編んだ厚いフードをかぶり、顔にはウールのベールを二枚もかけました。その端をまとめて、首のまわりで結ぶのです。ふたりの膝掛けの重たいバッファローの毛皮の上掛けの下には、ぶ厚い毛布がありました。それを体のまわりにきつく巻き付け、足元には手提げランプを灯しておきました。暖かみがかなり増しました。こうしてわたしたちは吹きつける風の中を北へ向かって走りだしたのです。

ドライブが長くなると危険なので、途中でもたもたしてはいられません。とにかくできるだけ速く走り、馬たちの体が疲れすぎないように、気を配らなくてはなりません。風に立ち向かってつっ走っていたのですからね。二マイルごとにそりは止まりました。馬たちの白い息が、霜のように鼻面に凍りつき、息ができなくなるのです。そこで、ワイルダーさんは凍りつく雪の上に降りたって、馬たちの鼻の上にちょっとだけ両手をのせ、張り付いた氷をはがしてやり、またそりに戻りました。そして、再びそりを走らせたのです。ワイルダーさんは、ときどき上掛けの中に冷たい風にさらされた片手を入れ

の内をうまく追加している。「口に出してみると、なんともきついことばに聞こえた。ぶっきらぼうで、失礼で、意地悪ないい方だ。そのとたん、ローラはおそろしいことに気づいて、ぞっとした。これでもしアルマンゾが週末にこなくなったら、いったいどうなるのだろう」（第七章）。ワイルダーはこの場面を印象づけるために、この直後に、「小さな家シリーズ」で最も心をかきみだすシーンを入れた。ブルースターの奥さんが肉切り包丁を持ち出した件である。ローラはもう学校が終わるまでは週末の息抜きもなしに、ブルースターの家でこのような恐怖におびえつづけなければならないのだと思う。ローラのあのような宣言に対するアルマンゾの答えは微妙なものだったが、ローラはもうわが家へは帰れないのだと思い込む。「アルマンゾはびっくりし、それからゆっくりといった。『そうですか』もう何もいうひまはなかった」

＊91　一八八二年から一八八三年と、一八八三年から一八八四年の冬の気温は、とてつもなく低かった。デ・スメットからおよそ三十マイル西のヒューロンのその冬場の気温は、高いときでも零度以下、低いときは零下二十度から三十度になることがあった。一八八四年の初め、デ・スメットの新聞は毎月天気の状態を伝え、それに補足して、厳しい冬がくる予想も伝えていた。「インディアンや、年寄りのわな猟師がいう、雪の深い冬が来る徴—大きなジャ

ては、手提げランプでしばし手を暖めていました。その日ばかりは、家までの十二マイル半が、とてつもなく長く、果てしなく思えました。道々、ワイルダーさんは実は迎えにいこうかいくまいか悩んだと話してくれました。でも、町のつなぎ杭に、毛布をかけた馬たちが立っていたとき、キャップ・ガーランドが通りかかって、馬を見て、ぽつりといったのだそうです。

「神は臆病者をきらう」。そして、行ってしまいました。だから、ワイルダーさんは毛布をはがして、そりを出したのでした。町を出たときの気温は、なんと零下四十五度でした。実は温度計が凍りついてしまって、彼が出たあとの気温はわからないのですが、あれからすぐに、どんどん寒さが増し、風が激しくなってきたのでした。[*92] 家に帰りつく少し前には、もう寒さの感覚がなくなっていました。ワイルダーさんが心配そうに、「寒いですか?」とたずねても、わたしは「ちっとも!」[*93]と答えていました。けれど、家に着いてそりからおりたとき、もしマーが受け止めてくれなかったら、わたしはきっと転んでしまったでしょう。助けなしには、家の中へ歩いて入れませんでした(かつて、こんなドライブのあとで、恋人が凍死していたのを見つけた男の話がありました[*94])。

次の週に、郡の教育長が学校を訪れました。教育長は真っ赤に燃えたストーブのそばに座りました。壁の隙間から雪が吹き込んできていました。教育長は生徒たちが覚えたことを暗唱するのを聞きました。生徒が「火のそばへ行って暖まっていいですか?」というと、わたしはひとりずつ前へ来させました。それを教育長は見ていました。帰り際に、立ち上がろうとしたとき、わたしは、何かお言葉はありますかとたずねました。「あります!」と彼は答えました。六フィートはある背の高い人はすっくと立ち上がりました。わたしは心臓が止まる思いでした。何かいけないことをしたのかしら? (何しろ、わたしは十六歳にもなってなかったんですから)。頭を天井にぶつけそうにしながら、彼

(▼296ページへ)

コウネズミの巣―は、まぎれもなく明らかだ」と、一〇月に伝えた。「沢地じゅうにできた巣は、作ったばかりの干し草の山ほどの高さがある」(91A)。ワイルダーはこのイメージを『冬』で使ったのだ。ローラがとうさんに干し草の山がまだ残っているといった場面である。「あれは干し草の山じゃないよ、小びんちゃん。ジャコウネズミの巣だ」(第一章)。とうさんは、季節によってわな猟をするので、ジャコウネズミの巣の分厚い壁を見て、厳しい冬の到来に気づくのだ。デ・スメット・リーダー紙の記録によれば、一八八四年一月はことのほか寒さがきつく、六日間の寒波が続き、気温は零度から上がらなかったという(91B)。

*92 バイ版にはこうある。「その日がどんなに寒いか、だれも知りませんでした。零下四十三度を示してから、温度計の水銀は小さな玉になってしまい、もう温度がわからなくなったからです。そのあとも、ぐんぐん気温が下がっていき、風が激しくなりました」。『楽』でアルマンゾがいう。「水銀柱が球の一番下までおちていて、零下四十度以下でした」(第八章)。零下三十七・八九度からで、アルマンゾはもはや水銀が凍るか固体になるのは、零下三十七・八九度からで、アルマンゾはもはや気温が何度なのかわからない。気象学者のバーブ・バウステッドは、一八八四年一月四日の金曜日が、このとてつもない寒いドライブの日と考えられるという。デ・スメット・リーダー紙は、一月四日の朝の気

(へ)

温は零下三十九度で、午後三時には、強い北西の風が吹き、気温は零下三十四度だったと報じている。ほかに考えられる日は、一八八三年のクリスマス週間で、何日か続いて気温が零下二十度以下になったとき、または、一八八四年二月初めである(92A)。

＊93　バイ版で、ワイルダーはさらに追加した。「わたしはとても気分がよかったので、自分でも驚いていました。けれどそれは、分厚いバッファローの防寒着と、毛布とカンテラと暖かくて分厚いウールの服のおかげだろうと思っていました。雪の様子をじっと見てみると、空中高く舞い上がっているのがわかりました。早く町へ帰らないと、迷子になってしまうと思いました。けれど、ワイルダーさんはできる限りのことをしてくれるとわたしは信じていましたし、いずれにせよ、心配したってどうにもならないのはわかっていました」。『楽』では、ローラは次第に寒さに体が慣れてしまって、うとうとしはじめる。すると、アルマンゾが揺すって起こすのだ。「アルマンゾが何をいおうとしているのか、ローラにはわかっている。こんな寒さの中で眠ってしまったら、凍死してしまうのだ」(第八章)

＊94　PGの改訂版には、挿話の代わりに歌の歌詞が載っている。バイ版はこう始まる。「わたしたちはこういうドライブを語ったバラードをよくうたったものです。若いチャールズとシャーロットという歌で、こんな冬を知っているだれかが書いたものに違いありません。歌詞はこうなっています。

帽子とコートを着て　彼女はそりに飛び乗った
そしてふたりは嵐の中へ　吹きすさぶ風の道へ
そりの鈴は楽しげに鳴り　雪だまりもなんのその
凍り付いた雪道で　そりの脚のキシキシ　ギシギシきしむ音
こんな晩は初めてだ　手綱もまともに持てやしない
かわいいシャーロットは言葉少な　寒くて寒くてたまらない
彼は鞭を鳴らし　もっともっと速くとせかした
あと五マイルだ　くたくたのまま黙って走るだけ
チャールズがいった　すぐに眉毛に雪と氷がはりつく
シャーロットは言葉少な　もう寒くないの
こうしてふたりは凍える夜の凍える道を走りきり
ついに村にたどりついた　ああ　ダンスホールの明かりが見えてきた
そりは戸口に乗りつけた　チャールズは飛びおりて　手をさしのべた
シャーロットは　身じろぎもせず　動かない　どうしたの？
彼はたずねた　再びたずねた　しかし彼女は黙ったまま
彼は彼女の小さな手を取った　その手は氷のようにこわばっていた
彼は彼女の帽子をひきはがした　顔に星が冷たく光っていた
いそいで彼女の体を明るいホールへ運んだが
かわいいシャーロットはすでにこわばり　その口から言葉はなかった
彼は彼女をかきいだき　冷え切った白い額にキスした
そうだった　彼女はいっていた　もう寒くないの」

「娘シャーロット」とか「かわいいシャーロット」として知られるこの歌の元は、ほとんどわかっていない。だが、一八四〇年初頭に作られたシーバ・スミスの詩「死んでダンスホールへ」がこのバラードの歌詞に着想を与えたと思われる(94A)。

はみんなを見渡して、にっこりしました。

「とにかく、何をするにも足もとだけは暖かくしておきなさい!」そして、またにっこりして、わたしと握手をすると、立ち去りました。

毎日、あまりにも寒かったので、生徒たちを前の方の席に座らせたり、ストーブのそばに立たせたりして、体を暖めるようにしました。動きたいときには好きに動いていいといいました。そうすることで、みんなは授業中もおとなしくなり、よく勉強しました。さらに、驚いたことに、クラレンス・ブシーがとても行儀よくなって、わたしに思いがけず親切にしてくれたり、鉛筆を削ってくれたり、頼まれなくてもストーブの火の面倒をみてくれたりするようになったのです。クラレンスは初めから問題児で、わたしは我慢できず、罰を与えようか、さもなければクラスがめちゃくちゃになってしまうとまで思っていたのでした。

毎週、家に帰るたびに、パーはクラレンスのことをたずねました。わたしが、クラレンスが悪いことをするのでいつか罰してやろうと思うというと、パーは、辛抱強くつきあって、彼に無理に何かさせるのはやめなさいといいました。わたしが頼んだことを彼が進んでやるように仕向けること、それがうまく切り回すこつだというのです。

「おまえはクラレンスに鞭をあてることなどできないよ。彼のほうが大きいからね。おまえは彼にどんな罰も与えられっこない。彼には罰なんか効かないよ。とにかくうまく切り回すことが肝腎だ」[*95]

そこで、わたしはできるだけのことをしました。すると、クラレンスは変わってきて、友だちというか、同志のようになったのです。たとえば、最初、彼は課題を全部やろうとしませんでした。暗唱のときには、「やりませんでした。長すぎて」というのです。でも、

---

*95 ワイルダーはパーのこの言葉を『楽』の第六章に使った。かあさんは、かつて教師をしていたことがあったのでローラに、クラレンスにはどう接すればいいのかアドヴァイスする。「クラレンスを好きにさせておいて、知らん顔するの……いずれきっとクラレンスはなびいてくるでしょうよ」。ブラント改訂版とバイ版では、クラレンスの学業進歩には触れず、唐突にブシーの奥さんと包丁のエピソードに移っている。

長すぎるなんてことがないのは、よくわかっています。次にわたしは、課題を出す前に彼にききました。「これじゃ長すぎるかしら？　長すぎるかもしれないわね。だったら、ここまででいいですよ。こんなに長いと、とても覚えられないでしょうから」

すると彼はいったのです。「いいえ、先生、できます」

今では、わたしが出した課題の箇所より少し先まで勉強して、覚えてきました。ちゃんとできることを示したかったのです。わたしが彼をうまく扱った例です。

この話をすると、パーはワハハハと笑いました。「やればちゃんと切り回すことができるとわかっていたよ」

とにかく、ブシー家での暮らしがつらくなければ、わたしはあんなにもホームシックにはならなかったでしょう。始めのうちは毎晩、わたしは教え終わった日数を数えてばかりました。期間の半分が過ぎた頃には、残りの日を数えるようになり、毎晩、自分にいい聞かせていました。

「あと……日だわ」

残り十一日になった、ある晩のことです。[*96] ブシーの奥さんの怒ったようなわめき声で目が覚めました。

「わたしを蹴ったわね！　蹴ったでしょ！」ものすごいわめき声です。

「蹴ってない！」ブシーさんの声。「蹴ってなんかないよ。ただ、足でどかしただけだ。とにかく、ぶっそうな包丁はしまいなさい。さもなきゃ、ほんとに蹴ってやるぞ！」

恐る恐るカーテンからのぞきました。こわいものを見てしまいそうで、こわくてたまりませんでしたが、見ずにはいられなかったのです。ブシーさんはベッドに寝ていて、

＊96　『楽』の第七章の、はらはらするエピソードへの前段階に、ワイルダーはブルースターの奥さんのぶすっとした態度や、意地の悪い行動をドラマチックに描いている。だいたい夜になると彼女は夫に対して怒りをぶつけ、わめきたてる。しかし、ローラはそれが自分にも向けられていると思うのだ。「奥さんがローラにも聞かせたいと思っているのがわかった……奥さんの声には、明らかに、人を傷つけて楽しんでいる響きがあった」（第二章）。『楽』でも、PGでも、ワイルダーはこの女性の行動についての説明をしていない。レインはこのエピソードを短編「週末はわが家で」に使ったときは、説明を施したが、PGのあとのほうに出てくる、ブシー夫妻には関係のない事柄を利用した。短編の主人公のハイト夫人は、竜巻でふたりの幼い息子を亡くし、その悲しみから立ち直れないでいる。この話とワイルダーの話は並列のものとしておもしろいのだが、だからといって、レインの説明は実際のブシー夫人の行動を理解するのにほとんど役立たない。オリヴ・ブシーは一八八四年、夫ルイスがキングズベリー郡で亡くなると、三年後に再婚し、四度目の結婚の後、一九一九年に没。デ・スメットに埋葬された（96A）。

片足が上掛けから出ています。静かに横になっているように見えましたが、体の筋肉すべてがばりばりに緊張しているのがわかりました。奥さんは、手に大きな肉切り包丁を持って、ベッドの脇に立っています。それはほんの一瞬のことで、すぐに奥さんはきびすを返して包丁を台所へ持っていきました。行きながら、ぶつぶつ何かいっています。結局、その夜は一睡もできませんでした。このことは、わたしが家へ帰ってもいわなかったことです。二度とブシーの家には戻りたくないと強く思っていましたが、残りはあと一週間。どうしても学期の終わりまで教えたかったからでした。*97

最後の週の日曜の夜、わたしがわが家から帰ったとき、ブシー家には相変わらず不気味な空気が漂っていました。奥さんはわたしに口もきかず、小さな息子は泣いていて、ブシーさんは納屋へ行っていました。夕食のしたくがほとんどできる頃にやっと戻ってきて、外仕事のブーツや防寒着を脱ぐと、ストーブのそばに座りました。奥さんは釘にかけてあったショールを引ったくるようにとり、寒い外へ出ていき、ドアをバッターンと乱暴に閉めました。数分がたちました。わたしは不安になりました。こんな寒さの中へ出たら凍死してしまいます。それとも夜のこんな時間に外へ出て、わたしたちを残して近くの家へ行ってしまったのでしょうか？　だとしたら、それこそとんでもないことになると、わたしにはわかりました。ブシーさんは知らん顔です。息子と遊んでやり、しばらくしてから、夕食を作り終えて、それをテーブルに置きました。わたしは歴史の勉強をしているふりをして、小さくなっていたのです。ブシーさんが夕食ができたと呼んだので、テーブルにつきました。食べ終わった頃に奥さんが戻ってきました。ショールを釘に戻し、ストーブのそばに立ちました。一時間も出かけていたのです。いったい何をそんなに怒っていたのか、それに一時間もいったいどこへ行っていたのか、まったくわかりませんでした。でも、ブシーさんはこういうことにもう慣れっこになっているようでした。

＊97　『楽』で、ワイルダーは包丁事件のエピソードを、アルマンゾとの寒いドライブの前に据えて、緊張感をいっそう高め、ローラの教師としての決意をさらに雄々しいものにした。ＰＧにもあるように、ローラは学校をきちんと終わりまで務めようと思っているのだが、ワイルダーはローラがこれから直面するであろうことを追加し、さらなる波及効果を狙う。作家ならではの工夫だ。「先生というものは、学期の半ばで勝手に授業をほうりだして、出ていったりしてはいけないのだ。そんなことをしようものなら、二度と免許状はもらえないし、どこの学校委員会だって、ローラをやとってくれないだろう」（第十章）

＊98　クラレンス・ブシーについてのこの記述は、一八八四年にこの家族に起こったことを考えると、不可解だ。その夏、クラレンスと母エリザベスと義兄アイザックは激しいけんかをし、「クラレンスが投げつけた骨がアイザックの顔にあたり、破傷風をおこし、それが元で兄は亡くなった」（98Ａ）。三年後、エリザベス・ブシーとクラレンスは第二級殺人罪で起訴された。ワイルダーはこのことを知っていたはずなのだが、ＰＧには書かなかった。しかし、「教会の裏手の小さな家」ということから、クラレンスがアルマンゾと会ったのは、おそらく一八九二年八月から一八九四年七月の間であろう。当時、ワイルダーとアルマンゾとローズはフロリダ州でし

最後の週の夜はよく眠れませんでした。金曜日にわたしがやめると告げると、生徒たちはすごく残念がってくれました。これでもうずっとわが家にいられると思うと、帰り道はこれまでよりずっとうれしい気持ちだったのですが、ワイルダーさんはいつもより寡黙でした。

（生徒たちが大人になってからのことはまったく聞いていませんが、クラレンスのことだけは聞きました。何年もたってから、わたしたちが教会の裏手の小さな家に住んでいたとき、クラレンスが家に帰る途中で町を通ったのです。マンリー〈アルマンゾのこと〉は彼に会いました。彼は大人になって初めて、わたしがあの冬の間、彼にわからせようとしていたことに気づいて、感謝したそうです。でも、わたしに意地悪をしたことをずっと申し訳ないと思っていたとのことでした。クラレンスはシカゴで消防士になり、マンリーに会ってすぐのこと、燃えさかる建物に残っている大勢の人たちを救うために、勇敢な消火活動をし、英雄として亡くなったそうです[*98]）

ばらく暮らしたあと、デ・スメットにいた。そのあとで、ミズーリ州へ移住したのだ。実際のクラレンス・ブシーが一八九〇年代初めにデ・スメットを訪れた可能性はあるが、そのあとすぐにシカゴへ行ったかどうかの記録はない。彼は一九〇二年に没。猟のときの事故が原因だろう。デ・スメットに埋葬された（98B）。

第9章

ダコタ・テリトリーにて

一八八一年〜一八八八年(『大草原の小さな町』『この楽しき日々』『はじめの四年間』対応)

わが家へ帰った次の日は晴天の美しい日でした。気温は零下二十度くらいで、前よりましになり、風もほとんどありません。馬そりの鈴の音が響き、そりや小型の馬そりに乗った人たちの笑い声が聞こえてきます。わたしは家の窓辺に座って、町の通りを見ていました。わが家はほっとする場所です。でも、ずっと家の中にいるのはいやでした。自分だけが家にいて、ほかのみんなは外でそり遊びをしているのですから。

翌日曜日の朝は、ほんとうに美しい晴天で、またもや外からそりの鈴の音が響き、楽しそうな笑い声が風に乗って聞こえてきます。[*1]わたしもみんなと一緒に外で遊びたかったのですが、二カ月という、十六歳にとっては長い時間を町から離れていたので、みんなはわたしのことなどもう忘れてしまったみたいでした。メアリ・パウアーとキャップ・ガーランドが二人乗りの小型の馬そりで通り過ぎました。長いことキャップに会っていませんでしたが、今度は誘ってくれてもよかったのに、と思ってしまいました。フランク・ハーソーンとメイ・バード[*2]、アルフレッド・イーリーとローラ・レミントン[*3]、フレッド・ギルバートとミニー・ジョンソン[*4]、アーサー・ジョンソンとハティ・ドーチェスター[*5]が、それぞれ馬そりで通り過ぎていきます。みんな、ほんとに楽しそう。なのにわたし

＊1　新聞各紙は、デ・スメット初期に流行ったこういう活動をくわしく伝える。「先の降雪のあと、楽しげなそりの鈴の音がそこここで響くようになった。もはや若くないわれわれは、向こう見ずで若かった頃を思い出して、ため息をつく」。これはデ・スメットの記者が一八八三年一二月二四日に書いた記事で、ほんの一例。一八八四年一月二三日には、こう記す。「すべりのいい雪のおかげで、ありとあらゆるタイプのそりが続々と登場した。滑走部に箱を載せただけの間に合わせのそりなど。衣装ケースを板の上に載せた小さなそりでも、かっこいい馬そりのようにすいすいすべっていく」(1A)。ワイルダーは、『楽』の第十一章をフルに使って、こうしたそり遊びとローラの喜びを描いた。

＊2　一八八三年秋、雑貨商のフランク・ハーソーンは共同経営者と共に、レイク・プレストン近くに店を持っていた。そこで、ハーソーンはメイベル・K・バードと出会ったのだろう。メイベルはワイルダーより二歳ほど年上。フランクとメイはこのそり遊びのときには、新婚ほやほやだっただろう。ふたりは一八八三年一〇月二八日、レイク・プレストンで結婚した。フランクは共同経営者と別れて、一八八四年三月、デ・スメットへ戻った(2A)。

＊3　アルフレッド・イーリーは、材木屋チャールズ・E・イーリーの息子。一家はミネソタ州ウィノナからやってきた。

は家にいて、みんなを見ているだけ。そのうちに午後はほとんど過ぎてしまいました。

もう我慢できない……そんな気持ちになったときでした。戸口でそりの鈴の音が聞こえたのです。わたしは大急ぎで出て、ドアをあけました。そこにいたのは、おなじみの小型の馬そりにつけた一組の馬と、ブシーさんの家まで何度もわたしを迎えにきてくれたあの人でした。

「そりに乗りませんか?」

その人はたずねました。わたしはすぐに走って防寒着を取りにいきました。でもフードと顔のベールはつけませんでした。にぎやかなみんなの仲間に入れてもらってから、はっと気づきました。わたしはなんてことをしているのだろう、と。そう思ったとたん、おかしくて笑ってしまいました。笑われるのは自分自身だったのに、おかしくてたまらなかったのです。

「どうして誘ってくださったんですか?」と、わたしはききました。「ブシーさんのところで、学校が終わったらもう一緒にそりには乗りませんといったのに」

「みんながこんなに楽しんでいるのをずっと見ていたら、きっと気が変わって、行くというだろうと思ったからですよ」

馬そり。ダコタ・テリトリーのシーダー・クリークのなつかしき恋の日々(SDSHS)

父イーリーはデ・スメットのエンパイア材木会社で働き、一八八四年、学区の校舎の建築工事請負人になった。デ・スメット商工会議所の会長でもあった。アルフレッドはワイルダーより五歳年下。ローラ・レミントンのほうははっきりわからない(3A)。

＊4　フレッド・ギルバートは一八八四年から一八八五年の冬には十七歳くらい。大家族で育ち、一家はウィスコンシン州からミネソタ州を経て、キングズベリー郡へやってきた。ミニー・ジョンソンはワイルダーより二、三歳年下。

＊5　アーサー・ジョンソンはミニーの兄。ハティ・ドーチェスターは一八六〇年代にイリノイ州で生まれ、家族と共にアイオワ州サマセットからキングズベリー郡へやってきた。ハティは、ワイルダーより四、五歳年上。父デイヴィッド・W・ドーチェスターはルース家と共同で、馬の販売をしていた。一八八四年五月、カトリック教会の集まりは、「ハティ・ドーチェスターを説得して」彼女の名前を「新しいドレス・ボンネットのコンテスト」で、もうひとりの若い女性の対抗馬として使わせてもらった。投票料は一票十セント、その収益は新しいカトリック教会の内装のために使われた(5A)。

＊6　この段階までは、PGのすべての版で、ワイルダーはアルマンゾのことを、

「本気であなたとはもう一緒に行かないつもりだったんです。だれか他の人が誘いに来たら、出かけるつもりでした。でも、結局、わたしはどこへも行かず、ここにいます。ですから、これからはあなたをなんてお呼びしましょうか？　ワイルダーさんと呼んで、そのたびに、ワイルダーの弟さんのことだと説明するのは面倒ですし、今さらワイルダーさんと呼んだら、みんなに笑われてしまいます」*6

彼は、家族は自分のことをマンゾと呼ぶといいました。でも、兄さんのロイヤルはマニーと呼んでいるそうです。

「マンゾって、なんだか変てこな名前ですね。お兄さんのロイが呼んでいるように、マンリーと呼びたいです」

すると、彼はマンリーじゃなくて、マニーだといい直しましたが、わたしはマニーはなんだかすてきじゃないので、マンリーにしたいといいました。

「それじゃ、ぼくはきみをなんて呼べばいいですか？」マンリーは問いました。「ローラという名前の姉がいて*7、ぼくはその名前が好きじゃないんです。きみのミドルネームは？」

わたしは古い子守歌の歌詞をいいました。

「エリザベス、エリスペス、ベッツィ、ベスが、川を渡って鳥の巣を探しにいった。巣を見つけたら、卵がみっつ入ってた。みんながひとつとって、ふたつ残した」。すると、マンリーは、ベシーにするといいました。*8

わたしたちはみんなと一緒に通りをどんどんすべっていき、通りの端の大草原でUターンしてから、また戻ってきて通りのもう一方の端まですべり、そこでまたUターンして、それを何度も繰り返しました。馬そり同士で、笑い合い、声をかけ合いました。鈴の音がかろやかに鳴り響き、滑走部が凍った雪の上でキシキシ音をたて、風が吹きめ

若いワイルダーとか、ワイルダーさんと呼んでいる。原稿を書くときにことさらそうしたのにはわけがある。あとでお互いの名前を伝え合うことで、ドラマに重さが加わるからだ。しかし、これは当時の慣習をあらわしてもいる。男女がお互いを呼び合う名前は、ふたりの関係をあらわすヒントとなる。ダコタ・テリトリー南部に住んでいたローラと同時代のアリス・バウアーは、恋人にプロポーズされて、それを受けるまでは、決してファーストネームで呼ばせなかった（6A）。それにひきかえ、「小さな家シリーズ」の読者は、最初から若いワイルダーとはアルマンゾのことだと知っている。たとえ、ローラがその名前を使わなくてもだ。『楽』で、ローラとアルマンゾはお互いをニックネームで呼び合ったりしていない。だが、ネリー・オルソンは『楽』の後半で、「マニー」などというのである。実際の親しさ以上のものがあるとほのめかしているのだ（第二十章）。PGでは、「アルマンゾ」という名前は一度も出てこないが、ブラント版では、これは見落としとして直された。

*7　ローラ・アン・ワイルダーはジェイムズ＆アンジェリン・ワイルダーの子どもたちの最年長。一八四年生まれで、アルマンゾより十三歳年上。彼女は、この家族がニューヨーク州マローンからミネソタ州スプリング・ヴァレーへ移住したとき、おじについて先に行った。そこで一八

ぐります。でも、たいした寒さではなく、わたしたちは幸せいっぱいで、楽しくてしかたがありませんでした。だって、気温はたった零下二十度、太陽がさんさんと照っていたからです。[*9]

ワイルダー一家。左から右へ、ロイヤル、アルマンゾ、父ジェイムズ(前)、ローラ、パーリー(前)、母アンジェリン(前)、イライザ・ジェイン、アリス(前)(LIWHHM)

月曜日、わたしは学校へ戻りました。すると、わたしのほうがみんなより勉強が進んでいることがわかりました。でも、また同じところをおさらいして、みんなと一緒に学ぶのはうれしいことでした。晴れた日曜の午後はこないだのようにそり遊びをします。ときどき、キャップとメアリと一緒に、前後に席のあるそりに乗っていましたが、わたしとマンリーはだいたいふたりだけで、小型の馬そりに乗っていました。マンリーがこしらえてくれたものなので、町ではいちばんすてきなそりです。組み馬も町いちばんで[*10]、とても美しく

八四年、ハリソン・ハワードと結婚。彼女は、ワイルダーの二作目『農場』には登場しない(7A)。

＊8　ワイルダーのミドルネームのエリザベスには、いくつもニックネームがある。ワイルダーはアルマンゾにどのニックネームにしたいかを、なぞなぞを引用してたずねた。「エリザベス、エルスペス、ベッツィ、ベス/みんなが鳥の巣をさがしにいった/そして卵がいつつの巣を見つけた/みんながひとつとった/よっつ残した」(8A)。バイ版には、この箇所はなく、アルマンゾが結局「ベシー」と呼びたいと決めたところもない。だが、ベシーやベスというニックネームは定着し、レインも母を「ベスお母さん」とよく呼んでいた。

＊9　『楽』で、ローラは楽しさのあまり、ついうたいだす。それにみんなも唱和して、「ジングル・ベル」をうたう(第十一章)。一八八三年三月二九日のデ・スメット・リーダー紙に載っている記事はそれと呼応する。「そりの鈴の音が、楽しいメロディと共にひとしきり冬の町に響いていた……この数日、温度計の水銀は下方に留まっていた」(9A)

＊10　『楽』で、ワイルダーはアルマンゾの馬の名前をプリンスとレディと書く(第十一章)。

て、背がすらりと高く、褐色でした。ほっそりした脚、形のいい足を持ち、高くあげた頭を、鈴の音が鳴るのに合わせてふっています。

この冬、びっくりしたのは、トムおじさんの突然の訪問でした。*11 ウィスコンシン州で会ったときのわたしの大好きなおじさんのままでした。小柄で、物静かで、親切で、にこにこしたおじさんは、一緒にいるとほっとする人でした。ですから、おじさんがこの何年も、ミシシッピ川で丸太を流して運ぶ仕事をしたり、その仕事をする荒っぽい男の人たちの頭《かしら》をやっていたなんて、とても信じられません。けれど、おじさんは見事に勇敢にその仕事をやりとげました。あるときは、泳げないのにもかかわらず、ぷかぷか浮いている丸太の間に飛び込み、丸太にしがみついたまま、けがをした人を水から引き上げ、救ったこともあるそうです。おじさんはまだ若々しく見えました。だから、日曜の午後、マンリーが誘いにきたとき、戸口からおじさんの姿が見えたらしく、わたしたちが馬そりに乗ったとたん、マンリーはむっとしたような顔つきできました。

「あの若い男はだれですか?」

メアリ・パウアーとわたしはプッと吹き出し、そりがすべっている間、マンリーったら!というようにゲラゲラ笑いつづけました。

このとき、わたしたちは前後に座席があるそりに乗っていて、前にキャップとメアリが座っていたのです。ほんとうに楽しいドライブでした。ふざけあったり、笑いあったり、冗談をいい合ったり。そのうちに、キャップがメアリの髪からヘアピンを抜き取り始めました。メアリはすごくあわてました。なぜなら、髪の毛がすごく少ないので、ヘアピースを使っていたからです。*12 ヘアピンをたくさん抜かれてしまったら、ヘアピース

＊11 「ウィスコンシン州ファウンテン・シティのT・L・クワイナー氏が今週デ・スメットを訪れた。荷馬車一杯に材木を積み、店を建てるつもりである」と、一八八三年二月三日、デ・スメット・リーダー紙が告げた(11A)。レアド、ノートン材木会社で働いていたクワイナーは、一週間滞在した。この地域で材木販売や建築ができるかどうかをさぐるためだったろう。一八八四年四月の終わり、義兄チャールズ・インガルスは彼のために三番通りに家を建てていた。しあがったら、それは「ピアソンの貸し馬車屋になるだろう」(11B)。ワイルダーはブラント改訂版やバイ版にはトムおじさんの訪問についてもっとくわしく書いた。彼が、一八七四年にゴードン隊に加わって、ダコタ・テリトリーの西のブラック・ヒルズを訪れたときの話だ(付属資料C参照)。ワイルダーが最後の物語『楽』を書こうとしていたとき、レインは新しい人物を登場させることを危ぶんで、トムおじさんをジョージ・インガルスおじさんにしたらよいのではと提案した。ジョージおじさんは、『森』に出てくる印象深い人物だ。だが、ワイルダーはこう返事をした。「『ブラック・ヒルズに入った最初の部隊の記録には、インガルスの名前はないのです。歴史的にいえばやっぱりここはトムおじさんでなければなりません」(11C)。こうして、史実に従って物語は書かれ、トムおじさんが『楽』に登場した(第十三章)。

が落ちてしまいます。いくらキャップにやめてといってもやめません。でも、放っておいたらどうなるか、わかっています。わたしは、走る馬のひづめが飛ばした固い雪の塊をとっさにつかんで、キャップの肩越しにそれを投げ、一頭の馬にあててやりました。そこで、片手で手綱を操っていたキャップも、両手が必要になりました。ヘアピンどころではなくなったというわけです(地方色)[*13]。

ブシーさんのところから帰ってきたときのわたしは、マンリーとではなく、むしろキャップと一緒に出かけたいと思っていました。ところが、ある日キャップが戸口にあらわれて、そりすべりに行こうと誘ってくれたとき、わたしはとっさにマンリーからキャップに乗り換えたくないと思ったのです。そこで、キャップに、メアリを誘ってくるなら行くと答えました。キャップがそうしてくれたので、みんなで出かけることができたのでした[*14]。そのあと、アーサー・ジョンソンが、夜、教会の帰りにわたしを家まで送ってくれました。マンリーのいないときでした。わたしはアーサーとも一緒に行きたくないと思いました。

結局のところ、わたしはしばしばマンリーと出かけるようになり、町の人たちはわたしたちのことをカップルとして見るようになりました。ある日、学校でレベッカ・ニューホール[*15]がわたしにいいました。お母さんが、「ローラはやっぱりワイルダーと結婚するでしょうね。彼は本気だから。もうあまり若くない独身男は、本気でなければ、若い娘を誘わないものよ」といったのだそうです。ベッキー(レベッカのこと)・ニューホールのお父さんは、わたしが初めて見たレグホン種のニワトリを育てた人です[*16]。とても小さな、茶色いニワトリで、小鳥みたいです。卵をとてもたくさん産みます。あまり小さいので、売り物にならないといわれてしまうそうです。ニューホールさんはちょっとぐちっぽくいいました。「確かに小さいが、卵はどっさり産むんだよ」

る。「さもないと、メアリはもっとヘアピンを抜かれて、その豊かな、きれいなまげがとれてしまう」(第十三章)

*12 『楽』で、ワイルダーが説明してい

*13 「地方色」とは、文学用語で、その土地における、ユニークな言葉、服装、習慣、癖などを意味する。フィクションにおいて、十九世紀後半にアメリカン・リアリズムが強調されるようになったことと関係があり、それを創作に生かした、この地の最も重要な作家がハムリン・ガーランドだ。一八八三年~一八八四年に、ダコタ・テリトリーに農地を持っていた。地方色についていて彼は大変重要なエッセイを書いた。「フィクションにおける地方色は……土着の要素であり、他との区別をはっきりさせるものだ。個々人の特徴をきわまりなく、生き生きと魅力的にあらわすもの……文学が、どこのものとも同じ、またはなんとなく同じようなものを記録するだけでは、腐って乾いて死んだものになってしまう」(13A)

*14 一八八四年五月、メアリ・パウアーは「初めて毎週開かれた、カトリックの日曜学校で」年少組を教えていた(14A)。一年後、メアリはデ・スメット・ドラマ・カンパニーの春公演で主役を演じ、「すばらしい才能を見せた」(14B)。『楽』で、ローラは友だちから、メアリ・パウアーが「ルース銀行の新しい行員とつきあっているみたいよ」と聞く(第二十章)。それが、

学校の先生はシーリー先生に変わりました。[*17] とても良い先生でしたが、ただあまり清潔でない印象がありました。座ってみんなの暗唱を聞いているときに、指し棒（教鞭）の先をくちゅくちゅかんでいるのです。休み時間には、いきなりそれを襟首から背中に差し込んで、こりこりかくのです。首から下まで入れることもあります。そして、取り出すと、今度はそれをまたかみだす、という具合です。わたしたち女生徒はみんな、すごくいやがって、我慢できなくなりました。とうとうだれかが、その指し棒に何かしかけをしようといいだしました。

そこである日、それぞれが昼休みを早めに切り上げて、口にしたらいやな味のするものを持ち寄りました。わたしは唐辛子を持ってきました。持ってきたものすべてをストーブの上においた小さなやかんに入れ、かきまぜ、指し棒の先をそこにつっこんで、沸騰させました。棒を乾かしてから、元の場所に戻し、やかんの中身は捨てて、またきれいな水を入れておきました。シーリー先生が戻ってきました。

まもなく、先生は指し棒の先を口に突っこみました。ぐるぐる回しながら、くちゅくちゅかみはじめましたが、いきなり、棒を取り出し、床にペッとつばを吐きだし、棒の先をまじまじと見ました。そして、舌の先でちょっとなめてから、いきなり顔をあげてわたしを見たのです。わたしはそしらぬ顔で、黒板に書いてあった文を図解していました。先生はまたペッとつばを吐くと、指し棒をおろしたのでした。

いとこのアリスと夫のアーサー・ホワイティングがやってきて、一週間うちに滞在しました。かつて、わたしたちがアイオワ州へ行くときにザンブロ川のそばのアリスのところに住んでいたことがありましたが、それきり会っていなかったのです。アリスは、前と変わらない感じで、メアリみたいにおだやかでまじめな人、アーサーは明るい陽気

キャップ・ガーランドがついにワイルダーを誘いにきた理由のひとつだったろう。メアリが実際につきあっていた銀行員はエドウィン・P・サンフォードで、一八六五年、イリノイ州プレアリー・シティ生まれ。一八八四年、彼はデ・スメットのキングズベリー郡銀行の帳簿係となり、その後、株主と支配人になった。ふたりは一八九〇年にやっと結婚。一九〇〇年初期まで、チャールズとキャロライン・インガルスの家の向かいに住んでいた。サンフォード夫妻には子どもはいなかった。一九〇七年、ふたりはワシントン州ベリンガムへ移り、そこでメアリは一九二九年、六十三歳で没（14C）。

＊15　レベッカ・ニューホールに関する人口調査記録は見つからないが、一八八三年のデ・スメット・リーダー紙にF・W・ニューホールが手伝い募集の広告を出している（15A）。

＊16　一九二五年、レインは書く。「『三十年間というもの、母はメンドリたちの召使いだった』（16A）。事実、ワイルダーが一八九四年にミズーリ州オウザークへ移住したとき、ニワトリを籠に入れて連れていったのだった。そしてセント・ルイス・スター・ファーマー紙にメンドリについて初めてプロ作家としてコラムを書いた。ミズーリ・ルーラリスト紙に載ったワイルダーのプロフィールによれば、「あの人は、だれもニワトリに卵を産ませられな

な人でした。アリスとエラは、アーサーとリーのホワイティング兄弟と結婚していました。みんな、デ・スメットから六十マイル南にあるミッチェル[*18]というところに住んでいます。

大学に行っているメアリについては、よい報告をもらっていました。行ってからずっと大学生活を楽しんでいるようです。普通の文字でもうまく書けるようになり、点字も習っています。[*19]いくつもの四角いますめがあいている、石版のような枠つきの板を使うのです。点字針を、そのますめに押しつけて、点字を出すやり方です。目の見えない人が本の浮き出し文字を読めるように、点字を指でさわれば、読めるのです。

マーとわたしは忙しくなりました。学校から帰ってからと土曜日に、メアリのために新しい服を作って送ることにしたからです。材木置き場のマッキーの奥さんが[*20]、手伝ってくれました。奥さんは他の人たちのためにもたくさん縫い物をしている人で、わたしも手伝ったことがあります。ですから、とてもよい友だちになれました。マッキーさんはデ・スメットの西にあるマンチェスターに農地を申請したので[*21]、春までには家族でそこへ行って住まなくてはなりません。さもないと、権利を失ってしまうからです。農地を六カ月以上離れてはいけない決まりになっているからです。そうしないと政府から農地の権利書をもらうことができません。[*22]けれども、マッキーさんは材木置き場の仕事があるので、しばらくデ・スメットを離れられません。そこで、もしわたしが一緒に行ってくれるなら、奥さんと十歳の娘メアリはそこで暮らして夫を待っていたいと、奥さんはいいました。

というわけで、わたしたちは三月初めに出発することになりました。マンチェスター行きの汽車に乗ったとき、手伝ってくれた制動手がわたしの腕をつかんで、席に案内し、

い冬にだって、卵を産ませることができるんですよ」(16B)。レグホン種のメンドリはイタリア原産で、十九世紀初めにアメリカにもたらされ、よく卵を産むので珍重されている(16C)。

＊17 一八八〇年、ウィラード・シーリーは二十五歳、既婚の教師で、ミネソタ州フィルモアに住んでいた。ここで再びワイルダーの時系列が狂う。シーリーがデ・スメットで教えたのは、一八八一年～一八八二年の冬だ。そのあとをイライザ・ジェイン・ワイルダーが引き継いだ。彼と妻と十九歳の息子は、一九〇〇年にまだデ・スメットに住んでいたが、シーリーは保険の仕事をしていた。一八八四年、彼は雹にやられた収穫物に対する保険の契約取りの「大仕事」をした(17A)。PGの改訂版にはこのエピソードがない(17B)。

＊18 アリス・インガルスはピーターの娘で、アーサー・S・ホワイティングと、一八八一年に、ミネソタ州ワバシャで結婚。子ども五人。アリスの妹エラはレスリー・リー・ホワイティングと結婚(ワイルダーはふたりがデ・スメットを訪れたことを、PGのあとのほうで書く)。子どもは四人。ダコタ・テリトリーのミッチェルは、シカゴ、ミルウォーキー&セントポール鉄道の沿線にあった。この二組の夫婦は、最後にカリフォルニア州南部へ引っ越した。『楽』で、ローラはすぐにアリスがわかり、「まるで帰ってきたメアリのよう」

隣に腰をかけていいました。「やあ、ローラ、元気かい？」
わたしは相手の顔を見ました。その笑い顔でわたしは気がつきました。ウォルナット・グローブにいたウィル・バーンズだったのです。[*23] あそこを出てからずっと会っていませんでした。

引っ越しの荷物が駅から農地の家に馬車で運ばれるまでは、マッキーの奥さんとメアリとわたしはマンチェスターのホテルで待機するしかありません。丸一日待ち、次の日の夜、やっとわたしたちを家へ連れて行ってくれる御者が見つかりました。その晩、馬車の御者はわたしたちと一緒に夕食のテーブルにつきました。見知らぬ女性がふたりも目の前にいるので、御者はひどく緊張してしまい、ほとんど食べられません。マナーのいいところを見せようとして、彼は大きなパンひと切れにバターをぬって皿に置き、わざわざナイフとフォークを使って切り、ナイフでパンを口に押し込んだのです。彼が必死になればなるほど、皿は押されてテーブルの縁に寄っていきました。もうだめ、注意してあげなくちゃと思ったとき、彼が両肘をあげて、最後のひと切れを切ろうとしました。とたんにバランスがくずれ、パンも皿も膝の上に落ちてしまいました。顔が真っ赤になったのは、いうまでもありません。彼がどんなに恥ずかしい思いをしたかを考えると、気の毒でたまりませんでした。とはいえ、奥さんとメアリとわたしは、一緒に暮らしていた間じゅう、それを思い出しては笑っていたのでした。

朝、わたしはホテルの支配人とその奥さんが激しくいい合う声で目が覚めました。そして、男のほうの声が聞こえてきました。
「起きて火をおこすなんてまっぴらだ。おまえがやれ！　いやな母さんとそっくりだ、

と書く（第十七章）。この物語シリーズの最後の方を計画していたときに、ワイルダーは最後の本にこのふたりのいとこと「その夫たちがやってくるところを」（18A）書きたいと思ったのだが、考えを変えたに違いない。『楽』で物語のインガルス家を訪れたのは、アリスと夫アーサーだけだった（18B）。

＊19　ルイ・ブライユが一八二〇年代初頭に盲人のために、浮き出した点字を触って本などを読める方法を開発、発展させた。当時、彼はパリの国立盲学校の学生だった（19A）。

＊20　一八八〇年、ジェイムズ＆マーサ・マッキーは、八歳の娘メアリとデ・スメットに住んでいた。ジェイムズの職業は衣料品流通商。『楽』で、とうさんはマッキー家の人たちを「りっぱな人たち」（第十四章）という。バイ版ではこの場面はこう始まる。「三月、わたしは二度目の汽車の旅に出ました」

＊21　マンチェスターはデ・スメットの西九マイルにある、ダコタ・セントラル鉄道の駅として一八八一年に創設された町。一八八三年八月四日、デ・スメット・リーダー紙は伝える。「マンチェスター村は最近急速に発展している。マンチェスター町になる日も近いだろう」（21A）。マンチェスターはサウス・ダコタ州の小さな町のまだったが、二〇〇三年六月二四日、竜巻のた

おまえは。おれはおまえのいうなりになんかならんぞ」

わたしたちは家具を積んだ馬車に乗ってホテルを出ました。広いスルーが続き、地面は解けた雪と春の雨のせいでずぶずぶにやわらかくなっていたので、不安でたまりませんでした。けれど、御者はナイフとフォークの扱いは苦手でも、手綱さばきはうまく、馬車は無事にスルーを通り抜けて、家に着きました。[*24] 家に着くと、彼はストーブをすえつけ、ふたつの部屋のそれぞれにベッドを一台ずつ置いていってくれて、馬車で帰っていきました。わたしたち三人が残されました。この家には二部屋しかありませんが、新しくて、がっちりできています。夏の間の燃料として、裏手に小さな干し草の山があります。あの「厳しい冬」に作って役に立った干し草棒の話をあちこちでしたおかげで、もしもの場合に置いてあるのでした。

マッキーさんは土曜日には家に帰ってきて、日曜の午後までいました。そして、みんなでマンチェスターまでの二マイルを歩いて駅まで送り、マッキーさんは汽車でデ・スメットへ帰っていきました。マッキーさんはとても厳格なスコットランドの長老教会派だったので、日曜日の過ごし方はとてもつまらないものでした。メアリとわたしは遊ぶことも許されず、聖書以外のものを読むのもだめ、声をあげて笑うのもだめだったのです。

彼は、魂を清めるためのお説教をして、懸命にわたしを教会員に勧誘しようとしました。[*25] そして、自分が信じている運命予定説を説明しました。それに対するわたしの答えはいつもだいたい同じです。つまり、もしも予定説というものがほんとうだとしたら、自分がすでに救われているのか、いないのかもうわかっていることになります。だったら、なぜそんなことをつらつら考える必要があるのでしょう。すると、彼は首をふりふ

め破壊された。

＊22　バイ版で、ワイルダーは追加する。「ダコタの入植者たちはこういうのです。『アメリカ政府は国民に対し、十四ドル五十セントを百六十エイカーの土地に払わせ、そこで五年間、飢え死にせずに暮らせるかどうか、賭けをしている』」。農地申請料は十四ドル、条件はその土地に毎年六カ月住み、それを五年間続けることだった。ワイルダーはそれを『楽』で具体的に説明する。マッキー夫人はいう。「法律を作る役人は、農業をするお金がある人しか、農場を買えないのだということを知るべきよ。お金がなければ、稼がなくちゃならない。でも、農地にいたら稼げないのに、農地にいなくてはならないというような法律をなぜ作るのよ？……女性が投票できるようになって、法律を作れるようになったら、もっとまともな法律ができると思うのよ」（第十四章）。しかし、マッキー家は結局、一八八三年四月に樹木農地を申請し、ジェイムズ・マッキーはそれに優先買い取り権を得て、二月一日前に支払いを済ませた。一八八三年一〇月二七日、デ・スメット・リーダー紙は伝える。「マンチェスターのJ・M・マッキーは木曜日、郡庁舎を訪れ、『土地取得を証明』し……やがてピアへ移るつもりである」（22A）。ワイルダーがマッキーの奥さんと、農地のその家に住んだのは、一八八三年の春・夏だけだったことになる（22B）。

りいうのです。

「おう、おう、何をいう！　ローラ・インガルスはとんでもないな！」

マッキーさんは、怒ることは罪悪だとよくいうのでした。そこで、彼がかっとなって、我を忘れそうになると、わたしは彼をじっと見て、にやりとしました。すると彼は、ごくんと怒りを飲み込み、男には正しい怒りというものがあるのだ、といいました。でも、その目は愉快そうに笑っています。ほんとうのところ、とても人間的な人で、スコットランド人としての良心を守っておだやかに生きていこうと努力しているのです。きまじめで了見が狭いけれど、わたしたちのために懸命に尽くしてくれようとしているのでした。マッキーさんがいないウィークデイは、三人で遊んだり、笑ったり、食べたり、眠ったり、家事をしたりして、大いに楽しく過ごしました。[＊26]

マッキーの奥さんはよくわたしにいったものです。

「あなたはいずれワイルダーさんと結婚するんでしょうね。ノーといったら、彼の気持ちを傷つけるかもしれないと思ってるんでしょう」

わたしが、彼はわたしにノーといわせるチャンスなど与えないだろうというと、奥さんはいつもいうのでした。

「もちろん、そうよ。あのくらいの歳の男性は、[＊27]本気でなくちゃ、長いこと女の子と付き合ったりしないものよ」

けれど、わたしはまだ、そんなことはないだろうと思っていました。でも、もしそうなったとしたら、ノーというでしょう。だってまだ、ずっと昔ウィスコンシンの森で知り合った赤毛のアイルランド人のクラレンス・ヒューレットと文通していたのですから。

＊23　ミネソタ州レッドウッド郡のウィル・バーンズについての人口調査記録は見つからない。しかし、一八八三年以後、デ・スメットにW・J・バーンズという人がおり、一八八四年、バーンズは、機械関係の事務所用に「インガルス家の南に小さな建物」を建てた(23A)。バイ版でワイルダーは、自分とウィルのことをさらに書く。「マンチェスターに着くまでずっと、昔の友達の話をしていました。もうだれもウォルナット・グローブに住んでいませんでした。だれもが、せっせと西部へ向かったのでした」。『楽』では、制動手は知り合いではない（第十四章）。

＊24　バイ版には、さらにくわしい記述がある。「スルーというのは恐ろしい場所です。見た目は堅い感じでも、底なしの泥地を薄い草土がおおっているだけなのですから。前に通った馬車のわだちに車輪がひとつでも重なると危険です。たちまちずぶずぶと沈み、少なくとも車軸のところまで落ちてしまいます。スルーで干し草を馬車に積んでいるときは常に、後輪が前輪と同じところに行かないように、ずらすように円を描きます。とにかく、積む作業の間は、ずっと馬車が少しずつ動いているようにするのです」。このエピソードの最後はほっとする。「御者がそれっと馬に鞭をあて、スルーを走ってとばし、無事に堅い地面に到着しました」

六月一日、わたしはまた農地の家に戻ってきました。マッキーさんのところは気に入っていましたが、やっぱり家に戻れたのはうれしかったです。再び雌牛の世話をするのを手伝ったり、飲みたいだけ新鮮なおいしいミルクを飲み、ニワトリの卵集めをしたりするのはいい気分でした。ニワトリたちは干し草の山とか、草深いところに卵を隠しているのでした。いつか二十五セントで買った子猫はもうおばあちゃんになっていましたが、また赤ちゃんも産みました。家族全体のためにえさを探さなくてはならないと思っているようです。しましまの地リスをつかまえてきては、山積みにしています。

家へ帰ってほんの少ししかたたないうちに、今度は帽子と服を作っているフロレンス・ベルさんのところで縫い物の仕事を始めました。[*28] 毎朝、お弁当を持ってお店へ歩いていき、七時に着きます。一日じゅう縫って縫って縫いまくりました。お昼にほんの少しの休みがあり、また午後六時まで縫いました。ベルさんは一日五十セント払ってくれました。もちろんくたくたになりましたし、肩も凝りました。でも、わたしは裁縫が好きでした。あるとき急ぎの注文があったので、中くらいの大きさのボタンの穴かがりをなんと二十もやったことがあります。芯をつけ、かがり縫いをし、三十分で仕上げたので、ベルさんはとてもほめてくれました。

六月、七月、八月とベルさんの店で働きました。実は、マンリーの姉ローラがいっときそこで働いていたことがあったので、わたしはローラと知り合いました。ローラとイライザは、町から少し西よりの北へ行ったところにある、イライザの農地小屋で暮らしていました。[*29] マンリーとロイも、町の北にそれぞれの農地を持っていました。

九月、キャリーとわたしはまた学校へ通い始めました。農地から歩いていくのです。先生はまたあのシーリー先生で、学校は相変わらずといった感じでした。でも、前にク

＊25　ワイルダーがよく知られている予定説や宿命説をここで取りあげようとしたのは明らかである。カルヴァン派の思想は、神は人間に起こることをすべて前もって決めておられるとする。従って、個人は自分の運命を変えられないし、自分が救われるか、地獄に堕ちるかなどの人生の結果など、変えようがないのだ。

＊26　バイ版で、ワイルダーは追加する。「そして、夕焼けの色が消えて、大草原の暗闇が忍び寄ってくる夕べになると、わたしたちは戸口にしゃがみ、輝きを増して、下のほうへ降りてくる星々を眺めました。そして、たそがれに包まれた、がらんとした広い草原に向かって、知っている限りの歌をうたいました。こんな歌もありました。

やっといで　やっといで　やっといで
何がなんでも　やっといで
さあ　やっといで　やっといで
さっさといますぐやっといで
さあ　やっといで　このくにへ
なにもこわいことありゃしない
アンクル・サムは金持ちで　みんなに農地をくれるとさ

これは「アンクル・サムの農場」という歌。歌詞はハッチンソン・ファミリー合唱団のジェシー・ハッチンソン、ジュニアによる。ワイルダーはこの歌を『岸辺』に載せている（第七章）（26A）。

ラスにいた大きな男生徒たちはもうおらず、働いていました。フランク・ハーソーンとメイ・バードが結婚しました。[*30] フランクはお父さんの雑貨店を一緒に経営しています。キャップ・ガーランドはあちこちで、自分の組み馬を使って働いています。ベン・ウッドワースは駅で働き、アーサー・ジョンソンは家族とともに農地へ引っ越してしまいました。

アイダ・ブラウンとわたしは前と同じく座席が一緒です。メアリ・パウアーとジェニーヴ・マスターズも同じでした。ジェニーヴはすっかり人気を失っていました。「あの子の舌は宙に浮いてて、両側に伸びる」[*31]ということわざがありますが、その通りで、もうジェニーヴが何をいってもみんな知らん顔でした。

キャリーは夏の間ずっと、外の仕事や家事を手伝っていきました。わたしがマンチェスターから帰ってきてからもあまり家の手伝いができなかったからです。ベルさんの店で朝七時から夜六時までたっぷり働き、六時に仕事を終えて歩いて帰ってきたらもう、家事をする時間はほとんどありませんでした。けれど、当然のことながら、お金は稼いでいたので、それを家計に入れていました。そして今はキャリーと一緒に学校へ行っているので、夜も朝も、外の仕事や家事を手伝うことができるようになりました。

パーは夏の間、大工仕事と農場の仕事の両方で、ものすごく働きました。[*32] パーとマーで干し草の山を作りました。今は、小さな畑に育てた小麦とエン麦の収穫を、古い手鎌でやっています。刈り取り機を買うだけの余裕はないし、うちの畑は小さいので、それを購入しても支払えるだけの収穫はないからです。パーは収穫のきつい仕事のせいで、すっかりやせて、くたくたでした。でも、折れない釘のように頑丈な人でした。わたしは、パーはあんまり幸せそうではない、と思っていました。少し前から、このあたりに

＊27　ブラント改訂版とバイ版には、アルマンゾの年齢についてもう少し書いてある。「マンリーはほんとうは十九歳でした。けれども、十七歳のとき、あの『厳しい冬』の前に土地の申請をするために、自分の年齢を二十一歳だと申告したのです。そこで、みんなは彼のことを『それなりの歳の独身男性』と思っていたのでした」（バイ版）。実のところ、アルマンゾは、ワイルダーより十歳年上で、実際、キングズベリー郡の土地を申請したときにはほんとうに二十一歳だった。だが、ワイルダーは自分の年齢も少しあやふやになっていたので、アルマンゾの年齢もわからなくなっていたのだろう。また、『冬』では、物語のアルマンゾを実際より若くしている。たとえば彼はいう。「（ぼくは）二十一歳……ま、そういうことになっている」（第二十五章）。実際のところ、アルマンゾは一八八〇年、二十四歳。農地申請は、家長、または二十一歳以上の個人（独身女性も含む）に開かれていた。レインの「週末はわが家で」でも、歳の足りない若者が、結婚して条件を満たしたことが書かれる（27A）。

＊28　フロレンス・E・ベルは、三十代半ばで、ペンシルヴェニア州出身。一八八三年三月に広告を出した。「最新流行の帽子とおしゃれ用品を用意しております。フィシュ（三角スカーフ）、スカーフ、衿、スペイン・レース、フランス・レース、プレーン・レース、刺繍材料。各種リボン、プラッ

は人がどんどんやってきていて、パーは人が増えすぎたと感じていました。ほんとうは、パーはオレゴン州へ行きたかったのです。*33 バッタの襲来のとき、「ここじゃハチ一匹生きられない」といって、西ミネソタをあとにした人がいました。その人から手紙がきて、オレゴンはいい土地だから、出てこい、と書いてあったのです。ピーターおじさんのところへ行く途中、その人の土地にキャンプした夜、パーはその人に会っただけなのですが、バッタの襲来がふたりの絆を深め、それ以来、ときどき手紙のやりとりをしていたのです。その人はパーに出てこいとすすめ、パーも行きたいと思っていました。ところがマーは反対でした。「あちこち動き回る」のに閉口していて、頑として行かないといったのです。

V・S・L・オーウェン(LIWMS)

いよいよ冬が近づいてきたので、わたしたちはまた町へ引っ越しました。通学にも、パーの仕事にも便利だからです。シーリー先生は「紳士としても教師としても」不適格な行動をしたということで、学校をやめさせられました。そしてヴェン・オーウェン先生が残りの学期を務めることになりました。*34 たちまち勉強がとても楽しくなりました。オーウェン先生はきちんとした、きびきびした、とてもすてきな先生で、てきぱき、確実に授業を進め、教室のみんなをしっかりコントロールすることができました。

年少の男生徒のひとりに、ほんとうにおばかさんだと思われ始めている子がいました。最初はそうではなかったのですが、答えられないときに、ぽかんと口をあけて、まったくしまりのない顔をすることを覚えてしまいました。すると、

シュ(フラシ天)、ビロード、サテン。女性の装飾品、女性と子どもの帽子。裁断と仮縫い、ドレス縫い、家庭用品の縫い物」(28A)。彼女はデ・スメットの本通りで、キングズベリー郡銀行の向かいに店を構えた。『楽』では、「ローラは感じのいい、新しい店を見まわした。ふたつの窓にきれいな帽子がいくつも飾ってあり、ガラスのショーケースには巻いたリボンが飾られ、そのうしろの棚には絹やビロードの布地がおいてある」(第十六章)とある。四十代前半で、ウィリアム・H・ルースと結婚。

*29 イライザ・ジェイン・ワイルダーは、姉がベルの店で働いたことをどこにも書いていないが、姉ローラ・ワイルダー・ハワードが、一八八二年から一八八三年まで、農地の改良に協力してくれたことは書いている。ところが、一八八三年夏、「姉の小さな息子が病気になり、片時も離れられなくなってしまった」(29A)

*30 ここでまた、ワイルダーの時系列があやふやになる。シーリーが教えたのは、一八八二年から一八八三年の学期。ハーソーンとバードが結婚したのは一八八三年一〇月。

*31 古いことわざで、そういう人は、うそをついたり、裏切ったりするという意味。「あの人は二枚舌だ」と同じ。

*32 デ・スメット・リーダー紙は、一八八三

たいがいの先生はびっくりして、怒らずにそのまま放っておくのです。その子は、休み時間にもそのばか顔をみんなに見せて笑いをとっていました。その顔をしながら同時に、頭もからっぽにして、脳みそがぐちゃぐちゃになっちゃった、もうどうでもいい、といった風を装うのです。こんなことばかりしているうちに、ほんとうにおばかさんになってしまったようでした。勉強はどんどん遅れるし、他の子どもたちはその子をばか呼ばわりしていました。そのウィル・ベネットという生徒は、[*35] オーウェン先生にも、ぽかんとした顔をして見せました。初めてだったので先生は驚いて、そのまま次の生徒にあてました。二度目も同じことが起こったとき、オーウェン先生は教卓においた平たい物差しをとって、いいました。「ウィル、こっちへ来なさい！」

そして、戸口へ出ていったので、ウィルはついていきました。まもなく、ウィルの泣き叫ぶ声が聞こえ、すぐにふたりは戻ってきました。ウィルはおとなしく席につきました。

次の日、同じことが繰り返されましたが、それが最後となりました。そのとき以来、先生がウィルを見るたびに、ウィルはばか顔をする前に引っこめるようになりました。ウィルはその顔をしないように努めるようになり、同時に頭も元に戻ってきました。やがて、普通の明るい男の子に戻ったのです。

メアリ・パウアーの弟のチャーリーは新しい先生を困らせてやろうと企んでいました。[*36] ひょうきんな、黒髪のアイルランド人の男の子で、他の子たちを身がよじれるほど笑わせても、完璧にまじめな顔をしていられるのです。チャーリーはピンを曲げて、自分の席に置きました。授業が始まると、ピンの上に軽く座り、いきなり大げさに飛びあがり、わめきながら床をぴょんぴょん跳ねまわりました。その悲鳴と跳ね方があんまりにこっ

年に書く。「このあたりでは大工がひっぱりだこで、すぐに家を建てたい人も、働き手がいないのでできない。どんなに望んでも、お金を出しても、人手が足りない。働き手が極端に不足しており、自分の言い値で仕事ができる」(32A)。チャールズが一八八〇年代に手がけた仕事のひとつは、組合教会の建築で、完成は一八八二年の夏。『楽』では、一家が新しい教会で最初の礼拝に参加する(第十六章)(32B)。

＊33　一八八〇年代は、ダコタ・テリトリーのように、太平洋側北西部へ向かう鉄道敷設が勢いを増してきた。バイ版で、ワイルダーは父の願望を書く。「ダコタ・テリトリーはもう人が多くなりすぎて、パーには合わない場所になっていました。パーは、冬は寒すぎるし、夏の暑さと乾燥はひどい、とても我慢できないといっていました。もっと西部へ行きたくてたまらなかったのです」。『楽』で、ローラはとうさんの揺れるまなざしを見て、その気持ちがわかるのだ。「とうさんが今立っている、あいた戸口のむこうには、大草原がゆるやかに波うって、西へはてしなく広がっている」(第十六章)

＊34　V・S・L・(ヴェン・)オーウェンは一八八三年九月八日に、デ・スメットタウンシップ第二校の校長として赴任。二学期制の六カ月間を教えて四十ドルの給料を得ていた。学校は九月二四日から始まった。オーウェンはワイルダーより十歳年上だった

けいだったので、クラスじゅうは大笑い。オーウェン先生はしずかにいいました。

「チャーリー、こっちへ来なさい」

チャーリーが前へ出ると、先生は彼を横抱きにして膝に載せ、物差しを、ピンが刺さったはずのあたりにあてて、たたきました。

その晩、パーがチャーリーにききました。

「ピンの上に座って、罰をくらったそうだね」

「違います！　ぼくはピンをどけようとして、たたかれたんです」

その後はもう、授業を妨げるようなことは何も起こらなかったので、わたしたちは思う存分、勉強に集中することができました。

ギルバートさんという人が、町の北東にある農地に住んでいました。そのギルバート夫妻には、アル、フレッド、ステラ、リオナという子どもたちがいます。あの「厳しい冬」[*37]のあと、春がきてすぐにギルバート一家はやってきたのですが、次の冬頃にはもう、お母さんが病の床についてしまいました。きらきらした瞳で、血色もいいので、病人には見えないのですが、ベッドから起き上がらないのです。ステラとお父さんが仕事をすべてやり、生まれたばかりのリオナの世話をしました。お母さんがベッドから起きてこなかったからです。日曜学校で、わたしはステラと知り合いました。ステラの家へも行って、家族にも会いました。冬になったので、フレッドも学校へ通うようになり、わたしと付き合いたいそぶりを見せました。

町には、毎週金曜日にダンスができるダンスクラブがありました。[*38] わたしも行ってみ

ので、アルマンゾと同じ。大学教育を受けた彼は、デ・スメットで何年か教え、二十世紀に入ると、ミネソタ州のいくつかの学校でも教えた。彼と妻ソフィアには六人の子ども。一九三三年、九十六歳で没。初めて物語に登場するのは、『町』だ。「年はとっていなかったけれど、まじめで、熱心で、進歩的な先生だった」（第二十三章）。他の生徒は思い出す。「人を育てるすばらしい教師だった」（34A）

＊35　一八八三年、デ・スメット・リーダー紙は、町の雑貨店主のE・R・ベネットが、「住居用に大きな家を増築している」と書いた（35A）。ウィルとはこのベネットの息子。一年後、ベネットは「店の品物をすべて売り、商売をやめた」（35B）。ブラント版とブラント改訂版には、このエピソードはないが、バイ版ではそれを復活させ、ふくらませた。『町』では、ウィル・ベネットはウィリー・オルソンとなり、イライザ・ジェインが教える学校で、ばかな顔をして見せる（第二十三章）。

＊36　一八八〇年に九歳のチャーリー・パウアーは、姉メアリより五歳年下。『町』では、ワイルダー先生が教えていたときに、チャーリーがピンでいたずらをする（第十五章）。

＊37　一八八〇年、シリマン&エマ・ギルバートには、四歳から二十一歳までの子どもが七人。ワイルダーの記憶とは違い、こ

たいと思いました。でも、フレッドが会員券を買って、一緒に行こうと誘ってくれたとき、そんなにいつもフレッドと一緒にいるのは気が進まなかったので、結局断りました。うまくいえないのですが、フレッドはとくに問題のない、いい人とはいえ、やっぱり洗練されていない、田舎っぽい人で、その態度や風采も気に入りませんでしたし、ギルバート一家もあまり好きではありませんでした[*39](のちに、一家はオレゴン州へ移住し、いい土地を購入し、そこの価値があがったおかげで、大変なお金持ちになりました)。

当時のファッションといえば、その秋にフープが流行しました。娘たちはこぞってフープをつけはじめました。風が吹く中を学校へ行くとき、針金がスカートの中でくるくる巻き上がってきて、膝上あたりにたまってしまい、スカートがめくれそうになります。それでは困るので、少しずつそろそろ歩きます。針金が巻き上がってきても独楽《こま》のように反対向きに回れば、針金は元に戻ります。というわけで、学校へ行くときには少し歩いてはくるりと回り、また少し歩いては回るというふうにして、やっと学校へ着くのでした。また、フープの上にたっぷりしたドレープつきのスカートをはき、胴衣もぴっちり、袖もきつめで、額には前髪をぼってりさげる[*40]、というのが流行でした。

ギルバート家に行ったときのことです。フレッドがわたしとステラを町へ連れていきました。フレッドはステラを助けて馬車に乗せ、ステラが座ると、フレッドはわたしに手を貸して乗せてくれて、わたしは座りました。スカートがふくら

「ローラは前髪ぜんぶをカールした」
ヘレン・スーウェル画。1941年

の一家は「厳しい冬」以前にキングズベリー郡にやってきていた。次男で十九歳のデイヴィッド・A・ギルバートは、『冬』に描かれているように、猛吹雪の中、プレストンから郵便を無事に運んできた(第十六章&第十八章)。ステラはワイルダーより三歳年上、フレッドはワイルダーと同年齢。赤ちゃんのルエラは、一八八一年生まれ。『楽』で、ワイルダーはステラをネリー・オルソンとして登場させた。その本を書いているとき、ワイルダーは登場人物のリストを書いた。「メアリ・パウアー、アイダ・ブラウン、もしかしてステラ・ギルバート。でも、ジェニー・マスターズとステラをまぜて、ネリー・オルソンにするかもしれません」(37A)。

＊38 デ・スメット初期の時代は、社交が盛んで、ブラスバンドがしょっ中演奏し、その収入でダンスホールが建ち、ダンス・パーティが開かれた。食事付きの入場料をとり、相場は、七十五セントから一ドル。やがて、バンドはホールをローラー・スケート場にし、滑る人たちに音楽を聴かせ、仮面をつけて滑るという「仮面スケート大会」を催した。スケート場では、ジャーリー夫人の蠟人形イベントも開かれた。一八八五年、バンドは「冬に社交ダンス会を何度か催します」と発表した。入場料は一回七十五セント、シーズン・チケットの十回分は一ドル(38A)。

＊39 一九〇〇年、シリマン&エマ・ギルバー

んでいるので、おたがいにぶつかりあい、座席がきつきつでした。フレッドはそれを見て、やれやれといった顔でいいました。「これじゃ、おれはどこへ座ればいいんだ?」

わたしたちはフープを脇に寄せて、フレッドがわたしたちの間に座れるようにしました。やっと座ると、なんとフレッドの脚は膝から下がまったく見えなくなりました(ローズ、ここへ、フープをつけた娘が馬車から飛びおりたという、マンリーの話を入れてもいいですよ、入れたければどうぞ)[*41]。

クリスマス休暇の前夜に、教会で、学習発表会がありました[*42]。みんなで国歌をうたい、いちばん小さい生徒が旗をふりました。ほかの歌もうたい、対話、スピーチや暗唱、そして、いちばん大きな出し物は、わたしとアイダのアメリカ史の暗唱でした。ちょうど歴史を勉強し終わったところで、歴史の本の三分の二をわたしが覚えて暗唱し、残りがアイダの担当でした。ふたりはそれぞれ、自分の覚える箇所の年代、名前、重要な出来事をまとめておきました。そして、話している箇所に関する地図や絵などを指し棒で示しました。教会の端から端まで吊ったカーテンに地図や絵が貼ってあるのです。発表は大成功でした。わたしとアイダはやんやの喝采を浴びて席に戻りました。オーウェン先生はパーに、わたしはとても優れた知性と記憶力の持ち主なので、できる限りの教育の機会を与えてやってほしいといいました。オーウェン先生は、わたしが寝る前に寝室の隅に向かって、覚えたことを繰り返しつぶやき、朝、目が覚めたときも、隅を見て、おさらいをしていたことを知りません[*43]。それがわたしの暗記法だったのです。ですから、教会で落ち着いた声で暗唱したときも、わたしが大勢の人たちの顔でなく、自分の寝室の隅を見ているつもりだったことなど、知るよしもありませんでした。

ヴェン・オーウェン先生は、わたしたちに作文を書かせました。初めての経験です。

トは末娘のルエラと共にまだデ・スメットに住んでいた。デイヴィッド・ギルバートと妻セアラ・リンビーも同じ。

＊40 ワイルダーはローラの新しいフープのことを詳しく『楽』に書く。「東部の最新流行のもので……針金のかわりに膝のあたりまで、まえに幅広のテープが何本か横に渡してあって、ペティコートをおさえ、スカートがでこぼこしないようになっている。テープは針金を入れた腰あてをうしろできちんと支え、その腰あては調節がきくものだ。短いテープが何本か腰あての両端についていて、腰あての下でとめると、大小好きなようにふくらませることができる。または、まえでテープをとめれば、腰あてがひきしまって、ドレスがその上にやさしくなだらかにかかる」(第十九章)。『町』では、前髪を短く切り、それをかあさんが「いかれた房」というが、ローラは「おしゃれ」だと思っている(第十七章)。一八七五年の「日々の暮らし」紙によれば、「『いかれた房』とは、切った前髪の端を額にたらすこと」(40A)

＊41 レインは他の版にはその話を入れなかった。

＊42 実際の学習発表会は一八八四年四月四日に組合教会で行われ、「デ・スメットの学校始まって以来の大成功で、学期を締めくくった」(41A)。入場料は大人二十五セント、就学前の子ども十セントで、収

与えられた題は、「野望」でした。その前日に学校を休んだわたしは、作文を発表するほんの少し前まで、宿題のことは何も知りませんでした。他の生徒たちは、前の晩にうちで書いてきていました。どのように書いたらいいかわからず、すっかり困りはてたわたしは、辞書を開いてみました。「野望」についてなんと書いてあるか見れば、何かアイディアがわくかもしれないと思ったのです。結局、辞書の定義をそのまま使って作文を書き上げ、最後にシェイクスピアの言葉を引用して結びにしました。こんな言葉です。

「クロムウェル、おまえに命ずる。野心をふりすてよ。天使でさえ、野心の罪で堕ちたではないか」


わたしがこの作文を読み終わると、オーウェン先生が鋭いまなざしを向けました。

「きみは前に作文を書いたことがあるだろう」

「いいえ、まったくありません。初めてです」と、わたしは答えました。

「それなら、きみはもっと作文を書くべきだな。初めてなのに、こんなにすばらしいものが書けるとは、ほんとうに驚いた」[*44]

夏の間、マンリーにはずっと会っていませんでした。[*45] でも、雪が降り始めてからは、彼がキャップと一緒に馬そりに乗っているのを何度か見かけました。そりを引く組み馬は、元気すぎるくらいの、見たこともないほどきれいな褐色の馬たちでした。ある日、マンリーとキャップは町じゅうをそりで走り回り、そのあとマンリーがうちへわたしを誘いにきたので、わたしは喜んでそりのドライブに出かけました。馬たちがすごく元気に飛び跳ねるので、あまり話ができません。それでも彼は、夏じゅう農場で働いていた話をしてくれました。馬車もなく、組み馬もなかったので、この二頭の子馬を育てて調教して、雪が降ったらそりを引かせようと思っていたそうです。それからはちょくちょく、わたしたちはそりのドライブに行きました。でも、長いドライブはできません。彼

益は「必要不可欠の時計と学校用品」の購入のために使われることになっていた。発表会では、「読み方、暗唱、演説、対話、演技、歌、合唱など」が行われ、収益は三十ドル。それは結局、学校委員会に、教師を確保するよう頼むための請願書配布のために使われた(42B)。ワイルダーが一九三〇年代後半に、「小さな家シリーズ」の後半の本を書き始めた頃、PGに素材を求めたが、事項が起こった順番はいろいろ変えたのだ。一九三六年、ワイルダーは『冬』のあとにもう一冊の本を書くことにし、タイトルを「プレアリー・ガール」とするつもりだった。(42C)。その内容は、PGの筋にかなり忠実だったが、学習発表会は「再びわが家へ」という章に書かれ、それはローラが「ブシー学校」で教えて帰ってきてからのことだった(42D)。だが、「プレアリー・ガール」を書き進めていくうちに、ワイルダーは物語があと二冊分はありそうだと思うようになり、その二冊分に合うように筋書きを変えたり、場面を再構成したりして、さらに満足のいく物語にしあげようとしたのである。従って、物語の学習発表会は、『楽』の中程ではなく、『町』の最後のほうに行われたことになった。

＊43　ワイルダーはこの「トリック」を『町』の読者には伝えなかった。ローラは、とうさんから大きなパワーをもらうのだ。混み合った教会で、とうさんの顔が集まった人々の中でもはっきり見え、ふ

はまず子馬たちをちゃんと調教するまではわたしを誘いにきませんでした。二頭とも元気すぎるほどで、彼は少し危ぶんでいたのです。けれどわたしは、町の男の人たちが、マンリーとその組み馬の馬車やそりに乗って、ならすまで待つより、自分が最初に試してみたいと思っていました。

いつものように、早春になるとわたしたちは農地の家へ戻りました。まだ学期が終わっていなかったのですが、わたしは学校を休んで、四月、五月、六月にペリー学校で教えることにしました。*46 ペリー学校はデロス・ペリーの農場の角にあり、うちの農地の南境界線から少し行ったところでした。真新しい小さな学校で、きれいな机、教師用の机と、ウェブスターの大辞典が備え付けてありましたが、生徒が三人以上になったことはなく、ひとりのときもあったくらいです。そのひとりは七歳のクライド・ペリーでした。

この三カ月はほんとうに楽しい時でした。朝、学校へ歩いていく途中に、スミレがいっぱい咲いた小さな草地の近くを通りました。花がすぐそばに咲いているので、甘い香りがしてきます。長い静かな日のうちのほとんどを、大辞典を手元に置いて助けを借りながら、自分の勉強のために使うことができました。休み時間とお昼休みにはレース編みをしました。窓の外を見ると、草原のかなたで雲の影が追いかけっこをしているのを眺める時間もたっぷりありました。生徒たちはみんな、とてもいい子たちでものわかりもよかったので、教えるのはとても楽しかったです。長い充実した楽しい一日が終わって、午後四時、わたしは歩いて家へ帰りました。こうしてわたしはひと月に二十五ドルを稼いだのです。

土曜日にはときどき、大草原を歩いてブラウンさんの家へ行きました。長い道のりでしたが、気持ちのいい散歩でした。そしていつも、アイダとわたしは散歩を少し引き延

たりの目が合った。そのとき、ローラは「アメリカの偉大な歴史へと話を進め」られるようになったのだ。ワイルダーにとって、アメリカ西部の象徴のようなうさんが、「新世界の自由と平等」についてのローラの発表にさらなる確信を与えてくれたのだった（第二十四章）。

＊44 『楽』で、ローラはブルースター学校で教えていた二カ月の間、学校を休んでいた。このときローラは辞書の定義を使って、急いで作文を書き、それを提出した（第十二章）。だが実際のワイルダーは自分の作文を書き直しているのだ。手書きのコピーがマンスフィールドにあるのだが、ページの片側には走り書きの文が、もう一方の側には書き直した文がある。次は書き直したものだ。

野心とは、「何事にも中庸がよい」といわれるように、中庸をもってこそ、よいとされるものである。世の中のためにすばらしい善をもたらしたこともあるが、同時に悪をもたらしたこともある。

アレキサンダー大王は、完全に野心のとりこになった男の例である。だからこそ、彼は世界征服をなしとげたとき（われわれなら、それで野心は満足しただろうと思うところだが）、彼はもはや征服する世界がないといって、泣いたという。

野心はよき召使いともなり、同時に悪しき主人ともなる。だから、もし野心が主人になりそうだと思う人がいたら、わ

ばして、ブラウン家の裏手にある丘の上までのぼりました。そこからは、六十マイル先にあるウェシントン・ヒルズの丘が見えるのです。地平線にかかった青い雲のようでした。ブラウンの奥さんはものを書く人で、いくつかの教会紙に記事を書いていました。でも、みだしなみには全く気をつかわず、家の中はいつも雑然としていました。[*47] アイダはよく働く娘で、いつもにこやかでした。でも、家事をすべてこなすことはできません。だって、毎日二マイルも歩いて学校に通っているのですから。わたしはブラウン牧師夫妻が嫌いでしたが、アイダは好きでした。アイダはふたりの本当の娘ではなく、孤児院から夫妻が養女にもらってきたのです。

六月、メアリが大学を卒業し、家に帰ってきました。[*48] 大学生活を楽しんで、よい思い出をたくさん作れたので、出かけたときよりずっと幸せそうでした。裁縫も、編み物も、ビーズ細工もできるようになり、浮き出し文字の本を読むこともできました。そして、オルガンを弾くことも。それは、パーとわたしがお金を出して買ったもので、メアリが帰ってきたときのびっくりプレゼントでした。[*49] わたしが教えて稼いだお金はすべてオルガンにつぎこまれ、残りはパーが出してくれました。ほんとうはかなり厳しかったのですが、メアリのためにほんの少しでも何かしてやりたかったし、家に帰ってきてからもメアリが楽しめたらいいと思ったのです。パーは家の端にもうひと部屋を建て増ししました。[*50] そこが居間となり、夜は手作りのベッドを広げれば寝室になります。

五月のある日曜日のことでした。組み馬に引かせた馬車が貸し馬車屋の角をものすごい勢いで曲がり、町を通り抜けて、ビッグ・スルーを走ってやってきました。たまたまうちの前庭にいたわたしは、それをはっきり見たのです。その馬車は新品でした。車輪と幌に太陽があたって、きらめくように光っていたからです。褐色の馬たちは素早く、よどみない走り方で、もう目をみはるばかりの美しい姿でした。いったいだれだろうと

(▼322ページへ)

たしはあの不滅のシェイクスピアの言葉を借りていおう。

「クロムウェル、おまえに命ずる。野心をふりすてよ。天使でさえ、野心の罪で堕ちたではないか」(訳注:『ローラからのおくりもの』所収)

この引用はシェイクスピアの「ヘンリー八世」の第三幕第二場からとったもの。ワイルダーはこれに少し手を入れて、『楽』に使ったが、だいたい同じような文面になっている。この文で、オーウェン先生からおほめの言葉をいただくことになった(第十二章)。

＊45 この部分を物語(『楽』)にするときに、ワイルダーは少し前にキャップ・ガーランドがドライブに誘いにきたエピソードとPGのこの場面とを組み合わせて、ローラが初めて子馬を御したドライブ(第十七章)を印象づけた。

＊46 一八八四年四月二日の会合で、デ・スメット・タウンシップの学校委員会は「ローラ・インガルスさんに、タウンシップ第三校を、夏学期にひと月二十五ドルで教えてもらうことに決定した」(46A)。サインされた契約書を見ると、ワイルダーは第五校を教えており、二カ月の学期は四月二八日に始まっている。第五校は、インガルスの農地の南のデロス・ペリーの農地にあった。『楽』では、とうさんが新しい校舎を建てる工事請負人をやって

(↘)

いて、ローラは三カ月間を教える（第十八章）。ワイルダーが契約書をきちんと読まず、記憶に頼って本を書いていたことがわかる（46Ｂ）。

＊47　ローラ・Ｊ・ブラウンは、教会の活動や禁酒運動に熱心で、キングズベリー郡キリスト教婦人禁酒同盟の通信秘書。彼女とブラウン牧師は、ＰＧでも物語でも好意的に描かれていない。ときには、あまりにありきたりな人物になっている。たとえば、物語のブラウン夫人は、チャールズ・ディケンズのジェリビー夫人のように、「紙くずの山に埋もれて座っていて」、夜じゅうコーヒーを飲みつづけ、いろいろなことをしゃべったり、書いたりし、子どものことなどいっさい構わない（47Ａ）。彼女はまた、婦人参政権に反対する立場の小説に登場する、家事に構わない新しい女を思い起こさせる。だが、一九一七年のミズーリ・ルーラリスト紙のコラムでは、ワイルダーは家事下手のブラウン夫人に対して、もっと寛大な態度をとっている（47Ｂ）。

＊48　実際にメアリ・インガルスがアイオワ州の盲人大学を卒業したのは、ワイルダーとアルマンゾが結婚してから四年ほどあとの一八八九年六月。メアリは一八八七年〜一八八八年の学期は病気のせいで休んだため、合計七年間、大学へ通った。『楽』では、メアリは最初の夏休みは里帰りしたが、次の夏休みは友だちのブランチのところで過ごすことにしたので、家族ががっかりしたことが描かれる。メアリは、ローラとアルマンゾの結婚式には帰ってくる（第十五章、第二十章、第二十八章）（48Ａ）。

＊49　『楽』で、メアリは最初に里帰りしたときに、前よりずっと幸せそうに見えた。「以前よりずっと自信にみなぎっているようだった」（第十五章）。おもしろい話を家族にしてきかせたりもする。「これまでもメアリはよくにこにこしていた。でも、少女だったころのように、大きな声で笑うメアリを見たのは、ほんとうに久しぶりだった。メアリを大学へやるのにかかった費用は、メアリがこんなにほがらかで、自信に満ちた娘になったことで、じゅうぶんすぎるほどむくわれたのだった」。実際のところ、メアリにオルガンを買ってあげようと家族で決めたのは、メアリの勉学を後押しするためだったろう。音楽は、アイオワ盲人大学のカリキュラムの要であり、「歌、和声、ピアノ、パイプオルガン、ヴァイオリン、ギター、フルート、クラリネット、コルネット」のクラスがあった（49Ａ）。

＊50　『楽』で、ワイルダーはこの部屋を「家の東側の端にくっつけて建てられている。ドアは北にあって、町の方をむき」（第十九章）と書く。メアリが一八八九年に大学を卒業したときには、一家はチャールズが一八八七年に建てた、西三番通り二一〇番地に住んでいた。現在、この家はローラ・インガルス・ワイルダー記念協会によって保存管理され、国立歴史文化財。

思っているうちに、馬車が家の方へ曲がってやってきました。なんと御者はマンリーでした。

「ドライブに行きませんか?」彼はいいました。

そこでわたしたちは新しい馬車と美しい馬たちと初ドライブに出かけました。馬たちの母親は純血のモルガン種で、父親はサラブレッドです。[*51] まだちょっと神経質で、ぴりぴりしたところがありますが、だいぶおとなしく、おだやかになっていました。

ヘンリー湖まで行き、湖を一周してから、月明かりの中を家に戻ってきました。結局、四十マイル走ったことになりますが、馬たちは元気まんまんで、落ち着かせなくてはならないほどでした。冬のそり遊びのあと、マンリーとはずっと会っていませんでした。ほとんど三カ月になります。彼は馬車を手に入れてすぐにわたしを誘いにきてくれたのでした。彼に会えなくて寂しかったことにわたしは気づいていませんでした。でも、また会えてうれしかったし、なつかしいような気持ちになりました。

思い起こせば、わたしたちは猛吹雪のドライブを何度もこなし、死にそうな、危険な目にあって、一緒に乗り越えてきたのです。そういうことが、「ふたりの絆」になっていたのでしょう。春はずっと、農場で必死に働いて、馬車を手に入れたらすぐにわたしのところへ来て、まだドライブが好きだったら誘おうと思ったのだそうです。ええ、もちろん好きですとも。というわけで、それからというもの、毎週日曜の午後になると、ピアソン貸し馬車屋の角を、[*52] 幌つき馬車を引いた馬たちがぐいーんと曲がってやってきました。たてがみとしっぽを風になびかせ、ビッグ・スルーをわたしめがけて走ってくるのです。

＊51　アルマンゾ・ワイルダーの馬は、速さを目的に育てられた。モルガン種は、ヴァーモント州原産の軽量の馬で、サラブレッドはイギリスのレース用の馬。十二歳のアルヴィン・H・グリーンの家族は、一八八四年、ワイルダーの農地から一マイルほど離れたところに住んでいたが、のちにワイルダーの馬の扱いを思い出して語る。「朝仕事の時間に、アルマンゾは調教しているモルガン種の荒馬たちを連れてうちのそばを駆け抜けていきました。尻尾がうしろにたなびき、ものすごい速さでした……(彼は)手綱を握っていましたが、とてもこちらに手をふる余裕はなく……とにかく、馬たちの前には柵などの障害物は何もなく、ただ広い大草原がありました。ときどき、わたしは二十分くらいして彼らが戻ってくるときを見計らって外へ出ました……馬たちは汗だくで、疲れ切って、歩いていました。やっと彼はわたしに手をふってくれ、顔いっぱいに笑いを浮かべました。アルマンゾ・ワイルダーはわたしの知っている限り、最高の馬乗りでした」(51A)

＊52　一八八三年のデ・スメットの地図には、「フォンガー・ブラザーズ商会、貸し馬(馬車)、販売、飼料」が、キャリュメット通り(本通り)の南東の端にあり、そこから町の外へ出るとビッグ・スルーへ通じる。その年のあとで、ホワイトとピアソンという、「ネブラスカ州から来た人々」(52A)が、貸し馬車屋を引き継いだ。次の春、

ときどき、またヘンリー湖とトンプソン湖に行き、スピリット湖へも行って、岸辺をまわり、波が岩にチャプチャプ寄せているのを見ました。六月、大草原を彩る野バラが咲くと、馬車を止めて、かわいい花をたくさん摘み、馬車に載せました。甘い香りがいっぱい広がりました。

ボーストさんの住む農地の家へもよく行ったものです。ある日の夕方、そろそろ帰りますというと、ボーストさんは月が出るまで待ちなさいといいました。実は冗談でそういったのです。なぜなら、明け方近くまで月が出ないのを知っていたからです。[*53] わたしたちは月の動きをちゃんと調べていなかったので、まんまとひっかかりました。でも、だまされたと知ってからも、月が出るのを待ちました。気の毒にボーストさんは椅子で眠ることになり、奥さんは眠くて目をあけていられませんでした。やっと月が午前二時に出て、それを見てからわたしたちは帰りましたが、ボーストさんはからかうつもりが逆になったのだと、わたしたちはおかしくなりました。大急ぎで馬車を走らせ、そうっとうちの戸口へ近づきました。居間には明かりが灯っていました。わたしは忍び足で入っていき、ふっと火を消し、だれも起こさずにベッドにすべりこもうとしたとき、マーの声がしました。

「今、何時だと思っているの、ローラ?」

「あ、時計を見るのを忘れたの。ボーストさんのところにいたんだけど、遅くなっちゃった」。わたしはそういいましたが、マーはもう何もいいませんでした。

その春、わたしはベルさんから灰緑色の麦わら帽で、ポウク(突き出たつば)のある日よけ帽を買いました。[*54] 裏に青い絹のシャーリングがついていて、わたしの目の色にぴったりです。その帽子をかぶり、シカゴの友だちからクリスマス・プレゼントにもらった、褐色の絹の透かし細工のある服を着ました。[*55]

チャールズはピアソンの家の建築に携わった。その夏、ピアソンは貸し馬車屋に「赤いペンキを塗り、見かけがぐんとよくなった」。だから、インガルス家からもよく見えるようになったのだ(52B)。

＊53　ここに記された明け方というのは、夜中のすぐあとの時間。ボーストさんのような人は、前日の月の出の時間から、当日の月の出の時間がだいたいわかる。

＊54　この帽子については、『楽』に同じような記述があり、さらにこうある。「かぶると、頭はすっかり隠れ、やわらかくゆれるつばがローラの顔を縁どる……左耳の下で幅広の青いリボンを結ぶと、帽子はしっかり頭にかぶさった」(第十九章)。ポウク・ボンネット(つば広の日よけ帽)は、髪のうしろのほうに帽子の山がくるのが特徴で、一八〇〇年代に流行ったふくらんだ髪型に合う。女性はふくらんだ髪を帽子の山に「ポウク(つっこむ)」ようにし、それでポウク・ボンネットという名前になった。広いつばは顔を保護するため。

＊55　知られざる「シカゴの友だち」は、一八八〇年〜一八八一年の冬にもクリスマスの七面鳥を送ってくれた。しかし、『楽』では、このドレスはベルさんが「シカゴに注文した」十ヤードの「美しい茶色のポプリン

ドレスには、突き出した腰当ての上にしっくりとなじむようなスカートがついていて、それは、裏地用の生地で作られ、すそからほんの一フィート(十二インチ)くらいあがったところまでの長さです。すその最後の方の一フィートは、ひだ飾りでおおわれています。それがスカートに縫い付けられたところは、一インチ幅の無地の褐色の絹地でおおわれ、ひだ飾りの下には、一インチ幅の同じ絹地のバンドで縁飾りがついています。スカートにはまちを入れてあるので、[*56] わたしのフープにふんわりかぶさります。スカートの上には、ポロネーズという、[*57] コートドレスがきます。ウェストをぴっちりしめ、腰の上をすべらかにおおい、前には褐色の絹地でくるんだボタンが下まで一列に並んでいます。ポロネーズのすそには、無地の褐色の絹地のバンドで縁飾りがつけてあり、スカートのひだ飾りまで達しています。腕は袖にするりと入りました。長袖で、袖口に無地の褐色の絹地のバンドがついています。ハイネックで、喉の周りを無地の絹地がなめらかにおおっています。ネック・バンドの上に、青いリボンをつけました。帽子の青いつばに合わせたのです。リボンは二インチ幅で、のど元にはマーからもらった真珠の棒状のピンをつけました。リボンの端はウェストまでたれています。

フープがさらに進歩して、新しいものが出てきていました。今では膝まで届くテープが何本か前についていて、スカートがよじれずに前にとどまるようになっています。針金をいれた腰当てがうしろにあって、テープが両端についています。もし腰当てが必要なときは、これらのテープを腰当ての下のほうできつく留めればサイズが調節できます。腰当てがいらなければ、テープを前のほうで結べば、腰当てがうしろで体になじみます。フープはほんとうに面倒くさいものですが、マーは、自分が昔使っていたのに比べれば小さくなったといいました。

デ・スメットに住むようになった春から、わたしはコルセットを使い始めました。でも、

地」でこしらえたもので、ローラがそれを買ったとなっている。透かし細工というのは、布地やレースや刺繍における、透かしの部分のこと。ポプリンは横畝のある交織地。

＊56　腰当てとは、女性のウェストラインの下にくるスカートの後ろ側をふくらませるための下着、いわばお尻のあたりを形良く見せるためのもの。ひだ飾りとは、胴着の縁にひだをつけてふわりと見せるもの。スカートの下までの層になったひだ飾りもある。まちのついたスカートとは、三角形の布地を何枚か縫い合わせて、ウェストや腰をおおい、すそのラインまでふわりとふくらませて、ドレスの形をさらによく見せるためのもの。

＊57　ポロネーズとは、腰のあたりがぴっちりした胴着とか、前裾を斜めにたった上着が、チュニックのようにスカートの上にかぶさっているもの。ポーランドの民族衣装が発端で、そのデザインが十九世紀後半に復活。ワイルダーは、物語に当時のファッションを取り入れて語り、読者に当時の服飾の歴史や文化を伝えようとした。このやり方は、現代のヤング・アダルト文学に引き継がれている。

おしゃれをするとき以外はつけませんでした。他の娘たちのように、ぎゅうっと絞ったりしませんでしたが、マーは、細いきれいなウェストを保つために絞ったほうがいいというのでした。パーとマーが結婚したとき、パーはマーの腰を両手でつかめたと、マーはいいました。それをきいてわたしが、だれにも自分の腰に両手を回させたりなんかしたくないというと、マーは最近の娘たちはもう、*58といわんばかりに首をふりましたが、わたしには好きにさせてくれました。

日曜の午後にはもちろん、わたしはあの褐色の絹のドレスを着て、フープもコルセットもつけ、灰緑色の帽子をかぶりました。けれどいつも、腰当てをひきしめて、体になじむようにしておきました。ストッキングは、透かし模様のある白い綿で、靴は黒、ヒールがあり、ボタンで留めるものでした。日曜の午後のドライブはだいたい四十マイルくらい走りました。馬車の幌をあげて、日があたらないようにし、またにわか雨があっても濡れないようにしてもいました。雨が降ったときは幌の両脇にあるカーテンを留めつけて、ゴムの嵐用おおいを泥よけの上にかぶせ、それを膝の上まで引き上げて、座席の端っこに留めつけます。そうすれば濡れずに快適にドライブが続けられます。

ポロネーズ。1879年
（Godey's Lady's Book and Magazine）

*58 『町』で、ローラはキャリーにいう。「こんなのって、ほんとにばかばかしいと思うわ。かあさんが子どもだったころのままのかっこうよ」（第二十三章）。ワイルダーは、両親の時代の慣習に対して、どこの若い世代も抱く軽蔑感について、やんわりと感想を述べている。とはいえ、結局のところ、ローラはあとになって、母と同じように、フープやコルセットをつけるようになるのである。ローラの「いかれた房」だって、若かりしキャロライン・クワイナーが、髪から耳を出したのと、ばかばかしさの度合いは同じだ。ワイルダーは書く。「ローラにとって、コルセットは悩みの種だった」（第九章）。ぴっちり締め付けて、骨を入れた下着が胸の上や下から、腰の下まで続き、それをしっかり留めつけたり、ひもで結んだりして、細い柳腰を作るのだ。コルセットは、七十代になったワイルダーを相変わらず苦しめていた。ワイルダーはレインに書く。「まだコルセットをつけていますか？　つけないとドレスが着られないでしょう？　もう気にしないことにして、スモックをはおろうかと思います。自分で縫って、体を楽にしたいです」（58A）

日が沈むと、幌をおろします。すると月光を浴びた美しい空や、星空が頭上に見えるのです。日没は豪華絢爛、オレンジ色と紅の饗宴です。夜風がやさしく甘くささやくように吹き、すぐそばの道を小さな動物がカサカサッと横切っていきます。夜鳴き鳥がさえずりはじめ、あるときは、白と黒のまだらのスカンクが二匹、馬車のそばで遊んでいたので、見ながらゆっくり馬車を走らせたこともあります。

ときには、ギルバート家に寄ることもありました。ステラをドライブに誘ったこともあります。マンリーは、ステラは働いてばかりで気の毒だから、たまには楽しいことも味わわせてやりたいというのでした。わたしはステラを連れ出すのに反対はしませんでしたが、ステラが朝ベッドから起きずにいて、お父さんが朝食を用意しているとか、しょっ中、具合が悪くて何もせずに一日寝ているとか、そのくせ、夜になると起き上がってダンスに行ったりするとか、そんなことを考えずにはいられませんでした。でも、マンリーにはいいませんでした。ステラがマンリーの同情をひこうとしているとしても、わたしの知ったことではありません。

ある日曜日のことでした。帰りが遅くなってしまい、経路ではわたしの家のほうが近かったので、当然のことながら、先にわたしが馬車を降り、そのあとマンリーがステラを送ることになりました。次の日曜日、マンリーは先にステラを連れてきました。マンリーの農地はうちよりずっとギルバート家に近かったからです。わたしたちは南へドライブし、ヘンリー湖へ行き、また帰りはわたしが先におりる番になりました。その次の日曜日、またステラがマンリーと一緒にわたしを迎えにきました。わたしはそれなりに楽しく出かけたのですが、ステラのいかにも気取ったふりを見て、彼女の魂胆がわかってしまいました。ステラはわたしを押しのけて、マンリーとふたりだけのドライブをしようと企んでいたのです。さらに、次の日曜の計画もたてていて、ご親切にも(?)わた

＊59　『楽』で、ローラがネリーとアルマンゾと一緒にドライブを続けようと思ったのは、アルマンゾの愛情を得ることより、ネリーをがっかりさせたかったからだ。「もし行かないといったら、ネリーは大喜びするだろう。それこそネリーの思うつぼだ……ローラはやっぱり行こうと決めた」(第二十章)

しを仲間に入れてくれようとしているのでした。

そうしたいなら勝手にすればいいと、わたしは思いました。マンリーの取り合いなんか、ぜったいにするつもりはありません。*59 ここでけじめをつけたいと考えました。お誘いがなくなるまでだらだら続けるのはいやなので、自分から手をうとうと思ったのです。そこで、わたしは作戦をたてました。ギルバート家の方へ向かう道を行こうと提案することです。ステラに反対する理由などありません。

「ねえ、ボーストさんの家のそばを通っていきましょうよ、すぐ近くだから」と、わたしはいいました。馬車は、線路を横切って、うちの北側へ出ました。そこでわたしは、もう一度曲がってといいました。その経路だと、うちより先にギルバート家に着くのです。というわけで、わたしたちは先にステラを馬車からおろしました。そこからうちまでのドライブの間は、会話がなく静かでした。マンリーは馬車からおりると、わたしを手伝っておろしてくれました。ふたりが向き合ったとき、マンリーがききました。

「次の日曜もみんなで行くよね?」

「いいえ」わたしはきっぱりいいました。「みんなでは行きません。もしステラを誘うなら、連れていってあげて。わたしを誘いになんか来なくてもいいのよ。お休みなさい!」そして、家の中へ入り、ドアを閉めました。

ここまでやったけど、その結果はどうなるだろうと、実はとても不安でした。*60 でも、次の日曜の午後、きっかり二時に、褐色の馬が貸し馬車屋の角を曲がって走ってきました。乗っているのはマンリーだけでした。わたしたちはステラのところへは寄りませんでした。その日の午後、ふたりともステラのことはひとことも口にしませんでした。それ以来、ステラはドライブには参加しませんでした。暑い夏の日々、わたしたちはふ

---

*60 『楽』で、ローラは決心する。「もし、アルマンゾがこなかったら、もしこなかったら、それでおしまいだ」(第二十章)。くよくよしないことにしたとはいえ、土曜日にローラはアルマンゾがネリーを選ぶに違いないと思ったりする。実在のワイルダーのステラ・ギルバートへのライバル意識と、物語のローラがネリー・オルソンに抱いているライバル意識には、感情的な違いがあり、それが大変重要なポイントだ。PGでは、若いワイルダーはライバルに対してもっときっぱり、はっきり自分の気持ちをぶつけている。なかなかやり手の、プライドと自信に溢れた、ほとんど大人の女性だ。だが、『楽』のローラは、もっと控え目で、自分がほんとうにアルマンゾが好きなのかどうか、まだよくわからない。物語のヒロインである若い娘の例にもれず、ローラも大人の女性としての役割や責任を自分のものとしてしっかり受け止めるまでに至っていないのだ。またローラは自分の女性としての魅力にもあまり自信がない。このような控え目なローラが、若い読者の親近感を呼び、魅力的なヒロインに映るのだ。次の日曜日にアルマンゾが来たとき、ローラは無邪気な様子でたずねてみる。「ネリーは行かないの?」(第二十章)。だが、その日のドライブ以来、ローラとアルマンゾの関係にある変化が生まれ、ふたりの間に無言の了解ができ、以後の固い絆が示唆されるのである。

たりだけで、前よりずっと快適に馬車のドライブができるようになりました。わたしたちはたまに姉メアリを短いドライブに連れ出しましたが、メアリはあまり遠くへは行きたがりませんでした。

七月、マンリーはこの美しい組み馬を売り、別の組み馬を買いました。一頭は、大きな、でも、ほっそりした褐色の馬で、両脇腹と首に白い斑点があります。たてがみの白い縞が尻尾まででうねるように続いていて、白い斑点と合わせて想像力を広げると、なんだかオンドリに似ています。この馬は町の近辺に一年もいたのですが、一歩もまともに歩いたことがないので有名でした。速歩、駆歩、跳ねあがり、後足立ちをするし、前足で宙をかき、カンガルーみたいに飛び跳ねるのに、一向に歩こうとしないのです。そんな行動と白い斑点と、まるでひとりサーカスをやっているみたいな様子から、マンリーはこの馬をバーナムと呼びました。[*61] バーナムの相棒はスキップといいます。こちらは鹿毛で、バーナムより少し小さく、激しいところはあまりないのですが、バーナムの二番手のような馬で、同じことをし、すぐに逃げだそうとするのでした。

今や、マンリーは町に住んでいて、ガーランド家に下宿しています。ですから、キャップはいつもマンリーが馬たちを馬車につけるときに手伝えるのです。馬たちの頭をおさえている間に、マンリーが馬車に乗り込み、席に着きます。幌はいつもおろしてあり、それを動かさないように気をつけています。キャップが手を離したとたん、馬たちは飛びあがり、駆け出して、一目散にわたしの家まで走ってきます。その姿を見るとすぐにわたしは帽子をかぶり、戸口に立って、マンリーが馬車を乗りつけるのを待ちます。でも、マンリーは馬たちを決して止めません。止めようとしたりしたら、それこそサーカスになってしまったでしょう。馬をスタートさせてすぐ止めるのは危ないので、マンリーは馬を止めませんでした。けれど、戸口の前に来ると、馬車を少し回して、車輪の間に

＊61　フィニアス・T・バーナムはアメリカの興行師で、一八七〇年にサーカスを始めた。彼の名前は、サーカスと同義語になるくらい有名になったが、サーカスは彼が手がけた興行のひとつに過ぎなかった。『楽』でアルマンゾがローラにいう。「ぼくは、こんなサーカスみたいな馬をきみがどう思うか、自信がなかったんだ」（第二十一章）（61A）

隙間ができるようにし、ほんの少しだけ馬たちをおさえます。ほんのちょっとそうしただけでも、バーナムは後足立ちをし、前足で宙をかきながら、ぐーんと伸びあがります。スキップもまたちょっと飛びあがって、後足立ちをします。その間にわたしがすばやく馬車に飛び乗るというわけなのです。そのための時間をうまく考えて、すばやく動けば、わたしは片足で踏み台に飛び乗り、ぽんとうまく座席に座れるのです。でも失敗すると、マンリーは家を一周して戻ってきて、わたしは同じことをします。あるときは、成功するまで三回もやりなおしをしました。でも、練習の成果が出て、まもなくわたしは楽々と馬車に飛び乗り、馬たちは数マイルをすっとばして走り、そのあとでやっと速歩になるのでした。

道端に少しでも水があったり、小さなクリークやちょっとした水たまりがあったりすると、馬たちは飛びあがって馬車ごとそれを越えてしまうのでした。ドライブはしだいに長くなり、五十マイルから、六十マイルにまで伸びました。行きの半分くらいの間は幌をおろしておきますが、そのあとはふたりで幌をあげます。大急ぎでやらないと、マンリーがすぐに手綱に手を戻せません。幌があがると、馬たちはひどくあわてて、全速力で走り出してしまうのです。町にはこの組み馬で馬車を乗りこなせる人はいません。マーは、マンリーはわたしを命の危険にさらしているといいました。[*62] でも、こんなに愉快なことはありませんでした。

七月四日の独立記念日には、デ・スメットで大きなお祝いがありました。[*63] そのためにわたしはいいドレスをこしらえました。ローン地の、[*64] 淡いピンクがかったドレスで、青とバラ色の小さな花を一面に散らした模様です。ウェストはきつく、前面に小さな真珠色のボタンが上から下までついています。両側の脇あきと、背中の両脇には、半インチ幅のタックが二本ついています。ハイネックでバンドがついていて、袖は長く、ぴっち

＊62　PGの改訂版では、このせりふをパーがいう。だが、ワイルダーは『楽』でそれを元のPGのせりふに戻す。かあさんは、ローラにこういうのだ。「あの人は、ローラにけがをさせたいのかしらね、まったく。でも、まず自分でけがをすればいいんだわ」。するとと、とうさんがいう。「キャロライン、ワイルダーは馬のあつかいがうまいから、心配するな。わたしの見た限りじゃ、彼こそ生まれつきの馬乗りだ」(第二十一章)

＊63　七月四日の華々しい祭りは、アメリカの小さな町の特徴の最たるもの。一八〇年代のデ・スメットではその内容はほとんど決まっていて、「パレード、演説……ランチ、野球などのゲーム、通りで行うスポーツ、花火、そしてダンス」だった(63A)。デ・スメットの独立記念日委員会は、イベントの内容や進め方について、ひと月またはもっと前から集まって打ち合わせをした(63B)。

＊64　ローンは、麻や木綿の薄くて軽い布地。『楽』では、このドレスはかあさんが新しいミシンで初めて縫ってくれたもの(第二十八章)。

りしています。スカートはまっすぐな幅広の布の、たっぷりした作りです。とてもたっぷり布が使ってあるので、ギャザーがみっしりと、ウェストバンドまで続いています。スカートには半インチ幅のタックが三インチの間隔でぐるりと下までついていて、裾には三インチの縁取りがあります。ちょうど地面につくほどの長さで、フープがそれをうまくきれいに広げてくれます。この新しいドレスにぴったりの帽子もわたしは持っていました。それは、クリーム色の麦わら帽で、頭のまわりに濃いめのクリーム色のリボンがつき、飾りにダチョウの羽根が三枚ついています。麦わらの薄いクリーム色から、リボンより少し濃いめの色の羽根が、帽子の片側にぴんと立って縫い付けてあります。帽子のつばは、細めで、端がくるんとめくれています。

最近は、髪の毛を結うとき、櫛でとかしてうしろになでつけ、太いお下げを編みます。それを頭のまわりにぐるぐる巻き付け、最後に頭のうしろでピンでほどけないように留めつけます。前髪がまた伸びてきていました。

お祝いで、わたしとマンリーは、演説を聞きにいかずに、午後、馬車で競馬を見にいくことにしました。*65 わたしは新しい服を着ていきましたが、残念なことに、マンリー以外の人には見てもらえませんでした。バーナムとスキップは暴れまくっていたので、人混みに馬車を乗り入れるわけにいかなかったのです。そのまま走らせるばかりで、群衆のまわりをぐるぐるめぐり、とうとう大草原へ出て、また戻ってきました。たてがみと尻尾が風になびき、ひづめが堅い地面をカツカツたたき、後足立ちをして、前足で宙をかきました。そのとき、ワーッという大歓声が響き渡りました。ものすごい勢いで馬たちがジャンプし、同時に強い風が吹きおこり、わたしの帽子のダチョウの羽根をもぎとったのですが、風にさらわれる前にうまくつかまえました。

＊65　このようなお祭りでは、駆けっこから、両脚を袋に入れて走るレース、手押し車レースなど、ありとあらゆるレースが行われた。だが、一八八三年と一八八四年の独立記念日のお祭りでは、競馬が大人気だった。一八八四年六月、デ・スメット競馬協会は半マイルのトラックを「町の東一マイル半のところにある、フレッド・ダウの樹木農地に作った」（65A）。七月四日には、大勢の観衆が「競馬を見に」詰めかけた。「寄付金五ドルほど」が集められた。しかし、新しいトラックだったので、馬たちは「気分よく」走ることはできなかった（65B）。『楽』では、七月四日のお祭りは、夏、アルマンゾとローラが結婚する前に行われるが、競馬の話はない（第二十八章）（訳注：しかし、『町』の第八章にはある）（65C）。

「ぼくのポケットに入れて！」歯を食いしばりながらマンリーがいいました。暴れまくる馬たちを必死でおさえていたからです。わたしはすぐ横にあったマンリーの上着のポケットに羽根をつっ込みました。うちへ帰ると、マンリーはわたしを戸口でおろしてくれましたが、また夜になったら、花火を見に行くつもりでした。羽根が取れてしまった帽子をマーに見せながら、わたしは自分に腹を立てていました。

「ちゃんとしたいなら、自分でやるべきだったわ。ベルさんの店でわたしが縫い付けた羽根は、取れたりしなかったもの」

そのあとで、わたしたちは花火を見にいきました。人の群れから離れたところに馬車を止めて見たので、まわりにはあまり人がおらず、ゆったり見物ができました。ロケット花火があがったとき、馬たちは驚いて飛びあがりました。マンリーが前のほうにいる人の群れをよけて馬車を動かしたとき、花火がバチバチッと破裂しました。それで馬たちは暴れだしました。マンリーは大きく輪を描くように馬車を回し、また次のロケット花火が見られるまでに戻ってきました。それからまた、大きく回って同じことを繰り返しました。でも、結局、全部の花火を見ることができ、星明かりの中を家へ戻ってきました。馬たちは羽根が生えたように軽やかに、すばやく、なめらかに走りました。

ある土曜日のこと、いとこのエラと夫のリー・ホワイティングが訪れて、うちに三日間滞在しました。[*66] 日曜の午後、マンリーが馬車を乗り付けましたが、馬たちは前にも増して暴れていました。マーはわたしを行かせたがりません。でも、リーがマーに、ローラは大丈夫だといってくれたのです。

「あの男は、馬の扱いをちゃんとわかってるよ」

けれどその晩、リーはわたしにいったのです。

＊66　グレイス・インガルスは少女時代につけていた日記に、このふたりがあとで再び訪れたことを記す。「いとこのリーとエラが、赤ちゃんのアールを連れて、きょうきた。幌馬車で来て、ストーブも持ってきた」(66A)。ふたりはおそらく、カリフォルニア州へ向かう途中だったのだろう。最後はそこに住んだ。

「ローラ、あいつを信用しすぎるのはいけないよ。いつも安全とは限らないからね」

わたしは笑って答えました。

「御者が失敗したら、わたしがやるわ」

それからまもなく、マンリーはスキップと馬車を売り、バーナムだけをつけた新しい一頭立て馬車に乗るようになりました。一頭だけだと、そんなに遠くまではドライブできません。このあたりはもう何度も走ったので、すこし飽きてきていました。ですから、歌の学校が始まったときはうれしかったものです。それは毎週金曜日の夜、教会で開かれました。[*67] わたしたちはバーナムの引く馬車で出かけました。マンリーが頑丈なつなぎ杭にバーナムをつないでいるとき、わたしは手綱を持って、座って待っていました。それから中へ入りました。音階練習をしたり、輪唱したり、[*68]「われらはみんな、ここにいる」「いやいや、畑を離れるな」「そり遊び」「いとしいメイ」「あなた、どうか今夜は行かないで」「裏切られたら、自分のせい」「みんながひどい風邪ひいた」「ワインは不遜」などたくさんの歌を習いました(この時代の精神を知りたければ、こういう歌を知るのがいちばんです)。[*69]

休み時間になると、わたしとマンリーは外へ出なくてはなりませんでした。なぜなら、バーナムを他の人たちから離しておかなくてはならないからです。わたしがそうっと外へ出て、馬車に乗り込み、その間、マンリーがバーナムの頭をおさえていました。わたしは鞭のまわりにからんでいる手綱をほどきます。でも、バーナムにはわたしが手綱に触れるのを悟られないようにしなくてはなりません。さもないと、バーナムはとたんに飛びあがってしまうからです。わたしは手綱をゆるめたまま、しっかりつかんで、緊張して待ちます。マンリーはバーナムをつなぎ杭からはずして、手につなぎひもを持ちます。わたしはバーナムが飛びあがっても大丈夫な方へ頭を向けます。そうすれば、馬車

＊67　歌の学校は、十九世紀にたいそう盛んだった。教会でうたうときの訓練にもなるし、いろいろな意味でのエンターテインメントだった。よく開かれた場所は教会。主催者は指導を自分から申し出た歌の先生で、民謡や聖歌だけでなく、音楽の基礎も指導した。デ・スメットでは、歌の学校は冬の楽しい活動だった。一八八四年から一八八五年には、学校は二期にわたって開かれた。一期目は、一八八四年二月から、二期目は三月からで、翌年一八八五年まで続いた。ブラント改訂版とバイ版には、この歌の学校についてくわしい記述がある(付属資料D参照)(67A)。

＊68　これらの歌はすべて、一八八〇年に出版された『征服者』(チャールズ・E・レスリーとランサム・H・ランダル編)というソングブックに載っている。これもデ・スメットの歌の学校で使われた本のひとつ。ワイルダーとレインはPGや、のちに『楽』を書いていたときにこの本を参考にしたのは間違いない。チャールズ・エドワード・ポロックは「いやいや、畑を離れるな」の作詞と作曲をした。ワイルダーはそれを、『四』の中で「かつて歌の学校で習った歌」(第一章)と書いている。その歌詞が、本の結びの言葉となる。(第四章)。「そり遊び」の作詞はリジー・ニューバリー、作曲はE・C・ニューバリーである。あとの歌については、付属資料Dを参照(68A)。

はつなぎ杭にぶつからずに動きだし、飛ぶような速さで走り出せるからです。ときどき、マンリーは失敗しました。すると、わたしはバーナムをひとりで回してまたマンリーのところへ戻します。それを何度もやりました。だいたい、彼が馬車に戻れるまでにわたしは何度かこんなことをしました。一度、歌の学校が終わって、わたしたちがその場を離れる前に、みんなが外へ出てきてしまったことがありました。*70

ある日曜の午後、マンリーが新しい馬車にバーナムだけをつけて、ドライブに誘いにきました。町へ着くまでは、わたしが手綱を握りました。もうわたしとバーナムはすっかり仲良しになっていて、手綱越しに気持ちが少し通じるようになっていたのです。バーナムはいつものように跳ねていました。わたしはほんのしばらくの間手綱を握っていただけでしたが、突然、バーナムが歩きだしたのです。わたしは息がつけなくなるほど驚きました。でも、あわてず冷静を保ち、バーナムには手綱を通して驚きが伝わらないようにしました。彼はぴりぴりしていて、すでに気がはやって、飛びあがり、疾走しそうになっているのがわかりましたが、それでもわたしがしっかり手綱を握っていれば、ぐいぐい引かずに歩いているのでした。

「バーナムは、首をそらし、誇らしげに歩いていく」
ヘレン・スーウェル画。1943年

こうして、わたしはバーナムを御して、本通りを端から端まで進みました。*71 それを見た人はびっくりして立ちどまり、バーナムとわたしをまじまじと見つ

＊69　レインへのこのメモが、のちにブラント改訂版やバイ版（付属資料D）に、歌の学校やたくさんの歌について追加の章を設けた理由であろう。

＊70　バイ版で、ワイルダーはちょっと皮肉なことを書く。「マンリーとわたしが歌の学校へ行くことは、バーナムからすれば学校から離れることだったのです」。それでも、「バーナムはおもしろい馬でした」。このエピソードを、ワイルダーは『楽』では第二十二章をまるまる使って描く。

＊71　この瞬間は大変重要で、『楽』でもワイルダーは、このことを第二十三章で見事に描く。

めました。最初、マンリーはあわてて声をあげそうになりましたが、すぐにやめて、何もいわずに黙って座っていました。わたしたちは馬を歩かせながら、バーナムが静かに歩けるようになったのはすばらしいと話し合っていました。たそがれ時、うちへ帰る道では、マンリーが御しても、バーナムは歩いてくれました。おかげでやっとマンリーはわたしに新しい馬車は気に入ったかどうかをたずねることができました。

もちろん気に入っていましたが、背もたれが前の馬車より低いと答えました。するとマンリーは背もたれの上に腕を載せました。わたしの肩のうしろに腕を置いたのです。そして、これでどうかとききました。わたしは肩をすくめ、たいして変わらないと答え、「あなた、手綱をちゃんと持っていたほうがいいわよ」といいました。バーナムが飛びあがったからです。マンリーはあわてて腕を引っこめました。まもなく、マンリーはバーナムを売り、とてもおとなしい組み馬を買いました。おかげで、うちへ来ても、つないでおいて、夕食を共にできるようになりました。どこへ出かけても、あわてて先に出る必要がなくなり、他の人たちがいなくなるまで残っていても大丈夫になりました。

婦人援護会が、教会でアイスクリームを出す集まりに出た、ある晩のことです。[*72] ちっともおもしろくなかったので、わたしたちはさっさと出て、ビッグ・スルーをぐるりと回る遠回りをして家までドライブしました。風がいい具合に吹いていたので、蚊に悩まされずにすみました。馬車は星明かりの下を静かに進んでいきました。マンリーはいつもよりずっと静かでした。馬たちが、大草原の堅い地面を気持ちよくカポカポ足音を響かせ、わたしは静かに歌を口ずさみました。

「星明かりの中で　星明かりの中で
昼間がさわやかに去っていき

---

*72　一八六四年九月四日の夜、「M・E教会の婦人たち」が「アイスクリーム祭り」を開いた。デ・スメット・リーダー紙はそれを「大成功」と書き、「アイスクリームもケーキも最高、大変すばらしい交流会であった」と報じた(72A)。

ナイチンゲールが鳴きはじめる
お休みの愛の歌をバラに聞かせて
夏の静かな美しい宵
涼風がそっとささやいたら
星明かりの中で　星明かりの中で
そっとさまよいでましょう
銀色のさざなみがつぶやいている
湖のほとりへ
星明かりの中で　星明かりの中で
心楽しくそぞろ歩きましょう
星明かりの中で　星明かりの中で
ふたりでそぞろ歩きましょう
星明かりの中で　星明かりの中で
心楽しくそぞろ歩きましょう」[*73]

うたいおわったとき、馬たちがゆっくり、そうっと歩いているのに気づきました。星明かりの下、静けさがあたりを包んでいます。マンリーがあんまり静かなので、眠ってしまったのかとわたしは思いました。

「何を考えているの?」

「きみが婚約指輪をほしいと思っているのかなと」彼がいいました。

わたしは思わず、えっと声をあげてしまいました。

「だれがくださるかによるわ」

「ぼくだったら?」

マンリーがいったので、わたしは「ええ、いただきたいわ」と答えました。[*74] それからわ

＊73　「星明かりの歌」は、スティーブン・グローバー作曲、ジョーゼフ・E・カーペンター作詞の歌。ワイルダーは二番の歌詞を引用した。『楽』では、アルマンゾがローラにうたってほしいといい、ローラはこれをうたう(第二十三章)(73A)。

＊74　『楽』で、ローラはいう。「だったら、指輪によるわ」(第二十三章)。PGと微妙に違い、これがたいそう重要なポイントだ。ローラは実際のワイルダーより、落ち着きがあり、それほどは驚かない。このあたりの話を「プレアリー・ガール」の筋書きを書いていたときに、ワイルダーはこう綴る。「ボーストさんのところに、月がのぼるまで滞在。星明かりがいい。星明かりの中を馬車で家路へ。『婚約指輪がほしい?』『だれがくださるかによるわ』『もしぼくだったら?』『だったら、指輪によるわ』」このあとにレインへのメモが書き加えられている。「これは事実です! マンリーはそういい、わたしはそう答えたのです。ちょっとストレートすぎると思うかもしれないけれど、わたしが書きたかったあの時代のわたしたちの雰囲気がわかってもらえるでしょう」(74A)。しかし、PGのどの版でも、ワイルダーはアルマンゾに即座にイエスといっているのだ。

たしたちはしばらく黙ったまま馬車を進め、戸口に着くと、わたしは馬車をおりました。家の中へ入ろうとして、わたしはふと立ち止まり、いいました。
「お休みのキスをしてもいいわ」
「いやがるかと思っていたんだけど」彼がいいました。

お休みのキスを交わしてから、わたしは家に入りました。自分がほんとうにマンリーと婚約したのか、それとも、相手は星明かりと大草原だったのか、まだぼうっとしていました。けれど、次のドライブのとき、マンリーが真珠とガーネットを組み合わせた美しい婚約指輪を持ってきたときに、起こったことを確信しました。[*75] マーに指輪を見せると、マーは、「パーとわたしにはとっくにわかっていましたよ。そうなるといいと思っていたの」といって、キスしてくれました。パーは黙っていましたが、にっこりしてくれました。

その年の冬から夏は、ひどい嵐が気まぐれのように何度もやってきて、季節の移り変わりがわからなくなるほどでした。早春、パーが大草原を歩いていると、馬車の車輪くらいの大きさの丸い火の玉のようなものが、パーの後方の地面近くにもくもくわいた雲の中に、見えました。見ているうちにそれは片側へぐわんとそれていき、あっという間にはだかの大草原の向こうに消えてしまいました。あれは電気だとパーはいいました。夏じゅう、稲妻と雷が荒れ狂うひどい嵐が何度も襲ってきました。よく、じょうごの形をした雲を見たものです。雲が地面近くに急降下しては上昇し、また下降しては上昇し、かたまってごろごろ転がるように移動していきました。風の吹きすさぶ嵐もよくありました。夜中にパーがわたしたちを揺り起こして、地下室へ行かせることもしばしばありました。[*76] その間、パーは、嵐の雲が近づいたらすぐに地下室におりられるようにして、あたりを見回ってくれました。

＊75　最初、ワイルダーは『楽』で「小さな家シリーズ」をしめくくるつもりだった—アルマンゾのプロポーズと指輪のエピソードで。だから、もともとの「プレアリー・ガール」の最後の章「日曜日の夜」の筋書きでは、こうなっている。「長いドライブ。バーナムが初めて町から歩き、わたし、ローラが御している。星明かりの中を家へ向かう。マンリーが指輪を見せる」。ここから、ワイルダーはシリーズ最後のシーンはかくあるべきと思って書く。

馬たちは、農地小屋の横の、若いポプラの木立のある、四角い窪地に静かに立っていた。

窓には明かりはなかったが、パーのヴァイオリンのやわらかい音色が聞こえてきた。ローラはささやくような声で、それに合わせてうたった。「星明かりの中で、星明かりの中で、心楽しく、そぞろ歩きましょう。昼には叶わぬ、いとしい時が待っているから」

マンリーはそっといった。

「それじゃ、式までの間に、ぼくは樹木農地に小さな家を建てるよ。木が育って、ふたりのわが家を守ってくれるように」

おしまい

（または終わりにふさわしい言葉にする）

＊76　今日、渦を巻くじょうご型の雲は、竜巻と呼ばれている（サイクロンではない）。地面に達するやいなや、とてつも

日曜日の午後、あまりにひどい嵐になって、マンリーが来られなくなったことがありました。キャップ・ガーランドと一緒に二階の部屋に座っていると、カトリック教会が土台から持ち上がって、ガラガラガッシャーンと片側を下にして落ちて崩れ、そばの何軒かの家が雲の渦にぐちゃぐちゃに巻き込まれたのを見たのです。*77 わたしたちもみんな嵐を見つめていましたが、パーが大声で、すぐに地下室におりろと叫びました。デ・スメットがまるごと吹きとばされてしまうと思い、あわてて走りました。幸い、うちには嵐の最も激しいところは来ませんでしたが、うちのまわりにある、背の高い美しいポプラの木々は、風でかしいで、地面に投げ倒されそうになりました。

いつになく異常に暑い日の夜のこと、*78 嵐が近づいてきたので、わたしたちは寝る時間がきてもベッドには入らず、嵐を見つめていました。いつ竜巻になるかわからないからです。黒雲がわいてごろごろ転がるように近づいてきます。その上でも、中でも、稲妻が走っているのがはっきり見え、雷がゴロゴロと鳴ってどこかにバリバリ、ドッシャーンと落ちました。雲はうちの真上に来そうでした。風がますます強く激しくなり、うちのまわりのポプラの木々に激しく吹きつけて、地面に押し倒さんばかりでした。

パーがみんなに地下室へ行きなさいといいましたが、わたしだけは行きませんでした。だって、地下室にずっと座っているなんて、つまらないからです。わたしも嵐をこの目で見たかったのです。パーと同じくらいすばやく地下室におりられると思っていました。そして、その通りできたのです。嵐の近づくドロドロという不気味な音が響き渡るとわたしはすぐに地下室へ飛び込みました。パーはあとから来ました。地下室では、床の隅に体を寄せ合ってしゃがみ、嵐の恐ろしいとどろきが頭上を過ぎて行くのをひたすら聞いていました。数分後、バケツをひっくりかえしたような雨がザーッとものすごい勢いで降り出しました。パーは階段を駆けあがり、雨が降り始めたから、もう危険は去った

ない破壊力で進む。一八八四年と一八八五年の夏、デ・スメット近郊はこのような嵐に非常に悩まされたようだ。一八八四年八月一八日、「デ・スメットの西で、とんでもなく大きなじょうご雲がみっつも、雨の降る中で見られた」。これらの雲は、「十マイルから十五マイルずつ離れていた」。同日、竜巻―じょうご型の変形サイクロン―がヒューロン付近の建物を破壊し、けが人が出た(76A)。一八八五年、リーダー紙は報じる。「最近、ありがたくないことに、嵐がますます頻繁に起こるようになった。さらに頻繁になったら、安全のためにずっと地下室で暮らさざるを得ないだろう。これまで、人々はけがより恐怖におののいていた。だが、今後どうなるかはだれにもわからない」(76B)。『楽』で、ワイルダーはほぼ一年の間隔をおいてやってきた、二回の夏の嵐を描いている(第二十一章と第二十九章)。

*77 一八八四年七月二五日、嵐がデ・スメットを直撃し、「甚大な被害」をもたらした。「未完成のカトリック教会が風で倒壊。八百ドルの損害。保険金は五百ドル。バンド演奏のホールは、六フィート動き、ひどくゆがんだ。W・S・ローマンの家は基礎から動いてしまった」(77A)。イライザ・ジェインもこの嵐をくわしく記録した。「ある日、わたしは家まで四分の三マイルのところで嵐につかまった。ものすごい強風で、カトリック教会が壊れ、基礎から動いてしまった建物もいくつか

とみんなに伝えました。数分してから、みんなは上へあがり、やっとベッドに入ったのでした。

あとでわかったことですが、その竜巻はわたしたちの家の東方を通ったとのことでした。でも、それほど大きな被害はなく、けが人もいなかったとのことでした。

ある日の午後、北西に怪しい嵐の影を見ました。しばらくして嵐が襲ってきました。向きを変え、ぐわんと曲がって、うちの西側から南へ進んでいきました。平たく盛り上がった大きな雲のかたまりは、最初は真っ黒でしたが、しだいに不気味な緑がかった紫色になり、その下にじょうご状の雲があらわれ、ぐーんと降下してきたかと思うと、切っ先が地面に触れました。切っ先はそのままで、じょうごの上の広がった部分がぐるぐる独楽《こま》のように回って、緑がかった紫色の雲を上に乗せたまま、南へ移っていきました。すると、次のじょうご雲の切っ先が下降して、地面に触れました。そして、最初の雲のあとを追い、また次のじょうご雲があらわれました。合わせて三回も大雲の下からじょうご雲が現れて、すばやく去っていったのでした。うちのまわりは風がほとんどなかったので、わたしたちはドアの前庭に立って、大雲とじょうご雲が西側へ移っていくのを見ていました。

この竜巻は甚大な被害をもたらしました。何人かが死にました。ふたりの少年がつないだ二頭のラバを連れて家に帰る途中、嵐につかまりました。農場で穀物を束ねる作業を終えて帰るところだったのです。少年のひとりとラバ二頭が死にました。[*79] 体じゅうの骨がばらばらになり、少年の服も、ラバの引き具もすべてはがされ、服も引き具も、影も形もなくなりました。けがもせず生き残った少年の話では、ラバをつないで、自分と弟で一頭ずつに乗り、家に帰る途中で、嵐がやってきて、風に持ち上げられ、渦に巻き込まれてぐるぐる回りながら上へ上へとあがり、周りにはばらばらになったわらが渦を

ある。町のホールもそのひとつ。雹と雨が大量に降り、痛いほどたたきつけたので、あとになって腕に黒や青のあざができた。庭はめちゃめちゃ、小麦も他の穀物もひどくやられた」(77B)

*78　ワイルダーは、ページの裏に、この嵐の描写を付けたしているが、どこに入れるかの指示がない。PGの改訂版はどれも、この位置に収録している。

*79　レインはこの結果(男の子はふたりとも亡くなった)を少し変えて、自分の短編「週末はわが家で」に使い、母親の絶望を描いた。その母親のモデルはブシー夫人(79A)。ワイルダーもまたこの話を、『楽』で使っている(第二十九章)。

*80　ブラント版では、この事件は、嵐がミネソタ州の西へ去る前に、デ・スメットの東にある町で起こったことになっている。その町の名前が空白になっているのは、原稿をタイプする前にレインが母に確かめようとしていたからでないか。ブラント改訂版とバイ版では、結局、名前を入れずに、事件の詳細を書いている。

この嵐には、まだ不思議な出来事がありました。午後一時頃、別の農夫の家が壊されました。その一家は全員竜巻用の地下室にいたので、だれもけがはしませんでしたが、その年の多くの家族と同じく、持ち物すべてを失ってしまいました。

巻いていたそうです。とてつもない速さで回っていたので、少年は目が回りました。弟に大声で、ラバにしがみつけといいましたが、そのとたんに、離れ離れになり、少年はラバからふり落とされたのです。それ以来、弟もラバたちも見ていません。しばらくして、はっと気がついたら、体が上へあがっていくのではなく、ぐるぐる回りながら下へおりていっているのがわかりました。地面近くに来たとき、思い切って地面に飛びおりましたが、数歩走ったところで、倒れてしまいました。数分後、少年は立ちあがりました。けがはありませんでした。けれど、服はすべてはがされていたので、はだかでした。靴もありません。結局、収穫した小麦の束、その年の収穫のすべてを失ってしまったのです。午後一時に嵐で壊れた家のドアが、近くの町の通りに降って落ちてきました。それは四時でした。[*80] その三時間の間、ドアがどこでどうしていたか、まったくわかりません。

九月、学校が始まりました。でも、今度は新しい大きな校舎ができたので、そこに移り、高校もある学校になったのです。[*81] 先生は変わらずヴェン・オーウェン先生です。ただ、今は校長先生になったので、ジェニーヴのかなり年上の姉ガシー・マスターズが、階下で年少の生徒たちを教えています。[*82] アイダ・ブラウンとわたしは、また座席が一緒です。アイダの指にも婚約指輪がはまっています。夏の間、ブラウン牧師のところで働いていたマコネルという青年と結婚することになっていました。[*83] けれど、彼の農地はここから数マイル離れたところにあります。キャリーとわたしは、九月と一〇月はずっと、家から歩いて通いました。

一一月一日、マンリーと兄のロイ(ロイヤルのこと)が貸し幌馬車に、日用雑貨を積んで行商するため、南へ出かけていきました。ネブラスカ州を通り抜けて、アイオワ州へ行き、父親が冬を過ごして暮らしているミネソタ州スプリング・ヴァレーへ行く予定で

ばらばらになった家の材木のかけらなどが残っただけです。

その日の日没時、嵐が去ってから数時間たった頃に、その家族と隣人たちは、嵐の爪痕を悲しい目でぼうっと見つめていました。そのとき、何か黒っぽいものが頭上にあらわれ、次第にそれが大きくなってくるのが見えたのです。鳥には見えません。みんな、目をこらしました。なんとそれは、ドアだったのです。ドアは見ているみんなの前に静かにおりてきました。それは消えた家のドアであることがわかりました。損傷もまったくなく、きれいなままです。いったいこの数時間、どこへ行っていたのでしょうか。どうして、元の家があったところへ空からめがけておりてきたように戻ってきたのでしょうか。

マンリーたち何人かがそのドアを見にいきました。農夫はうれしそうで、最初は嵐ですべてがやられたと思っていたけれど、無事なものがあってよかったといったそうです。そして、そのドアを新しく建てた農地小屋に取りつけました(バイ版)。

ワイルダーとレインはアルマンゾからこの事件のくわしい話を聞き出したのだろう。『楽』では、物語のアルマンゾとうさんが、ドアが空から降ってくるところを目撃する場面がある(第二十九章)。

した。[*84] マンリーが行ってしまうと、わたしはとても寂しくなりました。もはやドライブには行かれませんし、夕べの外出もありません。でも、学校では懸命に勉強して、来年の春には高校を卒業したいと思っていました。

ローラー・スケートのリンクが町にできました。[*85] ある日の午後、わたしはスケートをやってみたくて、学校をさぼりました。運がよかったのか悪かったのか、とにかく、大勢の生徒たちがその午後、同じように学校をさぼったのです。そこで、次の朝、さぼった生徒たち全員は前に出て、理由をいわされました。どの生徒も、「スケートリンクへ行きました」といったので、なんだかおかしくなりました。でも、オーウェン先生のコメントには不快感がこもっていました。最後に席に戻ったわたしが「スケートリンクにいました」というと、みんながくすくす笑いました。先生が驚いたのがわかりましたが、先生はこういっただけでした。「ローラ、きみはいつもみんなのお手本だったのに」

わたしは落ち込んでしまいました。成績が一番のわたしは、二日間、ガシーが来られなかったときに、階下の年少の生徒たちを教えたこともあったのです。なのに、わたしはいいお手本にはなれなかったのですから。

パーが町の家を人に貸しました。[*86] その冬、わたしたちは農地の家で暮らしました。寒くなって雪が降るようになると、パーはわたしたちを馬そりで学校へ送ってくれて、夕方はまた馬そりで迎えにきてくれました。ときどき肌が痛いほど寒いこともあり、パーの鼻の先や耳たぶが凍りつくことがありました。パーはそんなときには鼻や耳たぶは、凍りつくたびに大きくなるんだと冗談をいうのでした。

一度だけ、わたしはドライブをひとりで楽しもうとしたことがあります。[*87] でも、うま

（▼342ページへ）

＊81　この大きくなった校舎は、一八八三年秋に建築が始まった。学校委員会は初等教育を行う教師を雇うことにした。「必要になったらすぐに。そして教室も用意する」(81A)。学校委員会はミリアム・M・(〝ミニー〟)・バロウズを初等クラスの教師として雇い、一八八四年四月の学習発表会のあとで、副校長に任命した。また、委員会の投票で、ふさわしい建物を作るために債券を発行することにした。一八八四年七月、「五千ドルで、新しい、学年別の教育ができる学校の建設を、L・E・サッシーが請け負う契約書がかわされた」(81B)。八月中旬には、周りに囲いと屋根ができ、学校は「その威容」を見せはじめた(81C)。デ・スメットのコミュニティは、一八八五年一月一日、開校式を行った。教室はよっつ。「各階に二教室ずつあり、それぞれ二十九平方フィートの広さである」(81D)。ワイルダーは『楽』で、こう書く。「三番通りに建つ、新しいれんがの校舎」(第二十二章)(81E)

＊82　サミュエル・マスターズとマーガレット・マスターズの娘の「ガシー・マスターズ」が一八八三年四月にデ・スメットにやってきた(82A)。ワイルダーより約八歳年上の彼女は、十五歳のとき、ニューヨーク州で教え始め、その後、ミネソタ州カリー(ウォルナット・グローブのそば)とダコタ・テリトリーのエズモンドで教えた。一八八四年八月、彼女は「G・エルジーサ・マスターズ」という名前でデ・スメッ

（へ）

トの月例の教員研修会に参加し、一八八五年一月に新しい学校が八十人以上の子どもたちを入れてスタートすると、中等学年を教えた(82B)。一八八八年、カーター・P・シャーウッドと結婚。彼は、一八八五年二月にデ・スメット・リーダー紙の新聞社を興した人物。結婚後、グレイス・インガルスの日記にはこんな記述がある。「マスターズ先生は、シャーウッドさんよりずっと背が高いから、いっしょにいるとつりあいがとれなくてへんに見えると思う」(82C)。ガシーのことを「おだやかで、品のいい人だった」と覚えている人もいる。(82D)。ふたりには子どもが三人。ひとりはオーブリー・シャーウッド、デ・スメット・ニュース紙を五十七年間出してきた出版人(82E)。

＊83 『楽』では、「アイダの左手が机の上にあり、ローラの目をひくように、その人さし指にはまった幅の広い金色の輪がきらりと光った」(第二十四章)。エルマー・E・マコネルは夏の間、年老いたブラウン牧師のために農地で働き、冬は、ふるさとのオハイオ州ネヴァダの町近くで一学期だけ教えた。アイダ・ライトもまた、一八八五年の春、ダコタ・テリトリーのマンチェスター近くの学校で一学期教え、一二月三日にエルマー・マコネルと結婚。ウィスコンシン州へ移住する前に子どもが三人でき、そこでさらにふたり増えた。一九二〇年、マコネル家は子どもたちのうちふたりとカリフォルニア州サクラメントに住み、アイダは一九二六年に没(83A)。

＊84 デ・スメット・リーダー紙にはこれとは少し違う、マンリーとロイヤルの旅程が記される。「ワイルダー兄弟は行商用の馬車を、河川船甲板に載せて、ニューオーリンズ方面へ向かっていると思われる」とは一八八四年一二月三日の記事。「途中で冬を越し、来年の種蒔きに備えて当地へ戻る予定」(84A)。一八八四年の万博は、世界産業綿花百周年記念博と呼ばれ、ニューオーリンズで一二月中旬に開かれるので、デ・スメットの人々もそれに参加しようとしていた。一二月六日、新聞は報じる。「ワイルダー兄弟から入った連絡によると、ふたりは万博に行くべく進んでいるという。旅をおおいに楽しんでいる模様である」。ワイルダー兄弟がそこまで南へ向かうつもりだったかどうかは実のところわからない。『楽』では、ふたりはロイヤルの「行商用の馬車」(第二十四章)で出かけ、ミネソタ州で冬を過ごす予定だった。イライザ・ジェイン・ワイルダーも、毎冬、家族のいるスプリング・ヴァレーで過ごすことにしていた。

＊85 一八八四年、デ・スメットのコンサート・バンドが町にスケートリンクを作った。固い板張りの床で、「よっつの電気ランプ」が灯り、「普通のランプの二十個分の明るさ」だった(85A)。リンクは、水曜日、金曜日、土曜日の午後と夜に開いていた。ダンスやスケートのイベントもここで定期的に催された。クリスマス・イブのダンス・パーティも開かれたが、そのあとのカキのディナーは、エクスチェンジ・ホテルで行われた(85B)。

＊86 実のところ、チャールズは家を、「冬の間、音楽を教えることに専念」したいジョージ・C・ウェスターヴェルトに貸した(86A)(付属資料D参照)。『楽』のインガルス一家は、最初の冬を農地で過ごす。なぜなら、「小さな家はほんとうの家のようだった。もはや、農地小屋ではない」(第二十四章)

＊87 物語では、レディとプリンスはアルマンゾの馬だ。アルマンゾは、隣人がプリンスの面倒を見てくれていると、ローラにいう(第二十四章)。ここに書かれたエピソードは、PGのノート原稿の裏に書いてあったもので、PGののちの改訂版にはない。

くいきませんでした。それは、ロイが飼い馬のペットのレディを置いていったときのことです。ロイが行商に出ていた間、パーが世話をしていて、ロイはわたしに、いつでも好きなときに乗っていいといってくれたからでした。ある日、わたしはレディに乗って、ボーストさんの家へ向かいました。道のりの半分以上を過ぎたとき、レディの脚が具合悪くなりました。とても痛そうだったので、わたしは乗っているのがかわいそうになりました。うちよりボーストさんの家に近いところにいたので、そのまま進み、ボーストさんに、レディの脚がどうなっているか見てもらいたいと思いました。ところが、レディの脚はどこも悪くなかったのです。二時間ほどしてから、わたしは家路につきました。レディは元気よく歩きました。一度も脚の具合が悪い兆候など見せません。そればかりか、もっと速く歩きたがったくらいでした。

あとでマンリーにその話をすると、それは、レディがもう歩きたくないのを表すやり方だったのだと教えてくれました。

クリスマスの前の日曜日の晩、寒さがひどく、嵐になって、わたしは憂鬱な気分でした。マンリーから、なぜ手紙を書いてくれないのかと不満の手紙が来たばかりだったからです。ちゃんと出したのですが、まだ届いていなかったのでした。みんなでランプのそばで本を読んでいたのですが、いきなり、だれかがドアをドンドンとたたきました。わたしはすぐに戸口へ行ってドアをあけました。立っていたのはマンリーでした。大きな防寒着が雪だらけになって、大きな白クマみたいでした。外は吹雪だったのです。

「冬じゅう待ってなんかいられないよ」＊88

そういうと、マンリーはみんなのいる前でわたしにキスしたのです。馬たちに鈴がついていなかったので、彼がそりを止めて、家畜小屋で馬たちをはずしてつないできても、わたしたちには何も聞こえなかったのでした。マンリーは、クリスマスプレゼントに金色の横長の飾りピンを持ってきてくれました。

＊88　ワイルダー兄弟はクリスマス週間にデ・スメットに戻ってきた。「ネブラスカ州南東部のあとでニューオーリンズへ行くのを諦めたのだ」（88Ａ）

それからの冬の日々はあっという間に過ぎていきました。そり遊びも数回しましたし、たまにはステラにも会いに行ったり、ボーストさんの家へも行きました。けれど、日曜の夕べは居間の火のそばで過ごしました。家族は、マンリーとわたしを夜九時までは好きにさせてくれました。でも、時計が十一時を告げたら、マンリーは家へ帰らなくてはなりませんでした。いつもマンリーはそれを守りましたが、ある嵐の晩だけは例外でした。彼は時計が十一時を打つ前にそれを止めて、自分の腕時計が十二時を指したときに、また時計を動かしました。彼が帰ったときに時計が十一時を打つようにしたのです。わたしは急いで時計の針を進めて十二時にし、ランプの灯を吹き消して、暗い中でベッドに入りました。

マンリーとロイは学校の近くにある、新しい納屋の馬具置き場で独身生活をしていました。パーはキャリーとわたしを学校へ送ったあと、その納屋に馬たちをつなぎ、毛布をかけてやり、マンリーたちの住まいへ行って、体を暖めるのです。ときにはふたりと、朝食にそば粉のパンケーキを食べることもありました。おかげで、パーはすっかり暖まってから家に帰ってこられるのでした。

その冬、ほんとうにひどい嵐はほんの数回でした。朝起きて、猛吹雪になっているときは、学校へは行かず、家で過ごしました。一度だけ、学校が終わる直前に猛吹雪が襲ってきたことがあります。*89 けれども、パーは馬たちをうまく操って、迷うことなく無事にわたしたちを家に連れ帰ってくれました。

デ・スメットから八マイル北にある農地の学校では、先生が自分の子どもたちを馬そりで学校へ連れてきて、一日学校で過ごし、夕方になると、また馬そりで連れ帰っていました。*90 ほかの生徒たちは学校のすぐ近くに住んでいました。ところが、その猛吹雪の

＊89　この猛吹雪はおそらく一八八八年に起こったのだろう。「子どもたちの猛吹雪」と呼ばれているもので、一八八八年一月一二日、大草原地帯を駆け抜けるようにして襲ってきた。嵐は「学校にまだ年少の生徒がいっぱいいる時間で、学校は家から一マイルか二マイルのところにあった。とてつもなく凶暴な嵐で、頑丈な大人や動物でも向かい風には逆らえなかった」(89A)。ダコタ・テリトリーだけでも、百四十八人から百七十一人(多くは子どもたち)が、凍死したり、その後の後遺症で亡くなったりした。「原則として、学校教師たちはこのような危険を予期して、すぐに子どもたちを家へ返していた。だが、嵐はやむだろうと待っていたために対応が遅れたり、外へ出たとたんにうろたえて、迷子になり、悪夢のような容赦ない猛吹雪に巻き込まれ、たちまち犠牲になったりした(89B)。ワイルダーやインガルス一家は、一八八八年にはキングズベリー郡に住んでいた。チャールズ&キャロラインがデ・スメットの新しい家に移ったのは、猛吹雪が来るひと月より少し前のこと。

＊90　ここから先の話は、一八八五年、デ・スメットから北東七マイルほどのところにあるスピリット・レイク・タウンシップの農地に住んでいたオリオン・E・スターンズの話と呼応する。彼はウィスコンシン州トレンパローからやってきた。子どもたちの猛吹雪のときは、妻ガートルー

とき、近くに住んでいる生徒たちは無事に帰りましたが、その先生と子どもたちは大草原で迷子になってしまいました。帰り道がわからなくなった先生は、馬たちをそりからはずし、馬具を取って、放してやりました。それから、地面に大きな毛布を広げて子どもたちを座らせ、その毛布でくるんでやり、馬そりをひっくりかえして、上からかぶせました。そして、自分もそりの下にもぐりこみ、みんなと一緒に体を寄せ合いました。雪はそりの上に降りそそぎ、上を吹き渡っていきましたが、風は防ぐことができました。さかさのそりの小さな洞穴は、みんなの体温で暖まり、全員猛吹雪から生還しました。先生の両手と両脚は凍傷になりましたが、ひどくはなく、子どもたちはみんな無事でした。[*91]

　馬たちは数マイル先にあった干し草の山を見つけ、そこで吹雪をかわし、無事に戻ってきたそうです。(「違う、違う！　そんな吹雪は、昔とは違う。あの「厳しい冬」のときなどは」……[*92])

　春が近づきました。わたしはオーウェン先生に卒業についてききました。先生は、今度の春には卒業対策を実施できないといいました。みんなはまだ準備不足で、卒業試験に合格するのはわたしひとりだけだろうから、というのです。とてもがっかりしましたが、でもそれ以上追求はしませんでした。そのかわり、教員免許試験を受けることにしました。そして、よい成績で二級教員免許状を取得し、ウィルキンス学校に志願しました。これは学区の北西にある学校で、無事に受け入れられて、契約書にサインし、三カ月間、教えることになりました。四月一日から始まって、お給料はひと月三十ドルです。[*93]でも、そのためには、自分の学期が終わる前にやめて行かなくてはなりません。

ドと、三人の学齢の子どもたちがいた。十五歳のガイ、十一歳くらいのネリー、八歳くらいのベシー。一八八六年一月、スターンズは農地から北西へ一、二マイルほどのところにある学校で教えていた。デ・スメットから七マイルだ。ガイとネリーとベシーは彼の生徒たちでもあった。一月三日の猛吹雪のとき、彼らは家に向かったが、迷子になり、スターンズと息子ガイは年下のふたりの娘たちを守ろうと、上からそりをさかさにしてかぶせ、夜じゅう、雪かきしながら、空気穴がふさがらないようにした。次の日、脚がひどい凍傷になったガイは、はいだして助けを求めた。電信は、家族が行方不明になったことを知らせていた(90A)。

＊91　ふたりの娘たちはけがも凍傷もなく危機を脱した。手足の指が凍傷になったオリオン・スターンズはその後、体に麻痺が残った。ガイ・スターンズは両脚を失い、一八八八年三月二六日に没。恐ろしい嵐の後遺症にはこういうことがよくあった。ワイルダーは彼の死を知らなかったに違いない(91A)。

＊92　PGの改訂版では、このメモも挿話として取り入れられた。バイ版ではこうなる。

「違う、違う！」初期の開拓者たちはいいました。「そんな吹雪は、昔とは違う。あの「厳しい冬」のときなどは……」

デ・スメットの学校を去る日、わたしは教科書をまとめ、帰り際にヴェン・オーウェン先生に別れを告げました。先生は新しい学校で幸運を祈るといってくれました。そこでわたしは先生に伝えました。実は先生ともほんとうにお別れになります、と伝えました。秋には結婚するので、もう学校へは戻らない、と。先生は理由をわかってくれましたが、目に涙を浮かべ、春に教えるのを諦めて、とにかく学期を終わらせてほしいといいました。冬の間、他の生徒たちのために、卒業対策をせず、わたしを留め置いたのは申し訳なかったといいました。もしも、わたしがこのままとどまれば、ひとりでも高校を卒業できるようにしてあげるとまでいったのです。まだ時間はあるし、わたしならそれができるから、と。けれど、わたしはもう遅すぎると答えました。*94 ウィルキンス学校は、他の先生を見つける時間などないからですし、わたしはすでに契約書にサインしてしまったからです。学校は次の月曜日から始まりました。

フロレンス・ウィルキンスはわたしのクラスメイトで、ほんとうはウィルキンス学校を教えたいと思っていたのですが、免許試験に失敗してしまったのです。彼女は父親、母親、小さな妹、結婚した兄とその妻と赤ちゃんと一緒に、*95 わたしが教えることになっている学校のすぐ近くに住んでいました。わたしはフロレンスがとても好きでしたが、家族には会ったことがありませんでした。知らない人たちのいる家でまた暮らすと思うと、不安でたまりませんでした。とうてい無理な気がしました。でも、日曜の午後、マンリーが来て、わたしをウィルキンスさんの家へ連れていってくれました。そして、日の輝く月曜の朝早く、わたしは新しい学校をスタートさせたのです。

アイルランド人で、いたずら好きの、でも頭はよくてすばしこい、ジミーとメイミーとダニーのグローバーきょうだいや、それなりに賢いけれど、のんびりしている、メアリとチャーリーとトミーのウェブきょうだいと、最年少の男の子ジョージー・ドワイト

わたしたちは老インディアンがやってきていった言葉を覚えていました。最近の冬は、あのインディアンがいったように、厳しい冬のあとにやってくるおだやかな冬なのだと思っていました。

*93　ウィルキン（PGではウィルキンス）学校は、デ・スメットの北西三マイルのところにある、トーマス・C・ウィルキンの農地にあった。一八八〇年、ウィルキンはミシガン州ミドルヴィルに、妻メアリと、二十二歳の息子ウィリスと、十二歳の娘フロレンスと、幼い娘エセルと共に暮らしていた。職業は「建築家、大工」で、一八八四年七月、デ・スメットに新しくできる学年別の学校の「設計図の作成、具体的な詳細の取り決めの統括をし、建築過程を監督する」ために雇われた（93A）。ワイルダーは公立の第六学校を教える契約にサインした。一八八五年四月三〇日から三カ月間で、給料はひと月二十五ドル（93B）。

*94　ブラント改訂版とバイ版には、これに追加がある。「わたしは大変がっかりしていました。教育を受けることをずっと望んでいたからです。少なくとも、高校は卒業したかったのです」（バイ版）

*95　フロレンス・ウィルキンはワイルダーより一歳年下。一八八〇年の人口調査時から、家族は増えていた。フロレンスの兄ウィリスがその間に結婚したのだろう。

がいました。[*96] この子は真新しい初級読本を持ってきていました。第一印象では、このジョージーが、学校がうまくいくかどうかの障害になるとは思えませんでした。わたしは希望に胸をふくらませて、この生徒に文字を教えはじめたのですが、まったく覚えられない子だということがわかったのです。努力はするのに、朝の最初の授業から昼前の授業まで、何も覚えられず、AとBの区別もつかないのです。わたしは辛抱強くこの子を指導しました。他の生徒たちが暗唱をしていないとき、この子をそばへ呼んで、できるかぎりのことをして、アルファベットの最初のいくつかの文字を覚えさせようとしました。この子は、石板に文字を書き、前の黒板に長いきれいなチョークで書きもし、何度も何度もわたしにそれを読んでみせました。ところが、ひとつも覚えられないのです。そのときにわかっても、その次は文字が目に入るだけなのです。この状態が二週間も続きました。

そして、わたしは思い出したのです。みんなにばかよばわりされていた少年とオーウェン先生のことを。[*97] そこで、ある朝、わたしは鞭を持って学校へ行きました。その子がわたしのところへ来て、またもやアルファベットで苦戦していたとき、わたしは鞭を手でもてあそびながらいいました。

「ジョージー、アルファベットの最初の文字をよっつ、ちゃんと覚えましょう。次に覚えていなかったら、鞭で打ちますよ」

休み時間のあと、わたしはまたその子を前へ呼びました。おなかが奥のほうへぐうっとへこんだようないやな気持ちでした。このかわいそうな子どもを鞭で打つことなどしたくありません。ところがです。なんてことでしょう、ジョージーはちゃんと覚えていました。わたしにいわれた通りに文字を書き、順番を最初からでも、最後からでも、ばらばらでも、ちゃんと書けたのです。初級読本のどこからでも、それらの文字を探しだ

＊96　人口調査の記録で、これらの子どもたちや家族を調べることはできなかった。だが、ワイルダーは『楽』を書いていたときに記憶が蘇り、デトロイト公共図書館に所蔵されている原稿では、ローラの生徒の中に、「ファニーとデルバート・ウェブ」も入っている。(96A)。このふたりはルーベン・ウェブの子どもたちで、ウィスコンシン州からやってきて、ウィルキン学校の区内の近くに住んでいた。一八六五年、ファニー・ウェブは十四歳くらい。アデルバート(デルバートのこと)は十一歳。妹イディスは八歳。『楽』の原稿には、最年少の生徒として「小さなクラランス」の名前がある。クラレンス・ドワイトは人口調査に記録があり、ダン&フランシス・ドワイトの学齢に達した四人の子どものひとり。ミネソタ州フィルモア郡から来て、同じ学校区内の近くに住んでいた。『楽』では、ワイルダーは子どもたちの名前をいちいち入れず、学校での経験を掬い上げて書いている。「ローラはもう、自分を有能な教師だと思えるようになっていた。どんな小さな問題でも、てきぱきと片づけることができ、決して次の日までやりのこさなかった」(第二十八章)(96B)

＊97　少年は、ウィル・ベネット(Bennet または Bennett)。

すことができました。わたしはえらいとほめてやり、外へ出て、お昼まで日陰で遊んできていいといいました。午後になってから、わたしはおさらいをさせました。次の朝も、その子は全部覚えていて、さらに四文字を覚えたのです。おさらいをよくやって、何ひとつ忘れないように注意しながら、常に鞭を見えるところにおいておき、わたしとその子はアルファベットを順に覚えていきました。全部覚えてから、単語にとりかかるまでに三カ月かかりましたが、その子が学んだ最大の価値は、自分の頭で考えはじめたということでした。

帰り道、生徒たちは一緒に四分の一マイルほど歩いてから、ばらばらになります。最初は行きも帰りも楽しそうに一緒に歩いてきていましたが、そのうちに、家族でまとまりだし、いい合いをしたり、けんかしたりし始めました。アイルランド人対オランダ人のけんかで、それがしだいに激しくなりました。双方が、わたしのところへ来ては、相手側の悪口や不満をいうのです。夕方、学校が終わると、わたしは生徒たちと一緒に戸口へ出ました。そして、きっぱりいいました。

「これからはみんなで一緒に帰るのをやめなさい。ジミーとメイミーはまっすぐに行かないで、ここから家の方へ曲がりなさい。メアリとチャーリーとトミーは、この戸口から家へ向かっていきなさい」

グローバーきょうだいの家は南東にあり、ウェブきょうだいの家は北東です。ですから、それぞれが一歩歩くごとに、お互いにどんどん離れていきます。わたしが見張っていられる間を過ぎた頃には、もうみんなはお互いに離れていて、けんかなどできなくなっています。一緒に帰ってはいけないといわれると、かえって一緒にいたくなるもので、学校へ来るとみんなは急に仲良く遊ぶようになりました。これまではしょっちゅうけんかしていたのに。こうして、帰り道のルールは、学期の間じゅう守られました。

ある晩のこと、大草原に火事がありました。昨年の秋に草を燃やしていなかったところに火が回ってきました。フロレンスとわたしは急いで起きあがって、家の建物や校舎に火がいかないように懸命に防火作業をしました。そのためわたしは体も頭もふらふらになってしまったので[*98]、ウィルキンスさんは学校へ行って、休校にしてくれました。

毎週金曜日の晩、マンリーはわたしをわが家に連れ帰ってくれて、また日曜日の夜にはウィルキンスさんの家へ送ってくれました。昔と全く同じようでしたが、今は美しい春で、寒い風も吹かず、わたしも、学校が終わってもマンリーと付き合うのをやめる気などもちろんありませんでした。まもなくわたしはまたわが家へ戻ってきました。お給料の六十ドルを手にして[*99]。それほどの苦労もなく稼ぐことができました。残りの三十ドルは、秋のいつかに支払われることになっていました(その三十ドルで、子馬を買ったのです。それはあとで売って、羊を飼い、羊を増やしてそれを売ったお金で、ロッキーリッジを買いました)[*100]。

日曜の朝、パーはメアリとわたしを教会へ連れていきました。わたしはタックのついたローン地のドレスを着ていました。暖かい日だったので、教会のドアは開けたままでした。

牧師が熱のこもったお説教をしていたとき、迷子の子猫が通路を歩いてきて、背中を丸め、わき腹を説教壇の角にこすりつけました。ちょうどそのとき、今度は迷い犬が開いたドアから入ってきて、通路を歩き、説教壇と子猫の方へ向かっていきました。子猫の尻尾がふぁーっと広がって大きくなり、背中の毛がざっと逆立ち、フィーッとうなり声をあげると、いきなり姿を消しました。小さな犬はそのあとを追いかけていきました。犬が追いかけているときに、わたしは自分のフープのスカートが揺れたのを感じて、下

＊98　ブラント版にはこうある。「火の勢いが強く、とても消せそうにありませんでした。わたしは必死で火と格闘し、次の朝は、体も頭もふらふらしていました」

＊99　『楽』で、ワイルダーは給料の一部をとうさんに渡す。とうさんはいう。「これでピンチを抜け出せるよ……しかし、これで最後だ……町がみるみる大きくなってきているから、大工の仕事がたくさんあるんだ……来年は、政府との賭けに勝って、この農地がほんとうにうちのものになるんだ。そうしたら、おまえはわたしらの手助けをしなくてはならないと思うこともなくなるよ、小びんちゃん」(第二十八章)。物語の終わり近くのこのせりふは、インガルス一家がやっと豊かな暮らしができるようになったことを示唆する。こうして、ワイルダーは、物語の家族に、現実的なハッピーエンドを与えようとしたのだ。

＊100　『四』は、ワイルダーが存命中に発表するつもりがなかった作品。ワイルダーは、結婚後、「学校委員会が、ローラが教えた最後のひと月分をやっとはらってくれた……マンリーが、子馬を買って、それを育てて売れば、短い期間でお金が二倍になるといった」と書く(第一章)。そのあと、ローラのいとこのピーター・インガルスが、ローラとマンリーに、共同で羊を百頭買おうと持ちかける。ローラとマンリーは、子馬を百ドルで売って、ロー

を見ると、なんと子猫の尻尾が裾の下にもぐりこんでいくところでした。子猫はわたしのスカートの中に逃げ込み、内側のフープをよじのぼってきました。猿が檻の柵をのぼっているみたいに。突然、犬が子猫のありかを見つけたときの状況が浮かび、わたしはおかしくてたまらず、体を小刻みに震わせながら、必死で笑いをこらえました。何も見えていなかったメアリが、肘でわたしをつつき、「お行儀が悪いわよ」とこわい声を出しました。でもわたしは笑いをおさえられません。教会を出るときにはもう、子猫は消えていました。外でマンリーが待っていて、わたしを家へ連れ帰ってくれました。

夏の間、マンリーはとても忙しかったのです。作物の収穫と樹木農地の家の建築にいそしんでいたからです。彼はすでに自作農地を取得していたので、わたしたちはそちらに住む必要はありません。そこで申請してある樹木農地の木立の中に建てた家なら、気持ちよく住めるだろうと考えたのでした。十エイカーの土地に彼は植樹し、そこを耕作してよい樹木農地にして、いずれは百六十エイカーを取得したいと思っていました。＊101 そうすれば、自作農地と合わせて、合計三百二十エイカーの持ち主になれるのです。家がほぼできあがった日曜日のこと、マンリーはわたしに、実は、姉のイライザと母親が、教会でわたしたちの盛大な結婚式をあげようとしているといいました。＊102 マンリーがそれは無理だからやめてほしいといくら頼んでも、ふたりはその計画を諦めないので、それを阻止するためには、秋になる前に式をあげてしまわなければなりません。さもなければ、ふたりはこちらへ押しかけてきて、思うままにやってしまうでしょう。マンリーはそんな大げさな結婚式を望んでいません。それにかかる費用などとても出せないからです。パーも、そんな結婚式をするだけのお金は持っていないのはわかっています。わたしはマンリーのいう通り、家が完成したらすぐに、ふたりだけでブラウン牧師の家へ行き、そこで式をあげてもらうことにしました。＊103

羊五十頭を買った(第三章)。そして、結果的には、その羊を五百ドルで売ったのだ。のちにレインは回想する。「母は『大きな赤いリンゴの土地』へ持っていくために、百ドルためた」(100A)。その百ドル紙幣は一時的に紛失したが、見つかり、「とうとう、農場を買ったのだ」。そこでワイルダー一家は生涯を終えるまで暮らした(100B)。

＊101 一八七八年の議会で決められた条件を満たすため、樹木農地を申請した農民は半マイル四方の土地(百六十エイカー)に、十エイカーにわたって樹木を植えることになった。バイ版で、ワイルダーはこれに追加する。「樹木は植えてもだいたいほとんどが、枯れてしまいました。どんなに世話をしても、熱風の吹く、乾燥した暑い夏に耐えることができないのです。とはいえ、樹木が生き延びても、枯れても、植林したり、耕作したりしたことによって、農民はその土地を取得する権利を得るのです」。マンリーの樹木農地はタウンシップ111、セクション9の南東にある半マイル四方の土地で、自作農地からはだいたい一マイル北、デ・スメットからは二マイル北。『四』で、ワイルダーは道沿いに「美しい木立」があり、ポプラや、ニレや、カエデが生えていた、と書く(第一章)(101A)。

＊102 このエピソードについては、ワイルダーの『楽』と『四』の記述に違いが見え

マーとわたしは、早速、黒いカシミヤで花嫁衣装を作り始めました。*104 ぴったりした胴着で、前とうしろの中央が鋭角になっています。ハイネックで、裏地をつけ、縫い目には骨を入れ、上のほうをふくらませたシンプルな袖にも裏地をつけました。袖ぐりの前の方にシャーリングを入れ、胸のあたりがやさしくふくらんで、それが下のダーツでまとめられています。前には、黒玉に見せかけたボタンを上から下までまっすぐに並べてつけました。スカートは立つと床すれすれの長さ。上のほうはシンプルですが、下のほうはたっぷり広がるように三角のまちが入っています。裏地はすべてキャンブリック地で、下から膝の高さまでは表地と裏地の間にクリノリンの芯が入っています（このドレスは知っていますね。ミズーリ州へ来たときにはまだ、これがわたしの一張羅でした）。*105 黒と淡黄褐色の縞の絹地のドレスもありました。シカゴの友だちが贈ってくれたものです。シンプルな作りで、三角形のまちのついたスカートに、縁飾りのないポロネーズのドレスです。褐色の透かし模様の絹のドレスと、タックのあるローンのドレスはまだきれいでした。

一八八五年八月二五日、午前十時半、*106 マンリーがうちに馬車を乗り付け、わたしを連れて出かけました。これが今までのような外出の最後です。十一時、わたしたちはブラウン牧師の家に着き、早速、結婚式をあげました。証人は、アイダ・ブラウンとエルマー・マコネルです。ブラウン牧師は誓いの言葉の中で、「従う」という言葉は使わないという約束をしてくれていて、それをちゃんと守ってくれました。*107 十一時半、わたしとマンリーはブラウン家を辞し、食事をするために、家に帰りました。マーがしたくをして待っていてくれました。

それから、みんなに祝福の言葉をもらい、胸が詰まって涙ぐみながら、わたしたちふたりは、それこそ何度も通ったなつかしい道を馬車で走り、ビッグ・スルーを通

（▼352ページへ）

る。『楽』では、火曜日に、アルマンゾはローラに、ワイルダー家が大きな結婚式を計画していると告げる。週日にいきなり彼がやってきたので、ローラは驚く。ローラがあわてて「キャラコの普段着」のまま、日よけ帽子をつかみ、馬車に乗り込むと、アルマンゾがきく。「きみは、大きな結婚式をしたいかい？」（三十一章）。いかにも急を要する感じの場面だ。だが、『四』では、マンリーが月曜日の午後にやってきて、その知らせを告げる（第一章）。ローラはアルマンゾが来るのを待ちかまえていたようで、「小枝についた青い小花の模様のある」「ピンクのローンのドレス」を着て、「帽子をかぶり、手袋をつかんだ」。これを読むと、エピソードの緊迫感は少し薄れてしまう。

*103 『楽』で、ローラはPGのようにはすぐに式をあげることに賛成しない。アルマンゾにこういう。「あたし、自分の着るものを作るのにもう少し時間がほしいのよ」（第三十一章）。ところが、『四』では、花嫁支度についてあれこれ悩むだけでなく、重要な反対意見もいうのだ。「あたし、ずっと思っているの。農夫とは結婚したくないって……あなたが何かちがう仕事をしている人だったらよかったのに」（第一章）。そこで、マンリーはローラに、まず三年間農民としてやってみることを提案して、説得する。そして、四年目の恵みの年にやっと、これからも農民としてやっていくことになり、物語は結ばれ

（へ）

るのだ。

＊104　一八六五年、アメリカでは結婚式の衣装の色として白が基調になっていなかっただけでなく、その衣装が一度だけのものでもなかった。だが、一九四三年、『楽』が出版されたときには、白い衣装があたり前になっていた。そこで、ワイルダーは結婚式を急ぐというシナリオを作り、それを、黒を着ることになった理由として読者に提示したのだ（第三十一章）。また、そのドレスについてもくわしく書き、それはPGの内容や言葉遣いとほぼ一致している。カシミヤは、カシミヤ羊の毛を使った、やわらかい、しなやかなウール地で、昔から、ぜいたくで、持ちのいい生地として知られていた。『楽』で、かあさんはローラにいう。「カシミヤは持ちがいいし、夏の暑い盛りをのぞけば、いつだっておしゃれ着として着られますからね」（第三十一章）。しかしその後、ローラは古いことわざの「黒で結婚、あとで後悔」（第三十一章）に悩まされることもあったのだ。

＊105　レインはこのドレスを母の「黒い結婚衣装」だと知っていた。結婚式の九年後の一八九四年に、母がそれを着ていたのも覚えていた。「母はスカートをはき、脇のあきをきれいにならした。私はスカートで、新しい靴がかくれてしまうのを残念に思った。母は胴着のぴっちりした袖に、そろそろと腕を通して、ぴかぴか光る黒玉のボタンを、あごまで一つ一つていねいに留めた」（『道』第三章）（105 A）

＊106　一八八五年八月二九日付けのデ・スメット・リーダー紙に載った記事には、アルマンゾ・J・ワイルダーとローラ・インガルス嬢が「一八八五年八月二五日、E・ブラウン牧師の家で結婚式を挙げた」とある。その日は火曜日だった。だが、『楽』（第三十二章）と『四』（第一章）では、木曜日になっている。七十一歳だったブラウン牧師は一年前に退職したが、依然として町の名士だった。ワイルダーは『四』に、牧師の家は二マイル先の農地にあるのだが、「ローラはこんなに長いドライブをしたことはなかったように感じた」（第一章）と書いている。新聞はふたりを祝福した。「こうして、わが町のすばらしい若者ふたりが、将来を誓って、新しい旅立ちをした。ふたりの行く末に幸あらんことを」（106 A）

＊107　ワイルダーは『楽』で、この約束について説明する。ローラがアルマンゾにたずねる場面だ。「誓いのことばをいうときに、あなたに従います、といってほしい？」すると、アルマンゾは「とんでもないよ」と答える。そして、アルマンゾはローラに女性の参政権についてたずねる。ローラは選挙権は望んではいないけれど、「守れない約束はしたくないのよ」という。アルマンゾは、ブラウン牧師は結婚式で「従う」ということばは使わない

り抜け、ピアソン貸し馬車屋の角を曲がり、デ・スメットの町を通り抜け、二マイル北へ行ったところにある、樹木農地の新しいわが家へ向かったのでした。前日に、マンリーがトランクを運んでくれていました。この家には部屋がみっつあり、裏にさしかけ小屋がついています。入り口のドアをあけると、広い部屋があり、それが食堂と居間です。右手には、寝室へ入るドアがあり、その少し先のドアをあけると、なんともすばらしい、棚がいっぱいついた食料部屋があります。さまざまな大きさの引き出しがあり、奥の窓の下に広い棚があります。マンリーが独身時代に使っていた料理用ストーブは、裏手のさしかけ小屋に置いてあります。裏手のドアは戸口のドアのちょうど反対側にあります。マンリーがいつも使っていた皿類は食料部屋の棚に置かれ、テーブルは食堂に、ベッドは寝室に置かれています。隣の女性が手伝いにきて、整理整頓をしてくれたのでした。食料部屋にはそれこそあらゆる食材が並んでいました。マンリーがその隣人から買ったパン、パイ、ケーキもありました。

新しい家をひとわたり見て、中も外も、そのすばらしさに感動しました。そしてわたしは夕食のしたくをし、食事が済むと、あとかたづけをしました。

あとで知ったことですが、この家には五百ドルの借金がありました。わたしたちはそれを返すことができず、農地を売ることになったのです。けれど、だれのせいでもありません。とにかくそれはまたの物語です。*108

わたしたちは、月明かりに照らされて戸口に座り、まわりの大草原を見渡しました。

「月は満ち　天高く進み
静かな草原を光で満たす

主義だといい、「牧師はキャンザスのジョン・ブラウンのいとこで、かなり似たところがあるのさ」というのだ（第三十一章）。事実、ブラウン牧師と妻はダコタ・テリトリーで最も活発な婦人参政権支援団体のキリスト教婦人禁酒同盟に深くかかわっていた。一八八五年は、禁酒運動が盛んな年だった。二月に、ダコタ・テリトリーの議会が「婦人参政権の問題と格闘している」と、デ・スメット・リーダー紙は報じ、こう問いかける。「学校、町、郡、州にも税金を払っている婦人たちが、なぜ代表を選ぶ権利を奪われなくてはならないのだ?」（107A）。キングズベリー郡の議員たちは、三月中に上下両院でこの参政権を通過させたいと望んでいた。「ピアス知事が拒否権を発動しなければ」と、新聞は書く。「婦人たちが投票の様子が見られることだろう」（107B）。ところが、ピアス知事は、拒否権を行使し、州への昇格が遅れる可能性があるとしたので、議会はそれをくつがえせなかった。従って、サウス・ダコタ州の女性たちは一九一八年まで投票ができなかったのだ。それはアメリカ合衆国憲法が、全国の女性に投票権を与えるという第十九改正案が承認される二年前である（107C）。

*108　この文章は、ページの裏に書いてあったもので、PGの改訂版には載っていない。だが、ワイルダーはあとになって、大人向けに書いた『四』で、このことに触れた（第一章）。この『四』や、ワイル

夏空を舞う風も
今夜はひっそり眠っている」[*109]

馬たちは家の裏にある馬屋の仕切りにいて、ゆっくり休んでいます。馬たちが静かに動いている音がかすかに聞こえてきます。パーが贈ってくれた雌牛は納屋庭でのんびり反芻し、マンリーの飼い犬のシェップはわたしたちの足元に寝そべっています。わたしはここが自分の新しいすみかだと思うと、とてもおごそかな気持ちになりました。同時に、わが家にいるという幸福感を味わっていました。それは何より、もう二度と知らない人たちのところへ行って暮らすことはないという幸せな思いでした。わたしにはこの家があり、それがわが家となったのです。[*110]

ローラとアルマンゾ。1885年頃(LIWHHM)

ダーの新婚時代については、以下を参照のこと(108A)。

＊109　ワイルダーが引用したこの歌は、ほんの少しだけ違っているが、アメリカの詩人、ウィリアム・カレン・ブライアントの詩。

月は満ち　高みを進む
静かな草原にふんだんな光を注ぎ
夏空に漂う大気は
今夜はひっそり眠っている(109A)

＊110　ワイルダーがこの期待に満ちた言葉でPGを結ぼうとしたのはおそらく、その後の数年間が、若いふたりにとって苦難の時期になったからではないだろうか。その間、生まれたばかりの息子の死や、アルマンゾの進行する病気などがあったのだ。『楽』もまた、その先の事実を予測させない、ごくシンプルなシーンで結ばれている。ローラとアルマンゾは新しい家の戸口に座り、思い出の中から「とうさんのヴァイオリンの音が聞こえ、歌声がこだまのように響いてきた」(第三十三章)。この印象的なエンディングによって、読者はローラの子ども時代に思いを馳せ、これからのローラとアルマンゾが迎えるであろう、期待に満ちた未来をかいま見るような気持ちに誘われるのだ。

結び

「だれもわざわざそんなことはしないでしょうよ」

パメラ・スミス・ヒル

一九三八年、『岸辺』の執筆中、娘レインは母ワイルダーに手紙でこうたずねた。「ジョージおじさんをトムおじさんの代わりに持ってくるというのはどうかしら？」

レインは『森』にあるような、ジョージ・インガルスおじさん登場の形が気に入っていた。「若いときに、陸軍の鼓手になりたくて家出した」人だ。トム・クワイナーおじさんは、「小さな家シリーズ」にはそれまで登場したことがなかったので、レインは、物語のジョージおじさんが、トムおじさんの実際の人生をこの先の物語で送るようにすればよいと、ワイルダーにすすめたのだ。それなら、物語がなめらかに続くし、ドラマチックにもなるからである。だが実のところ、トムおじさんが家族の中でいちばんの冒険者だった。ミシシッピ川で「木材伐りだし人」をやり、インディアンと戦い、一八七四年には金鉱を探して、法を犯してまでブラック・ヒルズに入り込んだゴードン隊の一員だった。ワイルダーはレインの提案に返事をした。「これをどうしたらいいかなんて、皆目わかりません。ブラック・ヒルズに入った最初の白人部隊の記録には、インガルスの名前はないのですから。歴史的にいえば、やっぱりここはトムおじさんでなくてはなりません……でも、そんな細かいことを調べるなんて、だれもわざわざそんなことはしないでしょうよ」*1

ところが、ワイルダーが人生の幕を下ろす前にもう、読者や研究者や批評家が、ワイルダーの人生の細かい事柄をわざわざ調べるようになったのである。今日のこの精査ぶりを、彼女はどう思うだろうか？　「小さな家シリーズ」で取りあげられたトムおじさんについて細かい事実を調べるだけでなく、シリーズに登場する人々、場所、そしてワイルダーに影響を与えた思想まで調べあげる人たちに対する、彼女の反応は？　「パイオニア・ガール」に関連して、本書でつまびらかにされたあらゆる事々を、ワイルダーはどう思うだろう？

もちろん、ワイルダーの思いがわかるはずもない。だがレインに宛てたメモからは、ワイルダーが歴史的なつながりを重要視していたのは明らかだ。「状況をちゃんと理解して、それがいちばんいいと思うなら、トムおじさんをジョージおじさんに変えてもいいでしょうけど……時期を間違えないで。ブラック・ヒルズに最初の白人部隊が入った時期をあまり遅くしてはいけません。とんでもない間違いになりますから」*2

歴史的な正確さが、文学的判断より優先されることもあるのだ。ワイルダーはレインに書く。「うっかりしたことに、このシリーズでは、ついほんとうの名前を使ってしまったので、必要以上に、事実に従わなくてはならないところもありますね」*3

しかし、ワイルダーにとって、歴史的事実関係とは、名前や時間軸を超えたところにあった。彼女が読者への義務とまで考えていた、ほんとうのチャレンジとは、自分の子ども時代を形成した、物質的、精神的、文化的な影響力を描き出すために、登場人物に立体感を与え、再創造することだった。

彼女は自分の本が、開拓時代当時の歴史的精神を正しく伝えるものであってほしいと思っていた。『岸辺』を書いていたとき、このことについてはレインと熱く語り合ったものだ。ワイルダーは、執筆中の「小さな家シリーズ」の、歴史的、文化的状況が、文学にどれほどの重要性を持つのかを、娘がいまひとつわかっていないように思われたのだ。だから、レインが提案した手直しについてこう書く。「違います、違いますよ……いいですか、これは六十年以上も前のことなのです……そのときのその場に立ってみてください。今の女の子たちが何をしているかなど、まったく関係がないのです。これはほんとうのお話です。いわば、今とはまったく(ほとんど)別の文化状況を語っているのですから[*4]」

ワイルダーにとって、『岸辺』だけでなく、小さなシリーズ全体における「ほんとう」の意味は、彼女の「歴史的真実」という考え方に依っていたのだ。ときには「少しふくらませて」話をおもしろくしたところもあるが、本能的にわかっていたことがある。一九三〇年代から一九四〇年代初めに出たこの「小さな家シリーズ」が他の子どもの本と違うのは、十九世紀後半のアメリカの開拓者たちの経験を、深みと真実味のあるものとして描くという、大きな野望があるということだ。ワイルダーはレインに書く。「このシリーズが子ども向けに書かれるべきものとはわかっていますが、歴史的な真実には沿っていなければならないのです……当時のほんとうの時代観、場所、人々の様子を伝えようと書いたつもりです。それをぼかしてはなりません[*5]」

「パイオニア・ガール」は、ワイルダーがのちに書いたフィクション(「小さな家シリーズ」)の世界の、歴史的土台となるものだった。そこに描かれた、時代から、場所から、人々から、フィクションの登場人物が勢いよく飛び出して、動き始めた。ワイルダーが真実味のある物語を書こうとしていたのを考えると、物語に影響を与えた、歴史的、地理的、文化的研究の成果を、ワイルダーが認めないとはとうてい思えない。あるとき、ワイルダーは著作権代理人のジョージ・バイに、印象に残るフィクションを書くには、「その題材を直接知っていることが大事だ[*6]」と信じていると書いた。そして、「パイオニア・ガール」に書かれた以上の深いところを知りたくなり、自分で調査にも出かけた。自分の書くフィクションには、具体的な、確固たる歴史的土台が必要だとわかったからであった。

たとえば、インディアン・テリトリーでインガルス一家が住んでいた場所をはっきり思い出せなかったとき、ワイルダーとレインはキャンザス州東部とオクラホマ州を訪れ、家族の家があった正確な場所を探し求めたことがある。だが見つからなかった。結局、ワイルダーは、歴史的裏付けではなく、自分の記憶に頼ることに決め、一家が、インディアン・テリトリーで、キャンザス州インディペンデンスから四十マイルほどのところに住んでいたことにした。また、ソルダ・デュ・シェーヌという、オーセージ族の首長についても歴史的裏付けを探した。オーセージ族の縮小居留地に住んでいた記憶があったので、キャンザス州歴史協会に問い合わせをしたが、なんの手がかりもつかめずに終わった[*7]。当時のワイルダーは結局、歴史的裏付けをとるのを諦め、記憶の中だけにあるソルダ・デュ・シェーヌを登場させることにしたのである。

存命中のワイルダーは、現在の読者や研究者にとって非常に有益で頼りになる高度な技術による資料検索などできなかった。一八七〇年のアメリカ合衆国人口調査には、インガルス一家がキャンザス州モントゴメリ郡で、インディペンデンスから十三マイルのところに住んでいたことをはっきり記しているのだが、それは、ワイルダーが『家』を一九三四年に出版したときにはまだ公開されていなかった[8]。しかも、ワイルダーは現在の研究者たちが気軽にアクセスするように資料を調べることなどできもしなかった。

もうひとつ例をあげよう。『岸辺』を書いていたとき、ワイルダーは「パイオニア・ガール」でとりあげた歌の歌詞を必死に調べようとしていた。「『わたしが二十一のとき、ネルよ、おまえは十七だった』。そのあとがどうしても思い出せないのです……キャリーなら覚えているかもしれません……キャリーとグレイスに手紙を書いて、きいてみます。それが最後の頼みの綱です」[9]。だが、ワイルダーの調査は実らずに終わった。そこで、物語にも歌のタイトルしか入れなかった。七十五年後、オンライン検索で、H・R・パーマーの『歌の王：歌のクラス、学校、集会などでうたわれた、新旧の歌コレクション』でその歌詞が判明し、その本が出版されたのは一八七二年だったのもわかった。現在、その本は電子化され、オンラインで検索できる。しかし、一九三八年当時のワイルダーには想像もできないことだった。実のところ、「パイオニア・ガール」や「小さな家シリーズ」にとりあげられている歌や本のいくつかは、電子化されている。とうさんの「大きな緑色の本」（訳注：『極地と熱帯の世界』のこと）や、ワイルダーが五歳のときにもらった詩集『小さな花』も、読むことができるのだ。

現在の研究者や歴史家が、心の内でなんとなく釈然としないと思っていること——新しい技術の力で、たちまち過去の事柄がわかってしまうこと——を、ワイルダーが知ったら、おそらくその思いに同調しただろう。かつてワイルダーは旧友のオーブリー・シャーウッド（デ・スメット・ニュース社の社主）にこう書いた。「『岸辺』は、歴史ではなく、歴史的事実に基づくほんとうの物語です」[10]。その同じ手紙で、彼女は、物語の重要な場面をフィクションとして描いた理由について説明した。事実とフィクションを分けたのを自分からシャーウッドに伝えていることを考えれば、最近の学者が、今日まで残る古典となったワイルダーの作品の、歴史的、社会的、文化的な影響を明らかにしようとする試みを、彼女はきっと認めてくれただろう。本書『大草原のローラ物語―パイオニア・ガール』はまさに、その試みを進めたものである。

一九四三年、『楽』が出版された直後に、著作権エージェントのジョージ・バイはワイルダーに書いた。「ハーパー社刊の、あなたの最後の作品はなんと美しい本にしあがったことでしょう。それをお伝えするのが遅くなってすみません。『最後の』と書くのは実に残念です。続きがあればと望んでしまいます——このシリーズは、『若草物語』のシリーズのように、アメリカのなくてはならない宝物となるだろうと思います」[11]

実際、「小さな家シリーズ」は、アメリカ児童文学の古典と位置づけられるようになり、ルイザ・メイ・オルコット、マーク・トウェイン、L・フランク・ボーム、E・B・ホワイトの作品と並び称せられている。一九五四年、アメリカ図書館協会の児童図書館部会は、ローラ・インガルス・ワイルダー賞を創設した。これは「子どもの本の世界に、優れた、創造的な、今後に続く功績を残した[*12]」ワイルダー本人と、未来の作家やイラストレーターに与えられる賞だ。しかし、革新的かつ優れた文学者としての彼女の名声は、今もって、間違った思い込みの影を引きずっている。すなわち、ワイルダーはただ思い出すままに事実を並べて物語を書いただけであり、「小さな家シリーズ」は、単なるノンフィクションであるから、すばらしいフィクションの持つ、想像力の深みに欠けるという思い込みである。

本書は、ワイルダーの過去に新しい洞察の目を向けるだけでなく、ワイルダーが農業新聞にコラムを書いていた家庭婦人から、小説家へと成長し、アメリカの偉大な作家として、文学界の伝統の系譜に名を残すまでになったその成長の軌跡を表すために書かれたものである。確かに、「パイオニア・ガール」のオリジナル原稿には、のちの「小さな家シリーズ」の深み、ドラマ、細かな記述は足りない。だからこそ、それを読むと、ワイルダーがいかにすばやくノンフィクションの壁を乗り越えていったか、また、事実を元にしてフィクションを書くというユニークな試みに、いかに巧みに想像力豊かに挑戦していったかがよくわかるのだ。

とはいえ、ワイルダーはノンフィクションをまったく諦めていたわけでもない。『森』が出たあとでさえ、「パイオニア・ガール」が多くの人々に読まれるチャンスがくることを彼女は望んでいた。一九三三年、レインはジョージ・バイに書く。[*13]「母は『パイオニア・ガール』を、ノンフィクション作品を募集する、アトランティック・マンスリー誌&リトル・ブラウン社の文学賞に応募したいそうです」。それから、八十年以上の時がたち、ついに今、「パイオニア・ガール」が人々に読まれる本としてここに登場したのである。その読者は、当時のワイルダーには到底想像できなかったほどの数になるだろう。彼女がロックハウスの間に合わせの書斎で、フィフティ・フィフティのはぎ取り式ノートを開き、書き始めた「パイオニア・ガール」、それはワイルダーにしか書けない「ほんとうの物語」であった。

注

*1 RWL to LIW and LIW to RWL, n.d. [1938], Box 3, file 194, Rose Wilder Lane Papers, Herbert Hoover Presidential Library, West Branch, Iowa. レインのタイプの手紙に返信したワイルダーの返事は手書きだった。

*2 Ibid.

*3 LIW to RWL, Aug. 17, 1938, ibid.

*4 LIW to RWL, Jan. 25, 1938, ibid.

*5 Ibid.

*6 LIW to Bye, May 10, 1943, James Oliver Papers, Rare Book and Manuscript Library, Columbia University, New York, N.Y.

*7 [Kirke Mechem] to LIW, Jan. 10, 1934, Folder 14, Microfilm ed., Laura Ingalls Wilder Papers, Laura Ingalls Wilder Historic Home and Museum, Mansfield, Mo.

*8 アメリカ合衆国人口調査局は、ある特定の年の記録の一般公開を七十二年後と定めている。たとえば一九四〇年の記録は、二〇一二年になって初めて公開される。七十二年ルールが定められたのは、一九五〇年初頭とされるが、人口調査局の公式通信記録を見ると、もっと前からこのルールは始まっていたようだ。*See*, Roy V. Peel to Wayne C. Grover, Aug. 26, 1952 and Robert G. Dixon, Jr., to William G. Casselman II, June 14, 1978. census.gov/history.

1952年、ミズーリ州スプリングフィールドの書店でサインをするワイルダー。ベティ・ラブ写真

*9 LIW to RWL, Aug. 17, 1938.

*10 LIW to Sherwood, Nov. 18, 1939, Archives, Laura Ingalls Wilder Memorial Society, De Smet, S. Dak.

*11 Bye to LIW, May 5, 1943, Brown Papers.

*12 Ursula Nordstrom to Garth Williams, Feb. 11, 1954, in *Dear Genius: The Letters of Ursula Nordstrom*, ed. Leonard S. Marcus (New York: HaperCollins, 1998), pp.74-75.

*13 RWL to Bye, Feb. 15, 1933, Brown Papers.

付属資料

付属資料A

子ども向け版「パイオニア・ガール」(JPG)について[*1]

訳者による読者への説明

「イントロダクション」のxxiiページ〜xxiiiページや、「パイオニア・ガールの原稿について」(xlviiページ)の子ども向け版(JPG)の説明にもあるように、この子ども向け版「パイオニア・ガール」(JPG)は、のちに完成された形として出版された『大きな森の小さな家』と内容は似ているが、ずっと短く、言葉も足りない。JPGはおばあちゃんのローラが語り手になっていて、主人公は「おばあちゃん」であるが、『大きな森の小さな家』では、少女ローラである。ワイルダーはPGのウィスコンシン州の部分(第二章)をレインが書き直したJPGを元にして、さらに手を入れ、物語を豊かに広げた。JPGを読んだ編集者の依頼に応えて、かなりの語数(一万五千語)を書き足し、『森』を書いたのだ。つまり、PGと『森』の間にくるものが、JPGというわけだ。はっきりした章立てはないが、それなりの区切りはあり、『森』の第一章から第六章までの内容が、それぞれごく短めに語られている。しかし、物語中に挿入されたエピソード(たとえば「じいちゃんとヒョウのおはなし」など)は、かなりの部分が『森』と同じである。また、JPGは、冬がきて春になるまでの物語であるが、ワイルダーはそれに、夏と秋の話を加えて、一年間の物語として『森』を書いた。まとめていえば、『森』の方が文学的に明らかに優れており、分量も三倍くらいに増えているということである。

とはいえ、このファクシミリの内容をどうしても知りたいという方もおられると思うので、第一ページだけを訳してみた(原文は二十二ページまで)。『森』の原文とも照らし合わせ、同じところは同じように、つまり恩地三保子訳に倣って訳してみた。

おばあちゃんが小さな女の子だった頃、おばあちゃんは丸太づくりの小さな灰色の家に住んでいました。その家は、ウィスコンシン州の大きな森にありました。

その家は、大きな森のくろぐろとしげった大木にかこまれ、その大木の先にも、またその先にも、どこまでも大木がしげっていました。人が、北へむかって、一日、一週間、いいえ、まるひと月歩きつづけても、この森からぬけだすことはできないのです。家は一軒もなく、道もありません。あるのは木ばかり、見かけるのは大きな森に住む野生の動物だけでした。

大きな森には、オオカミが住んでいました。クマも、ヤマネコも。ジャコウネズミやミンクやカワウソは、小川のそばに住んでいました。キツネは丘に穴をもっていました。でも、ほかの人はまったくいませんでした。あるのは、小さな灰色の丸太小屋だけ、そこにおばあちゃんは、おとうさん、おかあさん、おねえさんのメアリ、赤ちゃんのキャリーと住んでいました。

夜になって、おばあちゃんが、移動ベッドにはいって横になったとき、きこえてくるのは、森の木たちがささやきあう声ばかりでした。ときどき、夜の闇のずっと遠くで、オオカミの遠ぼえがきこえることがありました。

それはぞっとするような声でした。おばあちゃんは、オオカミは小さな女の子を食べることを知っていました。でも、この丸太の壁のなかにいるから、こわいことはないのです。おとうさんの

When Grandma was a little girl she lived in a little gray house made of logs. The house was in the Big Woods, in ~~Michigan.~~ Wisconsin. The great dark trees of the Big Woods stood all around the house, and beyond them were other trees, and beyond them more trees. As far as a man could go to the north, in a day, or a week, or a month, there was nothing but trees. There were no other houses. There were no roads. There were only trees, and the wild animals that lived in the Big Woods.

Wolves lived in the Big Woods, and bears, and wild cats. Muskrats and mink and otter lived by the streams, and foxes had dens in the hills. But there were no other people. There was only the one little gray house made of logs, where Grandma lived with her father and her mother, her sister Mary and baby Carrie.

At night, when Grandma lay in her trundle bed, she could not hear anything at all but the sound of all the trees whispering together. Sometimes, far away in the night, a wolf howled.

It was a scare-y sound. Grandma knew that wolves ate little girls. But Grandma was safe inside the log walls. Her father's rifle hung on the wall, and Jack, the brindle bull-dog, lay by the door. Grandma's father would say, "Go ~~back~~ to sleep, Laura. Jack won't let the wolves get in." So Grandma cuddled under the covers of the trundle bed and went to sleep again.

Grandma's name was Laura. She called her father, Pa, and her mother, Ma. When Grandma was a little girl, children did not say, Father and Mother, or Papa and Mama. They said, Pa and Ma.

One night Pa picked her up out of bed and carried her to ~~her~~ the window so that she could see the wolves. There were so many of them, all sitting in a ring around the house with their noses pointed up at the big, bright moon. They were all howling. Jack

Herbert Hoover Presidential Library (HHPL) 所蔵

ライフルが壁にかけてあるし、ぶちの忠犬ジャックが、戸口のまえに横になっているのです。おばあちゃんのおとうさんは、そんなとき、いつもいうのでした。

「おねむり、ローラ。ジャックがオオカミなんかおっぱらってくれるよ」

すると、おばあちゃんは移動ベッドのかけぶとんにもぐりこみ、あんしんしてねむってしまうのでした。

おばあちゃんの名前はローラ。おばあちゃんは、おとうさんのことをとうさん、おかあさんのことをかあさんと呼んでいました。おばあちゃんが小さかった頃は、おとうさん、おかあさんとか、パパ、ママとは呼ばなかったのです。とうさん、かあさんと呼んでいたのです。

ある晩、とうさんは、おばあちゃんをベッドからだきあげて、窓のところへ連れていきました。オオカミの姿が見えるように。たくさんいて、家のまわりにぐるりと輪を作ってしゃがんでいました。あかあかとかがやく大きな月にむかって、その鼻づらをあげています。みんなが、ほえはじめました。ジャックは、戸口の前をいったりきたりして、ほえました。

注

＊1　このファクシミリ原稿は、「おばあちゃんが小さな女の子だった頃」というタイトルでも知られているもので、アイオワ州ウェスト・ブランチにあるハーバート・フーバー大統領図書館の、ローズ・ワイルダー・レイン文書のローラ・インガルス・ワイルダー・シリーズ、Box 14. file 214 に所蔵されている。

付属資料B
キャンザス州のベンダー一家[*1]

クリークの水位が下がって春になると、パーはまたインディペンデンスへ出かけました。馬車に馬をつけて行ってしまい、ずっと長いこといなかったような気がします。でもとうとうある晩のこと、馬車が家に帰ってきた音がしました。マーはランプを灯し、メアリとわたし（訳注：ローラのこと）はおきあがって、寝巻のままベッドを出ました。パーがいつ帰ってくるかとずうっと待っていて、町から何を持ってきてくれるのかが、楽しみだったのです。メアリとわたしにはキャンディを、マーにはすっぱいピクルスのひと瓶がおみやげでした。とてもおいしかったです。

その晩ほど遅くまで起きていたことはありませんでした。パーはわたしたちをひざに乗せてくれて、頰ひげを顔にこすりつけ、くすぐって笑わせました。うちに帰れてほんとうにうれしいといいました。そして、マーに実はベンダー家に一晩泊まろうと思ったんだといいました。そんなに遠くまで行ったことはなかったので、すっかり遅くなってしまったからだ、と。庭の井戸で水を飲んだり、馬たちにも水を飲ませていたとき、ケイト・ベンダーがやってきて、夕食を食べて、一晩泊まっていかないかときいたそうです。馬車に重たい荷物をたくさん積んでいたし、馬たちも疲れきっていましたが、パーはとにかくいそいで帰るのがいちばんだと思って、帰ってきたのでした。マーとわたしはその名前を頭に刻みました。キャンザス州インディペンデンスのベンダー一家と。

ある晩のこと、ちょうど日が沈んだ頃に、馬に乗った見知らぬ人があわてたようすで、うちの戸口へやってきました。すぐにパーは外へ出て、その人と少し話していましたが、やがて、その人はさっきのように急いで馬を走らせて行ってしまいました。パーがせかせかと家の中へ入ってきました。夕食まで待てないから、何かすぐに食べたい、どうしても行かなくてはならない、というのです。ベンダー家で何か恐ろしいことがおこったのだそうです。

マーはすぐに、パンと肉とあのおいしいピクルスを用意し、パーは食べながら話をしてくれました。メアリとわたしはテーブルの端にぶらさがるようにして、ピクルスを見つめていました。パーの口から「死んだ」という言葉が出たので、ベンダー家のだれかが死んだのでしょう。パーはいいました。「二十か、それ以上だ。地下室にあるんだ。ベンダーの家だよ。わたしは水を飲みにそこに行ったんだ。そしたら中へ入るようにいわれたのさ」

マーが叫びました。「まあ、チャールズ！　あぶなかったこと！」

わたしは何が何やら意味がわかりません。メアリはマーに、何があぶなかったのと何度もききましたが、マーは答えてくれません。黙ってパーにコーヒーをつぎ、パーはそれをふうふうと吹いて冷ましました。わたしはパーの手元をじっと見つめ、パーがピクルスをひときれくれないかなと思っていました。すると、パーがいいました。「小さな女の子を見つけたんだ。ローラくらいの子だよ。やつらはその子をおとうさんとおかあさんの上に放り投げて、上から土をかぶせて踏みかためた。その子はまだ生きていたのに」

わたしはキャーッと叫んでしまいました。マーはパーに言葉に気をつけてくださいな、といいました。パーは鉄砲を持ち、パティにまたがって、出かけました。マーはパーがいったことはなんの意味もないといって、必死にわたしをなだめようとしました。だれもわたしのような小さな女の子を傷つけたりはしないし、わたしが勘違いしただけで、そのことはもう忘れなさい、といいました。そして、シロップをかけたおかゆを出してくれて、さあ、夕食にしましょうといったのです。

でも、わたしは不安でした。マーが大きなベッドから移動用ベッドを引き出して、メアリとわたしに寝巻きを着せてくれたときも、まだ不安でいっぱいでした。わたしたちはお祈りを唱えました。「これから休みます。神さま、わたしをお守りください。目が覚める前に死んでしまっても、わたしを神さまの御許へお連れください」。メアリがお祈りをいうと、わたしはそのあとについて唱え、全部ちゃんといえました。それでもまだ、わたしは不安でした。パーが行ってしまってからは、マーがいつもと違っているように思えました。

朝、目が覚めたとき、パーはまだいませんでした。マーはパーがどこへ行ったのか、教えてくれません。一日じゅう、パーは帰ってきませんでした。マーは草原のかなたをじっと見つめています。メアリとわたしも遠くを見つめ続けていました。

その夜、または次の日の夜だったか、日暮れに、パーがパティに乗って、ぐったり疲れた様子で帰ってきました。パーが地面に降り立ったとたん、メアリとわたしはパーに抱きつきました。パーはマーに、こんなふうにいいました。「思ったとおりだったよ、キャロライン、ケイト・ベンダーたちだった。あの一家はじゅうぶん報いを受けたよ」

その「ベンダー」という名前を聞いたとたん、どうしてか、メアリとわたしは背筋が寒くなりました。それからしばらく、何年もの間か、わたしはときどきいやな夢を見ました。それは、小さな女の子が、おとうさんとおかあさんの上に放り投げられて、生き埋めにされる夢です。ときどき、その子はわたしなのでした。

大人になってからやっと、わたしはベンダー一家についてパーにたずねることができました。パーが、いろいろな人たちの話によると、キャンザス州インディペンデンスとインディアン・テリトリーの間で、ケイト・ベンダーが宿屋をやっていて、そこで旅人たちがたくさん殺されたのだそうです。その宿屋には、真ん中がカーテンで仕切られた部屋があり、旅人がカーテン際のベンチで食事をしていると、うしろからこっそりベンダー一家のだれかが忍び寄って、斧の切れない方の端を頭に振りおろして、殺してしまいます。そのあたり一帯は郵便が届かないところだったので、そこへ行った人たちから便りがなくても、だれも心配しなかったのでした。

でもついに、音沙汰がすっかりなくなった男の人の、東部に住んでいる親戚が、くわしいことを調べ始めました。そして、ベンダー一家に疑いがかかり、地下室と家の周りから、なんと、男女子ども合わせて四十もの遺体が掘り出されたのです。

一帯の人々に危険情報が流される直前に、ベンダー一家は大草原のかなたへ逃げてしまいました。自警団があとを追いましたが、一家がどこへ行ったのか、皆目わかりませんでした。ときおり、ケイト・ベンダーの居場所についてうわさが流れてきたものです。パーはそれをきいても、何もいいませんでした。

ある日、わたしはパーにきいてみました。パーは、馬に水を飲ませるためにベンダー家に一度も立ち寄らなかったのか、家に泊まるようにというケイト・ベンダーの誘いには、応じなかったのか、と。そして「パーは、ベンダー一家を追っていった自警団のひとりだったんでしょ？　もう一家はつかまったの？」と、きいてみました。

すると、パーはひとことこういっただけでした。「おまえはまだ小さいから、よくわからないだろうと思ったのさ」。そして、ベンダー一家については、何も答えてくれず、ただこういったのです。「心配しなくていいよ。ケイト・ベンダーはどこにもいやしないさ」

それからもよくわたしは、がらんどうの大草原をものすごい速さで走るベンダー家の馬車が、ついに馬に乗った男たちに追いつかれて、止められたところを想像したものでした。

注

＊1　ベンダー一家の話が最初にあらわれたのは、PGのブラント改訂版だったが、ここに載せたテキストは、バイ版に載ったもの。ベンダー一家についての記述は、かなり事実に近い。一家は確かに、オーセージ族のインディアン縮小居留地の近くで、宿屋と雑貨屋をやっており、キャンザス州インディペンデンスからやってきた人々がよく客になっていた。若いケイト・ベンダー（年長のケイト・ベンダーは同名で、おそらく母親）は、男の旅人たちを誘惑して宿屋へ連れ込んでいるとうわさされていた。このひと部屋だけの宿屋兼酒場について書かれたものはいくつかあるが、どれにも「カーテンで仕切られた部屋」があり、犠牲者はカーテンの後ろからなぐられて殺されたとある。キャンザス州歴史協会によれば、「入植者たちは、たやすく強盗たちの餌食になった。人々が行方不明になるのは、珍しくなかった」（"Cool Things—Bender Knife"）。これは、このバイ版にあるように、人がほとんどいない「そのあたり一帯は郵便が届かないところだった」という描写と合致する。おそらく最も背筋の凍るような事実は、犠牲者のひとりが、ジョージ・ロンカーの八歳の娘だったことだ。遺体はベンダー家の地所で、父親の遺体と共に見つかった。その子は生き埋めだったという。八体から十一体の遺体が、ベンダー家の小屋の裏手にある果樹園から掘り出された。当時の新聞記事に書かれた犠牲者の数はもっと多い。

PGを読む限り、ブラント改訂版とバイ版にあるこの話はフィクションである。チャールズがインディペンデンスへの行き帰りで、ベンダー一家の宿屋に立ち寄ったとは思われないからだ。道筋から離れすぎている。ベンダーの宿屋はモントゴメリ郡の境界線を越えたラベット郡に入ったところにあり、インディペンデンスから十七マイルも北東にある。インガルスの家からは北東に三十マイルも離れている。また、殺人一家ベンダーのうわさが広まるようになったのは、ワイルダーたちがウィスコンシン州へ戻ったずっとあとなのだ。ベンダー一家が宿屋を開いたのは一八七〇〜一八七一年の冬で、インガルス一家がキャンザス州を出たのはそのあとの春だが、最初の殺人があったのは一八七三年だったからだ。ベンダー一家が姿をくらましたその年、自警団がいくつか、一家の行方を探し、ひとつの自警団は、ベンダー一家のばらばら死体を川へ放り投げたと証言した。だがその頃には、チャールズ・インガルス一家は、ウィスコンシン州ペピン郡に住んでいた。

　では、なぜPGのあとのこれらの版に、ベンダー一家のエピソードが載っているのだろうか？　レインが、事実とフィクションを取りまぜてものを書く人だったと考えると、エピソードが載ったのも、レインの発案ではないかと思われる。さらにいえば、このエピソードの文体は、ワイルダーが書いたミズーリ・ルーラリスト紙の記事や、PGのオリジナル原稿よりも、レインの小説により近い。この話の中で最も個人的な感想のような最後の文章は、もともと、ブラント改訂版にレインが手書きで書いたものだ。「それからもよくわたしは、がらんどうの大草原をものすごい速さで走るベンダー家の馬車が、ついに馬に乗った男たちに追いつかれて、止められたところを想像したものでした」。ブラント版の原稿は、売れ先がなかったので、レインはこの悪党たちの話を挿入することで、少しでも売れる可能性をひねりだそうとし、ブラント改訂版に、このエピソードを挿入したようだ。レインは、最終原稿を書く前の段階で、母ワイルダーに挿入の許可をもらおうとしたと思われる。

　しかし、一八七一年に、インガルス一家がキャンザス州を出たときに、ベンダー一家の土地近くを通った可能性もあり得る。実際、ベンダー一家の犠牲者たちは、インディペンデンスへ行くとき、または離れるときに、悲劇にあっている。ベンダーの宿屋は、フォート・スコットへの道筋にある、オーセージ・ミッションの近くだからだ。インガルス一家は確かに北東へ向かったが、その途中で、ベンダーの宿屋の前を通りかかったかもしれない。一九三七年にワイルダーがデトロイトのブックフェアで行った講演で、彼女はベンダー一家の宿屋についての思い出を語っている。「わたしたちは、小さな家へ行く途中で、そこに立ち寄りました。とうさんは馬に水をやり、その家の戸口近くの井戸から、わたしたちにも水を汲んできてくれました。わたしは、ケイト・ベンダーが戸口に立っているのを見ました」(p. [9], Box 13, file 197, Lane Papers)。しかし、この記憶自体があやふやである。インガルス一家がインディアン・テリトリーへ向かっていた一八六九年には、ベンダー一家はまだキャンザス州にはいなかったからだ。しかしながら、インガルス一家がキャンザス州を出たとき、ベンダー一家は確かにいた。キャンザス州に移住したとき、ワイルダーはたったの二歳、そこを離れたときは四歳だった。当時の記憶があいまいなのは無理もないだろう。

　いずれにせよ、ワイルダーはブックフェアでの講演で、その思い出を話したのだった。

　パーが自警団にかかわっていたことや、ベンダー家の地所で犠牲者の遺体が見つかったことも語っている。PGにおいてワイルダーの人生の時系列に混乱があると考えると、ワイルダーもレインも、自警団の結成は、インガルス一家がキャンザス州を出たあとだと気づかなかったのだろう。ワイルダーはこのエピソードを聞いて大きくなり、あとになって、時や場所の記憶がはるかかなたのものとなった頃、チャールズ・インガルスが、ベンダー一家の話に自分を取り込んで娘たちに語ったのかもしれない。または、ロンカーの幼い娘が殺されたことがワイルダーの頭に刻まれ、それが、水を飲むためにベンダー一家のところに立ち寄った話に付加されたのかもしれない。このエピソードを組み入れて物語をおもしろくすることになんら問題はないと、ワイルダーもレインも思ったのだろう。実際、レインは自身の小説『自由の土地』(New York, Longmans, Green & Co., 1938) にこれを採用している。名前はベンダー一家からボーデン一家になっている。一八九二年に起こった、リジー・ボーデンの斧による殺人という、センセーショナルな事件へのほのめかしもなくはない。

自伝や覚え書きを、フィクションとして書くことにはやはり異論もあるだろう。最近のベストセラーの、ジェイムズ・フライ作『百万の小さなかけら』(二〇〇三)やマーガレット・セルツァーの『愛と結果』(二〇〇八)は、作者の自伝的内容の詳細やエピソードや登場人物などにフィクションが加えられていることが、物議をかもした。双方の出版社もかなりの非難を浴びた。なぜ、事実とそうでないことを区別できなかったのかと。いうまでもなく、PGはワイルダーとレインの存命中には出版されず、「小さな家シリーズ」はフィクションとして出版された。しかしながら、ワイルダーもレインも、物語を、ほんとうに起こったこと、つまりノンフィクションとして宣伝した。おそらく、「ほんとうの物語」として売り出した方が、フィクションというより読者の心に深く響くだろうと本能的に知っていたからだ。ワイルダーはデトロイトで開かれたブック・フェアの講演で、語った。「この物語(『土手』)に語られている話や、状況や、ひとつひとつの事柄は、みんなほんとうのことです。わたしが書いたことは全部ほんとうですが、ほんとうにあったことのすべてではありません」(訳注:デトロイトのブック・フェアの講演で、ワイルダーはベンダー一家の話を語っている。講演内容は、拙訳『大草原のおくりもの』所収)

付属資料C
ゴードン隊[*1]

トムおじさんは、初めてダコタ・テリトリーに来たわけではありませんでした。かつておじさんは、男性二十一人と、夫についてきたひとりの妻と共に、ブラック・ヒルズへ最初に入った白人の探検隊にいたのです。一八七四年のことでした。

トムおじさんは、そのときのことを、おだやかな、優しいしゃべり方で、全部話してくれましたが、胸の中は苦々しい思いでいっぱいでした。探検隊が幌馬車や馬にまたがって、スー・シティからブラック・ヒルズへ続く大草原を進み、丘陵地をのぼって、やっと目的地にたどりつき、インディアンの襲撃を防ぐための砦《とりで》をこしらえるまでのいきさつを話してくれました。探検隊の目的のこと、金を掘りあて、住む土地を決めたこと、その土地が気に入り、希望に燃えていたこと、冬じたくをしたところで、インディアンに包囲されてしまったことも。とてつもない寒さの中、食料は不足しましたが、インディアンが包囲しているので、猟にも行かれません。でもみんな、ベルトをきつくしめて空腹を我慢し、昼夜を分かたず、見張りをして、頑張りました。無事に冬を越して春まで持ちこたえられれば、きっとどうにかなると信じていました。

探検隊がブラック・ヒルズへ来たとき、その土地はまだインディアン・テリトリーでした。けれども、春がくるまえには、政府がその土地を所有下におき、入植者に開放し、人々が押しよせるでしょう。トムおじさんたちは、その土地に最初にやってきた白人で、住む土地も見つけ、金鉱まで発見したのです。それがおじさんたちの強い自信になっていたので、冬を乗り越えられると思っていました。

しかし、春まで持たずにすみました。ある日、白人たちがやってくるのが見えたのです！　兵士たちがやってきたので、みんな、大喜びでした。兵士たちが来てくれれば、インディアンたちを追い払ってくれるでしょうから、こわいものは何もありません。砦には冬の間ずっと、アメリカの旗が掲げられていました。砦の人々はすっかりやせ細り、かかしがコートを着ているように、服がやっとのことで体からずりおちずにいる感じでした。みんなは砦の門を開き、歓声をあげて兵士たちを迎えに出ました。

ところが、兵士たちはみんなを逮捕したのです。旗を引きずりおろし、砦に火を放ち、みんなの持ちものすべてを焼き払いました。おじさんたちは、着ているものと、ライフルだけで追い出され、行く当てもなく荒れ地をさまようことになったのです。しばらくしてから、大統領の息子のフレッド・グラントが白人の探検隊を率いてブラック・ヒルズに入りました。そして、彼らがこの地にやってきた最初の白人だと宣言したのです。

　トムおじさんはすごくくやしそうでした。おじさんたちの探検隊は、法的な権利が発生する前にその荒れ地に入ったのですが、その間に、政府がそこを政府のものと定め、白人の入植者に正式に開放された政府の土地とし、兵士たちを寄こして、おじさんたちを追い出してしまったからです。おじさんは、フレッド・グラントは、自分こそ、ブラック・ヒルズに入った最初の白人であるといいたかったのだ、というのでした。

注

＊1　バイ版にあるこのテキストは、トムおじさんが歴史に残るゴードン隊のメンバーとして経験したときの話。一八七四年にジョン・ゴードンが二十八人の探検隊を率いて、ブラック・ヒルズへ入った。この隊には、探検者の妻と子どもひとりも含まれていた。同じエピソードはブラント改訂版にもあり、『幸』の第十三章でも語られる。『幸』では、トムおじさんはここに描かれているような苦々しい、落ち込んだ感じではない。かあさんはおじさんの話の結末にショックを受けるが、おじさんはさばさばしている。「インディアンの土地だったからですよ……つまり、おれたちはなんの権利もなかったってわけでね」というのだ。フレッド・グラントのことや、結局、ブラック・ヒルズが白人に開放されたことなどは語られない。バイ版の描き方と、『幸』での描き方の違いは、かたや大人向き、かたや子ども向きと、はっきりしている。また、ワイルダーとレインの考え方の違いもあるだろう。レインは政府の考え方を明らかに批判しているからだ。母ワイルダーの編集者として、バイ版を売れるものにしたかったので、トム・クワイナーの経験を政府の動きも含めてくわしく書いて国内有数の雑誌にアピールし、この歴史的なエピソードを物語に関連づけたいと思ったのだろう。

　トムは確かにゴードン隊のメンバーだったが、彼も、彼の仲間たちも、ブラック・ヒルズに最初に入ったヨーロッパ系アメリカ人ではなかった。実は、ユリシーズ・S・グラント大統領の息子のフレデリック・D・グラント少尉と共に、ジョージ・アームストロング・カスター中佐が率いた軍隊がブラック・ヒルズに入ったのは、ゴードン隊が一八七四年一〇月にアイオワ州スー・シティを出る二カ月も前のことだった。カスター隊に従軍していた新聞記者は、金鉱発見の知らせを新聞に書いた。それがトムたちを刺激し、一八六八年のララミー砦条約で禁止されていたテリトリーに入って、幸運を掘り当てたい気持ちをかきたてた。ゴードン隊は、条約を守らせるために警戒中の兵士たちをかわして、一八七四年一二月にブラック・ヒルズへ入ったのだ。

　この冒険の記録者たちはだれも、砦におけるインディアンとのいさかいを書いていないが、ラコタ族が、白人たちの侵入に腹を立てて、襲ってくるのはわかっていた。ジョン・ミックス大尉率いる騎兵隊が、一八七五年四月にゴードン隊を見つけ、砦から追い払った。兵士たちは砦を焼き払ったりはせず、天候が悪くなって帰れなくなる前に、隊員たちが荷物や家畜をまとめる時間を与えたくらいだった。急いで帰るために、隊員たちは馬車や重い荷物をおいていくしかなかった。ミックス大尉は、土地が法的に開放された暁には、隊員たちの鉱石採掘の申請地は守られると約束した。しかし、ブラック・ヒルズはそれから二年ばかり開放されなかったので、トムは結局、自分の申請地を取り戻しに行かなかった。

　『楽』で、ワイルダーはトムおじさんと、部屋をうろうろ歩き回って、怒るとうさんとを対比させる。「なんてこった、ひどいじゃないか！」とうさんはいった。すると、かあさんがいう。「今の今まで、わたしはインディアン・テリトリーにのこしてきた家を忘れたことはなかったわ」（第十三章）。だが、ワイルダーは結論をはっきりとは出さず、ローラに、さらにいえば若い読者たちに、この出来事がいかに複雑な問題を含んでいるかについて、考えてほしいと思っているのだ。（Aken, *Pioneers of the Black Hills*, pp. 111-45; Schell, *History of South Dakota*, pp. 129, 139; Hedren, *Ho! For the Black Hills*, pp. 6-8, 12-14; Parker, "Report," pp. 385-96; Power, "Distance Lends Enchantment," p. 47; Tallent, *Black Hills*, pp. 66-86.）

付属資料D 歌の学校[*1]

クルーエット先生が歌の学校を始めました。受講料はひとり二ドル。町の教会を借りて、毎週火曜日と金曜日の夜七時半から十時まで、六週間続くのです。[*2] 値段が高いので、わたしはとうてい行けないと思っていましたが、マンリーが一緒に行こうと誘ってくれたので、わたしは歌で返事をしました。それは、シルバー・レイクの測量技師の家に住んでいた冬に、ボーストさんたちと一緒にうたった歌でした。

ああ、子どものときは楽しいな[*3]
かあさんの膝にゆられながら
あまいキャンディほおばって
口がしまらなくなっちゃった
お行儀よくしなくちゃいけないけれど
歌の学校へ行きたいな！

マンリーはふたり分の受講料を払い、歌の本[*4]を一冊買いました。そして、わたしたちは毎週火曜日と金曜日の晩、バーナムに馬車を引かせて出かけたのです。クルーエット先生は、音符の名前、長さ、アクセント、ヘ音記号、ハ音記号、ト音記号、フェルマータ、スラー、休止符を教えてくれて、音階の練習をさせました。「三匹の目の見えないネズミ」[*5]「キイチゴの茂み」[*6]など、ボーストさんたちとやった輪唱もうたいました。

二週目の二回目のレッスンのとき、先生は歌の本に最初に載っているやさしい歌をとりあげました。バスをうたう人たちをひとつにまとめ、テナーのパート、ソプラノとアルトのパートと、合計四つに分けました。パートでまとまってうたったほうが、うたいやすいのでしょうが、ひと晩じゅう、恋人と離れてうたうのでは、歌の学校へ行く楽しみが減ってしまうので、そのやり方は一回で終わりました。次のレッスンのときにはバスも、ソプラノも、アルトも、テナーも、いっしょくたにまじりあって座り、先生はにっこりしてそのままにしてくれました。[*7]

毎晩、わたしはタックのついたローン地のドレスを着て、ダチョウの羽根先をつけた帽子をかぶっていきました。マンリーとわたしは並んで座りましたが、フープがあるのでぴったりくっつくことはできません。でも同じ本を見てうたいました。

レッスンは必ず、声のウォーミングアップから始まりました。クルーエット先生は音叉で音の高さを教え、みんながわかってその音が出せるようになるまで、教えてくれました。いったんできるようになると、そのあとはだいたいうまくいきました。だれかの声が、うっかり高くなりすぎたり、どうしようもなく低く下がりすぎたりすると、みんな、くすっと笑いましたが、クルーエット先生はみんなに何度もやりなおさせて、間違った人にチャンスを与えます。すぐにうまくこつをつかんだ人は、いい声でうたえるようになりました。声も耳もいまひとつで、なかなかうまくうたえなかったり、覚えの悪い人もいましたが、みんな、練習するのが楽しくてたまりませんでした。

音階練習のあと、ほんとうのお楽しみがやってきました。最初に習ったのは、自由を得た人々の歌で「われらはみんな、ここにいる」[*8]でした。わたしたちはそれを思いきり声をはりあげてうたいました。

ポールとサイラスがろうやにつながれた
死んではいけない　おそれるな
ひとりはうたい　ひとりは祈った
死んではいけない　おそれるな！
もし　信仰がお金で買えても
死んではいけない　おそれるな
金持ちは生きながらえ　貧乏人は死ぬしかない
死んではいけない　おそれるな！
（歌詞以下略）

これよりも難しかったけれど、おおいに楽しんだ歌がありました。「それはだれ？」[*9]という歌です。

それはだれ？
わたしの集めたものを
そこらじゅうに散らかして
お風呂に船を浮かべたのはだれ？
それは兄さん　わたしの兄さん
スケートを教えてくれて
わたしを氷の上に立たせたまま
いとこのケイトと先に帰っちゃったのはだれ？
それは兄さん　わたしの兄さん
（歌詞以下略）

ほんとうに楽しい六週間でした。生徒は十八人で、ひとり二ドルずつ払いました。歌の学校は大成功で、先生は大きな利益を得ました。わたしたちは、毎週火曜日と金曜日の夜を楽しみに待ち、毎回、心ゆくまで愉快な思いをしたのでした。習った歌は愉快な歌ばかりではなく、信仰を深く考えるような歌もあれば、悲愴な感じの歌もありました。また、酒飲みのだんなさんにやめてほしいと訴える心優しい妻の歌もあり、気持ちを込めてうたいました。「あなた、どうか今夜は行かないで」[*10]という歌です。

あなた　どうか今夜は行かないで
お願い　あたしをひとりにしないで
今夜は一緒にいてほしい
いないと　あたし寂しいの
ワイングラスはぴっかぴか
友だちはにぎやかでしょう
あなたに尽くすわ　精一杯
だからあなた　一緒にいてよ
（歌詞以下略）

こんな哀しい、胸をかきむしられるような歌のあとで、休憩時間がくるとほっとします。休憩はだいたい十五分で、キャンディを食べたり、おしゃべりしたり、それぞれのパートを回ってみたり、自分の場所にじっとしていたりします。わたしはシャイだったので、じっとしている方でした。みんなの中に入っていくのが苦手でした。でも、マンリーがいつもそばにいてくれました。よく紙袋に入れたキャンディを持ってきていたので、なんとなくみんながわたしたちのそばに寄ってきていました。

　にぎやかな歌、おかしな歌もたくさんありました。でも、哀しげな歌より、そっちの方がよかったというわけではなく、それぞれ、違った意味でよかったのです。おおいに楽しんだのは、「裏切られたら、自分のせい」[*11]という歌でした。

ああ　この世はおかしなところだよ
だれだって　そう思う
明日がどうなるか　わかりゃしない
未来だって　わかりゃしない
おばかな振る舞いしてしまい
若かろうが　年取ってようが
ひどい目にあうのは　そいつのせい
裏切られたら　自分のせい
（歌詞以下略）

　わたしたちがあまりのおかしさに笑いすぎてしまった歌もありました。「みんながひどい風邪ひいた」[*12]です。この歌詞は短いのですが、どのパートもうたうのはなかなか大変でした。でも、何より楽しかったのは、コーラスです。ひとくさりおわるごとに、笑いながら、思い切り声をはりあげてうたいました。

テナー：ごめんなさい　わたし　うたえません
　ゴエがガれてるんです（はくしょん）
　ウダおうとしても　がらがら　がさがさなんです（ごほごほ）
アルト：まあ　まあ　かわいそう　でも　わたしも叱られそう
わたしも風邪をひいてます（ハンカチで激しくはなをかむ）
せき　グしゃみがドまりません（ごほごほ　はくしょん）
だがら　うダえないんです
ソプラノ：おやまあ　わたしも同様ごめんなさい（はくしょん）
　わたしの風邪はひどい風邪（ごほごほ）
バス、怒ったように：パパなんか気にするな
コーラス：みんながひどい風邪ひいた
（風邪ひいた）
どうもそうだと思ってた
（思ってた）
でも　みんなを見ればすぐわかる
ほら　ごらん（みんなでごほごほ　はくしょん　はなをかむ）
そらね　みんながひどい風邪ひいた

　とてもまじめな歌で、わたしたちみんなが好きだったものがあります。それは「禁酒の歌」[*13]でした。きちんとうたえるようになると、ほんとうに美しい歌でした。

バスのソロ：ワインは不遜　強い酒は騒ぎ
　そんなわなにかかるのは　おろかもの
コーラス：ワインは不遜　強い酒は騒ぎ
　そんなわなにかかるのは　おろかもの
ソプラノとアルトの二重唱：
　ワインを呑むな　きれいな色にだまされるな

光っていても　その輝きは誘惑のため
そのわなにかかった人が　どれだけいるか
輝きは誘惑のため　ぜったいに気をつけて
（歌詞以下略）

わたしたちはこれをとても上手にうたったので、クルーエット先生はさらに欲を出して、「万歳、自由な人よ」[*14]を教えてくれました。わたしたちの歌の本に「オペラのバック・コーラス」として載っているもので、作曲したのは、イタリアのヴェルディという人だそうです。でも、それは難しすぎて、先生はすぐに諦めてしまいました。でも、歌詞の意味はわかりにくくても、好きな箇所もありましたし、音楽もよかったと思います。

稲妻がぎらぎら光ってわれらの道を照らしてくれた
雷鳴は怒ったようにとどろいて　黒い雲がわきあがった
波が白く砕けちり　われらは恐れながら走って逃げた
嵐の中を陸地へ走り　深い神秘の森へわけ入った
そのとき　大オークの木が折れて倒れた　われらは飛ぶように走った
広い世界は聞いたのだ　それこそ自由のとどろきだったのだと

「いとしいメイ」[*15]という歌も習い、とても気に入りました。この歌が載っているわたしたちの歌の本のページは、何度もめくられたので、歌の学校が終わる頃にはかなりぼろぼろになっていました。

さて　黒い人たちよ　これから話を聞かせよう
なつかしいキャロライナの谷間で起こった話を
草地のはるか向こうに　わたしが干し草取りをした場所がある
きれいなメイを思いながら　わたしは人一倍働いた
ああ　メイ　いとしいメイ　おまえは明るい太陽のよう
目はきらきら　夜も変わらずつやめいている
月が沈んでも光っている
（歌詞以下略）

注

＊1　この文章は、PGのバイ版にある。

＊2　デ・スメット・リーダー紙にはクルーエット先生が始めた歌の学校の記事が載っていないが、別のふたつの学校の記事はある。一八八四年二月一六日、E・A・フォーブッシュが組合教会で月曜と土曜の夜に歌の学校を始めた。三月には、週二回が三回に増え、四月には農作業のため、また二回に戻った。一八八四年一二月六日、リーダー紙はG・C・ウェスターヴェルトが歌の学校を始めると書く。その後、それは「コーラスの上級クラス」であると説明される（"Town and Country," Dec. 27, 1884）。これも組合教会で組織されたもので、のちに場所をウェスターヴェルト家に移し、週二回、月曜と土曜の夜に練習があった。歌の学校は、冬場のイベントだったようだ（"Town and Country," *De Smet Leader*, Feb. 9, 16, 23, Mar. 1, 8, 22, 29, Dec. 6, 27, 1884;Jan. 10, 1885）。

＊3　この歌詞は、「歌の学校」という歌からとったもので、P・ベンソン（チャールズ・ミラーの偽名）が一八六九年に作った。この歌は『幸』にも登場する（第二十三章）（Cockrell, *Ingalls Wilder Family Songbook*, pp. 280-83, 392-93）。

＊4　ミズーリ州マンスフィールドのローラ・インガルス・ワイルダー・ホーム＆博物館には、一八八〇年、オハイオ州イースト・リバプールのウィル・L・トンプソンの編集、出版による『トンプソンの歌の教室とコンサートの本』が所蔵されている。アルマンゾ・ワイルダーが歌

の学校で買った本かもしれないが、音楽学者のデイル・コックレルは、ＰＧが参考にしたのは別の本であるという。ＰＧの各版に引用されたり、触れられたりする歌は、トンプソンの本にはないからだ。ひとつの例外を除いてすべての歌が載っているのは、『征服者』という、チャールズ・E・レスリーとランサム・H・ランダル編集の、一八八〇年にシカゴ・ミュージック社から出版された本。『楽』で、ワイルダーは「天は神の栄光を語り」という歌をとりあげ、それが載っている本のページを「一四四ページ」と正確に記している（第二十三章）。『征服者』に載っていない唯一の歌は「歌の学校」だ。とはいえ、ワイルダーとレインが見たかもしれない『征服者』の本は見つかっていない (Cockrell, *Ingalls Wilder Family Songbook*, pp. xlii-xliii)。

＊5　この輪唱は『征服者』に載っている。

＊6　この歌も、『征服者』に載っている。本歌不詳の子どもの歌から三部の輪唱になった歌。「キイチゴの茂み」ではなく、「サンザシの生け垣」という歌詞もある (Wheeler, *Mother Goose's Melody*, p. 121)。

＊7　歌の学校が、道徳的によくない影響を与えるとされていたときもあった。デ・スメット・リーダー紙に、一八八五年四月二五日のこんな記事がある「ヘンリー・ウォード・ビーチャー師は、ローラースケート場に反対する偏屈な人々にいった。そういう場所は不道徳だというのですね？　だったら、若い人たちが集う、ニューイングランド歌の学校も同じく不道徳だということになります。けれど、わたしはアメリカの若者たちを信じています。彼らはひとところに集まったからといって、無茶な行動をしたりしませんよ、と」

＊8　一八八〇年にルイス・ミュレイ・ブラウンによって書かれたこの歌は『征服者』の二二ページに載っている。編曲はランダル (Cockrell, *Ingalls Wilder Family Songbook*, pp. 323-24, 399)。

＊9　レスリーは、作詞者不明のこの歌詞を使い、編曲した (Leslie and Randall, *The Conqueror*, p. 23)。

＊10　この歌は、作詞作曲ともレスリーによる (Ibid., pp. 88-89)。

＊11　ランダルが、当時のスラングを使って、この歌の作詞作曲をした (Ibid., pp. 96-97)。

＊12　チャールズ・E・レスリーがこの愉快な四重唱を作曲した。作詞はアリー・B・レスリー (Ibid., pp. 106-7)。

＊13　ＰＧでは、ワイルダーはこの歌を「ワインは不遜」というタイトルにしている。レスリーはまた、作詞者不詳の歌詞にメロディをつけたが、第一節は、聖書の箴言第二十章一節にある (Ibid., pp. 117-19)。

＊14　この歌は、ジュゼッペ・ヴェルディのオペラ「エルナーニ」の冒頭の「乾杯の歌」。台本はイタリア語で、盗賊たちの酒席の歌は、非常に高音のロマンチックな歌 (Ibid., pp. 70-74; Verdi, *Ernani* libretto)。

＊15　フランシス・リンチ作詞、ジェイムズ・パウアーズ作曲。「なつかしい黒人の愛唱歌」とされ、「コンサートでもうたわれて、好評を博す」歌 (Leslie and Randall, *The Conqueror*, pp.78-79)。

❖関連家系図

インガルス家

ランスフォード・インガルス ― ローラ・コルビー

- ルビー
- ジョージ
- ハイラム
- ローラ・ラドーシア（ドーシアおばさん） ― ハイ
  - ジーン
  - レナ
- ランスフォード・ジェイムズ
- ポリー（*ヘンリーと結婚）
- リディア
- ピーター（*イライザと結婚）
- チャールズ・フィリップ（父） ―
  - グレイス・パール ― ネイト・ダウ
  - チャールズ・フレデリック（フレディ、生後九か月で死亡）
  - キャロライン・セレスティア（キャリー） ― デイヴィッド・スウォンジー
  - **ローラ・エリザベス** ― アルマンゾ（マンリー）・ジェイムズ・ワイルダー（ワイルダー家の家系図参照）
    - 男の赤ん坊（出生後死亡）
    - ローズ ― クレア・ジレット・レイン
      - 男の赤ん坊（出生後死亡）

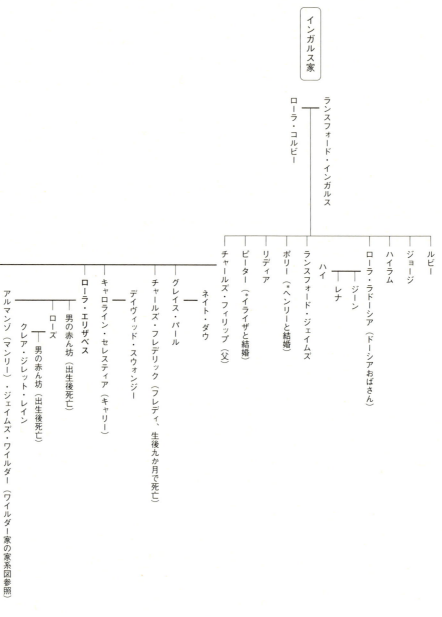

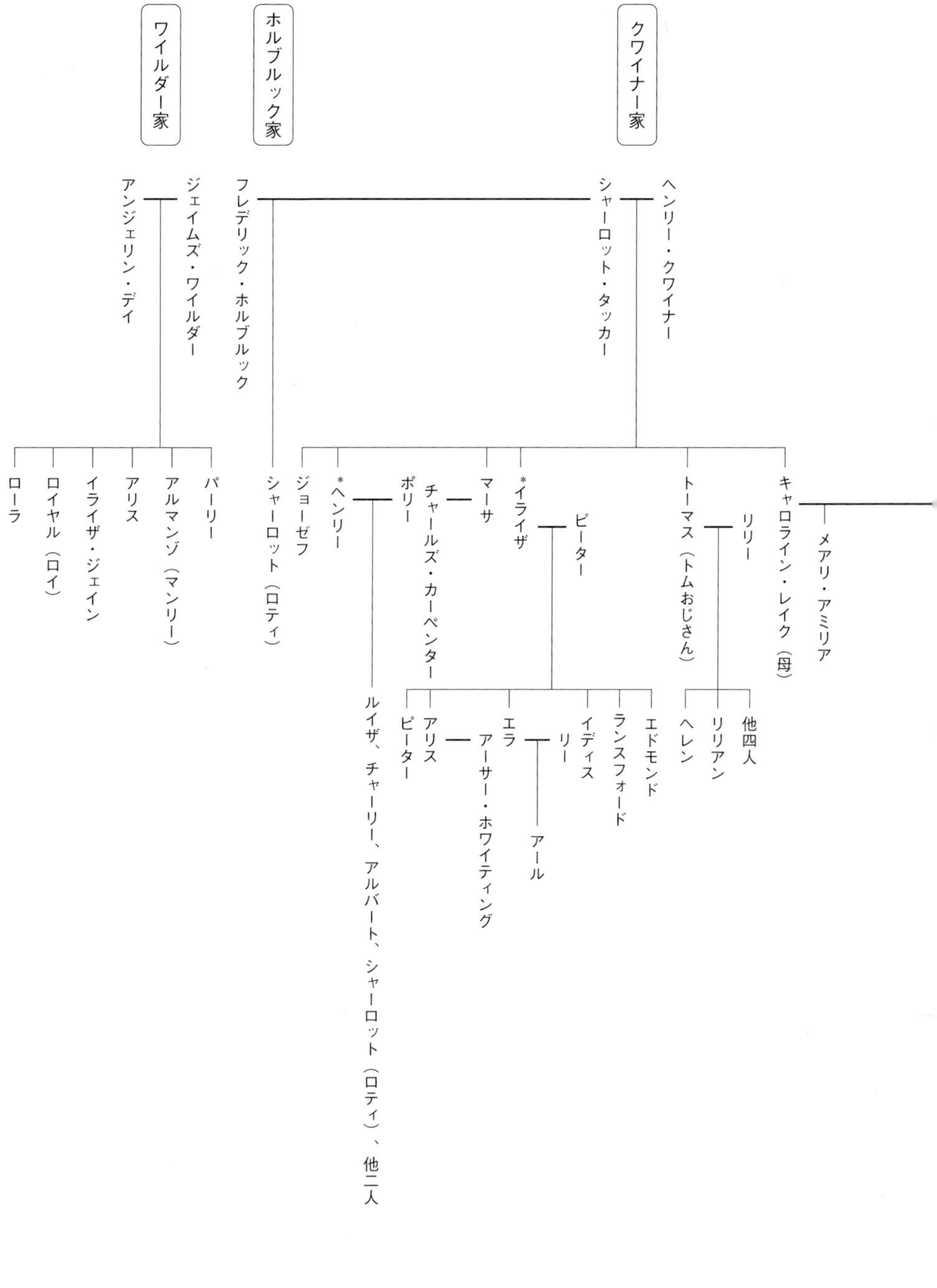
クワイナー家
ホルブルック家
ワイルダー家
ヘンリー・クワイナー
シャーロット・タッカー
フレデリック・ホルブルック
ジェイムズ・ワイルダー
アンジェリン・デイ
キャロライン・レイク（母）
メアリ・アミリア
トーマス（トムおじさん）
リリー
他四人
リリアン
ヘレン
*イライザ
ピーター
エドモンド
ランスフォード
イディス
リー
エラ
アーサー・ホワイティング
アール
アリス
ピーター
マーサ
チャールズ・カーペンター
ポリー
*ヘンリー
ルイザ、チャーリー、アルバート、シャーロット（ロティ）、他二人
ジョーゼフ
シャーロット（ロティ）
パーリー
アルマンゾ（マンリー）
アリス
イライザ・ジェイン
ロイヤル（ロイ）
ローラ

❖関連年表

（ ）内の章名は本書のもの。

一八三六年	チャールズ・フィリップ・インガルス、ニューヨーク州キューバで生まれる。
一八三九年	キャロライン・レイク・クワイナー、ウィスコンシン州ミルウォーキー郡ブルックフィールドで生まれる。
一八五七年	アルマンゾ・ジェイムズ・ワイルダー、ニューヨーク州マローン近くで生まれる。
一八六〇年	チャールズ（父）、キャロライン（母）、ウィスコンシン州コンコードで結婚。 ［一八六〇年　リンカーン、アメリカ第16代大統領に就任］ ［一八六一年　南北戦争始まる（〜一八六五年）］
一八六三年	チャールズ、ウィスコンシン州ペピンの農場を買う。
一八六五年	メアリ・アミリア・インガルス生まれる。
一八六七年	ローラ・エリザベス・インガルス生まれる。
一八七〇年	移住先のキャンザス州でキャロライン（キャリー）・セレスティア・インガルス生まれる。（第一章）
一八七一年	インガルス一家、ペピンの農場へ戻る。（第二章）

（↘）

一八七四年	インガルス一家、ミネソタ州ウォルナット・グローブへ移住する。（第三章）
一八七五年	チャールズ・フレデリック（フレディ）・インガルス生まれる。（第三章）
一八七六年	チャールズ・フレデリック・インガルス亡くなる。（第三章）
一八七六年	インガルス一家、アイオワ州バー・オークに住む。（第四章）
一八七七年	グレイス・パール・インガルス生まれる。（第四章） 秋、インガルス一家ウォルナット・グローブに戻る。（第五章）
一八七九年	インガルス一家、ダコタ・テリトリーに移住する。（第六章、第七章） ［アメリカの鉄道大建設時代（〜一八九〇年）］
一八八一年	メアリ、アイオワ州ヴィントンの盲人大学に入学（〜一八八九年）（第八章）
一八八三年	ローラ、最初の教員免許を取得する。（第八章）
一八八五年	ローラ・インガルスとアルマンゾ・ワイルダー、ダコタ・テリトリーのデ・スメットで結婚する。（第九章）
一八八六年	ローズ・ワイルダー生まれる。
一八八九年	ローラとアルマンゾの息子が生まれるが、まもなく亡くなる。
一八九〇年	ワイルダー一家、ミネソタ州スプリング・ヴァレーに移る。

（↖）

一八九一年	ワイルダー一家、フロリダ州ウェストヴィルに滞在。
一八九二年	ワイルダー一家、デ・スメットに戻る。
一八九四年	ワイルダー一家、ミズーリ州マンスフィールドへ移る。
一九〇一年	グレイス、ネイト・ダウと結婚する。
一九〇二年	チャールズ（父）、亡くなる。
一九〇九年	ローズ、クレア・ジレット・レインと結婚する。ローズの息子が生まれるが、まもなく亡くなる。
一九一一年	ローラ、ミズーリ・ルーラリスト紙に初めての記事を書く。
一九一二年	キャリー、ディヴィッド・スウォンジーと結婚する。
	［一九一四年　第一次世界大戦勃発（〜一九一八年）］
一九一八年	ローズ、離婚する。
一九一九年	ローズの『わかれ道』出版される。
一九二四年	キャロライン（母）、亡くなる。
一九二八年	メアリ、亡くなる。
	［一九二九年　世界恐慌（〜一九三九年）］
一九三〇年	ローラが「パイオニア・ガール」の最初の原稿をローズに見せる。
一九三二年	『大きな森の小さな家』出版される。
一九三三年	『農場の少年』出版される。ローズの『大草原物語』出版される。
一九三五年	『大草原の小さな家』出版される。

（↘）

一九三七年	『プラム・クリークの土手で』出版される。
一九三九年	『シルバー・レイクの岸辺で』出版される。
	［一九三九年　第二次世界大戦勃発（〜一九四五年）］
一九四〇年	『長い冬』出版される。
一九四一年	グレイス、亡くなる。『大草原の小さな町』出版される。
一九四三年	『この楽しき日々』出版される。
一九四六年	キャリー、亡くなる。
一九四九年	アルマンゾ、亡くなる。
一九五四年	アメリカ図書館協会がローラ・インガルス・ワイルダー賞を創設し、ローラが最初の受賞者となる。
一九五七年	ローラ、亡くなる。
一九六二年	『わが家への道—ローラの旅日記』出版される。
一九六八年	ローズ、亡くなる。
一九七一年	『はじめの四年間』出版される。

＊参考書籍　ウィリアム・アンダーソン編　谷口由美子訳『ローラの思い出アルバム』、『ローラからのおくりもの』岩波書店、ウィリアム・アンダーソン編　谷口由美子構成・訳・文『増補改訂版　大草原の小さな家—ローラのふるさとを訪ねて』求龍堂

訳者あとがき

「すべては『パイオニア・ガール』から始まった」

谷口由美子

二〇一四年末に本書『大草原のローラ物語――パイオニア・ガール』(原題 *Pioneer Girl: The Annotated Autobiography*)が出版されてからというもの、わたしはローラの話をするたびに、この言葉を繰り返してきました。原題をそのまま訳せば、「パイオニア・ガール(開拓娘)、注釈つき自伝(覚え書き)」となります。つまりこの本は、ローラ・インガルス・ワイルダーが書いた覚え書きに解説・注釈を加えたものなのです。その覚え書きが、現在、わたしたちがアメリカ児童文学の古典と称せられる『大草原の小さな家』などの「小さな家シリーズ」の原型となったのですから、すべての始まりは「パイオニア・ガール」にあるというわけです。

このたび、この大部な原書を訳す機会をいただいたのはほんとうに幸運でしたが、その分量には圧倒され続けました。ワイルダーの手書きの覚え書きを読み解き、それに丁寧な細かい解説・注釈をつけた本ですから、読者のみなさんも本を開いてまずはびっくりされるでしょう。けれど、どうか解説・注釈もとばさずに読んでください。なぜなら、これまで一般読者には知られていなかったワイルダーの生の声が文字になった「パイオニア・ガール」の中身が読めるだけでなく、注釈者パメラ・スミス・ヒルが、「小さな家シリーズ」との比較をわかりやすく、そしてユーモアたっぷりに紹介してくれていますので、シリーズと比べながら読む楽しみや発見や驚きに満ちているからです。

原書が出た翌年の二〇一五年、わたしはサウス・ダコタ州ブルッキングズで開かれたローラ・インガルス・ワイルダー伝統遺産研究協会が主催するローラ学会(LauraPalooza)に参加し、「日本におけるローラの翻訳」というタイトルで話をしました。そのときのメイン・スピーカーがパメラ・スミス・ヒルで、当然のことながら、出版直後の「パイオニア・ガール」の話をしたのでした。それ以来、彼女とは緊密な連絡をとり、「こんなことも知りたいの?」といわれるほど、たくさん質問をし、明確な返答をもらい、それを訳に生かすことができました。もはやこの世にはいないワイルダーには質問ができずとも、ヒル女史という知恵袋を得たのは幸いでした。

ローラ・インガルス・ワイルダー(一八六七年〜一九五七年)が、この覚え書きを書いたのは、一九三〇年代、彼女が六十代のときです。時は大恐慌時代、ワイルダーも、当時すでに作家として名を成していた娘のローズ・ワイルダー・レイン(一八八六年〜一九六八年)も、経済的に苦しい状態でした。娘レインは以前から母ワイルダーに、「お母さんが小さかった頃のお話を書いて」と頼んでいました。ワイルダーの文才に気づいていたレインは、それが出版されれば家計が助かると考えていたのです。ワイルダーが覚え書きに着手してから、二年後の一九三二年、「小さな家シリーズ」の第一巻『大きな森の小さな家』が出版されました。

でも、「パイオニア・ガール」の最初は『大草原の小さな家』のお話で、すべてを通して読むと、ローラとアルマンゾの結婚までが語られています。物語の出版に至るまでの流れは本書のイントロダクションにくわしく書かれていますが、長い話を短くまとめれば、ワイルダーとレインが協力しあい、ときには激しく議論しつつ、「パイオニア・ガール」を少しずつ分解して、少女ローラの一連の成長物語として書き直したということになります。

「パイオニア・ガール」は、年配のワイルダーが大人のために語った覚え書きで、一人称で書かれています。それに対し、「小さな家シリーズ」は、子ども向きに書かれ、三人称で書かれています。ヒル女史の言葉を借りれば、「ワイルダーの『わたし』という一人称のやわらかい語りが、三人称になると、この子ども向け物語はたちどころにフィクションの衣をまとう」つまり、「レインは読者対象を変えただけでなく、作品のジャンルまで変えた——ノンフィクションからフィクションへと」ということなのです。この移行を提案したのは、娘レインでした。そのすばらしい転換がスタートとなり、ワイルダーの書いた覚え書きが、アメリカ古典児童文学の高みへとのぼりつめたのです。

ワイルダーは、家族の物語には、読者の心をつかむ力があると信じていました。逆境にあっても、常に勇気と愛と希望を持ってそれに立ち向かう家族の姿を書きたかったワイルダーは、物語にフィクションの彩りを加え、登場人物の発言や行動に脚色をし、自分にとっての「ほんとうの物語」を紡いでいきました。それは「歴史そのものではなく、歴史的事実に基づいた物語」だったのです。

ワイルダー研究者は、以前から「パイオニア・ガール」の存在には気づいていましたが、この度の本のように、ノンフィクションからフィクションへという明確な切り口で、覚え書きを開示し、物語との比較を見事に解説した本はありませんでした。原書が出てすぐに、ニューヨークタイムズのベストセラーになったのも故なき事ではありません。

日本で初めてワイルダーの作品が翻訳されたのは、終戦直後の一九四九年(昭和二十四年)でした。訳者の石田アヤが最初に手がけたのは、「小さな家シリーズ」中の傑作である第六巻『長い冬』でした。そのイラストは、本書にもいくつか使われている原書の初版のイラストです。それ以来、時代を追って、ワイルダーの作品は次々に訳され、原書の新版のガース・ウィリアムズによるイラストがシリーズ全編を飾っています。

ここで、本書の訳文について、ひとことお断りをいたします。「パイオニア・ガール」の本文は完訳ですが、イントロダクションや注などには、原文の趣旨を損なわない程度に一部抄訳したところがあります。どうかご了承くださいますよう、お願いいたします。

最後になりましたが、本書が出るまで陰になり日向になり、絶えず支えてくださった大修館書店編集部の富永七瀬氏に、心より深く御礼申し上げます。

ローラ生誕百五十周年にあたる二〇一七年一二月

『大草原の小さな家』こだまともこ、渡辺南都子訳　講談社　1982年
『大草原の小さな家』足沢良子訳　そうえん社　2005年

On the Banks of Plum Creek　(1937年)
『プラム・クリークの土手で』恩地三保子訳　福音館書店　1973年
『プラム川の土手で』こだまともこ、渡辺南都子訳　講談社　1983年
『プラムクリークの川辺で』足沢良子訳　そうえん社　2005年

By the Shores of Silver Lake　(1939年)
『シルバー・レイクの岸辺で』恩地三保子訳　福音館書店　1973年
『シルバー湖のほとりで』こだまともこ、渡辺南都子訳　講談社　1984年
『シルバー湖のほとりで』足沢良子訳　そうえん社　2006年

The Long Winter　(1940年)
『長い冬』谷口由美子訳　岩波書店　2000年

Little Town on the Prairie　(1941年)
『大草原の小さな町』こだまともこ、渡辺南都子訳　講談社　1986年
『大草原の小さな町』谷口由美子訳　岩波書店　2000年
『大草原の小さな町』足沢良子訳　そうえん社　2007年

These Happy Golden Years　(1943年)
『この輝かしい日々』こだまともこ、渡辺南都子訳　講談社　1987年
『この楽しき日々』谷口由美子訳　岩波書店　2000年
『この輝かしい日々』足沢良子訳　そうえん社　2008年

On the Way Home　(1962年)
『わが家への道——ローラの旅日記』谷口由美子訳　岩波書店　2000年

The First Four Years　(1971年)
『はじめの四年間』谷口由美子訳　岩波書店　2000年

A Little House Traveler　(2006年)
『大草原の旅はるか』谷口由美子訳　世界文化社　2007年

●ローラ・インガルス・ワイルダー関連書

『増補改訂版　大草原の小さな家—ローラのふるさとを訪ねて』
W・アンダーソン文　L・ケリー写真
谷口由美子構成・訳・文　求龍堂

『大草原の小さな家と自然』服部奈美著　晶文社

『ようこそローラの小さな家へ—大草原でのすてきな暮らし』
C・S・コリンズ、C・W・エリクソン著　奥田実紀訳　東洋書林

『大草原の「小さな家の料理の本」』
B・ウォーカー著　本間千枝子、こだまともこ訳　文化出版局

『ローラからのおくりもの』W・アンダーソン編
谷口由美子訳　岩波書店

『大草原の小さな家—ローラ・ソングブック』
E・ガーソン著　若谷和子訳　世界文化社

『ローラのお料理ノート—大草原の小さな家』
本間千枝子、本間長世著　文化出版局

『ローラ・愛の物語　上・下』D・ゾカート著　小杉佐恵子訳
S・Sコミュニケーションズ

『大草原の「小さな家のダイアリー」』B・ウォーカー著
こだまともこ、渡辺南都子訳　文化出版局

『大草原のおくりもの—ローラとローズのメッセージ』
W・アンダーソン編　谷口由美子訳　角川書店

『ローラ＆ローズ—大草原の小さな家・母と娘の物語』NHK取材班、W・アンダーソン、谷口由美子著　NHK出版

『小さな家のローラ—ローラ・インガルス・ワイルダー物語』M・スタイン著　こだまともこ訳　講談社

『大草原の小さな暮らし—LITTLE HOUSE』塩野米松著　和田悟写真　講談社

『大草原の小さな家の旅』服部奈美著　晶文社

『NHKテレビ版　大草原の小さな家—ローラのアルバム』
内藤正世文　求龍堂

『大草原のローラに会いに—小さな家をめぐる旅』
谷口由美子著　求龍堂

『ようこそローラのキッチンへ—ロッキーリッジの暮らしと料理』W・アンダーソン編　谷口由美子訳　求龍堂

『ローラの思い出アルバム』W・アンダーソン編　谷口由美子訳　岩波書店

『ローラ・インガルス・ワイルダー伝—「大草原の小さな家」が生まれるまで』J・ミラー著　徳末愛子訳　リーベル出版

『大草原のローラ—90年間の輝く日々』W・アンダーソン著　谷口由美子訳　講談社

『大草原の小さな家—ローラの世界』C・S・コリンズ、C・W・エリクソン著　清水奈緒子訳　求龍堂

●キャロラインの物語シリーズ
《クワイナー一家の物語》

M・D・ウィルクス著(1〜4)、シーリア・ウィルキンズ著(5〜7)
土屋京子訳　福音館書店

●ローズの物語シリーズ
《新大草原の小さな家シリーズ》

R・L・マクブライド著　谷口由美子訳(1、3、5)、
こだまともこ、渡辺南都子訳(2、4、6)　講談社

●ローズ・ワイルダー・レインの著作と関連書

『大草原のバラ—ローラの娘ローズ・ワイルダー・レイン物語』W・アンダーソン文　谷口由美子構成・訳・文　東洋書林

『わかれ道』R・W・レイン著　谷口由美子訳　悠書館

『大草原物語』R・W・レイン著　谷口由美子訳　世界文化社

＊28A：(ad., *De Smet Leader*, Mar. 24, 1883).
＊29A：(quoted in Anderson, *Wilder in the West*, p. 17-19).
＊32A：("Town and Country," Oct. 6, 1883).
＊32B：Sherwood, *Beginnings of De Smet*, p. 31.
＊34A：(Harding, *I Recall Pioneer Days*, p. [26]). "Town and Country," *DSL*, Sept. 15, 1883; "Meeting of School Board," *DSL*, Sept. 22, 1883; "Laura's writing teacher," p. 4; "Vidocq SL Owen"; "Washington Death Index."
＊35A：("Town and Country," Oct. 6, 1883).
＊35B：(ibid., Nov. 15, 1884).
＊37A：(LIW to RWL, Aug. 17, 1938.) "Gilbert was Mail Boy," p.20.
＊38A：("Town and Country," *DSL*, Dec. 5, 1885). "Town and Country," *DSL*, Aug. 16, 1884, Jan. 10, Mar. 14, 21, 28, June 27, Dec. 5, 1885.
＊40A：Wilston, "Lunatic Fringe."
＊42A：("Town and Country," *DSL*, Apr. 12, 1884).
＊42B：("School Exhibition," *DSL*, Mar. 29, 1884).
＊42C：(LIW to RWL, Mar. 15, 1938).
＊42D：(LIW, "Prairie Girl" outline).
＊46A：("School Board Meeting," *DSL*, Apr. 19, 1884).
＊46B：Teacher's Contract, Apr. 22, 1884, Laura Ingalls Wilder Historic Home and Museum; Final Patent #3834.
＊47A：(*Bleak House*, p.68).
＊47B：(reprinted in Hines, *Little House in the Ozarks*, pp. 301-10). "Open Letter," *DSL*, Apr. 19, 1884.
＊48A：O'Leary and Goddard, *Gleanings from Our Past*, chap. 3.
＊49A：(O'Leary and Goddard, *Gleanings from Our Past*, chap. 3).
＊51A：(Cramer, "Alvin Hensdale Greene," p. [1]).
＊52A：("Town and Country," *DSL*, Oct. 20, 1883).
＊52B：(ibid., July 12, 1884). Ibid., May 5, 1884; Miller, *Little Town*, p. 32.
＊58A：(LIW to RWL, Apr. 10, [1939], Box 13, file 195, Lane Papers).
＊61A：Maher, "P.T. Barnum."
＊63A：(Miller, "Fourth of July," p.121).
＊63B："The Glorious Fourth," *DSL*, June 30, 1883; "Town and Country," *DSL*, June 7, July 6, 1885; "Program," *DSL*, July 4, 1885.
＊65A：("Town and Country," *DSL*, June 7, 1884).
＊65B：(ibid., July 6, 1884).
＊65C："The Glorious Fourth," *DSL*, June 30, 1883.
＊66A：(quoted in Anderson, *Little House Reader*, p. 24).
＊67A："Singing Schools"; "Town and Country," *DSL*, Feb. 16, Dec. 6, 1884.
＊68A：Cockrell, *Ingalls Wilder Family Songbook*, pp. xlii-xliii; Leslie and Randall, *The Conqueror*, pp. 24-25, 33.
＊72A：("Town and Country," Sept. 6, 1884).
＊73A：Garson, *Laura Ingalls Wilder Songbook*, p. 100; Cockrell, *Ingalls Wilder Family Songbook*, pp.250-53, 389.
＊74A：(LIW, "Prairie Girl" outline).
＊76A：("Town and Country," *DSL*, Aug. 20, 1884).
＊76B：(ibid., July 4, 1885).
＊77A：("Last Night's Storm," *DSL*, July 26, 1884).
＊77B：(quoted in Anderson, *Wilder in the West*, p. 20).
＊81A：("Town and Country," *DSL*, Sept. 15, 1883).
＊81B：(ibid., July 12, 1884).
＊81C：(ibid., Aug. 23, 1884).
＊81D：("The Schoolhouse Dedicated," ibid., Jan. 3, 1885).
＊81E："School Board Meeting," *DSL*, Aug. 18, 1883, Apr. 19, 1884; "Town and Country," *DSL*, Jan. 12, 1884.
＊82A：("Personalities," *DSL*, Apr. 14, 1883).
＊82B：("Town and Country," *DSL*, Aug. 2, 1884, Jan. 10, 1885).
＊82C：(quoted in Anderson, *Little House Reader*, p. 26).
＊82D：(Harding, *I Recall Pioneer Days*, p. [26]).
＊82E：Sherwood, *Beginnings of De Smet*, p. 15; "Town and Country," *DSL*, Feb. 21, 1885; "De Smet publisher retires, " Watertown Public Opinion, Mar. 25, 1977.
＊83A："Town and Country," *DSL*, Apr. 4, May 16, 1885; Cleaveland, "Ida B. Wright," pp. 83-84.
＊84A：("Town and Country").
＊85A：("Town and Country," *DSL*, Oct. 11, 1884).
＊85B：Ibid., Nov. 20, Dec. 27, 1884; Miller, *Laura Ingalls Wilder's Little Town*, p.139.
＊86A：("Town and Country," *DSL*, Nov. 20, 1884).
＊88A：("Town and Country," *DSL*, Dec. 27, 1884).
＊89A：(Kingsbury, *History of Dakota Territory*, 2：1512).
＊89B：(ibid., p. 1514).
＊90A："The Grim Tally," *Wessington Springs True Dakotan*, Jan. 12, 1988; Final Patent #3749, BLM-GLO Records; *Erwin*, p. 52; Laskin, *Children's Blizzard*, p.218.
＊91A：*Erwin*, p. 52.
＊93A：("School Board Meeting" *DSL*, July 12, 1884).
＊93B：Final Patent #3328, BLM-GLO Records; Teacher's Contract, Apr. 14, 1885, Laura Ingalls Wilder Historic Home and Museum.
＊96A：(p. 256).
＊96B：Final Patent #1239 and #4265, BLM-GLO Records.
＊100A：(RWL, *LHT*, p. 13).
＊100B：(ibid., p. 94). Miller, *Becoming*, p.85.
＊101A：Miller, *Becoming*, p. 73; Final Patent #10979.
＊105A：(RWL, *LHT*, p. 89-90).
＊106A：("Married," *DSL*, Aug. 29, 1885).
＊107A：("Woman's Suffrage," Feb. 14, 1885).
＊107B：("Town and Country," Mar. 14, 1885).
＊107C：Reed, *Woman Suffrage Movement*, pp. 12-13.
＊108A：Hill, *Laura Ingalls Wilder*, pp. 66-80; Miller, *Becoming*, pp. 71-90.
＊109A：*Thirty Poems*, p. 78.

日本語による関連書

《〝小さな家シリーズ〟の本》(()内の年号は原書の出版年)

Little House in the Big Woods　(1932 年)
『大きな森の小さな家』恩地三保子訳　福音館書店　1972 年
『大きな森の小さな家』こだまともこ、渡辺南都子訳　講談社　1982 年
『大きな森の小さな家』足沢良子訳　そうえん社　2005 年
『大きな森の小さな家 LITTLE HOUSE IN THE BIG WOODS』安野光雅　絵・訳　朝日出版社　2015 年
『森のプレゼント』安野光雅　絵・訳　朝日出版社　2015 年
『小さな家のローラ』安野光雅　絵・訳　朝日出版社　2017 年

Farmer Boy　(1933 年)
『農場の少年』恩地三保子訳　福音館書店　1973 年
『農場の少年』こだまともこ、渡辺南都子訳　講談社　1985 年
『農場の少年』足沢良子訳　そうえん社　2006 年

Little House on the Prairie　(1935 年)
『大草原の小さな家』恩地三保子訳　福音館書店　1972 年

＊ 59B：Poppen, *De Smet Yesterday and Today*, p.309.
＊ 60A：("Town and Country," *DSL*, Jan. 27, Feb. 17, Feb. 24, Mar. 10, 1883).
＊ 61A：(George B. Bartlett, *Mrs. Jarley's Far-Famed Collection of Wax-Works*, 1873, p. 1).
＊ 61B：("Town and Country," Mar. 14, 1885).
＊ 61C：(ibid., Mar. 21, 1885).
＊ 61D：Bloom, *Waxworks*, pp. 191-92; Bartlett, *Mrs. Jarley's Far-Famed Collection*, pp. 1-4; Fisher,"De Smet's Famous Wax Works," pp. 66-67. "Town and Country," *De Smet Leader*, Feb. 28, Mar. 7, 14, 21, 1885.
＊ 62A：Reynolds, *Mightier Than the Sword*, pp. 77-86; "History of Minstrelsy"; "Blackface Minstrelsy"; Spitzer, "The Lay of the Last Minstrels," pp. 12-13, 118.
＊ 63A："Harrigan, Edward," p. 447; Cockrell, *Ingalls Wilder Family Songbook*, pp. 154-59, 375.
＊ 64A：*Memorial and Biographical Record*, pp. 362, 365.
＊ 65A：("Town and Country," *DSL*, Dec. 1, 1883, Feb. 9, 1884).
＊ 65B：(ibid., Aug. 1, 1885).
＊ 66A：(Sherwood, *Beginnings of De Smet*, p. 33).
＊ 66B：*Memorial and Biographical Record*, pp. 341-42; "De Smet...Business Directory."
＊ 68A：("A Bachelor Community," *DSL*, June 23, 1883). "Story of the De Smet Schools," *De Smet News*, June 6, 1930; "Personalities," *DSL*, Apr. 14, 1883："Town and Country," *DSL*, Oct. 6, 27, 1883.
＊ 69A：("Meeting of the W.C.T.U.," *DSL*, Mar. 24, 1883).
＊ 69B：(ibid.). *Woman's Christian Temperance Union.*
＊ 70A："Visscher Vere Barnes."
＊ 71A："Illinois, Deaths."
＊ 72A：(Sherwood, *Beginnings of De Smet*, p. 31).
＊ 72B：(ibid., p.24).
＊ 73A：(Collins, "J.D.Salinger's Last Supper").
＊ 73B："New England Supper," *DSL*, Feb. 9, 1884.
＊ 74A：(Harding, *I Recall Pioneer Days*, p. [9]).
＊ 74B：Baldwin and Watts, "We've Got a Pig"; Abernethy, *Texas Toys*, p. 209; *Cassell's Household Guide*, pp. 163-64, 202-3.
＊ 79A：(LIW, "Prairie Girl" outline, Box 16, file 243, Lane Papers; LIW to RWL, Jan. 25, 1938).
＊ 79B：(LIW to RWL, Aug. 17, 1938). Hicks, "Searching for the Brewster School," pp. 71-72; Final Patent #3510, #5537, #9256, BLM-GLO Records.
＊ 80A："The New School Laws," *DSL*, Mar. 31, 1883; Levisee, *Annotated Revised Codes*, p. 604.
＊ 81A：(Levisee, *Annotated Revised Codes*, p. 558-59).
＊ 81B：(*Little House Sampler*, pp. 38-39).
＊ 81C：(LIW to RWL, Aug. 17, 1938).
＊ 81D：(ibid.).
＊ 81E：(LIW to RWL, Jan. 25, 26, Feb. 19, Aug. 17, 1938).
＊ 81F：D.T., *Session Laws*, 1862, 1864, 1879, 1883; Ludeman, "Studies in the History of Public Education," pp. 442-47; Records of Kingsbury County Superintendent of Schools, pp. 1, 114, 147; Teacher's Certificate, Dec. 10, 1883, Laura Ingalls Wilder Historic Home and Museum.
＊ 82A：(LIW to RWL, Aug. 17, 1938).
＊ 82B：(Levisee, *Annotated Revised Codes*, p. 558).
＊ 82C：(Levisee, *Annotated Revised Codes*, p. 558).
＊ 82D："School Exhibition," *DSL*, Mar. 29, 1884, and "Town and Country," *DSL*, Mar. 29, Apr. 12, 1884; Teacher's Certificate, Dec. 10, 1883.
＊ 83A：(*Little House Sampler*, p. 38).
＊ 83B：(LIW, "Prairie Girl" outline).
＊ 85A：(Levisee, *Annotated Revised Codes*, p. 574).
＊ 85B："Gilchrist Camera Family Tree"; "Town and Country," *DSL*, July 19, 1884.
＊ 86A：Hicks, "Searching for the Brewster School," pp. 73-74.
＊ 87A：(Final Certificate #5537).
＊ 87B：Final Certificate #5537 and #9256; "Gilchrist Camera Family Tree"; Hicks, "Searching for the Brewster School," pp. 71-73.
＊ 88A：(AJW to RWL, May 12, 1937, Box 13, file 193, Lane Papers).
＊ 91A：("Town and Country," *DSL*, Oct. 20, 1883.
＊ 91B：Barb Boustead, "These Happy Golden Years, Chapter 8"; "Weather Report," *DSL*, Feb. 2, 1884.
＊ 92A：Barb Boustead, "These Happy Golden Years, Chapter 8"; "Weather Report"; "Town and Country," Dec. 29, 1883.
＊ 94A：Maine Folklife Center, "Young Charlotte."
＊ 96A：RWL, "Home over Saturday," pp. 7, 53; Final Certificate #9256.
＊ 98A：(*Daily Huronite*, Apr. 1, 1887).
＊ 98B："Town and Country," *DSL*, July 17, 1884; Bouchie Case Records.

第9章　ダコタ・テリトリーにて
(1881年〜1888年)

＊ 1A：("Town and Country," *DSL*).
＊ 2A："Town and Country," *DSL*, Nov. 3, 1883, Mar. 15, 1884.
＊ 3A："Town and Country," *DSL*, Feb. 9, 23, Mar. 23, Apr. 19, 1884.
＊ 5A：("Town and Country," *DSL*, May 31, 1884).
＊ 6A：*See* Nelson, *Sunshine Always*, p. 9.
＊ 7A：Anderson, *Story of the Wilders*, pp. 4-6, Miller, *Becoming*, p. 72.
＊ 8A：(Wheeler, *Mother Goose Melodies*, p. 34).
＊ 9A：("Town and Country," Dec. 29, 1883).
＊ 11A：("Town and Country").
＊ 11B：(ibid., May 5, 1884).
＊ 11C：(RWL to LIW and LIW to RWL, [1938], Box 13, file 194, Lane Papers).
＊ 13A：(*Crumbling Idols*, p. 57). Gish, "Hamlin Garland's Dakota," pp. 198-200.
＊ 14A：("Town and Country," *DSL*, May 24, 1884).
＊ 14B：(ibid., Mar.28, 1885).
＊ 14C：*Ingalls Family of De Smet*, p. 40; "Washington, Deaths"; Terranna, "Mary Power," pp. 85-86.
＊ 15A："Town and Country," Mar. 3, 1883.
＊ 16A：(*Little House Sampler*, p. 129).
＊ 16B：(Case, "Let's Visit Mrs. Wilder," in *Little House Sampler*, p. 7).
＊ 16C：RWL, *LHT*, p. 16; Hill, *Laura Ingalls Wilder*, p. 96; Cheryl Tuttle to Hill, May 13, 2013.
＊ 17A：("Town and Country," *DSL*, Aug. 2, 1884).
＊ 17B：Records of the Kingsbury County Superintendent of Schools, p. 55.
＊ 18A：(LIW to RWL, Aug. 17, 1938).
＊ 18B："Alice Josephine Ingalls."
＊ 19A："200 Years."
＊ 21A：("Town and Country").
＊ 22A：("Town and Country").
＊ 22B：Cleavelad and Lyncenmayer, *Charles Ingalls*, p.3; Final Certificate #4956.
＊ 23A：("Town and Country," *DSL*, May 5, 1884).
＊ 26A：Cockrell, *Ingalls Wilder Family Songbook*, p. 170, 172, 377.
＊ 27A：(Lane, "Home over Saturday", p. 60).

and Community," p. 357; *Memorial and Biographical Record*, pp. 235-36.
＊ 39A：(*Lure of the Desert Land*, p. 18)
＊ 40A：(LIW to RWL, [Mar. 20, 1937], Box 13, file 193, Lane Papers).
＊ 40B：(pp. 158-60).
＊ 45A：(*History of Dakota Territory*, 2:1150).
＊ 46A：(LIW to RWL, Mar. 7, 1938).
＊ 48A：Sherwood, *Beginnings of De Smet*, p. [40].
＊ 49A：Miller, "Place and Community," p. 357.
＊ 51A：(*BCP*, Apr. 7, 1881).
＊ 51B：("Home and Other News," *BCP*, Jan. 20, 1881).
＊ 52A：("Territorial News," *Moody County Enterprise*, Dec. 16, 1880). "Pronghorn"; Higgins, *Wild Mammals*, pp. 237-40.
＊ 53A：("Home and Other News," *BCP*, Mar. 31, 1881). Ode, Dakota Flora, p. 116.
＊ 56A：("Home and Other News," May. 5, 1881).
＊ 56B："Home and Other News," *BCP*, Apr. 28, May. 5, 1881.
＊ 58A：([George Bye]to RWL, ca. June 3, 1940, Brown Papers).
＊ 58B：(RWL to Bye, June 5, 1940, ibid.).
＊ 58C：(LIW to Bye, May 7, 1940, ibid.).

第8章　ダコタ・テリトリーにて（1880年～1885年）

＊ 1A：("Home and Other News," *BCP*, June 9, 1881).
＊ 1B：(ibid. June 16).
＊ 1C："Dakota Beats Them All," *Huron Tribune*, Aug. 11, 1881.
＊ 2A：("Home and Other News").
＊ 2B：("The Indian agent," Aug. 25, 1880).
＊ 2C：("Home and Other News," *BCP*, June 24, 1880).
＊ 2D：Pope, *Sitting Bull*, pp. 4-5.
＊ 3A：(*Pierre Signal*, Dec. 8, 1880).
＊ 3B：Wade, "Small-town Surivival," pp. 319, 322; *Fort Pierre Signal*, July 28, Aug. 11, Sept. 1, 1880 *Pierre Signal*, Nov. 24, 1880.
＊ 4A：Bushnell, *Burials*, pp. 19-21, 23-25; Sanders, "Trail of the Ancient Sioux," pp. 384-85; "Dakota in the Fifties," p. 144.
＊ 5A：Holm, "Warriors and Warfare," pp. 666-68; Hassrick, *Sioux*, pp. 32-33, 80, 82-83; Sturtevant, *Handbook of North American Indians*, 2：781-82, 797.
＊ 6A：("Home and Other News," May 6, 1880).
＊ 8A：(local news, *Pierre Signal*, Aug. 25, 1880).
＊ 8B："Town and Country," *DSL*, Mar. 22, 1884; Sherwood, *Beginnings of De Smet*, p. 15; Final Certificate #2708.
＊ 9A：Final Patent #2572, 2708, #3834, BLM-GLO Records.
＊ 12A：Johnsgard, *Birds of the Great Plains*, pp. 426-27; "Western Meadowlark."
＊ 13A：Higgins, *Wild Mammals*, pp.78-82, 85-87; West, "Dakota Fairy Tales," pp. 140-41; Rogers, "Almost Scandinavia," pp. 328-29.
＊ 14A：Keisow, *Field Guide to Amphibians*, pp. 130-35.
＊ 15A：Lott, *American Bison*, pp. 66-67; Barkley, *Flora of the Great Plains*, pp. 261-62; Larson and Johnson, *Plants of the Black Hills*, pp. 366-67.
＊ 16A：(p.18).
＊ 18A：Larson and Johnson, *Plants of the Black Hills*, pp. 544; Johnson and Larson, *Grassland Plants*, p. 262.
＊ 20A：(Toole, "Domesticating Our Native Wild Flowers," p. 92).
＊ 20B：(LIW to RWL, Feb. 5, 1937, Box 13, file 193, Lane Papers).
＊ 20C：Barkley, *Flora of the Great Plains*, pp. 954-55, 1262-63; Johnson and Larson, *Grassland Plants*, p. 220; Larson and Johnson, *Plants of the Black Hills*, pp. 206, 312-13.
＊ 21A：Howard, "Buchloe dactyloides."
＊ 22A：("From Spirit Lake," July 19, 1884).
＊ 22B："Porcupine Grass"; "*Hesperostipa spartea.*"
＊ 23A：("Town and Country," *DSL*, Mar. 17, 1883). "Home and Other News," *BCP*, Mar. 18, 1880.
＊ 24A：(LIW to RWL, [1937], Box 13, file 193, Lane Papers).
＊ 25A：(LIW to RWL, [1937]).
＊ 26A：(LIW to RWL, [1937]).
＊ 27A：(Lauck, "Anti-Catholicism," pp. 8-9).
＊ 27B：(quoted in Koupal, "Marietta Bones," pp. 71-72).
＊ 28A：(Orchiston, "C/1881 K1," p. 36).
＊ 28B：("Home and Other News," *BCP*, June 30, 1881).
＊ 28C：(ibid. Aug. 18, 1881).
＊ 28D：(Orchiston, "Forgotten 'Great Comet,'" p. 40).
＊ 28E：Orchiston, "C/1881 K1," p. 33, 41-42.
＊ 30A：("Town and Country," May 5, 1883).
＊ 31A：Tallman et al., *Birds of South Dakota*, pp. 394, 397; "Common Grackle"; "Yellow-headed Blackbird"; "Red-winged Blackbird."
＊ 34A：("The Blind," *DSL*, Feb. 17, 1883).
＊ 34B：(copy of certification dated Oct. 3, Dakota Territorial Records, roll 74).
＊ 34C：("Town and Country," July 14, 1883).
＊ 34D："Education：Iowa Braille School"; O'Leary and Goddard, *Gleanings from Our Past*, chap. 3; Commissioners' Record, p. 46; Dakota Territorial Records, roll 74; Mary Ingalls Diploma, Laura Ingalls Wilder Historic Home and Museum.
＊ 35A：(LIW to RWL, [1937]).
＊ 36A：Harding, *I Recall Pioneer Days*, p. [8]; "Wedding Bells," *DSL*, May 5, 1883.
＊ 39A：(quoted in Anderson, *Wilder in the West*, p. 9).
＊ 39B：(ibid., p. 15).
＊ 39C：(quoted in ibid., p. 17).
＊ 39D：Rose Wilder Lane, *Free Land*, p. 4. Final Patent #1490, #1505, #2263, BLM-GLO Records; Anderson, *Wilder in the West*, pp. 2-4, 8-10, 14-15.
＊ 40A：("Town and Country," *DSL*, Aug. 2, 1884). "Cattle：Jersey."
＊ 41A：(LIW to RWL, [late 1937 or early 1938]).
＊ 41B：(LIW to RWL, Feb. 19, 1938, Box 13, file 194, Lane Papers).
＊ 41C：(LIW to RWL, Jan. 26, [1938]).
＊ 42A：Cleaveland, "Ida B. Wright," p. 83.
＊ 43A：Terranna, "Mary Power," p. 85.
＊ 44A：(LIW to RWL, Mar. 15, 1938, Box 13, file 194, Lane Papers).
＊ 45A：Final Patent #4592, BLM-GLO Records.
＊ 47A：(LIW to [RWL], on letter from Helen Stratte to LIW, Dec. 17, 1937, Box 13, file 193, Lane Papers).
＊ 47B：(Harding, *I Recall Pioneer Days*, p. [23]). Neumann, "Ingalls Girls' Dresses," p. 1.
＊ 48A：(Cramer "Alvin Hensdale Greene," p. [2]).
＊ 48B：(ibid., p.[1-2]). Anderson, *Wilder in the West*, p. 17.
＊ 49A：Digest of School Records, Laura Ingalls Wilder Memorial Society.
＊ 53A：("Town and Country," Mar. 31, 1883).
＊ 53B：(quoted in Anderson, *Wilder in the West*, p. 17).
＊ 53C："California Biographical Index"; "California Death Index"; Anderson, *Wilder in the West*, pp. 17, 24, 26-33; *Ingalls Family of De Smet*, p. 11.
＊ 55A：("Town and Country," *DSL*, May. 5, 1883).
＊ 58A：("Town and Country," Jan. 27, 1883).
＊ 58B：(ibid., Mar. 24, 1883).
＊ 59A：(Sherwood, *Beginnings of De Smet*, p.18).

* 90C: (C.[P]. I., "From Kingsbury County," Feb. 12, 1880).
* 90D: Hart and Ziegler, *Landscapes*, p. 193.
* 90E: Hoover and Bruguier, *Yankton Sioux*, pp. 28-31; Schell, *History of South Dakota*, pp. 158-60; "Home and Other News," *BCP*, Sept. 25, Oct. 8, Nov. 13, 1879, Feb. 5, Apr. 1, May 6, June 3, 1880.
* 91A: (LIW to RWL, Aug. 17, 1938).
* 92A: LIW to RWL, Feb. 15, 1938.
* 92B: *See Little House Sampler*, p. 30.
* 93A: (Tallman, et al., *Birds of South Dakota*, pp. v, vii).
* 94A: Miller, "Place and Community," pp. 358-59.
* 95A: (*Beginnings of De Smet*, p. 18).
* 95B: ("Settlement of De Smet," p.[3]).
* 95C: ("Home and Other News," *BCP*, Mar. 11, 1880).
* 96A: (LIW to RWL, Aug. 17, 1938).
* 96B: ("New Experiences," *BCP*, Sept. 30, 1880).
* 96C: ("Home and Other News," *BCP*, Oct. 8, 1879).
* 96D: "Settlement of De Smet," p.[3].
* 97A: Cockrell, *Ingalls Wilder Family Songbook*, p. 359; "Captain Jinks."
* 99A: ("Settlement of De Smet," p.[4]).
* 99B: "Home and Other News," *BCP*, Mar. 11, Apr. 15, June 17, Aug.5, 1880; Sherwood, *Beginnings of De Smet*, pp. 18, 30.
* 100A: ("County Was Organized," *De Smet News*, June 6, 1930).
* 100B: "Home and Other News," *BCP*, Dec. 25, 1879; *Memorial and Biographical Record*, p. 1024; WPA, *South Dakota Place Names*, pp.24-25.
* 101A: "De Smet Pioneer Church"; Ehrensperger, *History of the United Church of Christ*, p. 115; Miller, *Becoming*, p.62; *Congregational Year-book, 1896*, p.20; "A Pastor's Farewell," *De Smet Leader*, Aug. 9, 1884.
* 102A: "John Brown [abolitionist]."
* 103A: ("De Smet's Pioneer Church").
* 103B: Robinson, *History of South Dakota*, 1:571; "Vermont Death Records."
* 104A: ("Home and Other News," *BCP*, Feb. 26, 1880).
* 104B: (ibid., Apr. 8, 1880).
* 106A: ("Home and Other News," June 23, 1881).
* 106B: (Rose Wilder Lane, *Free Land*, p.89-99).
* 106C: "District Court," *BCP*, June23, 1881, and "County Business," *BCP*, July 14, 1881.
* 108A: (LIW to RWL, Aug. 17, 1938).
* 110A: (pp. 59-60).
* 110B: ("Town and Country").
* 110C: Silber and Robinson, *Songs of the Great American West*, pp. 212, 220; Waltz and Engle, *Traditional Ballad Index*.
* 111A: *See* Ingalls, "Settlement of De Smet," p. [3].
* 111B: (LIW to RWL, Aug 17, 1938.)
* 111C: Miller, "Place and Community," p. 257.
* 112A: (Ode, *Dakota Flora*, p. 166).
* 112B: Ode, *Dakota Flora*, p. 166-71; "Big Bluestem."
* 113A: (Handy-Marchello, *Women of the Northern Plains*, pp. 57-58).
* 113B: (Riley, "Farm Women's Roles," p. 92).
* 114A: (LIW to RWL, Aug. 17, 1938).

第7章　ダコタ・テリトリーにて (1880年～1881年)

* 1A: (news item, Oct. 21, 1880).
* 1B: Ibid.,; "Home and Other News," *BCP*, Sept. 2, 9, 1880.
* 3A: "The Blizzard," *BCP*, Oct. 21, 1880; "The Storm West of Us" and related items, *Moody County Enterprise*, Oct. 21, 1880; Kingsbury, *History of Dakota Territory*, 2:1148-50.
* 4A: (Kingsbury, *History of Dakota Territory*, 2:1148).
* 4B: ("Storm West of Us").
* 4C: "Home and Other News," Oct. 21, 1880, "Stress Caused Many Cattle Deaths," *Missoulian*, Nov. 8, 2013; "SD Vet Updates Blizzard Death Totals," *Agweek*, Nov. 11, 2013.
* 6A: ("Home and Other News," *BCP*, Nov. 18, 1880).
* 6B: (ibid.,Oct. 21, 1880).
* 6C: Kingsbury, *History of Dakota Territory*, 2:1148-49; "Home and Other News," *BCP*, Oct. 28, 1880.
* 7A: (front page item, Jan. 17, 1878).
* 7B: (ibid., Apr. 4, 1878).
* 7C: (Kingsbury, *History of Dakota Territory*, 2:1148).
* 7D: ("'Wild Men' and Dissenting Voices," p.111).
* 8A: ("Ingalls Was First Resident De Smet," *De Smet News*, June 6, 1930).
* 8B: (Records of Kingsbury County Superintendent of Schools, p. 6).
* 8C: Sherwood, *Beginnings of De Smet*, pp. 39-[40]; "County Was Organized"; "Pa's Century-Old Justice of the Peace Work," p. 7; "Election Returns," DSL, Mar. 8, 1884, Mar. 7, 1885.
* 9A: "Arthur Masters Born," *De Smet News*, June 6, 1930.
* 10A: (LIW to RWL, Mar. 7, 1938, Box 13, file 194, Lane Papers).
* 10B: (ibid.).
* 11A:(Fugate, "Grandma Garland," p. 90). Sherwood, *Beginnings of De Smet*, p. 30.
* 12A: Fugate, "Grandma Garland," p. 90; "South Dakota Death Index."
* 13A: Fugate, "Grandma Garland," p. 90-91; "Terible Accident," *Lake Preston Times*, Nov. 6, 1891; "Oscar Edmund Eddy Cap Garland"; "Oscar Edmund Garland."
* 14A: ("History of the De Smet Schools," *De Smet News*, June 6, 1930).
* 14B: (LIW, *LHT*, p. 310).
* 15A: *See* Kingsbury, *History of Dakota Territory*, 2:1512-14; Laskin, *Children's Blizzard*, pp. 161-66, 239.
* 18A: "Arthur Masters Born"; "South Dakota Births."
* 19A: (Kingsbury, *History of Dakota Territory*, 2:1149).
* 20A: (Sherwood, *Beginnings of De Smet*, pp. [40]).
* 20B: "Home and Other News," May 5, 1881.
* 26A: ("D.H. Loftus Obituary").
* 26B: "Loftus Obituary"; "South Dakota Death Index"; "Home and Other News," *BCP*, Mar. 11, 1880.
* 27A: (*History of Dakota Territory*, 2:1149).
* 27B: ("Home and Other News," Dec. 16, 1880).
* 28A: (Kingsbury, *History of Dakota Territory*, 2:1150).
* 30A: (Henry Hupefeld *Encyclopedia of Wit and Wisdom*, p. 655).
* 31A: "Home and Other News," *BCP*, Dec. 9; Local News, Moody County Enterprise, Dec. 9, 16, 1880.
* 32A: Advertisements, *BCP*, Jan. 8, 29, Feb. 19, Apr. 15, July 1, 1880.
* 34A: (LIW to RWL, Mar. 7, 1938).
* 36A: Sherwood, *Beginnings of De Smet*, p. 7; Final Patent #200, "400, #1490, #1505, #2263, #10979, BLM-GLO Records; Anderson, *Laura Ingalls Wilder Country*, p. 66;"Minnesota, Marriages Index"; Wilder Brothers letterhead, Laura Ingalls Wilder Memorial Society.
* 37A: ("Home and Other News," Apr. 15, 1880).
* 37B: Sherwood, *Beginnings of De Smet*, p. 18; "New York, Passenger and Immigration Lists"; "Fuller's Son Reports," p. 5.
* 38A: "Home and Other News," *BCP*, June 17, 1880; Miller, "Place

Brookings"; Schell, *History of South Dakota*, p. 161-62.
＊5A：（原文 172 ページ参照）訳書 196 ページ
＊5B：("Notes on Classification," p, 159).
＊8A：Baldwin and Baldwin, *Nebraskana*, p.534.
＊9A：(LIW to RWL, [1937 or 1938]).
＊11A：(McHugh, *Time of the Buffalo*, p.49).
＊11B：(Calloway, *One Vast Winter Count*, pp. 311-12).
＊11C：("Dakota Items," *Dakota Pantagraph*, June 18, 1879). Higgins, *Wild Mammals*. pp. 241-43; Lott, *American Bison*, pp. 9, 66-67, 88; Dary, *Buffalo Book*, pp. 40-41, 180-81.
＊12A：Rose Wilder Lane, *Free Land*, p.130.
＊12B：*See* Campbell, "'Wild Men" and Dissenting Voices," pp.111-22.
＊16A：Schell, *History of South Dakota*, pp. 4-5; Gries, *Roadside Geology*, pp. 12-13, 20, 42-43; Johnsgard, *Wings over the Great Plains*, pp. 9-18.
＊18A：(LIW to RWL, [1938]).
＊19A：(LIW to RWL, n.d., [1937 or 1938]).
＊20A：(LIW to RWL, Jan. 25, 1938, Box 13, file 194, Lane Papers).
＊22A：("Extensive Ditching," *De Smet News*, Aug. 24, 1923).
＊22B："Silver Lake again!" p. 1; U.S. Fish & Wildlife Service, "Special Places to Visit."
＊24A：Ode, *Dakota Flora*, pp. 26-27; Hunt, *Brevet's South Dakota Historical Markers*, p. 87.
＊25A：("I remember Silver Lake," p. 3).
＊25B：U.S. Fish & Wildlife Service, "Special Places to Visit,"; Holden, *Dakota Visions*, p. 63; Johnson, "Decade of Drought," p. 228.
＊26A：Ode, *Dakota Flora*, pp.155-56, 175-77.
＊27A：(*LHT*, p.311). Rothaus, *Survey of Mortuary Features*, pp. 17, 77; WPA, *South Dakota Place Names*, p. 388.
＊28A：*See* individual species accounts in Tallman et al., *Birds of South Dakota*, Peterson, *Peterson Field Guide*.
＊29A：(LIW to Longfellow School, June 6, 1943, Detoit Public Library).
＊30A：(LIW to RWL, Feb. 5, 1937).
＊30B：Cockrell, *Ingalls Wilder Family Songbook*, pp. 356, 360, 388; "Adventurous Story of Poor 'Mary of the Wild Moor'" ; "Miss McLeord's Reel,"; "Birds in a Gilded Cage"; "Septimus Winner."
＊31A：(LIW to RWL, Aug. 17, 1938, Box 13, file 194, Lane Papers).
＊33A：("Horses Stolen," *BCP*, June 19, 1879).
＊33B：("Horse Thieves," *Huron Tribune*, July 7, 1881).
＊33C：(Peterson, *Historical Atlas of South Dakota*, p. 193).
＊33D：(Reese, *South Dakota Guide*, pp. 250-51).
＊35A：(LIW to RWL, Jan. 25, 1938, Box 13, file 194, Lane Papers).
＊37A：(news item, *Currie Pioneer*, June 19, 1879).
＊37B：("Home and Other News," *BCP*, Nov. 27, 1879).
＊42A：(LIW to RWL, [late 1937 or early 1938], Box 13, file 193, Lane Papers).
＊42B：(LIW to RWL, Jan. 25, 1938).
＊45A：Lane Diary, #25, May-Aug. 1930, Lane Papers：LIW to RWL, Feb. 5, 1937, Box 13, file 193, ibid.
＊48A：(LIW to RWL, Jan. 26, [1938], Box 13, file 194, Lane Papers).
＊48B：(Rose Wilder Lane, *Free Land*, pp.133-34).
＊51A：Hufstetler and Bedeau, "South Dakota's Railroads," pp. 79, 96.
＊52A：(LIW to RWL, Feb. 5, 1937).
＊53A：(LIW to RWL, Feb. 5, 1937).
＊54A：(LIW to RWL, Feb. 5, 1937).
＊54B：(p. 108).
＊54C：(LIW to RWL, Jan. 25, 1938).
＊54D：(ibid. Jan, 26, [1938]).
＊55A：(LIW to RWL, [1937 or 1938]).
＊57A：("Hatch Act of 1887").
＊57B："Chart：Wisconsin's ever-more-efficient milk indusry."
＊60A："American White Pelican"：Peterson, *Peterson Field Guide*, p.78.
＊61A：(fragment, *Kingsbury County News*, Apr. 1880, in Sherwood, *Beginnings of De Smet*, pp. [4], 38). "Thomas Lewis Quiner."
＊63A：*Ingalls Family of De Smet*, pp. 36-37.
＊64A：(LIW to RWL, Jan. 26, [1938]).
＊65A："Home and Other News," *BCP*, Dec. 25, 1879; Peterson, *Historical Atlas*, pp. 198-99.
＊66A：LIW to RWL, Jan. 26, [1938].
＊66B：RWL to LIW, Jan. 21, 1938, Box 13, file 194, Lane Papers.
＊67A：LIW to RWL, [1938].
＊67B：("Settlement of De Smet" p. [4]).
＊67C：(LIW to Sherwood, Nov. 18, 1939).
＊67D：Homestead Entry File #2708, pp. 13-14, 16-17：LIW to RWL, [1938].
＊68A："The Towns," *BCP*, Oct. 8, 1879; WPA, *South Dakota Place Names*, p. 59; Thrapp, *Encyclopedia of Frontier Biography*, 1：396-97.
＊70A：("Settlement of De Smet," p. [1]).
＊70B：Anderson to Koupal, Apr. 24, 2014.
＊72A："Home and Other News," *BCP*, Jan. 8, 1880; "History of TB"; "Tuberculosis"; Tulloch, *History of the Tuberculosis*."
＊73A：("Settlement of De Smet" p. [2]).
＊74A：Higgins et al.：*Wild Mammals of South Dakota*, pp. 164-66.
＊75A：Higgins et al.：*Wild Mammals of South Dakota*, pp. 63-64.
＊76A：("Gray Wolf").
＊76B：Laumeyer to Hill, Dec. 28, 2012; U.S. Fish & Wildlife, "Gray Wolf" and "Gray Wolf-Western Great Lakes Region"; Hall, *Mammals of North America*. 2：931-32; Chapman and Feldhamer, *Wild Mammals of North America*, p. 460.
＊77A：Higgins et al.：*Wild Mammals of South Dakota*, pp. 173-78.
＊78A：("Home and Other News," *BCP*, May 13, 1880).
＊78B：(Brandt Revised, p.81).
＊79A："Sweet Hour of Prayer"; Sanderson, *Christian Hymns*, pp. 36, 41, 154; Bliss, *Charm*, hymn no.14; Cockrell, *Ingalls Wilder Family Songbook*, p.385.
＊80A：*Ingalls Family of De Smet*, pp. 36-37.
＊81A：("Settlement of De Smet" p. [2]).
＊81B：("Home and Other News," Oct. 22, 1879).
＊83A：(Hedren, "The West Loved Oysters, Too," pp. 4, 6-7).
＊83B：(ibid., p. 14).
＊83C：(*Memorial and Biographical Record*, p. 1024).
＊85A：(Cockrell, *Ingalls Wilder Family Songbook*, p. 398).
＊86A：(LIW to RWL, Aug. 17, 1938).
＊87A：(LIW to RWL, Feb. 15, 1938, Box 13, file 194, Lane Papers).
＊87B：("Swindling at the Agencies," Aug. 15, 1878).
＊87C：(*Annual Report of the Commissioner of Indian Affairs...1878*, pp. 33-34).
＊87D：*Annual Report...1879*, p. 29; "Fort Berthold Indian Agency."
＊88A："De Smet's Pioneer Church," *De Smet News*, June 8, 1950; Robinson, *History of South Dakota*, 1：571; American Home Missionary Society, *Fifty-seventh Report*, p. 89.
＊89A：*Memorial and Biographical Record*, p. 1024; "De Smet's Pioneer Church."
＊90A：(*Fifty-seventh Report*, p. 90).
＊90B：("Home and Other News," May 29, 1879).

第4章 アイオワ州にて
(1876年～1877年)

＊1A：(quoted in Alexander, *History of Winneshiek*, p.301).
＊2A：("Burr Oak Items," *Decorah Iowa Republican*, Apr. 13, June 8, 1877).
＊4A：(*Becoming*, p.37).
＊8A：*See* Reed and Willford, "Genealogy and History."
＊8B：(LIW, *Little House Sampler*, p.27).
＊11A：("State News," Nov. 17, Dec. 15, 1876).
＊11B：(LIW to RWL, [1937], Box 13, file 193, Lane Papers).
＊11C：(Allexan et al., "Blindness in Walnut Grove," p.2).
＊14A：LIW, *Little House Sampler*, p.27; "Burr Oak," *Decorah Iowa Republican*, Sept. 29, 1876.
＊15A：(LIW to RWL, Mar. 23, 1937, Box 13, file 193, Lane Papers).
＊16A："Burr Oak Items," *Decorah Iowa Republican*, Mar. 9, Apr. 20, 1877.
＊19A：(*Little House Sampler*).
＊20A：(*Little House Sampler*, p.27).
＊22A：(*Little House Sampler*, p.27).
＊22B：("Burr Oak Items," June 18, 1877).
＊24A：("Burr Oak Items").
＊25A：(Thurman, *Ingalls-Wilder Homesites*, p.21).
＊26A：U.S. Forest Service, *Celebrating Wildflowers*.
＊27A：(Alexander, *History of Winneshiek*, p.301).
＊27B：(*Little House Sampler*, p.28).
＊28A：(quoted in Anderson, *Little House Reader*, pp. 25, 27).
＊28B：*Ingall Family of De Smet*, pp. 26-27.
＊29A：LIW, *Little House Sampler*, p. 28; "Burr Oak Township."
＊31A：(*Little House Sampler*, p.28).
＊31B：(*Laura*, p.122).
＊32A：(*Decorah Iowa Republican*, Aug. 31, 1877).
＊35A：Cockrell, *Ingalls Wilder Family Songbook*, pp. 370, 372, 380, 393; "John Brown's Body."
＊39A：Cockrell, *Ingalls Wilder Family Songbook*, pp. 390-91, 400.
＊40A："Burr Oak Notes," *Decorah Iowa Republican*, Aug. 3, 1877.

第5章 ミネソタ州にて
(1877年～1879年)

＊1A：Congregational Papers, Box5, vol. 10, p.4.
＊2A：("Local News," Apr. 11, 1878).
＊4A：Congregational Papers, pp. 18, 161, 169.
＊5A："Rev. Leonard H. Moses."; "Leonard Hathaway Rev. Moses."
＊9A：Cleaveland and Lisenmayer, *Charles Ingalls*, p.9; "The bill, providing for the relief of," *RG*, May 30, 1878.
＊10A：("Walnut Station Letter and Items," *RG*, Nov.28, 1878).
＊10B：(*Little House Sampler*, p.179).
＊11A：("Walnut Station Items," *RG*, Apr. 17, 1879).
＊14A：Anderson to Koupal, Feb. 2014.
＊15A："Genevieve Masters Renwick"; "Town and Country," *De Smet Leader*, Apr. 11, July 11, Sept. 19, 1885.
＊16A：Brandt, "Children's Games"; Rice, "Traditional Games."
＊19A：("Walnut Station Items," *RG*, June 12, 1879).
＊19B：(ibid., June 19).
＊19C：("Walnut Station Items," *RG*, Jan. 30, 1879).
＊22A：("Walnut Station Items," *RG*, Jan. 23, 1879).
＊23A：("Walnut Grove Items").
＊25A：Mott, *History of American Magazines*, pp. 356-63; "The *New York Ledger*."
＊26A：Neill, *History of the Minnesota Valley*, p.782; "Local News," *RG*, Jan. 24, Feb. 14, 1878; "Walnut Station Items," *RG*, Oct. 30, 1879.
＊29A：" Hattie T. Griswold," p. 425.
＊30A："Gleanings," *RG*, Nov. 28, 1878; news items, *Currie Pioneer*, Oct. 24, 1878.
＊32A：("Walnut Station Items," *RG*, Dec. 5, 1878).
＊32B：(ibid., Apr. 17, 1879).
＊33A：Curtiss-Wedge, *History of Redwood County*, p.553.
＊35A：Curtiss-Wedge, *History of Redwood County*, p.553; "Lamberton," *RG*, Oct. 21, 1875; "Walnut Grove Items," *Currie Pioneer*, Mar. 20, 1879.
＊38A：("Object, Martimony," P. 5).
＊41A：("Walnut Grove Items," July 10, 1879).
＊47A：("Local News," *RG*, Apr. 11, 1878). *See also Currie Pioneer*, Apr. 18, 1878.
＊56A：(Turnbull, *Good Templars*, p. 5).
＊56B："Walnut Station Items" and " Gleanings," *RG*, Dec. 5, 1878; "Walnut Grove Items," *Currie Pioneer*, Feb. 6, 1879.
＊58A：("Walnut Station Items," Dec. 26, 1878).
＊59A：(ibid.).
＊60A：(ibid.).
＊63A："M.E. Appointments," *Currie Pioneer*, Feb. 7, 1878.
＊65A：*See* Hale, *Sunday-School Stories*, pp. 1, 99.
＊68A：Shutter, *History of Minneapolis*, p. 302; "Walnut Station Items," *RG*, Jan. 23, Mar. 13, 1879.
＊69A：("Walnut Station Items," *RG*, Jan. 23, Mar. 13, 1879).
＊69B：Neill, *History of the Minnesota Valley*, p. 782.
＊76A：("Delinquent Tax List," July 13, 1876).
＊76B：("Walnut Station Items," Oct. 30, 1879).
＊80A：(LIW to RWL, Jan. 25, 1938, Box 13, file 194, Lane Papers).
＊81A：("Walnut Station Items, " *RG*, June 26, 1879).
＊81B：(ibid., July 31, 1879).
＊81C：(LIW to RWL, Mar. 23, 1937, Box 13, file 193, Lane Papers).
＊82A：(LIW to RWL, Mar. 23, 1937).
＊82B：(Alexan et al., "Blindness in Walnut Grove," p. 2).
＊82C：(RWL to LIW, Dec. 19, 1937, Box 13, file 193, Lane Papers).
＊83A：(LIW to RWL, [Dec. 1937], Box13, file 193, Lane Papers).
＊85A：*Encylopedia of Chicago*, s.v. "Chicago & North Western Railway Co."; Schell, *History of South Dakota*, p. 161; news items, *RG*, Feb. 13, May 8, 1879; *Currie Pioneer*, Apr. 10, 1879; *Brookings County Press*, Mar. 3, Dec. 11, 1879.
＊86A：(Rose, *Illustrated History of Lyon County*, p. 163).
＊88A：("Settlement of De Smet," p. [1]).
＊90A：(RWL to LIW, Jan. 21, 1938, Box 13, file 194, Lane Papers).
＊93A："Settlement of De Smet, " p.[1]; LIW to RWL, [1937oe 1938], Box 13, file 193, Lane Papers.
＊94A：("Walnut Station Items," Sept. 11, 1879).
＊95A：(*Little House Sampler*, p. 179).
＊98A：Rose, *Illustrated History of Lyon County*, p. 162; "Tracy Tracings," Mar. 27, May 22, 1879, and "Tracy Notes," Aug. 28, 1879, *Currie Pioneer*.

第6章 ダコタ・テリトリーにて
(1879年～1880年)

＊1A：(LIW to RWL, [1938], Box 13, file 194, Lane Papers).
＊3A：(LIW to Aubrey Sherwood, 18 Nov. 1939, Laura Ingalls Wilder Memorial Society). LIW to RWL, [1937 or 1938], Box 13, file 193, Lane Papers; *History of Southeastern Dakota*, p.138 ; "History of

1925, Lane Papers).
* 59A：“Obit of Mrs. Charles...Carpenter”; "List of real-life characters."
* 60A：Thurman, *Ingalls-Wilder Homesites*, p.3.
* 68A：(Cockrell, *Ingalls Wilder Family Songbook,* p.346).
* 69A：(RWL to LIW, Feb. 16, 1931).
* 71A：(reprinted in Hines, *Little House in the Ozarks*, pp. 297-98).
* 76A：Cockrell, *Ingalls Wilder Family Songbook*, p. 366.
* 79A：Zochert, *Laura*, p. 63; Miller, *Becoming*, p. 27.
* 88A：Townsend, *Aesop's Fables*.
* 90A：Miller, *Becoming*, p. 30.
* 93A：Ferguson, "Brief History."
* 95A：Alcott, *Little Women*, pp. 202-3; Smith, "Scarlet fever"; Nettleman, "Aetiology"; Allexan, et al., "Blindess in Walnut Grove," pp. 1-3.
* 97A：*Minnesota Place Names*; "Local History Items."

第3章　ミネソタ州にて
(1874年～1876年)

* 2A：(LIW to RWL, July 3, [1936], File 19, Wilder Papers).
* 5A：(Bergen, *Animal and Plant Lore*, p. 72).
* 13A：(Miller, *Becoming*, p.31).
* 13B：(quoted in Karolevitz, *Challenge*, p.64).
* 13C：Minnesota Historical Society, *U.S.-Dakota War*; Friendley, "Charles E. Flandrau." pp.116-17.
* 14A：(Cash Entry File, Final Certificate #7410).
* 14B：Cash Entry File, Final Certificate #7410; Redwood County, Deed Record Book, no.5; Cleaveland and Linsenmayer, *Charles Ingalls*, p.2.
* 15A：(Curtiss-Wedge, *History of Redwood County*. pp. 2, 358).
* 15B：(ibid., p.359).
* 15C：(LIW to RWL, July 3 [1936]).
* 16A：(LIW to RWL, [summer, 1936], File 19, Wilder Papers).
* 16B：(ibid.).
* 16C：(RWL to LIW, [summer 1936], ibid.). Greiner, "Dugout"; Giezentanner, "In Dugouts and Sod Houses," pp. 140, 143.
* 18A：(LIW to RWL, [summer 1936]).
* 23A：(LIW to RWL, Aug. 6, 1936, File 19, Wilder Papers).
* 24A：(LIW to RWL, [summer 1936]).
* 27A：(LIW to RWL, July 3, [1936]).
* 28A：Handwerk, "Ball Lightning."
* 32A：Howe, *Half Century*, pp. 3-4; Neill, *History of Minnesota Valley*, pp. 781-82.
* 33A：(LIW to RWL, [summer 1936], File 19, Wilder Papers).
* 33B：(ibid.).
* 34A：(F. Ensign to the Editor, *RG*, Dec. 31, 1874).
* 34B：Congregational Conference of Minnesota Papers, Box 5, vol. 10, pp. 16, 125, 141, 143(hereafter cited as Congregational Papers).
* 35A：Zochert, *Laura*, pp. 74, 83; Calloway, *Indian History*, p. 110; "Historical Note"; Miller, *Becoming*, p. 34.
* 36A：(Congregational Papers, p. 17).
* 36B："Lamberton" and "The Election," *RG*, Oct. 21, Nov. 4, 1875.
* 37A：(Boston：John L. Shorey, 1874).
* 38A："Walnut Station Items," *RG*, Jan.2, 1879.
* 38B：Ensign to the Editor, *RG*, Dec. 3, 1874.
* 39A：(Congregational Papers, pp. 135, 144).
* 40A：(LIW to RWL, [summer 1936]).
* 41A："American Badger."
* 42A："Northern Pocket Gopher"; "Pocket Gophers"; "Gopher Removal."
* 43A：Curtiss-Wedge, *History of Redwood County*, p. 360; Neill, *History of Minnesota Valley*, p. 781.
* 47A：Cockrell, *Ingalls Wilder Family Songbook*, p. 393.
* 51A：(Curtiss-Wedge, *History of Redwood County*, p. 568).
* 51B：Ibid. p.569.
* 51C：(ibid. pp. 568-69).
* 51D：(quoted in Fite, "Some Farmers' Accounts," p. 207).
* 51E：(July 16, 1874).
* 51F：*See* Yoon, "Looking Back."
* 53A：(LIW to RWL,[summer 1936]).
* 54A：(Curtiss-Wedge, *History of Redwood County*, p. 569).
* 55A：(Lockwood, *Locust*, p. 21).
* 56A：(*Locust*, p. 27).
* 57A：(Turrell, "Early Settlement," p. 289).
* 58A：(quoted in Fite, "Some Farmers' Accounts," p. 208).
* 60A：(Ode, *Dakota Flora*, p. 172).
* 60B：("Local News," *RG*, Sept. 9, 1875).
* 60C：("Local News," *RG*, Oct. 28, 1875).
* 62A：(Ingalls petition [copy], Dec. 3, 1875, Laura Ingalls Wilder Museum, Walnut Grove). *See also* Minnesota, *General Laws of 1875*.
* 65A：(McKnight, *Pioneer Outline History*, p. 400).
* 65B："Parasites-Scabies."
* 66A：(RWL to LIW, June13, 1936, File 19, Wilder Papers).
* 66B：(LIW to RWL, [summer 1936], ibid.).
* 66C：(*See* Marcus, *Dear Genius*, pp. 234, 289).
* 67A：Curtiss-Wedge, *History of Redwood County*, p. 288; "Walnut Station Items," *Redwood Gazette*, June 26, 1879.
* 70A：Fite, "Some Famers' Accounts," pp. 210-11.
* 71A：(RWL to LIW, June 13, 1936).
* 71B：(LIW to RWL, [summer 1936]).
* 71C："Local News," *RG*, Sept. 10, 1874.
* 76A：(p. 25; Bye, p. 35).
* 76B：(LIW to RWL, [summer 1936]).
* 77A：(draft, "On the Banks of Plum Creek," p. 20, File 21, Wilder Papers).
* 78A：(LIW to RWL, Aug. 6, 1936, File 19, Wilder Papers).
* 78B：(Waskin, "Nellie Olson," p. 3, says 1868, and the 1870 census concurs, but her grave marker says 1869).
* 80A：(LIW to RWL, [summer 1936]).
* 82A：(Brandt Revised, p. 25; Bye, p. 36).
* 84A：quoted in Curtiss-Wedge, *History of Redwood County*, p. 551.
* 85A：Blum, *Victorian Fashions and Costumes*, p. 77.
* 85B："Victorian Combs."
* 87A：*Redwood Gazette*, Jan. 30, Feb. 20, 27, Oct. 30, 1879.
* 90A：(LIW to RWL, July 3 [1936], File 19, Wilder Papers).
* 91A：(RWL to LIW, [summer 1936]).
* 91B：(LIW to RWL, [summer 1936]).
* 91C："State of Minnesota Crayfish."
* 92A：Laumeyer to Hill, May 10, 2012; Nachtrieb, *Leeches of Minnesota*, p. 121.
* 94A：(LIW, "How Laura Got Even," *Little House Sampler*, pp.19-23).
* 98A：Redwood County, Deed Record Book, no.5, p.412.
* 99A：(LIW to RWL, [Dec. 1937 or Jan. 1938], Box 13, file 193 Lane Papers).
* 103A：Zochert, *Laura*, p.105.
* 104A："Plant Guide."
* 105A：*See* Curtiss-Wedge, *History of Wabasha County*, p.55.
* 106A：Anderson, *Laura Ingalls Wilder*, p.64.

参考書目
（注内の資料）

第１章　キャンザス州とミズーリ州にて
（1869 年～ 1871 年）

＊2A：LIW to RWL, Mar.23, 1937, Box 13, file 193, Lane Papers.
＊2B：Miller, *Becoming*, pp. 16, 18, 22; Hill, *Laura Ingalls Wilder*, p.397 n8.
＊3A：(quoted in Burns, *History of the Osage People*, p.163).
＊3B：(quoted in Mathews, *Osages*, p. 660).
＊3C：Burns, *History of the Osage People*, pp152-71, 281-91; Chapman, "Removal of the Osages," pp.287-88; Mathews, *Osages*, pp.658-60; Linsenmayer, "Kansas Settlers," p.173; Miller, *Becoming*, pp.24-25.
＊5A：(LIW to RWL [fragment], ca. Feb.-Mar.1931, Folder19, Wilder Papers).
＊5B：Hill, *Laura Ingalls Wilder*, pp.5-6; Miller, *Becoming*, p.17; Zochert, *Laura*, p.11; Anderson to Koupal, Mar.3, 2013.
＊6A：(RWL to LIW, Feb. 16, 1931, Box13,file 189, Lane Papers).
＊7A：(both women quoted in Marcus, *Dear Genius*, p.54).
＊7B：(Folder 16, Wilder Papers).
＊12A：Burns, *History of Osage People*, pp.61, 309; Mathews, *Osages*, p.693; Miller, *Laura Ingalls Wilder and Rose Wilder Lane*, pp. 171-72; Linsenmayer, "Kansas Settlers," p.157n27.
＊14A：(Bollet, *Civil War Medicine*, p.289).
＊14B：Bollet, *Civil War Medicine*, pp.236-38; "Civil War and Medicine."
＊15A：("Research：Watermelons and human health.")
＊16A：Zochert, *Laura*, p.34; "Dr. George Tann"; "What it Homeopathy."
＊18A：*See* Bennett, "What's in a Name," p.48, 50.
＊19A："Shawnee Trail"; Burns, *History of the Osage People*, pp. 50, 76.
＊21A：(Carson, "T.R. and the "Nature Fakers" p.2). *See also* Clark, "Roosevelt," pp.771-72.
＊22A：("Montgomery County," pt.1).
＊22B：(Burns, *History of the Osage People*, p.283).
＊22C：(Chapman, "Removal of the Osages," p.289n8).
＊22D：Linsenmayer, "Kansas Settlers," pp.175-76.
＊25A：Hill, *Laura Ingalls Wilder*, p.130.
＊28A：("Little Squatter," p.134).
＊28B：(both men quoted in Linsenmayer, "Kansas Settlers," p. 178).
＊28C：(ibid., p.179).
＊28D：*See also* Chapman, "Removal of the Osages," p.290.
＊28E：(LIW to Dear Sir, June 26, 1933, Folder 14, Wilder Papers).
＊28F：(Selvidge to LIW, July 5, 1933, Box 14, file 219, Lane Papers).
＊28G：(Helen M. McFarland to LIW, June 19, 1933, Box 14, file 219, Lane Papers).
＊28H：("Little Squatter," p.135).
＊28I：([Kirke Mechem] to LIW, Jan.10, 1934, Folder 14, Wilder Papers).
＊28J：(*History of the Osage People*, p.284).
＊28K：("Little Squatter," pp.123, 132).
＊30A：Laumeyer to Hill, Aug. 10, 2010; Danz, *Cougar*, p.47.
＊33A：Hill, *Laura Ingalls Wilder*, p. 10; Miller, *Becoming*, p.89; *Ingalls Family of De Smet*, pp.21-24.
＊35A：Burns, *History of the Osage People*, pp. 321, 345; Chapman, "Removal of the Osages," p. 297; Linsenmayer, "Kansas Settlers," p.184.
＊38A："Whooping Cough"; "Pertussis, Whooping Cough."
＊40A：(Burns, *History of the Osage People*, p.345).
＊40B：(Linsenmayer, "Kasas Settlers," p.184).
＊41A：("Little Squatter," p. 136).
＊41B：(Chase, ed., *Madeleine L'Engle Herself*, p.166).
＊42A：(quoted in Burns, *History of the Osage People*, pp. 309-10).
＊42B：("Little Squatter," p.138).
＊42C：(both orders quoted in Linsenmayer, "Kansas Settlers," pp.182-83).
＊42D：Kaye, "Little Squatter," pp. 137-38; Linsenmayer, "Kansas Settlers," pp.172-74, 182-85; Burns, *History of the Osage People*, pp. 300-13.

第２章　ウィスコンシン州にて
（1871 年～ 1874 年）

＊1A：Miller, *Becoming*, p.17
＊4A：(Fiery to LIW, Feb. 12, 1931, Box 13, file 189, Lane Papers).
＊5A："Curing and Smoking Meats."
＊6A："History of Pepin County"
＊9A：(RWL to LIW, Feb.16, 1931, Box 13, file 189, Lane Papers).
＊26A：(Fiery to LIW, Feb.12, 1931).
＊28A：(fragment, ca. Feb.-Mar.1931, Folder 19, Wilder Papers).
＊29A：(Sheets to Hill, Feb.21, 2010).
＊30A："Lyrical Legacy"
＊32A：（William Anderson, *Laura's Album*, p.11）
＊32B：Zochert, *Laura*, p. 68; Miller, *Becoming*, p. 17.
＊34A：Miller, *Becomig*, pp. 16-18; Zochert, *Laura*, pp.12-14; Anderson, *Laura's Album*, p.13.
＊37A：*See* Garson, *Laura Ingalls Wilder Songbook*, and Cockrell, *Ingalls Wilder Family Songbook*.
＊39A：Palmlund to Hill, Feb. 23, 2012.
＊42A：("Detroit Book Week Speech, " p. 2, Box 13, file 197, Lane Papers).
＊42B：(RWL to LIW, Feb. 16, 1931, Lane Papers).
＊43A：Zochert, *Laura*, p.5.
＊44A：Sanderson, *Christian Hymns*. pp.47, 49; Cockrell, *Ingalls Wilder Family Songbook*, p.384.
＊45A："Thomas Lewis Quiner"; LIW to RWL, [1938], Box 13, file 194, Lane Papers; Anderson to Koupal, Feb. 2014.
＊46A：(quoted in "Mary Jane Holmes").
＊47A：("Union Drum").
＊47B：Wisconsin, *Roster of Wisconsin Volunteers*：Love, *Wisconsin in the War*.
＊49A：(*Laura*, pp. 19-20).
＊49B："1st Minnesota Artillery"; "List of real-life individuals."
＊50A：(Lansford Ingalls Family Bible, quoted in "Colby Family & Others").
＊51A："Colby Family & Others"; "David Waldvogel Forbes"
＊53A：Zochert, *Laura*, p. 63.
＊55A：(Virginia Kirkus to LIW, Dec. 15, 1931, Box 13, file 189, Lane Papers).
＊58A：(LIW to Carpenter, June 22, 1925, Box 14, file 204, Lane Papers).
＊58B："Obit of Mrs. Charles...Carpenter"; Carpenter to LIW, Sept. 2,

[訳者紹介]

谷口由美子（たにぐち　ゆみこ）

上智大学外国語学部英語学科卒業。アメリカに留学後，児童文学の翻訳を手がける。著書に『大草原のローラに会いに—「小さな家」をめぐる旅』（求龍堂），訳書に，『長い冬』などローラ物語5冊（岩波書店），『青い城』（角川書店），『サウンド・オブ・ミュージック』（文渓堂），『若草物語』（講談社）など，120冊あまりある。

大草原《だいそうげん》のローラ物語《ものがたり》——パイオニア・ガール［解説《かいせつ》・注釈《ちゅうしゃく》つき］

NDC930／lii，387p／23cm

初版第１刷——2018年1月10日
第２刷——2018年5月20日

著者——ローラ・インガルス・ワイルダー
解説・注釈者——パメラ・スミス・ヒル
訳者——谷口由美子《たにぐちゆみこ》
発行者——鈴木一行
発行所——株式会社 大修館書店
〒113-8541 東京都文京区湯島2-1-1
電話03-3868-2651（販売部）　03-3868-2292（編集部）
振替00190-7-40504
［出版情報］https://www.taishukan.co.jp

装幀・本文フォーマット——内藤正世
印刷所——広研印刷
製本所——ブロケード

ISBN978-4-469-21368-3　Printed in Japan